AF545915

KNAUR

Von Markus Heitz sind bereits folgende Titel erschienen:

Ritus
Sanctum
Kinder des Judas
Blutportale
Judassohn
Judastöchter
Oneiros – Tödlicher Fluch
Totenblick
Exkarnation – Krieg der Alten Seelen
Exkarnation – Seelensterben
AERA – Die Rückkehr der Götter
Wédōra – Staub und Blut
Wédōra – Schatten und Tod
Des Teufels Gebetbuch
Die Klinge des Schicksals
DOORS – Staffel 1
DOORS – Staffel 2
Die dunklen Lande
Der Tannenbaum des Todes
Die Meisterin – Der Beginn
Die Meisterin – Spiegel & Schatten
Die Meisterin – Alte Feinde
Die Rückkehr der Zwerge 1
Die Rückkehr der Zwerge 2

Über den Autor:

Markus Heitz, geboren 1971, studierte Germanistik und Geschichte. Er schrieb über 60 Romane und wurde etliche Male ausgezeichnet. Mit der Bestsellerserie um »Die Zwerge« gelang dem Saarländer der nationale und internationale Durchbruch. Dazu kamen erfolgreiche Thriller um Wandelwesen, Vampire, Seelenwanderer und andere düstere Gestalten der Urban Fantasy und Phantastik. Die Ideen gehen ihm noch lange nicht aus.

MARKUS
HEITZ

AERA²

DIE SCHWÄRZESTE NACHT

ROMAN

Besuchen Sie uns im Internet: www. knaur.de
Facebook: Knaur Fantasy & Science Fiction
Instagram: @KnaurFantasy

Aus Verantwortung für die Umwelt hat sich die Verlagsgruppe Droemer Knaur zu einer nachhaltigen Buchproduktion verpflichtet. Der bewusste Umgang mit unseren Ressourcen, der Schutz unseres Klimas und der Natur gehören zu unseren obersten Unternehmenszielen. Gemeinsam mit unseren Partnern und Lieferanten setzen wir uns für eine klimaneutrale Buchproduktion ein, die den Erwerb von Klimazertifikaten zur Kompensation des CO_2-Ausstoßes einschließt. Weitere Informationen finden Sie unter: www.klimaneutralerverlag.de

Originalausgabe März 2022
Knaur Taschenbuch
Ein Imprint der Verlagsgruppe
Droemer Knaur GmbH & Co. KG, München

Dieses Werk wurde vermittelt durch die AVA international GmbH
Autoren- und Verlagsagentur, München
Redaktion: Hanka Leo
Covergestaltung: Anke Koopmann, Guter Punkt, unter Verwendung von Motiven von © Elm Haßfurth/www.elmstreet.org
Coverabbildung: Collage von »Der Gute Punkt« unter Verwendung von Motiven von Elm Haßfurth.
Satz: Adobe InDesign im Verlag
Druck und Bindung: GGP Media GmbH, Pößneck
ISBN 978-3-426-52857-0

4 5 3

Den Menschen, die Gutes tun. Einfach nur so.

DRAMATIS PERSONAE

Malleus Bourreau, Sonderermittler bei Interpol für divine Verbrechen
Marianne »Rianne« Lagrande, Sonderermittlerin bei Interpol für divine Verbrechen
Ilja Lautrec, Bourreaus und Lagrandes Vorgesetzter bei Interpol
der Kommentator, Malleus' seltsamster Fan
Oona Milord, Agentin von D. E.M. *(Deus Ex Machina)*

Alec, Ian, Kelly und Machine, Anhänger des Donn-Kultes
Merina Arcando, Vatikanpolizistin
Leila Azimi, Nav Sarvan (Kapitänleutnant) der persischen Marine-Spezialkräfte
Gustav Bergener, Schweizergardist
Bob und Leo, Ranger im Nationalpark von Samar
Nicolas Byrne, Donn-Druide von Clifden
Professor Emilian Cluezel, Arzt am Sirona-Krankenhaus
Cooper, Himsby und Steveny, Streifenpolizisten in Sydney
Herr Emberá, wissenschaftlicher Leiter bei Tobako
Schwester Eva, Katholikin
Professor Jucheng Fang, Archäologe und Beauftragter für die Grabanlage von Kaiser Qin Shi Huang Di
Franc, Dimi und Witha, Mitglieder von Sovereign
Sidney »Cid« Hernando, Detective bei der Mordkommission Sydney
Imee, Joels Schwester
Joel, Prophet des Einen Gottes
Miles Karak, Herrenschneider und -ausstatter von *Karak et Frères*
Philipp Kerber, Außenermittler von MaxiRisk
Koen, Anangu-Ranger
Tamera Li, Mitglied von Sovereign

Ernest Malloy, Mitglied von Sovereign
Marduki, Sicherheitsbeauftragte von S&G Limited
Ireen Monaghan, Sean Rathebys Lebensgefährtin
Dr. Sabine Noack, Geschäftsführerin von Heylig Rouch
Noth, Handlanger
Sean Ratheby, Besitzer von Black Alder Hall
Renner und Vogler, Streifenpolizisten in Lipsk
Ardaschir Rostami, Gouverneur von Yazd
Kardinal Severinus, päpstlicher Gesandter
Tanam, Mr Jiang, Merx und Ethnen, Nachbarn von Tina Wentworth
Keno Tipota, Geschäftsmann
Kardinal Varese, persönlicher Sekretär des Papstes
Thierry Waldmann, Angestellter bei *Karak et Frères*
Tina Wentworth, Mordopfer

DRAMATIS DIVI

Aeracura: antike keltisch-germanische Totengöttin
Ahriman: repräsentiert in der zoroastrischen Theologie die Zerstörung bzw. das Zerstörerische
Belenos: keltische Heilgottheit und Quellgott
Cromm Cruach: keltischer Gott der Unterwelt und des Todes
Dike: eine der griechischen Horen (Göttin) und Personifikation der Gerechtigkeit
Dis Pater: römischer Gott der Unterwelt
Donn: Sagengestalt der keltischen Mythologie, wohnt als Totengott auf dem Cnoc Fírinne
Enki: sumerischer Weisheitsgott, Gott der Handwerker, der Künstler und der Magier
Enlil: Hauptgott des sumerischen und akkadischen Pantheons
Fann: Sagengestalt der keltischen Mythologie; Meeresgöttin, auch Königin der Elfen
Ganesha: hinduistischer »Herr der Hindernisse« und »der Wohltaten Schenkende«
Grannos: keltischer Heilgott, Partner von Sirona
Kali: hinduistische Göttin des Todes, der Zerstörung und Erneuerung
Lakampati: philippinische Gottheit der Fruchtbarkeit
Loki: Schelmengestalt der nordischen Mythologie
Lug mac Ethnenn: göttlicher König der keltischen Mythologie
Manat: arabische Göttin des Mondes, des Abendsterns und des Schicksals
Mars: antiker römischer Kriegsgott
Mercurius: römischer Gott der Händler und Diebe, Götterbote
Mextli: aztekischer Kriegsgott
Namtarú: sumerischer und akkadischer Unterweltsgott, sein Name bedeutet »Schicksal«

Odin: Hauptgott der nordischen und germanischen Mythologie, Göttervater

Perun: oberster Gott der slawischen Mythologie, Gott des Gewitters, des Donners und der Blitze

Phoibos Apollon: Gott des Lichts, der Heilung, der Weissagung und der Künste in der griechischen und römischen Mythologie

Segomo: keltischer Kriegsgott

Sirona: keltische Göttin der Heilung, Partnerin von Grannos

Susanoo: Gott des Windes und des Meeres aus der Shintō-Mythologie

Thor: nordischer Gewitter- und Wettergott für die Seefahrer, für andere auch Vegetationsgott

Vesunna: keltische Göttin für Wohlstand, Überfluss und Glück, Quellgöttin

Yama: hinduistischer Gott des Todes und Herr der Rechtschaffenheit

Yang Jian: chinesischer Jagdgott

Zhenwu (Der Dunkle Krieger): eine der mächtigsten Gottheiten des Daoismus

INTRO

Es geschah 2012.

Von einem Tag auf den nächsten waren sie wieder da: Gottheiten.

Und zwar die *alten* Gottheiten.

Jene, welche die Bibel mit *Du sollst keine anderen Götter haben neben mir* meinte – und deren Existenz die Heilige Schrift der Christen niemals leugnete. Oder in Abrede stellte.

Im 21. Jahrhundert rechnete jedoch niemand damit, dass die Gottheiten zurückkehren würden. Mitten hinein in das, was man Realität nannte.

Sie ritten aus den Himmeln.

Sie stiegen aus Pyramiden und Tempeln, Schreinen und Heiligtümern, aus Wäldern, Sümpfen und Nebeln.

Sie sprachen zu den Ihren – überall.

Die Meldungen über Sichtungen und über die Wunder, die sie vollbrachten, häuften sich.

Egal ob Manitu oder Mictlancihuatl oder Anubis, ob Odin und Thor, ob namenlose Naturgottheiten oder Legenden wie Mars und Hephaistos, ob Olorun, ob Erdmutter und Loa, ob Shiva oder Kami oder Manifestationen Buddhas oder Cai Shen – sie existierten.

Manche Gottheiten traten vor Kameras, gaben Interviews und machten damit denen Mut, die immer an sie geglaubt hatten und deswegen verspottet worden waren.

Manche Gottheiten eroberten sich ihre alten Kultstätten zurück, auf die vor allem die Christen ihre Kirchen gestellt hatten. Prächtige Bauten wurden dem Erdboden gleichgemacht und durch einstige Gebäude ersetzt.

Manche Gottheiten lebten unter den Sterblichen, in alten Tempeln oder in neu errichteten Anlagen, in Hochhäusern, in unterirdischen Bunkern oder kilometerhohen Türmen.

Manche von ihnen gründeten Firmen, um ihren Einfluss in der Welt der Sterblichen auszuweiten; sie mischten sich in den Wertpapierhandel ein und betätigten sich in der Wirtschaft. Die Konzerne hatten ein enormes Interesse daran, mit den Entitäten ins Geschäft zu kommen.

Manche Gottheiten nahmen Ausgewählte mit auf andere Planeten. Von dort brachten sie Andenken mit, und gerüchteweise errichteten sie vor Ort Gebäude, um dort zu verweilen.

Und siehe, eine neue Ära begann: Aus Glaube wurde Wissen.

Nur die Christen, die Moslems und die Juden warteten vergebens.

Kein Gott, kein Allah und kein Jahwe.

Keine Engel, keine Dämonen.

Nicht einmal der Teufel erschien.

Die einst mächtigsten Religionen der Historie schrumpften zu Sekten ohne Gott. Ihre Anhänger wurden verlacht und verspottet. Es folgten Massenkonvertierungen und Kriege, bis sich das Gefüge neu eingepasst hatte.

So änderte sich die Welt.

Doch Interpol-Ermittler Malleus Bourreau ist Atheist geblieben – in einer Welt, in der es vor Gottheiten nur so wimmelt.

Er ist gut in seinem Job, denn er hat keinen Respekt.

Nicht vor Menschen und nicht vor Göttern …

PROLOG

Germanien, Freistaat Sachsen (germanischer Teil), Lipsk (Leipzig), Dezember 2019

Miles Karak vermaß den neuen Kunden in seinem Schneideratelier akribisch mit einem abgenutzten Maßband, das zwischen seinen Fingern millimetergenau hin und her glitt; dabei plauderte er entspannt über dieses und jenes wie ein Barkeeper mit einem Thekengast, der zum ersten Mal in seinem Leben einen Cocktail bestellen wollte.

Gewiss konnte man Menschen auch in Kabinen stellen und sie binnen Sekunden von Lasern abscannen lassen, während Nähroboter innerhalb einer Stunde die gewünschte Kleidung zusammenschnitten, doch das war nicht die Art Kundschaft, die Miles schätzte oder in seinem Laden willkommen hieß. Seines Erachtens bestand ein menschliches Wesen nicht nur aus Zahlenkolonnen, Körperregionen und Maßeinheiten, sondern hatte individuelle Besonderheiten, die ein Schneidermeister wie er erkannte, sobald er Leute beim Gehen, in der Bewegung, im Gespräch beobachtete. Solche Dinge spielten bei der Anfertigung eines Anzugs, eines Kleides, eines neuen Kleidungsstücks eine Rolle, damit der Stoff am Ende perfekt saß. Miles selbst war gekleidet in eine schwarze Hose, ein weißes Hemd und ein dunkelgrünes Gilet.

»Wir sind gleich so weit, geschätzter Herr Tipota«, sagte er mit seiner stets heiser klingenden Stimme und prüfte, was er sich notiert hatte. Er kniete neben dem Mann und wirbelte das Maßband. Am Boden lagen Notizblöckchen und Bleistift. Das Nadelkissen saß an seinem Oberarm, denn am Handgelenk wäre es ihm im Weg. »Ich hoffe sehr, es ist nicht zu anstrengend für Sie?«

»Überhaupt nicht«, erwiderte der breit gebaute Keno Tipota, der die Prozedur stoisch über sich ergehen ließ. Der langhaarige, blonde

Mann war um die dreißig und hielt seinen Körper vorbildlich in Form. »Hatte es mir nerviger vorgestellt.«

Auch wenn der Name ungewöhnlich klang, vernahm Miles keinen ausländischen Akzent. Er korrigierte seine Aufzeichnungen bezüglich des Hosensaums um einen halben Zentimeter. Dass sein Neukunde einen recht günstigen Anzug von der Stange und billige Schuhe trug, übersah er höflich. Jeder kam irgendwann das erste Mal zu ihm.

»Das freut mich«, sagte er.

»Ist das Tabak und Leder?«

»Bitte?«

»Ihr Duftwasser. Es riecht sehr … ungewöhnlich. So was suche ich schon seit Jahren.«

»Der Hauch von Oudh rundet es ab, mein Herr.« Miles lächelte und nahm das Blöckchen samt Stift zur Hand, richtete sich auf und strich seine braunen Haare glatt. Er war mit seiner schlanken Erscheinung das perfekte Abbild eines Schneiders. »Ich nenne es *Œuvre Noir.* Bei der Suche nach Ungewöhnlichkeiten sind Sie bei *Karak et Frères* genau richtig. Darf ich Ihnen eine Probe davon abfüllen?«

»Oh, das wäre mega.«

Miles drehte sich etwas zur Seite, damit Tipota sein Grinsen nicht sah. Das Wort *mega* fiel nicht oft in seinem Geschäft, das in einem Durchgang von Barthels Hof lag. Die Fassade im Stil der Goldenen Zwanziger und die verschnörkelte Schrift über dem Laden lockten Neugierige durch die Tür in den Verkaufsraum, dessen Interieur einem Gentlemen's Club ähnelte. Miles legte Wert auf eine familiäre Atmosphäre.

Das Geschäft selbst bestand aus dem abgetrennten Atelierbereich und einem Verkaufsraum. Zwei Durchbrüche in die Etagen darüber schufen eine großzügige Höhe, schlanke Holztreppen und ein Lift führten zu den Galerieebenen. Sessel und Couches aus Leder mit Metallelementen dominierten die Einrichtung, die zum Verweilen einlud. Meterhohe Schränke und Humidore beschützten Spirituosenflaschen und Tabakwaren jeglicher Provenienz, die auf ihren Glasregalen verführerisch ausgeleuchtet wurden. In den Regalen voller Hutmodelle, Gehstöcke, Handschuhe, Schals, Krawatten und mehr fanden auch die Anspruchsvollsten etwas, was ihr Leben bereicherte und verschönerte. All dies zeichnete *Karak et Frères* aus.

»Sie treiben viel Sport, geschätzter Herr Tipota?« Miles sah auf die Notizen. Der Bizeps mochte manch einen mittelmäßigen Bodybuilder neidisch machen. Der Schneidermeister selbst fiel eher in die Kategorie: halbes Hemd.

»Ich weiß, Sie brauchen für meine Statur mehr Stoff für den Anzug, als Sie normalerweise veranschlagen.« Tipota lachte entschuldigend. »Wie gut, dass ich auf Malleus gehört habe.«

Miles horchte auf. »Ah, Sie sind ein Freund von Herrn Bourreau?«

»Ja. Bin geschäftlich in Lipsk und hab bei seiner Wohnung vorbeigeschaut. Sollte eine Überraschung sein. Aber er ist wohl unterwegs.« Tipota blickte auf die Uhr, eine gut gemachte Luxusattrappe. Der Mann hatte einen Hang zum Schein, den er wohl mit einem Maßanzug zum Sein wandeln wollte. »Zu seinem Termin wird er nicht zu spät kommen. War nicht heute eine neue Abmessung vereinbart? Er erwähnte so etwas.«

Miles beherrschte sich, nicht bestätigend zu nicken. Diskretion gehörte zu seinen Stärken, sowohl was Namen als auch Körpermaße, Bestellungen und Vorlieben seiner Kundschaft anging. »Wenn er Ihnen das sagte, wird es so sein«, erwiderte er.

»Hat ja immer viel zu tun, der Herr Interpol-Inspektor für Divines.« Tipota seufzte und sah sich um. »Malleus, der alte Bro. *Was* haben wir nicht alles erlebt!«

»Ich möchte es gar nicht erfahren, mein werter Herr Tipota.« Miles nahm das schwarze Sakko des Mannes vom Bügel und half ihm hinein. Auch das Wort *Bro* erklang selten in seinem Laden. Er tippte bei Tipota auf einen Neureichen; jemanden, der überraschend an viel Geld gekommen war. »Ich werde mich bei Herrn Bourreau bedanken, dass er Sie auf mich aufmerksam machte.«

»Sollten Sie unbedingt! Ich plane, sehr viel Geld bei Ihnen auszugeben.« Der muskelbepackte Tipota deutete auf den Durchgang zum Verkaufsraum, vor dem ein schwerer Vorgang hing, der jegliche Geräusche absorbierte. »Er schwärmte mir übrigens von den Culebras vor, die Sie für ihn anfertigen lassen. Diese schiefen Zigarren.«

Innerlich verdrehte Miles die Augen. Culebras waren nicht schief, sondern krumm bis gezackt. *Schief ist der Turm von Pisa,* dachte er. Laut sagte er: »Vielen Dank.«

»Wissen Sie, ich bin ein Fan von guten Ziggys. Welche Banderole würden Sie mir empfehlen, Herr Karak?« Tipota zog das Sakko zurecht, das Gewebe gab ein leidendes Knirschen von sich. »Ich kaufe ein Kistchen. Nur keine bernsteinfarbenen. Die bekommen mir nicht. Malleus überließ mir mal eine zum Geburtstag.«

Ziggys? Ihr Götter! Wer spricht denn so? Miles zweifelte nicht daran, dass sein Kunde von den Culebras wusste, deren Banderolen verschiedene Farben hatten: blau, grün, sepia, schwarz und viele weitere – je nach Inhaltsstoff des Tabaks. Aber er bezweifelte, dass Tipota der Genuss der außergewöhnlichen Rauchware bekommen würde. Doch Miles blieb souverän und höflich.

»Leider sind sie gerade restlos veräußert.«

»Ah, shit.« Tipota ging auf den Durchgang zu, der hinaus in den Verkaufsraum führte. »Woher bekommen Sie die Dinger denn?«

Nach *mega, Bro, Ziggys* und *shit* kam jetzt noch *Dinger* dazu. Mäßig beleidigt hob Miles den Zeigefinger. »Mein lieber Herr Tipota! Sie werden doch nicht etwa versuchen, einen armen Kaufmann um seine Marge zu bringen, indem Sie unmittelbar zur Quelle gingen und dort einkauften?«

»Vergeben Sie mir die Neugier.« Tipota machte ein übertrieben ertapptes Gesicht und legte die prankenhafte Rechte auf die Brust. Am Mittelfinger blitzte ein gewaltiger hell-metallischer Ring, auf dem ein N oder Z eingraviert war, um das sich ein mehrfach durchbrochener Kreis zog. »Nichts als schiere Neugier und Verzweiflung.«

Miles eilte an dem Hünen vorbei und schob den schweren Vorhang zur Seite. »Bleiben Sie tapfer, mein lieber Herr Tipota.« Er ließ ihn passieren und lotste ihn zur kleinen Parfumabteilung, um ihm die verschiedenen Düfte zu zeigen, von denen einer betörender war als der andere.

Währenddessen kümmerte sich sein Angestellter Thierry um die übrige Kundschaft, die im Geschäft umherschlenderte und stöberte. Ein gut gekleidetes Pärchen im mittleren Alter ließ sich von ihm die Unterschiede zwischen drei Rumsorten erklären, von denen jede Flasche mindestens dreihundert Euro kostete. Ein etwa Fünfundzwanzigjähriger stand unterdessen vor dem Regal mit den Anschauungsexemplaren der exklusiven Spazierstöcke und schwang einen davon mit dem Griff nach unten, als hielte er einen Golfschläger.

Bei den Göttern! Was tut dieser Mensch? Miles' Schneidermeisteraugen hatten die Kleidung der Kunden umgehend analysiert. Ähnlich wie Tipota gaben sie vor, vermögend zu sein, doch die Qualität der Schnitte, Nähte und Stoffe gehörte zur Massenware. *Befremdlich.*

Tipota ließ sich verschiedene Parfums vorführen, war jedoch nicht recht bei der Sache. Sein Interesse am bemerkenswerten Oudh-Geruch war erloschen. Erneut sah er auf die glänzende Uhr. »Machen Sie sich gar keine Sorgen?«

»Weswegen?«

»Malleus. Er hätte vor fünfzehn Minuten hier sein sollen. Unpünktlichkeit steht meinem Bro nicht.«

Sorge bereitete Miles eher die ungewöhnliche Restkundschaft, die er sich nicht erklären konnte. Es wurde Zeit, Keno Tipota fürs Erste zu verabschieden. »Herr Bourreau kann sehr gut auf sich aufpassen. Manchmal ist in der Stadt ziemlicher Verkehr …«

»Seine Wohnung ist keine zehn Minuten zu Fuß entfernt.« Tipota spielte mit der Parfumflasche herum, deren Wert den seiner gesamten Kleidung überstieg, als wäre sie unzerbrechlich.

»Sagten Sie nicht, er sei nicht zu Hause gewesen?« Miles lächelte beruhigend. Der Mann spielte merklich auf Zeit, ohne Kaufinteresse am Parfum zu haben. »Ich ahne, was Sie vorhaben.«

»So?« Tipota staunte. »Dabei dachte ich, Sie kämen nie drauf.«

Miles legte das Maßband doppelt, um es mit einem kleinen Ruck knallen zu lassen. »Sie wollen Herrn Bourreau dazu bringen, dass ich Ihnen Culebras verkaufe. Weil Sie mir nicht glauben.«

Tipota schüttelte die lange blonde Mähne und lachte erleichtert auf. »Nein, *das* habe ich nicht vor.« Er hob die Hand mit dem auffälligen Ring, als gäbe er damit ein Signal. »Ich dachte schon, ich hätte mir selbst die Überraschung verdorben.«

Auf sein Zeichen hin versetzte die Pärchenfrau dem ahnungslosen Thierry einen blitzschnellen, harten Ellbogenschlag mitten ins Gesicht, der ihn ohnmächtig vor dem Regal mit den Spirituosen zusammenbrechen ließ. Drei teure Rumflaschen zerschellten auf dem Boden, der Inhalt mischte sich mit dem Blut, das Thierry aus dem Mund lief.

Der jüngere Mann verkeilte daraufhin den Eingang des Ladens mit dem Spazierstock und schob das Rollo herab, steckte die Hände in die Taschen und wandte sich mit einem bösen Grinsen um.

Das hatte Miles tatsächlich nicht kommen sehen. *Mein Gespür lässt mich im Stich.* In den nächsten Sekunden musste er das Beste aus der Situation machen. »Sie sind kein Freund von Herrn Bourreau, nehme ich an?«

»Ich kenne ihn nicht einmal. Noch nicht.« Tipota stellte den Flakon zurück. »Wir haben geschummelt.«

Hinter dem Besuch des Quartetts steckte also etwas anderes. Miles vermutete, dass es um Interpol-Ermittlungen in einem divinen Fall ging und er an diesem Tag zwischen die Fronten geriet. »Also sind Sie gekommen, um Herrn Bourreau bei der Anprobe abzufangen?«

»Oh, der Termin? Nein. Den gibt es nicht. Wir wollten Sie mit einer falschen Mail aufs Glatteis führen und im Gespräch ein bisschen aushorchen, indem ich so tue, als wären Bourreau und ich Homies. Aber Sie sind ein echt scheißharter Hund.« Tipota nickte zum niedergeschlagenen Thierry, der schwach atmete und sich nicht regte. »Ich kann ein bisschen drohen und ihn foltern, ihn umbringen, danach Sie foltern und zwischendurch teure Sachen im Laden zerschlagen, eine Sauerei veranstalten und so weiter. Doch zuvor versuche ich es mit einem Appell an Ihre Vernunft, Herr Karak: Woher stammen die Culebras für den Inspektor? Wo haben Sie die nächste Lieferung gelagert?«

»Ich besitze derzeit keine.« Miles sah ihn verächtlich an. Es fiel ihm schwer, sich zu beherrschen, und er hatte gemerkt, wie seine Augen bei den Fragen verräterisch gezuckt hatten. *Habe ich ihm einen Hinweis gegeben?*

Tipota deutete hinauf zum oberen Teil des klimatisierten Humidors. »Noth, sieh dort nach. Wenn ich den Blick vom Schneiderlein richtig deute, sind die Culebras da oben.«

Insgeheim verfluchte Miles seinen Reflex. »Was wollen Sie damit?«

»Wir nehmen ein paar Proben mit. Ihren Vorrat verbrennen wir danach«, eröffnete ihm der Hüne. »Es gibt Leute, die sehr interessiert an den Zusatzstoffen sind.« Er nahm den Flakon mit *Pure Sense*, entfernte die Kappe und hielt die Sprühöffnung in Miles' Richtung. »Außerdem soll ich Sie dazu bringen, mir zu sagen, woher Sie die Ziggys beziehen.«

Miles blinzelte zweimal überbetont. *Contenance.* »Bedrohen Sie mich gerade mit meinem eigenen Duft?«

»Ach, *so* schlecht riecht der nicht. Aber Sie werden das Fläschchen nicht austrinken wollen, schätze ich. Und die übrigen auch nicht.« Tipota schlug das gläserne Oberteil gegen die Tresenkante, sodass der Spender abbrach. »Doch genau das werden Sie tun, wenn Sie nicht antworten.«

»Ich wusste gleich, dass Sie ein Kretin sind! Wer *solche* Sachen trägt und derartige Worte benutzt, kann nichts Gutes bringen«, entgegnete Miles mit Verachtung.

»Nein, ich bin kein Christ.« Tipota hob den hell-metallenen Siegelring und ließ den kreisumrandeten Buchstaben aufblitzen. »*Das* ist mein Gott.« Als er Miles entgleisende Züge sah, lachte er schallend. »Ein Scherz. Ich weiß, was ein Kretin ist, Karak. Aber Sie haben recht, ich treib mich normalerweise nicht in solchen Edelboutiquen herum.«

Noth hatte einen zweiten Spazierstock aus der Halterung genommen, die Leiter erklommen und das obere Glasfenster im großen Humidor geöffnet. »Das sind sie«, meldete er und fegte die Kistchen nacheinander achtlos auf den Boden. »Der scheiß Schneider hat uns belogen.«

Die kostbaren, letztlich unbezahlbaren Culebras flogen durch den Raum. Sie rollten umher, verloren die Banderolen und wurden von den nachfolgenden Behältern, die Noth mit dem Stock aus dem Regal holte, zerquetscht, zerbrochen, zerstört.

»Wundert mich nicht.« Tipotas kräftige Hand hielt Miles davon ab, wenigstens eines der Kistchen zu fangen und zu retten. »Reden wir über den Herkunftsort der Ziggys, Karak? Oder erst einen kleinen Schluck«, er sah auf das Etikett, »von *Pure Sense*? Riechen tut's lecker.«

»Zur Unterwelt mit Ihnen!«, giftete Miles und streifte sein gespicktes Nadelkissen vom Oberarm ans Handgelenk, als wäre es die gefährlichste Waffe der Welt.

»Es gibt keine Unterwelten, keine Höllen. Und kein Jenseits.« Tipota packte Miles' Kehle, Daumen und Zeigefinger drückten schmerzhaft in die Kiefergelenke und zwangen den Mund auf. »Ein Probeschluck, Karak. Um die Zunge zu lösen.«

Damit gelangte diese unangenehme Angelegenheit an einen Punkt, an dem sich Miles nicht länger zurückhalten konnte. Leise knisternd entstanden Sprünge auf seiner Haut, die aufbrach und abplatzte wie die bemalte obere Schicht eines Gefäßes, das aus gänzlich anderem Material bestand. Die schwarze Hose, das weiße Hemd und das dunkelgrüne Gilet lösten sich in winzige bunte Partikel auf, die schwerkraftlos aufwärtswaberten und vergingen. Das abgenutzte, gelbe Maßband um Miles' Nacken verwandelte sich in eine flammende Peitsche und das volle Nadelkissen am Handgelenk zu einem Schild mit langen Stacheln.

»Ihr wolltet es so«, grollte Miles und packte Tipota mit der freien Hand ebenfalls an der Kehle.

Aber der Mann lachte lediglich, während der Buchstabe auf seinem Ring grell aufleuchtete.

Das war nicht die Reaktion, die Miles erwartet hatte.

***

»Ich fühle mich nicht zu dem Glauben verpflichtet, dass derselbe Gott, der uns mit Sinnen, Vernunft und Verstand ausgestattet hat, von uns verlangt, dieselben nicht zu benutzen.«

Galileo Galilei (1564–1642),
italienischer Naturforscher und Astronom

KAPITEL I

Germanien, Freistaat Sachsen (germanischer Teil), Lipsk (Leipzig), Dezember 2019

Voll böser Vorahnungen schritt Malleus Bourreau vom Marktplatz durch die Einfahrt von Barthels Hof und stoppte nach wenigen Schritten vor dem rot-weißen Flatterband. Er hatte die auffällige Polizeiabsperrung schon von Weitem erkannt. Dahinter hielten zwei gepanzerte Streifenbeamte Wache und unterhielten sich leise, die Taserschlagstöcke am Gürtel befestigt.

Schneeflocken tanzten in den unsteten Böen umher und legten sich auf Gehwegplatten und Kopfsteinpflaster, als wäre niemals etwas Schlimmes in der Nähe geschehen. Der Wind war schneidend, als wollte er die Menschen in die Gebäude und Behausungen zwingen.

Malleus grüßte die Gesetzeshüter, die sich ihm daraufhin zuwandten. Aus der linken Innentasche seines Militärmantels mit dem hohen Kragen zog er seinen Interpol-Dienstausweis heraus. Mantel, schwarzer Hut und auberginefarbene Handschuhe schützten ihn vor der empfindlichen Kälte, die in der Stadt herrschte.

»Was ist denn hier passiert?« Malleus fuhr sich mit Daumen und Zeigefinger über den Fu-Manchu-Bart und sah sich um. An den hinteren Hofwänden hafteten Rußspuren, eine Detonation hatte den Putz weggeblasen und die Scheiben sämtlicher Fenster zerstört. Vereinzelt waren bereits Planen gegen die eindringende Kälte vorgespannt worden.

»Oh, Sie sind aber schnell gekommen, Inspektor Bourreau«, sagte der jüngere Polizist und salutierte. Die Begeisterung über das Zusammentreffen mit einer Legende stand ihm ins Gesicht geschrieben. Auf seinem Namensschild stand *Renner.* »Oberkommissar Lamms sprach erst vor einer Stunde davon, sicherheitshalber einen Experten für Entitäten an Bord zu holen. Ist doch eine ganz schöne Strecke von Lutetia bis zu uns. Wie haben Sie das angestellt?«

»Ich kam privat nach Lipsk«, antwortete Malleus.

Seine kontaktlinsenblauen Augen erfassten jede Einzelheit der Verwüstung. Ein langer Riss verlief über dem Eingang zur rückwärtigen Passage, in der Karaks Geschäft lag, er reichte senkrecht nach oben bis ins letzte Stockwerk. Massive Abstützungen waren angebracht worden, um einen Einsturz der Etagen zu verhindern. Die Quelle der Explosion konnte im Geschäft des Herrenausstatters gewesen sein.

Der Polizist namens Vogler hob das Flatterband an, damit Malleus bequem darunter hindurchgehen konnte. »Ich sage der Zentrale Bescheid, dass Sie da sind, Inspektor Bourreau.«

»Lassen Sie mich erst sehen, ob es überhaupt ein Fall sein könnte, der eine Verbindung mit einer Entität aufweist.« Malleus ging durch den Hof auf die abgesicherte Passage zu. »Erklärt mir einer der Herren, was sich zugetragen hat?«

»Das wissen wir nicht genau.« Renner begleitete ihn, sein Kollege hielt die Stellung. »Heute gegen zwölf Uhr ereignete sich eine schwere Detonation im Geschäft von *Karak et Frères,* wie Sie dort sehen können. Zeugen schilderten ein lautes Brüllen und eine Schlägerei inmitten von Feuer und Rauch. Genaue Angaben konnten sie nicht machen.«

»Verletzte? Festnahmen?«

»Es fand sich im Ladenlokal eine verbrannte Leiche, die als Thierry Waldmann identifiziert wurde. Ein Angestellter. Im Gebäude selbst gab es etliche Verletzte durch Scherben und herunterfallende Mauerteile. Herr Karak, der sich zum Zeitpunkt des Geschehens laut Zeugenaussagen im Laden aufhielt, ist bislang verschollen.« Renner pochte auf den Stützstempel. »Die Statiker meinten, eine akute Einsturzgefahr sei durch die eingesetzten Träger abgewendet, aber sobald die Leute ihre Habseligkeiten gepackt haben, wird der Komplex geräumt. Zur Instandsetzung.« Er blieb am Rahmen der zerstörten Fensterfront stehen. »Die Spurensicherung ist bereits durch. Sie können sich umschauen, Herr Inspektor.«

Malleus fehlte in der Wiedergabe der Ereignisse das Entscheidende. »Wie kam Ihr Vorgesetzter darauf, dass eine Entität in den Vorfall verwickelt sein könnte?«

»Der Kampf inmitten von Rauch und Feuer muss recht spektakulär gewesen sein. Ein Zeuge hat ein Video mit seinem Smartphone gemacht. Sie finden es auf diversen Social-Media-Plattformen. Es wurde hochgeladen, bevor die Kollegen das Gerät sichern konnten.«

Malleus betrat die traurigen Überreste des Ladens, in dem er oft und gerne Zeit verbracht hatte. Anproben. Culebrapräsentationen. Gute Gespräche mit Miles Karak, der das Außergewöhnliche zelebriert hatte. Nun knirschten Scherben und Putzreste unter seinen Sohlen. Es roch nach Feuchtigkeit und Verschmortem, nach Rauch und verschüttetem Alkohol und einem Parfumdurcheinander. Die Löscharbeiten hatten vernichtet, was vielleicht noch zu retten gewesen wäre.

»Passen Sie auf, Herr Inspektor«, rief ihm Renner beflissen zu. »Aus den oberen Galerien kann gelegentlich was runterfallen.«

»Danke. Ich gebe acht.« Malleus richtete den Hut auf den kurzen schwarzen Haaren und streifte suchend durch den Laden.

Er war eigentlich nach Lipsk gekommen, um Karak einen Blick auf die Tentakelpeitsche werfen zu lassen, die er von ihm erhalten hatte. Nach dem Einsatz der ungewöhnlichen Waffe im letzten Monat hatten sich Schäden am Material gezeigt, die vor einem neuerlichen Einsatz ausgebessert werden mussten. Dass Malleus stattdessen in den Trümmern des beliebten Ladens stand, bekümmerte ihn. Auf die Schnelle fand er keine Erklärung für das Ereignis inmitten der Innenstadt, doch bisweilen brauchten divine Kräfte keine nachvollziehbaren Gründe.

Eine Entität, die sich schlecht beraten gefühlt hatte?

Zwei Entitäten zur selben Zeit im Laden, die einander nicht mochten?

Der Launenhaftigkeit von Gottheiten waren bereits einige Orte zum Opfer gefallen.

Möglicherweise wissen Miles' Brüder mehr, dachte Malleus und zückte seinen besonderen, von einem Freund umgebauten PDA. Doch rasche Anrufe bei den Niederlassungen von *Karak et Frères* in London, Paris und Mailand ergaben nichts. Niemand nahm das Gespräch entgegen. *Alle geschlossen? Weswegen?*

Das Internet verriet ihm, dass diese Geschäfte ebenso in Rauch aufgegangen waren, wenn auch wesentlich unspektakulärer. Malleus runzelte die Stirn. Das wiederum sprach gegen eine zufällige Eskalation in Lipsk, sondern für einen gezielten Angriff, um die Karaks vom Markt zu nehmen. Die Gebrüder besorgten die besten Rauchwaren und Alkoholika, die für Geld zu haben waren, darunter auch die wundersamen Culebras, auf die Malleus nicht verzichten konnte. *Irgendjemand anders kann es offenbar. Aber ist dieser Jemand eine Entität?*

Bevor er sich an weitere Nachforschungen machte, setzte Malleus seinen Interpol-Vorgesetzten in Lutetia via Mail darüber in Kenntnis, in einen divinen Fall geraten zu sein, dessen er sich annehmen würde. Erklärungen würde er zu einem späteren Zeitpunkt nachreichen.

Nachdem die Nachricht verschickt war, suchte er auf verschiedenen Plattformen nach dem Filmchen des Augenzeugen, von dem Renner gesprochen hatte. Es kostete ihn nur wenige Klicks. *Da war es.* Malleus staunte nicht schlecht, als inmitten von Staubwolken, zuckenden Flammen und Rauch zwei Schemen miteinander kämpften. Einer davon nutzte eine flammende Leine, ein Lasso oder eine Peitsche; gelegentlich wurde ein stachelbewehrter Schild sichtbar.

Der Gegner schien mit silbern leuchtender Faust zuzuschlagen – bis das Schimmern abrupt endete. Schreien und Brüllen schallten durch den Innenhof und waren trotz anhaltender Explosionen im Laden gut zu vernehmen.

Malleus beschloss, eine exakte Audioauswertung über einen Interpol-Computer mit besonderer Software vorzunehmen, falls eine göttliche Sprache hörbar gemacht werden konnte. Die Störungen durch Rauch, Staub und Wackler konnten unter Umständen ausgefiltert werden.

»Miles, was war hier drinnen los?«, murmelte Malleus und richtete den Blick zu Boden, während er weiter umherging.

Auch wenn offenkundig Artefakte bei dem Kampf zum Einsatz gekommen waren, waren die Aufzeichnungen keinerlei Beweis für die Anwesenheit von Entitäten. Es konnte sich um divine Artefakte oder Gegenstände von Fremdplaneten handeln, die in die Hände von Menschen geraten waren.

Nach einigen Schritten entdeckte Malleus die zertrümmerten Überreste von etwas, was er sehr gut kannte: Kistchen mit integriertem Humidor, der Luftfeuchte und Temperatur hielt; kleine Einschübe trennten Fächer voneinander ab, damit der Inhalt nicht durcheinandergeriet. Um sie herum lagen zerstampfte und durchnässte, aufgequollene Culebras, die bunten Banderolen schwammen in Lachen oder klebten auf dem Untergrund.

Das ist seltsam. Malleus sah zum Schrank – dem üblichen Lagerort der kostbaren Zigarren, gute vier Schritte entfernt. Er hob die schmale Leiter vom Boden auf und stellte sie vor dem Fach an die Wand, erklomm die Sprossen und inspizierte das zugehörige Fach. *Leer.* Die übrigen Humidorregale mit Rauchwaren aus aller Welt schienen unangetastet. *Jemand hat nur die Culebras mit Schwung herausbefördert, auf den Boden geworfen und zerstört. Oder ist dies das zufällige Werk der Feuerwehr bei ihren Löscharbeiten?* Malleus beunruhigte, dass sein privater Zigarrenvorrat nicht mehr lange vorhielt, was ein weiterer Grund für seinen Abstecher nach Lipsk gewesen war: die Aufstockung seines Culebra-Reservoirs.

Jemand hatte sie vereitelt.

Malleus wusste, dass er nicht der einzige Fan der gezackten, krummen Zigarren war. Und doch wurden bestimmte Sorten exklusiv für ihn angefertigt, wie ihm Karak versichert hatte. Zu gerne hätte er sich jetzt eine Culebra angezündet, eine mit grüner Banderole, die ihm so ausgezeichnet beim Denken halfen. Doch er verkniff sich den Genuss. Haushalten mit den knappen Ressourcen, lautete die Maßgabe.

Womöglich war es doch nichts weiter als Erpressung durch Leute mit Zugang zu Artefakten? Es ärgerte ihn, im Gebiet von Spekulationen und Annahmen agieren zu müssen. Ohne den genauen Bericht der Spurensicherung käme er kaum voran, denn bei seiner Inspizierung hatte sich nichts ergeben.

Streifenpolizist Renner wartete vor dem Laden und tippte auf seinem Smartphone herum. Vermutlich informierte er all seine Freunde und Bekannte, dass er einer Legende begegnet war. Das brachte Malleus ein wenig zum Grinsen.

»Ich bin fertig«, sagte er.

Beim Hinausgehen hob er die abgerissene Ladenklingel auf. Er mochte das Glöckchen über der Tür, dessen heller Ton melodisch, aber nicht aufdringlich war. Sobald Karak auftauchte, würde es sich als Geschenk gut machen. *Ein Andenken, und ein Appell für den Wiederaufbau dieses herrlichen Geschäftes.*

Das Glöckchen bimmelte leise, als wäre es dankbar, gefunden und gerettet worden zu sein. Heraus fiel ein silbermetallisches Fragment, das sich bei näherem Betrachten als halber, zersprungener Ring entpuppte.

Was haben wir denn da? Malleus ging in die Hocke und hob seinen Fund mit behandschuhten Fingern auf, hielt ihn gegen das Licht.

»Was gefunden, das zum Fall gehört, Herr Inspektor?«

»Kann ich noch nicht sagen.« Um welches Material es sich dabei handelte, vermochte Malleus nicht einzuschätzen, auf der Innenseite fand sich kein Stempel. Die Siegelplatte war nur noch zur Hälfte erhalten: der Rest eines Buchstabens oder Zeichens, umgeben von einem sich auflösenden Kreis. »Könnte auch aus der Kollektion stammen, die Herr Karak anbot.« Er steckte den zersprungenen Ring ein. Er hatte so eine Ahnung, dass das silbrige Leuchten an der Hand eines der kämpfenden Schemen der Ring in seinem unbeschädigten Zustand gewesen sein konnte. Das würde das Interpol-Labor in Lutetia herausfinden, mit Materialanalyse und Videoauswertung.

»Verstehe. Soll ich vermerken, dass Sie Beweismaterial sicherten?«

»Tun Sie das. Ist immerhin Ihr Job.« Malleus erhob sich und richtete den Mantel, streifte Schmutz vom Saum. »Dann wünsche ich Ihnen noch einen angenehmen Abend. Trotz der Kälte.«

»Ihnen auch, Herr Inspektor. Das Wetter macht mir nichts. Ich bin gut eingepackt.« Erneut salutierte Renner. »Es war mir eine Ehre.«

Malleus nickte ihm zu und klopfte ihm einmal auf die Schulter. Es kam nicht oft vor, dass man ihm dermaßen freundlich begegnete. Ein Atheist, ein Gottheitenleugner bekam in diesen Zeiten keinen Beifall. *Falls doch, dann meistens von den falschen Leuten.*

Sein Weg führte Malleus zu seiner Zweitwohnung, die er vor Jahren geerbt hatte. Schöner Altbau, hohe Stuckdecken und eine generöse Raumaufteilung, wie man sie in Großstädten selten fand. Mehrmals im Jahr reiste er nach Lipsk, um sich eine Auszeit zu nehmen und Karak zu besuchen. Dort erstand er Culebras und neue Kleidung aus robustem Spinnenstoff, der sowohl schuss- als auch schnittfest war. In seinem Beruf waren derlei Schutzmaßnahmen unabdingbar.

Als Malleus nach zehn Minuten vor seiner halb offenen Wohnungstür stand, wusste er: Auch das war kein Zufall.

* Α Ω *

Lipsk.

Leipzig.

War ich hier schon mal?

Scheiße, ich kann mich nicht erinnern. Seit die beiden Spaßvogel-

götter mich in Kopenhagen wiederbelebt ... oder wie sie sagen »im Rennen gehalten« haben, ist nicht mehr alles, wie es mal war. Mein Gedächtnis ist durchlässiger als ... na, hier, Dings. Der Kram mit Löchern. Nicht der Käse. Das Ding zum Abtropfen von Nudeln und Dosenobst. Wie heißt denn ... egal. Wird mir schon wieder einfallen.

Schere, Stein, Papier – Mittelfinger, diese Penner! Echt, niemals mehr spiele ich mit Loki und Susanoo um irgendwas.

Ja, schön, von mir aus, sie haben verhindert, dass ich abkratze, aber zu welchem Preis? Davor war ich ein korpulent-kräftiger Typ jenseits der fünfzig. Nicht der Hingucker, mehr so der unauffällige Typ mit Standardfresse.

Und jetzt? UND JETZT?

Ehrlich, ich sehe aus wie eine Mischung aus einer Frau und einer Vogelscheuche, nur dass mir kein Stroh aus dem Hintern hängt. Hatte meine Mutter doch recht, als sie damals sagte, aus mir wäre nicht mal eine hübsche Frau geworden.

Ist jetzt erst mal schnurz. Ich bin unterwegs und folge ihm. Ihm, dem Auserwählten. Dem einzigartigen Malleus Bourreau.

... okay, vielleicht bin ich der Einzige, der ihn auserwählt hat, aber: drauf geschissen. Ich bin gern in seiner Nähe. Und schön, dass er denkt, er hätte mich in Kopenhagen erschossen. Hahaha, brillanter Vorteil.

Tja. Und dass ich dank Loki und Susanoo in einem Frauenkörper stecke. Wie unfassbar ungewohnt das ist. Im Stehen pinkeln ist erst mal nicht, das muss ich üben. Sobald ich rausgefunden habe, wie ich das ändern kann, mache ich es.

Da vorne geht er: Malleus Bourreau.

Der Spötter der Gottheiten, der unerschrockene Atheist, der fleischgewordene Widerspruch zu den Realitäten in unserer Zeit. Niemand wird ihm etwas antun, solange ich lebe. Denn nur ich beende sein Leben, sonst keiner!

Verdammt, diese Absätze. Wie können Frauen in so was laufen oder gar rennen? Und warum trage ich so was? Im Winter?

Ach ja, richtig, weil ich in dem Look aufgewacht bin und bisher keine Gelegenheit hatte, mir andere Klamotten zu kaufen.

So, abbiegen in Barthels Hof … nein, da komme ich nicht rein, ohne dass er oder die beiden Bullen mich sehen. Bin zwar jetzt eine hässliche Frau, aber meine Tarnung muss bestehen bleiben. Also könnte ich … Ach, ich gehe einfach außen herum.

Was da wohl abging? Ich weiß, dass Bourreau aus dem Laden seine Culebras bezieht. Mal sehen, was das Internet so weiß.

Ein bisschen mit dem Smartphone suchen, uuund da ist das Filmchen. Hoooly shit …! Das ist mal eine Show! Was geht denn …

»Hey! Können Sie nicht aufpassen, wo Sie langgehen?«

Irgendwas rappelt über den Boden. Mist, einen jungen Hipstertypen mit Spazierstock angerempelt, und er hat sein Smartphone verloren. »Entschuldigen Sie vielmals.« *Habe ich eben geflötet? Wieso klinge ich wie eine Pornodarstellerin?* »Das war keine Absicht.« *Heb ich den Kack noch für ihn auf. Meine Mama wär stolz auf meine Manieren.* »Hier, bitte sehr.« *Was … was ist denn das? Das ist doch ein Bild von Bourreau in der Nachricht, die der Kerl bekommen hat! Und eine Adresse. Ist das nicht die Wohnung, die er in Lipsk hat?*

»Danke.« *Der hat mich eben abgecheckt, ob ich fuckable bin, und dabei sein Stöckchen gewirbelt wie ein Tambourmajor. Scheiß Sexist!*

Nun gut, ihm nach. Der bereitet doch was für meinen Auserwählten vor. Na, die Party schaue ich mir an.

… sooo, keine zehn Minuten gestöckelt, zweimal fast auf die Fresse gelegt, und schon sind wir da. Tatsächlich. Das ist Bourreaus Adresse. Und zwei Freunde in Pseudoedelklamotten hat der Sexist auch noch mitgebracht, die eben aus einem hellgrauen Transporter steigen.

Nix wie hinterher, durch die Tür ins Gebäude mogeln, Schuhe aus, Treppenhaus hoch, vierter Stock. Zum ersten Mal keuche ich mir nicht die Seele aus dem Hals. Wenigstens den Vorteil hat die Chick, die ich geworden bin.

Vorsichtig um die Ecke spähen … Jepp, sie knacken gerade das Schloss und steigen in seine Bude ein, machen die Tür wieder zu.

Dann lassen wir die Spiele beginnen.

Schuhe wieder an, und ich klingele mal bei Bourreau. Den Gag muss ich einfach bringen.

Und wieder.

Und wieder.

Und jetzt mal gaaanz lange den Finger auf der… Simsalabums: Die Tür wird aufgerissen.

»Ja?«, *knurrt mich der riesige Bodybuildertyp an, der fast die gleiche Frisur hat wie ich – und schon macht er große Augen, als er mich sieht. Als wäre seine Hackfleischfratze in dem Polyesteranzug schicker.*

»Ich bin die neue Nachbarin und wollte mich vorstellen.« *Da! Ich habe schon wieder geflötet. Ich hau Loki beim nächsten Mal so was von auf die Fresse.* »Circe ist mein Name. Circe Encanta.«

»Schön, Sie kennenzulernen, aber das ist gerade schlecht …«

»Sie sind bestimmt der Lebensgefährte von Herrn Bourreau?« *Hähähä. Na, homophob?*

»Äh … ja, aber ich plane eine Überraschung für ihn. Kommen Sie doch gegen neunzehn Uhr wieder, Frau …«

»Señora.« *Chchch, wenn, dann richtig.*

»Señora Encanta. Ginge das?«

»Aber klar.« *Ich lächle – und trete ihm mit dem Stöckelabsatz voll in den Schritt. Wooo, das tut schon beim Zuschauen weh. Da helfen dir deine hundert Kilo Muskeln auch nichts. Aufstöhnend geht er zu Boden und bekommt noch einen Kick gegen den Kopf, damit er die Schnauze hält. Ein kleiner Schritt über ihn hinweg, Schuhe aus und keine Zeit mehr, den Spack nach Waffen abzutasten … da sind die anderen schon.*

»Hey, wer sind Sie? Und wo ist Keno?«, *will die zweite Polyesterhose wissen.*

Du meine Fresse! Wer hat ihm DEN Namen gegeben? Ist sein Vater ein Glücksspieler?

»Die kenn ich! Die hat mich vorhin beinahe umgerannt!«

Der Sexist mit dem Stöckchen und sein Freund greifen unter die

Jacken. Na schön. Sie haben bestimmt keine gratis Blumen darunter. Jetzt muss ich schnell sein. Gut, dass ich die Schuhe noch in der Hand habe: Mit den langen Absätzen gibt's Dresche, ihr Kackfratzen!

Zack, in den Kopf, zack, ins Auge, ein paar Schläge und Tritte – aus. Alles ruhig? Ja, alles ruhig. Na, das lief doch mal gut. Und keinen Absatz abgebrochen, yeah!

Trio absuchen und checken, was sie dabeihaben. Bin gespannt, was für Früchtchen ihr seid.

Hm. Keine Ausweise, nichts Persönliches, nur ein paar Geldscheine. Okay, die Herrschaften haben was zu verbergen. Und zwar gehörig.

Ah, eine Tätowierung. Ist das ein … N? Ein N mit einem sich auflösenden Kreis? Oder ein Z, das schief liegt?

Seine eigene Initiale wird es nicht sein. Die seiner Freundin auch nicht.

Nehmen wir mal an, dass diese Typen einer Entität folgen und in deren Namen Stress machen: Wie viele Gottheiten gibt es mit N oder Z? Na, super. Das kann ewig dauern, bis ich daraus schlau werde.

Was mache ich mit den drei Kaspern? Rumliegen lassen will ich sie nicht, sonst versteht er, dem ich folge, sofort, dass ihm jemand wieder die Aufräumarbeit im Hintergrund abnimmt. Brauche kein zusätzliches Misstrauen von ihm.

Da fällt mir was ein … Hahaha, wieso eigentlich nicht?

Α Ω

Malleus zog seinen modifizierten Cobray Pepperbox, einen mittelgroßen Deringer mit längerem Lauf, in dessen fünf Revolverkammern abwechselnd Schrot- und Vollmantelgeschosse lagerten. Große, schwere Waffen waren ihm seit seinen Erlebnissen in den Übergangskriegen zuwider. Aber mit zwei Cobray Deringer und dem Apache Knuckle Duster, der Minipistole, Schlagring und Messer in einem bot, konnte er sich bei seinen Einsätzen stets gut verteidigen. Außerdem ließen sie sich wesentlich leichter verbergen und transportieren.

Vorsichtig drückte Malleus die Tür zu seiner Wohnung auf und lauschte mit angehaltenem Atem. Der Cobray lag entsichert in seinen behandschuhten Fingern.

Der Geruch von kaltem, aromatisiertem Tabakrauch wehte heraus. Im Innern herrschte Stille, sodass die Alltagsgeräusche der übrigen Hausbewohner durch Wände und Decken drangen. Getrampel, gedämpfte Unterhaltungen, leise Musik.

Malleus überlegte. Es konnten Einbrecher oder Attentäter sein, die sich Zugang verschafft hatten. Gegen gedungene Profis sprach der dilettantisch-unverschlossene Eingang. *Eine bessere Warnung vor einem Hinterhalt kann es kaum geben.* Ein Blick auf das Fischgräten-Parkett im Flur zeigte Abriebspuren, Schmelzwasser und Kratzer im Holz. Und einen kleinen Blutspritzer. *Mehr als eine Person.*

Unvermittelt öffnete sich die Tür zur Nachbarwohnung.

Auf der Schwelle stand eine attraktive Blondine Anfang zwanzig, die ein hautenges hellgraues Kleid mit einer schwarzen Lederjacke darüber trug. Sie war barfuß, und ihr hübsches Gesicht zeigte einen Hauch von Besorgnis.

»Sie müssen Herr Bourreau sein«, sagte sie mit erotischem Timbre in der Stimme. »Guten Tag. Ich habe gehofft, dass Sie auftauchen. Dann muss ich die Hausverwaltung und die Bullen nicht anrufen.«

Verwundert sah er auf das Klingelschild, aber der Name fehlte. Die gute Frau Schulzki musste irgendwann in den letzten Tagen ausgezogen sein.

»Ja, bin ich.« Er ließ seinen Flur nicht aus den Augen und rechnete mit dem Auftauchen seines ungebetenen Besuchs. Sicherlich hatten die Einbrecher die Stimmen gehört.

»Ich bin die Neue.« Sie streckte ihm die Hand hin. »Circe heiße ich.«

Wie passend zu ihrer Erscheinung und der Stimme. Malleus nickte ihr zu, ohne die Finger zu ergreifen. »Freut mich. Nehmen Sie es mir nicht übel, aber –«

»Es waren drei«, plapperte Circe los. Der Deringer in seiner Hand machte ihr offenbar keine Angst. »Kamen mir gleich seltsam vor, die Ficker. Sie trugen zwar Wartungsoveralls, benahmen sich aber nicht wie jemand vom Fertility Management. Facility Management, meine ich.« Circe warf die blonden Haare zurück und pochte gegen ihren Türspion. »Ich hab sie gesehen und Lärm gemacht. Da sind die Arschgeigen abgehauen.«

Malleus steckte den gesicherten Deringer weg. Circe hatte die Gefahr vorerst in die Flucht geschlagen. »Wann war das?«

»Vor etwa … fünf Minuten.« Sie lächelte hinreißend. Jede Model-Agentur würde die junge Frau auf der Stelle unter Vertrag nehmen. *Und vermutlich zuerst an ihrer Ausdrucksweise arbeiten.* »Habe ich das gut gemacht?«

»Das war schon mal mutig. Aber warum haben Sie nicht die Polizei gerufen?«

»Wollte ich ja eben. Sie kamen mir dazwischen.« Circe schaute betroffen. »Oh, scheiße. War das falsch? Ich hab keine Erfahrung mit Einbrechern und was man dann tut.«

Malleus musste sich das Lachen verbeißen. »Ist schon gut. Die Typen wären so oder so weg gewesen.« Er zückte den PDA und sandte der Lipsker Polizei seine Bitte um ein Einbruchsermittlungsteam. »Können Sie das Trio beschreiben?«

»Kann ich.« Erstaunlich genau begann Circe, ihre Beobachtungen wiederzugeben. »Haben Sie den Aushang der Hausverwaltung unten gesehen? Sind ja wohl öfter scheiß Einbrecher da, die es auf den Keller abgesehen haben. Jetzt gehen die Wichser an die Wohnungen«, flötete sie mit einer Wut, die sie niedlich wie ein tobendes Eichhörnchen wirken ließ.

»Habe ich. Danke, dass Sie achtgegeben haben. Darf ich Ihnen für Ihren Mut eine Kleinigkeit angedeihen lassen?« Sie verneinte großmütig, und Malleus deutete in ihren Flur. »Jetzt gehen Sie bitte wieder rein. Sobald die Kollegen da sind, schicke ich sie zu Ihnen für eine Aussage.«

»Klar, Herr Inspektor.« Circe musterte ihn neugierig und spielte mit einer blonden Locke, legte ihren Kopf leicht schief. »Sie arbeiten bei Interpol und jagen Götter, habe ich gehört. Stimmt das?« Ihre Augen leuchteten, der Mund war leicht geöffnet.

Ein, zwei falsche Dialogzeilen, und dies könnte der Auftakt eines Amateurpornos werden, dachte Malleus. »Ich kläre Verbrechen auf. Und manchmal sind Entitäten verwickelt«, korrigierte er und machte erneut eine auffordernde Bewegung. Er wollte sich in seiner Wohnung umschauen, bevor die Spurensicherung eintraf, ohne dass sie ihn dabei beobachtete. »Bis nachher.«

»Das klingt aufregend!« Circe schlüpfte zurück in ihre Wohnung. »Sagen Sie, wie kann man sich nur mit Göttern anlegen?«

»Jemand muss es tun.«

Sie zwinkerte ihm zu und schenkte ihm ein Lächeln. »Dann machen Sie mal weiter damit, heldenhafter Nachbar. Wir sehen uns!« Dann fiel ihre Tür ins Schloss, und das aufgeregte und überdrehte Lachen der jungen Frau klang durch das Holz.

Bestimmt Schauspielerin. Malleus zog die Schuhe aus und betrat seine Zweitwohnung, machte eine rasche Exkursion durch die Räume, ohne eine sichtliche Veränderung vorzufinden. Alles stand und lag an seinem Platz. Die Einbrecher hatten offenbar keine Zeit gehabt, die Einrichtung zu durchwühlen und Beute zu machen.

Er setzte sich in seinen großen Chesterfield-Sessel und überlegte, zog dabei das Culebra-Etui aus der Manteljacke. *Und wenn es doch nichts weiter als Zufall ist, dass am gleichen Tag die Niederlassungen der Gebrüder Karak und meine Wohnung heimgesucht werden?* Manchmal blieb ein Einbruch eben ein Einbruch. *Aber drei Leute? Das ist sehr auffällig.* Andererseits hatten sie Serviceoveralls getragen. Damit fragte kaum einer nach einem Ausweis oder dem Auftrag der Hausverwaltung.

Malleus ließ den Blick durch sein Wohnzimmer schweifen, über die Einrichtung bis hinauf zur Stuckdecke. Sicherheitshalber würde er nach Wanzen und Kameras scannen lassen. Spione konnte er nicht gebrauchen.

Schon gar nicht in seiner Lage.

Er wählte eine gezackte Zigarre mit grüner Banderole und steckte sie in den Mund, entzündete den Holzspan aus dem Etui mit dem Feuerzeug und steckte sich damit die Culebra an. Auf diese Weise wurde der Geschmack des Tabaks nicht beeinträchtigt.

Oder hat der rätselhafte Einbruchsversuch mit ihr zu tun? Gedanklich schwenkte er zu Oona Milord, die zur Fahndung ausgeschrieben worden war. Von Interpol.

Sie und Malleus kannten sich, hatten in kniffligen Fällen auf geheime Weise zusammengearbeitet. Und eigentlich hielt er sie für eine von den Guten, weswegen er sich erlaubt hatte, sich ein kleines bisschen in sie zu verlieben. Zum ersten Mal seit dem lange zurückliegenden Tod seiner Frau und seiner Tochter.

Gerade als Malleus mit Marianne Lagrande beim Essen gesessen hatte und sie gemeinsam ihren Aufstieg zur gleichberechtigten Ermittlungspartnerin hatten feiern wollen, war der Suchaufruf der Zentrale eingetroffen. Es hatte Malleus sehr viel Contenance gekostet, sich nichts anmerken zu lassen.

Oona, mit langem O. Malleus seufzte und sah sich erneut den Haftbefehl auf seinem PDA an. Ihre Wege hatten sich gekreuzt, weil Milord für die Geheimorganisation Deus Ex Machina, kurz D.E.M., arbeitete, die sich zur Aufgabe gemacht hatte, das Auftauchen von Fremdgottheiten zu verhindern. Niemand sollte erfahren, dass sich weitere Göttlichkeit im Kosmos herumtrieb, die versuchen könnte, auf der Erde Wurzeln zu schlagen. Die heimischen Entitäten reichten der Welt vollkommen aus. D.E.M. sondierte, sicherte und erstickte jegliche Ansätze im Keim, wann immer es möglich war; die Organisation hob Anhänger von nicht anerkannten Fremdgottheiten aus, die ihren externen kosmischen Entitäten ein Leuchtfeuer zur Erde bieten wollten.

Malleus las paffend den Interpol-Bericht, obwohl er die Zeilen und Bilder auswendig kannte. Der Rauch krümmte sich und kräuselte in der Luft, als bildete er sein verwirrendes Gefühlsleben ab.

Oona Milord wurde wegen mehrfachen Mordes in Oxford, Moskau und Bononia-Bologna gesucht. Die Opfer waren durch die Bank angesehene, mitunter berühmte Leute in hohen wirtschaftlichen und gesellschaftlichen Positionen. Aufgrund intensiver Ermittlungen war Interpol auf Spuren von D. E.M. gestoßen, die mangels besseren Wissens fortan von Malleus' Vorgesetztem Ilja Lautrec und der Zentrale als Terrororganisation geführt wurde. Leider konnte Malleus seine Stimme nicht zu Milords Gunsten erheben und erklären, was sich wirklich hinter D. E.M. verbarg und was er über deren wahren Ziele wusste. Das hätte ihn weder bei seinem Vorgesetzten noch bei den übergeordneten Stellen gut dastehen lassen.

Seit dem Fahndungsaufruf hatte er keinen Kontakt mehr zur brünetten Frau mit der auffällig dunkelroten Strähne am linken Stirnansatz. Absolutes Schweigen auf sämtlichen Kanälen. Das bereitete Malleus ernsthaft Sorgen, und er spürte in sich das stetig stärker werdende Gefühl, Oona Milord helfen zu wollen. *Sie steckt in riesigen Schwierigkeiten und ist gleichzeitig einer ziemlich großen Sache auf der Spur.* Das wusste er.

Es klopfte laut im Flur.

»Inspektor Bourreau?«, rief eine juvenile Männerstimme. »Polizeimeister Renner und die Spurensicherung.«

»Sehr gut.« Er rollte die Asche zusammen mit der Glut im bereitstehenden Aschenbecher ab und stemmte sich aus dem dunkelroten Ledersessel. Die Zigarre musste nun länger halten als für einen raschen Denkerschmauch zwischendurch. »Ich komme. Fangen Sie mit der Befragung bei Frau …« Malleus erinnerte sich nicht, den Nachnamen seiner neuen Nachbarin gehört zu haben. »Die Tür rechts von Ihnen aus. Meine Nachbarin hat die Einbrecher gesehen und kann sie gut beschreiben.« Er trat in den Flur und sah Renner sowie eine Dame im weißen Schutzanzug, die bereits das Schloss zur Abnahme von Fingerabdrücken präparierte. »Danke, dass Sie so schnell gekommen sind.«

Der junge Schutzpolizist tippte sich an den Helm. »Klar, Inspektor. Wie hätte ich *diese* Meldung an mir vorbeigehen lassen können?« Dann klingelte er bei Circe. »Meine erste Einbruchsbefragung.«

Die Tür öffnete sich nicht.

Die junge Frau hatte offenbar nicht gewartet, was Malleus ärgerlich fand.

Sein PDA brummte. Eine neue Dienstmail traf ein. Ein Blick auf das Display genügte: Lautrec brauchte ihn dringend in Lutetia. Ein neuer Fall erwartete Malleus, und das zu einer denkbar ungünstigen Zeit.

***

Celtica, Paris-Lutetia, Dezember 2019

Marianne Lagrande sah von ihrem Computermonitor gewohnheitsmäßig zur Bürouhr, die kurz nach drei Uhr nachmittags anzeigte. Natürlich könnte sie die Zeit ebenso vom Display ablesen, aber der Blick nach oben gehörte für sie dazu. *Zeit für einen Kaffee und eine kleine Süßigkeit.*

Von einer Rechercheassistentin zur gleichwertigen Ermittlungspartnerin von Malleus Bourreau aufgestiegen zu sein, machte die Mittdreißigerin unfassbar stolz. Ilja Lautrec und Interpol bezahlten sie zwar noch immer zu gering für ihre neue Stellung, doch das änderte sich gewiss bald.

Und wenn es keine Gehaltserhöhung gibt, mache ich mich selbstständig. Als Freie Ermittlerin, bei Belenos! Seit ihrer Rückkehr aus Kopenhagen nannte sie sich »Rianne«, weil sie ihren Vornamen zu spießig und nicht passend für ihre neue Stellung fand. »Mariannes« blieben ein Leben lang Sekretärin.

An diesem Tag trug sie ein dunkelgrünes Businesskostüm mit auffälligen Applikationen und breiten Schulterpolstern mit gelbgoldenen Kordeln – ein militärisch angehauchter Look im Stile der Achtziger. *Morgen wieder Jeans, Bikerboots, Shirt und Karohemd.* In der Monitorreflexion prüfte sie den Sitz der hochgesteckten hellen Haare sowie den Kajalstrich um die blaugrünen Augen. *Parfait.*

Ihr Blick richtete sich auf das fenstergroße Smartboard an der Wand, wo die Informationen zum Todesfall in An Clochán aufflackerten, den sie und Bourreau untersuchen sollten. Für Nicht-Iren hieß der Ort Clifden, und er war die inoffizielle Hauptstadt von Connemara in der Grafschaft Galway auf der grünen Insel Irland, die offiziell Éire hieß. Bilder, Obduktionsberichte, Zeugenaussagen, Straßenkarten und sogar ein Satellitenbild ließen sich mit einem Klick aufrufen.

Mein erster Fall als offizielle Ermittlerin. Glücklich seufzend erhob sich Rianne von ihrem Schreibtischstuhl und ging zur Kaffeemaschine, ließ einen Milchkaffee in die tiefe Bol plätschern und nahm sich ein abgepacktes Mini-Schokohörnchen aus dem Korb mit den Süßigkeiten. Die langen, schwarz lackierten Fingernägel machten mit der widerspenstigen Folie kurzen Prozess. *Bon. Was haben wir Neues?* Sie trank und sah über den Rand der Bol zu den Informationen am Wanddisplay.

Noch bevor sich Rianne in den Fall hineindenken konnte, öffnete sich die Tür.

Bourreau trat ein, den abgetragenen Militärmantel über dem Arm und den schwarzen Hut in der Hand. Das kurtaähnliche Obergewand in Dunkelgrün passte perfekt zur schwarzen Stoffhose. »Bonjour, Madame Lagrande«, grüßte er halbherzig. »Das duftet sehr gut.«

»Die beste Kaffeemaschine im ganzen Gebäude, Monsieur L'Inspecteur.« Rianne prostete ihm angedeutet mit der Kaffeeschale zu. »Auch einen?« Sie sah, wie fahrig und aufgewühlt er war. Er hatte die längeren dunklen Haare nach dem Abnehmen des Huts nicht gebändigt, einzelne Strähnen hingen unordentlich herab. Zudem brannte keine Culebra in seinem Mundwinkel. »Mon dieu! Sie gewöhnen sich doch nicht etwa das Rauchen ab?«, entfuhr es ihr.

»So in etwa«, murmelte er und trat vor das Smartboard, fuhr sich über den ausrasierten Bart und betrachtete das Datensammelsurium. »Was sehe ich da, Madame?«

Das ist kein gutes Zeichen. Rianne wunderte sich, riss sich aber schnell zusammen. »Der Name des Opfers ist Sean Ratheby. Er befand sich laut Aussage seiner Lebensgefährtin Ireen Monaghan alleine in seinem Erlenhain, um zu Cromm Cruach zu beten.« Sie biss vom Hörnchen ab und stellte die Bol zur Seite, nahm die Fernbedienung, um die entsprechenden Bilder damit nacheinander nach vorne zu holen und zu vergrößern. »Eine Statue von Cromm Cruach, einem keltischen Toten- und Unterweltsgott, befindet sich seit Jahrhunderten an diesem Ort. Das und der letzte alte Erlenhain in Irland sollen die Gründe für Ratheby gewesen sein, das Land überhaupt zu kaufen. Danach hat er den Zugang für die Öffentlichkeit gesperrt.«

»Wann war das?«

»Vor sieben Jahren. Exakt zum Erscheinen der Entitäten.« Rianne vergrößerte die Tatortaufnahmen. »Gestern wurde Sean Ratheby vor der Statue erschlagen. Oder besser gesagt: *davon.* Die Experten der Spurensicherung und ein Gesteinskundler haben übereinstimmend ausgesagt, dass die Statue weder marode war noch Beschädigungen aufwies, die zum Umfallen führen mussten. Der Marmor befand sich in einem tadellosen Zustand.«

Bourreau setzte sich auf die Kante ihres Schreibtischs. »Ein Unwetter?«

»Nicht mal starker Wind.«

Bourreaus Kopf fuhr herum, der Ausdruck in seinen Augen lag

zwischen genervt und wütend. »Die Polizei in Clifden glaubt, dass ein Gott erschienen ist und die Statue auf Ratheby geschubst hat? Verstehe ich das richtig?«

»Sind Sie jetzt sauer auf *mich?*«, gab sie zurück.

Er schloss für zwei, drei Sekunden die Lider, seine Miene entspannte sich. »Verzeihung. Sie können nichts dafür, Lagrande.«

»Wofür denn?« Bourreau winkte ab. Rianne kaute den letzten Bissen Schokohörnchen, den sie mit einem Schluck Kaffee hinabschwemmte. »Bon, dann nicht.« *Irgendetwas macht ihm sehr, sehr schwer zu schaffen.* »Alors, es gab Drohungen gegen Ratheby.«

»Von wem?«

»Aus Clifden. Dort gibt es einen konkurrierenden Donn-Kult, dem der Hain und die Statue ein Dorn im Fleisch sind. Donn ist ebenfalls ein Totengott.« Rianne ließ die dazu passenden Bilder nach vorne zoomen. Sie hatte ihre Hausaufgaben sorgfältig gemacht. »Laut der Lebensgefährtin sei Ratheby prophezeit worden, dass Donn höchstselbst das Mal der Schande auf ihn stürzen werde.«

Bourreau schwieg und starrte auf das Smartboard, ohne zu blinzeln. Eine halbe Minute verging.

Rianne machte sich zunehmend Sorgen. *Was beschäftigt dich wirklich, Bourreau? Die nette Miss Milord?*

Nach dem dramatischen Abschluss ihres ersten aufreibenden Falls hatte er Rianne in Kopenhagen zum Essen eingeladen, sie zu seiner Ermittlungspartnerin ernannt und ihr zur Bekräftigung einen Kuss gegeben, dem sie immer noch nachspüren konnte. Was für ihn eine Geste zur Bekräftigung seiner Dankbarkeit gewesen war, brachte ihre eigene Gefühlswelt gehörig durcheinander.

Ich sollte nicht anfangen zu grübeln. Rianne räusperte sich. »Inspecteur?«

Bourreau zuckte ertappt zusammen. »Ja, ich … überlege noch.« Er löste sich vom Schreibtisch und vergrößerte das Tatortbild auf dem Wanddisplay weiter und weiter. »Sehen Sie das, Lagrande?«

Rianne betrachtete die Bruchkante der Statue, die der Inspektor bis zur Pixelbrechung herangezoomt hatte. »Der Marmor scheint an der Oberfläche heller.«

»Genau.« Er suchte im Bericht der Spurensicherung und des Gesteinskundlers. »Hier steht nicht, welcher Künstler oder welche Künstlerin die Cromm-Cruach-Statue erschuf. Haben wir etwas darüber?«

»Nein.« Rianne war verblüfft. Daran hätte ich selbst denken müssen. *Lagrande, du wirst schlampig.* »Das dürfte einige Jahrhunderte her sein. Kann ich herausfinden.«

»Tun Sie das, bitte.« Bourreau zog die Tatortfotos nach vorne und betrachtete sie in schnellem Wechsel. »Ratheby wollte beten, sagte die Lebensgefährtin«, sprach er dabei langsam vor sich hin. »Warum sehe ich weder Opfergaben noch Weihrauch oder irgendetwas, das auf Anbetung hinweist?«

Rianne atmete tief ein. *Verflucht. So was von schlampig.* »Ein spontanes Gebet?«

»Möglich.« Er tastete an seinem Oberteil nach dem Etui, in dem er seine Culebras aufbewahrte, hielt inne und steckte die Hände in die Hosentaschen. Auch das hatte Rianne noch nie erlebt. Langsam senkte sich Bourreaus Kinn. »Mister Ratheby wurde von Cromm Cruach vielleicht erschlagen, weil er nichts mitgebracht hat. Der Zorn eines ungerechten Gottes, der sich das Leben des Mannes als Gabe nahm.« Unvermittelt schob er den Oberkörper nach vorne. »Marmor, ja?«

»Ja.« Rianne versuchte zu ergründen, was er entdeckt hatte und ihr entgangen war. »Sie denken demnach, eine Gottheit hatte ihre Finger im Spiel?«

»Es gibt keine Götter. Eines Tages werden Sie das auch erkennen, Lagrande. Alles nur Trug und Täuschung.« Bourreau zog die Hände aus den Taschen und legte die Finger zusammen. »Aber ich gestehe Ihnen etwas.«

»So?«

»Ich weiß nicht, was genau an diesem Tod nicht stimmt. Nur, dass es so ist.«

»Denken Sie, eine Culebra würde helfen?« Rianne hatte aufgepasst, welche Farbe er in welcher Situation bevorzugte. »Eine mit grüner Banderole?«

»Oh, Sie haben keine Ahnung, *wie* gerne! Doch mein Lieferant ist … abgebrannt. Buchstäblich.« Bourreau tippte sich mit dem Zeigefinger gegen seine Nasenspitze. »Mein Spürsinn und mein Bauchgefühl versagen hier. Daher bleibt uns nur eins.«

Rianne lächelte. »Wir packen die Koffer?«

»Wir packen die Koffer.«

»Connemara soll sehr schön sein.« Rianne stellte die Bol unter die Kaffeemaschine. »Noch eine davon, und es kann losgehen.« Sie freute sich auf den Abstecher nach Clifden, und sie freute sich auf mehr Zeit mit dem Inspektor.

***

»Als ich klein war, glaubte ich,
Geld sei das Wichtigste im Leben.
Heute, da ich alt bin, weiß ich: Es stimmt.«

Oscar Wilde (1854–1900),
irischer Schriftsteller

KAPITEL II

Éire, Connemara, Clifden, Dezember 2019

Malleus hatte die moorige Wiese hinter dem stattlichen Herrenhaus namens Black Alder Hall passiert, das an der Lower Sky Road lag, und ging nun durch den sich anschließenden Schwarzerlenhain. Die kahlen Äste der dunkelrindigen Laubbäume rauschten leise im frischen Winterwind; die Meeresbrise brachte das Geschrei der Möwen mit sich. Leise rumpelte die Brandung gegen das nahe Kliff.

Tief atmete er die saubere, salzige Luft ein und aus. Ein und aus. Dabei zwang er sich, seine Schritte langsam auf die feucht-federnde Erde zu setzen, um sich und seine Gedanken zu beruhigen. Neben ihm lief Lagrande, ihren Militärrucksack mit Untersuchungsutensilien auf dem Rücken. Sie hatte sich für bequeme Retro-Optik-Outdoorkleidung entschieden und setzte damit einen Kontrast zu seinem auffälligen Militärmantel, zu Hut und Handschuhen.

Nur eine halbe Culebra hatte Malleus sich in den letzten Stunden gegönnt, blaue Banderole. Angesichts seines überschaubaren Vorrats durfte er nicht verschwenderisch sein, solange Karak verschwunden blieb. Nur der Schneidermeister vermochte Nachschub zu organisieren.

Das BKA in Germanien bearbeitete den Fall. In Absprache mit Ermittlern aus London, Paris und Mailand hatte man sich darauf geeinigt, dass gezielte Bombenanschläge zeitgleich auf die Firma *Karak et Frères* stattgefunden hatten. Das Handyfilmchen vom Kampf zwischen überirdischen Wesen, das sich im Internet verbreitete, war nicht als evidenter Beweis für eine divine Einmischung anerkannt worden, denn vergleichbare Aufnahmen gab es von den anderen Standorten nicht. Daher gingen die Behörden von irdischen Motiven aus: Schutzgeld, Konkurrenz oder persönliche Animositäten.

Wie gerne würde ich mir eine Culebra anstecken! Seine Abhängigkeit von den Zigarren bereitete Malleus Sorgen.

Noch mehr, dass er keine neuen bestellen konnte.

Die normalen Zigarillos, die er sich am Flughafen gekauft hatte, halfen so gut wie gar nicht gegen die Unruhe, die Hitzewallungen, die Kopfschmerzen und weitere Entzugserscheinungen, die sich jede Stunde vermehrten. Die Rauchware hinterließ lediglich einen schalen Geschmack im Mund und das Nikotin kaum einen Kick.

In einer ähnlichen Lage hatte er sich vor nicht allzu langer Zeit schon einmal befunden. *In einem Flugzeug.* Doch dort hatte Malleus gewusst, dass er bald wieder an eine Culebra kommen würde. Der Gedanke, auf unbestimmte Zeit von Nachschub abgeschnitten zu sein, sorgte für einen plötzlichen Anflug von Panik, den er laut und tief wegzuatmen versuchte.

Ein und aus, Meeresbrise, ein und aus.

»Geht es, Inspecteur?«

Lagrande konnte sich wahrscheinlich denken, was ihm zu schaffen machte. Dass ein leichtes Zittern in seinen Fingern aufkam, verbesserte seine Stimmung keinen Deut. »Keine Sorge. Nur ein kleines Kreislaufproblem. Die viele frische Luft.« Er deutete nach rechts. »Da vorne müsste es sein.«

Sie folgten dem Trampelpfad auf eine künstliche, akkurat freigeschnittene Lichtung, die von Schwarzerlen umsäumt wurde. Prächtige Rhododendren zwischen den dunklen Bäumen wiesen auf den Mooranteil in der Erde hin.

Die anthropomorphe Cromm-Cruach-Statue lag an der Stelle, an der sie Sean Ratheby erschlagen hatte. Dem Bericht nach war sie lediglich von der Spurensicherung angehoben worden, um die Leiche zu bergen. Der humanoide Körper zeigte animalische Komponenten, am Marmor hafteten Reste der silbernen und goldenen Bemalung.

Das blau-weiße Flatterband der Polizei war teils von der Witterung, teils von Tieren abgerissen worden.

»Dann wollen wir mal«, murmelte Malleus und sehnte sich noch ein bisschen mehr nach einer Zigarre. »Fangen Sie mit der Abbruchstelle an, Lagrande. Ich sehe mich im Dickicht um, ob die Spurensicherung etwas für uns liegen ließ.«

»Wird gemacht.« Sie schritt auf das zerstörte Standbild zu und nahm den Rucksack von der Schulter, ging auf ein Knie herab und begann mit der Untersuchung.

»Achten Sie auf die Verfärbungen. Sollten Sie den Eindruck haben, der Sockel sei angeschlagen oder irgendwie manipuliert worden, rufen Sie mich sofort.« Malleus tauchte ins Unterholz ein und bewegte sich kreisförmig um die Kultusstätte; unterwegs drehte er schier jedes Blatt und jeden Stein um, wurde jedoch nicht fündig.

Stattdessen nahm das Beben seiner Fingerkuppen zu und wanderte aufwärts. Aus der Unruhe entwickelte sich eine stärker werdende Angst, die sich in seinem Kopf festsetzte und das logische Denken zu blockieren drohte. Sein Bauchgefühl und sein Gespür für Situationen wurden beeinflusst. Malleus schloss die Lider und lehnte sich mit dem Rücken an eine Schwarzerle. *Ich fühle mich wie ein Drogenabhängiger auf Entzug.* Feine Nadelstiche breiteten sich über seinen ganzen Körper aus, es stach sogar in seinen Augäpfeln. *Das muss aufhören!*

Er konzentrierte sich auf den Fall und rief sich in Erinnerung, was der Hain bedeutete und welche Besonderheiten von Belang sein mochten.

Die meisten größeren Bäume in Éire waren längst gefällt worden, die Aufforstung hatte erst vor einigen Jahren begonnen. Dieses Wäldchen hier fiel aus dem Rahmen: Die Schwarzerlen wuchsen seit Dekaden unangetastet an dem moorigen Platz über den Klippen. Und sie beherbergten das alte Heiligtum eines Totengottes.

Dass sich die Statue in einem wasserreichen Erlengrund befand, war der Symbolik zu verdanken: Der Hain stand für das Jenseits. Hellsichtige begaben sich hierher, um die Toten zu befragen. Gnome, Wassergeister und Irrlichter sollten sich hier herumtreiben, um unvorsichtige und gutgläubige Wanderer in die Irre zu leiten. Die Schwarzerle galt als Hüterin der Schwelle, die den Zugang zur keltischen Anderswelt bewachte. Meditierte man in ihrem Schatten, erhielten Auserwählte Zugang, hieß es.

Sollte sich Cromm Cruach einen Spaß erlauben und die Abbilder von Malleus' verstorbener Tochter und Frau aufsteigen lassen, wüsste er nicht, wie er reagieren würde. *Ich sollte an etwas anderes denken. Sonst beschwöre ich sie noch selbst herauf.*

Er lenkte seine Gedanken auf den rivalisierenden Donn-Kult, mit dem Ratheby im Clinch gelegen hatte. Er basierte auf Folklore, in welcher der Gott mit Schiffsuntergängen in Verbindung gebracht wurde und sich der Ertrunkenen annahm, um die Seelen sicher in die Anderswelt zu bringen. Donn wohnte als Totengott auf dem Cnoc Fírinne in der Grafschaft Limerick, den die Menschen »Totenberg« nannten.

Die Lage des Wäldchens über dem Meer und der Erlenbruch als Zugang zur Anderswelt erklärten den Streit um den Ort: Sowohl Donn als auch Cromm Cruach fühlten sich hier wohl.

»Inspecteur!«, rief Lagrande. »Ich glaube, ich habe was gefunden.«

»Sofort.« Malleus hob dankbar die Lider und machte einen Schritt nach vorne.

Leise knackte es unter seinem Schuh. Sogleich hielt er inne und senkte den Blick, hob die Sohle an. Zum Vorschein kamen zerbrochenes buntes Glas und verbogene silberne Drähte.

Die Überreste einer Diode? Malleus beugte sich nach unten und schoss einige Fotos mit dem PDA. *Eher einer Phiole.*

Er schob ein umherliegendes Rindenstück unter die Trümmer, um sie aufzunehmen und aus der Nähe zu betrachten. Sogleich bemerkte er den stechenden Geruch und sah, wie sich die verbliebenen Tröpfchen zischend durch das Holz fraßen.

Säure! Schnell legte er die Überreste zurück und markierte die Fundstelle auf der Kartensoftware.

»Inspecteur? Alles in Ordnung?« Lagrande klang besorgt. »Haben Sie sich verlaufen? Folgen Sie einfach meiner Stimme.«

»Witzig, Madame. Ich habe etwas gefunden, es könnte von Bedeutung sein. Schaue ich mir gleich genauer an.« Malleus kämpfte sich durch das Rhododendrendickicht zurück auf die Erlenlichtung.

Lagrande hatte den Rucksack teilweise ausgepackt. Im Strahl einer starken Taschenlampe kratzte sie am Steinsockel herum und analysierte den abgeschabten Staub in Plastikfläschchen mit diversen Testflüssigkeiten. »Da ist eine Ungereimtheit.« Sie gab eine weitere Probe vom Spatel in ein fingerhutgroßes Behältnis, drückte den Verschluss darauf und schüttelte es. »Und was haben Sie?«

»Eine Phiole mit Säure.« Malleus kam näher und zeigte ihr die Aufnahme. »Sie lag einige Meter von der Lichtung entfernt im Gebüsch.«

»Sie ist kaputt.«

»Leider bin ich draufgetreten.« Er vergrößerte das digitale Foto auf dem Display, wies auf das bunte Glas und die silbrigen Drähte. »Sagt Ihnen das etwas?«

»Nein. Ich erkenne keinerlei Zeichen oder Siegel.« Lagrande schüttelte immer noch die Probe, als wäre sie ein Cocktail mit schwer vermengbaren Zutaten. »Ist aber schwer zu sagen, in diesem zertrampelten Zustand.«

Malleus tat sich schwer damit, keinen Vorwurf rauszuhören. »Ich weiß, ich hätte besser aufpassen sollen.«

Lagrandes gezupfte Augenbrauen gingen leicht in die Höhe. »Na, wir können froh sein, dass Sie das Ding überhaupt gefunden haben.«

Er sah auf die sich verfärbenden Prüfflüssigkeiten in den Kapseln auf dem Boden. »Was untersuchen Sie?«

»Proben. Einmal vom Sockel, einmal von der Statue«, erklärte sie und hielt ruckartig mit dem Schütteln inne. »Aber nicht vom unteren abgebrochenen Stück, sondern vom Korpus.«

»Ah, guter Gedanke!«

Lagrande hob das Behältnis in ihren Fingern, in dem sich die Flüssigkeit von klar in Dunkelgelb gewandelt hatte. Als einzige von fünf. Die übrigen waren blau. »Na, wer sagt's denn. Es ist kein *echter* Marmor, sollte aber den Anschein machen.«

»Was folgern Sie daraus?«

»Dass Sockel und Fußstück von Cromm Cruach echter Marmor sind, der Rest der Statue aus einem anderen Stein besteht. Was genau, das muss ein Labor rausfinden.«

»Aus welchem Grund würde man das tun?« Es gefiel ihm, wie sie Ungereimtheiten aufdeckte und neue Ansätze herausarbeitete.

Lagrande grinste. »Kosten sparen, Inspecteur.«

»Oder weil der zweite Stein von seiner Beschaffenheit her Cromm Cruach mythologisch näher ist als Marmor.« Malleus nickte ihr zu. »Sehr gut gemacht.«

»Die Phiole könnte von den Donn-Anhängern aus Clifden stammen. Vielleicht wollten sie das Abbild des Frevels zerstören«, mutmaßte Lagrande und erhob sich. »Möglicherweise ist die Säure perfekt auf den Stein abgestimmt, aus dem die Statue besteht.«

Malleus besah sich die Bruchstelle. »Haben Sie am Sockel etwas gefunden, das einen Beweis für den Eingriff einer Entität darstellt und die Kollegen aus Clifden übersehen haben könnten?«

Sie schüttelte den hellblonden Kopf, ihre Miene eine einzige Enttäuschung. »Sollte eine Gottheit involviert gewesen sein, hinterließ sie keinerlei Spuren.«

Perfekt! Zum ersten Mal fühlte Malleus Erleichterung, nichts zu tun zu haben. Somit konnte er zurück nach Lipsk und die Nachforschungen rund um die Vorkommnisse zu Miles Karaks Verschwinden aufnehmen. Er hatte das in den Trümmern gefundene Ringfragment noch nicht untersuchen können und wollte dies so rasch wie möglich nachholen.

»Dann bleibt es bei einem Unfall durch Materialermüdung und Pech für Mister Ratheby. Fall abgeschlossen.« Lagrande packte zusammen und schulterte den Rucksack. »Wo ist diese Phiole, Inspecteur? Der Vollständigkeit halber würde ich sie gerne einsammeln und eine gesonderte Probe von der Säure nehmen. Fürs Labor.«

Malleus warf einen langen Blick auf die gestürzte Cromm-Cruach-Statue und die Abdrücke, die sie im morastigen Boden der Erlenlichtung hinterlassen hatte. Ihm war just ein Gedanke gekommen. »Was, wenn er sie absichtlich umgeworfen hat?«

»Bitte?«

»Ratheby. Was, wenn er sie selbst umgerissen hat?«

Lagrande grübelte. »Er selbst als Opfergabe für den Totengott? Damit er aus dem Hain direkt in die Anderswelt gelangt?«

»Nein.« Malleus umwanderte das verwitterte amorphe Standbild. »Die Phiole mit der Säure könnte sogar von Ratheby stammen. Weil er etwas hatte ablösen wollen.«

Lagrande machte große Augen. »Also denken Sie, es liegt etwas unter dem Marmorimitat?«

Malleus nickte bedächtig. Sein Jagdfieber war stärker als seine Kopfschmerzen. »Befindet sich zufällig ein Hammer in Ihrem Rucksack?«

»Aber klar doch.« Sie nahm den Rucksack nach vorne, kramte darin und reichte ihm das Werkzeug. »Was könnte in der Statue verborgen sein?«

»Schmuck. Ein Artefakt. Irgendetwas von besonderer Bedeutung«, zählte er auf. »Wissen wir etwas über die Historie der Statue, außer dass sie seit Jahrhunderten im Heiligtum steht?«

»Miss Monaghan, die Lebensgefährtin, erwähnte, dass in Mister Rathebys Arbeitszimmer etwas liegen würde. Im Tresor. Aber sie hat die Kombination nicht.«

Malleus bedauerte seinen Einfall bereits, da er ihm doch mehr Arbeit bescheren konnte. *Karaks Verschwinden duldete keinen Aufschub.* So entschied er sich für die einfachste Lösung. »Nehmen Sie sicherheitshalber eine Probe von der Phiole. Aber danach fliegen Sie nach Germanien«, entschied er. »Heute noch.«

Lagrande lachte einmal auf. »Was soll ich denn …?«

»Ich schicke Sie auf eine geheime Mission. Offiziell sind Sie mit mir weiterhin in Clifden unterwegs.« Er sah sie an. »Ihnen vertraue ich, Lagrande. Niemand sonst könnte diese Aufgabe bewältigen.«

Daraufhin lächelte die Mittdreißigerin warm. »Das Geheimnis

ist bei mir sicher. Was soll ich mit den Proben machen, Inspecteur?«

»Vergessen Sie den Fall vorerst. *Diesen* Fall. Den übernehme ich. Sie haben ab jetzt einen eigenen und werden sich stattdessen den Laden von *Karak et Frères* nochmals vornehmen. Vielleicht habe ich etwas im Geschäft übersehen, weil ich es zu gut kenne? Drehen Sie alles um.« Er konnte nicht länger warten und nahm das silberne Etui mit den Culebras aus dem Militärmantel. Ein, zwei Züge mussten sein. *Grüne Banderole.* Sorgsam entzündete er mit dem Feuerzeug zuerst den Holzspan und danach die Zigarre. »Finden Sie Hinweise auf den Verbleib des Mannes.«

»Des Mannes oder dieser schrecklichen Glimmstängel?« Sie griff sich an den Hals und simulierte ein Husten. »Bei Belenos! Ich weiß noch genau, wie die Dinger bei mir durchschlugen.«

Malleus nickte leicht verschämt. »Ich brauche sie.« Der Geschmack des außergewöhnlichen Tabaks beruhigte ihn, die Wirkung setzte sofort ein. Er entspannte sich und fühlte eine aufkeimende Euphorie. Das Belohnungszentrum im Hirn sandte seine fiesen Botenstoffe. Er paffte und blies den Rauch in den bewölkten Himmel. Die grauen Schlieren umspielten seine Stirn einmal, wanden sich um seinen Kopf, ehe sie zerstoben. »Dringend.«

»Ich habe mich immer gefragt, was es damit auf sich hat.«

Genau wusste Malleus es selbst nicht. In seiner Erinnerung waren die Culebras wie selbstverständlich Teil seines Lebens. Sie befähigten ihn zu seinen Taten, ordneten seine Gefühle, seine Gedanken. »Mein Körper ist zu sehr daran gewöhnt.« Er langte mit der freien Hand in die Tasche und reichte ihr das gefundene Ringfragment, dann fasste er zusammen, was er über den Überfall wusste. Während er es laut aussprach, wurde ihm bewusst, dass es zu wenig war, um einer Spur zu folgen. »Finden Sie Karak, Lagrande. Dahinter steckt mehr als der Anschlag eines Geschäftskonkurrenten. Da bin ich vollkommen sicher.«

»Wird gemacht. Ich finde Mann und Zigarren«, erwiderte sie.

»Bringen Sie mir jede dieser Culebras, die Sie finden können. Und kein Wort zu Lautrec, bitte.« Er ging in die Hocke und schlug mit dem Hammer an verschiedenen Punkten mit voller Wucht gegen die Statue. Da der Stahl keinerlei Zerstörung anrichtete, gab er das Werkzeug zurück, auch wenn es sich gut angefühlt hatte, auf etwas eindreschen zu können. *Ich brauche größeres Werkzeug. Dann mache ich Kies aus diesem Götzen.*

»Sie können sich auf mich verlassen. Aber danach« – Lagrande steckte das Werkzeug ein und ging los – »machen Sie einen Entzug, Inspecteur. Diese Schlangenzigarren sind nichts für Sie.«

Malleus sah ihr seufzend nach und schnippte die Glut der Culebra ab. Irgendetwas sagte ihm, dass ein Entzug nicht so einfach zu machen wäre. Erneut schloss er die Augen und lauschte auf die Geräusche des dunklen Hains, hörte den Wind und roch die Frische des Meeres. Er versuchte, die Ruhe des Erlengrundes aufzusaugen, in sich zu speichern, um sie später abrufen zu können.

Die Zeit verstrich.

Seine Gedanken drifteten in alle Richtungen wie ein aufgeregter Schwarm Insekten, nichts davon konnte er fangen und verfolgen. Ein Teil von ihm verlangte nach einem weiteren Zug an der Zigarre, die erloschen zwischen seinen Fingern steckte. Damit würde alles besser werden. Nur einen. Und noch einen.

Ich muss stark bleiben. Sonst …

Unvermittelt erklang hinter Malleus ein leises Knistern, gefolgt von lautem Knacken und dem Poltern von zerplatzendem Stein.

* A Ω *

Aha, aha, die lauschige Natur von Clifden.

Das ist alles Mist. Zu viel Grün, zu viel Moor, zu viele Ponys und Kaninchen und niedliche Viecher und zu viel … Wie nennt man das? Luft, die nach Meer stinkt?

Na ja. Ist ja bestimmt gesund.

Wobei, ich glaube, ich hab ein ganz anderes Problem, das kein Arzt dieser Welt lösen kann. Es sei denn, er hat einen guten Draht zu Loki und seinem Japanbruder. Pures Glück, dass ich am Auserwählten dranbleiben konnte. So, wie ich derzeit aussehe …

Aber keine Zeit zu jammern! Ich habe einen Auftrag. Meinen eigenen. Niemand tut ihm, dem ich folge, was an!

Die Achtziger-Frau und er schlagen sich auf eine Lichtung durch.

Ist nicht einfach, sich parallel zu ihnen zu bewegen und keine Geräusche zu machen. Ast hier, Busch dort, totes Laub überall, immer raschelt oder blubbert irgendwas. Komme mir vor wie in einem von diesen alten Edgar-Wallace-Filmen. Irgendwann springt dann ein Mörder aus dem Gebüsch.

Apropos, da ist doch irgendwas. Links von mir … Schritte! Jemand, der es auf Bourreau abgesehen hat? Schaue gleich mal nach, bevor es Ärger aus dem Hinterhalt gibt.

Tatsächlich! Zwei Typen in wetterfesten hässlichen Klamotten, die durchs Unterholz krauchen. Dann teste ich gleich mal, wie weit ich mit meinem Aussehen komme. Räuspern, lieb schauen und einen Ast laut zerbrechen, damit sie mich sehen.

KNACK!

»Hallo, ihr zwei Onkels.« *Meine Stimme ist zuckersüß-piepsig? Ja, scheiß die Wand an. Kann denn nicht einfach was normal sein?*

Die Männer zucken zusammen und drehen sich ruckartig zu mir. Das nenne ich ab heute den Sleepy-Hollow-Effekt.

»Na, wer bist du denn, Kleine?«, *flüstert der Rothaarige und wirkt gehetzt, schaut sich unentwegt um.*

Hähähä, klar. Er hat nicht damit gerechnet, eine Sechsjährige im Wäldchen anzutreffen; gekleidet wie ein englisches Schulmädchen, mit zwei Zöpfen und einem Turnbeutel vor sich. Ich kann es immer noch nicht fassen, dass ich am Morgen so aufgewacht bin. Erst eine Blondine, jetzt das! Scheiß Loki. Wetten, dass das seine Idee war, damit mir nicht langweilig wird? Was werde ich morgen sein? Eine halbmumifizierte Oma? Ein mexikanischer Profi-Wrestler? Ich schwö-

re, sobald ich irgendein Haustier werde, dann … Wobei: Eisbär. Eisbär wäre cool.

»Ich habe mich verlaufen«, *sage ich total niedlich und lege noch einmal Wimpernklimpern obendrauf.* »Meine Schule macht einen Ausflug, und ich glaube, die sind ohne mich weiter. Und ihr zwei Onkels? Habt ihr euch auch verlaufen?« *Shit, ich fange gleich an zu lachen.*

»Nein, wir … jagen … einen Hirsch«, *erklärt der andere Mann hastig, der einen leichten Überbiss und ein Kinn wie ein Bierhumpen hat.*

Ich komme langsam näher, stecke eine Hand in den Turnbeutel. Bei einem Kind sieht das immer harmlos aus. Niemand wird da argwöhnisch. »Kann ich mitmachen?«

»Was? Nein!«, *zischt der Rothaarige.*

Ich sehe, dass er eine Phiole zwischen den Fingern vor mir verstecken will, die mit Silberdraht umwickelt ist. »Was ist denn das?« *Diese kindlich naive Stimme ist sooo lustig.* »Darf ich das mal sehen, Onkel?«

»Nein. Das ist … ein … Hirschbonbon. Damit locken wir ihn an«, *redet das Bierglaskinn schnell.* »Wo ist denn deine Klasse?« *Suchend sieht er sich um.* »Das ist Privatbesitz, weißt du?«

Ich nicke total hinreißend, meine seitlichen Zöpfe wippen. Das fühlt sich lustig am Kopf an, hatte ich noch nie. »Ich weiß. Und es ist jemand gestorben, hat die Lehrerin gesagt. Deswegen ist der Mann von Interpol da. Soll ich den rufen? Der kann bestimmt auch Hirsche fangen.« *Es ist verflucht schwer, mich zu beherrschen und mir dabei nicht ins Höschen zu machen.*

»Nein, nein, den brauchen wir nicht«, *sagt der Rothaarige schnell.* »Geh da entlang.« *Er zeigt mit dem Arm zum Herrenhaus.* »Da ist Black Alder Hall. Die Monaghan hilft dir bestimmt, deine Klasse zu finden.«

Wieder nicke ich voller Engagement und renke mir fast den Hals aus. Wippedi, wippedi, wipp, machen die Zöpfe. »Sagt ihr Onkels mir vorher noch, was ihr mit dem Inspector vorhabt?« *Jetzt schauen sie genervt und ratlos.* »Ist ja kein Zufall, dass ihr in dem Hain seid.« *Genug herumgealbert. Ich ziehe meine gute APB aus dem Turnbeutel, eine vollautomatische, modifizierte Pistole, vor deren Mündung ein fetter Schalldämpfer sitzt. Haben die Russen damals gut gebaut. Sieht man bei sechsjährigen Schulkindern im Wald nicht so oft.* »Ich gebe euch fünf Sekunden. Onkels.«

Wie erstarrt, die beiden Vögel. Der Ausdruck! Herrlich! Ich hätte ein Video davon machen und hochladen sollen. Wäre der Renner geworden.

»Bist du Fann, die Meeresgöttin?«, *fragt der Rothaarige leise.*

»Es tut uns leid, dass wir in deinen Hain eingedrungen sind«, *raunt das Bierglaskinn.* »Wir wollen nur die Cromm-Cruach-Statue zerstören.«

Wer kennt sie nicht, Fann, die Meeresgöttin, mit einer russischen Vollautomatik und aufgeschraubtem Suppressor? Hätte ich nicht eher eine Harpune dabei, ihr Pfosten?

Aber die fünf Sekunden sind um, und ich beschleunige die Sache.

Mein Schuss löst sich so gut wie lautlos, der Schlitten klackt lauter als das Piut! der Treibladung; und die Kugel geht dem Rothaarigen mitten durch die Stirn. Ich fange die ausgeworfene heiße Hülse und jongliere damit, bis sie abgekühlt ist.

»Halt! Ich habe dir doch gesagt, was wir wollen, Fann!«, *stammelt sein Kumpel entsetzt und hebt beide Arme.*

Oh, stimmt. Mein Fehler, wie peinlich!

»Bitte, verschone mich, auch wenn ich zu Donn bete«, *haspelt er weiter.* »Wenn du willst, werde ich abschwören und einer von den Deinen.«

»Was ist das für eine Phiole?«

»Eine von unserem Druiden geweihte Säure. Sie löst das Schandmal auf, das Ratheby die ganzen Jahre vor uns beschützte«, *plappert er kreidebleich los.* »Als wir hörten, dass er tot ist, wollten Alec und ich die Gelegenheit nutzen.«

Na, das ist dumm gelaufen. Für uns beide.

»Puh, tja, hm.« *Ich schinde Zeit und überlege. Nicht, ob ich ihn laufen lassen sollte, sondern wo ich die Leichen verstecke. Sonst rennt das Großkinn zurück und schlägt in Clifden Alarm. Bin ich vorhin nicht an einem versumpften Entwässerungsgraben vorbeigekommen? Der wird es tun.* »Tut mir leid, Onkel.«

Zweimal abdrücken, die Projektile gehen in den Oberkörper, und aus die Maus. Jetzt schleppe ich die Trottel rasch zum Graben. Ich sehe zwar aus wie ein niedliches Grundschulmädchen, aber ich hab viel Kraft. Wenigstens daran hat Loki gedacht.

Die Phiole lasse ich mal für ihn, dem ich folge, liegen. Wenn er sie findet, kommt er bestimmt schneller dahinter. So, noch ein paar Handvoll Laub über die Blutspritzer, und schon bin ich weg.

* A Ω *

Rasch wandte sich Malleus zur liegenden Cromm-Cruach-Statue um, eine Hand am Cobray Deringer, in Erwartung eines Angriffs durch eine Entität.

Zu seiner Erleichterung hatten sich lediglich große Brocken aus dem falschen Marmor gelöst. Die Hammerschläge zeigten erst mit Verzögerung ihre Wirkung: Risse zogen sich in wirrem Muster über die verwitterte Oberfläche, an manchen Stellen gab es fingergroße Lücken, und vom rechten Steinarm war ein riesiges Stück abgeplatzt.

Was haben wir denn da? Malleus ging näher, rieb sich über das Bärtchen und betrachtete die Beschädigung genauer. Unter der Deckschicht kam ein zweites Kunstwerk zum Vorschein, das aus Granit zu bestehen schien. Das Cromm-Cruach-Standbild bildete die Hülle für den eigentlichen Götzen, der noch nicht in Gänze zu erkennen war. *Interessant,* dachte er, steckte sich den Bluetooth-Knopf ins Ohr und rief Lagrande an.

»Ich brauche den Hammer noch mal«, sagte er trocken.

»Das wird schwierig. Ich sitze bereits im Taxi zum Flughafen, Inspecteur«, erwiderte sie. »Wurde aus Ihnen jetzt ein aggressiver Atheist, oder sitzen Sie in einer Bar in Clifden und wollen eine widerspenstige Nuss öffnen?«

Malleus suchte nach einem umherliegenden Holzprügel, der als Ersatz für den Hammer dienen konnte. »Nein, so wichtig ist es nicht. Aber ich habe herausgefunden, dass die Statue nur die Hülle für ein zweites Abbild ist, das darin verborgen liegt.«

»Aha. *Das* erklärt die verschiedenen Gesteinssorten.«

Malleus sammelte einen abgebrochenen Erlenast auf, drosch auf die bereits beschädigten Stellen ein und legte Hieb um Hieb eine humanoide Steinfigur frei, die im Vergleich zum Cromm-Cruach-Standbild noch unförmiger war, beinahe grobschlächtig, wie von ungelenken Händen gemacht. Ganz deutlich zeigten sich darauf astrale Zeichen und Symbole, die durch feine Linien verbunden wurden. Diese Gravurarbeiten waren von kundigeren Händen angefertigt worden.

Das … habe ich schon mal gesehen! »Oh, verflucht«, entfuhr es ihm. »Lagrande, erinnern Sie sich an den Fall in Nippon?«

Für Sekunden herrschte Stille, nur die Fahrgeräusche des Taxis drangen aus dem kleinen Lautsprecher. »Sie meinen die lebendig gewordene Statue?«

»Genau die.« Malleus dachte an das Gefecht auf dem Dach des Hochhauses in Tokio zurück. Zunächst hatte er das Wesen für die Personifizierung eines unbekannten Gottes gehalten, hinterher jedoch von Oona Milord erfahren, dass es sich um einen Calator gehandelt hatte – ein lateinischer Begriff für *Rufer*. Die astronomischen Linien und Konstellationen auf ihnen konnten aufflammen und zu einem Leuchtfeuer werden, das in die Tiefen des Kosmos strahlte. *Ein Signal für unbekannte Entitäten, um sie zur Erde zu lotsen.* Milord hatte ihm auch gesagt, dass die Symbole noch nicht entschlüsselt seien und ihre D. E.M.-Experten daran arbeiten würden. *Ausgerechnet jetzt ist sie verschwunden. Ich hätte ihre Expertise benötigt.*

»Sind Sie noch dran, Inspecteur?«

»Ja.« Malleus setzte die Freilegung seiner Entdeckung fort. Nachdem die antike, verwitterte Schutzhülle einmal angebrochen war, ließ sie sich durch weitere Astschläge recht einfach abtragen. Der steinerne Cromm Cruach verschwand Hieb um Hieb, die Stückchen fielen auf die Moorerde oder spritzten davon.

»Soll ich umkehren?«, fragte Lagrande.

»Nein«, antwortete er rasch und leicht außer Atem. »Sie müssen die Cu… ich meine, Karak finden.«

»Gut. Aber wenn ich was für Sie recherchieren soll, ich kann das ausgezeichnet aus der Entfernung, wie Sie wissen.«

Guter Gedanke. Er fotografierte die freigelegten astral-astronomischen Zeichen und schickte ihr die Bilder. »Gleichen Sie die bitte mit allen Datenbanken ab, auf die Interpol Zugriff hat.«

»Wird erledigt. Gehen Sie immer noch von einem Unfall aus, was den Tod des armen Mister Ratheby anbelangt?«

Malleus nickte für sich selbst und schob den Hut in den Nacken. »Ja. Ich denke, Ratheby wollte Vorkehrungen treffen, um die Statue an einen anderen Ort zu bringen. Dabei stürzte sie auf ihn.« Malleus zögerte angesichts seiner Entdeckung. »Oder er wollte mit der Freilegung des Calators beginnen.« Mit dem Ärmel wischte er über die feuchte Stirn und schob eine lange dunkle Haarsträhne unter den Hut.

»Glauben Sie, dass das Verschwinden von Oona Milord damit zusammenhängt?«

Malleus kniff die Augen irritiert zusammen. »Wieso? Wegen des Calators?«

»War nur ein Gedanke, Inspecteur.«

Und kein schlechter, dachte Malleus. Die Organisation D. E.M. arbeitete wie Interpol kontinentübergreifend, allerdings ohne Austausch mit anderen staatlichen Einrichtungen. Kaum jemand wusste von ihrer Existenz oder ihrer Arbeit, die darin bestand, die Welt vor Fremdgottheiten zu schützen und beginnende Kulte sofort zu vernichten. Oona Milord vertrat die Ansicht, dass das Gesamtpantheon der Erde gut bestückt sei und keine weiteren Entitäten benötige.

Auf Malleus' Frage, warum die Götter ihr Territorium nicht selbst verteidigten, hatte die Agentin geantwortet, dass sie genug damit zu tun hätten, sich gegenseitig in Schach zu halten. Was D.E.M. als Gleichgewicht betrachtete, das von außen nicht beeinflusst werden durfte, sah Atheist Malleus als Unterdrückung an. Milords Sorge, dass das Eindringen einer unbekannten divinen Größe in das Gesamtpantheon zu weltvernichtenden Gefechten führen könnte, teilte er nicht.

»Bleibt die spannende Frage, ob Mister Ratheby wusste, was in Cromm Cruach schlummerte«, sagte Lagrande in seine Überlegungen.

»Das werde ich herausfinden. Miss Monaghan erwähnte den Tresor im Arbeitszimmer mit den Unterlagen.« Malleus dokumentierte seinen Fund fotografisch und versuchte, das Potenzial seiner unerwarteten Entdeckung abzuschätzen.

Ein Calator in den falschen Händen war eine brandgefährliche Sache. Man fand die grob gestalteten Statuen überall auf der Welt, sie waren jahrtausendealt und tauchten meistens als Nebenfund bei Ausgrabungen auf. Sie hatten eine kleine, aber eifernde Anhängerschaft, welche nach ihnen suchte und sie einsetzen wollte, um mit den herbeigerufenen fremden Göttern gegen die existierenden Pantheons vorzugehen und die Erde von den bekannten Entitäten zu befreien.

Dass ein Calator wie in einem trojanischen Pferd versteckt in einem Erlenhain auftauchte anstatt bei einer archäologischen Grabung, war laut Malleus' Wissen ein Novum. Es wäre an Oona Milord gewesen, die Lage richtig einzuschätzen. *Aber sie wird wegen Mordes gesucht.*

»Ich denke, ich werde Lautrec informieren, dass wir ein Team brauchen, das alles absperrt und sichert«, sagte er zu Lagrande und verließ die Lichtung, um auf dem Pfad zurück zum Herrenhaus zu gehen.

»Keine örtlichen Behörden?«

»Wenn ich es richtig verstanden habe, herrschte in Sachen Glaube so etwas wie Rivalität zwischen Mister Ratheby und den übrigen Bewohnern von Clifden. Ich gehe daher davon aus, dass mindestens ein Polizist nicht neutral bleiben würde, was ausreicht, um es kompliziert werden zu lassen«, erklärte er. »Außerdem: *Ein* Foto von unserem Calator im Internet, und der Aufruhr wäre vorprogrammiert. Sowohl unter den Menschen als auch den Entitäten. Das brächte enormen Ärger nach Connemara.« Er stapfte durch den lichter werdenden Schwarzerlenwald und beschleunigte seine Schritte. »Sie kümmern sich bitte weiterhin um Lipsk.«

»Mache ich, Inspecteur.«

»Halten Sie mich unbedingt auf dem Laufenden.« Malleus verließ das Wäldchen und überquerte die große, sumpfige Moorwiese, die sich anschloss. Aus dem Augenwinkel bemerkte er ein kleines Mädchen in Schuluniform, Mantel und mit einem umgehängten Turnbeutel, das in einiger Entfernung schlenderte und ihm lachend zuwinkte. Er erwiderte die nette Geste. »Danke, dass Sie das für mich tun.«

»Immer und jederzeit.« Lagrande legte auf.

Malleus sah Black Alder Hall vor sich aufragen und freute sich auf eine gute Tasse Tee. In England rechnete er nicht mit genießbarem Kaffee.

***

»In dunklen Zeiten wurden die Völker am besten
durch die Religion geleitet, wie in stockfinstrer Nacht
ein Blinder unser bester Wegweiser ist; er kennt dann
Wege und Stege besser als ein Sehender.
Es ist aber töricht, sobald es Tag ist, noch immer
die alten Blinden als Wegweiser zu gebrauchen.«

Heinrich Heine (1797–1856),
deutscher Schriftsteller, Journalist, Dichter

KAPITEL III

Germanien, Freistaat Sachsen (germanischer Teil), Lipsk (Leipzig), Dezember 2019

Rianne saß im halbwegs intakt gebliebenen Schneideratelier und machte Mittagspause mit Kaffee samt Lipsker Lerche von der Bäckerei um die Ecke. Auf dem Tisch vor ihr lagen die Fundstücke, die ihr Rätsel aufgaben.

Sie war das gesamte, größtenteils zerstörte Areal von *Karak et Frères* abgelaufen, hatte die Stockwerke allesamt unter die Lupe genommen und war im schnittsicheren hellblauen Schutzoverall samt Helm durch die stinkende Mischung aus feuchter Asche, verbrannter Ware, Parfum und Scherben gekrochen, um eine Spur zum Besitzer zu finden. Und zu neuen Culebras für den Inspecteur.

Das tat Rianne auf eigene Gefahr, wie sie dem sichernden Streifenpolizisten Renner vor Ort hatte schriftlich geben müssen. Der hintere Komplex war geräumt, die Statiker würden Messungen vornehmen, um zu entscheiden, wie sich der rückwärtige Teil von Barthels Hof retten ließ. Somit war Rianne allein und unbeobachtet.

Sie biss in die Lipsker Lerche, ein sehr süßes Butter-Mürbegebäck in Form einer kleinen Pastete mit einer Füllung aus Marzipan und Kirschmarmelade. Den Geruch nach erloschenem Feuer und Moder nahm sie gar nicht mehr wahr, sie erfreute sich am Duft des Getränks und des Küchleins.

Kauend betrachtete sie die drei Gegenstände, die sie verstreut im Laden gefunden hatte.

Da war eine Art Stachel, unterarmlang und dünn wie eine Stricknadel, aber in einer Dreikantform, die von irgendetwas abgerissen war. Bei einer Stichprobe hatte sich die Spitze durch dickes Leder geschoben wie durch Reispapier.

Da war ein gedrehtes Faserstück, etwa zehn Zentimeter lang, das aussah wie ein Teil eines größeren Verbandes. Machte es zuerst den Anschein, aus Nylon oder einem Kunststoff zu sein, erwies es sich nun als organisch. *Haar,* dachte Rianne. Gelegentlich pulsierte ein goldener Schimmer darin, der einherging mit spürbarer Wärme, als würde sich der Strang entzünden wollen und es nicht schaffen.

Und da war ein halber Ring. Sein Gegenpart, den Bourreau im Laden entdeckt hatte, befand sich in Lutetia im Labor und wurde untersucht. Zum Glück hatte Rianne ein Bild davon geschossen, bevor sie ihn eingesandt hatte. Mit bloßem Auge sah sie nun, dass sie zusammenpassten.

»Ein N«, murmelte sie und kaute. *Oder ein Z. Mit einem verschwindenden Kreis. Was mag das bedeuten?*

Sie hatte die Datenbanken von Interpol nach allen auch nur im Ansatz passenden Logos, Symbolen und Abzeichen via Computer durchsuchen lassen, aber einen Treffer hatte es nicht gegeben.

Der Innendurchmesser des Ringes sprach für einen Mann als Träger. *Könnte auch ein simpler Monogrammschmuck sein.* Rianne schlürfte vom kräftigen Kaffee und seufzte. Ihr Rücken tat vom Umherkriechen weh, die Knie waren unter dem Overall trotz der Schoner aufgescheuert.

Mit einem *Ping* rauschte eine Nachricht aus dem Labor herein, die sie sofort las.

Laut Untersuchung bestand der Ring aus reinem Titan. Das war insofern ungewöhnlich, da Titan zumeist ein weiteres Metall beigemengt wurde, was die Legierung einfacher zu bearbeiten machte und ihr bessere Eigenschaften verlieh. Im Bericht stand auch, dass es zu einer inneren Detonation gekommen war, die den Ring gesprengt hatte.

Freundlicherweise hatte der Laborant gleich einen erklärenden Zusatz angehängt. In reiner Form neigte das Metall bei erhöhten Temperaturen oder erhöhtem Druck zu einer Reaktion, deren Geschwindigkeit bis zu einer Explosion anwuchs. *Trotz Passivierungs-*

schicht reagiert Titan bei Temperaturen oberhalb von 880 Grad Celsius mit Sauerstoff, las Rianne.

Sie blinzelte mehrmals und hob den Kopf, sah hinaus in das verwüstete Geschäft, das schwer nach Bombeneinschlag aussah. Nach Feuer. Nach hohen Temperaturen.

Es war der Ring! Er ist explodiert.

Aber wie erreichte man beinahe neunhundert Grad ohne ein Schweißgerät oder einen Hochofen?

Die Antwort war klar: *Durch eine Entität.* Rianne sichtete das Filmchen des Kampfes erneut und verglich ihre drei geborgenen Gegenstände mit dem, was man im Staub und Rauch sehen konnte. Vage glaubte sie, einige Umrisse wiederzuerkennen. *Könnte passen. Aber was genau ist es?*

Sie machte Fotos von den Fundstücken und sandte diese an Bourreau. In seinem Namen würde sie die Gegenstände ins Labor senden, um die Herkunft sowie die Materialien genau analysieren zu lassen und die Entität vielleicht eingrenzen zu können.

Was Rianne nirgends gefunden hatte, waren Abrechnungen und Lieferscheine für die Culebras.

In Karaks Büro hatte, neben meterlangen, ramponierten Regalen voller Ordner an den Wänden, eine Festplatte mit Sicherheitskopien im aufgebrochenen Tresor gelegen. Nach Anhängen der Speichereinheit an ihren Mini-Laptop und einer raschen Suche fand sich auch darauf keine Spur von den Reisewegen der krummen Zigarren.

Erneut biss Rianne von der Lipsker Lerche ab und nippte am lauwarmen Kaffee.

Für sie sah es danach aus, als wäre mindestens eine Entität bei Karak reingeschneit. Mit wem hatte sie sich geschlagen? Einem Kunden? Oder gar dem Schneider selbst? Aber welcher Schneider hielt einer Gottheit stand?

Wobei – sieben auf einen Streich, erinnerte sie sich grinsend an das Märchen vom tapferen Schneiderlein. *Eine unterschätzte Berufsgattung.*

Rasch schrieb sie mit dem Daumen auf dem Smartphone ihren ersten Zwischenbericht an Bourreau und dass sich der Verdacht einer Entität vor Ort verdichtet habe. Das machte Rianne stolz: Sie ermittelte allein an ihrem eigenen Fall.

Dabei kam ihr ein weiterer Gedanke: Da es keine Einfuhrbelege für die Culebras gab, konnten sie nach Germanien geschmuggelt worden sein, gut versteckt zwischen den anderen Kisten, die an *Karak et Frères* gegangen waren.

Aber würde der Schneider seinen Ruf und seine Lizenz riskieren für Zigarren, so seltsam sie auch sind?

Das führte Riannes Gedanken zu einer zweiten Möglichkeit: Die besonderen und für Bourreau angefertigten Rauchwaren stammten gar nicht aus dem Ausland und vor allem nicht aus Übersee – sondern aus Germanien selbst.

Wäre das überhaupt möglich? Wächst die Pflanze in dieser Umgebung? Schnell suchte sie im Netz nach Informationen. Und staunte.

Im Jahr 1573 wurde zum ersten Mal Tabak auf dem Gebiet des heutigen Germaniens angebaut, natürlich von Geistlichen. Im Pfarrgarten.

Rianne unterdrückte ein Auflachen. *Das ist so typisch für den Klerus. Saufen und rauchen.*

Seitdem war die Tabakpflanze nicht mehr aus der Region verschwunden. Der Anbau war im Lauf der Jahrhunderte stetig verbessert worden, die Zucht und die Forschung in Tabakinstituten wurden vorangetrieben, bis billigere Ware aus Übersee und Blauschimmel den heimischen Arten zugesetzt hatten. Aktuell gab es nur noch wenige Flächen.

Aber es gibt sie! Rianne las von der Südpfalz, Nordbaden, der Uckermark, Bayern und Brandenburg als Hauptanbauorte. *Kann es sein, dass Karak die Culebras von dort bezog?* Nun würde sie nicht durch die Gegend fahren und jeden Tabakbetrieb befragen können. *Aber ich kann die Zigarren untersuchen lassen.*

Rianne erinnerte sich, zerdrückte Überreste auf dem Ladenboden gesehen zu haben. Mit etwas Beistand von Belenos würden die Auswertungen Rückschlüsse auf die Herkunft erlauben. Lautrec würde sie nichts sagen, und das Labor stellte gemeinhin keine Rückfragen.

Lerchensatt und kaffeewach erhob sie sich und rieb die klebrige Hand am schmutzigen Overall ab. Gemeinsam mit dem Stachel und der glimmenden Faser würden sich die Zigarilloreste auf den Weg ins Labor machen. Unbeantwortet blieben zunächst die Fragen, was *Karak et Frères* getan hatten, dass eine Entität die Läden in Schutt und Asche legte, und welche Rolle der Ring mit dem N oder Z darauf spielte. Dass Rianne so gar nichts über den Schneider und seine Brüder herausgefunden hatte, machte es nicht einfacher. Aber viel geheimnisvoller. *Und aufregender.*

Einen Umriss schob sich leise durch das Ladengeschäft, in der Rechten hielt er eine klobige Waffe. Renner war es nicht, die Silhouette des gepanzerten Polizisten hätte sie erkannt.

Merde. Rianne tastete nach dem Schulterhalfter, das auf dem Tisch lag und in dem die SIG SP2022 steckte, welche sie gegen ihre alte Beretta getauscht hatte. Eine Schießerei in Helm und Overall war nicht vorgesehen gewesen.

***

Éire, Connemara, Clifden, Dezember 2019

Malleus saß in Sean Rathebys aufgeräumtem Arbeitszimmer und sichtete Unterlagen sowie Datenträger, die er im Beisein von Rathebys Lebensgefährtin Ireen Monaghan aus dem Tresor genommen hatte. Mithilfe seines PDA und der Wartungsbuchse für das elektronische Schloss war ihm das Kunststück gelungen, die Verriegelung zu lösen.

Im Inneren hatten weder Geld noch Schmuck oder Wertpapiere gelegen. Dieser Tresor diente ausschließlich dazu, Arbeitsunterlagen und die Aufzeichnungen zum Calator zu sichern, den Ratheby mit der Eigenbezeichnung *Masterbeacon* versehen hatte. Und nun scrollte und las Malleus sich seit über einer Stunde durch die Notizen und Studien, die der Mann hinterlassen hatte. *Interessant, interessant.*

Das dunkel vertäfelte Arbeitszimmer fügte sich perfekt zum Rest von Black Alder Hall. Eine Wanduhr pochte laut im Sekundentakt, riesige Landschaftsgemälde nahmen zwei der Wände ein. Der Rest wurde von deckenhohen Regalen belegt, in denen sich Bücher und Kopien stapelten. Für genügend Licht sorgten Deckenspots und zwei Tischleuchten.

Malleus kontaktierte seinen Vorgesetzten Lautrec per Telefon, um mit ihm die ersten Ergebnisse zu besprechen. Interpol sollte verstehen, dass es beim Tod von Mister Ratheby zwar nicht mit einer Entität zugegangen war, dafür jedoch etwas Gefährliches in Clifden lauerte.

»Aus den handschriftlichen Anmerkungen geht hervor, dass Mister Ratheby das Haus ausschließlich kaufte, um an den Erlenbruch und die Cromm-Cruach-Statue zu kommen«, fasste Malleus seine Erkenntnisse zusammen.

»Was wusste seine Frau?« Lautrec sprach Französisch mit russischem Akzent, angeblich wegen seiner Ehefrau, die aus Moskau stammte.

»Seine Lebensgefährtin. Nichts, Monsieur. Sie war sogar gegen den Hauskauf, sagt sie. Wegen der Spukgeschichten aus dem nahen Erlenbruch und der Vergangenheit von Black Alder Hall.« Auch vor der Rückkehr der Gottheiten war der Volksglaube bei den Iren stark genug gewesen, um sich zwischen den Schwarzerlen und vor der Statue den Tod zu wünschen und in die Anderswelt einzutreten. Bei manchen war es nicht beim Wunsch geblieben. »Unerklärliche Selbstmorde und derlei.«

»Stimmt, was sie behauptet?«

Ireen Monaghan, achtunddreißig, schlank und äußerlich eine Klischee-Irin mit roten Haaren und grünen Augen, hatte keinerlei Interesse an den Unterlagen ihres Gatten gezeigt. Sie saß die meiste Zeit gedankenversunken im Kaminzimmer, einen Pott Tee in ihren Händen, und starrte mit vom Weinen geröteten Augen aus dem Fenster ins Nichts. Sie hatte ihn gebeten, dass er sie Ireen nennen möge, er hingegen sah keinen Grund, ihr seinerseits Vertraulichkeit anzubieten.

»Bislang habe ich keinen Grund zu einer anderen Annahme«, antwortete Malleus. »Da ich noch mindestens einen Tag bleibe, kann ich dazu bald mehr sagen.«

»Stehen diese Todesfälle aus der Vergangenheit in Verbindung mit dem Calator?«, hakte Lautrec nach. Im Hintergrund dudelte ein französischer Radiosender heitere Musik – ein Gegensatz zur Stille im riesigen Anwesen. Das einzige Geräusch stammte von den allgegenwärtigen tickenden und schlagenden Uhren, als wollten sie die Vergänglichkeit an diesem Ort greifbarer machen.

»Ich hatte noch keine Gelegenheit, mich in die Historie der Statue einzulesen. Kann sein, dass etwas in den Journalen der Vorbesitzer vermerkt ist. Die Familie Fitzpatrick hat das Haus mit allem verkauft, inklusive Einrichtung.« Malleus sah sich noch Stunden in der riesigen Bibliothek verbringen, in welcher er die historischen Tagebücher entdeckt hatte. »Mein Augenmerk lag zunächst auf dem Calator. Oder Masterbeacon, wie ihn Ratheby nannte.«

»Bon.« Lautrec lutschte schmatzend ein Bonbon. »Mal was anderes, Bourreau: Woher wissen Sie eigentlich so viel über Calatoren?«

»Nebenrecherche«, wich er aus, um Oona Milord nicht erwähnen zu müssen. »Ich stolperte bei einem anderen Fall darüber und halte sie seitdem für eine sehr große Gefahr.« Er öffnete die Datei, in der Ratheby seine Vermutungen zu der Statue festgehalten hatte. »Mister Ratheby ging davon aus, dass der Masterbeacon von einer versprengten römischen Aufklärungseinheit nach Clifden gebracht und im nahen Wald aufgestellt worden ist. Als Haingottheit. Er machte das am Sockel fest, der rudimentäre römische Inschriften aufweist.«

Diese These fand Malleus gewagt. Die Römer waren allenfalls im Westen der grünen Insel angelandet. »Ich sehe es anders, kann aber noch nicht mit einer eigenen Erklärung dienen.«

»Und wer hat den Calator danach in einer Schutzhülle verborgen?«

»Rathebys Ansicht nach die Kelten. Um sie vor den Christen zu verstecken, deren Macht sukzessive ab dem fünften Jahrhundert anstieg. Wir wissen ja, welche Ansicht über Götzen herrschte. Es gibt genügend Legenden darüber, wie der heilige Patrick die alten Entitäten besiegte.« Malleus sehnte sich nach einem Zug von der Culebra, die erloschen im Aschenbecher lag. Es strengte ihn unsagbar an, ohne den Tabak seine Gedanken zu ordnen und Schlüsse zu ziehen, aber er riss sich zusammen. Solange es keinen Nachschub gab, musste er sparsam sein. »Die Gerüchte über den *Gott im Gott* wurden als romantisierte Anekdote tradiert, die sich alsbald in etwas Finsteres und Böses wandelte. Mit der Rückkehr der Entitäten und dem Erstarken von Donn in der Region wuchs der Wunsch in Clifden, den Hain von Cromm Cruach zu säubern. Ratheby hat sich dagegengestemmt. Ziemlich ruppig, wie ich der Zahl der Anzeigen gegen ihn wegen Körperverletzung entnehme.«

Lautrec rührte vernehmbar in einer Kaffeetasse. »Wie ist Ratheby Ihren neuen Erkenntnissen nach gestorben, so ganz ohne Entität?«

»Da bleibe ich im Bereich der Annahmen, Monsieur.« Malleus aktivierte die Kamera des PDA und schwenkte sie auf den Tischkalender, auf dem der Todestag umkreist war, danach auf eine weitere Notiz, die er im Tresor gefunden hatte. »Ich denke, Ratheby wollte die Statue aus dem Garten in seine Werkstatt bringen, um den verborgenen Calator ungestört und abseits neugieriger Augen herauszuarbeiten. Er hat handschriftlich vermerkt, noch im Schwarzerlenbruch einen ersten Test durchführen zu wollen.« Er deaktivierte die Linse wieder.

»Ah, und das Experiment führte zu einem Resultat, mit dem er nicht rechnete: seinem Ableben.« Lautrec schlürfte laut an der Tasse und fluchte leise wegen der Hitze des Kaffees. »Seine Lebensgefährtin hat ihn gefunden und die Polizei in Clifden angerufen, was wiederum dafür spricht, dass sie nicht in die Sache eingeweiht war. Sonst hätte sie anders reagiert.«

»Genau, Monsieur. Was genau Ratheby getan hat, das zum Absprengen des Sockels geführt hat, entzieht sich meiner Kenntnis.« Malleus überflog seine Notizen, die er auf dem PDA gemacht hatte. »Miss Monaghan erwähnte vorhin, dass er einen gewissen Ernest Malloy kontaktieren wollte, der ihm bei der Restaurierung der Cromm-Cruach-Statue helfen sollte.«

»Das mit der Restaurierung war natürlich gelogen.« Lautrec schnalzte missmutig mit der Zunge. »Merde. Demnach haben wir es mit einem Mitwisser in Sachen Calator zu tun.«

»Ich fürchte, es sind mehr. Ratheby erwähnt keine weiteren Namen in seinen Aufzeichnungen, verfällt aber mehrmals in den Plural und schrieb davon, dass die anderen Sovereigns vor Neid erblassen werden«, fügte er an. »Möglicherweise nennt sich diese Gruppierung Sovereign.«

Das Display des PDA leuchtete auf, Lautrec hatte die Kamera eingeschaltet. Das rundliche, bärtige Gesicht seines Vorgesetzten wurde in Nahaufnahme sichtbar. Man hielt den Mittsechziger vom Äußeren her oft für einen Griechen, und selten hatte er gute Laune. Neben dem russischen Akzent gehörten zu seinen Markenzeichen die Farbverwirrungen seiner Kleidung; heute lag eine rote Krawatte auf einem hellblauen Hemd, das ein wirres gelbes Muster aufwies. Aus Höflichkeit aktivierte Malleus ebenfalls die Bildübertragung und lächelte verkrampft in die Kamera. Er wusste, wie fertig er aussah.

»Kann es sein, dass es auch mehrere dieser Calatoren gibt? Das wäre alarmierend.« Lautrec stellte die Tasse ab und sah direkt in die Linse. Zwei fingerlange, schwarze Locken verweigerten sich dem Gel und baumelten ins Gesicht. »Wir müssen herausfinden, wo diese anderen Leute stecken.«

»Ich habe den Namen Ernest Malloy und noch einige andere in den handschriftlichen Notizen entdeckt. Es könnte auch um weitere Standorte gehen, doch das muss ich genauer nachlesen. Es ist ziemlich klein und unleserlich geschrieben. Aber mit Malloy wird sich etwas anfangen lassen. Madame Lagrande, Sie kümmern sich?« Malleus hob den Kopf und tat so, als schaute er zu seiner Ermittlungspartnerin jenseits des PDA. »Sehr gut, meine Liebe.« Dann richtete er sein Augenmerk wieder auf Lautrec. »Ratheby schrieb in seinen Aufzeichnungen, dass die anderen Sovereigns stets von der Hand gewiesen hätten, ein Calator befände sich *über* der Erde. Noch dazu verborgen in einer Statue. Für ihn war es das Größte, einen Triumph über die Zweifler zu erringen.«

»Posthum wird es ihm nichts mehr bringen. Sie finden mir heraus, ob dieser Malloy und seine Freunde mehr Masterbeacons bei sich horten und was sie beabsichtigen, Bourreau.«

»Was sie beabsichtigen, liegt auf der Hand. Ich hab Ihnen bereits mitgeteilt, was die Aufgabe eines Calators ist.«

Lautrec sah auf den Bildschirm neben ihm, wo neue Informationen aufliefen, die Malleus nicht einsehen konnte. »Das Letzte, was wir brauchen, sind noch mehr Entitäten auf der Welt.«

»Da stimme ich Ihnen voll und ganz zu.« Er fuhr sich über den Fu-Manchu-Bart. »Auch wenn ich nicht glaube, dass es Gottheiten sind …«

»Jaja, jetzt keinen Vortrag«, unterbrach ihn sein Vorgesetzter. »Mir egal, was oder wer da auftaucht. Es würde Unruhe in das weltumspannende Pantheon bringen.« Er las stumm, was auf dem Display stand.

Malleus wartete höflich einige Sekunden, bevor er drängte: »Neuigkeiten, Monsieur?«

»Ja. Es geht um Ihr angefordertes Interpol-Team, Bourreau. Ich habe gerade die Nachricht bekommen, dass es in einer halben Stunde in Black Alder Hall ist. Treffen Sie schon mal alle Vorbereitungen für den Abtransport der Statue«, sagte Lautrec. »Die gerichtliche

Anordnung zur Beschlagnahmung habe ich Ihnen als Mail geschickt.«

Das wäre nicht nötig gewesen. Ireen Monaghan wollte mit dem Standbild nichts zu tun haben. »Danke«, sagte er trotzdem, denn damit war das Rechtliche geregelt.

»Gut. Gehen Sie an die Arbeit, Bourreau. Ach, geben Sie mir kurz noch Lagrande.«

Verdammt. »Oh, das ist Pech, Monsieur. Sie … ist gerade raus«, sprach Malleus bedauernd. »Soll ich ihr was ausrichten?«

»Fragen Sie, wohin sie den neuen Aztecico-Kaffee geräumt hat. Ich finde ihn nicht. Das Zeug in der Gemeinschaftsküche ist nicht zu genießen.« Lautrec strich die schwarzen Locken aus dem Gesicht und unterbrach grußlos die Verbindung.

Das war knapp.

Laute Wortfetzen drangen unvermittelt den Eingangsflur entlang und bis hinauf durch die offen stehende Tür des Arbeitszimmers. Mehrere Leute redeten aufgebracht durcheinander, zwischendurch erklang Ireens Stimme, welche die erhitzten Gemüter beruhigen wollte.

Malleus sah auf die große Standuhr. Die Interpol-Truppe konnte es noch nicht sein; zudem würde sie sich höflicher benehmen. *Was hat das nun wieder zu bedeuten?*

Er sprang auf und begab sich schnell die Treppe hinunter in den hallenähnlichen Eingangsbereich von Black Alder Hall.

Α Ω

Neuer Tag, neues Glück!

Der Loki-Susanoo-Zufallsgenerator hat mir beim Aufwachen wieder einen neuen Körper zugewiesen. Jetzt bin ich der Doppelgänger von jemandem – wie geil ist das denn bitte?

Keine Ahnung, wie das läuft. Ich weiß nur: Nachdem ich als gruselig-süßes Schulkind ein bisschen in der Nähe von diesem Spukhaus herumgelaufen bin, um mir die Umgebung anzuschauen, hab ich mir für nachts eine Bleibe im nahen B&B-Hotel gesucht. Ohne zu fragen, klar. Wäre ja noch schöner. Durchs Fenster im Angestelltenpausenraum eingestiegen, todmüde auf der Couch eingeschlafen und als genau DER Typ aufgewacht, der keine drei Meter von mir entfernt in dem Moment aus dem Klo kommt.

Tja.

Hat er direkt aufs Maul bekommen, und gute Nacht, Paddy. So sagt man doch zu Iren, oder? Na, jedenfalls liegt er verschnürt und geknebelt in einem Schränkchen. Kaltmachen wollte ich ihn nicht, weil ich Angst hatte, dass es was mit meinem Körper tut. Am Ende werde ich zu einem Blobb, weil der Bezugspart flöten geht, und fließe durchs nächste Abwassergitter. Kann ich mal bei Gelegenheit ausprobieren. Aber nicht jetzt.

Ich muss dringend zurück in die Nähe von jenem, dem ich folge.

Vielleicht verbringe ich die kommende Nacht doch besser in dieser Geistervilla?

Aber was, wenn ich dann zu Bourreau werde?

Hm. Kompliziert. Loki, der Saftsack, hätte mir eine Bedienungsanleitung dalassen können, aber ich schätze, das Ganze macht ihm und seinem Kumpel zu viel Spaß. Sitzen bestimmt bei einem Bier zusammen und schauen mir zu, wie ich mich bei dem Projekt schlage.

Schön, vorerst bin ich … was steht auf dem Namensschild? George Friendly.

Wie niedlich. Der freundliche Schorsch, und dabei sieht er aus wie ein grimmiger Bodybuilder, der Schwarzenegger, Bautista und The Rock nacheinander gefressen hat. Wie viel Umfang haben denn bitte meine Oberarme? Und wieso habe ich so einen kleinen Schwanz? Was hast du dir denn reingedrückt, George, mh? Muckis gegen Schwanzlänge. Clever ist das nicht. Aber im Stehen pissen tut gut!

Krieg ich eigentlich jemals meinen alten Körper zurück?

Will ich das überhaupt? Und wo ist meine APB? Ich habe sie noch nicht gesehen.

Die Tür zum Pausenraum öffnet sich ohne Vorwarnung, und irgendeine mittelreife Lady steckt den Kopf rein. »Machine, wo steckst du?«

Machine. Gut, der Spitzname ist in Ordnung. »Na, hier.«

»Das sehe ich. Aber wir wollten los. Ian und Alec sind aus dem Erlenbruch nicht zurückgekommen. Wir müssen sie suchen.«

»Kann nicht.« *Macht euren Scheiß alleine.*

»Wir brauchen dich aber!« *Empört schiebt sie sich ins Zimmer, die Outdoorklamotten passen ihr gerade so.* »Du musst der Monaghan ein bisschen Angst machen, damit sie auspackt. Sie muss Ian und Alec irgendwo auf dem Grundstück festhalten.«

Ah, jetzt wird es spannend. Ein kleiner Überfall auf die Alder Maniac Mansion? Lass mal hören, um was es geht. »Damit ihr was machen könnt?«

Sie kneift die kleinen Augen noch enger zusammen. »Sag mal, hast du dir die falschen Pillen eingeworfen?«

»Müssen billige B-nabolika gewesen sein. Die teuren A-nabolika waren aus.« *Schade, sie lacht nicht. Nicht empfänglich für schlechte Witze.* »Welchen Plan haben wir jetzt?«

»Welchen …?« *Sie baut sich vor mir auf wie ein Kind vor einem Riesen. Ob ich sie mit einem Tritt zerstampfen könnte?* »Wir vernichten diese Cromm-Cruach-Statue, das ist der Plan. Das war er schon immer. Hast du vergessen, dass darin das Böse lauert? Und wir befreien Alec und Ian.«

»Ach so, ja, klar. Weil Monaghans Alter tot ist.« *Ich bin im perfekten Körper gelandet. Damit kann ich vor Ort sein und den Retter spielen. Hahaha, mal sehen, was die Lady sagt, wenn ich die Seiten wechsle und Bourreau helfe. Ian und Alec. So hießen also die beiden Onkels, die ich im Entwässerungsgraben versenkt habe. Mal sehen, mit was die Statue gefüllt ist. Das Böse, uuuh! Regenjacke überwerfen, Abmarsch. Muss dann mal ohne APB klappen.* »Kann losgehen.«

Sie nickt mir genervt zu und marschiert voran. »Wir treffen uns mit Berry, Grace und den anderen vor Black Alder Hall. Mach hin, wir sind spät dran«, *schnarrt sie und verlässt das B&B mit mir durch den Hinterausgang.* »Wo ist dein Hammer?«

Mache ich einen Schwanzwitz oder nicht? Nee, zu abgelutscht. Oh, doch einen gemacht, hahaha! »Vergessen.«

Sie wirft die Hände in die Luft und sagt irgendwas in einer Sprache, die ich nicht verstehe. »Dann reißt du dir halt eine Erle aus. Ich hoffe, die anderen haben dran gedacht. Los, jetzt!«

Grinsend trabe ich der spaßfreien Lady nach.

Oh, das wird interessant.

Und lustig!

* Α Ω *

Ireen Monaghan stand einige Meter von der Haustür entfernt in der Eingangshalle. Sie wirkte verloren und ängstlich, hatte den schwarzen Cardigan schützend um sich gezogen.

Ein Dutzend Leute in Outdoorkleidung umgab sie, die von allen Seiten auf sie einredeten. Die Mienen der ungebetenen Gäste waren unfreundlich, einige hielten Vorschlaghämmer am langen Arm oder locker geschultert. Bei einem Mann und einer Frau lagen Pistolen halb unter den offenen Jacken verborgen.

Malleus hatte eine Ahnung, was die Besucher wollten. »Bitte, beruhigen Sie sich«, rief er und klatschte zweimal in die Hände, um auf sich aufmerksam zu machen. »Was führt Sie zu Miss Monaghan? Darf ich Sie darauf hinweisen, dass Ihr Benehmen alles andere als gebührlich ist? Sie hat gerade Ihren Partner verloren.«

»Wer bist du denn?«, giftete ein Mann aus der Truppe. »Der Onkel aus Indien?«

Souverän langte Malleus in die Tasche seines kurtaähnlichen Gewands und zog den Dienstausweis heraus. »Inspector Bourreau, Interpol«, stellte er sich vor. »Ich ermittle in diesem Fall.« Er war froh, seine Cobray Deringer dabeizuhaben. Mit einem sicherem Auftreten und seiner Autorität als Polizist sollte eine kleine Waffe ausreichen, um die Leute in Schach zu halten. »Wie ist Ihr Name, Sir? Ich nehme an, Sie und Ihre Freunde sind aus Clifden und Anhänger des Gottes Donn.« Am meisten Sorge bereitete ihm ein Schrank von einem Mann, offenkundig Bodybuilder. Der Blick aus dessen Augen war seltsam, so nahe am Wahnsinn wie das schräge Lächeln um die Mundwinkel. Spurtete der Bulle los, zöge er eine Schneise der Verwüstung. *Schüsse aus einem Deringer hielten ihn vermutlich nicht auf.*

»Kelly heiß ich«, antwortete der Anführer der Truppe hörbar zurückgefahrener. »Aber welcher Fall denn, Sir? Ich dachte, Ratheby ist bei einem Unglück ums Leben gekommen.«

»Mein Auftrag ist es, herauszufinden, ob eine Entität in irgendeiner Form in den Tod von Mister Ratheby involviert ist«, sagte Malleus. Mehr mussten die Bewohner nicht wissen. »Sollten Sie freundlicherweise und vorauseilend zu meiner Verstärkung angerückt sein, sei Ihnen versichert: Ich benötige Ihre Hilfe nicht. Und auch nicht die Ihres Gottes Donn.«

»Byrne ist mein Name, Inspector.« Ein Mann um die fünfzig trat vor, einen Vorschlaghammer geschultert und einen Arm über den nach vorne ragenden Stiel gelegt. »Ich kann Ihnen versichern, dass wir mit dem Tod von Ratheby nichts zu tun haben. Aber *Sie* kommen wie gerufen. Wir suchen zwei Freunde. Sie werden irgendwo auf diesem Gelände festgehalten.«

»So ein Unsinn.« Ireen wich aus der Mitte des Dutzends und ging Malleus entgegen. Sie wirkte erleichtert über sein Erscheinen, ihr Gesicht war aschfahl. »Was hätten diese zwei Personen auf dem Grundstück zu suchen?«

»Wie kommen Sie darauf, Mister Byrne?« Malleus steckte die Linke in die Tasche, in der sich ein Deringer befand. Die Aufregung der Leute hatte sich noch nicht gelegt.

»Wir haben sie losgeschickt, um die Cromm-Cruach-Statue zu zerstören. Jetzt, wo der Spinner … ich meine, Ratheby tot ist, sollte das kein Problem mehr sein, Sir«, gab Byrne unumwunden zu. »Wir wollen keine anderen Gottheiten in unserer Gemeinde. Clifden steht unter dem Schutz von Donn, und –«

Malleus hob unterbrechend die Hand. Er dachte an die im Hain gefundene zerstörte Phiole mit der Säure. *Das Gefäß könnte von den Vermissten stammen.* »Wie kommen Sie auf den Gedanken, Ihre beiden Freunde würden von Miss Monaghan festgehalten?«

»Weil sie nicht zurückgekommen sind, Sir.« Byrne tippte sich an einen imaginären Hut. »Ich bin der Donn-Druide von Clifden. Sie haben in meinem Auftrag gehandelt.«

»Hatten Ihre beiden Freunde zufällig einen silberdrahtumwickelten Flakon dabei, in dem sich eine ätzende Substanz befand?«

Das Dutzend tauschte schnelle Blicke. Bis auf den Bodybuilder, der unablässig Malleus anschaute und dabei unheimlich grinste.

»Ja, Sir«, sagte Byrne und entspannte sich. »Wissen Sie, wo Alec and Ian sind?«

»Ich hab die besagte Phiole nahe der Statue gefunden. Es scheint, als wären sie nicht dazu gekommen, ihr Vorhaben in die Tat umzusetzen.« Malleus sah das Aufbegehren auf den Gesichtern der ungebetenen Gäste. »Aber ich habe zumindest eine gute Nachricht: Das Cromm-Cruach-Abbild wird von einem Spezialistenteam für eine weitere Untersuchung abtransportiert. Es wird in wenigen Minuten eintreffen. Danach bleibt die Statue in Verwahrung und wird nicht zurückkehren. Diese Sorge sind Sie los.« Er sah zur Hausherrin. »Ireen, gibt es auf dem Grundstück Moorgruben, in die man stürzen könnte?«

Die rothaarige Frau zuckte mit den Achseln und schlang die Arme um die Körpermitte, fröstelte leicht. »Ich war nie im Hain. Die Schwarzerlen, das Moor, das Gerede über die Irrlichter und Geister der Selbstmörder waren mir zuwider. Der Ort hat keine guten Schwingungen. Ich habe Donn immer besser gefunden als … Cromm Cruach. Von dieser Statue ging nichts Gutes aus.« Ireen sah dem Druiden in die Augen. »Ich schwöre Ihnen, Mister Byrne, ich habe keine Ahnung, wo Ihre vermissten Freunde stecken. Aber wenn Sie möchten, können Sie sich umsehen. Hier, draußen, überall. Ich habe nichts zu verbergen.«

Byrnes Kiefer mahlten, er dachte nach. »Dass wir das Haus auf den Kopf stellen, wird nicht nötig sein«, entschied er. »Entschuldigen Sie, dass wir Sie bedrängt haben, Miss Monaghan. Ich hätte nicht vermutet, dass wir in diesem Haus eine Freundin von Donn vorfinden.«

»Perfekt!« Einer aus dem Dutzend schwang ungeduldig seinen Vorschlaghammer. »Lasst uns in den Hain gehen und Cromm Cruach zerschlagen. Danach suchen wir nach Alec und Ian im Wäldchen und im Moor, bevor es dunkel wird.«

Der Vorschlag wurde mit lauter Zustimmung gefeiert. Der Bodybuilder klatschte infantil, als freute er sich in Wahrheit über etwas gänzlich anderes.

»Die Statue ist ein Beweisstück, Ladys und Gentlemen«, entgegnete Malleus. »Sie werden sie nicht antasten. Aber mit Erlaubnis von Miss Monaghan dürfen Sie sich durch den Erlenbruch bewegen und nach den Verschwundenen Ausschau halten.«

Ireen nickte und versuchte, ein freundliches Gesicht zu machen. Die Blässe wollte nicht von ihren Zügen weichen und verstärkte den Rotton ihrer Haare.

»Danke. Das wissen wir zu schätzen.« Byrne nahm den Hammer von der Schulter. »Dann wollen wir mal.«

Malleus ging auf den Ausgang zu und zog den Mantel vom Haken, warf ihn sich über und setzte den Hut auf. »Ich begleite Sie bis zur Lichtung.« Natürlich wusste er, dass die Truppe versuchen würde, das Abbild zu zerstören.

»Das müssen Sie nicht, Inspector.« Byrne lächelte falsch. »Bleiben Sie drin, trinken Sie Tee und leisten Sie Miss Monaghan Gesellschaft. Dann wird Ihnen nichts zustoßen. Sobald Ihre Interpol-Leute aufkreuzen, können Sie die Überreste der Statue einsammeln und in Ihrem schicken Labor zusammensetzen lassen.«

Seine Begleitung lachte leise. Wieder fiel der Bodybuilder durch lautes Gelächter auf. Dabei schlug er einem Umstehenden auf die Schulter, dass der Mann halb in sich zusammensackte und einen wüsten Fluch ausstieß.

Malleus sah heimlich auf die große Standuhr in der Halle. Noch fünfzehn Minuten, bis die Verstärkung anrückte. *Irgendwie muss ich Zeit schinden.* »Da ich annehme, dass die hiesige Polizei auf Ihrer Seite ist, Mister Byrne, kann ich mir den Hinweis auf einen Anruf bei der Wache in Clifden sparen?«

»Können Sie, Inspector.«

»Dann gönnen Sie mir noch eine Frage: Wie kommt es, dass die Entität Donn in Clifden populär wurde? Meinen Recherchen nach residiert er als Totengott auf dem Cnoc Fírinne in der Grafschaft Limerick.«

Byrne lächelte ihn wissend an, er hatte die Finte durchschaut. »Ich bin mir sicher, dass Sie sich das denken können. Der Zusammenhang zwischen Clifden, der Lage am Meer und Donns Macht, die Schiffsuntergänge …«

Erlösender Motorenlärm unterbrach den Druiden. Die Gesichter drehten sich zur Tür. Zwei schwarze Transporter fuhren in hoher Geschwindigkeit hintereinander die Einfahrt hinauf.

Gut! Früher als erwartet. Malleus deutete auf die Fahrzeuge. »Interpol, Ladys und Gentlemen. Ausgerüstet mit allem, um mit Situationen fertigzuwerden, die brenzlig werden könnten.« Er zeigte auf den Ausgang. »Sobald wir die Statue eingeladen haben und falls noch Zeit sein sollte, helfen wir Ihnen bei der Suche nach Ihren Freunden, Mister Byrne. Ist das ein Angebot?«

Der Druide schnaufte enttäuscht. Er wollte zwar nicht klein beigeben, das sah Malleus ihm an, und das seit Jahren verhasste Abbild im Hain vernichtet wissen, gleichzeitig durfte er sich nicht mit dem Gesetz anlegen.

»Meinetwegen«, stimmte er knurrend zu.

»Nicolas, nein! Wir müssen dem Sterben ein Ende bereiten! Für immer«, protestierte eine der Frauen aufgebracht. »Das Böse in der

Statue wird nur von hier weggebracht, aber nicht besiegt. Es kann an einem anderen Ort ebenso schlimme Dinge anrichten.«

Sie wissen von der Legende des Gottes im Gott! Malleus ärgerte sich, zu wenig im Vorfeld recherchiert zu haben, und schob das Versäumnis auf die fehlende Wirkung der Culebras. Das Nachdenken kam nicht in Fahrt, er missachtete Kleinigkeiten.

Noch bevor er nachfragen konnte, worauf sich die Frau bezog, kamen die zwei Iveco-Daily-Transporter vor der Treppe zum Stehen. Kies spritzte unter den bremsenden Reifen davon.

Die Türen schwangen auf, und Leute in schwarzen Overalls verließen gemächlich die Wagen. Alle trugen Panzerwesten, Sturmhauben und kompakte Schnellfeuergewehre, auf der Brust prangte der Aufdruck *INTERPOL*.

»Das ist jetzt ein bisschen übertrieben, Inspector«, wandte sich Byrne an Malleus. »Wir sind doch keine Terroristen, die –«

Einer der eingetroffenen Agenten riss die Waffe in Anschlag – und drückte ab.

Die kurze Salve traf den Druiden mitten in den Oberkörper, einige Projektile traten aus seinem Rücken aus und besprenkelten die Umstehenden mit Blut.

Und das Schreien begann.

***

Germanien, Freistaat Sachsen (germanischer Teil), Lipsk (Leipzig), Dezember 2019

Rianne hatte sich erhoben und die SIG SP2022 Halbautomatik im Anschlag, nutzte den massiven Türrahmen als Deckung. »Halt, keinen Schritt weiter!«, rief sie zuerst auf Deutsch, dann auch auf Englisch durch den zerstörten Laden von *Karak et Frères*. »Polizei! Weg mit der Waffe!«

Der Schemen gefror in der Bewegung. »Welche Waffe?«, erkundigte sich eine unsichere Männerstimme. »Ich … ich habe keine Waffe. Nicht schießen!«

»Was halten Sie in Ihrer Hand?«

»Einen … einen Scanner. Das ist ein Scanner! Ich bin Versicherungsdetektiv!«

Ein Scanner? »Legen Sie das Gerät auf den Tresen und treten Sie zwei Schritte zurück.« Rianne hielt die Mündung auf ihn gerichtet, während der Mann ihrer Aufforderung in Zeitlupe nachkam. »Sie betreten einen Tatort.« Langsam ging sie vorwärts, bis sie den Unbekannten besser sah. »Haben Sie dafür eine Erlaubnis von den Lipsker Behörden?«

Er trug einen grauen Staubschutzanzug sowie eine Filtermaske, die sein Gesicht teilweise verdeckte. Ein Paar dunkelgrüner Augen wurde hinter einer Schutzbrille erkennbar, hellbraunes Haar spitzte unter der Kapuze hervor. Sein Alter war aufgrund der Maske schwer zu schätzen, vermutlich war er um die dreißig. »Aber sicher.« Er hob seinen Rucksack bedächtig an, um nicht bedrohlich zu wirken, und zog einen Tabletcomputer sowie ein Blatt Papier mit Behördensiegel in Klarsichthülle heraus. »Kann ich mal Ihren Dienstausweis sehen, Frau …?«

»Lagrande. Interpol.« Rianne senkte die SIG, als sie einen Blick auf das Display warf. Vor ihr stand laut Zertifikat Philipp Kerber, Außenermittler von MaxiRisk, und er war nachweislich mit Erlaubnis der Polizeidienststelle Lipsk II unterwegs. Sie steckte die Halbautomatik weg und zeigte ihm mit gewissem Stolz ihren Ausweis, der sie im Gegensatz zu früher als echte Ermittlerin legitimierte. »Entschuldigen Sie. Die germanischen Kollegen haben mir nicht gesagt, dass Sie kommen.«

»Schon gut. Da Sie mich nicht erschossen haben, verzeihe ich Ihnen. Und ich fühle mich gleich beschützt.« Die Fältchen um seine Augen verrieten, dass er sie anlächelte. »Sie haben wohl keine Angst vor toxischen Substanzen in der Luft?«

Ehrlicherweise hatte sich Rianne keine Gedanken darüber gemacht. »Sie schon«, erwiderte sie geistreich und deutete auf seine Atemschutzmaske.

»Arbeitsangewohnheit. Ich glaube zwar an meinen Einzug nach Walhalla, aber ich will nicht unbedingt schneller hin, als ich muss.« Kerber zeigte auf das Gerät, das sie für eine Waffe gehalten hatte und das nun harmlos auf dem Tresen lag. Es sah aus wie eine Mischung aus Smartphone und Handstaubsauger. »Sehen Sie? Ungefährlich. Damit suche ich nach ungewöhnlichen Werten, die auf Brandbeschleuniger oder Vergleichbares hinweisen. Umbringen könnte ich Sie damit nur, wenn ich es werfe und aus Versehen Ihren Kopf treffe.«

»Das wollen wir doch nicht.« *Charmant zu sein üben wir noch, Monsieur.* Rianne spürte mit dem nächsten Atemzug ein Kratzen im Hals und ein Jucken am ganzen Leib. Bis zum Erscheinen des Detektivs war sie nicht auf die Idee gekommen, dass krebserregende Schadstoffe in der Umgebung wabern könnten. »Warum untersuchen Sie diesen Ort?«

»Ist das für Ihre Ermittlungen von Belang?«

»Sage ich Ihnen hinterher.«

»Und warum ermittelt Interpol?«

»Sage ich Ihnen auch hinterher.«

»Gut. Aber das später bei einem Kaffee anstatt in dieser Ruine, Frau Lagrande.« Kerber deutete an seinem Overall hinab. »Dann komme ich auch endlich aus diesem Ding heraus.«

»Abgemacht.« Gegen Kaffee gab es selten etwas einzuwenden. Rianne grinste ihn auffordernd an. »Ich höre?«

»Das Unternehmen *Karak et Frères* hat vor Kurzem die Deckungssumme für die Ladengeschäfte bei MaxiRisk um mehrere Millionen nach oben gesetzt. Und kaum ist die Tinte getrocknet, gehen sie in die Luft. Alle.« Kerber deutete im Chaos umher. »Das ist ein bisschen viel Zufall im Versicherungsgeschäft. Eine Auszahlung wird es so einfach nicht geben.«

»Verstehe. Angenommen, Herr Karak und seine Brüder sind bei den Vorfällen ums Leben gekommen, an wen zahlen Sie aus?«

»Ein externer Erbe ist nicht eingesetzt.« Er korrigierte den Sitz der Schutzmaske. »Ehrlich gesagt steht MaxiRisk damit vor einem weiteren Rätsel. Zwar haben sich Herr Karak und seine Brüder gegenseitig eintragen lassen, aber ein Routineabgleich der DNS-Proben legt den Schluss nahe, dass es sich um eineiige Vierlinge handelt.«

»Oder um dieselbe Person, die als alle Frères auftritt, was Betrug an Ihrem Unternehmen wäre. Damit wäre MaxiRisk raus, was die Schadensregulierung angeht«, führte Rianne fort. »Deswegen die Inspektion.«

»Nicht nur deswegen. Aber auch.« Kerber nickte. »In London und Mailand war ich schon. Allerdings sahen die Spuren der Verwüstung in den Filialen dort gänzlich anders aus als in dieser«, erklärte er und sah über ihre Schulter ins Schneideratelier. »Bei Thor und Odin! Was liegt da auf dem Tisch?« Er hatte Stachel, Faserstück und den halben Ring entdeckt.

»Beweismittel.« Rianne wusste aus den Unterlagen, dass es über Miles Karak wenige Informationen gab. In Polizeiakten erschienen er und seine Brüder nicht. Die hinterlegten Kontaktadressen existierten, doch dort hatte niemand den Streifenbeamten vor Ort geöffnet. »Monsieur, Sie waren mit Ihren Erklärungen noch nicht fertig.«

»Richtig. MaxiRisk sandte mich los, damit ich mir die zerstörten Geschäfte genau anschaue. Na ja, Sie wissen schon, um sicherzustellen, dass kein Versicherungsbetrug vorliegt.« Kerbers dunkelgrüne Augen nahmen einen enttäuschten Ausdruck an. »Der Handyfilm, der im Internet kursiert, hat meine Hoffnung geweckt, eine Entität könnte darin verwickelt sein.«

»Aha. Oder dass Ihr Unternehmen nicht zahlen muss. Stehen Zerstörungen durch Entitäten in den Vertragsklauseln?«

Kerber wirkte leicht ertappt. »Gottheiten sind ausgenommen. Sie sind die personifizierte höhere Gewalt. Wer Policen gegen Entitätenvorfälle anbietet, ist entweder ein Idiot oder hat eine Gottheit an der Hand.« Erneut lugte er ins Atelier. »Was haben Sie gefunden, Frau Lagrande? Machen Sie mich glücklich und sagen Sie mir, dass es Hinweise auf Gottheiten gibt.«

Rianne überlegte, ob sie dem Versicherungsdetektiv einen Blick auf ihre Fundstücke erlauben sollte. Sie wollte Karak nicht zu allem Elend seinen Anspruch auf Entschädigung verderben, indem MaxiRisk die Karte *höhere Gewalt/Entität* zückte und aus der Schadensregulierung raus war. *Andererseits …*

»Kennen Sie sich mit Göttern aus?«

Seine Lider verengten sich. »Sie meinen, ob ich Ihnen sagen kann, ob ein Artefakt göttlichen Ursprungs ist?«

Sie nickte.

»Kann ich.« Kerber wühlte in seinem Rucksack. »MaxiRisk besitzt ein einzigartiges Artefakt zum Aufspüren von göttlichem Wirken.« Er zog ein Gerät heraus, das einem Geigerzähler mit zusätzlichen elektronischen Displays ähnelte. »Das klappt nicht immer, aber wenn, dann können wir anhand der Skalen ablesen, um welche Art von Gegenstand es sich handelt und woher es stammt.«

»Kein Mist?« Rianne staunte den Mann an. So ein Gerät würde Bourreaus Ermittlungsarbeit um den Faktor eine Milliarde erleichtern. *Das Ding brauche ich, sollte es wirklich etwas taugen.* »Wieso hat die Polizei so etwas nicht?«

Kerbers Züge wurden misstrauisch. »Sie werden es doch nicht beschlagnahmen?«

Sie winkte ab. »Nein, aber wie kommt Ihr Unternehmen daran und wie … funktioniert es?«

»Soweit ich weiß, ist es selbst divinen Ursprungs. Mir wurde nur gezeigt, wie man es bedient. Die Tech-Abteilung meint, es ist aus organischem Material, verbaut von Titanen und Nordriesen, also den traditionellen Bösewichten der hellenistisch-römischen und nordischen Pantheons. Deswegen reagiert es.« Kerbers Augen bekamen einen liebreizend-freundlichen Ausdruck. »Was die Herkunft angeht, müssten Sie die Hauptdirektion fragen. Ich setze es nur ein. Sollen wir es an Ihren Beweismitteln einmal ausprobieren?«

Rianne würde die Gegenstände auf alle Fälle ins Labor senden. Durch den Detektor konnte sie wertvolle Zeit sparen, um den Rätseln rund um Karak schneller auf die Spur zu kommen. Je eher sie den Schneider fand, umso schneller kam sie an die Culebras. *Ich hoffe, der Inspecteur bringt vorher wegen seines kalten Entzugs niemanden um.* »Einverstanden. Aber das ist nicht offiziell und nicht verwertbar für Sie, verstanden?«, schärfte sie ihm ein. »Kommen Sie.«

»Na, gut. Ich werde es in meinem Bericht unter *Anhaltspunkte* verbuchen.« Kerber folgte ihr ins Schneideratelier und schaltete den Detektor ein. »Das ist sehr freundlich von Ihnen.«

Begeistert verfolgte Rianne, wie der Versicherungsdetektiv die Messsonde langsam über die Fundstücke führte. Auf dem Display jagten Zahlenkolonnen und Symbole im schnellen Wechsel dahin. Es tat sich etwas. Bei dem unterarmlangen, dreikantigen Stricknadelspieß zuckte der mechanische Anzeiger des Gerätes sichtlich, auf zwei kleinen Monitoren darunter erschien eine Ziffernkombination.

»Bei Thor! Wir haben ein erstes Ergebnis«, befand Kerber zufrieden.

»Was bedeuten die Nummern?«

»Ein Zuordnungsschlüssel.« Kerber drückte den Speicherknopf. »Muss ich nachschlagen. Es gibt zu viele davon.«

Schon schwenkte er die Messöffnung über das spiralförmige Faserstück aus Haar. Das goldene Pulsieren nahm zu, sobald der Detektor näher kam. Erneut erschienen Kombinationen aus Buchstaben und Zahlen auf dem Display.

»Noch ein Treffer. Aber aus einer anderen Entitätenklasse«, kommentierte er leicht verwundert nach einem raschen Blick auf das Display. »Denke ich.«

Rianne biss sich auf die Zunge, um nichts zu fragen.

Auch der halbe Ring mit dem Pseudowappen aus N oder Z und einem sich auflösenden Kranz sorgte für ein Ergebnis. Damit schien bewiesen, dass es sich bei den Gegenständen um divine Artefakte handelte.

»Ich bin gespannt, aus was sie bestehen und woher sie stammen«, sagte Rianne.

»Ganz so einfach ist es dann doch nicht, Frau Lagrande.« Kerber stellte den außergewöhnlichen Detektor auf dem Tisch ab, nahm das Tablet zur Hand und gab die abgespeicherten Ergebnisse nacheinander ein. »Diese Artefakte können auch lediglich mit einer Entität in Berührung gekommen sein. Als Träger, als Überbringer, in welcher Form auch immer«, erklärte er. »Um Details zur Zusammensetzung zu erfahren, müssten sie wie jedes andere Material in einem Labor untersucht und einzeln mit dem Detektor geprüft werden.«

Rianne hatte sich mehr erhofft. »Na schön. Was sagen die Zuordnungen?«

Kerber runzelte die Stirn. »Das ist seltsam«, raunte er kaum verständlich hinter seiner Maske.

»Machen Sie es weniger spannend, bitte.« Rianne schob das Messgerät zur Seite und beugte sich zu dem Versicherungsdetektiv, um auf das Tablet schauen zu können.

Auf dem Display leuchtete dreimal:

URSPRUNG NICHT EINDEUTIG ZUWEISBAR

DIVINE ÜBERSCHNEIDUNGEN AUFGETRETEN

REKALIBRIERUNG DES GERÄTS EMPFOHLEN

»*Das* hat es noch *nie* gemacht.« Kerber kratzte sich überrascht die Kapuze am Hinterkopf.

Rianne seufzte. Sie war so schlau wie zuvor und hatte Karak die Aussicht auf die Auszahlung der Versicherungssumme ruiniert. Der Scanner gab ein leises elektronisches Piepsen von sich, und erneut erschien eine Zahlenreihe auf dem Monitor. Der Detektiv hatte vergessen, das Gerät auszuschalten, die Messöffnung war durch Riannes Verschieben zufällig auf die zerdrückten Reste einer Culebra gerichtet.

Bei Belenos! Diese Zigarren haben einen divinen Ursprung! Gebannt sah Rianne auf das Ergebnis und nahm dem verdutzten Kerber das Tablet ab. »Verzeihung.« *Das geht nur mich und den Inspecteur was an.*

Hastig tippte sie die leuchtende Ziffernkolonne ein und drückte auf *Auswertung*.

***

»Wir haben Religion genug,
um einander zu hassen, aber nicht genug,
um einander zu lieben.«

Jonathan Swift (1667–1745),
irischer Schriftsteller und Satiriker

KAPITEL IV

Éire, Connemara, Clifden, Dezember 2019

»Weg von hier!« Malleus griff nach Ireen und zog sie in Deckung, dann rannte er geduckt mit ihr los, um ins obere Stockwerk zu flüchten. Das schnelle Knallen, die Schreie der Getroffenen und das Fallen von Körpern hinter ihnen machten deutlich, dass es den Angreifern nicht ums Einschüchtern ging – sondern ums Töten.

Ireen versuchte, dicht hinter Malleus zu bleiben, geriet mehrfach ins Straucheln, während sie die Treppe hinaufhetzten. »Wer … wer sind die?«

»Keine Ahnung.« Das war gelogen. Es konnte sich nur um Freunde des toten Sean Ratheby handeln, die den Masterbeacon und das Wissen darüber in Sicherheit bringen wollten, bevor es Interpol tat. Dass sie im Wagen und in der Kleidung des angeforderten Teams erschienen waren, konnte nur bedeuten, dass das Team selbst tot war. *Verflucht!*

»Wieso rennen wir nach oben?« Ireen keuchte. »Sie werden uns suchen und aufspüren! Hätten wir nicht …«

»Nein.« Malleus stürmte den Korridor entlang zum Arbeitszimmer. »Ich muss die Beweise sichern.«

Die Schüsse und Schreie im Erdgeschoss wurden leiser.

Gleich darauf hatten Malleus und Ireen das Büro erreicht.

»Und wie entkommen wir denen?« Sie schloss die schwere Tür und verriegelte sie.

Malleus raffte an sich, was er an Unterlagen und Speichermedien zu greifen bekam, um sie in die Taschen seines Militärmantels zu stopfen, in dem auch der zweite Cobray steckte. *Nichts übersehen. Diese Gelegenheit kommt nie wieder.* »Hat Alder Hall keine verborgenen Gänge?«

»Nein.«

Mehrmals krachte es von draußen, und kinderfaustgroße Löcher wurden in die Tür gestanzt. Splitter flogen umher, die Querschläger summten und surrten wütenden Insekten gleich durch das Zimmer.

Schreiend warf sich Ireen zur Seite.

Schrot. Malleus duckte sich hinter den Schreibtisch und sah zum großen Fenster. Sie befanden sich im ersten Stock. Somit stand ihnen ein Sprung aus geschätzt zehn Metern auf Kies bevor. Die Wahrscheinlichkeit, sich dabei einen Knochen oder ein Gelenk schwer zu verletzen, war recht hoch. *Ich brauche eine bessere Idee.*

»Kommen Sie raus, und wir lassen Sie gehen«, rief eine Frau gehässig durch das Loch. Es folgte leises Lachen von mehreren Leuten. »Sie können mir glauben. Wir sind Interpol. Steht auf unseren Overalls.«

Malleus sah zu Ireen und schüttelte den Kopf. »Die echte Verstärkung ist gleich da«, rief er zurück.

»Das glaube ich nicht«, erwiderte die Angreiferin von der anderen Seite der Tür. »Kommen Sie raus?«

»Nein.« Er zog seinen zweiten Cobray Deringer aus dem Mantel. Einem Schusswechsel mit Gegnern, die vollautomatische Waffen einsetzten, war er nicht gewachsen, doch es gab keine Alternative. Sein hastig suchender Blick fiel auf den erloschenen Kamin. *Das ginge vielleicht.* »Ireen«, raunte er. »Ist der Kamin echt?«

»Ja.«

»Klettern Sie in ihm hinauf aufs Dach. Ich halte diese Leute auf, so lange ich kann, und komme nach.« Malleus legte auf die Tür an. Durch die drei Löcher erkannte er Umrisse der umherhuschenden Angreifer, die ihrerseits hineinspähten und auf eine Gelegenheit warteten, ein Ziel vor die Mündungen zu bekommen.

Als Ireen losrobbte und sich über die Asche in den Schacht hinaufschlängelte, feuerte Malleus in gleichbleibenden Abständen genau auf die Löcher in der Tür. Ein Hagel aus Schrot- und Massivkugeln prasselte durch das Holz.

Laute Flüche erklangen, die Widersacher sprangen in Deckung.

Hastig lud Malleus die Deringer nach.

»Na, schön. Dann bleiben Sie drin«, rief die Anführerin zu ihm hinein. »Viel Spaß. Wir sind ohnehin wegen etwas anderem hier.«

Ein, zwei, drei dosenähnliche Gegenstände flogen nacheinander durch die Löcher und rollten auf dem Teppichboden des Büros umher.

Malleus dachte zunächst, es wären Blend- oder Gasgranaten, um sie aus dem Zimmer zu zwingen. Doch dann explodierte das erste Behältnis, und weißes Feuer verteilte sich mit schneehellem Rauch auf dem Mobiliar sowie dem Teppich.

Phosphor! Malleus machte sich so klein es ging hinter dem Tisch. Selbst wenn es eine Sprinkleranlage gab, würde sie die chemischen Flammen nicht löschen.

Die anderen beiden Granaten detonierten und verteilten die brennende Substanz weit im Raum, die Regale hinauf, über Andenken und Schreibtisch. Zäh tropfte das Feuer von der Platte auf Malleus' Mantel, schmurgelte Löcher hinein und setzte ihn in Brand.

Scheiße! Hastig streifte er den Mantel ab und hustete. Der ätzende Phosphorqualm setzte ihm zu. Röchelnd kroch er in den Kamin und schob sich den engen Schlot hinauf. Die Fugen und hervorstehenden Backsteine boten genügend Halt, doch der heraufziehende Rauch machte das Atmen zur Qual und schließlich unmöglich. Er hielt die Luft an.

»Malleus«, hörte er Ireens krächzende Stimme weit über sich. »Sind Sie da?«

»Ja«, hustete er mehr, als er sprach. »Klettern Sie weiter.«

»Es geht nicht. Die Abdeckklappe ist … verschlossen. Sie muss … erst geöffnet werden.«

»Wie tut man das?«

»Über einen Hebel. Unten. Seitlich … neben dem Kamin.«

Malleus fühlte Schwindel in den Schläfen. Der Einfachheit halber ließ er sich abwärtsrutschen und landete hart in der erkalteten Asche, die aufstob und seine Sicht trübte. Hustend und würgend kroch er in das brennende Inferno des Arbeitszimmers, tastete an der Wand nach dem Hebel.

Da ist er. Kräftig zog er daran, und ein leises Quietschen erklang parallel im Schlot. Der Rauch zog deutlich ab, gleichzeitig zuckten die Flammen in die Höhe und schlugen bis an die Decke. Der einströmende Sauerstoff fachte den Brand an. Die Hitze rollte gegen Malleus und ließ ihn die Orientierung verlieren. Er kroch in irgendeine Richtung, von der er dachte, es sei die richtige – bis er eine Zimmerecke anstatt der Feuerstelle ertastete. *Nein!* Mit tränenden Augen schob er sich langsam rückwärts, seine Hände trafen auf heißen Untergrund, und schreiend zuckte er zusammen.

»Sie leben ja noch.« Eine weibliche Gestalt mit angelegter Gasmaske erschien im Qualm und hielt eine Phosphorgranate in der Hand. »Ändern wir das.«

Nein, wirst du nicht! Malleus zog seinen Cobray und schoss auf die halb vom Rauch verborgene Gegnerin. Statt die schemenhafte Frau zu treffen, fuhr die Kugel durch die Granate, und fauchend zündete das Phosphorgemisch. In der nächsten Sekunde wurde aus der Widersacherin eine lebendige Fackel, die kreischend umhertaumelte und zwischen den züngelnden Lohen verschwand.

Gleich darauf brach Malleus zusammen. Der letzte Atemzug war einer zu viel gewesen.

* Α Ω *

Uh, das *ist* nicht *Interpol!*

Na, bestens – und ich bin der potenziell gefährlichste Gegenspieler auf dem Feld, bei meiner aktuellen Hulk-Statur. Da wäre ich als sechsjähriges Schulmädchen besser dran gewesen.

Die ersten Ladungen gehen in meine Richtung, verfehlen mich aber.

Lasse mich trotzdem fallen, gehe mit meinem getroffenen Nachbarn zu Boden, dem ein Massivgeschoss aus einer Pumpgun ein schi-

ckes Loch in die Brust gestanzt hat. Was eine Sauerei ... hey, perfekt: Her mit deinem Blut, Kumpel, und gleich mal auf mir verteilen, den Typen über mich ziehen, und fertig ist mein vorgetäuschter Tod.

Mit halb geöffneten Lidern verfolge ich, wie die falschen Bullen ein Massaker in der Eingangshalle unter den Donn-Freunden anrichten. Wie gut, dass der ein Jenseitsgott ist. Eure Seelen kommen bestimmt an.

»Franc, Dimi und Witha, los, rauf«, *gibt einer Anweisungen.* »Schnappt euch Bourreau und macht ihn kalt. Brennt das Arbeitszimmer entweder nieder oder nehmt alles mit, was Ratheby über den Masterbeacon gehortet hat.«

Das Trio spurtet ihm, dem ich folge, hinterher und geht in SWAT-Manier die Stufen ins Obergeschoss hoch. Dumm gelaufen für mich. Sobald ich zucke, blasen sie mir den Kopf von den Schultern. Aber ich muss verhindern, dass ihm was passiert. Ein paar Sekunden warte ich noch.

»Hab ich doch gleich gesagt, dass es sinnvoll ist, Rathebys Herrenhaus zu verwanzen und einen Trojaner auf seinen Rechnern zu platzieren«, *sagt der Anführer in die Runde, in der sich einige Kippen anstecken und die Gewehre unterm Arm haben, als wären sie auf Entenjagd gewesen. Die Toten und der Gestank nach Blut, Pisse und Scheiße kümmern sie einen Dreck. Die machen das beruflich öfter, wetten?*

»Was ist mit denen?«, *fragt eine und tritt mit der Schuhspitze gegen Byrne.*

»Lassen wir mit dem Anwesen verbrennen. Beste Spurenvernichtung. Die Bullen in Clifden und Interpol haben uns eh auf dem Schirm.« *Der Anführer klingt angepisst. War wohl anders geplant.* »Okay, Team zwei, was macht ihr?«

»Dauert länger«, *kommt es über Funk.* »Der Wichser hat sich verbarrikadiert.«

»Kümmert euch um alles und kommt in den Hain. So viel Zeit haben wir nicht«, *befiehlt der Chef.* »Gut, abrücken. Sichern wir den

Masterbeacon und verschwinden. Oswin, du bleibst als Fahrer, falls die anderen zu angeschossen sind.«

Leises, hämisches Lachen der Truppe. Schräger Humor. Gefällt mir. Dass sie sich verpissen, gefällt mir noch besser. Mal langsam den Kopf drehen und schauen, was sie machen.

Ein Iveco-Transporter donnert davon in Richtung Erlenbruch, und Oswin geht erst mal vor die Tür und packt sein Ding aus, um gegen die Säule zu strullern.

Den Moment muss ich nutzen!

Hoch mit mir, auch wenn ich unbewaffnet bin, und ab die Treppen hinauf. Die falschen Interpolisten sind leicht zu finden – immer dem Geballere nach. Unterwegs greife ich mir zwei, drei Beile, die als Deko an der Wand hängen. Prima, so ein altes Herrenhaus. Man findet immer was zum Zuschlagen. Für das Muskelmonster, das ich gerade bin, wiegt das ganze Scharfeisen nix.

Moment, es riecht … nach Feuer.

Heiße Patrone auf den Teppich? Nein, chemischer. Was brennt denn …? Hält die Schlampe da eine Brandgranate?

Einer von den Typen hat mich bemerkt und richtet die Pumpgun auf mich.

Dumme Idee, Paddy. Schon fliegt meine erste Axt – und trifft ihn mit dem Stiel voran an der Schulter. Wie peinlich, shit. Gleich die anderen hinterher, während er die ersten Schüsse verreißt. Bin halt kein gelernter Wurfaxtschmeißer, was soll ich sagen?

Ha! Eine hat ihn erwischt, mitten in die Brust, das Ding. Die Wucht wirft ihn rückwärts um, keuchend bleibt er liegen und wackelt an der Axt. Hahaha, keine Chance, Spack. Die steckt bis zum Anschlag in dir.

Schnell greife ich mir seine Pumpgun, erledige den nächsten mit zwei Schüssen in den Rücken. »Immer ein Auge nach hinten, ne?«, *sage ich im Vorbeigehen, auch wenn die Weisheit ihm nichts mehr bringt. Ich steh auf die Actionfilmeinzeiler!*

Bleibt noch Witha. Der Qualm ist widerlich, ich sehe nichts, die Augen brennen, und Atmen war schon mal einfacher.

Wo ist die … im Büro! Und sie will Bourreau phosphorisieren, verflucht!

Bevor ich schießen kann, hat er sie mit ihrer eigenen Granate in eine Fackel verwandelt. So muss das sein! Aber jetzt nix wie rein und ihn rausholen. Feuer, Rauch, ich … ich kann kaum … mir wird schwindlig. Wo ist Bourreau? Scheiße, ich sehe ihn nicht!

Mein Fuß brennt, fuck. Die Hose auch, ich muss mir irgendwo von dem Phosphorkack was eingefangen haben. Egal, brennen lassen und ihn retten. Hat Vorrang.

Endlich, da hinten steckt er! Wo ist die Hausdame? Nicht da? Pech.

Über die Schulter werfen, hustend durch das Inferno und … jetzt brennt auch der andere Schuh! Das geht nicht gut für mich aus. Aber erst mal Bourreau ablegen, bevor … lange halte ich das nicht mehr … ich … muss was finden, das … Sand! Nein, ins Moor! Durchs nächste Fenster, los, durchs Fenster mit mir! Sonst verbrenne ich gleich richtig. Bis auf die Knochen …

Geh auf, du beschissenes Fenster!

Schön. Denn eben durch die Scheibe.

* A Ω *

Malleus richtete sich keuchend auf und fand sich zu seiner Verwunderung im verqualmten Flur vor dem Arbeitszimmer wieder. Wie er es dorthin geschafft hatte, wusste er nicht mehr. *Der Selbsterhaltungstrieb setzt ungeahnte Kräfte frei,* dachte er.

Vor der Tür lagen zwei erschossene Angreifer, die Malleus mit dem Cobray erwischt haben musste, den er rasch nachlud. Seinen Mantel hatte er an das Flammenmeer verloren, das im Büro tobte und sich langsam durch die offene Tür auf dem Schonläufer ins Gebäude vorfraß. Er hoffte, dass sich Ireen auf dem Dach in Sicherheit befand.

Wo stecken die anderen? Stöhnend torkelte Malleus vorwärts, längst nicht in der Verfassung für einen zweiten Schusswechsel. Die Widersacherin hatte gesagt, sei seien wegen etwas anderem gekommen. *Wegen des Calators. Ich muss sie aufhalten.* Im Vorbeigehen nahm er zwei Granaten von einem der Erschossenen an sich und schlich die Treppe in die Halle hinab.

Im Entree lag die Donn-Anhängerschaft, die im Kugelhagel von Schnellfeuergewehren und Pumpguns ihr Leben gelassen hatte. Blutpfützen und rote Rinnsale erstreckten sich über den schwarz-weißen Fliesenboden, färbten die Fugen wie verschüttete Tomatensoße.

Vor der Tür sah Malleus nur einen Iveco-Daily-Transporter. Die Reifenspuren des zweiten führten gut sichtbar über die Wiese direkt zum Schwarzerlenbruch und auf den Trampelpfad zu.

Wie ich es mir dachte. Malleus eilte ins Freie und – stand unvermittelt einem überraschten Gegner gegenüber, der eine Zigarette im Mundwinkel hielt und an dunklen Wasserflecken an seinem Oberschenkel herumwischte. *Keine Zeit für Verhandlungen mit Menschen wie dir.* Ohne zu zögern, riss Malleus den Cobray hoch und schoss dem Mann in Hals und Schulter, bevor dieser seine umgehängte Maschinenpistole zu greifen bekommen konnte. Blutend sank er in den Kies.

Sie dürfen den Masterbeacon nicht bekommen. Schnell nahm ihm Malleus den Startchip für den Transporter ab und klemmte sich hinters Steuer, startete den Motor und jagte in halsbrecherischem Tempo über die Wiese und auf den Trampelpfad zu. Der Daily sprang und hüpfte, Dreck und Grassoden flogen unter den Rädern in die Höhe.

Sie sind ernsthaft auf dem Pfad gefahren? Die etlichen geknickten Äste und abgerissenen Zweige sowie Glassplitter von geborstenen Fenstern vor ihm zeigten, dass der andere Transporter ohne Rücksicht auf Verluste durchs Gebüsch gerast war. *Sie haben es eilig.* Statt die Geschwindigkeit zu verringern, drückte Malleus das Gaspedal nach unten und schaltete die grell blendenden Fernlichter ein. *Überraschung, ihr Mörder!*

Rammbockgleich schoss der Iveco aus dem Unterholz auf die Hainlichtung und erwischte das Heck des zweiten kastenförmigen

Wagens, in dessen Innerem Leute damit beschäftigt waren, den eingeladenen Calator zu sichern. Ein Mann vor dem Kleinlaster riss seine Maschinenpistole noch in Anschlag, aber der Transporter walzte ihn nieder, die Garbe ratterte ins Unterholz.

Scheppernd bohrte sich die Schnauze in den Laderaum, der Sicherheitsgurt schnürte Malleus die Luft ab, bevor gleich darauf der Airbag auslöste. Durch das dröhnende Knallen, Bersten und Reißen von Metall drangen die Schreie der überraschten und verletzten Widersacher. Aber sein Fuß blieb auf dem Gaspedal. Die Fahrt ging noch einige Meter durch das Rhododendrengebüsch des Erlenwaldes, bevor die ineinander verkeilten Gefährte zum Stehen kamen. Irgendetwas zischte anhaltend, es roch nach aufgewühlter Erde und heißem Motoröl.

Ihr werdet nicht entwischen. Halb benommen löste Malleus den Gurt und schwang sich aus dem Transporter, machte einen Schritt nach vorne und reckte seinen Cobray. »Halt, oder …«

Gerade noch rechtzeitig konnte er sich mit der freien Hand am verbogenen Blech der Motorhaube festhalten, sonst wäre er vom heftigen Wind in die Tiefe gerissen worden: Vor ihm fiel die Steilklippe senkrecht nach unten ab. Er hatte vor Adrenalin, brennenden Augen, schmutziger Scheibe und Airbagtalkum nicht bemerkt, dass die Blechramme das Ende des Wäldchens erreicht hatte.

Etwa vierzig Meter unter ihm lag der zerschmetterte zweite Iveco. Die Leichen seiner drei Gegner hatten sich in den weichen Kiesstrand gegraben, die Wellen schwappten über sie, als wollten sie die Menschen sogleich mit sich nehmen.

Malleus kniff die kontaktlinsenblauen Augen zusammen.

Mitten im auseinandergebrochenen Fahrzeug sah er die Trümmer des Artefakts. Der Aufprall hatte die Hülle aus falschem Marmor zerschlagen und den darunter verborgenen Calator in mehrere Teile zerspringen lassen; der Kopf lag einsam und abgetrennt daneben.

Davon geht keine Gefahr mehr aus. Dennoch zündete Malleus die beiden erbeuteten Phosphorgranaten und warf sie zielsicher in das

Wrack, wo sie nach wenigen Sekunden explodierten und weißes Feuer zum Leben erwachen ließen. Durch die chemisch erzeugte immense Hitze, die sich rauschend und knisternd über ihm ausbreitete, barst der Calator hörbar auseinander und wurde unrettbar zerstört.

Jetzt eine Sieges-Culebra. Ächzend lehnte Malleus sich gegen den zerbeulten Kotflügel und hustete. Sie half bestimmt gegen die üblen Dämpfe, die sich in seiner Lunge gesammelt hatten, ganz sicher gegen die stechenden Kopfschmerzen und die zitternden Finger. *Ich hoffe, Lagrande hat bald Erfolg.* Er nahm das Etui heraus und wählte eine gezackte Zigarre mit roter Banderole. *Sonst verliere ich meinen Verstand.*

***

Germanien, Ost-Uckermark (germanischer Teil), Vierraden, Dezember 2019

Rianne fuhr mit dem gemieteten VW ID.6 durch menschenleere Gebiete, in denen sich Wald- und Wiesenflecken abwechselten, gefolgt von riesigen Ackerbauflächen, zwischen denen sich hier und da ein Heiligtum emporreckte; den angebrachten oder aufgemalten Symbolen nach handelte es sich durch die Bank um Fruchtbarkeitsentitäten. Sie mochte es, den Wagen selbst zu steuern und das Fahren nicht dem Autopiloten zu überlassen.

»Sind Sie auch zum ersten Mal in diesem Teil Germaniens?«, fragte sie Kerber, der sich als ebenso beharrlich wie hilfreich erwiesen hatte. Solange Bourreau in Clifden Verbrecher jagte, nutzte sie den Versicherungsdetektiv als Unterstützung. Letztlich hatte sein Spürgerät einen unerwarteten, wichtigen Hinweis geliefert.

Der Dreißigjährige nahm die Kekspackung von der Frontablage und fischte einen schokolierten Cracker heraus. »Ich komme zwar viel rum, aber am Arsch der Welt war ich noch nicht.« Den Staubschutzanzug hatte er gegen einen biederen grauen Businessanzug mit Krawatte getauscht; nun war er die Spießigkeit in Person, den Scheitelhaarschnitt eingeschlossen.

Als wollte er unbedingt das Klischee seiner Zunft bestätigen. Rianne grinste. Sie selbst trug ihre Achtzigerjahre-Outdoorkleidung mit dem grünen Retro-Parka. Absichtlich hatte sie bei der Fahrt von Lipsk aus kleinere Straßen gewählt, um einen Eindruck vom Land zu erhalten. Der Elektrogeländewagen schnurrte leise über den Asphalt, dessen gelegentliche Dellen, Wellen und Löcher für dezentes Schaukeln sorgten. »So schlecht ist es doch nicht hier.«

»Wenn man Totenstille mag, sicher.« Kerber biss in den Keks und kaute. »Hören Sie das? Sogar das Knuspern klingt im Auto lauter als zerploppende Luftpolsterfolie in einem Tempel.«

Ab und an passierte der ID.6 kleine Dörfer oder Hofgemeinschaften mit riesigen Scheunenbauten, welche für die Bewirtschaftung der Felder zuständig waren. Sosehr der Fortschritt in den letzten Jahren auch um sich gegriffen hatte, in diesem Teil Germaniens wurde das Erbe der Landwirtschaft hochgehalten.

Als ungebrochen tapfere Einwohnerin der Banlieue von Lutetia genoss Rianne die gänzlich unaufgeregte Umgebung. Der Winter hatte die Felder geleert, sodass weit und breit keine Wirtschaftsmaschinen auf den stoppeligen Äckern im Einsatz waren. Die Ost-Uckermark lag erstarrt und eingefroren vor ihnen. Die schmalen Straßen, auf denen der VW summend dahinzog, wurden von endlosen Alleen gesäumt. Die mächtigen Platanen, Ahorne und Eichen ragten laublos wie eine Drohung in die Höhe, als bewachten sie mit ihren dicken Ästen und peitschenden Zweigen die Erde, in der sie gediehen waren.

»Warum haben Sie sich Thor und Odin angeschlossen, Herr Kerber?« Rianne hatte sowohl germanische als auch slawische Gottheitssymbole an kleinen Feldheiligtümern ausgemacht, eine Folge der unterschiedlichen Besiedlungen des Landstriches. Den Germanen waren die Slawen gefolgt, die wiederum im Mittelalter zurückgedrängt worden waren, doch die Traditionen sowie Gottheiten waren geblieben und umso eindrucksvoller im Jahr 2012 zurückgekehrt. »Oder ist Ihnen das zu persönlich?«

»Ich habe schon an Ihrem Anhänger gesehen, dass Sie zu Belenos beten.« Kerber verschlang den Rest des Gebäcks und bemühte sich, leise zu kauen. »Ich bin recht indifferent, um ehrlich zu sein. Manchmal rutschen mir noch Thor und Odin raus, aber aufgrund meines Berufs habe ich mich inzwischen für Dike entschieden.«

Rianne machte ein fragendes Gesicht.

»Griechische Mythologie«, erklärte er. »Die Göttin der moralischen Gerechtigkeit und einst Herrscherin über die menschliche Justiz.«

Dike. Nie gehört. Es gibt echt zu viele Gottheiten, um sie alle zu kennen. »Ah, deswegen hatten Sie in Lipsk Thor und Odin erwähnt.«

»Eine Angewohnheit. Mit denen war ich vorher unterwegs. Doch Dike ist mir deutlich näher.« Er lachte leise und wischte Krümelreste von der perfekt gebundenen schwarzen Krawatte. »Jetzt halten Sie mich für sprunghaft in meinem Glauben. Das sehe ich Ihnen an.«

»Sagen wir, Sie haben einfach nach einer langen Reise die Göttin gefunden, die Ihnen nahesteht«, erwiderte sie und regelte die Heizung niedriger. Das dicke Karohemd hielt warm. »Aber vielleicht nutzen Sie besser nicht die Namen der Entitäten, denen Sie *nicht* folgen. Wer weiß, welche Konsequenzen das eines Tages haben kann?«

»Es gibt so viele interessante und nützliche Entitäten. Das machte das Festlegen schwer. Lange bevorzugte ich auch Venus«, sagte Kerber und sah auf die Anzeige des Navigationssystems. »Dike ist mir inzwischen lieber. Aber finden Sie mal einen Tempel oder etwas Vergleichbares, in dem die griechisch-römischen Entitäten in Germanien angebetet werden. Das hätte ich mir vorher überlegen müssen, was?«

»Sie werden sich einen Hausaltar gebaut haben«, vermutete Rianne.

Kerber nickte. »Und wenn ich nach Rom in Urlaub fahre, wird Dike tüchtig gehuldigt. Meine ganz persönliche Wallfahrt.« Er deutete mit dem Finger auf das Display. »Noch etwa zwei Kilometer, und wir sind da.«

Rianne waren die Tabakscheunen und fünfeckigen Speicher aufgefallen, die sie seit geraumer Zeit passierten. Sie gehörten laut aufgemaltem Logo und Firmennamen der *Heylig Rouch AG*, die in der Uckermark auf mehr als dreihundert Hektar Tabak anpflanzte. Als Einzige in dieser Gegend. Das hatte die Französin überrascht.

Noch mehr hatte sie verwundert, dass der Anbaubeginn vor etwa dreihundert Jahren auf Hugenotten zurückging, die ihr Wissen mit ins heutige Germanien gebracht hatten.

Aber am meisten hatte sie gestaunt, dass die Analyse des Culebra-Rests im Kriminalpolizeilabor von Lipsk den Tabak als heimisches Produkt der Sorte *Radenser* identifiziert hatte. Der Kleber der Banderole passte zu den Produkten der Firma Heylig Rouch – und deren Anbaugebiete sowie die Zentrale lagen in der Ost-Uckermark.

Laut Bourreau hatte der verschollene Karak niemals erwähnt, woher er die gezackten Zigarren bezogen hatte. Heylig Rouch wiederum führte offiziell keine Culebras und gemäß Webshop schon gar keine divinen Produkte.

Es bahnte sich die nächste Überraschung an.

»Denken Sie, wir erfahren in dieser Firma wirklich etwas über den Verbleib von Herrn Karak?« Kerber hatte sich die ganze Fahrt über als erfreulich schweigsam in den richtigen Momenten erwiesen und betrieb ansonsten gute Konversation. Sein Jagdtrieb und sein Ehrgeiz verlangten, dass er der letzten und einzigen Spur nachging.

»Wir sollten den richtigen Ton treffen. Dann wird das was.« Rianne musste zugeben, dass es sie verwunderte, nicht mehr über den Herrenschneider herausfinden zu können, trotz aller modernen Mittel und Möglichkeiten. Miles Karak und seine Brüder waren Phantome, die Wohnungen in den jeweiligen Ländern weiterhin verwaist. »Sie behalten Ihren Detektor auf alle Fälle im Auge.«

»Das tue ich, Frau Lagrande.« Kerber sah auf die Rückbank, wo der große Rucksack mit seiner Ausrüstung ruhte.

»Oftmals verraten sich die Leute durch das, was sie *nicht* sagen. Und durch ihre Körpersprache.« Sie lenkte den ID.6 von der Landstraße auf die Zufahrt der Zentrale von Heylig Rouch.

Auf dem abgezäunten Betriebsgelände standen mehrere Lastwagen, die mit Metallkisten beladen wurden. In den anschließenden hangargroßen Hallen kümmerten sich Techniker und Mechanikerinnen um zerlegte Erntemaschinen. Im Winter war Zeit für Instandsetzung und Reparaturen.

»Sehen Sie mal dort!« Der Detektiv machte Rianne auf mehrere halbkugelförmige Gewächshäuser aufmerksam; darin brannten helle Lichter. Eines der Gebäude war speziell mit Stacheldraht und weiteren Zäunen gesichert, vor dem Eingang war das Biogefährdung-Zeichen deutlich sichtbar angebracht. »Die Anlage läuft. Oder?«

Rianne hatte keine Ahnung vom Tabakanbau. »Das werden wir gleich erfragen.« Vor dem massiven Werksrolltor hielt sie den Elektrogeländewagen an, fuhr das Seitenfenster runter und betätigte den Knopf der Kamera- und Sprechanlage. Sogleich leuchtete ein rotes Lämpchen auf.

»Ja, bitte?«, sagte ein Männerstimme.

»Mein Name ist Lagrande. Ich bin Ermittlerin von Interpol und gehe einer Spur nach.« Sie hielt den Ausweis vor die Linse. »Bei mir ist Herr Kerber von der MaxiRisk-Versicherung. Wir hätten Fragen an die Geschäftsleitung.«

»Haben Sie einen Termin?«

»Nein.«

»Einen Moment.«

Eine sehr lange Weile geschah nichts. Nach einem leisen Knacken kam: »In welcher Angelegenheit haben Sie fragen, Frau Kommissarin?« Die Stimme hatte sich geändert. Die dezidierte Betonung der Worte klang nach gestähltem Vorzimmersekretär.

»Das würde ich gerne mit der Firmenleitung besprechen, Herrn

Kadow oder Frau Noack. Wer gerade vor Ort sein sollte.« Die Namen hatte sie aus dem Handelsregister.

»Das tut mir leid. Sie sind beide nicht im Haus. Soll ich einen Termin für Sie vereinbaren, Frau Lagrande? Kommenden Donnerstag, sechzehn Uhr wäre noch etwas frei.«

Rianne kannte diese Verzögerungsspielchen. *Ich habe sie wie geplant auf dem falschen Fuß erwischt.* »Warten Sie, ich schaue schnell nach.« Sie zwinkerte Kerber zu und wartete drei Sekunden. »Genau *jetzt* habe *ich* einen Termin frei. Wenn Heylig Rouch nicht Besuch von der Betriebsprüfung des Finanzamts haben möchte, den ich durch einen kleinen Anruf in die Wege leiten kann, sollte mich jemand empfangen.«

Der Stahlstimmensekretär ließ sich nicht aus der Reserve locken. »Einen Moment, bitte.«

Es summte laut, und das Tor öffnete sich für den ID.6.

»Die Betriebsprüfungsnummer zieht immer«, verriet Rianne dem Detektiv und fuhr langsam auf den riesigen, betonierten Hof vor der Zentrale, die ganz im Stil eines alten fünfeckigen Tabakspeichers erbaut worden. Zwei Stockwerke genügten offenbar, um das Administrative zu erledigen. Der Rest der Ernte- und Verarbeitungsanlage hingegen war gigantisch und weitläufig.

Kaum hatte Rianne den Wagen abgestellt, öffnete sich der Eingang.

Sie wurden von einer Mittfünfzigerin im schwarzbraunen Businesskostüm begrüßt, die das hellbrünette Haar unter einem modischen weißen Hut trug. Die Brille aus poliertem Metall reflektierte das schwache Wintersonnenlicht. »Willkommen bei Heylig Rouch«, sprach sie von Weitem. »Ich habe gehört, Sie hätten Fragen an mich?«

Rianne hatte die Geschäftsführerin Doktor Sabine Noack sofort erkannt. »Danke, dass Sie uns empfangen, Frau Noack. Ich dachte schon, Sie wären nicht da.«

»Ein Irrtum meines Sekretärs. Normalerweise ist heute mein freier Tag. Kann ich Ihre Ausweise sehen, bitte?« Sie bekam die offiziellen Kärtchen gezeigt und machte eine einladende Geste in den Vorraum. »Ich bin sehr gespannt, worum es geht. Wenn Interpol und ein Versicherungsdetektiv sich gemeinsam in die Uckermark verirren, muss das einen sehr guten Grund haben.« Sie ließ die beiden vorgehen und lotste sie in das zweite Zimmer zu ihrer Rechten. »Tee? Kaffee? Zigarre?«

Kerber schüttelte den Kopf und hielt seinen Rucksack schräg vor sich. Er hatte ihn halb geöffnet, sodass er heimlich auf die Anzeigen des eingeschalteten Detektors schauen konnte.

»Sehr freundlich. Ich nehme einen Espresso.« Rianne sah sich im Raum um, in den Noack sie geführt hatte.

Die Wände waren mit alten und neuen Werbeplakaten von Heylig Rouch tapeziert, es gab Vitrinen mit alten Erntewerkzeugen, Tabakblättern, historischen Verpackungen und vielem mehr zur Firmengeschichte. Was es nicht gab, waren Stühle und Tische zum Platznehmen; lediglich zwei bewegliche Bistrotresen und -tische.

»Das ist der Showroom für unsere Besuchergruppen. Im Winter kommen seltener Gäste, deswegen ist es zurzeit etwas karg. Wir nutzen ihn derzeit als Besprechungs- und Aufenthaltsraum«, sagte Noack entschuldigend und ging zu einem Kaffeevollautomaten, schaltete ihn ein. »Spannen Sie mich bitte nicht länger auf die Folter.« Schnell war der Espresso zubereitet und an Rianne gereicht. Sie selbst wählte einen Milchkaffee. »Welche Fragen haben Sie an mich? Und um welche Angelegenheit geht es überhaupt?«

Rianne roch am Heißgetränk, das ein ausgesprochen lockendes Aroma verströmte. Ein Pfund dieses Kaffees kostete wahrscheinlich ihr halbes Monatsgehalt. »Heylig Rouch bedient eine Nische, nehme ich an?«

»Wenn Sie damit sagen wollen, dass wir gegen die Big Player aus den amerikanischen Staaten keine Chance haben, dann gebe ich Ihnen recht. Nicht, was die Masse angeht.« Noack gab Zucker in ihren Milchkaffee und ähnelte in Auftreten, Aussehen und Bewegung einer Filmdiva aus den Vierzigerjahren. »Wir produzieren in drei Erntemonaten etwa sechshundert Tonnen Tabak. Der Verbrauch ist in den letzten Jahren gestiegen, gemeinsam mit dem Stolz auf eigene Produkte. Den Rest exportieren wir in die Emirate oder die Osmanische Republik.« Sie sah über den Rand der Tasse, während sie trank. Das polierte Brillengestell blinkte auf. »Aber deswegen sind Sie nicht gekommen.«

»Nein, sind wir nicht.« Rianne deutete auf den Detektiv. »Herr Kerber von der MaxiRisk und ich sind angereist, weil wir einen seltsamen Fall in Lipsk untersuchen.«

»Lipsk? Oh. Das ist weit weg, Frau Kommissarin. Brauchen Sie meine Expertise, weil Tabak gestohlen wurde?«, erkundigte sich Noack.

»So in etwa.« Rianne ließ die Geschäftsführerin nicht eine Sekunde aus den Augen, lauerte auf verdächtige und verräterische Reaktionen. Noch bemerkte sie nichts. »Beliefert Ihr Unternehmen die Geschäfte von *Karak et Frères*, unter anderem das in Lipsk?«

Noack lachte auf. »Da müsste ich in den Unterlagen nachschauen. Wir haben etwa einhundert Direktabnehmer. Auf Anhieb sagt mir der Name nichts, obwohl er sehr auffällig ist. Den hätte ich mir gewiss gemerkt. Deswegen sind Sie extra nach Vierraden gekommen? Ein Telefonanruf wäre leichter gewesen.«

»Nicht mit Ihren üblichen Zigarren. Sondern mit Culebras.«

Jetzt runzelte Noack irritiert die Stirn. »Wir führen keine Schlangenzigarren. Das hätten Sie auf unserer Website prüfen können.« Sie sah zu Kerber. »Was ist hier los?«

»Verarbeitet Heylig Rouch Tabak oder Tabakprodukte von divinem Ursprung oder mit diviner Veredelung?«, setzte Rianne freundlich nach. »Gemäß der von Ihnen beantragten einfachen Betriebserlaubnis wäre das ein gravierender Verstoß gegen die Zulassung.«

»Was bei Perun …?« Noack stellte die Tasse erbost ab. »Wie kommen Sie auf diesen Unsinn?«

»Es ist leider kein Unsinn, Doktor.« Kerber räusperte sich. »Bei einem Vorfall in Lipsk in ebenjenem Geschäft von Herrn Karak fanden sich Überreste von Culebras, die aufgrund der Beschaffenheitsanalyse von einem Feld der Heylig Rouch stammen. Auch der Banderolenkleber ist mit Ihrem identisch.«

»Dazu ergaben sich Hinweise auf Divinität an diesen Zigarren.« Rianne glaubte zu erkennen, dass zuerst der Ärger und jetzt der staunende Unglaube der Geschäftsführerin vollkommen echt waren. »Wir haben Fragen an Herrn Karak und erhofften uns von Ihnen einen Hinweis, wo wir ihn finden.«

»Ah, deswegen der Herr Detektiv. Sie denken, es könnte Betrug sein.« Noack musterte Rianne. »Wieso Interpol?«

»Weil die Geschäfte von Herrn Karak international liefen«, wich sie aus. »Einzelheiten darf ich Ihnen nicht nennen.«

»Verstehe.« Noack trank sichtlich beruhigter von ihrem Milchkaffee. »Ich lade Sie gerne ein, einen Rundgang mit mir zu machen. Sie werden keine Culebras finden. Und schon gar nichts, was auf die Beteiligung einer Entität hinweist. Außer, einer meiner Angestellten hätte irgendwelche divinen Vorfahren.«

»Gut. Danke.« Rianne fühlte eine gewisse Enttäuschung.

Kerber sah aus dem Fenster zu den halbkugelförmigen, beleuchteten Gewächshäusern und ordnete die Krawatte mit einer beiläufigen Handbewegung. »Was geschieht denn darin? Viel ernten wird sich dort nicht lassen.«

»Nein, das ist kein regulärer Anbau, da haben Sie recht. Das sind Versuchspflanzen unseres Partnerunternehmens Tobako. Ihnen verdanken wir unter anderem unsere Bestsellermarke Starker Tobak«, erklärte Noack. »Wir bei Heylig Rouch sind auf der Suche nach neuen Hybriden und verbesserten Tabaksorten sowie Neuzüchtungen. Das macht uns der Konkurrenz überlegen.«

Rianne wechselte einen unauffälligen Blick mit dem Detektiv. »Dürften wir uns dort mal umschauen?«

Noack sah die Besucher aufmerksam an. »Sie denken nicht ernsthaft, dass der in Lipsk gefundene Tabak von dort stammt?«

»Laut Beschaffenheitsanalyse schon. Die Blätter *kommen* aus Vierraden. Mit Ihrem oder ohne Ihr Wissen, Doktor Noack.« Rianne stürzte den Espresso hinunter. Sie spürte Aufwind, der sie mehr energetisierte als der Kaffee. Die Spur hatte sich noch nicht verloren. »Wer leitet Tobako? Wo ist deren Zentrale?«

Kerber hatte sein Smartphone gezückt und suchte im Internet nach dem Unternehmen. Nach einigen Sekunden schüttelte er kaum merklich den Kopf. Offiziell existierte es anscheinend nicht.

»Im Nachbargebäude. Tobako sind drei junge Wissenschaftler, die wir mit exzellenten Abschlüssen und offenen Armen empfangen haben.« Noack wirkte ungehalten. »Wir bezahlen dem Trio guten Lohn. Die hätten es nicht nötig, sich ein Zubrot zu verdienen, indem sie heimlich Culebras in Heimarbeit herstellen und veräußern wie … Drogendealer.«

»Nur umschauen«, bat Rianne eindringlich. »Sie haben nichts zu befürchten, Doktor Noack.«

»Na schön.« Sie zückte ihr Smartphone. »Ich werde Tobako nur eben –«

»Ohne Anmeldung«, sagte Rianne und ging zum Ausgang. »Ich glaube auch nicht, dass wir fündig werden, aber ich muss der Sache nachgehen. Danach verschwinden wir.«

Zu dritt verließen sie das Verwaltungsgebäude und gingen auf die eigens abgesicherten Kuppelgewächshäuser zu.

»Frau Lagrande«, flüsterte Kerber, als sie sich auf zehn Meter genähert hatten, und hielt den halb offenen Rucksack so, dass sie hineinschauen konnte.

Die Anzeige des Detektors leuchtete schwach, erste Kennziffern glommen auf dem Monitor auf.

***

»Unter der Hülle aller Religionen
liegt die Religion selbst, die Idee eines Göttlichen.«

*Friedrich Schiller (1759–1805), deutscher Arzt,
Schriftsteller, Philosoph und Historiker*

KAPITEL V

Éire, Connemara, Clifden, Dezember 2019

Malleus schaute in sein geöffnetes Silberetui und unterdrückte das aufsteigende Unwohlsein, das in Angst umzuschlagen drohte: Vier Culebras waren ihm geblieben. Zwei mit grüner Banderole, eine mit rotem und eine mit bernsteinfarbenem Band.

Als hätte er es geahnt, hatte er das Etui vor der Schießerei in sein kurtaähnliches Obergewand gesteckt. Der Militärmantel war in dem Inferno des Arbeitszimmers unwiederbringlich verbrannt. Die Feuerwehren der Umgebungen waren schnell zur Stelle gewesen und hatten mit Spezialschaum den Raum und Teile des Flurs gelöscht, danach hatten sie während der mehrstündigen Brandwache geholfen, die Schäden in den Fenstern mit Planen abzudecken. Black Alder Hall würde weitere hundert Jahre und mehr bestehen.

Vier. Malleus sah hoffnungsvoll auf seinen PDA. Lagrande hatte ihn mit einer Sprachnachricht wissen lassen, dass sie einer Spur in Lipsk folge und er sich keine Sorgen machen solle. *Sie hat leicht reden.*

Seufzend hob er den Blick und ließ ihn in der großen Gesindeküche umherschweifen, die einst für die Bediensteten des Herrenhauses gedacht gewesen war. Er hatte sich in das Untergeschoss von Black Alder Hall verkrochen, um nachdenken zu können, und einen Fertigchai aus dem vorhandenen Bestand aufgebrüht. *Besser als gar nichts.* Dennoch wurden seine Gedanken eher wirrer statt klarer.

»Ob Sie etwas gefunden haben, Inspecteur?«, erklang Lautrecs Stimme via Bluetooth-Stecker in seinem Ohr. »Sind Sie eingeschlafen?«

Malleus fuhr zusammen. Er hatte vergessen, dass sein Vorgesetzter mit ihm telefonierte, um sich einen Lagebericht geben zu lassen. »Nein, Monsieur«, antwortete er rasch und erhob sich, nahm die Tasse und wanderte durch das Untergeschoss zurück und die Treppe aufwärts. »Die Unterlagen, die Ratheby gehortet hat, sind im Zimmer verbrannt.«

»Haben Sie keine Fotos davon geschossen?«

Malleus roch die Gewürze des Chai. »War noch nicht dazu gekommen. Ich wollte die Aufzeichnungen erst sortieren.« Noch ein Rückschlag. Irgendeine dunkle Macht machte ihm das Leben schwer. »Ich muss mich wohl auf meine Erinnerung verlassen.«

Lautrec brummte unzufrieden, als wüsste er, wie es um das Gedächtnis und den Verstand seines Inspektors stand. »Und an *was* erinnern Sie sich?«

»Ratheby hatte weitere Namen und Orte notiert, die mit den Masterbeacons zusammenhängen.« Malleus versuchte, die verschwimmenden Bilder aus dem Kopf abzurufen. Stimmten sie, oder gaukelte ihm sein Hirn, das die Auswirkungen des Entzugs deutlich spürte, etwas vor? »Ich komme bald drauf.«

»Hoffen wir's. Sonst erlischt die Spur. Ich will die Hinterleute dieser Schweine, die unsere Truppe umgebracht haben.« Lautrec klang aufgebracht und erbost.

Malleus wollte die Drahtzieher nicht minder fassen. Man hatte die Interpol-Agenten erschossen an der Landstraße nahe Clifden gefunden. Die Sovereigns hatten sie unterwegs abgefangen und gnadenlos hingerichtet – genauso wie die Donn-Gläubigen in der Eingangshalle von Black Alder Hall. Malleus' Gegenspieler hatten eigene Möglichkeiten, und sie waren skrupellos.

»Das zweite Team hat die Überreste des Calators am Strand unterhalb der Klippen gesichert«, berichtete Malleus und vernahm das leise Donnern der Brandung durch die geschlossenen Fenster. »Bei den Leichen der Verbrecher fanden wir keinerlei Anhaltspunkte für weitere Ermittlungen. Weder Papiere noch persönliche

Gegenstände. Es bleiben uns nur die Leichen an sich: Fingerabdrücke, Gesichter und DNS. Das übernimmt die Kriminaltechnik in Lutetia.«

Lautrec schnaufte wie ein Walross durch den Hörer. »Was ist mit Miss Monaghan?«

»Ich habe sie vorsichtshalber in Schutzhaft nehmen lassen.« Zum einen, weil er nicht genau wusste, ob Ireen gelogen hatte, zum anderen, weil es noch andere Calatorfreunde in Éire geben mochte.

»Weswegen?«

»Diese Sovereigns könnten annehmen, Miss Monaghan wüsste Bescheid. Ich bin sicher, dass es mehr von denen gibt.« Malleus steckte sich eine Culebra mit grüner Banderole in den Mund und seufzte wohlig, als der Geschmack von den Lippen in den Mund sickerte. Der Drang, den Tabak in Brand zu stecken und den Rauch zu schmecken, die Wirkung zu spüren, wuchs von Herzschlag zu Herzschlag. »Ich bleibe vorerst und schaue mich auf dem Anwesen um.«

»Sie hoffen auf versteckte Kammern oder so was.«

»Ja. Zwar verneinte Miss Monaghan das, aber solche alten Gebäude haben meistens Geheimnisse. Ich komme ihnen auf die Spur.« Malleus hatte das Erdgeschoss erreicht und bewegte sich durch das Kaminzimmer auf die Terrassentür zu, öffnete sie und ließ den kalten Winterwind herein. Genüsslich nahm er einen Schluck vom dampfenden Chai, während die bodenlangen weißen Vorhänge um ihn herumtanzten.

»Trinken Sie da etwa Kaffee, Bourreau?« Lautrec klang gereizt.

»Nein. Tee. Chai.«

»Sie haben es echt gut. Geben Sie mir Lagrande.«

Malleus schrak zusammen. »Ist es immer noch wegen des Kaffees im Büro?«

»Ich finde das Zeug einfach nicht. Lagrande hat es ganz sicher weggesperrt.«

»Sie ist in … Clifden unterwegs und recherchiert. Sie erreichen sie bestimmt auf ihrem Smartphone.« Allmählich gingen ihm die Ausreden aus.

»Habe ich schon versucht.« Lautrec stieß einen Fluch aus. »Ich gebe Ihnen einen Tag. Danach entscheiden Sie und Miss Monaghan, was sie wegen der Sovereigns tun wollen, und Lagrande und Sie kehren nach Lutetia zurück. Ich will die Berichte von Ihnen beiden übermorgen auf meinem Schreibtisch haben. Ach ja, vorhin kam eine Anfrage für Ihren Ermittlungsbereich von den Kollegen aus Sydney herein. Viel Erfolg in Clifden.«

Mit einem *Klick* war das Gespräch beendet.

Malleus drückte den Standby-Knopf des PDA, den ein Sprung quer über das Display zierte. Das Gerät hatte im Gefecht einen Querschläger oder einen Schlag abbekommen, an den er sich nicht mehr erinnern konnte. Normalerweise würde Malleus seinen leicht paranoiden Technikkumpel kontaktieren, der den PDA entweder reparierte oder einen neuen besorgte und modifizierte. Der Übergabeort war bisher *Karak et Frères* in Leipzig gewesen. Aber da Lagrande den Schneidermeister nach wie vor nicht gefunden hatte, musste er mit dem angeschlagenen PDA auskommen.

Das Gerät gab einen Laut, als hätte es seine Gedanken vernommen.

Ein Blick auf das gerissene Display zeigte eine neue Nachricht von Lagrande:

> BIN AUF DEM WEG ZU HEYLIG ROUCH AG, EINEM TABAKHERSTELLER IN DER OST-UCKERMARK. VON DESSEN FELDERN STAMMEN LAUT LABOR DIE CULEBRABLÄTTER. INKLUSIVE DER DIVINEN ZUTAT. HALTEN SIE DURCH! SIEHT GUT AUS FÜR SIE.

Divine Zutat? Malleus zog die Augenbrauen zusammen. *Wie kommt sie darauf?* Anscheinend hatte Lagrande mehr herausgefunden, als sie ihm schrieb.

Dass der Tabak aus Germanien stammte, verwunderte ihn. Karak hatte zwar nie behauptet, die Zigarren seien aus Kuba, aber Malleus hatte einen exotischeren Ort als ein Feld an der Grenze zu Polen angenommen. *Was hat eine divine Zutat darin zu suchen?*

Es juckte Malleus in den Fingern, Lagrande eine Antwort zu schreiben. Doch da er sie nicht mit Rückfragen nerven wollte, wartete er ungeduldig ab. Zugleich fühlte er eine behutsame Erleichterung über die Fortschritte und nahm Feuerzeug sowie Span aus dem Etui, um damit die Zigarre zu entzünden. Da es bald Nachschub gab, konnte er sich ein wenig davon gönnen.

Der Rauch stieg von der glimmenden Spitze auf und fächerte auseinander, als sei er freigelassen worden. Die dünnen Qualmfäden wirbelten ungestüm, drehten sich umeinander und tanzten aufwärts.

Nebenbei prüfte Malleus eine Sache, die ihn seit Lagrandes Anmerkung in Clifden beschäftigte: Ob Oona Milords Verschwinden und die ihr zur Last gelegten Tötungen mit dem Calator-Fall in Clifden zusammenhingen. Immerhin hatte er mit ihr gemeinsam auf einem Hochhausdach in Tokio ein solches Wesen vernichtet.

Die Interpol-Datenbank lieferte großzügig Informationen. Man beschuldigte die D.E.M.-Agentin, zwei Männer und drei Frauen getötet zu haben, die auf den ersten Blick in keinerlei persönlicher Beziehung zueinander standen.

Bei den Opfern handelte es sich um einen Archäologen, der als betagter Professor an der Universität Oxford gelehrt hatte, einen Großindustriellen und Artefakt-Experten in Bononia-Bologna, der sich einen Namen mit Internet-Berichten über divine Gegenstände gemacht hatte; des Weiteren um eine extrem erfolgreiche junge Entitäten-Bloggerin in Moskau sowie ihre beiden Freundinnen, die sie an diesem Tag im Mokosch-Tempel herumgeführt hatte; die russische Polizei ging davon aus, dass hier Zeuginnen ausgeschaltet worden waren.

Malleus betrachtete die Namen und die Orte, an denen die Verbrechen geschehen waren. *Das liegt alles sehr weit voneinander entfernt.*

Da D.E.M. dafür sorgte, dass keine Fremdgottheit heimlich Fuß auf der Erde fasste, vermutete Malleus hinter all dem durchaus einen Fall, dem Oona auf der Spur gewesen war: Archäologie, divine Artefakte, ein Mokosch-Tempel, der laut der Bloggerin ein Hotspot für Geheimnisse sein sollte.

Für Malleus ergab sich ein thematischer Zusammenhang mit Black Alder Hall, doch darüber hinaus tappte er im Dunkeln. Ihm fehlten Hinweise. *Oder sehe ich sie einfach nicht?*

Die kühle Meeresbrise wehte unvermittelt weiße Flöckchen umher und gegen sein Gesicht. *Asche.* Er wandte sich ab und registrierte erschrocken, dass er die Culebra zur Hälfte weggeschmaucht hatte. *Verdammt!* Schnell rollte er die Glut von der gebogenen Zigarre und steckte sie zurück ins Etui. Der letzte Rauch senkte sich trauernd abwärts, als wäre er schwerer als Luft, und löste sich auf. *Nicht übermütig werden.*

»Wach auf, Malleus«, wisperte eine sehr vertraute Frauenstimme hinter ihm. »Erwache und stelle dich den Lügen.«

Malleus erschauderte, seine Nackenhärchen stellten sich auf. Er wagte nicht, sich zum Garten zu drehen, aus Furcht vor dem, was ihm sein Verstand vorgaukeln könnte. *Es ist nur eine Einbildung.* Also schloss er die Augen ganz, ganz fest und wollte sich zur Ablenkung auf Oona konzentrieren.

Ein leises Grollen rollte aus der Ferne über das Donnern der Brandung, das Zucken eines Blitzes schimmerte durch seine geschlossenen Lider. Sein Verstand ließ die grausame Erinnerung an den Schützengraben aus den Übergangskriegen auferstehen. Mit Gerüchen und Geräuschen, Schreien und Brüllen von Monstrositäten, welche die Entitäten gegen jene Teile der Menschheit gesandt hatten, die sich ihnen nicht hatten beugen wollen.

Nein! Das ist ein Truggebilde. Keuchend ging Malleus in die Knie und zwang sich, die Augen aufzureißen und zu den finsteren Wolken zu sehen, die vom Meer angeflogen kamen, als wollten sie ihn samt Black Alder Hall verschlingen. *Es ist nicht wahr!*

Die schrecklichen Bilder aus den Tagen des Krieges lösten sich auf.

Malleus blickte ächzend auf den finsteren Schwarzerlenbruch jenseits der Moorwiese, in dem laut Ireen Totengeister umhergingen, Irrlichter lockten und es einen Übergang in die Anderswelt geben sollte. *Das ist nichts als …*

Da nahm Malleus ein Parfum wahr, das er lange nicht mehr gerochen hatte, und hörte geliebtes, vermisstes Kinderlachen aus weiter Ferne in den Korridoren des Anwesens.

Es wurde nicht besser. Nichts wurde besser.

* Α Ω *

Wie macht die Katze? Miau!

Ich mache wirklich Miau. Das ist das Letzte! Ich bin eine … Pussy!?

Im Spiegel sehe ich flauschig schwarz und süß aus. Ist bestimmt eine besondere Rasse. Warte, Loki hat seine Finger im Spiel bei diesem verfickten Gestaltentausch. Gibt es nicht so was wie norwegische Waldkatzen? Hab ich mal in einem Kreuzworträtsel gelesen.

Maunz my ass.

Wenn das länger als einen Tag anhält, bringe ich diese beiden Grinsegöttersäcke mit meinen Krallen um, das schwöre ich bei meinem Puschelschwanz!

Haben Katzen nicht neun Leben? Wenn ich jetzt neun Tage … nein, besser nicht dran denken. Und wer macht mir eigentlich was zu fressen?

Hähähä, ich Trottel. Klar, er, dem ich folge. Ich muss nur niedlich genug sein. Sollte ich hinbekommen.

Dann mal los, auf große Tigertour durch Black Alder Hall.

Und ich bin echt leise. Ein Ninja kann einen Dreck gegen diese vier Pfoten. Mein Geruchssinn ist wesentlich besser, auch wenn dafür die Einrichtung aussieht, als wäre es das Anwesen eines Titanen.

Wo ist denn … ah, da steckt Bourreau. Steht vor dem offenen Fens-

ter und starrt rüber zum Geisterwald. Da kann man schon Gänsehaut bekommen. Wie diese kahlen Äste sich im aufkommenden Sturm wiegen und wippen, als riefen sie nach ihm.

War da eben ein Schimmern? Sind das … sind das zwei Gespenster, die auf der Wiese stehen und rüber zum Haus starren? Uh, das ist echt abgefahren. Eine Frau und ein kleines Mädchen, Hand in Hand. War das eben ein leises Lachen? Und was ist das für ein Duft? Frauenparfum? Die Spukshow in Ratheby Mansion hat begonnen.

Er steht auf und schließt die Terrassentür.

Ich mache mal »Maunz« *… Gut, er hat mich gesehen. Bisschen um die Beine streichen, wie diese Fellviecher das sonst machen. Bin ich niedlich, oder was? Hab mal gelesen, dass Katzen das machen, um ihre Besitzer zu markieren. Und die Leute halten das für Zuneigung, hahaha. Ihr Sklaven der Katzen.*

Malleus bückt sich und streichelt mich. »Na, Streuner? Hast du Hunger?«

Steak mit Pommes wär geil. »Maunz.« *Na prima. Das klang nicht ansatzweise wie Steak.*

»Komm, wir gehen in die Küche. Ich brauche einen Chai. Da kann ich dir was zu fressen geben.«

Wehe, es ist beschissener Dosendelfin! Wenn er den Kühlschrank aufmacht, muss ich schnell genug sein und reinhüpfen.

Bei absoluter Dunkelheit gehen wir durch die Gänge, Flure und Räume. Katzen sehen verdammt gut, das stimmt. Und er, dem ich folge, scheint das auch zu können.

Aber egal, wo wir langlaufen, da ist ein Wispern, ein Raunen, von einer Frau und Kinderlachen. Dann knarzt irgendwo was, und … da waren Schritte! Ganz eindeutig! Im Stockwerk über uns!

»Das kann nicht sein!«, *ruft er laut.* »Ihr seid tot und eure Seelen vergangen. Das ist nichts als meine Erinnerung.«

»Erwache, Liebster«, *flüstert die Frauenstimme direkt neben mir. Fuck! Hab ich mich erschrocken!* »Maunz«, *und schon bin ich auf sei-*

nen Arm gesprungen. Krass, wie hoch ich hüpfen kann. »Sei der, den du vergessen hast.«

Er streichelt mich und geht weiter, schaut nicht nach rechts und links. Wie verschwommene 3-D-Projektionen und lichte Hologramme flackern Umrisse auf, immer eine Frau und ein Mädchen … Die Gesichter kann ich nicht erkennen, aber das wird seine verlorene Familie sein.

Das ist creepy. Bin ja viel gewohnt, aber diese Geister sind … puh.

Endlich in der Küche, Licht an, Spuk aus.

Er macht sich einen Chai und geht zum Kühlschrank und … zack, mittenrein gesprungen. »Maunz«, *lieb gucken, die Wurst schnappen und raus.*

»Ah, du bist ein Feinschmecker, was? Aber die Wurst ist nichts für dich.«

Das entscheide wohl ich, ja? Schnell wegschleppen und verstecken, bevor er sie mir abnimmt. Dann kann ich sie in Ruhe futtern. Wieder zurück, hinsetzen, niedlich »Miau« *machen, Pfötchen ablecken und schnurrend zu ihm aufschauen.*

»Wir haben eine lange Nacht vor uns.« *Er nimmt sich Milch und gibt mir etwas davon in eine Schale. Joa. Bier wäre besser oder einer von den tollen Whiskeys, die ich oben im Kaminzimmer gesehen habe. Was soll's, ich hab Durst.* »Ich muss arbeiten und mich ablenken.«

Perfekt. Dann erfahre ich, was alles vor sich geht, und bin auf dem neusten Stand. Und bleibe in seiner Nähe, um aufzupassen. Ich verteidige ihn, wenn die Geister der Vergangenheit nach ihm greifen. Mir wird schon was einfallen.

* Α Ω *

Germanien, Ost-Uckermark (germanischer Teil), Vierraden, Dezember 2019

Doktor Sabine Noack ging vorweg, ihre langen Absätze schlugen aggressiv auf den Betonboden. »Ich kann mir nicht vorstellen, dass Sie bei dem Trio etwas finden, was zu Ihrem Fall passt, Frau Lagrande«, sprach sie ungehalten und betätigte den Code neben der Eingangsschleuse, die Zugang zum abgetrennten Gelände mit den drei kuppelförmigen Gewächshäusern von Tobako gewährte. Summend fuhr das Schott auf. »Das ergibt doch gar keinen Sinn.« Sie schloss den Eingang hinter sich und bewegte sich auf die zweite Tür zu.

Rianne und Kerber folgten ihr.

»Dann geht es ja ganz schnell«, sagte Rianne beschwichtigend. »Reine Routine. Damit ich meinem Vorgesetzten sagen kann, ich bin jeder Spur nachgegangen.«

Erst jetzt aus der Nähe fiel ihr auf, dass der Wandschriftzug *Tobako* mit Zierornamenten umgeben war, die weder germanischen noch slawischen Ursprungs waren. Sie erinnerten an süd- und mittelamerikanische Symboliken, was zur Herkunft des Tabaks gut passte. Dennoch ungewöhnlich, dachte Rianne, die wegen der hugenottischen Vergangenheit eher mit der Bourbonenlilie oder einem französischen Bezug gerechnet hatte.

Gleich darauf öffnete sich der Zugang.

Nach wenigen Schritten standen sie im Vorraum des vorderen der drei Glasgebäude, in dem jenseits der durchsichtigen Trennwand violett-rötliche Wachstumsleuchten von der Decke der anschließenden Aufzuchthalle hingen.

»Gehen wir in den Aufenthaltsraum. Da finden wir sicherlich einen von ihnen.« Als Noack den Code an der nächsten Tür eingab, leuchtete eine rote Diode auf.

»Scheint, als kämen Sie mit Ihrer Freigabe nicht weiter, Doktor.« Rianne sah zu den Kameras ringsherum, deren Linsen wie tote Augen auf sie niederstarrten. Längst waren die unangemeldeten Besucher entdeckt worden. »Nicht, dass es etwas zu verbergen gäbe. Bestimmt nur eine Sicherheitsmaßnahme, dass die Ziffern geändert wurden.«

Bevor Noack antworten konnte, läutete ihr Smartphone. »Herr Emberá! Sie sehen mich durch die Kameras, ja? Gut. Wären Sie so nett und …« Sie lauschte, ihr Gesichtsausdruck wechselte von ungeduldig zu überrascht. Hektisch schob sie die Brille höher auf die Nase und nestelte am weißen Hut.

Rianne machte ein, zwei Schritte zur Seite und schaute ins Innere des rötlich beleuchteten Gewächshauses. Das verbaute Glas kam ihr extrem dick vor. Das kleine, darauf angebrachte Logo des Herstellers kannte sie von Sicherheitseinrichtungen und Banken. *Panzerglas?*

Jenseits der Scheibe wuchsen in mehreren Reihen Hochbeeten Tabakpflanzen, die sich in Struktur und Farbe unterschieden. Eine indigene Frau im Laborkittel räumte hastig mehrere Batterien mit Sprühflaschen zusammen und schloss sie in einem Metallschrank ein.

»Ein Experiment, das Sie nicht unterbrechen können, aha. Verstehe. Aber es ist wichtig. Interpol möchte Ihnen ein paar Fragen stellen.« Wieder hörte Noack sekundenlang zu. »Ja, danke. Das ist sehr freundlich.« Dann wandte sie sich an ihre Besucher. »Herr Emberá kommt.«

Rianne beließ es bei einem Lächeln und kehrte an die Haupttür zurück.

Kerber hielt ihr erneut halb den Rucksack hin, damit sie den Scanner sah. Die Anzeigen waren deutlicher geworden, die Kennziffern näherten sich Werten, die einen divinen Ursprung oder Kontakt anzeigten.

»Wir sind richtig«, raunte er mit roten Hektikflecken im Gesicht. Mit einem leisen Piep blieben die Zahlen-Buchstaben-Kolonnen stehen. »Exakt die gleichen Kennziffern wie in Lipsk.«

Gleich darauf erklang ein Zischen, im Anschluss ein lautes Klacken, mit dem mehrere Bolzen entriegelten. *Klingt nach einem Tresor statt einem Aufenthaltsraum.*

Rianne hob die Augenbrauen. »Waren Sie schon mal da drin, Frau Noack?«

Sie schüttelte den Kopf. »Nicht nach dem Umbau.«

Bevor Rianne nachfragen konnte, schwang die massive Stahltür auf. Lange, milchige Plastikfolien hingen als Schutz vor Zugluft aus dem oberen Rahmen und erlaubten keinen Blick hinein.

»Guten Tag, Doktor Noack.« Ein Mann in weißem Laborkittel trat durch die Streifen und strahlte sie an. Er war Mitte zwanzig, die langen schwarzen Haare trug er im Pferdeschwanz, sein Gesicht hatte indigene Züge und einen dunkleren Teint. Sein Englisch sprach er mit singendem, weichem Akzent.

»Guten Tag, Doktor Emberá.« Sie deutete auf Rianne und Kerber. »Das sind Inspektorin Lagrande von Interpol und Herr Kerber von MaxiRisk Versicherungen«, stellte sie vor. »Sie haben ein paar Fragen an Sie. Routine, heißt es.«

»Entschuldigen Sie den Überfall, aber es handelt sich um eine heikle Angelegenheit«, sagte Rianne liebenswürdig. »Ohne dass ich zu sehr ins Detail gehen darf, müsste ich bitte einige Proben mitnehmen. Sie –«

»Proben? Von was?« Emberás Freundlichkeit schwand. Er richtete sich auf und verschränkte die Arme vor der Brust. »Meinen Tabakpflanzen?«

»Ja.«

Emberá lachte ungläubig. »Das sind unbezahlbare Versuchsexemplare! Die Konkurrenz von Heylig Rouch würde sich die Finger danach lecken.« Er sah zu Noack. »Das wissen Sie doch.«

»Unsere Interpol-Labore sind sicher«, entgegnete Rianne.

»Na, *darauf* gebe ich nichts! Wir reden über einen milliardenschweren Markt.« Emberás Miene verschloss sich. »Haben Sie eine gerichtliche Anordnung, Frau Lagrande? Und was soll ein Versicherungsdetektiv dabei? Das erscheint mir reichlich seltsam.«

Diese Anordnung hatte Rianne natürlich nicht. *Verflucht. Er hat sich nicht überrumpeln lassen.* »Ich rechnete mit Ihrer freundlichen Kooperation.«

»Wäre das hier eine Käsetheke, würde ich Ihnen was mitgeben. Aber wir reden von experimentellen, speziell gezüchteten Pflanzen«, sagte er von oben herab.

»Deswegen das Spezialpanzerglas? Fürchten Sie sich vor Überfällen?«, gab Rianne zurück. Das Spiel ließe sich durchaus anders spielen, und zwar mit vollem Programm. »Ihren Ausweis, bitte. Und den Ihrer beiden Kollegen auch.«

Das brachte Emberá nicht aus der Fassung. »Den trage ich doch nicht im Kittel spazieren. Und meine Kollegen sind im Labor.« Er bewegte sich nicht von der Stelle. »Was ist das überhaupt für ein Fall, bei dem Sie Tabakproben haben wollen?«

»Das darf ich Ihnen aus ermittlungstechnischen Gründen nicht sagen, Doktor.« Rianne betrachtete den störrischen Indio, der ihr mit seinem Körper den Blick aufs Innere versperrte. »Ich würde –«

»Wir sind wohl fertig«, griff Noack schlichtend ein und deutete auf die Schleuse. »Mehr kann ich ohne eine gerichtliche Anordnung nicht für Sie tun, Frau Inspektorin.«

»Oh, là, là! Dann kann ich Ihnen auch nicht bei der Wirtschaftsprüfung helfen«, erwiderte Rianne kämpferisch. »Die werden sich *brennend* für Tobako interessieren. Bei so einem milliardenschweren Markt.« Mit einem Augenaufschlag blickte sie den Wissenschaftler an. »Sie haben bestimmt alle Unterlagen griffbereit, Doktor Emberá?« Sie langte in die Tasche und zog ihr Smartphone heraus. Die nächste Druckstufe wollte gezündet werden. »Wissen Sie was? Ich rufe die deutschen Kollegen vom Zoll an, damit sie ein paar Steuerformulare und Zulassungen prüfen. Derweil können Sie Ihren Ausweis suchen gehen. Ich gehe nicht eher, bis ich die drei Identitätsnachweise gesehen habe. Dazu brauche ich übrigens keine gerichtliche Anordnung.«

Rianne betete, dass der Bluff gelingen möge. Ihr graute davor, die germanische Büromaschinerie in Gang bringen zu müssen, um an die gewünschten Informationen von Tobako zu kommen. Bis sämtliche Genehmigungen vorlagen, waren mögliche Beweise längst weggeschafft. Wobei das Problem vor allem darin bestand, dass sie gar nicht offiziell ermittelte und sich noch immer in Clifden bei Bourreau befand. *Belenos, lass den Trick gelingen!*

Emberá machte einen Schritt zurück in das Gewächshaus, aus dem trockene Luft strömte, die nach warmer Erde und Pflanzen roch. »Warten Sie. Ich besorge Ihnen die Ausweise, Frau Kommissarin.« Er machte Anstalten, die schwergesicherte Tür erneut zu schließen – als Kerber abrupt lossprintete.

Wie ein Footballspieler rammte er den Indio aus dem Weg, der gegen die Wand prallte und zu Boden fiel, sprang über ihn hinweg und hastete durch die weiche Wand aus lose herabhängenden Plastikstreifen.

»Halt!«, schrie Emberá und rappelte sich auf.

»Kerber! Kommen Sie zurück! Das ist Hausfriedensbruch!« Rianne nutzte die Gelegenheit und verfolgte den Detektiv unter dem Vorwand, eine Straftat vereiteln zu wollen. *Das ist perfekt!* »Tun Sie das nicht!« Insgeheim war sie dem Mann für seinen Verstoß sehr dankbar.

Sie hastete bis zum Rand der großen Kuppel, aus der Verbindungsgänge zu den beiden anderen Gewächshäusern führten. Die braunen, schwarzen, gelben und grünen Tabakpflanzen wuchsen aus verschiedenen Mutterbodentrögen und -wannen mehr als fünf Meter in die Höhe; die Stängel brachten sicher extrem viel Ertrag. Rianne versuchte, die Beschriftungen der verschiedenen Pflanzen mit unbekannten Symbolen und Abkürzungen zu entziffern.

Kerber stand mitten zwischen den Pflanzen, hatte den Detektor aus dem Rucksack genommen und schwenkte ihn. »*Das* ist das Kraut! Hier kommt es her!«, rief er begeistert. »Divine Herkunft! Die Schlüsselzuweisung verweist auf« – hektisch scrollte er über sein Tablet – »Xochipilli. Es sind divin veränderte Pflanzen, Frau Kommissarin. Mein Messgerät täuscht sich nicht.«

Hinter Rianne betrat Emberá aufgebracht die Halbkuppel, sein Gesicht war dunkel vor Wut. »Das ist ja wohl die Höhe!«, wetterte er los. »Raus mit Ihnen!«

»Ruhig. Ich habe einen Hausfriedensbrecher verfolgt. Das gehört zu den Aufgaben der Polizei.« Rianne sah sich weiter um. »Stimmt es, was Herr Kerber sagt? Hat Xochipilli etwas mit diesem Tabak zu tun?« *Wer immer dieser Gott sein mag.*

Die Plastikbahnen teilten sich für Noack, die sich erstaunt umblickte und in ihrem Businesskostüm komplett fehl am Platz wirkte. »Doktor Emberá! Ich bitte um eine Erklärung. Es war nicht abgemacht, dass Sie auf derlei Materialien zurückgreifen. Das bringt nur Ärger, wie man soeben sieht.«

Rianne nutzte das Smartphone, um rasch etwas über Xochipilli herauszubekommen. Er wurde bei den Azteken als Gott der Liebe und Blumen, des Maises, der Musik, des Tanzes und des Rausches betrachtet. Dazu passte Tabak ausgezeichnet. *Was hat der Aztekengott davon, Leute wie Bourreau abhängig von seinen Zigarren zu machen?* Während Noack, Kerber und Emberá miteinander stritten, entwickelten sich diverse Theorien in ihrem Verstand. Aus den Nachbarkuppeln kamen eine Frau und ein Mann, die ebenfalls weiße Kittel und indigene Züge trugen. *Geht es darum, einen atheistischen Ermittler in die Abhängigkeit zu treiben? Um ihn erpressbar zu machen? Um ihn steuern zu können? Um sein Denken zu beeinflussen? Zum Positiven oder zum Negativen? Lohnt das allein den ganzen Aufwand?*

Die Antworten erhoffte sie sich von Emberá, seinem Kollegen und seiner Kollegin.

»Ruhe!«, rief sie. »Seien Sie alle still!« Erstaunlicherweise kamen die Männer und Frauen ihrer Anweisung nach. »In diesen Gewächshäusern gehen Dinge vor, die polizeilich untersucht werden müssen«, sagte Rianne resolut. »Doktor Emberá, Sie und Ihre Freunde stehen im Verdacht –«

»Oh, *das* ist *ganz* falsch«, unterbrach Kerber sie aufgebracht.

»Diese Dinge müssen nicht untersucht werden.« Er betätigte einige Knöpfe an dem Divinitätsdetektor. »Sondern vernichtet!«

Das Gerät blinkte hektisch, ein Warnton erklang.

Rianne begriff zu spät, was der Detektiv beabsichtigte, um ihn daran zu hindern – aber es reichte aus, um durch die Tür zu spurten und sich hinter die Stahltür zu werfen. Kaum lag sie dort, erklang ein seltsames Geräusch, wie eine Mischung aus Brummen, Paukenschlag und Schrillen.

Rechts und links von Rianne schossen wabernde, blaugrüne Flammen wie aggressives Elmsfeuer aus dem Kuppelbau. Die Lohen umhüllten sie mit eisiger Kälte, bevor eine Explosion fauchende Hitze hinterhersandte. Klirrend barsten mehrere Sicherheitsgläser unter dem Druck. Herausschießender Rauch raubte Rianne die Sicht. Es stank nach verbrannten Pflanzen und Erde, Plastik und glühendem Metall.

Kaum hatte sie etwas von dem Rauch eingeatmet, stellte sich das Gefühl ein, das sie noch bestens von dem Tag kannte, an dem sie heimlich an Bourreaus Culebra gesogen hatte. *Belenos, nein! Bloß nicht!* Diese Form der Bestätigung hätte sie nicht gebraucht.

Alarm gellte über das gesamte Betriebsgelände, Sirenen schrillten, Warnlampen flackerten, und Menschen rannten aus der Zentrale ins Freie.

Rianne hielt die Luft an und wagte sich zurück, um im Gewächshaus nach Überlebenden zu suchen. Der Anblick war so faszinierend wie einschüchternd. Sämtliche Tabakpflanzen waren zu Asche vergangen. Die verschiedenen Erden loderten und glommen mit blaugrünem Flämmchen, der halluzinogene Qualm zog durch die Löcher in der Kuppel ab. Dank der Verbindungsgänge hatte sich die Explosion auch in die beiden benachbarten Gewächshäuser ausgebreitet.

Das Forschertrio lag schwerst verbrannt auf dem Boden, von Kerber existierte bis auf ein paar verkohlte Reste nichts mehr. Noack hatte sich hinter einen Beistellwagen geworfen, ihre Augen waren geschlossen, aber ihre Brust hob und senkte sich.

Rianne beugte sich gerade zu ihr, um sie hinauszuschaffen, als sich Emberá bewegte.

Ächzend wälzte er sich zur Seite und blickte die Französin an. »Xochipilli will, dass … ich dir etwas sage«, raunte er mit entstelltem Gesicht. Von der Oberfläche des verbrannten, schwarzen Fleischs kräuselte Rauch auf. »Dein Freund. Er … braucht sie.« Er deutete mit größter Anstrengung auf den Durchgang ins rechte Gewächshaus. »Der Tresor. Der Tresor für … ihn. Nimm alles. Bring sie zu ihm. Sonst …« Die Pupillen verloren das Lebendige, Emberá starb mit einem langen Ausatmen.

Rianne fluchte stumm und wuchtete sich die bewusstlose Geschäftsführerin über die Schulter. Allmählich ging ihr die Luft aus. Erst wollte sie Noack ins Freie bringen und dort noch einmal durchatmen. *Danach der Tresor.* Wenn es ihr gelang, die Culebras sicherzustellen, schuldete ihr Bourreau ein Wellness-Wochenende. *Nein, eine ganze Woche. Fünf Sterne. All-inclusive.* Währenddessen konnte Bourreau ihren Vorgesetzten erklären, weshalb sich Rianne überhaupt in Germanien und bei Heylig Rouch aufgehalten hatte.

Hustend hastete sie aus dem zerstörten Kuppelbau. Und als sie Noack in sicherer Entfernung zum Kuppelgewächshaus ablegte und der drehende Wind sie in eine Qualmwolke hüllte, vergingen sämtliche Sorgen.

Riannes Welt wurde bunt, glitzernd und heiter.

***

Éire, Connemara, Clifden, Dezember 2019

Malleus saß im strömenden Regen auf der Terrasse, mit Blick auf Wiese und Schwarzerlenhain. Die Tropfen prasselten unaufhörlich auf sein dunkelgrünes Kurtahemd und die schwarze Stoffhose. Seinen Hut hatte er über die Tasse mit dem heißen Tee auf dem Tischchen vor sich gestülpt.

Er hatte eine schlaflose Nacht in Black Alder Hall verbracht, mit zu vielen Überlegungen und zu vielen Einbildungen, die in den dunklen Ecken und langen Fluren gelauert hatten, während er nach weiteren Hinweisen auf die Calatoren gesucht hatte. Die wunderschöne schwarze Norwegerkatze hatte ihm bis zum Morgengrauen Gesellschaft geleistet. Ireen hatte keine Haustiere erwähnt, also musste es ein Streuner gewesen sein, der so rasch aufgetaucht wie gegangen war.

Stets hatte Malleus die Existenz von Entitäten geleugnet. Als Atheist war es seine Überzeugung und Pflicht, diesen globalen Erscheinungen alles Göttliche abzusprechen. Aber er hatte sich noch nie tiefere Gedanken darüber gemacht, wie es sich mit Geistern verhielt.

Die Nacht hatte ihn zum Grübeln gebracht.

Streng genommen war ein Spuk nichts weiter als übrig gebliebene Energie von Menschen und Lebewesen nach deren Tod. Dieser Ansatz driftete beinahe schon ins Rationale. Er erklärte jedoch nicht, weswegen Malleus seine tote Frau und seine tote Tochter hörte, während ein Unwetter über dem alten Herrenhaus tobte.

Ihre Schatten sah.

Ihre Stimmen vernahm.

Das Parfum roch und Berührungen spürte.

Denn Black Alder Hall stand in keiner Beziehung zu den Verstorbenen.

Und dann waren da noch aufblitzende Flashbacks an die Schützengräben gewesen, an die Kreaturen, die seine Leute abgeschlachtet hatten. Jeder Blitz hatte eine grauenhafte Erinnerung heraufbeschworen.

Malleus' Gefühle pendelten zwischen Furcht, Freude, Vermissen und Schmerz darüber, auf diese Weise an seinen schlimmsten Verlust erinnert zu werden. Es erschöpfte ihn körperlich und geistig. *Vielleicht ist es am Ende doch nur die fehlende Wirkung der Culebras. Halluzinationen gehören zum Entzug.* Malleus wischte sich das Wasser aus den Augen und betrachtete den Schwarzerlenhain, der friedlich vor ihm lag. Black Alder Hall interessierte es nicht, wie viele Menschen ums Leben gekommen waren, um sich im moorartigen Wäldchen in die Anderswelt zu begeben. *Es wird in hundert Jahren noch stehen.*

Sein Herz schlug immer noch schnell in der Brust. Erst vor zehn Minuten hatte er wieder das Lachen seiner Tochter gehört, laut und fröhlich. Und immer wieder mahnte ihn seine verstorbene Frau wispernd aus den Ecken und Schatten des Anwesens, er solle aufwachen. Sich den Lügen stellen. Der Welt die Maske vom Gesicht reißen.

Man sollte das Haus sprengen. Wie haben Ireen und Ratheby darin wohnen können? Malleus hob den schwarzen Hut leicht an, hielt ihn schirmend über die Tasse und hob sie mit der anderen Hand an, trank einen Schluck und stellte sie zurück unter ihren warm haltenden Schutz.

Der Regen prasselte auf seine dunklen Haare, den Kopf und den Hut, klopfte und trommelte. Malleus' Hoffnung, das Unwetter würde die Gedanken hinfortschwemmen, die Ängste und den Schmerz abwaschen, wurde enttäuscht. Nur der Tee half gegen die innere Kälte.

Sein PDA verkündete einen Anruf von Lagrande.

Malleus wollte ihn nicht annehmen, doch da es um die wertvollen Culebras gehen mochte, die ihm die Geister der Vergangenheit vom Hals hielten, nahm er das Gespräch an, ohne die Kamera einzuschalten.

»Bonjour, Lagrande. Ich hoffe, Sie haben etwas gefunden? Ich nämlich nicht.«

»Das habe ich, Inspecteur«, antwortete sie zu seiner Erleichterung. »Dass es Ihnen gefällt, glaube ich allerdings nicht.« Rasch fasste sie zusammen, was sich in der Ost-Uckermark auf dem Gelände von Heylig Rouch zugetragen hatte. »Um dem Ganzen etwas Gutes abzugewinnen: Ich habe eine kleine Kiste mit Culebras für Sie in einem feuerfesten Tresor gefunden. War ziemlich einfach, ihn zu öffnen. Jedenfalls haben die Dinger verschiedene Banderolen. Scheint, dass die Zigarren nicht ausschließlich für Sie angefertigt worden sind. Die Empfänger sind jedoch chiffriert.«

Immerhin sorgte die Nachricht dafür, dass Malleus etwas Neues zum Nachdenken hatte. »Gut, dass Ihnen nichts passiert ist. Danke für Ihren Einsatz.«

»Aber gern doch. War knapp, würde ich sagen. Doch so leicht bringt man mich nicht um, wie Sie wissen, Inspecteur.«

Malleus aktivierte die Kamera und sah gleich darauf ihr Gesicht auf dem Display. Sie saß ungeschminkt in einem Piqué-Bademantel in einem bescheidenen Hotelzimmer; die blondierten Haare hatte sie auf dem Kopf zusammengerollt und mit Klämmerchen befestigt. »Sie haben nicht mal Schrammen im Gesicht. Muss ein Kinderspiel gewesen sein.«

»Heulen Sie in Strömen oder regnet es?«

»Es regnet.«

Lagrande machte eine verblüffte Miene. »Wieso sitzen Sie draußen? Und wo ist Ihr Hut?«

»Der beschützt meinen Tee.« Malleus musste lachen, weil ihm klar wurde, wie absurd das Bild auf ihrem Display sein musste: Er, im Freien vor Black Alder Hall im strömenden Regen, ohne Mantel, Schirm oder wenigstens einen Überwurf, als hätte ihn ein Rausschmeißer wegen ungebührlichen Verhaltens vor die Tür gesetzt. »Wir sind noch nicht mit der Besprechung fertig, Lagrande. Sie haben doch längst mehr herausgefunden. Das sehe ich Ihnen an.«

»Hab ich.« Sie griff zur Seite, wobei ihr Bademantel leicht verrutschte und etwas mehr Schlüsselbein zeigte, und wackelte kurz mit einem Tablet. »Schicke ich Ihnen gleich alles. Fangen wir mit Kerber an. Der angebliche Versicherungsdetektiv von MaxiRisk.«

»Er war keiner?«

»Genau. Das Unternehmen gibt es, Philipp Kerber auch, aber der Mann sieht ganz anders aus und hat sein Büro niemals verlassen. Die ID war gefälscht. Ich habe das Gesicht … na, das was davon übrig war, durch den Interpol-Server laufen lassen. Bislang kein Treffer.«

»Weswegen glauben Sie, dass er dort auftaucht?«

»Nun, er beabsichtigte, mit seiner Tat einer Entität zu schaden. Passt doch zu GodsEnd oder einer Splittergruppe. Oder nicht?«

»Sie meinen, GodsEnd hat Karaks Geschäft wegen seines divinen Angebotes gesprengt und ihn zusammen mit seinen Brüdern verschleppt?«

»So abstrus ist das nicht. Aber« – Lagrande machte ein wichtiges Gesicht – »der falsche Kerber hatte eine kleine, angefangene Tätowierung. Auf Herzhöhe. Ein N oder Z mit …«

»… durchbrochenem Kreis«, ergänzte Malleus. »Wie auf dem Ring.« *Was sind wir da auf der Spur?*

»Genau.«

»Haben Sie etwas von diesem Divinitätsdetektor bergen können?«

»Nein. Das divine Material darin wurde komplett vernichtet, zusammen mit den veränderten Tabakpflanzen und der gesegneten Erde. Die Hitze hat schlichtweg alles im Labor zerstört. In der Minizentrale von Tobako fand sich nichts von Belang und keine Hinweise auf sonstige Beteiligte an dem Unternehmen. Eingetragen ist der Steuersitz einer *Tobako Limited* in Tlachco, Mexiko. Ich musste lange suchen, um überhaupt was herauszukriegen.«

Damit ist die Spur in Vierraden erloschen. »Was sagt die Polizei vor Ort?«

»Keine Polizei.« Lagrande grinste. »Heylig Rouch will geheim halten, was geschehen ist. Wäre dem Börsenwert wohl nicht eben zuträglich. Ich habe dem noch nicht zugestimmt und wollte auf Ihre Anweisungen warten, Inspecteur. Die Gewächshäuser und die Einrichtung waren übrigens komplett von Tobako bezahlt. Sie hätten diese Halbkugelglashäuser sehen sollen. Hinter der *Tobako Limited* steckte jemand mit einem Milliardenvermögen.«

»Verstehe.« Das Verhalten der Firma machte das Vertuschen des kleinen Ausflugs bei seinem Vorgesetzten Lautrec wesentlich einfacher.

Dass sich Entitäten in Geschäfte der Irdischen einmischten und eigene Unternehmen gründeten, war nichts Neues. Göttinnen und Götter nutzten üblicherweise ihre Popularität, um Werbung für das Produkt zu machen. Aber Xochipilli schien das Gegenteil versucht zu haben: abhängig machende Zigarren, ohne dass die Käuferschaft etwas von seinem Zutun ahnte.

Über den aztekischen Gott fand Malleus bei einer Schnellrecherche über den PDA einiges, wobei vor allem Xochipillis Bezug zum Rausch betont wurde, womit er jede Menge Anhänger anlockte. Er war mit einer menschlichen Frau verheiratet und hatte eine Zwillingsschwester, die als Blumen- und Liebesgöttin fungierte. *Wie es aussieht, liegen Ausschweifungen in der Familie.* Eine neuinterpretierte Statue zeigte Xochipilli auf einem Sockel sitzend und mit staunend offenem Mund sowie entrücktem Blick. Auf dem Sitz befanden sich stilisierte magische Pilze, Tabak und Samen für das berauschende Ololiuqui-Pulver. In Mexiko-Stadt existierte ein sehr lebendiger Kult, der Xochipilli in erster Linie durch Drogenkonsum huldigte.

»Ich denke, es geht dabei um mehr, als mit aztekisch-divinen Designerdrogen Fuß in Europa zu fassen«, murmelte Malleus und rieb sich über den nassen Fu-Manchu-Bart. »Keine Chance, dass wir die anderen Adressaten der Culebras recherchieren?«

»Nein, Inspecteur. Es war auch nichts über Karak zu finden.« Lagrande richtete den Bademantel über der hellen Haut. »Haben Sie sich Gedanken gemacht, wie wir das Lautrec erklären?«

»Wir sagen es ihm gar nicht. Sie waren die ganze Zeit bei mir, Lagrande. Hat er Sie wegen seines Kaffees erreicht?«

»Hat er. Alles geregelt.«

»Gut, dann fahren Sie nach Lutetia. Wir lassen die Tabakblätter analysieren, um die natürlichen Inhaltsstoffe zu verstehen.«

»Geht klar. Oh, ich habe ein paar Fetzen gefunden, die das Feuer in einem Schredder überstanden haben. Könnten Ausdrucke von Laborwerten sein. Die wollte man bei meinem Auftauchen anscheinend in Panik vernichten«, fügte sie an. »Ist mir aber zu wissenschaftlich. Hab's Ihnen geschickt.«

»Danke. Wir sehen uns morgen im Büro.«

»Bis morgen.« Lagrande deutete nach oben. »Und gehen Sie endlich rein. Sonst weicht Ihre raue Schale auf.« Sie unterbrach die Verbindung.

Malleus atmete lange aus und hob erneut den Hut an, um aus der Tasse zu trinken, deren Inhalt inzwischen an Hitze eingebüßt hatte. Seine Partnerin hatte recht. Es wurde Zeit für einen frischen Tee und trockene Kleidung, auch wenn er dazu in das verfluchte Gebäude zurückmusste. Da Nachschub an Culebras anstand, konnte er sich eine weitere halbe Zigarre zur Beruhigung seiner Nerven und zum Exorzismus böser Gedanken gönnen.

Außerdem wuchs mit jeder Sekunde die Chance, dass Wasser ins gesprungene Display des PDA eindrang und das Gerät vollends zerstörte. Er streckte die Hand danach aus. Lagrandes Bericht rauschte mit einem elektronischen Geräusch ins Mailpostfach. Der PDA öffnete die virtuellen Unterlagen, als er ihn anhob.

Ganz oben erschien der unvollständige Laborbericht.

Malleus überflog die vielen chemischen Formeln und Bezeichnungen und wollte das Dokument gerade schließen, als er die botanischen Begriffe *Rivea corymbosa* und *Ipomoea tricolor* las, die anteilig in den Tabak eingekreuzt waren.

Die Pflanzennamen kamen ihm sehr bekannt vor.

Das habe ich doch eben erst gelesen! Und zwar bei … Er rief die

Informationen über Xochipilli nochmals auf und scrollte auf Ololiuqui. Zur Herstellung des Pulvers wurden Samen benötigt: Rivea corymbosa und Ipomoea tricolor. Er las den Eintrag dazu und hielt den Hut nun schützend über den PDA.

Die antiken Azteken und Mayas hatten die Droge genutzt, um den Körper zu verlassen. Schamanen und Priester hatten auf diese Weise mit Geistern und Dämonen sprechen oder in die Zukunft blicken können. Zwar hatten die spanischen Konquistadoren schon im 16. Jahrhundert versucht, diese Praxis zu verbieten, waren aber gescheitert. Hernando Ruiz de Alarcón beschrieb das Ritual und die Anwendung von Ololiuqui in seinem *Tratado de las supersticiones y costumbres gentilicias que hoy viven entre los indios naturales de esta Nueva España* aus dem 17. Jahrhundert.

»Außerdem haben es Azteken und Mayas eingesetzt, um verlorene Gegenstände wiederzufinden und Verbrechen aufzuklären«, las Malleus und grinste. Die Wirkung passte zu seiner Tätigkeit als Ermittler.

Er nahm das Silberetui heraus und betrachtete, wie sich der Regen darauf niederließ. *Es ist kein Zufall, dass Karak ausgerechnet mir die Culebras empfahl.*

Am Ende des Eintrags zu Ololiuqui stand, dass die Substanz entheogen wirke, was Malleus zum Auflachen brachte. Das Wort beschrieb eine spirituelle Erfahrung, die manche All-Einheit nannten. Im Griechischen meinte es eine Verschmelzung der Welt »innerhalb« oder »in« »Gott«. Ololiuqui und verwandte Drogen sollten das Gefühl hervorrufen, mit Entitäten verbunden zu sein. Oder noch besser: Gleich das gesamte Universum zu erfassen und in es hineinzuschauen.

Verbundenheit mit Entitäten. Das wiederum stand im Gegensatz zu dem, was Malleus verkörperte. Er rieb mit dem Daumen über das kühle, polierte Metall. *Das Zeug rauche ich seit Jahren.*

Jemand hatte Interesse daran, dass sein Verstand scharf blieb, er mit Entitäten kommunizieren konnte und Zugang zu ihnen hatte.

Die Erkenntnis verwirrte ihn.

Sollte ich die Culebras weiterrauchen, wenn Xochipilli dabei die Hand im Spiel hat? Er schien ein gnädiger Gott zu sein, der ihn vor schlimmen Erinnerungen bewahren wollte. Und anscheinend war Karak sein heimlicher Anhänger.

Malleus erhob sich und setzte den Hut auf die patschnassen schwarzen Haare. *Oder ist alles ganz anders?* Plötzlich wurde er zu seinem ganz eigenen Fall voller diviner Umtriebe. Darauf wollte er eine Zigarre mit grüner Banderole rauchen.

Als er über die Schwelle ins Innere von Black Alder Hall trat, verkündete sein PDA eine neue Nachricht. Von Lautrec. Ein kurzer Blick auf das gerissene Display verriet Malleus, dass Interpol ihn und Lagrande in Lutetia erwartete. Für einen frischen Fall. Und es sei brandeilig.

***

»Der Atheist glaubt, der Abergläubische wünscht,
dass es keine Götter gibt.«

Plutarch (um 45 – um 125),
griechischer Schriftsteller und Philosoph

KAPITEL VI

Australien, Sydney, Dezember 2019

Komisch. Ich hab die ganze Zeit geschlafen und bin doch müde, trotz … zwölf Stunden Flug. So in etwa.

Aber abschütteln lasse ich mich nicht. Irgendwas sagt mir, dass ich eine größere Aufgabe habe als beim letzten Mal, als ich ihm folgte.

Habe unterwegs gegrübelt und versucht, mich daran zu erinnern, was Loki und Susanoo gesagt haben, als sie mich vor dem Tod gerettet haben, in Kopenhagen, nach der Schlacht im Hotel. Die beiden Vögel glauben wahrscheinlich, dass sie Bourreau das Leben schwer machen, wenn ich ihm folge.

Oder dass ich ihn umbringe.

Das könnte ihr Plan sein: Ich soll ihn töten, um den Atheisten aus der Welt zu schaffen.

Klar, das habe ich auch vor. Wenn es einer tut, dann ich! Ich bin der Glyphenmörder, verdammt noch eins. Doch irgendwas … irgendwas kommt mir seltsam, komisch, abgekartet an diesem Spiel vor. Was haben diese beiden Nasen noch mal gesagt, als sie über mir knieten und sich amüsiert unterhalten haben?

Ich hätt's mir besser merken sollen. Na, kommt schon wieder.

Fein, fein, der Landeanflug beginnt gleich. Die Reise lief ja mal super. Ich bin im Körper des Sky Marshalls wach geworden. Hahaha, so einfach war es noch nie, die APB mit an Bord zu nehmen.

Das bringt mich zurück zu meiner Frage: Mache ich gerade den Job, für den die Götter keine Eier haben, oder warum wache ich in passenden Körpern auf? Das ist doch mehr als Zufall. Wenn die geglaubt haben, ich bin ein kleines Spielzeug, haben sie sich geschnitten. Sobald mir das zu bunt und blöd wird … also buntblöd … stürme ich in den nächsten Lokitempel und knalle ein paar Priester um. Dann taucht er schon auf, der Spaßgott.

Hat Loki überhaupt einen Tempel? Kann den irgendjemand leiden? Ja, die Show Loki's Lost ist witzig, aber ... egal. Buntblöd, haha. Lustiges Wort. Benutze ich bestimmt mal.

Ha, Schnittchen gibt's auch noch. Gratis! Und Bier!

Zwar hat die Saftschubse ein bisschen gezickt, weil sie weiß, was mein Job ist, aber ehrlich: Ich erledige jeden kack Feierabendterroristen besoffen, zugedröhnt und angeschossen. Kann sie ja aber nicht wissen, wer ich wirklich bin.

Hach ja. Erste Klasse fliegen ist einwandfrei. Dann noch zehn Minuten Füße hoch, chillen, ein bisschen in die Gegend winken und so tun, als wäre ich reich wie die Richies und Richienas um mich herum.

Gibt es eine Playlist in diesem ... ah, hier. Mal reinhören.

»... can't you hear,
can't you hear the thunder?
You better run,
you better take cover!«

Wie hieß die Band? Men at work. Der Song: Down Under.

Hm. Diese Zeilen klingen wie eine Warnung.

Oder eine Drohung?

* A Ω *

Malleus und Lagrande verließen die Zollabfertigung, ohne dass sie ihr Gepäck vorzeigen mussten. Dafür sorgten sowohl die Interpol-Ausweise als auch der Umstand, dass sie dringend erwartet wurden. Niemand wollte den weltweit bekanntesten Ermittler in Sachen Entitäten lange warten lassen.

»Ich hatte vergessen, dass im australischen Dezember so hohe Temperaturen herrschen.« Im Gehen zog Malleus seinen leichten neuen Mantel aus und legte ihn über den Arm, dessen Hand seinen Hut hielt, mit der anderen zog er den kleinen Trolley mit dem Nötigsten für seinen Einsatz hinter sich her. Die Handschuhe hatte er längst ausgezogen.

»Ist doch schön. Nach dem Sauwetter in Lutetia.« Lagrande machte die Hitze erkennbar nichts aus. Anders als er hatte sie die veränderten klimatischen Gegebenheiten auf dem Schirm gehabt und sich eine Stunde vor der Landung rasch in der Bordtoilette umgezogen: Shorts, Sommerstiefel, Tanktop, Sonnenbrille, Basecap auf den blondierten Haaren, alles im Achtzigerlook. Und sie roch nach Sonnencreme.

»Wozu die hohen Stiefel?« Malleus öffnete die obersten Knöpfe seines kurtaähnlichen weißen Obergewandes. »Sind die für den Strand nicht ungeeignet, an den Sie offenkundig wollen?«

Beiden war klar, dass ihnen keine Zeit für einen Besuch am Meer blieb.

»Mag sein. Aber sie helfen gegen giftige Schlangen. Und Spinnen.« Lagrande hatte ihre knautschige Ledertasche lässig geschultert. Sie sah aus, als wollte sie in ein Bootcamp-Gym. »Die tödlichsten und giftigsten Tierchen der Welt warten auf uns, Inspecteur. Ich will ihnen so wenig Chancen wie möglich geben, mich umzubringen.«

Die tödlichsten und giftigsten Tiere? Auch das musste Malleus irgendwie vergessen haben. Er schob es auf die Culebra-Situation, wie er seinen Zustand inzwischen nannte, und sein Gedankendurcheinander. Seit Black Alder Hall mischten sich Vergangenheit und Gegenwart in ihm zu einer unschönen Melange. Flashbacks, Einbildungen, Gerüche und Geräusche, die aus seinem früheren Leben stammten, wabernde Umrisse, die seiner Frau und seiner Tochter ähnelten. All das bildete einen Klotz an Altlasten, der sein Denken und sein Gemüt belastete. Dazu gesellten sich die Sorge um die verschwundene und weltweit gesuchte Oona Milord sowie der nicht abgeschlossene Fall um den Calator in Clifden. Die Suche nach Ernest Malloy hatte keinerlei Treffer gebracht. So viele Baustellen hatte Malleus schon lange nicht mehr offen gehabt.

»Sie sollten sich auch welche kaufen«, sagte Lagrande. »Am besten hoch bis zur Wade.«

»Wir laufen in Sydney herum und machen keinen Trip ins Hinterland.«

»Richtig.« Lagrande sah über den Rand ihrer Sonnenbrille zu ihm hoch. »Aber die Braunschlange ist auch in Vororten und Grünstreifen zu finden. Wie die Trichternetzspinne. Dann sind da noch Rotrückenspinne und Bulldoggenameise und Todesotter.«

Malleus schauderte innerlich bei der Parade gefährlicher Geschöpfe. Sollten sie von einer Entität erschaffen worden sein, hatte diese Gottheit eine Vorliebe für Qual.

Lagrande verließ vor ihm das Terminal und entdeckte den Polizei-Van, an dem zwei Beamte in Uniform lehnten und Ausschau hielten. »Das ist bestimmt unser Taxi.« Sie hob den Arm und winkte. »Lautrec sagte, wir werden abgeholt.«

Malleus seufzte schwitzend. Er würde bei der nächsten Gelegenheit sein Untershirt abwerfen. Die Polizisten salutierten, einer pochte gegen die Seitentür. Gleich darauf schwang sie auf. Ein junger Mann stieg aus, der zwar Sakko und Hemd, darunter aber Shorts und stylische Sandalen trug. Das schien der australische Dienstkleidungsweg zwischen Formalität und Hochsommer zu sein. Seine Züge und die dunklen Haare ließen auf südamerikanische oder südeuropäische Vorfahren schließen. An einer dünnen Kette um seinen Hals pendelte die Marke, die ihn als Mitglied der Kriminalpolizei auswies.

»Sehen Sie?«, raunte Malleus Lagrande erleichtert zu. »Sandalen. Keine Stiefel.«

»Willkommen in Sydney, dem letzten Rest Commonwealth auf australischem Boden«, sprach der junge Mann und schüttelte reihum die Hand. »Mein Name ist Detective Sidney Hernando.« Auf seinen Wink hin sammelten die Streifenbeamten das Gepäck ein.

»Ernsthaft? Sidney in Sydney?«, rutschte es Lagrande raus. »Ich meine, fabelhaft, Detective, dass Sie uns abholen.«

Der braun gebrannte Mann lachte. »Glauben Sie mir, ich kenne die Reaktion. Nennen Sie mich einfach Cid. Das tun fast alle, wegen der spanischen Wurzeln meiner Familie.« Er machte eine einladende Geste zum Van. »Der Chief hat mich geschickt, um Sie zum Tatort zu bringen. Bei der Hitze ist die Klimatisierung der Leiche schwer. So viele Fliegen kann man auf Dauer nicht abwehren. Irgendwo kommen sie immer durch.«

»Danke.« Malleus fühlte die Kühle, die aus der Tür des geräumigen Wagens waberte, und Neid auf den Detective, der nicht einmal ansatzweise schwitzte.

»Danach geht es zu Ihrem Hotel, wo Sie sich frisch machen und Ihren Jetlag bekämpfen können.« Cid schob die Marke in die Innentasche des Sakkos. »Die Besprechung steht morgen an. Ist das in Ordnung für Sie?«

»Klingt nach einem sehr guten Plan, Detective.« Malleus konnte nicht schnell genug vor der Wärme flüchten.

Cid bot Lagrande den ersten Platz an, ließ Malleus den Vortritt und schwang sich ins Innere. Die Tür schloss sich automatisch. Bunte Einsatzlichter und das Signalhorn, das man gedämpft im Van vernahm, erwachten zum Leben. Die rasche Fahrt durch den dichten Verkehr begann.

»Hat sich an den Fakten während unserer Anreise etwas geändert?« Malleus nahm ein Taschentuch und wischte sich Schweißperlen von der Stirn.

Cid verteilte Wasserflaschen aus einer Box an sie. »Nein. Wir haben den Tatort nicht verändert, nachdem sich das Gerücht verfestigt hat, eine Anangu-Entität könnte involviert sein. Wir verwenden das Wort Aborigines übrigens nicht. Die Stämme der Ureinwohner sehen darin eine Herabwürdigung.« Er öffnete sich eine Flasche Cola. »Die katholische Gemeinde ist in hellem Aufruhr deswegen. Und auch wegen Ihnen, Inspector. Man sieht Sie wohl als notwendiges Übel an.«

Lagrande lachte laut. »Das ist die schönste Beschreibung, die ich je gehört habe. Da stimmen sicher viele Entitäten zu.«

Malleus verstand nicht. »In welchem Zusammenhang?«

»Sie sind Atheist.«

»Zum Glück! Aber wieso ist das ein Problem für die Gemeinde?«

»Wissen Sie nicht, dass die Gottlosen in den Augen der Christen die Schlimmsten sind?« Cid zwinkerte. »Nicht meine Worte.« Er zog seine Marke heraus und wendete sie. Auf der Rückseite waren eine stilisierte Sonne und *Phoibos Apollon* eingraviert. »Und auch nicht mein Glaube.«

An den getönten Scheiben zogen der Verkehr auf mehrspurigen Straßen und die ersten Hochhäuser der Millionenmetropole vorbei.

»Das Sightseeing müssen wir verschieben. Aber wenn Sie wollen« – Cid sah Lagrande verschmitzt an –, »kann ich Sie morgen ein bisschen herumfahren.« Er pochte gegen die Seitenwand. »In diesem hübschen Van. Mit allem Komfort und allen Extras.«

»Verlockend«, erwiderte sie und zwinkerte ihn an.

Malleus verdrehte leicht die Augen und sah aus dem Fenster.

Durch die Rückkehr der Gottheiten war auch auf dem roten Kontinent eine neue Zeit angebrochen, mit der die überwiegend europäischen Zugewanderten nicht zurechtgekommen waren. Ihr Verständnis von Entitäten unterschied sich gravierend von jenem der Anangu. Die eintretenden Wunder blieben für die Nachfahren einstiger Kolonialisten und Einwanderer ein Buch mit unendlich vielen Siegeln.

Hatte man zunächst die Rache der Anangu und deren Pantheon gefürchtet, blieben die knapp zweihundertfünfzig verschiedenen Stämme, in welche die Ureinwohner zerfielen, absolut besonnen und freundlich. Die Veränderungen, welche die Entitäten bewirkten, fielen hingegen dermaßen verstörend aus, dass Städte wie Melbourne, Perth und Brisbane nach und nach aufgegeben werden mussten. Manche sprachen vom Anbruch der realen Traumzeit. Binnen dreier Jahre hatte die Natur sich die leeren Städte zurückerobert und nach göttlichen Wundern dem Erdboden gleichgemacht.

Sydney war der letzte Ort, an dem die divinen Manifestationen kaum zu sehen waren.

Inzwischen bestimmte ein Anangu-Rat die Geschicke Australiens, und die Regierung zeigte sich wahrlich friedlich und freundlich. Malleus nahm an, dass die Entitäten der Ureinwohner Sydney in Ruhe gelassen hatten, weil sie mit dem am längsten von Fremden verseuchten Boden nichts anzufangen wussten. Die Christen wiederum interpretierten dies als göttliches Zeichen für den Beistand ihres Gottes.

Allein: Es blieb schlicht Glaube.

Für Glaube gibt es keine Beweise. Die übrige Welt besitzt das Wissen um ihre Götter. Malleus zündete sich mit Span und Feuerzeug eine Culebra mit grüner Banderole an. »Ich weiß, man sollte das nicht tun«, sagte er entschuldigend. Der aufsteigende Rauch duckte sich und senkte sich im Wagen verschämt abwärts, als wollte er nicht auffallen.

»Ist Ihnen gestattet, Inspector Bourreau. Man kennt Ihre Eigenheiten.« Cid grinste dabei Lagrande an, als suchte er in ihr eine Gleichgesinnte. »Ihr Ruf eilt Ihnen voraus. Auch was die Zigarren angeht.«

Malleus betrachtete die Häuserschluchten. Die rasch wechselnden Fassaden zeigten deutliche Unterschiede in der Gestaltung. Asiatisch, mediterran, kolonialistisch, arabisch und vieles mehr. Er deutete hinaus. »Und was eilt da an uns vorbei?«

»Ah, es ist Ihnen natürlich nicht entgangen.« Der Detective nutzte die Gelegenheit und rückte wie zufällig etwas näher an die Französin, ihre Knie berührten sich. »Die meisten Stadtteile und Vororte sind multikulturell geprägt. Durch die Einwanderer. Etwa die Hälfte der aktuellen Einwohner sind zugezogen. Das war gerade das vietnamesische Viertel. Cabramatta.« Cid rief eine Karte auf der Seitenscheibe auf, die nun als Display fungierte. »Die Italiener sind in Leichhardt, Haberfield und Five Dock. Die Griechen haben sich in Earlwood und Marrickville eingerichtet. Bisschen arabischer wird es mit den Libanesen in Lakemba und Bankstown.« Er deutete er auf die jeweiligen Gebiete, die sich wild in der Millionenstadt verteilten. »Koreaner haben wir auch noch. Meiner Ansicht nach haben die die beste Küche von allen. In Campsie und Strathfield. Oder haben Sie Lust auf ein Pint und eine Schlägerei?« Cid deutete auf ein Viertel namens Bondi. »Dann gehen Sie dahin. Da hängen die Iren und Neuseeländer herum.«

»Bei Belenos! Hat die halbe alte Welt versucht, sich in Australien niederzulassen?«, sagte Lagrande erstaunt.

»Nicht zu vergessen Juden, Inder und die Chinesen«, vervollständigte Cid und trank von der Cola. Weitere Gebiete wurden nach seinem Fingerwisch auf dem Glas eingefärbt, teilweise gingen sie ineinander über. »Ein schöner Flickenteppich, was?«

Jede Menge Entitäten in der Stadt. Sehr unterschiedliche und dicht gedrängt. Malleus betrachtete die Karte mit den verschiedenfarbigen Segmenten. Das würde ihm bei den Ermittlungen helfen, sofern es etwas zu ermitteln gab. »Bleibt es friedlich?«

Hernando nickte. »Keinerlei Schlägereien zwischen den Götterreigen. Nur ab und zu unter ihren Anhängern. Oder eben mit Iren und Neuseeländern.«

»Also wie immer. Wie hoch ist der Anteil der Christen?«

Cid aktivierte einen passenden Filter auf dem Seitenfensterdisplay. »Wie Sie vielleicht wissen, hatten wir vor 2012 fast sechzig Prozent Christen, davon etwa ein Viertel römisch-katholisch.« Aus den bunten Volksgruppenfarben in den Stadtteilen wurden kleinere, verstreute Punkte. »Heute sind es etwa zwanzigtausend Römisch-Katholische, zehntausend Anglikaner, fünfhundert Juden und achttausend Moslems.«

»Organisiert?«

»Juden und Moslems in einer Gemeinde, die Christen jeweils als eigenes Bistum. So nennen sie es, damit es nach mehr klingt.« Cid wies auf die Symbole. »Drei Kirchen, eine Synagoge, zwei Moscheen. Untereinander halten die drei Religionen sehr zusammen.«

Müssen sie. Als Völker ohne Gott. Malleus paffte langsam. Die Rauchschlieren schwappten über das Display, als wollten sie die Stadtteile mit Nebel fluten.

Lagrande verzog beeindruckt die Mundwinkel. »Da haben Sie echt Glück, dass die hiesigen Entitäten freundlich geblieben sind. Auf dem amerikanischen Kontinent ging es ganz anders zur Sache.«

Malleus gab ihr stumm recht. Es kam so gut wie nie vor, dass Christen, Moslems und Juden dermaßen frei und unbehelligt ihrem Glauben folgen durften. Abgesehen vom Vatikan, den die hellenistisch-römischen Götter als Kuriosität hatten stehen lassen, fand man auf der Welt kaum Sakralhäuser der einst größten Religionen der Welt. In hiesigen Zeiten waren sie belächelte Sekten.

Der Van stoppte am Straßenrand.

»Haberfield, Ramsey Street. Wir sind da.« Cid verteilte Schuhüberzieher und Handschuhe, die er aus einer Box neben sich nahm, und stieg zuerst aus, um Lagrande hinauszuhelfen. »Ich gehe voraus, Inspector. Lassen Sie das große Gepäck im Wagen. Cooper und Himsby passen drauf auf. Und nehmen Sie sich das Wasser ruhig mit.«

Vor dem Eingang des vielstöckigen Gebäudes standen zwei weitere Polizisten Wache, die salutierten, als Malleus und Lagrande sie passierten.

»Die haben ganz schön Respekt vor Ihnen«, flüsterte sie ihm zu.

»Mir wäre es lieber, wenn andere den hätten«, erwiderte er und schnippte die Glut von der Culebra, folgte ihrem Führer ins Treppenhaus. »Sie zum Beispiel.«

Lagrande grinste nur frech und schob den langen Schirm der Basecap höher.

Einen Fahrstuhl gab es nicht, es ging die Treppen hinauf. Die Hitze bescherte Malleus im vierten Stock einen Schweißausbruch. Schon war er froh, die Wasserflasche mitgenommen zu haben. Auf der sechsten Etage war die Flasche leer, in der achten hatte er wieder Durst und in der neunten endlich das Ziel erreicht.

Vor einer Tür im langen Flur stand wieder eine Streife.

Malleus tupfte sich die Stirn mit dem nassen Taschentuch ab. *Verfluchtes Wetter.* An den Türen, an denen sie vorbeischritten, hingen christliche Symbole: Kreuz, Lamm, Chi Rho, Dornenkrone, Porträtbilder von Heiligen und sogar eine russisch-orthodoxe Ikone. *Wofür? Beistand? Abwehr?*

Cid ließ die Streifenpolizistin nach dem Salutieren zur Seite treten und öffnete die Wohnung. Eiskalte Luft strömte heraus. »Die Klimaanlage lief auf Hochtouren, wahrscheinlich, um die Verwesung hinauszuzögern.«

Malleus pochte fragend gegen die schmucklose Tür, an der ein Schmutzumriss darauf hindeutete, dass dort ein Rahmen fehlte.

»Laut der Nachbarschaft ein Marienbild. Sie hat es vor drei Tagen abgenommen, als sie offiziell aus der Kirchengemeinde ausschied.« Cid zeigte nach rechts. »Dort drüben liegt sie.«

»Tina Wentworth, achtundzwanzig Jahre, ledig, angestellt als Controllerin bei Tasmania Trading Corporation«, rekapitulierte Lagrande.

Malleus schlüpfte in die Sohlenschoner und betrat die Wohnung, deren Wände kunstvoll bemalt worden waren, die Abbildungen waren den Höhlenmalereien der Anangu nachempfunden. Sand verteilte sich auf dem Boden, um die Illusion einer natürlichen Umgebung zu verstärken. Mehrere Didgeridoos, Klanghölzer und zwei Bumerangs hingen an Wandhalterungen, Wüstenpflanzen wuchsen überall in Bottichen. »Es ist sauber und ordentlich.«

»Es gab nie Beschwerden«, rief Cid von der Tür.

Die nackte Leiche der jungen Frau lag rücklings zwischen Bad und Flur. Die Arme waren nach rechts und links ausgestreckt, die Beine gerade nach unten übereinandergelegt, der Kopf neigte sich leicht nach rechts unten. Den Farbtöpfen und den Vorzeichnungen auf ihrem Körper zu urteilen, hatte sie sich eine rituelle Bemalung der Ureinwohner anlegen wollen.

Malleus ging neben der Toten in die Hocke. In ihrer Stirn steckte ein dritter Bumerang – und zwar fast in Gänze, sodass er aus dem oberen Hinterkopf wieder austrat.

»Bei Belenos! Kein Mensch wirft eine Waffe derart, dass sie durch zwei Schädelplatten schlägt«, sagte Lagrande leise. »Nicht mal ein Kraftsportler vermag das.«

»Die Kriminaltechnik findet vielleicht eine Methode heraus«, kam es von Cid.

»Was ist Ihre Theorie, Detective?« Malleus sah um die Ecke zu Hernando.

»Beziehungstat«, erwiderte er aus dem Off. »Kein Raub, zumindest fehlt auf den ersten Blick nichts. Alles Wertvolle ist noch vorhanden, das Schloss wurde nicht aufgebrochen. Entweder ließ sie den Täter herein oder er hatte einen Schlüssel. Allerdings lebte sie allein.«

Nach erster Spurenlage könnte er recht haben. »Und weswegen hat Ihr Chief uns gerufen, Detective Hernando?«

»Wegen der Gemeinde.« Er schlurfte mit Überziehern an den Sandalen um die Ecke, was unfreiwillig komisch wirkte und seinen Coolnessfaktor erheblich reduzierte. »Bischof McNamara und seine katholischen Schäfchen gehen felsenfest davon aus, dass Miss Wentworth von einer Anangu-Entität umgebracht wurde. Weil sie von deren Gottheiten nicht anerkannt worden ist und in ihrer Seele Christin geblieben ist.«

»Aha. Die Unumkehrbarkeit der christlichen Taufe.« Malleus erhob sich. »Nimmt er das wegen der kreuzförmigen Stellung der Leiche an?« Cid nickte. »Wie ist McNamara theologisch unterwegs?«

»Alttestamentarisch. Jesu Name kommt in den Gottesdiensten weniger oft vor. In den Predigten regiert noch der rachsüchtige Gott. Der Bischof erinnert auch mal gerne an die glorreichen Zeiten der erfolgreichen Kreuzzüge gegen die Ungläubigen. Aber das weiß ich nur vom Hörensagen.« Cid pochte erneut auf seine Marke mit dem Phoibos Apollon. »Nicht meine Abteilung.«

»Radikalisierung«, befand Lagrande nachdenklich. »Nachdem sie

Jahre umsonst gewartet haben und verfolgt worden sind, scheinen sie sich Hilfe vom Genozid-Gott zu erhoffen anstatt vom gechillten Jesus.«

Malleus grinste sie an. »Sie klingen schon wie ich.«

»Mit etwas mehr Banlieue.« Sie wanderte durch die Wohnung. »Sollte es nichts Kleines gewesen sein, wie Schmuck oder ein Datenträger, von dem der Mörder gewusst und den Aufenthaltsort gekannt hat, erkenne ich auch keinen Hinweis auf Raubmord.« Sie sah zum Detective. »Sorry, Cid.«

Und ich nicht auf die Beteiligung einer Entität. Malleus steckte sich die angerauchte Culebra mit grüner Banderole erneut an. Er überlegte, ob er wütend auf den Bischof sein sollte. Der Mann versuchte eindeutig, aus dem schrecklichen Verbrechen Kapital zu schlagen und Stimmung unter den Christen gegen die Entitäten der Anangu zu machen.

Seine kontaktlinsenblauen Augen richteten sich auf den vom Bumerang zweifach durchschlagenen Schädel. Der Zigarrenrauch senkte sich leicht und bildete eine geschwungene Linie. Dadurch bemerkte Malleus den verschnörkelten Ausläufer eines Zeichens oder eines Buchstabens am Boden, der unter der Schulter der Toten zu verlaufen schien. Er hatte es zunächst für einen schlierigen Blutspritzer gehalten. »Wurde die Leiche bewegt, Detective?«

»Nein. Wir wollten Ihnen den jungfräulichen Tatort präsentieren, Inspector. Es ist lediglich abfotografiert worden.«

Malleus gab Lagrande ein Zeichen und bedeutete ihr, mit anzufassen und den Oberkörper des Opfers aufzurichten. Unter Tina Wentworth kam ein Wort zum Vorschein: *Sela.*

»Was bedeutet das? Ein Name?« Lagrande sah Malleus fragend an.

Aber er hatte noch etwas anderes an der Rückseite der Leiche entdeckt. Von einem Handgelenk über den Rücken bis zum anderen Arm zog sich eine eingebrannte Inschrift über die Haut. *Das sind drei verschiedene Sprachen!* »Sehen Sie das, Lagrande?« Sie nickte. »Detective Hernando, würden Sie das bitte ablichten?«

»Bei Apollon!« Er nahm sein Smartphone und schoss Aufnahmen von der Botschaft, welche möglicherweise der Mörder in der Haut des Opfers hinterlassen hatte.

Malleus betrachtete die eingebrannten Schriftzeichen. »Lateinisch, Arabisch, Hebräisch.« Zumindest das Lateinische vermochte er zu übersetzen. »Ich bin der Herr, dein Gott. Du sollst keine anderen Götter haben neben mir.«

»Die anderen Sätze werden die gleiche Aussage haben: Die Nachricht des Einen Gottes«, sagte Lagrande und verlor ihre Gesichtsfarbe. »Inspecteur, wissen Sie, was es anrichten kann, wenn diese Botschaft sich im Zusammenhang mit dem Mord verbreitet?«

Das wusste Malleus sehr genau. Sydneys Einwohnerschaft bestand aus einem friedlichen Konglomerat unterschiedlichster Entitätszugehörigkeiten. Sollte sich unter deren Anhängern die Kunde verbreiten, dass die Monotheisten plötzlich den langersehnten Zuspruch von ihrem einen Gott erhielten, konnten Unruhen ausbrechen. Unter Menschen und Entitäten. Erst in Australien, danach weltweit. Mit unkalkulierbarer Dynamik.

Wir brauchen keine zweite Auflage der Übergangskriege. Er packte Cids Arm. »Kein Wort hierüber zu niemandem, Detective«, schärfte er ihm ein. »Wir müssen herausfinden, ob es sich dabei um echte divine Aktivität handelt oder ob ein religiöser Fanatiker durch Ihre Stadt schleicht, der einen Aufstand anzetteln will. Entweder für oder gegen die Völker des Buchs.«

Cid nickte, ebenfalls bleich.

So schnell war aus einem falschen Alarm ein explosiver Fall mit einer globalen Sprengkraft geworden, der gelöst werden musste. *Entitäten hin oder her.*

Der Detective bekam einen Telefonanruf, den er nach einem kurzen Fluch auf laute Wiedergabe stellte. »Zentrale, wiederholen Sie, bitte. Inspector Bourreau hört mit.«

»Es gibt weitere Leichen, bei der die Beteiligung einer Entität nicht ausgeschlossen werden kann«, sprach eine weibliche Stimme.

»Wo?«, fragte Malleus.

»Am Uluru. Das ist der Anangu-Name für den heiligen Berg, der lange als Ayers Rock bekannt war«, erklärte die Frau in der Zentrale. »In einer Höhle. Mehrere tote Anangu. Keine erkennbaren Spuren der Täter.«

»Sind die Opfer vor Kurzem zum Christentum konvertiert?«, fragte Lagrande.

»Nein. Aber man fand eine Schrift an der Wand. Einmal in einer unbekannten Sprache und darunter in Latein und Arabisch: *Mene mene tekel u-parsin.*«

Cid sah Malleus fragend an. »Sagt Ihnen das etwas?«

Und wie. »Lassen Sie das Gebiet absperren, Detective«, befahl er mit trockenem Hals. »Niemand darf das sehen oder davon Kenntnis erhalten. Wir fahren sofort hin.« Sofort hatte Malleus das Gefühl, dass es zu spät dafür war, diese zweite fürchterliche Tat so lange zu verbergen, bis er valide Erkenntnisse über Hergang und Hintergründe gewonnen hatte.

»Ich besorge uns ein Flugzeug. Mit dem Wagen dauert das zu lange«, sagte Cid und begann ein neuerliches Telefonat.

»Lagrande, Sie versuchen, hier möglichst viel rauszufinden. Und sprechen Sie mit dem Bischof. Machen Sie dem Kreuzfahrer gehörig Druck und finden Sie raus, ob dieser ganze verantwortungslose Unfug auf seinem Mist gewachsen und ein beschissener weltlicher Trick ist.«

»Bon, Inspecteur. Wird erledigt.«

Das würde Malleus erst glauben, wenn er ihren Bericht bekam. Nun musste er Lautrec darüber in Kenntnis setzen, was in Down Under vor sich ging. Interpol sollte in Alarmbereitschaft versetzt werden, falls die Phänomene des Einen Gottes wider Erwarten um sich griffen.

* A Ω *

So, dann führen wir den Mister Sky Marshall mal schön mit dem Dienstwagen von Hine-Tu-Whenua Airline aus. Muss ich auch keine Formulare ausfüllen. Erst mal dem Polizei-Van hinterher in ein Viertel, das ganz nett aussieht. Für Australien.

Früher war hier alles zweistöckig, außer in Downtown, wie ich auf alten Fotos gesehen habe. Mehr wie idyllische Vororte mit viel Grün. Aber nachdem die übrigen Städte aufgelöst worden sind, haben sie die ganzen alten Buden aufgestockt, um die Menschen unterzubringen, die nicht von Australien geflüchtet sind. Ein Wunder, dass das die Fundamente aushalten.

Die Jungs drücken ganz schön auf die Tube, alle Lichter am Van brennen, und die Sirene heult. Ach, egal, ich hänge mich einfach mit Abstand hintendran. Merken die eh nicht.

Mh, das ist ein … italienisches Viertel, sagt mein Navi. Gleich mal nach Pizza Ausschau halten. Ich hab so einen Hunger, ehrlich.

Ah, sie halten an und gehen in ein bewachtes Haus. Der Tatort, nehme ich an. Noch fünf Minuten abwarten und raus aus der Karre, dabei die Wagenpapiere mitnehmen, die in einer schwarzen Ledermappe stecken.

Scheiße, ist das heiß in Australien! Wie kann man hier leben wollen?

Zwei Streifenbeamte. Da komme ich locker durch. »Howdy, Freunde.« *Sie schauen mich an, und ich nehme langsam meinen Sky-Marshall-Ausweis raus, sodass sie meine Knarre sehen.* »Wir sind Kollegen. Ganz ruhig.« *Klinge ich wie ein Cowboy oder bilde ich mir das ein? Den Akzent finden sie sichtlich ungeil.* »Ich muss dem Inspector was bringen.« *Ich wackle mit der Ledermappe. Sie tauschen einen kurzen Blick.* »Hat er im Flugzeug vergessen. Er und ich haben uns unterwegs unterhalten. Leider hab ich ihn am Terminal knapp verpasst und bin hinterhergerast wie ein … vorbildlicher Bürger«, *labere ich sie weich. Howdy. Volltrottel. Was sagt man in Australien? Hang lose?* »Kann ich kurz hoch? Da sind Dinge drin, die für den Fall wichtig sind. Bin gleich wieder weg.«

Eines der Streifenhörnchen will nach seinem Funkgerät greifen und nachfragen.

»Nee, müsst ihr nicht. Ich …« *Schnell zücke ich mein Smartphone und tue, als würde ich angerufen werden.* »Ja, Inspector Bourreau, ich bin jetzt da. Soll ich hochkommen? Ja?« *Ich schaue nach oben.* »Welches Stockwerk? Gut.« *Den Schweiß wegwischen und einfach zwischen den Gesetzestürstehern durchlatschen.* »Geht ganz schnell, Kollegen.«

Laufen, nicht umdrehen, laufen, nicht umdrehen … Hat geklappt!

So, schnell die Treppe hoch und auf Gespräche lauschen, damit ich ihn finde.

Okay, ich hab seine Stimme erkannt. Das ist … ganz oben, fuck. Ich laufe bei jedem Stockwerk mehr aus! Wie schwitzt man sich in diesem Land bitte nicht tot, wenn man kein Gott ist?

Geschafft, Nummer neun. Behutsam um die Ecke linsen. Da stehen der Polizeischnösel in Shorts, der sie abgeholt hat, und noch ein Streifenhörnchen. Haben die in Sydney nichts zu tun?

Ich wette, der Detective heißt Antonio.

»Und weswegen hat Ihr Chief uns gerufen, Detective Hernando?«

»Wegen der Gemeinde.«

Knapp vorbei. Endet aber auch auf einem o, hahaha. Mit Überziehern über den stylischen Sandalen verschwindet er im Raum.

Langsam löse ich mich aus der Deckung und schlendere den Gang entlang, als würde ich eine Zimmernummer suchen. Dabei werfe ich mehrmals einen Blick ins Innere der Bude, wo er, dem ich folge, und die Achtziger-Frau zugange sind.

Uh, das sieht übel aus! Schade um die kleine Tina Wentworth.

»Gehen Sie bitte weiter, Sir«, *scheucht mich das Hörnchen weg und hebt einen Arm, als wollte es mir die Augen zuhalten.*

Ich kann dir gleich mal ein Auge zudrücken, howdy, Partner. »Ja, natürlich, entschuldigen Sie«, *nuschle ich unterwürfig und biege in die Gemeinschaftsteeküche ab, um erst mal nachzudenken.*

Ist da auch ein … ja, da ist ein Klo! Gehe ich mal pullern und überlege, wie ich vorgehen will. Rein in die enge Kabine, absperren und … ach, ich setz mich. Ist bequemer. Habe ich als Frau zu schätzen gelernt.

Niemand darf ihm was antun, das ist sicher. Aufpassen kann ich ja ganz gut, aber er muss auch ein paar Lektionen lernen. Ein bisschen leiden. Dafür, dass er mich in Kopenhagen abgeknallt hat. Vielleicht stecke ich ihm eine Babyschlange in die Schuhe? Das wäre lustig!

Was … was ist denn das für ein Geräusch aus der Teeküche? Als würde es leise blitzen, und Rauch kommt unter der Ritze durch! Ein elektrischer Kurzschluss, und ich sitze auf dem Scheißhaus! Ist das zu fassen?

Aufstehen, durch den oberen Lüftungsschlitz in der Tür schauen, was da den Geist aufgibt.

Nein, kein Kurzschluss, sondern ein alter Asiate, der … shit! Eben ist einfach so eine Frau mit Lockenkopf und dunkler Haut materialisiert! Aus dem Nichts! Da, noch ein Typ, der … ist der Basketballspieler? Wie groß kann ein Mensch … ach nee. Ist ein Gott. Wer sonst materialisiert sich einfach in der Teeküche. Und noch einer, ein blonder Rotzlöffel, der sich grinsend an den anderen vorbeischiebt. Was wird das denn? Willkommensparty für den Atheisten?

»Bourreau wird gleich gehen. Dann können wir uns den Tatort anschauen«, *verkündet der Rotzlöffel den anderen drei, die mit ernsten Gesichtern nicken.* »Die Gerüchte gefallen mir nicht.«

»Keinem von uns«, *erwidert die dunkle Lockenschönheit und geht auf den Ausgang zu.* »Ich bin die Erste. Ihr anderen kommt nach und nach dazu.«

»Hört, hört! Die mächtige Manat sprach«, *sagt der Rotzlöffel.* »Folgt ihrem Befehl. Und ihr Waran- und Kängurugötter, erzittert!«

»Erweise dem Land und seinen Gottheiten Respekt! Benimm dich nicht wie die Sterblichen, Merx. Ich bin Gast auf diesem Kontinent wie ihr alle«, *weist sie ihn zurecht.* »Hierbei geht es um Größeres. Das wisst ihr.«

Und schon ist sie raus. Ansagen machen kann sie. Könnte in einem öffentlichen Schwimmbad arbeiten, um Ordnung ins Becken zu bringen. Und im Badeanzug würde sie heiß aussehen. Nach ein paar Sekunden folgen die anderen, ohne dass sie mich bemerkt haben. Glück gehabt! Das wird eine Prüfung für Banlieue-Girl, das steht fest. Nun aber los und ihm, dem ich folge, hinterher! Im Outback wimmelt es von Gefahren, und er trägt nicht mal Stiefel.

* Α Ω *

»Ich verkehre lieber mit Atheisten als mit Frommen. Angesichts eines Atheisten fallen mir alle Beweise für das Dasein Gottes ein und angesichts eines Frommen alle Gegenbeweise.«

Nicolas Chamfort (1741–1794),
französischer Schriftsteller

KAPITEL VII

Australien, Sydney, Dezember 2019

Rianne klickte sich durch die Mails des gehackten Laptops. Sie saß am schmalen Tisch mit Blick aus dem neunten Stock auf ein Hochhaus gegenüber, und ihre Augen brannten vor Anstrengung.

Sie war in der kleinen Wohnung von Tina Wentworth geblieben, hatte die Interpol-Codebrechersoftware ihre weltliche Technikmagie wirken lassen und sich unterdessen nochmals in den zwei Räumen sowie dem winzigen Bad nach Hinweisen umgesehen, die auf den oder die Täter schließen lassen könnten. *Sofern es sich nicht wirklich um den Einen Gott handelt.*

Lärm und Hitze brandeten gegen die Scheibe, die Klimaanlage gab ihr Bestes und kühlte die Wohnung auf fünfundzwanzig Grad herunter. Aus den Vorräten im Schrank neben sich nahm Rianne eine Cola und trank das warme Gesöff mit wenig Genuss. Die Wasserflasche, die ihr Cid überlassen hatte, war längst leer.

Das Wort *Sela,* das sie unter der Leiche auf dem Boden gefunden hatten, verwies auf das Alte Testament. Es kam aus dem Hebräischen und wurde in den Psalmen eingesetzt, um einen Schlusspunkt am Ende der Strophe zu setzen. Bezeichnenderweise fand sich das Wort auch als Inschriftsende auf jüdischen Grabinschriften in der Verbindung *Amen-Sela.*

»Schluss und Feierabend«, murmelte Rianne vor sich hin. Sie wischte sich mit dem Handrücken über die schweißfeuchte Stirn und lehnte sie danach ans Glas. Die Illusion der Kühlung währte lediglich Sekunden.

Sie wäre gerne mit Bourreau ins Outback geflogen, um nach neuerlichen Spuren zu suchen, statt in der stickigen Stadt zu sitzen und vor Wärme zu zerfließen. Dass sie ihre Stiefel ausgezogen hatte, half so gut wie nichts. Ihr Tanktop bestand aus einem einzigen dunklen Fleck.

Wentworths Leiche war von ihr und Bourreau eigenhändig in einen schwarzen Transportsack verpackt und in einen Zinksarg gelegt worden, den Cid verschraubt, abgeschlossen und verplombt hatte. Niemand durfte einen Blick auf die hochbrisanten Botschaften in der Haut werfen. Selbst die Gerichtsmedizin musste warten.

»Haben Sie zufällig eine gelbe Plastikschüssel gesehen?«, erklang unvermittelt eine freundliche Frauenstimme. »Ich laufe Tina deswegen schon zwei Wochen nach.«

Erschrocken zuckte Rianne zusammen und drehte den Kopf. In der engen Küche stand eine Frau mit langer, schwarzer Lockenpracht und dunkler Haut. »Bei Belenos! Wie sind Sie hier reingekommen?«

Die Besucherin zeigte auf die Tür, Ringe blitzten an ihren Fingern auf. »Die Polizistin meinte, ich kann reingehen. Es wäre alles erledigt, Miss Detective.« Ihre fließende Kleidung war dunkel und mit Sternenmuster versehen.

»Und Sie sind?«

»Tanam. Ich bin die Nachbarin zwei Türen weiter.« Sie reichte ihr die Hand, die trocken und kühl war. »Geht es Tina denn besser?«

»Besser? Nun ja. Sie ist tot. Da bräuchte es ein göttliches Wunder.« Es war erstaunlich, dass sich die Kunde vom Ableben der Nachbarin noch nicht herumgesprochen hatte.

»Tot?« Tanam legte sich entsetzt eine Hand vor den Mund. »Wie schrecklich!«

Es klopfte, und ein Asiate in einem farbenfroh gemusterten Anzug trat mit dem letzten Pochen herein. »Miss Wentworth? Wo bleiben Sie? Sie wollten doch Caligula sitten. Ich muss gleich los.« Dann bemerkte er die Ermittlerin. »Wer sind *Sie* denn?«

»Tina ist tot«, sagte Tanam, bevor Rianne etwas erwidern konnte. »Stellen Sie sich das mal vor, Mister Jiang.«

»Wer ist tot?« Ein rothaariger Mittzwanziger, der größer als zwei

Meter war und etwas zu lange Arme zu haben schien, drängelte sich in Unterhemd und Shorts an dem älteren Asiaten vorbei. »Tina? Bloody shit. Wir wollten für den Word Battle im *Full Pint* üben.«

Rianne erhob sich. »Einen Moment, bitte! Das ist ein Tatort.« Sie nahm ihre Interpol-Marke heraus. »Sie gehen jetzt auf der Stelle wieder raus.«

Tanam deutete irritiert auf den Flur. »Aber die Polizistin hat gesagt –«

»Der Bulle ist weg«, verkündete ein blonder Jüngling, der seinen hellen Schopf in den Türrahmen schob, der Oberkörper folgte. Er war von schlanker, drahtiger Natur wie ein Ironman-Läufer. Die Ärmel seines weißen Polohemds hatte er hochgekrempelt »Braucht jemand nagelneue …?« Er sah Riannes Marke. »Uh, ich meinte, ich *kenne* jemanden, der nagelneue WingShoes zu einem Spottpreis verkauft. Ich nicht.« Neugierig blickte er sich über die geöffneten Zimmertüren um. »Wo ist denn Tina?«

»Tot«, antworteten die anderen drei Hausbewohner im Chor.

Rianne beschloss, aus dem Chaos Nutzen zu ziehen, anstatt sich aufzuregen. Tinas Bekannte waren freiwillig zu ihr gekommen, daher konnte sie die Leute ebenso befragen. Offenbar hatten das die australischen Kollegen noch nicht getan. »Es stimmt. Miss Wentworth wurde Opfer eines Gewaltverbrechens. Mein Name ist Detective Lagrande. Würden sich die beiden Herren kurz vorstellen?« Die beiden nannten ihre Namen: Merx und Ethnen. »Gut. Wir suchen den oder die Täter, auch zu Ihrem Schutz. Haben Sie vorgestern …?«

»Das war doch eine Interpol-Marke«, schaltete sich der drahtige Merx mit einem Lausbubengrinsen ein, zu dem der kurze, helle Haarschnitt perfekt passte. »Sind Sie überhaupt eine echte Ermittlerin?«

»Ich kann Sie nach WingShoes fragen, wenn Ihnen das lieber ist«, entgegnete Rianne.

»Der andere Mann, der mit dem schwarzen Hut, dem indischen

Obergewand und dem ausrasierten Bärtchen, woher kennt man den?«, warf Jiang ein, der einen offenen Knopf an seinem schreiend bunten Hemd entdeckte und daran herumnestelte. »Den habe ich mal im Fernsehen gesehen. Das ist doch ein Schauspieler, oder?«

»Nein, ist er nicht. Er sieht nur diesem Bourreau zufällig ähnlich.« Rianne hatte keine Lust, über ihren prominenten Partner ausgehorcht zu werden, über den sie selbst kaum etwas wusste. »Konzentration, bitte. Hat einer von Ihnen vor zwei Tagen verdächtige Personen im Haus gesehen?«

Ethnen, der riesige Mittzwanziger mit den überlangen Armen, zeigte auf das *Sela* am Boden, das noch immer zu sehen war. »Was ist *das* denn?«

»Hebräisch«, antwortete Tanam.

»Aber Tina war doch keine Jüdin«, gab Jiang zu Bedenken. »Wie passt das denn?«

Rianne beschlichen Zweifel, ob sie Ordnung in den quirligen Haufen der Mitbewohner bekommen konnte. »Das tut nichts zur Sache.«

Da zeigte der Asiate auf eine leere Bumeranghalterung. »Da fehlt einer! Haben die Schweine das nette Mädchen damit umgebracht?«

»Mister Jiang, richten Sie Ihre Aufmerksamkeit bitte auf vorgestern.« Rianne verschärfte ihren Tonfall. »Hat irgendeiner von Ihnen etwas bemerkt? Oder hat Miss Wentworth etwas gesagt, das auf eine Bedrohung hinwies?«

»Nein«, antwortete Ethnen stellvertretend für alle, der Rest schüttelte den Kopf.

Merx pochte gegen die Eingangstür. »Da fehlt das Bild. Haben die Mörder das geklaut?«

»Ah, meine Schüssel!« Tanam bückte sich und zerrte das Gefäß aus dem offenen Schrank. »Die werde ich jetzt ewig in Ehren halten. Als Andenken.« Beim Aufrichten rempelte sie die Spüle und die Anrichte an. Ein Tablett mit den großen Dosen für Mehl, Salz und Zucker fiel zu Boden, die Behältnisse öffneten sich beim Aufschlag. Die feinen Körnchen und das gemahlene Getreide verteilten sich auf dem Untergrund. »Oh, nein! Das tut mir leid. So eine Sauerei.«

»Das geht gleich weg.« Ethnen öffnete mit seinen langen Armen das Fenster, ohne sich von der Stelle zu bewegen. »Lassen wir das die Natur erledigen.«

Ein merklicher Durchzug entstand, der Mehl, Zucker und Salz vor ihren Füßen verwehte. Dort, wo Tina gelegen hatte, lagerten sich heller Getreidestaub und weiße Kristalle auf den Blutresten ab und machten die Botschaften in den verschiedenen Sprachen sichtbar, welche der Leiche in die Haut geritzt worden waren.

Daraufhin herrschte betroffenes Schweigen unter den Hausbewohnern.

Eine zweite Böe wirbelte das Mehl mit einem dunklen, wütenden Fauchen hoch auf und raubte Rianne sekundenlang die Sicht. Als sie hustend den weißen Staub verwedelt hatte, waren die vier Besucher verschwunden. »Einen Moment. Warten Sie!«

Als sie einen Blick in den Flur warf, fehlte von Mister Jiang, Tanam, Ethnen und Merx jede Spur. Dafür kehrte die Streifenpolizistin zurück, in der Hand einen Pappbecher mit Milchkaffee und eine Tüte voller Kekse aus der benachbarten Bäckerei. *Steveny,* verkündete das Namensschild. »Ah, Miss Lagrande. Ich habe Ihnen was zur Stärkung besorgt. Wie Sie es gewünscht haben.«

»Habe ich, Officer?« Rianne hielt ihren geharnischten Anpfiff zurück.

»Sie riefen aus dem Zimmer, dass ich Ihnen Nervennahrung beschaffen soll.« Steveny reichte ihr Kaffee und Gebäck. »Schon etwas entdeckt?«

»Nein.« Rianne hegte einen Verdacht, was sich gerade im Apartment von Tina Wentworth abgespielt hatte. Sollte es stimmen, wurde ihr Zeitfenster noch kleiner. »Haben Sie einen Asiaten, eine Orientalin und zwei Weiße gesehen?«

»Nein.«

»Checken Sie bitte mal, ob Leute namens Jiang, Tanam, Merx und Ethnen im Hochhaus wohnen.« Sie zog sich in die vier Wände des Opfers zurück und schloss die Tür.

Die Botschaft war noch immer vage auf dem Boden zu lesen, rasch verwischte sie sie mit dem Fuß. Danach pustete sie den Mehlstaub von der Tastatur und sah, dass ihr unwillkürliches Zusammenzucken beim Auftauchen von Tanam den Cursor auf die Mail einer gewissen Cynthia gelenkt hatte.

Aha? Rianne setzte sich und las.

LIEBE TINA,

BITTE KOMM DOCH MIT, BEVOR DU KONVERTIEREN WILLST.

SAG DICH NICHT VON GOTT UND SEINEM EINZIG WAHREN GLAUBEN LOS! WIR BRAUCHEN DICH IN DER GEMEINDE. ICH MÖCHTE DICH WIRKLICH IN MEINER NÄHE UND MEINEM HERZEN BEHALTEN.

ZUR RETTUNG DEINER SEELE: NUR EIN BESUCH BEIM PROPHETEN! ER WIRD DIR DIE AUGEN ÖFFNEN UND DICH ZURÜCK ZUM HERRN FÜHREN.

MELDE DICH, DAMIT ICH DIR SAGEN KANN, WO DIE NÄCHSTE GEHEIME ZUSAMMENKUNFT IST.

DEINE FREUNDIN UND SCHWESTER IM HERRN

CYNTHIA

Ein Prophet. Auch das noch. Rianne sah auf die Uhr und ließ das Mailprogramm nach weiteren Nachrichten von Cynthia suchen. *Ich sollte noch zum Bischof. Garantiert weiß er etwas von diesem Propheten.*

Der Filter spuckte fünfzig weitere Mails aus, die von der Freundin geschrieben worden waren. Beim Überfliegen der Zeilen erkannte Rianne die schleichende Entfremdung Tinas vom christlichen Glauben, der für so viel Leid unter den Anangu verantwortlich gewesen sei.

Zuletzt versuchte Cynthia noch einmal, ihre Freundin dazu zu bewegen, sich die geheime Predigt des Propheten anzuhören. Sie hatte sie abholen wollen, um gemeinsam dorthin zu fahren, wo sie schon so oft gespielt hatten. Der Ort der Veranstaltung sei ein Zeichen des Herrn, der Tina halten und beschützen wolle.

Das ist heute! Rianne suchte sich durch Bilder auf dem Laptop und Schnappschüsse in sozialen Netzwerken, um einen Ort ausfindig zu machen, der Tina und Cynthia gemeinsam zeigte.

Vor dem Fenster dämmerte es bereits, als sie fündig wurde: Mehrere Fotos zeigten die jungen Frauen in verschiedenen Jahren, stets in einem bestimmten Gebäude am Sydney Cove, meistens im gleichen Raum.

Auf geht's. Mit etwas Glück komme ich rechtzeitig. Rianne wechselte die Kleidung mit frischer aus ihrem Koffer, den sie zwischendurch aus dem Polizei-Van geholt hatte, schlüpfte in die Stiefel und verließ die Wohnung. »Sie lassen keinen rein, Officer.«

»Niemals, Inspector.« Steveny sah von ihrem Tablet auf. »Keine Leute mit solchen Namen.«

»Was?«

»Jemand namens Jiang, Tanam, Merx oder Ethnen ist nicht im Hochhaus gemeldet. Hab's überprüft.«

Rianne nickte dankend und eilte los. Schnell setzte sie Bourreau mittels einer Nachricht von den Ergebnissen ihrer Nachforschungen in Kenntnis. Die vier Rätselhaften erwähnte sie vorerst nicht. Das würde ihm nicht gefallen.

***

Malleus dachte mit Bauchweh daran, was Lagrande über das australische Outback und die giftigen, gefährlichen Tiere gesagt hatte.

Genau durch diese Gegend fuhr Cid mit ihm: in einem hypermodernen Wasserstoffjeep von der Touristensiedlung Yulara zum Uluru, dem sagenhaft schönen Felsen inmitten einer Wüstenlandschaft, dessen Außenseite von unscheinbarem Braun bis tief dunkelrot-golden in der Sonne leuchten konnten.

Malleus schwitzte noch stärker als in Sydney und im Flugzeug, mit dem sie angereist waren. Aus der Luft hatte die Umgebung um den heiligen Ort wunderschön ausgesehen, die offenen Fenster für Kühlung gesorgt. Am Boden jedoch wehten heißer Staub und knochentrockene Luft um ihn herum.

»Wir nähern uns der Höhle«, erklärte Koen, der ihnen im Resort als Anangu-Ranger zur Seite gestellt wurde und zum Stamm der Pitjantjatjara gehörte. Die dunkle Haut und die langen, grauen Haare, die er offen über seiner mit Schmuckanhängern versehenen Uniform trug, machten ihn zu einer eindrucksvollen Erscheinung. Ein rotes Stirnband hielt ihm die Strähnen aus der Stirn, die blauen Augen zeigten, dass in seiner Blutlinie Einwanderer vertreten waren.

Sowohl Malleus als auch Cid waren Gäste auf diesem Land und besaßen keinerlei gesonderten Rechte. Alles, was getan wurde, geschah ausschließlich mit der Einwilligung der Anangu-Behörden.

Yulara – oder auch Ayers Rock Resort – war die einzige Möglichkeit für Touristen, das echte Australien zu erleben, um von hier zu geführten Touren aufzubrechen und den Uluru aus der Nähe zu sehen. Das Begehen des Heiligtums war ebenso streng verboten wie das Mitnehmen von Steinen, Hölzern oder anderen Andenken aus der Natur.

Koen, dessen Name übersetzt Donner hieß, hatte ihnen auf der Fahrt stolz vom längsten offiziellen Namen eines Platzes in Australien erzählt: Mamungkukumpurangkuntjunya Hill, ein Begriff seines Stammes, der so viel bedeutete wie: »Wo der Teufel auf den Berg pinkelt«.

Der Wasserstoffjeep beschrieb einen knappen Bogen und blieb unterhalb eines weithin sichtbaren Höhleneingangs stehen. Zwei weitere Anangu-Ranger hielten davor Wache, damit sich niemand Zutritt verschaffte, was angesichts der menschenleeren Umgebung mehr als unwahrscheinlich war.

Malleus gefiel das alles nicht.

Die Unwirtlichkeit der Gegend schloss einen nichtdivinen Mörder beinahe aus. Mit einem herkömmlichen Wagen bräuchte man Tage, um an diesen Ort zu gelangen, und würde dann sofort von einem Ranger entdeckt werden. Ein motorisiertes Flugzeug oder ein Helikopter fiele sofort auf, ein lautloser Segler vermochte niemals heimlich hier zu landen und danach aus eigener Kraft zu starten. *Die Ranger hätten die Maschine längst ausfindig gemacht.*

»Wir nutzen diese uralten Höhlen, um uns zu treffen, Besprechungen abzuhalten oder Kontakt mit den Geistern aufzunehmen«, erklärte Koen und schaltete die Zündung ab, stieg aus dem Wagen. »Achten Sie ein bisschen auf die Umgebung, Mister Bourreau. Sie sind es nicht gewohnt, unterbewusst nach Schlangen Ausschau zu halten.«

»Nein, bin ich nicht.« Malleus bewegte sich außerhalb des schützenden Fahrzeugs wie durch ein Minenfeld, während Cid mit Sandalen an den Füßen dem Ranger folgte, als kenne er keine Gefahr. »Was haben die zehn Opfer gemacht?«

»Ein Treffen verschiedener Stämme. Es gab Ärger, und der Schamane befahl sie zu Uluru, um die Streitigkeiten in einer Höhle beilegen zu lassen.« Koen führte sie auf dem schmalen Pfad hinauf zur Höhle, deren bemalte Wände und Decken man bereits im Aufstieg sah. »Als niemand zum gemeinsamen Abendessen mit ihren Stammesleuten erschien, ging man auf die Suche. So wurden die Leichen entdeckt.«

Malleus erreichte keuchend vor Anstrengung als Letzter den Eingang.

Die Sandwände wurden teils von Millionen Jahre alten, teils neuen, einfachen Zeichnungen und Bildern bedeckt, welche die Anangu hinterlassen hatten. Einige Farben leuchteten frisch und lebendig, als wären sie erst vor wenigen Stunden aufgetragen worden.

»Sie können sich frei bewegen, Inspector und Detective. Es gibt aufgrund der Ausnahmesituation nichts, auf das Sie in diesem Teil des Uluru Rücksicht nehmen müssten«, sagte Koen.

An der Südwand hatte sich eine Botschaft in den Stein gegraben, die Buchstaben waren ungefähr fingerdick und zwei Zentimeter tief. Malleus schritt langsam darauf zu und filmte dabei mit dem PDA. Wie ihm am Telefon gesagt worden war, stand dort in Latein *Mene mene tekel u-parsin,* darunter waren arabische Buchstaben eingekratzt. Mit der Schriftzeichenerkennung seines Geräts entschlüsselte Malleus: *Aramäisch. Wie ich es mir dachte.*

Cid trat neben ihn. »Und? Was bedeutet das, Inspector?«

»Ein Zitat aus dem Alten Testament. Daniel 5, Kapitel 25. Belsazars Gastmahl.« Malleus hatte dies unterwegs nachgelesen. »König Belsazar feierte ein rauschendes Fest mit Kriegsbeute aus dem Tempel zu Jerusalem, als eine Hand erschien, die jenen Spruch an die Wand malte, den ihm keiner seiner Gelehrten übersetzen konnte.« Er berührte die eingeritzten Zeichen mit den Fingerkuppen. »Aber Daniel, ein Gefangener aus Juda und großer Prophet, vermochte es.«

»Was bedeuten sie?«

»Darüber gibt es in der theologischen Forschung verschiedene Ansichten.« Malleus öffnete die abgespeicherte Passage auf dem PDA:

ABER DEN GOTT, IN DESSEN HAND DEIN ODEM IST UND BEI DEM ALLE DEINE WEGE SIND, HAST DU NICHT GEEHRT. DA WURDE VON IHM DIESE HAND GESANDT UND DIESE SCHRIFT GEZEICHNET: MENE, MENE, TEKEL U-PARSIN.

DIES IST DIE DEUTUNG DER SACHE:

MENE – GOTT HAT DEIN KÖNIGTUM GEZÄHLT UND MACHT IHM EIN ENDE.

TEKEL – DU BIST AUF DER WAAGE GEWOGEN UND ZU LEICHT BEFUNDEN WORDEN.

PERES – DEIN KÖNIGREICH WIRD ZERTEILT UND DEN MEDERN UND PERSERN GEGEBEN.

Cid sah sich erneut in der kunstvoll bemalten Höhle um. »Altes Testament und die Traumzeit. Was will uns diese Botschaft sagen?«

»Was geschah mit dem König?«, fragte Koen.

»Wurde in derselben Nacht getötet.« Malleus ging nah an die Wand und bemerkte Brandgeruch, als sei die Schrift mit etwas Heißem eingeritzt worden. *Ein Plasmaschneider?* Daniel hatte auch seine Visionen über die Apokalypse niedergeschrieben, was einen unangenehmen Beigeschmack hinterließ. Das Ganze schrie regelrecht nach einer Culebra, bevor Malleus seine umherspringenden Gedanken nicht mehr zu ordnen vermochte.

»Die Hinweise auf den Einen Gott sind unübersehbar.« Cid steckte die Hände in die Hosentaschen seiner Shorts. Er und Malleus wirkten in ihrer Aufmachung wie die üblichen Vollidioten, die durch das Outback wie durch eine Einkaufsmeile spazierten. Ohne Ranger an ihrer Seite wären sie bis zum Abend tot und von Dingos gefressen. »In Miss Wentworths Wohnung könnte der Täter noch ein radikaler Christenspinner aus der katholischen Gemeinde gewesen sein. Aber im Outback? Unerkannt kommen und gehen?« Er sah zu Koen. »Haben Sie oder die anderen Ranger Spuren gefunden, die auf einen Eindringling hinweisen?«

Der Anangu wechselte einige schnelle Worte mit seinen Kollegen am Eingang. »Es wurde nichts und niemand bemerkt. In weitem Umkreis um Uluru nicht.«

»Sehen wir uns die Wunden der Opfer an«, sagte Malleus in der Hoffnung auf einen irdischen Tathergang. »Vielleicht geben sie Aufschluss darüber, was sich hier abgespielt hat.« Im Gehen steckte er sich eine Zigarre mit grüner Banderole an, achtete dabei auf den Boden und krabbelnde, kriechende Bewegungen.

Die ermordeten Anangu lagen nebeneinander im Kreis um eine erloschene Feuerstelle. Um die Hüfte trugen sie einen Lendenschurz, auf den dunkelhäutigen Körpern prangten teils abgeblätterte, weiße Bemalungen. Allen zehn Toten von unterschiedlichem Alter war der Kopf abgeschlagen worden. Musikinstrumente, Speere und Bumerangs hatten sie hinter sich abgelegt. Keiner hatte sich vor dem Moment des Todes bewegt oder die Hand nach den Waffen ausgestreckt, um sich zu verteidigen. Die abgeschlagenen Schädel lagen nicht weit von den Leichen entfernt im weichen Sand. Der Untergrund hatte das Blut aus den Stümpfen aufgesogen. Die Verwesung hatte vor allem an den Wundstellen eingesetzt, die Hitze beschleunigte den Verfall, es roch unangenehm.

Den symmetrischen roten Spritzern auf dem Boden nach, die allesamt gleichmäßig von rechts nach links verliefen, hatte sich eine Ungeheuerlichkeit zugetragen. *Ich kann mich auch täuschen,* dachte Malleus und wandte sich an Koen. »Sie vermögen besser Spuren zu lesen als ich. Was sehen Sie?«

»Ich weiß, worauf Sie hinauswollen. Es muss eine einzige Waffe gewesen sein, die alle Leute gleichzeitig enthauptet hat«, sagte der Ranger mit starrer Miene. Der Anblick der Toten machte ihm sichtlich zu schaffen.

»Wie eine große Sense oder ein gewaltiges Schwert, das durch die Hälse gefahren ist. Oder ein hauchdünner Draht«, stimmte Malleus zu und paffte aufgeregt. *Ohne sonstige Spuren.* Es konnte sich um einen Trick handeln, so wie ihn Bühnenmagier mit Geschick, Technik und Täuschung erzielten. Mit dem Unterschied, dass am Uluru keine befreiende Auflösung erfolgt war.

»Lassen Sie uns die Toten auf Hinweise untersuchen«, sagte er.

Der Rauch der Culebra stieg zu den Bemalungen auf, als wollte er die uralten Zeichnungen betrachten. Dann senkte er sich behutsam ab und umwaberte die Leichen. Nacheinander drehten Malleus und Cid die schädellosen Anangu-Körper um und ignorierten dabei die Verwesungszeichen, so gut es ging. Jeden Millimeter Haut untersuchten sie nach Auffälligkeiten, was angesichts der dicken Bemalung aus verschiedenen Schichten nicht einfach war. Letztlich fanden sie jedoch überall eingeritzte Kombinationen aus Zeichen und Nummern:

EX 22,17
EX 22,19
S113,V4

»Noch mehr Biblisches«, vermutete Cid.

»Nicht nur.« Malleus nahm den PDA und kontrollierte seine Vermutungen. »Das EX steht für das Buch Exodus im Alten Testament. Die besagten Stellen verlangen den Tod von Zauberinnen oder Hexen und jenen, die andere Gottheiten anbeten.« Schnell sah er nach dem dritten Verweis. »S steht für eine Sure im Koran. 113, Vers 4 richtet sich gegen Zauberinnen.«

»Beschissene Scheiße«, entfuhr es Cid. »Der Eine Gott hat zugeschlagen.«

Genau das sollten Christen, Muslime und Juden denken. *Und sie werden sagen, dass er einen Engel sandte, um die Ungläubigen mit dem Tod zu strafen und seine Botschaft zu hinterlassen.* Malleus blickte den Detective und den Ranger eindringlich an. »Niemand, absolut *niemand* darf davon erfahren. Nicht, bevor ich mehr über diese Sache herausgefunden habe.«

»Sie glauben also nicht, dass der Eine Gott sein Kommen ankündigt?« Cid war anzusehen, dass er im gleichen Moment verstand, dass *glauben* damit nichts zu tun hatte. Er errötete vor Peinlichkeit. »Verzeihung, Inspector. Das war –«

»Wir sind hier fertig. Ich muss nach Sydney zurück.« Malleus wandte sich zum Ausgang der Höhle. Er hoffte sehr, dass Lagrande etwas herausgefunden hatte.

Eine Sache verschwieg er Cid und Koen. Er hatte eine weitere Markierung an einer Leiche ausfindig gemacht, die auf das Alte Testament verwies. *EX 32,20.* Heimlich schlug er im Gehen nach. Und fand, was er befürchtet hatte:

Und Mose nahm das Kalb, das sie gemacht hatten, und verbrannte es im Feuer und zermalmte es, bis es zu Staub wurde.

Das Ende des Goldenen Kalbs, Symbol für sämtliche Entitäten. *Unmissverständlicher hätte man den Krieg nicht erklären können.*

Aufgrund der Abgeschiedenheit, der Lage und der zahlenmäßigen begrenzten Anangu hatte Malleus die Befürchtung, dass es sich beim kaltblütigen zehnfachen Mord um einen perfiden Testlauf handelte. *Für ein Event mit wesentlich mehr Zuschauern.* Noch wollte er Cid nicht zustimmen und von der Verstrickung einer Entität ausgehen. Nicht, solange es keine handfesten Beweise dafür gab. Beweise im ermittlerischen Sinn. Kein Gottesbeweis.

* Α Ω *

War gar nicht leicht, in diesen Touristenflieger zum Resort zu kommen. In den Hubschrauber von Antonio-Hernando und ihm, dem ich folge, wäre ich niemals unbemerkt gelangt. Aber zum Glück gab mir Mister Sean Miller sein Ticket. Auf der Herrentoilette des kleinen Flugplatzes, von dem aus Touristen ins Outback geflogen werden. Nachdem ich ihn mit dem Kopf mehrmals gegen das Pissoir gerammt habe, hat er es mir mit Freuden überlassen. Good boy!

Ich nehme an, er schläft noch immer auf dem Klo, in dem ich ihn eingesperrt habe. Da wird sich der Sky Marshall ziemlich wundern, wenn bald gegen ihn ermittelt wird. Pech.

Das Outback. Unendliche Weiten oder so ähnlich. Das ist beschissen heiß hier, habe ich das mal zwischendurch erwähnt? Mir läuft die Soße durch die Arschritze am Bein runter. Widerlich.

Mit dem gestohlenen Elektromotorrad aus dem Resort geht es raus zum Uluru. Beinahe einen Dingo überfahren. Oder einen Coyoten. Irgendein Fuchshundvieh, das meine Bahn gekreuzt hat.

Buschland. Das ist so gar nicht meine Welt. Wie gut, dass dieser heilige Hügel unübersehbar ist, sonst würde ich mich ziemlich schnell verfahren. Hier hat keiner was verloren außer den Aborigines. Nein, Anangu sagt man. Heißt: »Mensch«.

Eigentlich die beste Bezeichnung überhaupt. Kein Stress mit Geschlechtern, mit Anreden. Mensch passt immer.

Apropos, gibt es überhaupt unmenschliches Verhalten beim Menschen?

Nein. Ist Quatsch. Jedes Verhalten eines Menschen ist menschlich. Und baut er Scheiße, dann baut er Scheiße, und schlachtet er was ab, dann ist das auch menschlich. Mit unmenschlich will sich der eine Mensch nur rausreden und sich selbst besser dastehen lassen.

Hahaha, ich werde in diesem Scheißbackofen noch zum Philosophen.

Da vorne ist der Uluru. Seitlich liegt eine Höhle, in der Bourreau, Antonio und … der Buschversteher verschwinden.

Wetten, dass da die Toten drinliegen?

Überall Ranger, Mist. Da gibt es kein Vorbeikommen, ohne … menschlich zu sein, hahaha. Okay, mit der Maschine noch einen kleinen Hügel hinauftuckern und parken, Fernglas raus und schauen, was sie in der Höhle tun. Vom Winkel her geht das doch ganz gut.

Zehn Leichen auf einen Streich. Buchstäblich. Mehr kann ich leider nicht sehen. Ich sollte ihm, dem ich folge, eine Wanze unterjubeln. Ich muss wissen, was vor sich geht. Vielleicht bekomme ich seinen PDA noch mal abgegriffen, um den ein bisschen zu bearbeiten?

Bäh, was stinkt denn hier so? Ist mir eben schon aufgefallen, als der Wind drehte. Als wäre was am Verwesen. Moment, da ist wirklich was! Direkt neben mir, halb unter einem Gebüsch. Ein Tourist, würde ich mal tippen, aber mit Lendenschurz und Anangu-Bemalung, der vor sich hin modert und von Fliegenlarven gefressen wird und wohl auch schon Dingos hat abbeißen lassen.

Ist der schon länger tot?

Sein Kopf fehlt. Der Stumpf ist sauber abgetrennt. Muss eine scheißscharfe Klinge gewesen sein. Dieselbe wie in der Höhle? Oh, oder: Hat der Killer an dem Touri geübt? Ist er ihm zufällig über den Weg gelaufen?

Hast meine Neugier geweckt, Buschland! Jetzt schaue ich mich mal um.

Aha, aha. Da sind Spuren von einem großen Hund. Erkenne ich todsicher. Hatte auch mal einen. Ein riesiges Vieh, so ein Irish Wolfhound. Kilminster hieß der.

Die Spuren könnten hinkommen. Müsste dann etwa die Größe eines Wolfs haben. Dazu graues Haar. Das war nie im Leben ein Dingo.

Gibt es im Outback überhaupt Wölfe? Nee, oder?

Wie kommt der scheiß Wolf dann hierher?

Da ist noch was. Ein Abdruck im Sand, länglich, von der Form her ein sehr schlankes Kreuz.

Falsch, das ist ein Schwert gewesen! Hier das Heft, da der Griff, darunter … Dings … das Gegengewicht halt. Ein Wort, das wie Pommes klang. Ich sollte wieder mehr Kreuzworträtsel machen.

Das ist eine echte Überraschung: Ein zwei Meter langes Schwert neben Wolfsspuren mitten im Outback. Was hat die Töle gemacht? Schwertchen apportiert? Wem gehört der riesige Salamischneider?

Eine Kiste besten Schampus setze ich darauf, dass es vom Mörder stammt: ein zwei Meter langes scheiß Schwert!

Jetzt wird der Fall abgefahren. Nach dem Einen Gott sieht's nicht aus, aber irgendwas Divines scheint seine Finger im Spiel zu haben. Ein Gott mit Wolf und Schwert – das kann amüsant werden! Muss nun erst recht in seiner Nähe bleiben. Zu den ganzen Giftviechern kommt jetzt ein Schlitzer mit Zweimeterschwert und Riesenwölfchen.

Was ist inzwischen am Uluru los? Ah, da kommen Antonio und Bourreau aus der Höhle. Es scheint schnellstens zurück nach Sydney zu gehen, nehme ich an.

Mal sehen, wen ich dieses Mal auf dem Klo aus den Schuhen zimmere, um an ein Ticket zu kommen. Oder ich fliege einfach selbst. So schwer kann das ja nicht sein.

A Ω

Australien, Sydney, Dezember 2019

Rianne kannte sich mit dem Knacken von Schlössern bestens aus, zumal sie das ideale Werkzeug von Interpol gestellt bekam. Daher wanderte sie am späten Abend durch die dunkler werdenden Ausstellungräume der Art Gallery of New South Wales, die herrlich klimatisiert waren. Kunst musste vor Hitze beschützt werden.

Sie orientierte sich via Raumplan, den sie aus dem Internet gezogen hatte, in dem riesigen Gebäude. Abgesehen von den Dauerausstellungen gab es eine Sonderschau zur christlichen Kunst Australiens. Gezeigt wurden christlich-sakrale Gegenstände, die aus den Kirchen der untergegangenen Städte des Kontinents stammten, teils mitgebracht aus der Alten Welt, teils hergestellt von bekehrten Anangu. Naturelemente und Protz standen sich darin wundersam gegenüber.

Es waren exakt jene Räumlichkeiten, in denen sich die jungen Frauen des Öfteren getroffen hatten. Mit etwas Recherche hatte Rianne herausgefunden, dass Cynthias Vater als Kurator arbeitete, was den ungewöhnlichen Spielplatz erklärte. *Das hätte ich als Kind auch genossen.*

Von Weitem erklang leises Singen, der Duft von Kerzen und Weihrauch verbreitete sich in den Fluren. Die Rauchmelder mussten ebenso wie die Kameras und Bewegungsmelder ausgeschaltet worden sein. Dieser Umstand hatte Rianne gewiss vor einer frühen Entdeckung bewahrt. Die Fußspuren sprachen dafür, dass die heimlichen Besucher durch die Tiefgarage gekommen waren, um Aufsehen zu vermeiden. *Warum will der Prophet in der Art Gallery predigen? Wäre eine Kirche nicht sinnvoller gewesen?*

Das Singen endete, und eine angenehme Stimme hob zu sprechen an.

Rianne beeilte sich, um in Hörweite zu gelangen, verbarg sich hinter einer Säule und spähte in den Raum.

»… versammelt, um zu Gott, unserem Herrn, zu beten. Er sandte mich zu euch, um frohe Kunde zu bringen. *Hier* an *diesem* Ort, an dem das Christentum an Land ging, in der Sydney Cove«, sprach die warme, einnehmende Stimme mit Verve. »*Hier* trafen die Anangu und die Alte Welt zum ersten Mal aufeinander. *Hier* begann der Siegeszug unseres Gottes über die Götzen. Ich kam, um euch Mut zu machen und zu verkünden: Sehet, bald kehrt die Hoffnung zurück. Die Hoffnung, dass die falschen Religionen hinfortgefegt werden und die Erde von den Ausgeburten der dämonischen Götter gereinigt wird.«

»Amen«, murmelte die Gemeinde.

Im Kerzenschein stand der Prophet in Straßenkleidung auf einem Podest vor einer dunklen Videowand, hielt die Arme leicht ausgebreitet wie zum Segen und ließ seine Blicke über die Menschen wandern, suchte Augenkontakt und lächelte.

Rianne schätzte ihn auf maximal zwanzig Jahre, eher jünger. Sein Äußeres ließ ihn wie einen Südeuropäer erscheinen, aber es ging eine beeindruckende Aura von ihm aus. Die Haare lagen offen und gelockt bis über seine Schultern, der Vollbart war gestutzt und schimmerte leicht. Sie hob ihr Smartphone und zeichnete die Vorstellung auf.

Die Zuhörerschaft bestand aus allen Ethnien und Altersgruppen, sie alle trugen Kerzen mit dem Chi-Ro-Zeichen in den Händen.

»Wie einst Jesus und seine Apostel das Christentum in die Welt trugen, so werdet ihr von Sydney Cove aus den wahren Glauben an den Einen Gott erneut in Australien verbreiten und in den hintersten Winkel führen«, sprach der Prophet mit ruhiger, sonorer Stimme. »Gemeinsam mit unseren Brüdern und Schwestern in den Moscheen und Synagogen bringen wir der Welt den Frieden zurück. Den *wahren* Frieden, wie nur Gott ihn gewährt.«

Rianne horchte auf. Anstatt sich wie in der Vergangenheit in Verfolgungen und Kriegen zu schwächen, verlangte der Eine Gott von den Völkern des Buches Zusammenhalt. Das war neu und ein unkonventioneller, strategischer Ansatz.

Diese Erkenntnis sorgte auch bei einigen Zuhörern für Verwunderung. Blicke wurden nach rechts und links geworfen, als wollte man sich vergewissern, dass man sich nicht verhört habe.

Der Prophet lächelte. »Ich sehe eure Zweifel und eure Verwirrung. Doch zagt und zaudert nicht. Der Herr wird zu den Juden und den Muslimen sprechen und ihnen sagen, was ich euch sage. Wir sind Brüder und Schwestern in Gott, dem *einen* Gott, der kommt und seine Schöpfung gegen die Dämonen verteidigt, die sich ihrer bemächtigt haben. Diese Teufel werden ausfahren, hinausgetrieben von der Erde! Ihr seid das Schwert und der Arm des Herrn, er gibt euch Kraft, Mut und Stärke, den Kampf zu führen. Vereint, um Tempel und Schreine einzureißen, die ihm missfallen und seiner Allmacht spotten.«

Das Amen erklang dieses Mal deutlich lauter. Kämpferischer.

Das sind ziemlich große Versprechen. Rianne sah, dass sich auf den Zügen der Versammelten stärker werdende Entschlossenheit abzeichnete. Die Worte zeigten Wirkung.

»Die Dämonen und Teufel verspotteten euch; ihre Anhänger beleidigten und erniedrigten euch. Gott hörte eure Gebete und vernahm euren Schmerz. Diese düsteren Zeiten sind bald Vergangenheit«, versprach der Prophet, ohne laut zu werden. »Die Menschheit hatte sich vom Herrn abgewandt, sich wispernden, verlockenden Götzen zugewandt und dafür den Lohn erhalten. Doch nun kam sie zur Vernunft, und es verlangt sie nach ihm. Inbrünstig und aus ganzem Herzen. Um ihm zu folgen.«

»Amen!«, schallte es beseelt durch den Raum.

Der Prophet breitete die Arme noch weiter aus, und seine Aura breitete sich fühlbar aus. »Gott wird seine Engel senden, um euch zu helfen. Mit Feuerschwertern fallen sie über die Götzendiener her und richten die Abweichler vom wahren Glauben. Mit Tina Wentworth setzte er ein erstes Zeichen. Und am Uluru, dem heiligen Götzenberg der Anangu, ging es weiter.«

Hinter dem jungen, vollbärtigen Mann, auf der Videowand, wurden Aufnahmen der enthaupteten Leichen in der bemalten Höhle gezeigt. Ein lautes »Oh!« ging durch die Reihen.

Eine Gestalt schwebte hinter dem Propheten aus dem Nachbarraum. Sie trug ein weißes Gewand und eine Rüstung aus weißem Metall, zwei Schwingen standen aus dem Rücken heraus. Das Gesicht lag unter einem Visierhelm verborgen, darauf saß eine Maske mit dem Antlitz einer pausbäckigen, lächelnden Putte. *Der versprochene Engel!*

Die Versammlung bemerkte das himmlische Wesen, das ein zwei Meter langes, dünnes Schwert hielt, an dem offenbar getrocknetes Blut haftete.

Der Prophet erhob erneut die Stimme. »Sehet, ein Seraph. Einer von vielen, die auf ein Zeichen des Herrn losschlagen. Gemeinsam mit euch.«

»Wann wird das sein, Joel? Wann erlöst er uns von dem Joch?«, verlangte eine Frau zu wissen.

Rianne zoomte auf den Engel, der regungslos wie eine Puppe drei Schritte über dem Boden schwebte und dabei ab und zu sein Maskenantlitz drehte. *Belenos, steh mir bei, sollte mich dieses Ding angreifen.*

Joel legte eine Hand auf Herzhöhe, streckte die andere mit gerecktem Zeige- und Mittelfinger leicht in die Höhe; eine Haltung, wie man sie auf alten Christusdarstellungen sah. Rianne fiel ein Zeichen am Handgelenk des Bärtigen auf und zoomte es heran. *Soll es an ein Stigma erinnern?*

»Wahrlich, ich sage euch: Der Herr wird in den kommenden Tagen sieben Wunder wirken. Auf all seinen Kontinenten, und diese Wunder werden von allen gesehen und erkannt. Doch sein achtes Wunder ist die Ankunft seines Sohnes Jesus. Am vierundzwanzigsten des Dezembers, wie es schon einmal geschah.« Er ließ seinen Blick über die Menge schweifen. »*Dies* sei das Signal, sich zu erheben. Muslime, Juden und Christen gemeinsam. Die Engel des Herrn, die Cherubim und die Seraphim, werden mit euch sein, die Erde wird beben, und die Tempel der falschen Götter werden einstürzen. Haltet euch bereit.«

»Amen!«, riefen die Menschen, und spontaner Gesang wurde angestimmt.

Das sind nur noch wenige Tage, dachte Rianne verblüfft. Diese Eskalation sah niemand außerhalb der Gemeinden kommen. Sie beendete die Aufnahme und überlegte, wie sie unbemerkt an dem Propheten dranbleiben konnte.

Joel schlug mehrmals segnend das Kreuz über der Menge, lächelte dabei einnehmend und verließ das Podest, um sich langsam zurückzuziehen, während eine dunkelblonde Frau in einem weißen Kleid seinen Platz einnahm und die Bibel in die Höhe reckte, als habe sie damit einen Krieg gewonnen.

Die Leute applaudierten frenetisch.

Der Krieg wird erst beginnen. Und was für einer! Rianne wich zurück und bewegte sich lautlos durch den Nachbarraum, um zum Quergang zu gelangen und Joel abzufangen. Sie hoffte inständig, ihm folgen zu können.

Im Gang erschien der Prophet, begleitet von zwei Männern und zwei Frauen, die hinter den Kulissen der improvisierten Bühne auf ihn gewartet haben mussten. Der Ältere der Männer trug ein soutaneähnliches, schwarzes Gewand mit roten Nähten und Knöpfen, auf dem Hinterkopf lag das Scheitelkäppchen der katholischen Geistlichen, die Farbe war wegen des Lichts nicht deutlich auszumachen. Die ältere Frau im schlichten hellbraunen Kleid übernahm die Führung durch die kaum mehr beleuchtete Art Gallery.

Rianne ahnte, wo Joel während seines geheimen Aufenthalts in Sydney untergekommen war. *Mit der Zustimmung der römisch-katholischen Kirche.* Schnell schoss sie einige Aufnahmen von der Begleitung.

Dahinter schwebte der weiße Engel ebenso schützend wie bedrohlich gut einen Meter über dem Boden – und hielt plötzlich inne.

Langsam wandte sich die puttenhafte Maske zu Rianne um, danach folgte der restliche Körper der Drehung; der Arm mit dem gezogenen langen, dünnen Schwert hob sich.

Belenos, jetzt ist es so weit. Rianne wich zurück und lief los. *Geize nicht mit deinem Beistand!* Ohne genau zu wissen, wohin sie spurtete, jagte sie durch die Art Gallery. Die Vitrinen und Wände voller Gemälde flogen an ihr vorbei. Das leise Surren vom Wind hinter ihr, der sich in den Flügeln des Seraphs brach, warnte sie davor, die Geschwindigkeit zu verringern. Mehrmals vernahm Rianne Rufe. Der Prophet und sein Tross schienen sich an der Hatz zu beteiligen.

Da traf sie in vollem Lauf ein Stoß in den Rücken, der sie zur Seite und mitten durch eine freistehende, schrankgroße Vitrine in eine Stellwand beförderte. Klirrend zerbarst das dicke Glas unter ihrem Einschlag.

Rianne verhedderte sich in Stoffen und Perlenketten, krachte blind gegen ein Hindernis und überschlug sich mehrmals, bevor sie zum Liegen kam. Hastig wühlte sie sich aus den zig Lagen, die sie vor schweren Schnittverletzungen bewahrt hatten, und sah den Seraph einen Meter entfernt schräg über sich schweben.

Die blutverkrustete Schwertspitze richtete sich auf ihre Kehle, dann legte das Wesen den Zeigefinger senkrecht gegen die Maskenlippen.

»Eine ungeladene Zuhörerin«, sprach Joels sonore Stimme, bevor er in den kargen Lampenschein trat. Das Quartett flankierte ihn. Auch jetzt fehlte Zorn oder Aufgebrachtheit in dem, was er sagte. »Wer sind Sie? Was hatten Sie bei unserer Zusammenkunft zu suchen?«

In Riannes Kopf ratterten die Gedanken. Sollte sie frech-abgebrüht reagieren oder sich auf ihre Interpol-Marke berufen? Andererseits ging sie nicht davon aus, dass Joel sie überhaupt am Leben lassen würde. »Ich hörte, dass der Eine Gott zurückkehrt«, log sie. »Mein Freund arbeitet im Resort am Ayers Rock und erzählte mir von den Leichen der Anangu. Und der Schrift an der Wand.«

»Aha.« Joel betrachtete sie mit einem unerfindlichen, gewinnenden Lächeln.

»Und Cynthia meinte, dass ein Prophet den Willen des Herrn verkündet«, schwindelte Rianne weiter. »Ich dachte eigentlich, dass ich mit Belenos den richtigen Gott gewählt habe, aber …«

Der ältere, blonde Mann in der schwarzen Soutane beugte sich zur Frau im braunen Kleid und raunte ihr etwas zu.

»Du bist uns heimlich gefolgt, sagt der Seraph.« Joel bedeutete ihr, sich zu erheben. »Was wolltest du?«

»Ihnen unter vier Augen meine Dienste anbieten«, log sich Rianne voran und stand auf. Dabei tastete sie nach ihrer SIG SP2022 im Holster. Klirrend fielen Scherben und Perlen von ihr ab. »Sie haben mich beeindruckt, und ich habe so viele Fragen zu dem Einen.«

Die Frau im braunen Kleid richtete die Kameralinse ihres Smartphones auf Rianne. »Nein, die kenne ich nicht, Schwester Eva«, erklang eine weibliche Stimme aus dem Lautsprecher. »Nie gesehen.«

»Also, Cynthia kennt dich nicht, mein Kind«, befand der Soutaneträger unterkühlt. »Deine Geschichte ist eine Lüge.«

»Empfange die Strafe für deine Sünde.« Joel wandte sich mit einem vorwurfsvollen Lächeln und einem langen Seufzen ab. »Bring ihre Leiche danach zu mir«, befahl er dem Seraph und setzte den Weg durch die Art Gallery mit seiner Begleitung fort.

Belenos, sei mit mir! Bevor der Engel mit dem Schwert zuschlagen konnte, zog Rianne die Halbautomatik und feuerte das halbe Magazin auf das himmlische Wesen ab.

Die Kugeln der SP2022 gingen teils durch die Rüstung, teils prallten sie ab und schwirrten in die dunkle Galerie, wo sie klirrend Schaden anrichteten.

Doch dem Seraph vermochten die Projektile nichts anzuhaben. Kein Laut kam über die stählernen weißen Lippen, kein Blut erschien in den Löchern des Harnischs. Stattdessen schlug er mit dem überlangen Schwert zu.

Rianne hechtete zur Seite und rollte sich über die Schulter ab.

Im Hieb dehnte sich die Klinge nach vorne aus, schnellte der Ermittlerin entgegen und hinterließ auf ihrer Schulter einen schmerzhaften Schnitt, ohne dass sie eine Berührung gefühlt hatte. Die Schneide musste scharf wie eine Rasierklinge sein.

Was bei Belenos …? Im Hochkommen schoss Rianne erneut, zielte dieses Mal auf das Gesicht.

Die Kugeln trommelten gegen das puttenhafte Antlitz, Funken stoben, ohne dass sich der Gegner davon aufhalten ließ.

Der Seraph stieß nieder und packte sie am Hals, schleuderte sie von sich und flog ihr sogleich nach.

Riannes Körper zerstörte eine weitere Vitrine, ihr Kopf prallte gegen etwas Hartes. Benommen schlug sie auf dem Boden auf und hustete erstickt. Es fühlte sich an, als wäre ihr Kehlkopf gequetscht worden.

Aus dem Augenwinkel sah sie den Seraph heranrauschen, der sein langes Schwert mit beiden Händen führte. Die Klinge zielte auf ihren Hals, um ihr den Kopf von den Schultern zu schlagen.

Unvermittelt brüllten Schüsse in schneller Frequenz auf, Funken stoben gegen den Engel. Die hellen Schwingen verloren büschelweise Federn, die weiße Kleidung erhielt Dutzende Löchlein. Laut klingelte und schepperte es, als das Schrot gegen den Gegner prasselte.

Rianne kannte den charakteristischen Knall der Waffe: *Cobray Pepperbox Deringer 410.*

Der Seraph wich zur Seite aus und schwebte blitzschnell rückwärts davon, die Klingenspitze abwehrend nach vorne gereckt.

Unvermittelt brachen die Stellwände ringsherum und Teile der Decke ein, begruben das Wesen unter sich. In der nächsten Sekunde war es zwischen und unter den schweren Materialien verschwunden, Staub wirbelte empor.

»Hoch mit Ihnen, Lagrande«, vernahm Rianne Bourreaus Stimme. »Das war gute Arbeit. Schnappen wir uns den Propheten!«

Gute Arbeit? Ich? Egal. »Zu gerne, Inspecteur.« Sie stand mit wackligen Beinen auf und sah nach ihrer Schulterwunde, aus der Blut rann. »Was ist mit dem Engel?«

»Abgestürzt. Dank Ihrer Eingebung mit den Wänden. Bekämpfen wir die Ursache seines Erscheinens. Das ist einfacher, als sich mit einem Celestialen zu duellieren.« Bourreau packte sie am Arm und zog sie vorwärts.

Die Wände? Nein, das war ich nicht. Rianne küsste ihren Belenos-Anhänger. *Danke!* Sie rannte ihrem Vorgesetzten hinterher. Mit dem Propheten Joel hatte sie ein Engelchen zu rupfen.

* Α Ω *

Eben noch im Flugzeug, dann Teil der versammelten Knallchargen gewesen, jetzt mitten bei der Geflügeljagd!

Sieh an, da ist das Schwert, das zum Abdruck im Outback passt. Also war dieser Engel der Mörder der Anangu. Wo ist der beschissene Wolf abgeblieben? Streunt der umher?

Aber so leicht entlasse ich Banlieue-Girl und ihn, dem ich folge, nicht aus der Sache!

Habe gesehen, wie schnell der Gottesflattermann ist, und geahnt, wo er langfliegen wird, um Lagrande abzufangen. Mit ein paar rausgerissenen Kabeln hab ich eine einfache Falle gelegt und angezogen, als der Schwengelengel um die Ecke kam. Hahaha, da war nichts mehr mit Beistand und Ausweichen, was? Rumpel, rumpel, weg war er.

Die anderen beiden laufen dem Profipropheten hinterher. Na, ich werde sie finden. Nur rasch noch dem Engel die Flügel stutzen, damit … Scheiße, wo ist er? Irgendwo unter dem Schutt muss er doch sein? Weg! Fuck, das war so nicht geplant!

Komm, Putte, Putte! Komm zu mir, ich …

Ein Schatten von rechts, der sich auf mich werfen will.

Ich springe zur Seite, und irgendwas hechtet an mir vorbei, reißt die nächste Vitrine um. Habe ich da ein Grollen gehört? Tatsächlich, da steht ein riesiger Köter, hässlich wie die Nacht, schüttelt sich Splitter aus dem Fell und kläfft mich einmal an, um dann loszurennen.

Okay, der Engel und der Wolf sind dieselben!

Ein Gestaltwandler, der fliegen kann. Das Ganze ist also eine große Christenverarsche – aber von wem? Hat der Christengott neuerdings eine Vorliebe für Wolfsengel? Der mit dem Schwert tanzt?

Ich weiß, wohin die Töle will. Nichts wie hinterher! Die Achtziger-Frau und Bourreau sind noch nicht aus dem Schneider. Und ich will Bourreaus Gesicht sehen, wenn er den Klerikalen in der Soutane erkennt, der mit dem Propheten durch die Gegend zieht.

Hahaha, das wird der Knaller!

Α Ω

»Autorität kann zwar demütigen,
aber nicht belehren;
sie kann die Vernunft niederschlagen,
aber nicht fesseln.«

aus: Golgatha und Scheblimini (1818)
von Johann Georg Hamann (1730–1788),
deutscher Philosoph und Schriftsteller

KAPITEL VIII

Australien, Sydney, Dezember 2019

Malleus und Lagrande folgten Joel und dessen Entourage durch die Nacht, ohne bemerkt zu werden. Die Grünfläche, über die sie sich bewegten, war mit ausreichend Büschen und Bäumen versehen, um immer wieder in Deckung gehen zu können. Die Nacht war warm und im Vergleich zu den Temperaturen im Outback geradezu angenehm.

Nach Lagrandes knappen Berichten und Erkenntniszwischenständen hatte Malleus gewusst, wohin er nach seinem Ausflug zum Uluru hatte kommen müssen, um den Propheten mit eigenen Augen zu sehen. Dass er seiner Partnerin gegen einen Engel zu Hilfe kommen würde, war nicht absehbar gewesen.

Auch wenn Malleus das Wesen gesehen und darauf geschossen hatte, blieb er skeptisch, was den Inhalt der Rüstung anbelangte. Unter dem weißen Eisenpanzer konnte sich alles Mögliche verstecken, um den Gläubigen vorzugaukeln, es sei der geflügelte Bote des Einen Gottes. *Es gibt keine Seraphim und keine Cherubim.*

»Joel, der Geistliche, der Mann und die Frau gehen in die Kirche«, berichtete Lagrande leise. »Schwester Eva verabschiedet sich.«

Malleus duckte sich hinter einen blühenden, duftenden Strauch und nutzte die Vergrößerungsfunktion des PDA, um sich die Begleiter des Propheten anzuschauen.

Kann das sein? Beim Anblick des Gesichts des Soutaneträgers glaubte er zuerst an eine Verwechslung. Ein älterer, blonder Mann in der Tracht eines Kardinals mit rotem Zingulum; auf dem Hinterkopf trug er einen scharlachroten Pileolus. Eine schmale schwarze Umhängetasche lag an seiner Hüfte. Doch auch nach Weißabgleich, Restlichtverstärkung und Nachtfilter blieb das Ergebnis das gleiche.

»Das gibt es ja wohl nicht«, entfuhr es ihm.

»Sie kennen Joel von einem anderen Fall oder einer vorherigen Begegnung?«

»Nein. Aber den Geistlichen. Letztes Mal war er noch ein einfacher Pater und persönlicher Assistent des Papstes.« Malleus war sich sicher: Neben dem Propheten lief Severinus. »Sie erinnern sich an den Fall im Vatikan? Den Mord am Restaurator?«

»Klar.« Lagrande schob sich heran. Die wippenden Zweige des Buschs brachten die Blüten dazu, noch mehr betörenden Duft abzusondern. »Ganz schön aufgestiegen, der Pater.«

»Seine zwei Begleiter sind mit Sicherheit von der Schweizergarde.« Malleus musste unbedingt mit Severinus sprechen.

»Das bedeutet, dass Joel seine Reden im Auftrag des Papstes hält?« Sie pfiff leise durch die Zähne. »Da spielt aber jemand mit dem Feuer.«

»Zumindest predigt er mit Wissen und Zustimmung eines Kardinals, der dem Papst berichtet.« Malleus senkte den PDA und lud seinen Cobray Deringer nach. »Es wird Zeit für die Beichte der Herrschaften.« Er sah besorgt auf Lagrandes blutende Wunde an der Schulter. »Wird das gehen?«

»Muss, Inspecteur. Ich bin aus der Banlieue, nicht vergessen.« Sie tauschte das Magazin ihrer Halbautomatik ebenfalls gegen ein volles. »Ich hoffe, Joel kann nicht am laufenden Band Engel zu sich rufen. Sonst geht mir die Munition aus.«

Das hoffte Malleus auch. *Was immer das ist, was ihm zur Seite steht.*

Schnell überwanden sie die letzten Meter bis zum Eingang der Kirche und knackten das Schloss, um sich Zugang zur Saint Mary's Cathedral zu verschaffen.

Im Innern verbreiteten einige gedimmte Lampen und Scheinwerfer rötliches Licht, Fürbittenkerzen flackerten in umherstehenden Sandbecken. Wie in den meisten katholischen Kirchen roch es schwach nach Weihrauch und Stein, dazu nach einer Prise Holz und frischen Blumen.

Eine Unterhaltung waberte im Kirchenschiff und zwischen den Säulen, das Klacken von Schuhsohlen auf Steinboden erklang. Der Hall machte es schwer, die Entfernung abzuschätzen.

Für Malleus sahen die meisten römisch-katholischen Gotteshäuser gleich oder sehr ähnlich aus. Auch diese Kirche hier wirkte gestanden und zeitenerprobt, obgleich sie nur knappe hundertfünfzig Jahre zählte. Das war nichts im Vergleich zu den europäischen Pendants, die von wütenden Entitäten oder Andersreligiösen abgerissen worden waren.

Und sie ist die Letzte auf dem Kontinent. Malleus entdeckte die Gesuchten vor dem Altar, wo sie zusammenstanden und sich die Hände rituell an einem großen Becken wuschen. Es sah nach einer privaten Messe aus.

»Sie gehen nach rechts«, wisperte er Lagrande zu. »Tauchen Sie erst auf, wenn ich Sie rufe.«

Sie nickte und hastete geduckt vorwärts.

Malleus zündete sich an einer Fürbittenkerze eine Culebra mit grüner Banderole an, schlich durch die Bankreihen im Kirchenraum, dessen Dach sich mehr als fünfzig Meter über ihm erstreckte.

Nach einem Paffen richtete er sich auf und trat in den Mittelgang, einen fünfschüssigen Cobray Deringer in der Linken verborgen, abwechselnd mit Schrot und Festgeschossen geladen. »Guten Abend«, sprach er laut und stieß einen Rauchkringel aus. »Glückwunsch zur Beförderung, Pater. Oder soll ich Sie *Kardinal* nennen?«

Severinus, Joel und die beiden Begleiter wirbelten herum. Der Rauchkringel schwenkte auf den Propheten und legte sich lassogleich um ihn, bevor er sich auflöste.

»Zum Teufel«, entfuhr es dem Geistlichen. »Inspector Bourreau!« Er lachte vor Überraschung und Nervosität auf. »Guten Abend.«

»Müssten Sie nicht so etwas sagen wie: ›Die Wege des Herrn sind unergründlich‹?« Malleus schlenderte im Gang vorwärts. »Das war eine schöne Ansprache. Vorhin. Mister Joel.«

»Nennen Sie mich nur Joel, bitte.« Der bärtige junge Mann hatte seine Überraschung schnell überwunden; seine Stimme blieb frei von Schärfe und Angst. »Von Ihnen habe ich schon gehört. Aber Sie sind im falschen Haus, Mister Bourreau. Sie sollten die Götzen jagen und nicht mich, den Propheten des einzig wahren Gottes.«

»Wie wird man Prophet? Ernennt man sich selbst dazu?« Malleus sog am Mundstück, knisternd verbrannte der Tabak, während der Rauch aufstieg und ansatzweise ein Kreuz formte, das sich um sich selbst drehte. »Oder wie legitimierten Sie sich gegenüber Kardinal Severinus und dem Papst?«

»Ihre Stimme des Zweifels besitzt keine Macht«, erwiderte Joel.

»Er kam in den Vatikan und offenbarte dem Heiligen Vater die Mission, die ihm Gott auftrug«, sprang Severinus ein. »Mister Bourreau, wie gern hätte ich Sie unter anderen Umständen wiedergesehen. Nachdem Sie so viel für den Vatikan getan haben. Nun ahne ich, dass es Ärger geben wird.«

»Das verstehe ich sehr gut, Kardinal.« Malleus machte eine entschuldigende Geste. »Den Ärger verursache nicht ich. Ich decke ihn lediglich auf.« Der Rauch vom Ende der Zigarre wand sich in engen, schnellen Schlaufen aufwärts, als wollte er einen Henkersknoten schlingen. »Erklären Sie mir, was vor sich geht und wer für die toten Anangu in der Höhle am Uluru verantwortlich ist? Oder für den Tod von Tina Wentworth?«

»Die Kirche ist nur das Instrument, auf dem der Herr nach seinem Gutdünken spielt. Seine Gnade lässt uns neu erklingen«, betonte Severinus.

Malleus' Augen verengten sich, er unterdrückte seine Wut. »Dann haben *Sie* den Engel geschickt, Joel?«

»Sie sind wirklich ein Atheist, Mister Bourreau.« Der Prophet trocknete sich die Hände ab. »In diesen Zeiten?«

»Durch und durch.« Nie hatte Malleus überzeugter geklungen.

»Dann sind Sie ein noch größerer Frevel an Gott als alle, die an etwas anderes als den Einen glauben.« Joel drückte den Rücken durch und richtete sich auf. »Sie werden die Ankunft von Gottes Sohn auf Erden nicht aufhalten.«

»Die sieben Wunder, ich weiß. Und Jesu Geburt am vierundzwanzigsten Dezember. Ich habe gehört, was Sie erzählten«, entgegnete Malleus. »Ein Taschenspielertrick des Vatikans, den ich verhindern werde.«

»Nein, Mister Bourreau! Da liegen Sie völlig falsch!« Severinus hob abwehrend die Hände, sein Kardinalsring schimmerte im sanften Licht. »Nichts von dem, was sich zugetragen hat, liegt in der Verantwortung des Vatikans. Es ist das Werk Gottes!« Er bekreuzigte sich. »Der Allmächtige sandte die Zeichen, auf die wir gewartet haben.«

Malleus fand bemerkenswert, dass sich Joel nichts anmerken ließ. Weder Angst, Wut noch Ungehaltenheit. »Was befindet sich im Engelskostüm?«

»Es *ist* ein Seraph, keine Verkleidung!« Severinus schüttelte den Kopf. »Mister Bourreau, Sie leugnen Tatsachen!«

»Der Herr gab mir seinen Engel mit«, sagte Joel. »Und er ist nicht der einzige.«

»Das wäre der erste Engel, den man mit zusammenbrechenden Stellwänden und Deckenelementen aufhalten kann«, bemerkte Malleus trocken. »Dafür, dass ein Seraph ganze Städte in Schutt und Asche legen können soll, ist das ein sehr niedrigschwelliges Wunder. Finden Sie nicht, Prophet?«

Joel machte ein mitleidiges Gesicht. »Sie als Ungläubiger …«

»*Nicht*gläubiger«, korrigierte Malleus und paffte, stieß den Rauch aus, der wie zu einer kleiner Explosion aufpilzte.

»Sie werden ebenso getilgt wie jene, die nicht zum wahren Glauben finden«, versprach ihm Joel mit tiefster Ruhe in der Stimme.

»Das Gespräch sollten wir auf der australischen Wache fortsetzen. Als Anfangsverdacht genügt mir das Video, das meine Partnerin von Ihrer Rede aufgezeichnet hat.« Malleus steckte die geknickte Zigarre in den Mundwinkel, um die Hände frei zu haben. »Kardinal Severinus und Joel Wie-auch-immer-Sie-heißen, Sie sind wegen des dringenden Verdachts, an der Tötung von Tina Wentworth und zehn Anangu beteiligt gewesen zu sein, vorläufig festgenommen.« Er öffnete die Hand leicht, damit das Quartett seinen Cobray Deringer sah. »Interpol und die Polizeibehörde in Sydney wissen Bescheid. Sollten Sie sich der Festnahme widersetzen, hat das Konsequenzen. Auch für die römisch-katholische Gemeinde. Dafür sorge ich.«

Severinus bedeutete seinen angespannten Begleitern mit einer Geste, nichts zu unternehmen, sich aber bereitzuhalten.

Joel sah sich aufreizend bedächtig in der leeren Kathedrale um. »Seltsam. Ich sehe keine anderen Polizisten, Inspector. Sind Sie wirklich allein gekommen?«

»Den Engel haben Sie schon verloren. Mit einem Propheten werde ich fertig«, gab Malleus kühl zurück. »Kardinal, sagen Sie Ihren Schweizergardisten, dass sie besser nichts tun sollten, was sie in Konflikt mit dem Gesetz bringen würde. Gegen die beiden ermittle ich nicht.«

Niemand rührte sich. Es blieb für Sekunden vollkommen still in der Saint Mary's Cathedral.

»Ich werde jetzt gehen, Inspector.« Joel deutete auf die Tür. »Meine Aufgabe ist es, die Botschaft des Herrn zu verkünden. Christen, Juden und Muslime müssen erfahren, dass ihr Gott zurückkehrt. Dass er seinen Sohn sendet. Dass er sieben Wunder vollbringen wird. Auf jedem Kontinent eines.« Er setzte zu einem ersten Schritt an. »Sie können mich nicht aufhalten.«

Severinus breitete die Arme aus und schob sich schützend vor den Propheten. »Mister Bourreau, ich bitte Sie, lassen Sie –«

»Lagrande«, rief Malleus. Sie federte zwischen den Bänken in die Höhe, die SIG mit beiden Händen im Anschlag; die Mündung zielte auf Joel. »Ich bin nicht alleine. Legen Sie sich mit dem Gesicht nach unten auf den Boden. Beide.«

Krachend flog das Seitenportal auf, ein heftiger Wind fegte ins Innere und brachte die Kerzen zum Flackern. Der weiß gerüstete Seraph fegte in einem Meter Höhe über die Schwelle, surrte um die Säulen und nutzte sie als Deckung. Mit dem langen, dünnen Schwert schabte er ankündigend über den Stein. Funken stoben. In seiner Rüstung, den Schwingen und seinem Gewand zeigten sich die Einschlagsspuren des letzten Zusammentreffens mit Bourreau.

Blitzschnell tauchte Joel hinter die Bänke, Severinus schirmte ihn mit seinem Körper ab.

Malleus wollte den unbewaffneten Geistlichen nicht erschießen und machte sich fluchend an die Verfolgung des Propheten. »Lagrande! Halten Sie mir dieses Engelsding vom Hals!«

Die Leibwächter des Kardinals zogen ihre Halbautomatik und visierten ihn an, Malleus musste sich in die Deckung der Kirchenbänke werfen. Gleich danach krachten Schüsse, Löcher platzten dicht über ihm im Holz auf.

Kriechend bewegte sich Malleus voran und zog den Kopf ein. »Lagrande!«, rief er durch das hohle Knallen, das rollend als Echo von der hohen Decke zurückkehrte. »Ich stecke fest. Greifen Sie sich Joel.« Zweimal schoss er zurück.

Sie erwiderte etwas, was durch den hallenden, dröhnenden Lärm des Feuergefechts nicht zu ihm durchdrang.

* A Ω *

Wann sich der Wolf wieder in ein heiliges Geflügel verwandelt hat, habe ich gar nicht mitbekommen, aber er sprengt mal eben mit einem Schlag seines Schwerts das Tor zur Kirche auf.

Fuck, echt, ich muss schneller sein. Das Geballer geht in der Kirche schon los, und ich brauche noch ein paar Sekunden, um hineinzukommen. Wenigstens habe ich genug Knarren dabei: meine APB und die Smith & Wesson des Sky Marshalls. Lange werde ich nicht mehr in diesem Körper stecken. Die Lotterie beginnt jeden Tag von Neuem. Nicht wieder eine Katze, bitte nicht wieder eine Katze!

Rein in die Kathedrale, die Pistolen gezückt und umschauen.

Da vorne schießen die beiden Aufpasser von el Cardinale auf eine Kirchenbank. Wahrscheinlich hockt Malleus dahinter.

Kann ich nicht zulassen, sorry.

Anlegen, am besten mit der APB, die macht keinen Lärm und zieht die Aufmerksamkeit nicht auf mich. Sind kaum zu verfehlen, die beiden Leibwächter.

Dann mache ich ihnen mal das Licht aus. Ihre Seelen kommen gewiss in den Himmel. Sie haben ja ihren unerschütterlichen Glauben. Muss das schön sein.

Zweimal Oberkörper, einmal Kopf, die Kugeln gehen auf mich. Bitte, danke. Hahaha, schöne Direkttreffer. Komplett überrumpelt. Sie haben gar nicht gecheckt, woher sie der Tod getroffen hat. Der letzte Kopfschuss war ein Stück zu weit links, ging mehr durchs Auge statt wie geplant durch die Nase. Lag am Licht. Aber das Resultat ist gleich. Da liegen sie am Altar. Wie fette Opferlämmer.

»Wer bist du?« *Vor mir steht unvermittelt der Laberphet. Schnell, der Junge. Wenn ich den einkassiere, ist zumindest eine Gefahr gebannt.*

»Ach, das ist nicht so wichtig«, *antworte ich und richte die APB auf ihn.* »Auf die Knie. Buße und so.«

»Sie gehören zu Bourreau.«

Jetzt muss ich lachen. »Nein, tue ich nicht. Los, runter, Labertasche.« *Zur Sicherheit nehme ich noch die Smith & Wesson hoch und schlage mit dem Magazingriff zu, um ihm eine Runde Schlaf zu spendieren.*

Aber die Sau weicht aus und tritt mir voll in die Eier! Scheiße, muss zu Boden. Die Schmerzen sind … »Halt, oder ich …!« *Meine Schüsse gehen fehl, stanzen ein paar Löcher in die Wandvertäfelung, und weg ist er.*

Tief ausatmen. Atme den Schmerz weg. Oh Mann, lass mich morgen als Frau aufwachen. Dann passiert so was nicht.

Aber das kriegt er zurück. Mir ist schwindlig … so was von …

Α Ω

Eine stoffumflatterte, schwarze Silhouette rutschte unvermittelt über die durchlöcherte Kirchenbank und richtete eine Beretta in zitternder Hand auf den kauernden Malleus. *Severinus!*

»Sie müssen ihn gehen lassen, Inspector«, sprach der Kardinal hinter der Waffe flehend. »Bitte, zwingen Sie mich nicht, auf Sie zu schießen. Nicht bei Ihren Verdiensten für den Vatikan.«

Malleus hob den Blick und ergriff mit der anderen Hand den Apache Knuckle Duster, schwenkte den kurzen Lauf auf den Kardinal. Die Halbautomatik musste der Mann einem der Leibwächter abgenommen haben. »Sie sind vielleicht nicht der Urheber, aber Sie schützen Unrecht.« Malleus erhob sich behutsam, um ihn nicht herauszufordern. »Treten Sie zur Seite. Lassen Sie mich meine Arbeit machen.«

»Es ist nicht der Wille Gottes, dass ich mich Ihnen beuge.« Severinus blickte furchtsam, aber entschlossen über Kimme und Korn. »Bleiben Sie unten, Inspector.«

Malleus sah, dass der Hahn gespannt und die Beretta entsichert war. Der Finger des hochgradig nervösen Geistlichen lag am Abzug. Ein Zucken reichte, um den Schuss zu lösen, der ihm eine Kugel durch den Körper senden würde.

Versuchen wir einen Trick. Behutsam ließ er die integrierte Klinge des Knuckle Duster nach oben schnappen und vollführte einen raschen Schnitt über die Außenseite der gegnerischen Waffenhand.

Die Schneide kappte die Sehnen, die Finger öffneten sich unkontrolliert, und die Beretta fiel klappernd in den Fußraum der Bank.

Aufschreiend vor Wut und Schmerz warf sich Severinus gegen Malleus und begrub ihn unter sich. »Sie dürfen das nicht!«, brüllte er immer wieder und klammerte sich an ihn. »Es ist der Wille des …«

Endlich gelang Malleus ein Hieb mit dem Schlagring des Apache gegen die Schläfe des Kardinals, der ihn bewusstlos zusammenbrechen ließ. Schnell wälzte er ihn von sich und hob den Kopf über die

Kante, um nach den Leibwächtern des Geistlichen zu sehen. Den Apache tauschte er unterdessen gegen einen Cobray und hielt ihn schussbereit.

Die beiden lagen blutend am Boden und regten sich nicht.

Nach einem raschen Rundumblick erkannte er Lagrande, die mitten im Gang ihre Waffe nachlud. Sie hatte die Schweizergardisten ausgeschaltet. *Gute Arbeit. Mal wieder.*

Da schwebte der Seraph hinter einer Säule hervor. Majestätisch und grausam hob er das lange, dünne Schwert mit beiden Händen, das gnadenlose Puttengesicht auf die Französin gerichtet. Dass seine Rüstung und seine weiße Kleidung von zahlreichen Löchern geziert wurden, ließ ihn noch gefährlicher erscheinen. Lagrande ging sofort in Deckung und legte an.

Malleus sah auf die zwei verschiedenen Waffen in seinen Fäusten. Weder Schrot noch Kugeln hatten das Wesen aufgehalten. *Ich brauche etwas anderes.* Suchend blickte er an die Wände der Kathedrale, hielt Ausschau nach einer improvisierten Waffe.

Und wurde fündig.

Mit langen Schritten erreichte Malleus das Banner der heiligen Maria, das an einer fünf Meter langen Zeremonienlanze hing; der Cobray kehrte in die Hosentasche zurück. Mit einem Ruck löste er den langen Spieß aus der Halterung, senkte die Spitze in Richtung des fliegenden Engels und stürmte voran.

»Lagrande! Fassen Sie mit an!«, rief er.

Sie steckte ihre Halbautomatik ins Holster und packte die Lanze, erhöhte mit ihrem Gewicht den Schwung der Waffe.

Der Seraph wich vor der Lanze zurück und drosch mit dem Schwert dagegen, aber die Metallspitze hielt stand. Seine Ausweichbewegung erfolgte zu spät, denn in der nächsten Sekunde drang der doppelt geschliffene Stahl in Herzhöhe in den weißen Harnisch – und fuhr gänzlich hindurch.

»Nicht loslassen!« Malleus und Lagrande hielten den Engel mit der Lanze in drei Schritt Höhe gegen die Säule gedrückt, damit er nicht davonfliegen konnte. Laut knackte es, als das Rückgrat von der Klinge durchtrennt wurde. Die Schwingen senkten sich, das Kinn fiel auf die Brust. Unter dem geschlossenen Visier sickerte hellrotes Blut heraus und tränkte das weiße Übergewand.

Durch das plötzlich einsetzende Körpergewicht vermochten Malleus und Lagrande den toten Seraph nicht länger zu halten und ließen die Lanze los. Zeitgleich löste sich das Schwert aus den kraftlosen Fingern. Leise surrend rutschte der Engel an der Säule abwärts und hinterließ eine breite, rote Bahn daran, bevor er scheppernd auf dem Marmorboden der Kathedrale aufschlug. Das Schwert stürzte auf seinen einstigen Besitzer nieder, die Klinge fuhr durch den Hals und trennte den Schädel ab. Leise plätschernd ergoss sich rosafarbenes Blut ins Gotteshaus.

»Haben wir gerade einen Engel getötet, Inspecteur?«, fragte Lagrande keuchend.

»Das wird sich bei der Obduktion zeigen.« Malleus sah sich in der Saint Mary's Cathedral um. Joel war verschwunden. Die Zeit, die sie mit dem Seraph verbracht hatten, war ausreichend gewesen, um sich vor dem Zugriff des Gesetzes in Sicherheit zu bringen. »Kümmern wir uns um den Kardinal, bis der Prophet erneut auftaucht.«

»Sollten wir nicht Cid Bescheid sagen und den Flughafen schließen lassen?« Lagrande zog ihre SIG aus dem Holster und ging langsam auf die Leiche zu. Sie wollte sich davon überzeugen, dass keine Gefahr mehr vom Gegner ausging. Anscheinend traute sie einem Engel sogar eine kopflose Wiederauferstehung zu.

»Das können wir tun. Aber ich denke, dass das Netzwerk der Christengemeinde Joel vorerst untertauchen lässt.« Malleus ging auf die Bankreihe zu, wo er Severinus bewusstlos geschlagen hatte. »Ohne Weiteres werden wir ihn nicht finden.«

Zu seiner Erleichterung lag der Kardinal nach wie vor im Fußraum. Das gute Gefühl zerstob, als er den Puls des Mannes suchte – und nicht fand.

Damit verloren sie ihren wichtigsten Zeugen und Antwortgeber.

Zum Teufel mit dir, Severinus. Malleus sah sich bereits im Flugzeug nach Rom sitzen. Zu einer Audienz beim Papst. *Nur dass ich sie geben werde.*

***

Luftraum über Kasachstan, Dezember 2019

Rianne musste zugeben, dass sie noch nie in ihrem Leben derart komfortabel in einem Linienflug gereist war. Interpol hatte ihr und Bourreau Tickets für die erste Klasse von Sydney nach Lutetia spendieren müssen, weil alle anderen Plätze vergeben gewesen waren.

Kühl und prickelnd rann der Champagner durch ihre Kehle, während sie im geräumigen Sitz saß und dabei die detailreichen, blutigen Bilder der Obduktion betrachtete, die ihnen Cid gleich nach dem Abflug zugemailt hatte. Die australische Gerichtsmedizinerin hatte schnelle, gute Arbeit geliefert. Um die Flugstunden bequem zu verbringen, hatte Rianne sich für hellblaue Leggins entschieden, darüber ein weißes Feinrippshirt gezogen und den roten Pullover griffbereit gelegt. Die Boots lagen abgestreift vor ihrem Sitz, die Basecap hielt die hellblonden Haare gebändigt.

Bourreau befand sich einen Sessel weiter und hatte die gleiche Lektüre auf seinem Tablet; eine Lektüre, bei der zartbesaitete Menschen schwer mit ihrem Essen kämpfen würden. Da sie, bis auf ein arabisch sprechendes Pärchen, die Einzigen in der ersten Klasse waren, erlaubten Rianne und der Inspektor sich eine leise Unterhaltung zum derzeitigen Fall.

Sie musste gestehen, dass sie nicht so recht wusste, was sie mit den Fotos und den Anmerkungen der Gerichtsmedizinerin anfangen sollte.

»Ist das nun ein Engel oder nicht, Inspecteur?«, fragte sie ratlos.

Bourreau, der auf das Display vor sich starrte, fuhr sich über das kunstvoll rasierte Bärtchen und lachte leise. Er trug ein dunkles Kurtaoberteil und schwarze Stoffhosen, die längeren schwarzen Haare hatte er nach hinten gekämmt. »Da wir die Ersten sind, die ein celestiales Wesen zerlegen lassen – wer kann das sagen?« Er sah zu ihr. »Für meinen Geschmack gibt es sehr viel Irdisches in dieser Kreatur.«

»Zu viel.« Rianne stimmte ihm angesichts der Aufnahmen aus dem Obduktionssaal zu. *Sämtliche Organe vorhanden. Wie bei einem Menschen.*

Es gab keine Überlieferungen vom inneren anatomischen Aufbau eines Seraphs. Sie konnten theoretisch aussehen, wie immer sie wollten – oder wie der Eine Gott sie erschaffen hatte. Aber Riannes Skepsis war in der Sekunde geweckt worden, als sie den Widersacher mit der langen Lanze an die Säule gespießt und ihm das Rückgrat durchtrennt hatten. Von einem Boten Gottes hatte sie mehr divine Kräfte erwartet.

»Der Körper ist teilweise verkümmert und im Stadium beginnender Verwesung, wenn ich es richtig sehe.« Bourreau lehnte sich zu ihr und zoomte einen Bildausschnitt heran. Er roch nach kaltem Tabak und Parfum – eine ansprechende Mischung. »Der Unterkörper weist an der Hüfte mehrere seltsame Hornanker an der Haut auf. Als würden sich die Beine absondern lassen.«

»Was selbst für einen Engel ungewöhnlich ist. Ebenso die Beschaffenheit der Zunge.« Rianne lobte die Gerichtsmedizinerin für ihre Gründlichkeit. Auf Bourreaus Bitte hin hatte sie wirklich jedes noch so kleine Stückchen an dem Wesen aufgeschnitten, seziert und sondiert. Dabei war aufgefallen, dass die Zunge im Innern hohl war und enorme Elastizität besaß. *Als könnte der Engel sie ausfahren.*

Bourreau zeigte auf das Bild vom Gesicht des Seraphs: ein gewöhnliches, wenn auch sehr ebenmäßiges Frauengesicht. »Sehen Sie das?«

Rianne gab sich Mühe, etwas zu erkennen. »Kein himmlischer Schein?«

»Die Augen«, erwiderte er.

Erst nach einigen Sekunden erkannte sie, was er meinte. »Die Kamera und die Gerichtsmedizinerin spiegeln sich falsch herum in der Pupille!«

Bourreau nahm seinen PDA zur Hand, dessen Display ein Riss zierte. »Man könnte das darauf zurückführen, dass wir eine Seraph vor uns haben, die sich außerhalb ihres himmlischen Habitats befindet.«

»Oder es sind Indizien dafür, um was es sich wirklich handelt.« Rianne hatte geglaubt, dass Engel geschlechtslose Wesen seien. Aber die Obduktion hatte ergeben, dass sie es mit einer Frau zu tun hatten, inklusive äußerer und innerer Geschlechtsteile.

»Ganz recht.« Bourreau steckte sich eine erkaltete, halb gerauchte Culebra in den Mundwinkel. Auf Rauchverbote gab er normalerweise nichts, aber da seine Vorräte geschrumpft waren, unterließ er es, sich die Zigarre anzustecken. »Ich habe nachgeschaut, auf welche Wesen diese Merkmale zutreffen. Aber das ist nicht eben einfach.«

»Die Frage ist auch, warum es Prophet Joel bei seiner Illusion unterstützt, von dem Einen Gott gesandt worden zu sein.« Rianne trank wieder vom Champagner. Es fühlte sich an, als machten sie Fortschritte. *Oder es ist die Wirkung des Schampus.* Weniger Glück hatten sie mit dem langen, dünnen Schwert. Die Materialuntersuchung lief noch. *Ein Divinitätsdetektor käme uns sehr gelegen.* »Glauben Sie Kardinal Severinus, als er gesagt hat, der Vatikan habe nichts damit zu tun?«

»Seltsamerweise ja. Er wirkte … bei jedem Satz aufrichtig. Ehrlich erfreut, dass sein Gott ihm einen Propheten gesandt hat.« Bourreau seufzte lange. »Ich hoffe, dass es sich nicht herumspricht, was in Australien geschehen ist.«

Rianne fragte sich, ob sie dem Inspektor nun von den fünf seltsamen Besucherinnen und Besuchern im Apartment von Tina Wentworth berichten sollte. Ohne Zweifel handelte es sich dabei um eine divine Aktivität, aber sie hatte nicht unmittelbar mit dem Todesfall zu tun. Vielmehr schien es, als habe jemand seine Kundschafter gesandt, um mehr über die Vorgänge in Sydney in Erfahrung zu bringen. *Später,* entschied sie. Zuerst musste sie etwas Wichtigeres ansprechen.

»Inspecteur, sehen Sie das?« Sie hob ihr Tablet mit einem Foto des toten Seraphs und deutete auf einen dunklen Fleck auf der Haut in Höhe des Solarplexus, neben dem die Lanze durch Rüstung, Fleisch und Knochen bis zum Rückgrat gedrungen war.

Bourreau zoomte den Ausschnitt größer. »Oh. Das ist kein Hämatom?«

»Nein. Es sieht aus wie ein Zeichen, ein stilisiertes Symbol. Wie mehrfach übereinandergelegte und aufgefächerte Reiskörner«, befand Rianne. »Ich habe es auch bei Joel gesehen. Als er die Hand in dieser Jesusgeste zum Segen gehoben hatte.« Sie tippte sich gegen die Innenseite des Handgelenks. »Zuerst dachte ich, es wäre ein angedeutetes Stigma, wie es bei christlichen Wundern angeblich häufiger auftrat. Aber als ich es bei dem Engel entdeckt habe, wusste ich, dass es ein Hinweis ist.«

»Worauf?«, fragte er herausfordernd.

»Auf die gleiche Herkunft von Engel und Prophet«, schloss Rianne stolz. »Es ist *keine* Tätowierung.

»Und was bedeutet das?«

»Dass diese Zeichen vom gleichen Wesen stammen. Es hinterließ sein Siegel auf ihnen. Ob auf künstliche oder auf divine Weise, kann ich nicht sagen.«

»Ausgezeichnet, Lagrande! *Das* bringt uns weiter.« Er machte einen Screenshot von dem halben Symbol und sandte es an Interpol. »Jagen wir es durch die Rechner und koppeln es an die globalen Überwachungssysteme, auf die wir Zugriff haben. Mal sehen, wo wir den ersten Treffer bekommen.« Er lehnte sich erkennbar zufrieden zurück, ergriff sein Champagnerglas. Die erkaltete Culebra wippte im Mundwinkel auf und ab. »Ich sage: Rom.«

Rianne hob die Augenbrauen. »Das wäre zu einfach, oder?« Sie stieß mit ihm an, die Gläser klirrten leise, und die Kohlensäure moussierte ein bisschen mehr vor Schreck. »Ich sage: das heilige

Kernland. Um die Ankunft von Jesus am vierundzwanzigsten Dezember vorzubereiten.«

»Nein, dort wird Joel am Schluss auftauchen. Zum Finale, sofern wir es nicht verhindern.« Bourreau verzog das Gesicht, nachdem er vom Champagner gekostet hatte. »Wie herb und … korkend. Es gibt wirklich Menschen, die viel Geld für das Zeug bezahlen?«

»Die gibt es, Inspecteur. Bestellen Sie sich einen Löffel Puderzucker.« Rianne rief eine Weltkarte auf ihrem Tablet auf. »Australien macht mit den Morden an den Anangu wahrscheinlich den Anfang. Obwohl, nein, das war kein offizielles Wunder. Nur ein Testlauf.« Sie ließ den digitalen Erdball rotieren und überlegte. »Ich sage Nordamerika. Dort haben die Christen viel durchgemacht.«

»Ich bleibe bei Europa. Und Rom.« Bedauernd sah er auf seine kalte Culebra. »Zu gerne würde ich um eine Kiste hiervon wetten.«

»Danke, nein. Die rühre ich nie wieder an.« Rianne fühlte sogleich wieder das Kratzen im Hals.

»Ich weiß. Ich bin mir nur sehr sicher, dass ich gewinne.« Ungeduldig trommelte er mit den Fingern auf die Sessellehne. »Haben Sie irgendwas über Milord oder Karak gehört?«

Rianne verneinte. »Mit dem Einsatz in der Uckermark endete meine Spur.« Sie wusste, dass Bourreau das Schicksal der verschollenen Agentin aus mehrerlei Gründen interessierte. »Interpol hat nichts Neues. Keine Angst, meine Abfrage hat niemand bemerkt.«

Er warf ihr einen dankbaren Blick zu. »Lautrec sollte sich in der Tat mehr um den Propheten kümmern als um Oona Milord. Eine Anfrage an den Vatikan für eine Audienz ist gestellt.«

»Audienz. Der Heilige Vater bei Ihnen, was?« Rianne goss sich Champagner nach. Wenn der Inspektor nicht wollte, nahm sie sich gern von dem kostenlosen Getränk. Auch das Sushi, das man ihnen zwischendurch angeboten hatte, war köstlich gewesen. Trotzdem spürte sie Hunger. »Mir wäre nach einem Clubsandwich. Mit Pommes.«

Da blinkte eine Kurznachricht von Lautrec auf dem Display auf.

»Es gibt wohl Ärger, Monsieur. Ein Hinweis aus Lutetia. Mit drei Ausrufezeichen.« Schnell wechselte sie von der Weltkarte zum News Channel.

Ein großes russisch-orthodoxes Kreuz stand auf einem kargen Felsen, um den sich mehrere Terrassen wanden; darauf wiederum befanden sich mehrere Sarkophage aus dickem Stahlblech. Gedenksteine und persönliche Gegenstände der Verstorbenen waren darauf abgelegt worden. *Antarktika, Buromski-Insel,* prangte am unteren Bildrand.

Rianne schätzte die Anzahl der oberirdisch angelegten Gräber auf etwa sechzig bis siebzig. »Bei Belenos! Wir lagen wohl beide daneben.«

»... erreichten uns die pittoresken Bilder aus der Antarktis. Sie stehen stellvertretend für die Vorgänge, die sich überall in allen Überbleibseln der christlichen Gotteshäuser auf diesem Flecken Erde ereigneten«, sagte eine vergnügte Stimme aus dem Off. »Ein ganz entzückendes Lichtspektakel.«

Über dem orthodoxen Dreifachkreuz wurden Südlichter sichtbar, die in grün- und lilafarbenen Wellen über den Himmel zuckten und ein wunderschönes Naturschauspiel lieferten. Dann senkten sich die Erscheinungen abwärts und umspielten das Kreuz, das daraufhin hell erstrahlte und seine Energie auf die oberirdischen Gräber ringsherum leitete. Gleich darauf löste sich ein helles Schimmern aus den Stahlsarkophagen, das sich aufwärtsschlängelte und gen Himmel strebte. Währenddessen verstärkte sich das Leuchten des Kreuzes. Sein Schatten brannte sich mit hörbarem Knistern in den Stein. Ansatzlos erloschen die Südlichter, und nur noch das christliche Symbol strahlte in der Nacht.

Ein grinsender Nachrichtensprecher erschien. Rechts von ihm erschienen in raschem Wechsel Aufnahmen der Kirchenruinen in der Antarktis.

»Ähnliche Phänomene zeigten sich zeitgleich in den Überbleibseln der Chapel of the Snows der McMurdo-Station, auf dem Kreuz der Dreifaltigkeitskirche auf King George Island oder der ehemaligen bulgarischen Iwan-Rilski-Kapelle. Die etwa eintausend Bewohnerinnen und Bewohner der achtzig internationalen Forschungsstationen berichteten übereinstimmend von solchen Phänomenen«, sagte der Sprecher. »Die Aufzeichnungsgeräte machten keinerlei natürliche Ereignisse für das Gesehene aus. Hübsch, oder? Wenn Sie mich fragen: Da haben die Antarktisgottheiten erneut ihre Vorherrschaft über das Christentum bewiesen. Und nun zum Sport …«

Rianne schaltete das Tablet stumm und sah Bourreau an. »Das war Wunder Nummer eins.«

Er nickte düster. »Christen, Muslime und Juden werden es zu deuten wissen.« Er rief die Weltkugel nochmals auf. »Meine Prognose lautet: Das zweite Wunder wird in Afrika stattfinden. Um die Muslime zu stärken. Denn bislang galten die Hoffnungszeichen einzig Juden und Christen.«

Die Kunde von dem Zeichen des Einen Gottes wird weltweit die Runde machen, dachte Rianne. Was der Nachrichtensprecher mit einem süffisanten Lächeln präsentiert hatte, wäre bald der Nährboden für weitere Wunder, die allerlei Leute beobachtet haben wollten. Dass der News Channel seiner Zuschauerschaft eine Deutung vorgab, die keinesfalls für den Einen Gott sprach, war ein erster Versuch, eine tendenziöse Berichterstattung zu forcieren. »Nicht alle werden es so entspannt sehen wie der Nachrichtensprecher.« Sie fühlte, dass der Champagner dringend zur Toilette gebracht werden musste. »Ich bin gleich wieder da.«

* Α Ω *

»Noch einen Rosenwasserchampagner?« *Ich flöte schon wieder, dieses Mal nur für dieses nette Araberpärchen. Aber ich bin eine Frau, wie gewünscht. Eine Stewardess auf dem Flug nach Lutetia.*

Nein, ich beschwere mich nicht.

Wirklich nicht.

Aber diese ungewohnte Pinkelei, echt, die nervt mich ungemein. Wobei, besser als die Katze.

Da vorne sitzen Banlieue-Girl und er, dem ich folge. Dichter dran geht es kaum. Hahaha, wenn er wüsste, wer ihm die Schnittchen bringt.

* Α Ω *

Kaum war Lagrande in der Toilette verschwunden, erreichte Malleus die Anfrage für ein Internetgespräch auf dem PDA. Er ärgerte sich, dass das Gerät nach wie vor unter der Beschädigung zu leiden hatte, der Riss auf dem Display war eine einzige Anklage. Für eine Reparatur war bislang keine Zeit geblieben.

Als Rufzeichen leuchtete das Symbol des Vatikans auf: die Tiara über den beiden gekreuzten Schlüsseln Petri. Die Dringlichkeit war auf *maximal* eingestuft.

Das ging schnell. Malleus nahm die Unterhaltung an. *Und wird spannend.*

Auf dem kleinen Bildschirm erschien ein gesetzter Mann mit Knebelbart um die sechzig, gekleidet in schwarzer Soutane mit Naht und Knöpfen in Rot. »Guten Tag, Inspector Bourreau. Mein Name ist Kardinal Varese, ich leite das Büro des Heiligen Vaters in Rom und bin sein persönlicher Sekretär. Sie hatten über Interpol eine Unterredung mit Seiner Heiligkeit erbeten?«

Malleus nahm die Culebra aus dem Mund. Das markante Äußere des Kardinals erinnerte ihn an einen Richelieu-Schauspieler in einer Musketier-Verfilmung. »Das ist falsch.«

»So?«

»Ich habe Seine Heiligkeit auf meinen Besuch und ein Verhör vorbereitet.« Schnell prüfte er, ob die Obduktionsergebnisse von Severinus und seinen zwei Begleitern an den Vatikan gegangen waren.

»Es geht um den Tod von Kardinal Severinus, einhergehend mit dem Ableben von Merina Arcando und Gustav Bergener. Soweit ich das sehen kann, gehörte sie der Vatikanpolizei und er der Schweizergarde an.«

»Kardinal Severinus erlitt einen Herzinfarkt«, kommentierte Varese. »Wir haben für ihn und seine Begleiter eine Messe gelesen. Ansonsten sind Ihre Informationen nicht ganz korrekt. Es handelt sich bei Arcando und Bergener um Mitglieder des Outremer Ordens. Der Heilige Vater hat ihn jüngst gegründet. Zum Schutz der Christenheit.«

Was für ein harter Hund, dachte Malleus. *Kein Bedauern, keine Gefühlsregung. Nichts.* »Sie wissen, weswegen Severinus sich in Sydney aufhielt?« Innerlich machte er sich eine Notiz, den Begriff Outremer zu klären.

»Leider nein. Nicht im Detail«, gab Varese bedauernd zurück. »Er war ein Sonderbeauftragter des Heiligen Vaters.«

»Welchen Sonderauftrag hatte er denn?«

»Gotteserscheinungen auf den Grund zu gehen. Sie haben Joel bereits kennengelernt, der sich als Prophet bezeichnet. Das verlangte nach einer Untersuchung.«

»Kam Severinus zu einem Ergebnis? Ich habe ihn mit dem Propheten sprechen sehen.«

»Einen Abschlussbericht erhielten wir bedauerlicherweise nicht mehr.«

»Joel ist mir leider entwischt. Aber seinen Engel haben wir aufhalten können.« Malleus sah dem Gesicht des Gegenübers an, dass er bestens darüber Bescheid wusste, was sich in Sydney zugetragen hatte. Das Netzwerk der Christen funktionierte über den ganzen Globus hinweg. *Ich habe den Vatikan unterschätzt.* »Wenn Sie möchten, schicke ich Ihnen einen weiteren Obduktionsbericht. Das wird die katholische Kirche in ihrer Glaubenslehre voranbringen«, sagte er spitz. »Er zeigt die inneren Werte eines Seraphs.«

Varese ließ sich nicht aus der Reserve locken. »Wie erwähnt, ich kann Ihnen nicht sagen, was Kardinal Severinus davon hielt.«

»Auf mich machte er einen sehr enthusiastischen Eindruck. Geradezu beseelt.« Malleus spielte mit der Culebra zwischen seinen Fingern. *Legen wir nach.* »Was ist Ihre Meinung zu den neusten Nachrichten aus der Antarktis?«

»Südlichter, Inspector.« Das zur Schau getragene Lächeln des Kardinals war ein einziger Hohn. »Schade, dass wir Severinus nicht aussenden können, um sie zu untersuchen.«

»Was sagte er zu den getöteten Anangu, die offenbar auf das Konto des Propheten und seines Engels gehen?«

»Das ist schlimm.« Varese schüttelte das ergraute Haupt und bekreuzigte sich. »Jeder gewaltsame Tod eines Lebewesens ist bedauerlich, wenn es unschuldig ist. Wir haben für diese verlorenen Seelen gebetet. Schon vorher.«

»Vorher?«

»Weil sie sich in ihrem heidnischen Glauben verloren haben und vom rechten Weg abgekommen sind.«

»Das ist Ihre Meinung. Sie, Kardinal, haben nichts weiter als einen Glauben, während die Übrigen ihre Gottheiten sehen und sogar anfassen können.« Malleus war froh, den Umweg nach Rom nicht gemacht zu haben. Es hätte nichts gebracht, außer Zeitverlust und Ärger über Ignoranz und Arroganz des Papstes. »Beenden wir die Unterhaltung. Sie führt zu nichts.«

»Ja, leider, Inspector Bourreau. Ich kann Ihnen nicht helfen.«

»Noch eine persönliche Anmerkung, wenn Sie gestatten.«

»Jederzeit. Von einem Atheisten höre ich mir gerne Ratschläge an«, erwiderte Varese schneidend und lächelnd zugleich.

Wahrlich der perfekte Richelieu. »Sollten Sie und der Papst Einfluss auf die verstreute Christenheit haben: Gehen Sie dem Propheten nicht auf den Leim.«

»Können Sie denn ausschließen, dass er von Gott gesandt wurde?«, lautete die Erwiderung.

Ohne einen Gruß schaltete Malleus ab.

Unvermittelt drehte sich ein junger blonder Mann im Sessel

schräg vor ihm um und nickte ihm ernst zu. Er trug Freizeitkleidung, ein weißes Polohemd mit hochgekrempelten Ärmeln und auffällig goldene Schuhe mit Strassflügeln an den Außenseiten. »Bourreau, wir sollten uns dringend unterhalten.«

Was Malleus überraschte, war, dass der Fremde seinen Namen kannte – und dass er ihn gerade zum ersten Mal in der Kabine sah.

Zum allerersten Mal.

Nach mehreren Stunden über den Wolken.

***

»Res dei ratio.
Vernunft ist göttlichen Ursprungs
und göttlichen Wesens.«

Tertullian (nach 150 – nach 220),
christlicher Schriftsteller und Philosoph

KAPITEL IX

Luftraum über Kasachstan, Dezember 2019

Malleus blieb ruhig und machte eine auffordernde Handbewegung. »Sie haben meine Aufmerksamkeit. Würden Sie mir noch Ihren Namen verraten, bitte? Damit ich weiß, wen ich vor mir habe.«

»Sie kennt mich.« Der junge Blondschopf im Freizeitlook deutete auf Lagrande, die gerade von der Toilette zurückkehrte und die Leggins in Form zog. »Rianne, wärst du so freundlich und stellst uns vor?«

Die Französin verlangsamte ihre Schritte, als sie ihn sah, und bekam ein rotes Gesicht, auf dem sich ein schlechtes Gewissen abzeichnete. »Das ist Monsieur Merx«, sagte sie. »Aber wir waren nicht per Du, wenn ich mich richtig erinnere.«

»Einfach nur Merx.« Er deutete auf seine goldenen Schuhe mit den funkelnden Flügeln an den Außenseiten und zwinkerte ihnen zu. »Du weißt schon, Bourreau.«

Malleus sah Lagrande gespannt an. »Woher kennen Sie beide sich?«

»Wir trafen uns in der Wohnung der armen Miss Wentworth«, antwortete Merx leichthin.

»Sie haben so getan, als wären Sie ein Freund von ihr! Genau wie Mister Jiang, Miss Tanam und Mister Ethnen«, erklärte Lagrande beleidigt. »Keiner von Ihnen ist an dieser Adresse gemeldet.«

»Natürlich nicht«, erwiderte Merx und lachte laut. »Wäre es dir lieber gewesen, wir wären in vollem Ornat erschienen und hätten für Aufsehen gesorgt?« Er nahm einen Schluck Champagner aus der Flasche und verzog anerkennend das Gesicht. Per Wink bestellte er eine weitere davon.

Die Stewardess störte sich nicht daran, plötzlich einen Passagier mehr an Bord zu haben, und nickte mit einem Servicelächeln auf den Lippen.

Lagrande muss noch viel lernen. Schneller lernen. Malleus wusste längst, wen er vor sich hatte und wer sich in seiner Abwesenheit am Tatort herumgetrieben hatte. Das lateinische Wort *merx* bedeutete *Ware* und war der Kern für den Namen des römischen Gottes Mercurius, den die Griechen Hermes nannten. *Den Götterboten.*

Sprach man Tanam indes rückwärts aus, landete man bei einer orientalisch-arabischen Mondgöttin. Und Jiang war vermutlich kein anderer als der dreiäugige Jagdgott Yang Jian gewesen. Ethnen wiederum war die Kurzversion von Lug mac Ethnenn, der wohl prominenteste irische Gott. Die Anhängerschaft der vier Entitäten war reichlich in der australischen Metropole vertreten. Über die Tempel hatten die Götter jederzeit Zugang zum roten Kontinent.

Wird es gleich gefährlicher oder leichter? Malleus wählte eine Culebra mit sepiafarbener Banderole, steckte sie in den Mund und zündete sie an. Er warf einen Blick zu dem arabischen Pärchen, das offenbar nichts mitbekam, da sie Kopfhörer trugen und gemeinsam einen Film ansahen. Den aufjaulenden Feueralarm stellte die beflissene Flugbegleiterin rasch aus, während der Rauch über seine Lippen aufwärtskräuselte. Dabei färbte er sich von grau zu schmutzig gelb, als käme er nicht aus der Lunge, sondern direkt aus einem alten Film.

Merx sah Lagrande an. »Nicht böse sein. Es war uns ein Vergnügen.«

»Da freue ich mich aber«, murmelte sie und warf sich in den Sessel. »Inspecteur, ich –«

»Darüber sprechen wir im Anschluss«, unterbrach Malleus sie. »Da Sie der Götterbote sind, nehme ich an, Sie haben eine Nachricht?«

»Sehr gut aufgepasst, Sterblicher.« Merx bedankte sich für den gebrachten Champagner und nahm der Stewardess die volle Flasche ab, entkorkte sie selbst und schenkte drei Gläser ein, während er sprach. Die Flugbegleiterin bereitete Schälchen mit Knabbereien vor, als habe sie nichts anderes zu tun. »Dank dir und deinen Ermittlungen sind wir dem Propheten dieses sogenannten Einen Gottes auf die Spur gekommen. Besser gesagt: Wir bemerkten ihn dadurch erst.« Merx nahm sich ein Glas und prostete in die kleine Runde. »Das Pantheon der Erde ist nicht amüsiert. Das trifft es am besten.«

Malleus rührte sein Glas nicht an, Lagrande stürzte ihren Champagner hingegen hinab.

»Sie haben das Wunder in der Antarktis mitbekommen«, sagte er.

Der lausbubige Merx deutete ein Nicken an. »Wir werden alles dafür tun, es den Inuit-Entitäten zuschreiben zu lassen. Noch wird es geglaubt. Doch im Internet verliert man rasch die Kontrolle über die Deutungshoheit.«

»Selbst als Gottheit?« Malleus zog an der Zigarre und genoss den Geschmack von Rum und Zucker, den der Rauch in seinem Mund hinterließ.

»Das Internet ist manchmal schneller als ich.« Merx deutete auf seine Schwingenschuhe. »Das will was heißen.«

»Die Entitäten, welche die Erde unter sich aufgeteilt haben, sind demnach besorgt.«

»Sehr.« Merx schenkte Lagrande nach. »Wir warten natürlich nicht ab, bis die Frist abgelaufen ist. Wir hörten etwas von der Wiederkehr des Gottessohnes an Heiligabend. Und dass der Vatikan das Ganze forciert, um Christen, Juden und Moslems mit neuer Macht auszustatten.«

»Dasselbe hab ich auch gehört«, sagte Malleus. »Was ist Ihre Botschaft an mich?«

»Du, Bourreau, wirst den Propheten für uns finden und eliminieren, bevor er das Gefüge zerstört und einen neuerlichen Übergangskrieg auslöst.«

»Weil sich die letzten Verblendeten erheben und die Waffen ergreifen?« Malleus paffte und stieß den Rauch gegen die Decke. »Gegen die *wahren* Götter, nicht wahr?«

Merx sah ihn abwartend an. »Los. Stell schon deine Frage.«

»Warum tun das die Gottheiten nicht selbst?«, erkundigte sich stattdessen Lagrande und trank vom übervollen Glas ab. Ihre Wangen blieben gerötet, der Alkohol entfaltete seine Wirkung.

»Wir haben unsere Zuständigkeiten und halten uns an die gezogenen Grenzen. *Das* muss unser freundlicher Atheist *nicht*. Er kann überall auf dem Erdenrund agieren.« Merx lächelte gewinnend wie ein mieser Gebrauchtwagenhändler, der einem Kunden offenkundig Schrott andrehen wollte.

Malleus übersetzte die Erklärung für Lagrande. »Sie sehen den Propheten nicht. Sie können Joel nicht ausfindig machen, selbst wenn sie es wollten.«

»Du bist einfach zu gerissen.« Merx schlug sich mit einer Hand auf den Oberschenkel. »Es ist wahr, wir sehen den Propheten nicht. Er bewegt sich unerkannt.«

»Dann scheint sein Gott über nicht unbeträchtliche Kraft zu verfügen.« Malleus hob sofort abwehrend die Hand mit der glimmenden Culebra. »Ich sage nicht, dass es der Eine ist.«

Lagrande leerte das nächste Glas und kicherte zufrieden. »Die Entitäten haben ein Problem«, summte sie mit einer Kinderliedmelodie.

»Nein, wir alle haben ein Problem.« Merx schlug ein Bein über das andere, sodass die funkelnden Schuhe besser zur Geltung kamen. »Wir lassen uns diese Welt nicht mehr wegnehmen, Bourreau. Wir schlugen lange, blutige Schlachten, besiegten die Völker des Buchs und eroberten unsere Plätze vom Usurpator zurück. Eher geht diese Erde unter, als dass wir sie aufgeben.«

Eine Apokalypse, von Götterhand geschaffen. Malleus paffte etwas schneller. »Was bedeutet das? Ein Ultimatum an mich?«

»So haben wir uns das gedacht«, sagte Merx. »Vermagst du es nicht, uns diesen Propheten Joel binnen einer Woche zu liefern, werden wir den Vatikanstaat mit sämtlichen Bauwerken und Menschen darin dem Erdboden gleichmachen. Das Gleiche geschieht, wenn du versuchen solltest, den Papst zu warnen. Unsere Geduld mit diesem untergegangenen Glauben ist zu Ende!«

Lagrande schüttete etwas bleicher geworden den nächsten Champagner in sich hinein. Die hilfreiche Stewardess nahte mit der dritten Flasche und stellte die Snacks auf den Tischchen ab.

»Sehr klug erscheint mir das nicht«, sagte Malleus. »Damit verbindet man die Christen weltweit und macht sie zu einer stärkeren Gemeinschaft.«

»Indem wir Gottes Stellvertreter auf Erden töten, werden sie stärker? Nein. Indem wir beweisen, dass ihr Gott nichts dagegen zu tun vermag, brechen wir ihren Kampfgeist.« Merx sah aus dem Fenster, als habe er etwas Schönes über den morgendlichen Wolken entdeckt. »Das Ende des Vatikans wird der Auftakt zu einer Jagd. Auf Christen, Juden und Muslime. Noch bevor der vierundzwanzigste Dezember beginnt. Mag Jesus an diesem Datum zurückkehren – es wird niemand mehr da sein, der seine Worte vernimmt und ihnen folgt. Wir rotten den Glauben an den Einen Gott aus.«

»Das machen die restlichen Menschen niemals mit«, entfuhr es Lagrande mit ebenso schwerer wie lockerer Zunge. »Einige Milliarden waren bis vor Jahren noch Christen, Muslime oder Juden. In ihren Herzen lebt die Empathie! Die Sympathie! Sie werden eure Tempel in Brand stecken.«

»Werden sie nicht. Was, wenn sie behalten dürfen, was man den Völkern des Buchs genommen hat?«, hielt Merx schlau dagegen. »Wir verschenken die Besitztümer der Vernichteten, so wie es die Christen bei den Juden handhabten, und die Muslime bei den Christen.« Er lachte in sich hinein. »Wir sind nur gerecht: Es trifft dieses Mal alle Anhänger des Einen. Ironie der Geschichte, nicht wahr?«

Malleus wurde übel bei der Vorstellung, dass Millionen von Menschen abgeschlachtet werden würden, weil die alten Entitäten ihre Macht nicht teilen wollten. Weil sie nachtragend und rachsüchtig waren.

»Ich tue es«, sagte er mit kaum unterdrücktem Abscheu. »Aber nicht, weil Sie mich erpressen, sondern weil ich den Propheten wegen Mordes suche.«

»Warum du ihn findest, ist uns gleich, Bourreau. Genieße deine vermeintliche moralische Überlegenheit«, entgegnete Merx gelassen. »Finde und töte Joel. Oder bring ihn dazu, sich zu stellen. Ach ja: Sollte sich sein Gott zeigen, töte ihn gleich mit. Das hast du in den Übergangskriegen schon vermocht. Tu es einfach wieder.«

»Was bekommt er als Lohn?« Lagrande rutschte mit dem Ellbogen von der Lehne, ein Schälchen mit Erdnüssen ging zu Boden. Sogleich eilte die Stewardess heran und klaubte sie auf. Jede einzelne.

Merx amüsierte sich köstlich über die angetrunkene Französin. »Sagte er nicht eben, er tue ohnehin nur seine Arbeit? Für die wird er doch bezahlt.« Erneut zwinkerte er in die Runde. »Aber wir denken uns was aus. Es soll sich lohnen.« Von einer Sekunde auf die nächste war er verschwunden, der Sitz war leer; das entlastete Polster hob sich langsam, und seine Oberseite glättete sich.

Das war ein imposanter Auftritt. Langsam richtete Malleus seine kontaktlinsenblauen Augen auf Lagrande. »Jetzt zu uns beiden.«

Sie schrumpfte regelrecht in ihrem Sitz zusammen und füllte das Champagnerglas aus der frischen Flasche rasch auf. »Ich wollte es Ihnen sagen, Inspecteur. Das mit Sydney und den vier Leuten. Es war nur bisher keine Zeit.«

Malleus atmete tief aus. Zeit hatten sie tatsächlich nicht. Es brachte nichts, ihr deshalb einen Anschiss zu verpassen. »Sie haben recht. Beeilen wir uns mit unseren Nachforschungen. Sie wissen selbst, was Sie falsch gemacht haben. Das wird nicht wieder vorkommen.«

»Oh, danke, Chef. Das ist sehr generös.« Sie stellte das leere Glas weg und orderte einen Kaffee bei der überfreundlichen Stewardess, deren Grinsen leicht überdreht wirkte. »Gehen wir an die Arbeit.«

Malleus nahm seinen PDA und schrieb eine knappe Zusammenfassung der Begegnung mit Merx an Lautrec, ohne die Erpressung zu erwähnen. *Es reicht aus, zu betonen, wie angepisst die Entitäten sind.* Jede Kamera, auf die Interpol Zugriff hatte, musste Ausschau nach Joel halten.

Lagrande machte plötzlich ein Gesicht, als wäre ihr noch etwas eingefallen, traute sich aber nicht, es anzusprechen.

»Was noch?«, seufzte Malleus mehr, als er sprach.

»Sind wir denn sicher, dass es nur *einen* Propheten gibt? Ist Joel der Einzige, der durch die Gegend tingelt und predigt?«

Die ganze Zeit hatte er diesen Gedanken vermieden. Nun war er ausgesprochen und Teil seiner Welt. »Wenn dem so ist, werden weitere Prediger des Einen Gottes dieses Zeichen am Handgelenk oder am Körper tragen«, vermutete Malleus. »Konzentrieren wir uns darauf.«

»Jawohl, Inspecteur.«

»Und, Lagrande?«

»Ja?«

»Schlafen Sie Ihren Rausch aus. Danach rühren Sie erst wieder was an, wenn wir den Auftrag erledigt haben.« Er warf ihr seine dünne, blaue Decke zu. »Los. Einschlafen.«

Dankbar rollte sie sich ein und schloss die Augen.

Als hätte es 2012 nicht genug Tote und Vernichtung gegeben. Malleus machte sich im Internet auf die Suche nach dem Outremer Orden, den der Papst laut Kardinal Varese ins Leben gerufen hatte. Die Zeit der modernen Ritterorden schien angebrochen zu sein, in denen Männer und Frauen gleichermaßen dienen durften. Das war für den Heiligen Vater ultramodern. *Der heilige Zweck macht jedes Mittel zur Pflicht – oder wie lautete der Spruch?* Zum Orden selbst fand Malleus nichts. Derlei Infos würde er über einen Informanten aus dem Netzwerk der Christen oder aus dem Vatikan direkt bekommen.

Nur dass er dorthin keinerlei Connections mehr besaß.

Zumindest fand er zum Begriff *Outremer* etwas, was den Anspruch des Papstes verdeutlichte:

Outre mer oder *oltre mer* bedeutete im Altfranzösischen so viel wie »jenseits des Meeres« oder »Übersee« und meinte die vier

Kreuzfahrerstaaten, die sich nach dem ersten Kreuzzug in Palästina und Syrien gebildet hatten: das Königreich Jerusalem und seine Vasallen, das Fürstentum Antiochia sowie die Grafschaften Edessa und Tripolis. Dieses von Kreuzfahrern besetzte Küstengebiet in der Levante wurde Outremer genannt. Westeuropäer und nichtkatholische einheimische Christen lebten zusammen mit Juden und Muslimen.

Der Papst plant nichts weniger als einen neuen, gemeinsamen Kreuzzug der drei verwandten Religionen. Nach dem Vorbild der Outremer. Malleus befürchtete, dass die Absprachen mit den Anführern der Juden und Muslime bereits getroffen worden oder in vollem Gange waren. *Eine Woche, um ein Massaker zu verhindern.* Das war der schwerste und weitreichendste Fall, dem Malleus jemals nachgegangen war.

Neben ihm schnarchte Lagrande ganz leise und niedlich wie eine Katze. Ab und zu zuckte sie schwach im Traum.

Malleus hatte die Culebra aufgeraucht und nahm eine neue aus dem Etui. Eine Woche. So lange reichten seine krummen Zigarren. Danach musste er unbedingt Karak finden.

***

Celtica, Paris-Lutetia, Dezember 2019

Rianne saß im robusten Holzfällerstyle im Büro und nippte am Kaffee, surfte durch das Internet und suchte Mitschnitte des Lichtwunders auf der Buromski-Insel.

Sie hatte einen unglaublichen Ehrgeiz entwickelt, das in sich verschobene und überlappende Symbol ausfindig zu machen, das sie bei dem vermeintlichen Engel und am Handgelenk des Propheten entdeckt hatte.

Anstatt Aufnahmen weltweit wachsamer Kameraaugen an öffentlichen Plätzen aufs Geratewohl abzufragen und eine Million falscher

Ergebnisse zu erhalten, weil die auswertende KI zu viele zufällige Ähnlichkeiten bemerkte, konzentrierte sie sich auf Antarktika.

Die Idee, es könnte mehr als einen Propheten geben, blieb beharrlich in Riannes Kopf. Nach ihrem Schläfchen im Flugzeug war ihr der kleine Alkoholausfall ungefähr zehn Minuten lang peinlich gewesen, doch Bourreau schwieg darüber und amüsierte sich vermutlich heimlich über ihren Champagner-Moment. Immerhin erinnerte sie sich genau an die Eingebung, und nun ging sie ihr beharrlich nach.

Da Antarktika mit vielen internationalen Forschungsteams besetzt war, gab es nicht wenige Kameras, die Livebilder aus den Camps streamten.

Aber das genügte nicht.

Rianne hatte einen befreundeten Hacker von Interpol als »externen IT-Berater« anheuern lassen, der die Firewalls der Einrichtungen knackte und ihr – so weit möglich – Aufnahmen aus dem Innern der Gebäude verschaffte. Zum Abgleichen hatte sie sich die Personalakten von sämtlichen eintausend Mitarbeiterinnen und Mitarbeitern der Stationen besorgt. Die KI der polizeilichen Gesichts- und Symbolerkennung ratterte und durchforstete Sekundenbruchteil für Sekundenbruchteil die Filme, Übertragungen und Standbilder nach Übereinstimmungen.

Na also! Endlich fand Rianne weitere Aufzeichnungen von der Buromski-Insel, die über die bekannten aus den Nachrichten hinausgingen. Sie schob die tarngrüne Basecap nach vorne, unter der ihre hellblonden Haare steckten.

Es hatten drei Leute ihre Smartphones zur Hand gehabt, als sich das Lichtwunder ereignete. Zwei Filme waren unbrauchbar, weil sie ausschließlich die Phänomene zeigten. Aber eine dritte Person machte zwischenzeitlich einen Schwenk über ihre Begleitung. Rianne klickte und extrapolierte jedes einzelne Gesicht, ließ die KI die Züge mit den offiziell gemeldeten Menschen auf Antarktika abgleichen.

Et voilà! Eine sehr junge Frau mit kaukasischem Gesicht und dichten, schwarzen Locken, die sich unter der Kopfbedeckung wie Drahtwolle herausdrückten, ließ sich keiner Personalakte zuordnen. »Inspecteur?«

Bourreau saß nur ein Zimmer weiter, aber irgendetwas beanspruchte seine Aufmerksamkeit mehr als ihre Anfrage.

Bon. Rianne zoomte und suchte jedes erkennbare Stückchen Haut der Unbekannten ab, was aufgrund der Temperaturen auf Antarktika nicht sehr viel war. *Das wird so nichts. Warum forschen sie nicht in Brasilia am Strand?*

Wenigstens konnte sie mit den erfassten und herausgearbeiteten Gesichtszügen die Such-KI neu füttern. Wenige Minuten darauf gab es einen zweiten Treffer. Dieses Mal am zivilen Flughafen des recht kargen, eisigen Kontinents. *Hab ich dich!*

Die Unbekannte war als Touristin für einen Tagesausflug eingeflogen, wie die Daten des Airports verrieten. Rianne zog sich die Angaben aus den Passagierlisten, inklusive eines Passbildes und eines Namens: Kybele Agdistis.

Sie hob die rechte Augenbraue. *Niemals ist das ihr richtiger Name.*

Den Mythos zu Kybele kannte Rianne nicht. In einer Welt voller Entitäten betrachtete sie es bereits als Herausforderung, alles über Belenos zu wissen. Daher schlug sie nach. *Sieh an,* dachte sie, *sie ist höchstens sechzehn und hat sich nach einer griechischen Muttergöttin und einem dämonischen Wesen benannt.*

Dem Mythos nach hatte Zeus einst auf dem Berg Agdos in Phrygien geschlummert und dabei Samen verloren. Wo er auf die Erde fiel, wuchs Agdistis aus dem Gestein, ein furchterregendes dämonisches Wesen, das sich übel benahm. Um es zu zähmen, fingen und kastrierten es die anderen griechischen Götter. Der auf diese Weise von seiner Männlichkeit befreite Agdistis wandelte sich zur Großen Mutter Kybele, und aus den abgetrennten Genitalien wurde Attis. Im Laufe der Jahrhunderte war ein umfangreicher, mächtiger und beliebter Kult um die Große Mutter im Römischen Reich entstanden.

Rianne fand Hinweise darauf, dass die Muttergottheit unter dem

Namen Kubabat bereits im 19. Jahrhundert vor Christus verehrt worden war. Gemäß bronze- und eisenzeitlichen Inschriften war ihr in der Stadt Karkemiš am oberen Euphrat als Gebieterin jener Siedlung gehuldigt worden.

Sinnierend betrachtete sie das junge Frauengesicht, das von den wallenden, schwarzen Locken wie eine Kapuze umhüllt wurde. *Du willst also eine uralte Fruchtbarkeitsgöttin sein.* Rianne sichtete das Symbol auf der Engelshaut erneut, das an übereinanderliegende, aufgefächerte Reiskörner erinnerte. *Reis. Ein Zeichen der Fruchtbarkeit. Würde passen.*

Je mehr sie über Kybele und ihre Vor- und Nebenformen las, desto mehr erhärtete sich der Verdacht in Rianne, auf einer guten Spur zu sein. Ein neuerlicher Quercheck ergab, dass die Große Mutter sich nicht unter den zurückgekehrten Entitäten aus dem Jahr 2012 befunden hatte. *Das ergibt immer mehr Sinn!*

Möglicherweise handelte es sich nicht um das Treiben des Einen Gottes, sondern um geschicktes Blendwerk einer alten vergessenen Erdgöttin, die sich ihren Anteil der Welt sichern wollte, indem sie Juden, Christen und Muslime für ihre Zwecke einspannte. *Ohne deren Wissen.* Der sezierte Engel mochte ein von Kybele erschaffenes Dienerwesen sein, um die Illusion aufrechtzuerhalten.

Als Rianne weiterlas, weiteten sich ihre Augen vor Überraschung.

Der archäologischen und historischen Forschungslage nach hatte der Kybele-Kult eine Zeit lang sogar dem Christentum erfolgreich getrotzt. Selbst das Verbot sämtlicher heidnischer Kulte aus dem Jahr 391 von Kaiser Theodosius hatte nichts daran geändert; Kybeles Kult war ein Jahr darauf vom weströmischen Kaiser ausdrücklich wieder eingeführt worden.

»Die offizielle Verehrung verlor sich ab dem fünften Jahrhundert«, las Rianne halblaut. »Da jedoch weite Teile der römischen Reichsbevölkerung an der Göttin festhielten, wurde auf dem Konzil von Ephesos im Jahr 431 Maria zur Mutter Gottes und damit zur Gottesgebärerin erklärt. Darin kann man eine Fortführung der Verehrung von Kybele, der Großen Gottesmutter vom Berg Ida, durchaus erkennen.«

Voilà! Rianne klatschte vor Begeisterung einmal in die Hände. *Wir haben sie!*

Nicht mehr lange, und Kybele würde als neue Maria einen Jesus gebären und sich anbeten lassen. Nach Tausenden Jahren wollte sie zurück an die Macht.

Bourreau sollte dringend erfahren, was Rianne herausgefunden hatte. *Ruhig,* zügelte sie sich selbst. *Habe ich wirklich alles bedacht, bevor ich ihm meine These unterbreite?* Nach dem Schampuslapsus im Flugzeug wollte sie vor ihrem Chef glänzen.

Sicherheitshalber ging sie nochmals sämtliche Aufnahmen durch, die sie von Kybele auf Antarktika hatte. Aber nirgends konnte man erkennen, ob sie das gleiche Symbol wie der Engel und Joel trug. Dies wäre der Beleg für ihre Erkenntnis und ihre Folgerung gewesen.

Das Telefon läutete, die Nummer gehörte Lautrec.

»Oui, Chef?«, meldete sich Rianne und drehte die Basecap mit dem Schirm nach hinten, eine lange blonde Strähne fiel herab.

»Ah, Lagrande. Ist Bourreau nicht da?«

Demnach hatte der Inspektor die Rufumleitung eingeschaltet. »Vermutlich telefoniert er gerade. Ich richte aus, dass –«

»Schalten Sie die Nachrichten ein.«

Schon wieder? Merde. »Welcher Kanal?«

»Egal. Es läuft überall.«

Rianne schaltete ins Fernsehprogramm und erwischte nach etwas Zapping eine Sondersendung. Live aus Urusalim. »Ich sehe es, Monsieur.«

Sie erhöhte die Lautstärke. »… rund um die Grabeskirche und die Klagemauer zu einem Ausbruch grünster Natur, wie ich es noch nie in diesem Landstrich gesehen habe«, sprach eine weibliche Stimme aus dem Off, während die Kamera schwenkte, um möglichst viel von dem Mirakel einzufangen.

Gezeigt wurde eine Blumen- und Blütenpracht, bei der eine britische Landesgartenschau vor Neid erblassen würde. Die Klagemauer, sämtliche dazugehörigen Gebäude, die Grabeskirche – alles wurde außen und innen von verschiedensten Rosen geziert, zwischen denen sich Klettergewächse schlängelten, deren Blütenkelche sich weit öffneten, um ihre Farben zu präsentieren.

»Es gab in den letzten Tagen keinerlei Niederschlag, der das Wachstum begünstigt haben könnte«, erzählte die Reporterin, die jetzt ins Bild geholt wurde. »Niemand, so wurde mir versichert, hätte eine solche Vielzahl von Pflanzensamen unbemerkt ausbringen können. Wir reden von einem echten göttlichen Spektakel, das sich im Umland fortsetzt.«

Die eingespielten Bilder zeigten grünes Gras und sprießende Büsche inmitten karger Wüste und steiniger Landschaft, was auf vollkommen natürliche Weise ohne Bewässerung und Vorarbeit ein Ding der Unmöglichkeit war. Nach einem neuerlichen Schnitt wurden zahlreiche begeisterte Menschen gezeigt, die mit gezimmerten Kreuzen, dem Koran und Davidstern-Flaggen in den Händen durch die engen Gassen der historischen Altstadt Urusalims zogen. Mehrmals änderten sich die Straßen und Plätze, aber die Bilder blieben die gleichen: Muslime, Christen und Juden feierten zusammen das Zeichen ihres Gottes, der sich an ihrer gemeinsamen heiligen Stätte zeigte.

»Das ist das zweite Wunder, von dem der Prophet sprach«, kommentierte Lautrec am Telefon schlecht gelaunt die Bilder, die um die Welt gingen.

»Ja, Monsieur.« Rianne jubelte innerlich. Sprießendes Getreide, wachsender Wein, saftige Datteln – deutlicher konnte eine Fruchtbarkeitsgöttin ihre Macht nicht zeigen. *Das war Kybele.*

»Ein unfassbar starkes Signal an die Gläubigen«, sprach Lautrec alarmiert. »Das bringt die alten Götter gewiss auf. Oder zumindest deren Anhängerschaft. Die pharaonische Regierung reagiert besonnen und hat das Militär aufgefahren, um Ausschreitungen und Anfeindungen zu verhindern.«

»Das ist sehr gut.«

»Sie und Bourreau werden nach Urusalim fliegen und sich vor Ort umschauen, was Sie dazu finden«, befahl Lautrec. »Ein Flieger wartet auf Sie am Charles-de-Gaulles-Flughafen. Je eher Sie dort sind, desto besser.«

»Warum? Das Wunder ist doch bereits geschehen.«

»Der Prophet hat online verlautbart, dass er dort am Abend auftreten und weitere Botschaften verkünden will. Im Namen des Einen Gottes«, erklärte Lautrec. »Fassen Sie den Verdächtigen. Ich habe beim Pharao von Ägypten um Unterstützung in Urusalim gebeten. Das soll alles in geordneten Bahnen verlaufen.«

Rianne fühlte einen eisigen Klumpen im Magen. In der Stadt lebten mehrere Tausend verbliebene Christen, Juden und Muslime, die ihren Propheten gewiss vor einer Festnahme zu schützen versuchten. »Ich sage es dem Inspecteur.«

»Die Unterlagen und pharaonisch-polizeilichen Berechtigungen habe ich Ihnen per Mail geschickt. Sie sollten keine Probleme bekommen.«

»Danke für die Vorarbeit, Monsieur.« Rianne sah, dass ihr Scan-Programm automatisch die TV-Berichte aus Urusalim auf Übereinstimmungen mit Kybele Agdistis und dem reisförmigen Symbol sondierte. Unvermittelt wurden zwei Bilder aus einem Beitrag ausgeschnitten und auf einen zweiten Monitor gezogen. Die KI hatte ein Gesicht isoliert und mit grün leuchtenden Quadraten umlegt. Noch bevor sich Rianne freuen konnte, schob das Programm noch einen blau umrandeten Ausschnitt auf das Seitendisplay. Die Software hatte parallel zu Kybele auch das Reissymbol erkannt. »Großartig!«

»Nicht übertreiben«, entgegnete Lautrec.

»Ich darf Sie doch auch mal loben, Monsieur.« Der blau markierte Ausschnitt zeigte das Handgelenk einer Frau, auf dem sich das Zeichen deutlich abzeichnete; eine Verwechslung mit Schmuck, einer Uhr oder einer andersartigen Tätowierung war ausgeschlossen. Das

Gesicht und der Körper der Verdächtigen blieben jedoch von den Umstehenden sowie einer Mauerkante verborgen. Es konnte ebenso Kybele wie eine andere Frau sein. *Das finden wir bald heraus.*

»Sehr nett von Ihnen, Lagrande. Schnappen Sie sich Bourreau und fliegen Sie nach Urusalim. Verhaften Sie den Verantwortlichen für den Mord an den Anangu, und lassen Sie sich nicht von Engeln erwischen.« Er legte auf.

Rianne sah auf die entrückten Gesichter der begeisterten Masse von Menschen mit Koran, Kreuz und Davidstern, die ausgelassen und freudig in der Stadt tanzten, sangen und den Einen Gott lobpriesen. *Um den Seraph mache ich mir am wenigsten Sorgen.*

»Bourreau?«, rief sie in den Nachbarraum.

Stille.

Sie sah kurz auf. *Ich muss ihn stören. Was immer er gerade tut, unsere Reise nach Urusalim beginnt gleich.* Außerdem wollte sie wissen, was er von ihrer Theorie zur Fruchtbarkeitsgöttin hielt. *Dann los.* Rianne küsste ihren Belenos-Anhänger. Ihn würde sie in Urusalim besser unter der Kleidung tragen. Auch hoffte sie, dass möglichst wenige Menschen Bourreau erkannten.

Im Aufstehen fiel ihr Blick auf das Frauengesicht, das die KI grün umrandet hatte – und sie erstarrte in der Bewegung. *Zut!*

Das Suchprogramm meldete in fahl-elektronischen Buchstaben:

OONA MILORD

Die Übereinstimmung lag aufgrund des ungünstigen Winkels und der Belichtung bei knapp 49 Prozent, weswegen das Programm keinen Alarm auf dem Interpol-Server ausgelöst hatte. Die Software wartete auf eine Bestätigung durch einen menschlichen Prüfer.

Das ist sie. Rianne setzte sich und starrte auf das Gesicht der Agentin von D.E.M. *Merde! Das ist sie ganz sicher!* Noch bevor ihre eigene Vernunft sie zurückhalten konnte, machte sie einen

Screenshot davon, den sie Bourreau schickte, ehe sie die Meldung als *nicht zutreffend* markierte – und löschte. *Damit ist die Schampussache ausgebügelt.*

Aus dem Nachbarzimmer erklang ein unterdrückter Aufschrei der Erleichterung. Riannes Mail war angekommen.

A Ω

Feudeln, wischen und polieren – glänzt!

Hätte ich mal früher gewusst, dass mir das so viel Spaß macht. Hat was Meditatives, oder? Und man sieht das Resultat sofort.

Auf ins nächste Büro!

Hahaha, ich als Raumpfleger im Interpol-Hauptquartier, nachdem ich gestern noch eine sexy Flugbegleiterin war. Da haben die Spaßvogelgötter sich wahrlich etwas einfallen lassen, um mich jeden Tag was Neues erleben zu lassen.

Feudeln, wischen und polieren – glänzt! Und noch einmal in die Kaffeemaschine pinkeln, hähähä. Das wird ein leckerer Latte urinato. Scheiß Bullen.

Da drüben sind die Kabuffs von ihm, dem ich folge, und Banlieue-Girl. Wie sie recherchieren und suchen … Mal unauffällig ranfeudeln und ein bisschen linsen … Aha, Urusalim. Werde bestimmt wieder zur Saftschubse, um sie zu begleiten. Solange ich nicht zum rechten Vorderrad am Flugzeug mutiere, soll mir das recht sein.

»Entschuldigen Sie, aber können Sie mein Büro zum Schluss machen?«, *schnarrt mich Lagrande an.* »Das Wienern lenkt mich ab.«

»Oh, entschuldigen Sie bitte, Madame Inspectrice.« *Warte nur ab. Das nächste Mal pinkle ich auch in deine teure Maschine, Banlieue-Girl. Da wirst du dich über meinen Sauvignon-Blanc-Nebengeschmack wundern.*

»Ist nicht böse gemeint. Sie hängen sich ja richtig rein.«

»Ist mein Job, Madame. Nur mein Job.« *Langsam zurückziehen und feudelnd in der Nähe bleiben. Im Nachbarbüro gibt es eine*

Durchreiche. Von dort könnte ich sie ein bisschen beobachten. Neues Büro, neues Glück.

Feudeln, wischen und polieren – glänzt! Ich werd immer schneller! Geil, echt. Und das Putzzeug riecht total lecker. Erinnert mich an die Sachen, die meine Mutter benutzt hat. So wird man zum Schnüffler.

Durch den Spalt der Durchreiche habe ich einen guten Blick auf Banlieue-Girls Computer.

Aha, sie hat Milord gefunden. Auch in Urusalim? Na, da scheint sich was zusammenzubrauen. Der kleine Joel, seine Putte und eine mörderische Agentin, da kommt Laune auf. Das schreit nach Extramunition. Sobald Banlieue-Girl rausgegangen ist, sichte ich ihre bisherigen Erkenntnisse. Damit ich auf demselben Wissensstand bin.

Apropos Wissen, ich weiß immer noch nicht, welche Rolle ich hier eigentlich spielen soll. Habe nachgedacht, aber schlauer geworden bin ich nicht. Bis zum Lebensende an Bourreau kleben oder nur so lange, bis ich beschließe, dass er sterben muss?

»Wie gefällt dir dein bisheriges Leben, Sterblicher?«

Was zum …? Umdrehen, nachschauen. Oh, da sieh mal einer an.

»Wenn das nicht Loki ist.« *Ich winke ihm in gelben Gummihandschuhen mit dem Wischlappen. Schick sieht er aus, in seinem Anzug. Mit einem Kaffee in der Hand kommt der Schlitzaugengott rein, auch im Anzug. Die beiden sehen aus wie Ermittler aus einem Film der Achtziger. Sogar Schulterpolster haben sie. Crockett und Tubbs, nur anders. Lokitt und Sanootubbs. Ich hoffe, dass der Kaffee aus der Maschine ist, in die ich gepisst habe, hähähä.* »Kommt ihr Putzen helfen?«

»Siehst du? Wie ich es gesagt habe. Er verliert seine Ehrfurcht«, *beschwert sich der japanische Schelmengott.* »Wir hätten sein Leben nicht retten sollen.«

»Soll ich mich schnell auf den Boden werfen?«, *biete ich mal an.* »Oder in deinem Schrein durchwischen?« *Lappen hochwerfen, fangen, wirbeln.* »Kann ich inzwischen echt gut.«

»Später vielleicht«, *sagt Loki mit einem Grinsen und stellt eine Aluminiumbox vor mich auf den Tisch. Wo zum Fick kam die her?* »Aber zuerst reden wir.«

»Ah, jetzt kommen wir zu dem Auftrag, was?« *Wurde ja auch Zeit.*

Susanoo kostet vom Kaffee und rümpft die Nase. »Was ist denn das für ein widerlicher Geschmack?«

Er IST aus der Maschine mit meiner Pisse, hahaha! »Das Wasser von Lutetia«, *erkläre ich. Jetzt nicht loslachen.* »Manchmal hat es einen Beigeschmack nach Spargel.«

Loki lächelt fies, wie ich es von Loki's Lost kenne, wenn er die nächsten Kandidaten in die Runden hetzt, bei denen sie reihenweise sterben. »Du musst den Preis zahlen.«

»Ich habe gegen euch gewonnen. Schere, Stein, Papier, Mittelfinger«, *erinnere ich ihn und poliere ein bisschen am Telefon herum. Weg sind die Fettabdrücke.* »Ich schulde euch nichts.«

»Das sehe ich anders. Dein Leben ist nach wie vor in unseren Händen.« *Loki deutet auf die Box, als wäre es etwas Heiliges.* »Das ist deine zweite Aufgabe.«

»Sollten wir vielleicht nicht mit der ersten beginnen?«

Die Spaßvogelgötter lachen leise.

»Deine erste Aufgabe erfüllst du bereits: Du beschützt Bourreau. Und wie du gemerkt hast, tun wir alles, um dir deinen Auftrag zu erleichtern«, *erklärt Loki.*

»Darüber wollte ich mit euch sprechen. Kann ich in Zukunft bitte *keine* Katze mehr sein? Das mit der Toilette und so …«, *setze ich an, aber unvermittelt kann ich meinen Mund nicht mehr öffnen. Okay, verstanden. Ich rede den Herrschaften zu viel.*

»Alles, was Bourreau Probleme bereiten kann, wirst du beseitigen. Wie du es früher schon getan hast«, *erklärt mir der Schlitzaugengott.* »Deswegen haben wir dich gerettet.«

»Wir können nicht überall sein. Oder dürfen es nicht. Wir wollen nicht auffliegen«, *fügt Loki an.*

Und warum Bourreau? Was ist mit ihm?, versuche ich zu sagen. Aber meine Lippen sind wie zugenäht, scheiße.

»Verliert er sein Leben, verlierst du es auch. Und zugleich nicht.« *Lokis Gesichtsausdruck wird verschlagen.* »Du würdest bis ans Ende aller Tage eine lebende Leiche sein, ausgestellt und Qualen leidend.«

Hab ich verstanden, ihr Ficker. Aber ihr weicht mir aus. Warum? Weil ich … Moment! Es hat was mit der Unterhaltung in Kopenhagen zu tun. Warum erinnere ich mich nicht mehr daran?

»Bourreau hat eine große Aufgabe vor sich, von der er nichts weiß. Nichts ahnt. Sie schlummert tief in ihm wie eine Veranlagung. Du wirst uns dabei helfen, dass er sich dieser Aufgabe bewusst wird«, *ergänzt Susanoo.*

»Du siehst, du bist wichtig, Sterblicher. Ein entscheidendes Teilchen in dem, was kommen wird und muss.« *Loki schiebt die Alubox zu mir.* »Darin befinden sich Culebras, wie Bourreau sie raucht. Täuschend ähnlich zumindest. Du wirst sie gegen seinen Vorrat austauschen.«

Ich nicke. Was soll ich auch sonst machen? Für den Schere-Stein-Papier-Mittelfinger ist es der falsche Moment.

Susanoo kramt einen PDA aus dem Sakko und legt ihn obendrauf. Hat sogar den identischen Riss im Display. »Auch das wirst du austauschen. Damit gelangen sämtliche Informationen, die er künftig sammelt, zu dir. Auf dem alten Gerät findest du sein bisheriges Wissen. Wir helfen dir, es zu knacken.«

So langsam werde ich wirklich misstrauisch. Das übertrifft den Prophetenfall. Mit Pauken und Propheten, hahaha. Sprechen kann ich aber immer noch nicht. Toll.

Sie stehen auf und gehen, der Schlitzaugengott trinkt den Kaffee wirklich aus. Hähähä, na, Urin ist doch gesund … ach, nee, das galt nur für Eigenurin.

Gut, gut: Gerät- und Culebratausch. Wie gut, dass ich Reinigungskraft bin. Da kann ich mich zu ihm durchfeudeln und mein Glück versuchen. Aber wenn die beiden Pfeifen denken, ich wäre ihre billige Marionette bei dem, was sie planen, täuschen sie sich.

Ich werde mein eigenes Spiel spielen.

Denn Spiele spielen kann ich verdammt gut.

Feudeln, wischen und polieren – glänzt! Tiefste Befriedigung. Ich schwöre, ich schule zum Facility Manager um.

* Α Ω *

»Das Volk besteht darauf, seine Wunder, seine Helden und Heldinnen, seine Heiligen, Märtyrer und Gottheiten zu haben, um die Kraft der Liebe, der Bewunderung und der Anbetung an ihnen üben zu können, und seine Judasse und Teufel, um die Möglichkeit zu haben, in Zorn zu entflammen und doch zu fühlen, dass dieser Zorn ein Gott wohlgefälliger Zorn ist.«

Aus: Warum für Puritaner (1966)
von George Bernard Shaw (1856–1950),
irischer Dramatiker, Politiker, Satiriker

KAPITEL X

Vorderer Orient, Luftraum über Urusalim, Dezember 2019

»Heute keinen Champagner?« Malleus war Lagrande unfassbar dankbar, dass sie die Sichtung von Oona Milord aus dem Interpol-Computersystem gelöscht hatte. Das verhinderte kein erneutes Aufspüren, aber vorerst blieb der Aufenthalt der gesuchten D. E.M.-Agentin in der Stadt unbemerkt.

Dass sie sich in Urusalim aufhielt, war kein Zufall. Malleus hoffte, auf sie zu treffen und sie zu den Vorwürfen befragen zu können. Er glaubte nach wie vor nicht, dass sie die ihr unterstellten Verbrechen begangen hatte. *Was steckte dahinter?*

Lagrande warf ihm einen bösen Blick zu. »Wie wäre es mit einer neuen Culebra?«, gab sie spitz zurück. »Sie haben ja so viele davon.«

»Touché.« Malleus nahm an, dass Milords Auftauchen im Zusammenhang mit dem Propheten stand, auch wenn die Taten, die der Agentin vorgeworfen wurden, lange vor dem Treiben des vermeintlich Einen Gottes geschehen waren. »Haben Sie was Neues zu Kybele herausgefunden?«

Seine Partnerin, die schlichte Kleidung im Stil der lässigen Achtziger und die blonden Haare im Zopf, schüttelte sachte den Kopf, während das Flugzeug spürbar tiefer sank. Der Landeanflug auf den *Nofrusobek Airport* hatte begonnen. »Und Sie? Bleiben Sie bei Ihrer Gegentheorie?«

Malleus hörte den leisen Vorwurf an ihn. Sie nahm es ihm übel, ihrer brillanten Argumentation und Beweisführung nur bedingt zu folgen. »Das geht nicht gegen Sie.«

»Ich weiß«, grummelte sie. »Aber ich wollte das Gefühl haben, einen entscheidenden Beitrag leisten zu können, und dann kommen

Sie mit *Ihren* Ansätzen um die Ecke!« Sie lehnte sich zu ihm, um auf sein Tablet schauen zu können. »Und bei Ihnen?«

»Die Hinweise verdichten sich, mit was wir es bei der Seraph zu tun hatten.« Malleus rief die Bilder von der Obduktion des engelhaften Wesens erneut auf. »Die Flugfähigkeiten, die umgedrehte Spiegelung in den Augen, die Hornanker auf Hüfthöhe, die Resistenz gegen Kugeln und die Tatsache, dass sie erst starb, als wir das Rückgrat mit der Lanze zerteilt haben, führen unweigerlich zu einer mystischen Kreatur.« Er klickte einen Artikel an. »Diese.«

»Ein Aswang?« Lagrande runzelte die Stirn. »Was, bei Belenos, ist ein Aswang? Und wo kommt er her? Klingt nicht sonderlich christlich.«

Malleus nickte. »Kein bisschen christlich.« Er öffnete mehrere Beschreibungen, die er nach langer Recherche gefunden hatte. »Diese Pseudoseraph vereint erstaunlicherweise sämtliche Eigenschaften, die einem Aswang nachgesagt werden.«

»Als hätte jemand alles in diese Kreatur gegeben, was man gebrauchen kann.«

»Ganz genau. Auch dass ein Aswang zu töten ist, wenn man das Rückgrat durchtrennt, wurde beibehalten. Alternativ könnte man die Leber essen.« Malleus sah zu Lagrande. »Wir bleiben aber beim Brechen des Rückgrats, oder?«

»Unbedingt.« Sie las aufmerksam die Informationen. »Die Aswang kennt man von den Philippinen. Das finde ich jetzt überraschender als meine Kybele-Theorie. Und weniger schlüssig. Gestehen Sie mir das zu?«

»Durchaus. Aber an der Herkunft des Aswang gibt es nichts zu deuten.«

»Wieso gibt man einen Aswang als Seraph aus? Und was hat es mit dem Schwert auf sich?« Lagrande sah aus dem Fenster, vor dem Urusalim auftauchte. »Wir sind gleich da.«

Malleus erinnerte sich an seinen Aufenthalt in Gomorra, das wenige Kilometer entfernt lag und zusammen mit Sodom als Unterhaltungsstätte für jede Art von Vergnügen mit der Rückkehr der Götter im Jahr 2012 auferstanden war.

Auch Urusalim hatte sein Gesicht sehr verändert.

Der Pharao von Ägypten hatte mit Verweis auf die Machtverhältnisse im zweiten Jahrtausend vor Christus seine Hand auf die Stadt gelegt und ihr den alten Namen zurückgegeben, damit keine Zweifel aufkamen, wer die Geschicke vor Ort bestimmte.

Nach der freiwilligen Auflösung Israels waren die Hartgesottenen der jüdischen Gemeinde bis an die Zähne bewaffnet nach Masada gegangen, um dort ihren Glauben zu verteidigen. Die Festung auf dem Tafelberg besaß zwar massive Verteidigungsanlagen, aber gegen die Entitäten würden sie wenig nützen. Es blieb der Schwur: *Masada darf nie wieder fallen.*

Malleus sah die kleine Pyramide, die erbaut worden war, nachdem der Pharao Urusalim zu einer Provinzresidenzstadt gemacht hatte, in der er sich gelegentlich zeigte. Das hatte einen massiven Umbau zur Folge gehabt.

Moderne Gebäude mit Hieroglyphenmalereien und -leuchtschriften auf LED-Bannern erhoben sich in geometrischer Ordnung. Von den etwa 1200 Synagogen, 160 Kirchen und 70 Moscheen im Stadtgebiet war nichts mehr geblieben. Der gottgleiche Herrscher Ägyptens tolerierte keine Götter neben sich. Jede Symbolik, die an Judentum, Christentum und muslimischen Glauben erinnerte, war verschwunden. Dort reckten sich nun Obelisken, Statuen von ägyptischen Entitäten oder vom Pharao in die Höhe.

Malleus wusste, dass Israels Auflösung notwendig gewesen war, sonst hätten die Nachbarländer den Staat Israel ausgelöscht, mit Bomben und göttlichen Kräften. Die meisten Anhänger der drei Glaubensreligionen des Einen waren zu alten Gottheiten konvertiert. Nur wenige hatten sich in die Diaspora begeben und warteten auf ein Zeichen.

Genau dieses Zeichen ist gegeben worden. Malleus rieb sich über das Fu-Manchu-Bärtchen. *Das denken sie zumindest.*

»Das sieht wunderschön aus«, sagte Lagrande fasziniert vom frischen Grün rings um die Stadt und auf den Feldern. Die Natur benahm sich wie im Frühling und scherte sich dank des göttlichen Wunders nicht darum, dass Dezember war.

Wie so viele schöne Dinge bringt es Ärger mit sich. Malleus konzentrierte sich auf den Aswang. »Abgesehen davon, ob nun Kybele oder sonst wer verantwortlich für den kommenden Aufstand und das Märchen von der Wiedergeburt Christi ist, können wir Merx und den Entitäten mitteilen, dass es nicht der Eine ist.«

»Das wird denen nicht ausreichen. Sie haben ein Ultimatum gestellt bekommen, Inspecteur.« Lagrande sah auf das Display mit dem dämonischen Wesen aus der philippinischen Mythologie. »Kriegen wir Kybele und einen Aswang nicht doch unter einen Hut?«

»Schwerlich.« Malleus hatte die Hintergründe überprüft. »Zwar wollen manche Forscher eine Ähnlichkeit zwischen Kybele und Kali gefunden haben, womit wir uns in den asiatischen Raum bewegen, aber das ist die falsche Baustelle.«

Lagrande öffnete auf ihrem Tablet das Interpol-Fahndungsprogramm, dessen KI-Rechenpower sie komplett auf Urusalims Kameras konzentriert hatte. Zum Glück waren das einstige Israel und die Stadt Jerusalem gefühlt komplett mit Überwachungskameras bestückt gewesen: zur Absicherung gegen Anschläge, Aufstände und Unruhen. Mit dem Anbrechen der neuen Zeit waren diese technischen Errungenschaften nicht verschwunden und nach wie vor nutzbar. Schnell prüfte Lagrande die zwei Dutzend Alarme, die es innerhalb weniger Minuten gab.

»Wir haben zwei weitere Sichtungen des Reissymbols, aber noch immer kein Gesicht dazu«, fasste sie zusammen. »Einmal in der Ma'ale HaShalom Street und dann in der Al Wad Street.«

Er ließ sich auf dem PDA die Orte anzeigen. »Jemand bewegt sich rund um die einstige Klagemauer. Scheint, als prüfe die Person die Umgebung.«

»Wahrscheinlich, um den Auftritt des Propheten vorzubereiten«, sagte Lagrande. »Beim Symbolträger handelt es sich um eine Frau, wenn ich das Handgelenk, die Finger und den Schmuck richtig deute. Genau sehe ich es nicht. Aber Miss Milord dürfte es nicht sein.«

Malleus atmete innerlich auf. Auch wenn Oona Milord irgendwie mit dem Ganzen zusammenhing, wollte er nicht in Erwägung ziehen, dass sie zur Anhängerschaft einer betrügerischen Entität gehörte. Er betrachtete die Route der unbekannten Person. *Jemand wirkt diese Naturwunder,* überlegte er. *Dazu bewegt er oder sie sich umher, um die Pflanzen mit divinen Kräften zum Wachsen und Blühen zu bringen.* »Ich frage mich immer noch, was D.E.M. damit zu tun hat.«

»Weil es sich nicht um eine externe Gottheit handelt?« Lagrande bekam eine Mail, die parallel bei Malleus auf dem PDA einging. »Was, wenn der Prophet etwas Größeres vorbereitet?«

»Sie meinen, dass Joel den Boden für die Ankunft von etwas Gewaltigerem aus den Tiefen des Alls bestellt?« Der Gedanke verursachte Unwohlsein. »Hoffen wir, dass Sie sich irren.«

Er öffnete die elektronische Post, die vom Polizeilabor aus Sydney stammte. Man hatte die DNS des Propheten, die man in der Kirche gefunden hatte, sowie des falschen Engels analysieren lassen.

Die Ergebnisse waren erstaunlich.

Die Daten behaupteten, dass es sich bei Joel um einen Mann handelte, der von der Zellstruktur her nicht älter als vier Jahre sein konnte. Dazu wies das Erbgut etliche Mutationen auf, die ohne größeren Aufwand nicht genau spezifiziert werden konnten.

Die DNS des Aswang hingegen hatte kaum mehr Menschliches, wie die Pathologie betonte. Die wenigen analysierbaren DNS-Stränge gehörten zu einer etwa zwanzigjährigen Frau, die einer Art Strahlenquelle ausgesetzt gewesen sein musste.

»Die Veränderung, die sie zu einem Aswang gemacht hat, wurde demnach künstlich herbeigeführt«, folgerte Malleus.

Sie deutete auf Joels Werte. »Zumindest unser Prophet ist sehr gesegnet. Er sah jung aus, aber diese Zellstruktur ist … kindlich. Das wäre das größte, vollbärtigste Kind, das ich je sah.«

»Was schließen Sie daraus?« Er war gespannt, ob sie auf den gleichen Gedanken gekommen war.

»Dass er geboren wurde. Ganz normal. Und sich danach extrem schnell entwickelte, was Körper und Geist angeht, doch seine Zellen verraten das wahre Alter.«

»Das denke ich auch.« *Genau das werden wir bei allen finden, die das Zeichen tragen.* Malleus sah weitere Alarme in den Straßen von Urusalim. Die KI stöberte die unbekannte Frau mit dem Reissymbol am Handgelenk via Kamerazugriffen gnadenlos auf. »Die Entität, die sich als der Eine Gott ausgibt, zeugte Kinder. Mit Menschen. Und veränderte sie danach in ihrem Sinn, um loyale Helfer zu haben, die sich unbemerkt von anderen Entitäten auf der Erde bewegen können.«

»Außer sie schwingen große Reden wie Joel.« Lagrande ließ sich die Bilder zu den neuen Alarmen anzeigen. »Da! Wir haben sie!«, rief sie aufgeregt, während das Flugzeug zum Landen absackte und die Windgeräusche zusammen mit mechanischem Surren und Summen anschwollen. »Das ist ein weiteres Kind der Entität. Eine Tochter.«

»Mutmaßlich«, schwächte Malleus ab und warf einen Blick auf die Frau.

Auch sie konnte kaum älter als sechzehn sein. Sie trug die unauffällige Kleidung einer Touristin und eine Umhängetasche, dazu eine Kamera mit großem Objektiv. Die KI hatte das Symbol der aufgefächerten Reiskörner an ihrem Handgelenk erfasst, als die Unbekannte den Apparat zum Fotografieren an der grünenden, blühenden Klagemauer von den betenden, begeisterten Menschen gehoben hatte.

Sofort schickte Lagrande das Gesicht durch die Interpol-Datenbank. »Nichts«, meldete sie wenig überrascht.

Das wäre zu einfach gewesen. Malleus fügte das Gesicht der jungen Frau zum Suchauftrag der KI hinzu.

Nun häuften sich die Meldungen der Kameras. Sie konnten den Weg, den die Unbekannte durch die Gassen und Straßen von Urusalim nahm, geradezu lückenlos nachverfolgen.

»Sehr gut«, befand Malleus. »Sie wird uns zum Propheten führen, bevor er seinen großen Auftritt hat.«

»Das wäre perfekt. Wir bräuchten dann keine Hundertschaft Bereitschaftspolizisten vom pharaonischen Statthalter zu erbitten, die uns den Rücken gegen die Gläubigen freihält.« Lagrande sah erleichtert aus. »Denken Sie, er hat einen neuen Seraph dabei?«

»Garantiert. Joel weiß, dass wir nach ihm suchen.«

Malleus nutzte die letzten Minuten des Fluges, um herauszufinden, wie ein Aswang entstand. Enttäuschenderweise war daran keine Entität beteiligt, sagte der philippinische Volksglaube. *Welche Verbindung gibt es dann? Was übersehe ich?*

Der Jet setzte weich auf der Landebahn auf und bremste hart ab.

»Meine Damen und Herren, willkommen in Urusalim. Im Namen von *Pharao Airline* wünschen wir einen herrlichen Aufenthalt in der atemberaubenden Stadt. Genießen Sie die Lebensfreude«, sprach die Stewardess über die Bordanlage. »Bitte informieren Sie sich über verbotene Unternehmungen. Die dringendste Warnung für alle Erstbesucher: Das Besteigen der Pyramide und das Beleidigen des Pharaos in Wort, Geste und Tat ist unter Todesstrafe verboten. Haben Sie eine unbeschwerte Zeit und fliegen Sie wieder mit uns.«

Vereinzeltes Gelächter kam an Bord auf, während die Maschine in die Parkbucht einschwenkte. Man hielt die Warnung offenbar für einen Scherz.

Diese Einstellung kann sich bitter rächen. Malleus betrachtete das Zeichen am Handgelenk der jungen Frau mit dem dunkleren Hautton. *Reis. Oder ist es etwas ganz anderes? Es muss eine Bedeutung haben, die wir übersehen.* Noch bevor die Anschnallzeichen erloschen, machte er sich vom Gurt los. »Fangen wir die junge Dame und verhören sie ein bisschen.«

»Bin dabei, Inspecteur.«

Dass er darauf hoffte, dabei Oona Milord ausfindig zu machen, behielt Malleus für sich.

* A Ω *

Vorderer Orient, Urusalim (Ägyptische Provinz), Dezember 2019

Fly me to the moon, la la la the stars … Mist, Text vergessen.

Muss ich mir das nächste Mal draufschaffen, falls ich noch mal als Co-Pilot von Pharao Airline unterwegs bin.

Hahaha, ein Kindheitstraum wurde wahr: Ich saß im Cockpit, und keiner hat gemerkt, dass ich nix kann. Bisschen »Check-Check« sagen, Kaffee holen, den ehrgeizigen Captain machen lassen und durch die Kabinen latschen, in die Menge winken. Und die Knarren hat mir auch niemand abgenommen. Prima!

Muss sagen: Die Uniform steht mir. Sollte ich öfter tragen. Als Sonnenscheinchen mit den weißesten Zähnen heiße ich derzeit Amun Khan.

DAS ist doch mal ein Name! Amun! Khan! Bämm!

Und schön braun bin ich auch, hahaha, von Haus aus. Ich wette, der Kollege hat in jeder Stadt eine Braut, wo er mit dem Flieger landet. Wäre eine Schande, wenn nicht. So ein guter Junge. Und einen riesigen Schwanz hat er auch. Hab mich vorhin auf dem Klo echt erschrocken.

Raus aus dem Terminal und … da vorne sind er, dem ich folge, und Banlieue-Girl. Dank ausgetauschtem PDA und Datentransfer auf mein Smartphone bin ich komplett im Bilde, was die beiden in Urusalim wollen und welche Fälle sie gerade bearbeiten.

Dann jagen wir mal als geheimes Dreierteam die Dame mit dem Reissalat am Handgelenk.

Sie gehen zur Autovermietung, kurzes Gespräch, Schlüsselübergabe. Fuck, das muss spontan passiert sein. Sonst wäre es mir auf dem PDA angezeigt worden.

Die beiden verschwinden zum Fahrstuhl in die Tiefgarage.

Jetzt gilt es dranzubleiben.

Rasch stehe ich am Tresen der Vermietung und lächle, blende die Dame mit den Beißerchen. Wie kriegt man das hin? Sind die mit reflektierender Farbe angemalt?

»Guten Tag«, *sage ich mit einer Stimme, die einem Soulsänger alle Ehre macht. Ich sehe, wie das Girl direkt an versaute Sachen mit mir denkt.* »Ich brauche einen Wagen. PS-stark, schnell, aber nicht zu groß. Leicht zu manövrieren.«

»Gerne. Aber in Urusalim wären Sie mit einem Kleinwagen besser bedient, Sir«, *erwidert sie und lächelt.*

»Ich komme überall rein. Glauben Sie mir. Ich hab viel Gefühl.« *Shit, hahaha, anzüglich, aber sie muss grinsen. Liegt an der Stimme und den Zähnen, ganz sicher. Mit meinem alten Schwabbelkörper hätte ich jetzt eine Anzeige wegen sexueller Belästigung am Hals, und die Security würde mich an den Haaren rausschleifen und mit Stöcken über die Straße prügeln.*

»Dann schaue ich, was ich für Sie tun kann, Sir.« *Nach einem laaangen Blick an mir runter wechselt ihre Aufmerksamkeit auf den Bildschirm.*

Übrigens, die Reise nach Urusalim. Spielt man die jetzt mit Pyramiden? Tut bestimmt höllisch weh beim Hinsetzen.

Bisschen umschauen, was sich so tut. Zwischen Shoppingmeile, Snackinseln und Kiosken ziehen Touristen und Businessleute umher, alles an Haut- und Haarfarben da, was man so auf dem Flughafen einer solchen Stadt erwartet.

»… den Chevrolet Tahoe. Schwarz«, *verlangt eine Männerstimme aggressiv.* »Geht das ein bisschen schneller, Miss?«

Klingt angepisst, der Gute. Mal rüberschauen an den Nachbartresen. Einen Meter weiter stehen ein Mann und eine Frau, teure Metall-

koffer, Handgepäck in Alucases, Anzüge vom Feinsten. Er spielt mit einer Visitenkarte, auf der was von Im- und Export steht. Die Vorwahl … ist das Italien? Wie heißt der Laden? Impetus, steht fett aufgedruckt. Mal im Netz nachschauen, wer die Angeber sind.

Impetus, Lateinisch für Angriff. Gemeldet in Roma. Existiert erst seit einem halben Jahr?

Die Frau nimmt ihr Smartphone aus der Tasche, geht einen Schritt vom Tresen weg und redet leise. Rasch meine Lauscher aufsperren.

»Wo ist sie? Nein, ich habe keine Ahnung. Sie sollte uns am Flughafen abholen«, *beschwert sie sich.* »Bourreau ist eben gelandet. Er und seine Partnerin. Schönen Dank auch: Jetzt können wir uns einen Wagen mieten, um überhaupt mobil zu sein.«

Na, sieh mal einer an. Von wegen Im- und Export.

»Ich weiß, Eure Eminenz. Wir beeilen uns. Aber wir können nichts dafür, dass …« *Sie stockt und flucht, steckt das Handy weg.*

Eminenz. Also irgendein ein hoher Kirchenwilli. Und sie kennt ihn, dem ich folge. Euch greife ich gleich in der Tiefgarage ab.

»Ich hätte einen E-Mini für Sie«, *sagt die Angestellte freundlich.* »Umgerechnet 150 PS, wendig. Damit kommen Sie gut durch, Sir.« *Sie legt mir ein Tablet hin, auf dem ich das elektronische Formular rasch ausfülle. Ausweis und Führerschein sind schnell abgescannt.* »Besten Dank. Das ist der elektronische Schlüssel, Mister Khan.« *Sie schiebt mir eine dicke Scheibe zusammen mit einer Papiermappe über den Tresen.* »Sollte unterwegs etwas sein, rufen Sie mich jederzeit an.« *Lächelnd reicht sie mir eine Visitenkarte und schreibt ihre Mobilnummer dazu.* »Je-der-zeit«, *betont sie.*

Ich lächle sie an. »Aber sehr gern, Miss Habibi.« *So ein schöner Name.*

Nun aber ab in den Fahrstuhl, sonst verschwindet das Duo. Lauf, lauf, uuund gerade noch geschafft. Auf Abstand bleiben, zunicken und ansonsten missachten, damit sie keinen Verdacht schöpfen. Wie sollten sie auch? Ich bin Amun Khan, der Co-Pilot.

Unten in der Tiefgarage angekommen, gehen sie in den Wagenbe-

reich des Verleihers, steuern auf das Monster von Chevi zu. Sieht aus wie die US-Präsidentenkarre. Unauffällig geht anders.

Schnell zu ihnen aufschließen, mit dem Schlüssel suchend herumfuchteln und so tun, als fände ich meinen E-Mini nicht.

Näher.

Noch näher.

»Kann man Ihnen helfen, Captain?«, *wendet sich der Mann an mich, nachdem er sein Gepäck in den Kofferraum geladen hat, die Klappe ist noch nach oben geschwenkt. Scheiße, da drin könnte man einen Babysaurier transportieren, so viel Platz ist da. Eine Hand hat er halb im Kofferraum an einem Seitenfach. Die Frau sitzt auf dem Fahrersitz und schaut nach draußen, telefoniert dabei wieder.*

»Nein, glaube ich nicht, Sir. Den Mini finde ich bestimmt noch. Aber vielen Dank, dass Sie fragen.« *Strahlend weiß grinsen, auf einen Meter ran.* »Verrückt, oder? Da fliege ich Maschinen und lande sie auf den kürzesten Pisten, aber mein Mietauto verfehle ich.« *Lachen, lachen, Tasche fallen lassen.* »Oje. Das ist echt nicht mein Tag.«

»Nein, scheint so.« *Er bückt sich nicht, sondern betrachtet mich. Er fühlt, dass etwas nicht stimmt.* »Hatten Sie heute einen Jetbridge Jesus bei Ihrer Diversion oder machte das Ditching der Deadheads keine Probleme, Captain?«

Fuck. Das ist Pilotensprech, und ich habe keine Ahnung, was es bedeutet. Ich bin aufgeflogen.

Mein Zögern bemerkt er – und zieht eine Beretta Halbautomatik aus dem Seitenfach im Kofferraum, legt auf mich an.

Nach vorne hechten und in den Kofferraum des Chevis ziehen, den Arm mit der Knarre packen und weg von mir halten.

Wir prügeln und treten wild aufeinander ein, die Beretta löst mehrmals aus, und mit einem Ping-ping-ping schließt sich die Heckklappe. Dann schreit die Frau auf, irgendwas splittert, und Plastikschaumfetzen fliegen umher.

Klick, klick, die Beretta ist leer.

Ich schaffe es, ihm mein Knie in die Eier zu rammen, knalle ihm den Ellbogen gegen das Kinn, und aufschnaufend weicht seine Kraft. Ohnmächtig ist er nicht, gut! Er muss mir noch ein paar Sachen verraten.

Schneller Blick nach vorne: Rote Soße auf der Innenseite des Fensters, ein Loch ist auch drin, und die Frau liegt schlaff auf dem Lenkrad, ein Stück des Schädels ist weggepustet, Haare und Hirn kleben an der Innendecke. Lecker. Den Wagen sauber zu machen wird ein Scheißjob.

Ich packe den Typen, ziehe seinen Schlips würgend enger. »Wer seid ihr? Was wollt ihr von Bourreau?«

»Geht dich einen Dreck an«, *röchelt er, sabbert und läuft langsam rot an.* »Wirst du niemals erfahren!«

Da hat er vermutlich recht. Außer ich tue ihm ein bisschen weh. Fangen wir mal mit den Augen an. Bei Augen geben die meisten sofort auf. Mein rechter Daumen bohrt sich ins linke Auge des Typen, er keucht und schreit unterdrückt.

»Du hast zwei davon«, *sage ich kalt.* »Noch. Sag mir, wer ihr seid, und ich lasse dir mindestens eins. Was ist mit Bourreau? Wer sollte euch abholen?«

Er schlägt um sich, die Benommenheit lässt nach, und das Adrenalin verleiht ihm frische Kräfte.

Nicht gut. Ich pule mich am Augapfel vorbei in den Schädel. Glitschige Murmel. Mal sehen, wann sie platzt. »Rede! Als Blinder kannst du deinen Job nicht mehr machen, oder?«

»Wir sind Outremer! Outremer«, *stößt er panisch aus und winselt.*

Mein Finger bleibt zur Hälfte in der Augenhöhle, Blut läuft raus. Also dieser Ritterorden, wenn ich das richtig auf Bourreaus PDA gelesen habe. Gestiftet vom Papst. Dann kann ich mir denken, wer sie abholen sollte. »Wer ist die Frau mit dem Reiskorn?«

»Woher weißt du davon?«, *bekommt er herausgeächzt.*

»Wer ist sie?«

»Sie heißt Imee. Wir sollten uns mit ihr am Flughafen treffen.«

»Weswegen?«

Wieder spielt die Kackbratze den Tapferen. Ich rühre ein bisschen in seinem Auge herum und würge ihn mit der Krawatte, bis er schwach mit der flachen Hand gegen den Kofferraumboden abklopft. »Um sie und den Propheten zu beschützen. Vor Bourreau.«

Ich hätte wetten sollen, scheiße! »Gut, du wirst –«

Plötzlich versucht er, seinen Oberkörper aufzurichten, aber die Schlinge des Schlipses hält und drückt Hals und Kehlkopf zusammen. Das Würgen und Röcheln wird widerlich, da ist nichts mehr zu machen.

Ich nehme den Finger aus seinem Auge und breche ihm das Genick, indem ich den Nacken überdrehe. Gern geschehen. Mache ich aber nur, weil wir sonst noch mehr Aufmerksamkeit erregen. Wobei: durchlöcherte Windschutzscheibe und Blut von innen sind vielleicht nicht unbedingt unauffällig.

Was mache ich jetzt?

Völlig klar: Das Gepäck der zwei in den E-Mini umladen, checken, wo Bourreau hingefahren ist, was via GPS eine einfache Sache wird, und weg hier.

Cabincrew, ready for Checkov. Take-off, meine ich. Kabinensprache. Muss ich unbedingt draufhaben, ich alter Deadhead.

* Α Ω *

Die KI der Gesichtserkennung und die lückenlose Batterie aus Überwachungskameras in Urusalim führten Malleus und Lagrande auf den Spuren der Unbekannten hinaus zum Ölberg und Garten von Gethsemane. Dort hielt sich die Gesuchte in einem Café auf.

Per Autopilot fuhr der geliehene BMW i8 durch die wintersonnenverwöhnten Straßen der historischen Stadt und hielt nahe dem Café, das einst eine christliche Kirche gewesen war.

Malleus kontrollierte die Kameraaufnahme. »Sie ist immer noch da.«

Die sehr junge Frau saß am Tisch mit Blick auf den Olivenhain, hatte eine Tasse Tee und einen Teller mit Gebäck vor sich stehen. Sie fiel dank ihrer Kleidung und Aufmachung in dem Gewusel aus Touristen nicht weiter auf; ihre Augen lagen hinter einer verspiegelten Sonnenbrille verborgen.

»Irgendeine Spur vom Aswang?« Lagrande kontrollierte ihre SIG SP2022 und den Taser, den sie in ihre Umhängetasche steckte.

Mehrmals schaltete sich Malleus durch die Kameras, vermochte jedoch keinen auffälligen Menschen in der Nähe der Gesuchten zu erkennen. »Nur weil wir ihn nicht sehen, bedeutet es nicht, dass er nicht da ist«, warnte er und verließ den BMW. »Wir schauen uns erst um und beobachten sie, bevor wir uns ihr nähern.«

»Geht klar, Inspecteur.«

Schweigend gingen sie nebeneinander über den voll besetzten Parkplatz und näherten sich der einstigen Kirche aller Nationen, die seit 2012 keine römisch-katholische Basilika mehr war. Der Pharao hatte große Teile davon abreißen und lediglich den Mittelteil stehen lassen, um ein Café daraus zu machen, in dem man neben orientalischem Tee, Kaffee und Backwaren ägyptische Souvenirs kaufen konnte. Alles Christliche an dem Gebäude war durch Hieroglyphen ersetzt worden.

Daneben lag der berühmte Garten von Gethsemane mit seinen alten Olivenbäumen, in dem Jesus einst vor dem Verrat durch Judas gebetet haben soll. Zwischen knorrigen, alten Pflanzen, die von trockener, brauner Erde umgeben waren, führten angelegte Wege entlang.

»Da drüben«, sagte Malleus. Er hatte sich für weniger auffällige Kleidung als sonst entschieden, um wie ein herkömmlicher Besucher zu wirken.

Lagrande hakte sich bei ihm unter, damit sie als Pärchen durchgingen. Sie selbst blieb ihrem Stil treu und trug Karohemd, Jeans und Lederjacke, die Füße steckten in spitzen Gauchostiefeln. »Schlendern wir ins Café und schauen uns um.«

Malleus ging durch den Kopf, dass man das einstige, im Innern düster gehaltene Gotteshaus auch *Todesangstbasilika* genannt hatte, weil Jesus sich in der Nacht vor dem Verrat sehr gefürchtet hatte. Der Stein, vor dem er gebetet haben soll, war zusammen mit dem Altar entfernt und durch eine Statue des Pharao ersetzt worden. In den zwölf Kuppeln über ihnen zeigten sich Symbole der ägyptischen Gottheiten.

Todesangst fühlte Malleus nicht, aber es schlich sich Aufregung in sein Gemüt.

Die Gesuchte saß im Wintergarten mit Blick auf den Olivenhain, trank von ihrem Tee und zog den Teller mit Baklava zu sich. Sie hatte sich vier Stücke ausgesucht, die verschiedenfarbige Füllungen beinhalteten. Der Betrieb lief gut. Beschürzte Bedienungen brachten den Besuchern ihre Bestellungen oder räumten Geschirr von leeren Tischen ab. Im Hintergrund spielte orientalische Musik aus den Boxen, die an den Säulen hingen.

Lagrande nahm ihr Smartphone und tat, als fotografiere sie den bemalten Innenraum, während sie in Wahrheit mit einem Override-Programm auf das hauseigene Überwachungssystem zugriff, um nach dem unheimlichen Leibwächter zu suchen. Die Düsternis im Innenraum bot beste Bedingungen, sich unbemerkt im Schatten einer Säule oder eines Standbildes aufzuhalten. Das galt sowohl für Lagrande und Malleus – als auch für einen Aswang.

»Was denken Sie, was sie vorhat?«, fragte Lagrande.

Wenn ich das wüsste. »Entweder sie spioniert den Ort für ein weiteres Wunder aus oder nimmt eins vor«, spekulierte er. Da es mehrere Personen mit dem Reiskörner-Mal gab, blieb die Frage, ob sie selbst die Wunder auslösten oder deren Ablauf im Auftrag der noch unbekannten Entität überwachten. »Sie mag es jedenfalls süß.«

»Vier Stück. Ich bekomme schon nach einer Baklava einen Zuckerschock.« Lagrande schüttelte den Kopf. »Zugriff ist geglückt. Ich sehe auf den Kameras nichts, was seltsam anmutet.«

»Dann gehen wir näher ran.« Malleus schwenkte um die Säulen

und steuerte auf einen freien Tisch zu, der keine drei Meter von der Gesuchten entfernt lag.

Sie setzten sich, orderten zwei Mokka mit arabischem Kaffeegewürzen darin und beobachteten abwechselnd, was sich tat.

Zwischendurch erreichte Malleus eine Nachricht von Lautrec. »Der Prophet meldete sich wieder«, unterrichtete er Lagrande. »Er erschien in der Grabeskirche und übertrug seine Rede von dort.«

Sie fluchte leise. »Was hat er gesagt?«

Malleus fand einen Zusammenschnitt der Highlights. »Dass die Juden, Muslime und Christen sich bereithalten sollen. Jeden Tag rücke die Ankunft des Herrn näher. Bald kehre er zurück und zeige sich in seiner ganzen Größe, um die Götzen von der Welt zu vertreiben. Eine Zeitenwende stünde bevor. Das nächste Wunder geschähe alsbald.«

Mehr als hundertzwanzig Millionen Mal war die Rede aufgerufen worden. Als Reaktion darauf hatten sich spontane Kundgebungen der Gläubigen weltweit gebildet, während gleichzeitig die Anhängerschaft der alten Gottheiten zur Verhöhnung mehrere existierende Kleinheiligtümer des Einen angegriffen und zerstört hatten.

»Es spitzt sich zu. Wie gut, dass wir dem Spuk ein Ende machen.« Lagrande sah sich nochmals in Café und Wintergarten um. »Kein Aswang weit und breit.«

Malleus bemerkte, dass die Gesuchte die Gabel auf dem Tellerrand deponierte. Danach legte sie Zeige- und Mittelfinger auf das Mal an ihrem Handgelenk auf Höhe der Pulsadern und lehnte sich zurück. »Es geht los«, warnte er Lagrande. »Gleich passiert etwas. Augen auf!«

In der nächsten Sekunde wuchs Gras aus der braunen Erde rings um die Olivenbäume, an deren Zweigen und Ästen unvermittelt Blüten sprossen und sich öffneten. Leise knarrend wuchsen die Bäume und schoben sich erkennbar mehrere Zentimeter aus dem Boden, verbreiterten und streckten sich. Betörender Duft drang durch die geöffneten Fenster des Wintergartens.

Die Touristen merkten aufgeregt auf. Kameras und Smartphones wurden gezückt, das Wunder live gestreamt.

»Ich bleibe bei meiner Einschätzung. Es ist Kybele«, kommentierte Lagrande leise. »Fruchtbarkeitsgöttin.«

Mit einem leisen Knacken durchbrach ein Felsen den Boden des Cafés und schob sich von unten gegen das Standbild des Pharao, bis die Statue polternd umfiel und zerbrach. Dort, wo Jesus an einem Stein gebetet haben soll, befand sich nun ein neuer mannshoher Brocken.

Rufe wurden laut, mehr Kameras gezückt. Die Kriegserklärung des Einen Gottes an den Pharao von Ägypten verbreitete sich binnen weniger Minuten um die ganze Welt.

Malleus erhob sich. »Sie bleiben und halten mir den Rücken frei«, sagte er zu Lagrande und aktivierte das Bluetooth-System des Ohrsteckers, ging an den Tisch mit der sehr jungen Unbekannten. Sie hatte noch immer zwei Finger auf dem Symbol.

»Guten Tag«, sagte er und nahm ihr die Sonnenbrille ab. »Unterlassen Sie jedes weitere Wunder, wenn Sie die Welt nicht in Flammen setzen wollen. Wir beide werden jetzt sprechen.«

Ihre Augen leuchteten grün wie frischer Bambus in der Sonne, was ihre dunkelbraune Haut betonte. Erst nach und nach verlor sich der Schimmer darin, und schwarze Pupillen kamen zum Vorschein.

»Mister Bourreau«, erwiderte sie leise. »Ich bin beeindruckt, dass Sie mich gefunden haben.« Langsam nahm sie die Finger vom Zeichen auf ihrer Haut und griff zur Dessertgabel, um das Stück Baklava weiterzuessen. »Gefällt Ihnen das Wunder?«

»Es ist zumindest schön anzusehen.« Malleus blieb höflich. »Wie darf ich Sie nennen?«

»Imee. Einfach nur Imee. Und nein, ich werde Sie nicht begleiten.«

»Wo steckt der Aswang, der Sie beschützt?« Ganz genau achtete er auf die jungen Züge seines Gegenübers.

Tatsächlich zeigte sich dort Verwunderung. »Sie sind demnach auf die Erklärung für die Seraphim gekommen.« Sie bot ihm ein Gebäckstück an, das er dankend ablehnte. »Das wird den Plan nicht aufhalten, Mister Bourreau. Die Maschine läuft. Die Gläubigen des Einen Gottes sind in freudiger Erwartung.«

»Was, denken Sie, werden die Menschen sagen, wenn sie erfahren, dass der vermeintliche Seraph in Wahrheit eine mythologische Schreckgestalt von den Philippinen ist?«

»Sie werden es nicht wahrhaben wollen. Weil ihr Glaube stärker ist und sie blendet.« Imee lächelte, was sie nochmals jünger, fast kindlich wirken ließ. »Ab einem gewissen Punkt ist es gleich. Die Sache wird sich verselbstständigen und ist dann unaufhaltsam.«

Malleus fand das Gespräch bemerkenswert ruhig. »Ich suche Joel.«

»Ich weiß. Aber ich werde Ihnen nicht helfen, ihn aufzuspüren.« Imee nahm einen Bissen Baklava. »Was haben Sie jetzt vor?«

»Sie mitnehmen und verhören.«

»Weswegen? Rein rechtlich besitzen Sie nichts, was Sie berechtigt, mich im Namen von Interpol zu verhaften.« Imee zog ihren Rest Tee heran und gab fünf gehäufte Löffel Zucker hinein. »Oder habe ich etwas übersehen?«

»Ja. Ihr Symbol.« Er deutete auf das Mal an ihrem Handgelenk. »Das werte ich als Mitgliedschaft in einer verschwörerisch-terroristischen Gemeinschaft. Sie stehen in Verbindung mit dem selbst ernannten Propheten Joel, der wegen mehrfachen Mordes gesucht wird. Die ägyptisch-pharaonischen Behörden wissen Bescheid.«

»Ah? Sie sind gut vorbereitet.« Imee aß in Ruhe das nächste Gebäckstück. »Dann muss ich mich Ihnen entziehen, Inspector.«

»Wird Ihnen nicht gelingen.« Malleus wartete insgeheim auf ihre Attacke. Sie schien wie Joel nicht in der Lage zu sein, divine Kräfte als Waffe einzusetzen. *Deswegen der Aswang.* »Wem verdanken wir dieses Durcheinander und die Aufwiegelung?«

Sie lachte als Antwort.

Was kann ich es dir entlocken, ohne dass du es willst? »Ich versuche es einmal. Das Reiskorn deutet auf eine Fruchtbarkeitsentität hin«, setzte er an. »Der Reis steht für Asien. Kybele haben wir inzwischen ausgeschlossen. Wegen des Aswang, den Joel als Seraph präsentiert hat.«

Imee ließ sich nichts anmerken. »Wer hat Sie eingeschaltet? Interpol? Oder andere Entitäten?«

»Die DNS Ihres Freundes ist verräterisch. Ich nehme an, dass wir bei Ihnen die gleichen Merkmale entdecken. Sie sind höchstens drei, vier reale Jahre alt«, fuhr Malleus fort. »Das Geschöpf einer Entität. Hat sie Ihnen einen Teil ihrer Macht übertragen, damit Sie die Wunder wirken können?«

Imee zuckte mit den Schultern, doch ihr Mund war schmal geworden. Ihre Überlegenheit war gewichen. Die junge Frau machte Anstalten, sich vom Stuhl zu erheben.

Blitzschnell legte Malleus seine Hand auf ihren Unterarm und hielt sie fest. »Sie sind verhaftet, Imee. Es gibt keinen Ort, an dem Sie sich vor mir verstecken können. Ich habe weitreichende Befugnisse.«

»Es gibt Orte, an denen Sie nichts zu bestimmen haben. Wurden Sie vom Gesetzeshüter zum Knecht der Gottheiten?«, spottete sie und behielt zwangsweise Platz. »Sie lassen sich einspannen, Bourreau. Sie schützen die Unterdrücker der Menschheit vor notwendiger Veränderung.«

Ihre Worte schmerzten mehr, als Malleus zugeben würde. »Ich bin Atheist und folge keiner Entität. Nur dem Gesetz.«

»Und ein Gott ließe sich von Ihnen einsperren? Ist das jemals geschehen?« Imee betrachtete ihn. »Sie sind nutzlos, Inspector. Allenfalls beruhigen Sie die Menschen mit Ihrer Anwesenheit.«

»Reden Sie nur. Es wird Sie nicht davor bewahren, mich zu begleiten. Derzeit ist der Gott, für den Sie arbeiten, die größte Gefahr. Er muss aufgehalten werden.«

»Selbstverständlich. Damit die Welt bleibt, wie sie ist, nicht wahr?« Imee sah ihm furchtlos in die Augen. »Ich muss jetzt gehen.«

»An den Ort, an dem ich nichts zu bestimmen habe?«

»Für den Anfang.« Imee blickte auf seine Finger auf ihrem Unterarm.

»Sie sind verhaftet«, erwiderte Malleus gespannt. »Brauchen wir Handschellen?«

»Nein.« Imee hob ganz langsam den anderen Arm. Es schien, als winke sie die Bedienung herbei. »Weil Sie mich nicht mitnehmen werden.«

»Achtung, Bourreau! Da kommt ein riesiger Köter«, erklang Lagrandes aufgeregte Stimme in seinem Ohr.

Splitternd barst die große Scheibe des Wintergartens.

Durch den Glashagel sprang ein riesiger grauschwarzer Hund, landete auf dem Beistelltisch und drückte sich sofort ab, um sich auf Malleus zu werfen. Die Kiefer klappten weit auseinander, eine lange stachelige Zunge mit scharfer Spitze schoss hervor.

Geistesgegenwärtig ließ sich Malleus fallen und trat von unten gegen den Tisch, sodass der dem Wesen entgegenflog. Dabei musste er Imees Arm loslassen. *Verflucht noch eins!*

»Bleiben Sie an ihr dran, Lagrande!«, befahl er und zog seinen Apache Knuckle Duster. »Lassen Sie sie nicht abhauen!«

Während die Besucherinnen und Besucher des Cafés schreiend das Weite suchten, eröffnete Malleus das Feuer auf den Hund, wohl wissend, dass er den Angreifer damit eher nicht tötete. Es ging ihm um Ablenkung, bis ihm etwas Besseres einfiel.

Die Kugeln fuhren durch Tischplatte und Kreatur, die ihre Stachelzunge gegen Malleus zucken ließ. Mit einem Stuhl hielt er die Bestie auf Abstand, klappte den leer geschossenen Apache ein und ergriff ein langes, gezacktes Kuchenmesser vom Boden. Als die Kreatur das Holz zerbiss und sich auf ihn stürzte, trat er ihr so fest es ging in die Seite, sodass sie jaulend durch den Wintergarten schlitterte.

Dabei setzte eine wundersame Verwandlung ein: Auf dem Rücken zeigten sich ansatzweise Schwingen, während der hundhafte Leib menschlicher wurde. *Wie bei einem Werwolf!*, dachte Malleus erstaunt. *Das darf nicht geschehen!* Er warf sich auf den Aswang und versetzte ihm einen Hieb mit dem Schlagring des Apache. Parallel stach er das Kuchenmesser tief in den Rücken des Wesens und riss mit ganzer Kraft daran.

Der Schädel des Aswang schnappte herum, die herausschießende Zunge mit der gefährlichen Spitze verfehlte Malleus um wenige Zentimeter.

Nach einem kräftigen Ruck durchtrennte die Klinge knackend die Wirbelsäule. Aufkreischend brach der Aswang zusammen, hellrosafarbenes Blut schwappte aus dem Maul.

Die Wandlung endete. Auf dem Boden des Cafés lag eine ausblutende hundeähnliche Bestie, die entfernte Ähnlichkeit mit einem Primaten hatte und aus dessen nacktem Rücken schwach ausgeprägte Schwingenansätze stachen.

Knapp. Aber geschafft. Keuchend stemmte sich Malleus auf die Beine. »Lagrande? Wo stecken Sie?« Hastig blickte er sich um.

Das Gebäude hatte sich geleert. Einige Leute kauerten noch hinter Gebäckvitrinen und umgestürzten Tischen. Zwei Dutzend Menschen knieten hingegen vor dem emporgestiegenen Felsbrocken am anderen Ende des Cafés und hielten die Hände vor der Brust zum Gebet verschränkt. Sie hatten auf die Macht des Einen vertraut.

»Ich bin an dem Mädchen dran«, vernahm Malleus Lagrande über den Telefonknopf im Ohr. Den Geräuschen nach saß sie im BMW. »Fahre raus in Richtung Süden.«

Malleus fluchte. Er nahm ihr nicht übel, dass sie den i8 genommen und ihn zurückgelassen hatte. *Aber wie komme ich jetzt an einen Wagen?* »Lassen Sie sich nicht abschütteln, Lagrande.«

»Nein, Inspecteur. Ich habe den ägyptischen Kollegen Bescheid gesagt, dass ich eine Flüchtige verfolge. Es heißt, es sei nicht so einfach, sie zu stoppen.«

»Luftunterstützung?«

»Ist angefordert.« Lagrande stieß einen langen Fluch aus, die Räder quietschten laut durch das Telefon. »Bei Belenos! Diese dämliche Schlampe kennt keine Gnade! Hat eben zwei Leute überfahren. Soll ich Erste Hilfe …?«

»Bleiben Sie an ihr dran und geben Sie den Rettungskräften den Unfallort durch.« Malleus eilte durch das halb verwüstete Café zum Ausgang. Über seinen PDA bestellte er sich ein Taxi, um damit die Verfolgung aufnehmen zu können. Es wäre schneller bei ihm als ein Polizeifahrzeug. Umsteigen konnte er unterwegs immer noch.

Die Bestätigung besagte, dass in einer Minute der Fahrer Ahmed bei ihm sein würde.

Malleus nutzte die Wartezeit, um den Apache nachzuladen und die Route des BMW auf dem PDA nachzuverfolgen. Lagrande drosch den Wagen mit hundertachtzig Stundenkilometern über eine Schnellstraße, die nach einem sanften Bogen nach Süden verlief. *Imee hat einen Plan, wohin sie will.*

Als er den Maßstab der Karte verkleinerte und abwärtsscrollte, um zu sehen, wohin die Strecke führte, erkannte er ihr Ziel. Imee hatte ihm gesagt, es gäbe Orte, an denen er nichts zu sagen habe. Und genau dorthin raste sie mit Höchstgeschwindigkeit.

»Mir egal, wie Sie das anstellen, Lagrande, aber halten Sie Imee auf«, rief er und stieg in das Taxi, das eben mit dem freundlich nickenden Ahmed vorrollte. »Sie will entweder nach Sodom oder Gomorra.«

»Oh, merde«, war ihr einziger Kommentar.

»Los, geben Sie Gas«, wies er Ahmed an und starrte auf die Karte, wo der i8 als leuchtender Punkt dahinsurrte. »Wir müssen nach Süden. Fahren Sie bitte …«

Ein zweites Meldungsfenster ploppte auf dem Display auf, die Interpol-Warnmeldung sprang regelrecht in seinen Blick:

OONA MILORD GESICHTET

BESTÄTIGUNG: 100 %

TIF'ERET STREET, URUSALIM

SOFORTIGE VERHAFTUNG EINLEITEN

***

»Sokrates pflegte zu den Göttern nur schlechthin
um das Gute zu beten, als wüssten sie am besten, was gut ist.«

Xenophon (um 426 – nach 355 v. Chr.),
griechischer Politiker und Schriftsteller

KAPITEL XI

Vorderer Orient, nahe Sodom und Gomorra, Dezember 2019

Sosehr Rianne versuchte, Imee in dem silbernen Audi e-tron einzuholen, und dem BMW dabei alles abverlangte – die Verfolgte wusste den Verkehr auf der vierspurigen Schnellstraße geschickter zu nutzen. *Wieso kann eine Vierjährige so gut fahren?*

Kaum war die erhoffte Luftunterstützung Form eines Hubschraubers eingetroffen, bekam Rianne die Nachricht, dass man abdrehen müsse. Wegen des beginnenden exterritorialen Gebietes. Selbst der Pharao von Ägypten legte sich nicht mit dem Konsortium an, das die beiden Städte Sodom und Gomorra als riesige Vergnügungsparks für Erwachsene neu errichtet hatte.

Rianne wusste, dass Bourreau in Gomorra den Tod eines hochrangigen Ministers untersucht hatte, was sich als äußerst pikanter Fall erwiesen hatte. Damals war sie neidisch darauf gewesen. Zu gern hätte sie eine der geheimnisumwitterten Metropolen betreten, um sie mit eigenen Augen zu sehen. Wie es schien, würde ihr Wunsch heute in Erfüllung gehen.

Bourreau meldete sich über Telefon. »Wie sieht es aus, Lagrande?«

»Wir sind nicht mehr weit von den Kontrollstellen entfernt, Inspector. Spätestens da kriege ich sie«, antwortete sie. »Wie lange brauchen Sie, bis Sie bei mir sind?«

Sein Zögern sagte alles. »Es gab einen Festnahmeaufruf von Interpol«, erwiderte er. »Die Kamerasysteme haben Oona Milord erfasst. In Urusalim. Mit genauer Angabe der Örtlichkeit.«

»Verstehe. Dann hoffe ich, dass Sie Miss Milord vor anderen Agenten oder der urusalimschen Polizei finden.« Rianne hatte Verständnis, fühlte sich zugleich aber im Stich gelassen. »Ich schaffe das auch alleine.«

»Gut«, erwiderte Bourreau erleichtert. »Ich sorge dafür, dass der Vorfall in Gethsemane keine allzu großen Wellen schlägt.«

»Sie meinen den Auftritt des Aswangwolfs?« Rianne ließ sich die persönlichen sowie dienstlichen Nachrichten ihres Smartphones auf dem Fahrzeugdisplay anzeigen. Darunter war auch die Verhaftungsanweisung für Oona Milord von Interpol.

»Genau.« Bourreau klang unvermittelt gehetzt, offenbar rannte er durch ein belebtes Viertel oder einen Basar. »Sind Sie sicher, dass Sie mich nicht brauchen, Lagrande?«

»Bis Sie aus …« Rianne sah auf die Ortsangabe für die Festnahme der abtrünnigen Agentin. »Aus der Tif'eret Street bei mir sind, die Sie wahrscheinlich gerade langrennen, habe ich Imee zweimal schon geschnappt. Ich bringe sie dann nach Urusalim.«

»Nein. Melden Sie sich, sobald sie die Frau haben. Ich glaube, wir brauchen eine andere Taktik, um an Informationen zu kommen. Urusalim ist nicht sicher.«

»Sie haben aber nicht vor, nach Gomorra zu gehen?«

»Es kann sein, dass wir dort besser aufgehoben sind als sonst wo. Genau aus diesem Grund flüchtet Imee dorthin, fürchte ich. Sie weiß, dass sich dort selbst Entitäten nicht alles erlauben dürfen. Einen geschützteren Ort gibt es kaum.« Bourreau atmete schnell und schwer. »Ich lege jetzt auf.«

»Bonne chance, Inspecteur.« Rianne unterbrach das Gespräch zuerst.

Sie hasste es, für Milord versetzt zu werden, denn sie wusste genau, dass sein Interesse an der Agentin nicht nur beruflicher Natur war. Ihre eigenen Gefühle für ihren Boss hatte sie sich schon mehrmals verboten. Erstens war es unprofessionell, zweitens unglaublich kompliziert. Das hatte eigentlich gut geklappt.

Dann hatte es dieses Abendessen gegeben, in Kopenhagen, als er sie sanft geküsst hatte. Nicht weil er verliebt war, sondern aus Freude über ihre Ernennung zu seiner Ermittlungspartnerin. Dieser Kuss hatte die Verwirrung zurückgebracht, aber auch die Konkurrenz zu

Milord, die so ganz anders war. *Kein Banlieue-Mädchen. Sie ist bestimmt kultiviert von oben bis unten.* Riannes Laune sank. *Wie gut, dass ich sie bald an jemandem auslassen kann.*

»Achtung! Sie betreten nun das Gebiet der S&G Limited«, warnte der Bordcomputer des i8. Die Straßenführung verschwand von der Karte, als existierte die Welt ab dieser Grenze nicht mehr. »Automatische Navigation nicht mehr möglich. Bitte achten Sie auf die Straßenführung und folgen Sie dem örtlichen Leitsystem. Es ist Ihnen zu Ihrer eigenen Sicherheit verboten, die Straße zu verlassen. Halten Sie Ihre zertifizierte Urlaubsbuchung und Ihre Legitimation bereit.«

In einiger Entfernung wuchsen die zwei beeindruckenden Städte glitzernd und schimmernd in die Höhe, als gäbe es dort nur das Gute und Schöne. Dabei waren sie bekannt für Düsternis und Verderbtheit, die man darin kaufen konnte.

Dabei war es der S&G Limited gelungen, eine Art Schweiz des Nahen Ostens zu werden. Sowohl für Menschen als auch für Entitäten. Alle wollten nach Sodom und Gomorra, um sich auf neutralem Boden auszuleben. Mitunter heimlich.

Taten, für die man in anderen Ländern ins Gefängnis wanderte oder gar hingerichtet wurde, fanden mit Erlaubnis der Beteiligten statt, das Wort tabu gab es hier nicht. Es gab Fetische für alles und jeden. Sogar Mord war erlaubt, wenn das Opfer vorher schriftlich zustimmte.

Gelegentlich erschienen geleakte Videos, Zeugenaussagen von Geflohenen und Angestellten, die über geheimnisvolle Wesen sprachen, die im Schatten der Städte lebten. Es hieß, das Verschwinden von Touristen werde systematisch vertuscht. Das Konsortium stritt derlei Berichte als Fake News von Neidern oder Konkurrenten ab und legte stets Gegenbeweise vor. Es gab offizielle Ausreisepapiere der Vermissten, und was danach mit ihnen geschehen war, wo sie abgeblieben waren, konnte nie herausgefunden werden.

Genau dorthin raste Rianne.

Sie aktivierte das Telefon und versuchte, mit der Zentrale von

S&G Limited Kontakt aufzunehmen, während die leuchtenden LED-Hinweistafeln unübersehbar auf die näher kommende Kontrollstation hinwiesen. *Warteschleife.* Prompt bekam Rianne mehrere Verwarnungen wegen überhöhter Geschwindigkeit angezeigt. *Sehr gut, bekomme ich eben auf diese Weise ihre Aufmerksamkeit.*

Die Silhouetten der Städte ragten mehr und mehr empor, parallel wurde das riesige Abfertigungsareal sichtbar. Die Beschilderung wies auf Sicherheitskontrollen, Gepäckchecks, Belehrungen und Geldwechsel hin. Sodom und Gomorra griffen auf eine eigene Währung zurück, sofern man nicht mit Kreditkarte zahlen wollte.

In rascher Folge huschten Piktogramme vorbei, die verdeutlichten, dass missionarische Tätigkeiten sowie Waffen jeder Art verboten waren. Als Strafe standen körperliche Züchtigung und der Rauswurf aus den Städten an. Ohne Geldrückzahlung.

Dann erwachte die Freisprechanlage des BMW ohne Riannes Zutun zum Leben.

»Guten Tag im Namen von S&G Limited«, kam es auf Englisch aus den Lautsprechern. »Sie bewegen sich mit überhöhter Geschwindigkeit auf unseren Straßen. Sollten Sie das Tempo des Mietfahrzeugs nicht in drei Sekunden drosseln, werden wir das für Sie übernehmen. Für entstehende Schäden jeglicher Art übernehmen wir keine Haftung.«

»Mein Name ist Marianne Lagrande, ich bin von Interpol«, erwiderte sie haspelnd und nannte ihre Dienstnummer. »Ich verfolge eine Verdächtige in einem silbergrauen Audi e-tron mit dem Kennzeichen 12 876 26. Ich ersuche um Amtshilfe. Der Name der Verdächtigen ist Imee. Halten Sie sie auf und lassen Sie sie nicht nach Gomorra einreisen.«

Es blieb still.

Rianne vermutete eine automatisierte Ansage und ging das Wagnis ein, das Gaspedal gänzlich durchzutreten. Der e-tron kurvte keine fünfzig Meter vor ihr. *Gleich habe ich dich!*

Neben ihr schwirrte unvermittelt eine Rotordrohne, die außer einer Kamera auch eine langläufige Waffe unter dem Korpus montiert hatte. Etwaige Bedrohungen wollte S&G offenbar rechtzeitig ausschalten können.

Schnell hielt Rianne den Interpol-Ausweis gegen die Scheibe, um einen Beschuss zu vermeiden.

Weiter vorne verbreiterte sich die Fahrbahn und fädelte sich auf, mautstationsartige Bauten erschienen, vor denen sich die Pkw stauten.

Der Audi bremste am Ende einer Kontrollspur ruckartig ab, dahinter lag eine von mehreren unterirdisch angelegten Zufahrten. Die Fahrzeuge der Besucher sollten nicht in der Wüstensonne stehen.

Die Fahrertür öffnete sich, und die junge Frau verließ den e-tron, um langsam auf die Gebäude zuzugehen. Ein seltsamer Ton erklang aus den Boxen des BMW, ein blaues Flimmern huschte über die Anzeigen, und der Motor wurde abgeschaltet. Das Lenkrad schlug von selbst nach rechts ein, der i8 rollte auf den Seitenstreifen. Wie angekündigt hatte man den Wagen per Fernsteuerung angehalten.

Merde! Rianne sprang aus dem i8 und nahm die Verfolgung auf. »Stehen bleiben!«, schrie sie und zog ihre SIG. »Miss Imee, Sie sind verhaftet!«

Eine Handvoll Sicherheitskräfte hatte die Gebäude schon verlassen, verschiedene Kurzgewehre in Vorhalte und bereit, sie in Anschlag zu nehmen. Auf den Dächern der Abfertigungsbauten fuhren kleine Geschütztürme aus.

»Sie haben hier nichts zu melden«, rief Imee über die Schulter zurück. »Wir sind extraterritorial. Außerhalb jeglicher Gerichtsbarkeit des Pharaos oder irgendeines Landes.« Sie ging rückwärts und provozierend langsam. »Ich wäre mit der Pistole vorsichtig. Am Ende erschießt man Sie.«

Ein anhaltendes, wummerndes Grollen erklang, und ein weiß lackierter Osprey-Helikopter mit dem S&G-Limited-Logo auf der Seite donnerte im Tiefflug von den Städten heran. Hinter der Kontrollstation senkte er sich auf die Fahrbahn. Im Landen öffnete sich die Heckklappe, und mehrere weiß Gepanzerte mit geschlossenen Helmen verließen den Kippflügler durch die umherwirbelnden Staubschleier. Durch die dunklen Visiere ließen sich keine Gesichter ausmachen.

Erst als der Osprey gänzlich gelandet war und die aufwärtsgerichteten Rotoren zum Stehen kamen, erschien eine Frau in einem weißen Businessanzug in der Klappe.

Rianne verfiel vom Spurt in den lockeren Trab. Es wäre sinnlos, keuchend, schwitzend und hechelnd mit der Verantwortlichen zu sprechen, die soeben filmreif eingetroffen war. Der Wind peitschte die feinen Körnchen gegen Rianne, es knirschte zwischen ihren Zähnen.

Als sie der Frau in Weiß näher kam, erkannte sie orientalische Ornamente in dem hellen Anzugstoff, der äußerst raffiniert auf den Leib der geschätzt Vierzigjährigen geschneidert war. Auf dem Kopf saß ein mit Perlen- und Silberketten verzierter polarweißer Turban, die Augen blieben hinter einer verspiegelten Gletscherbrille abgeschirmt.

Elegant wie ein Model ging die Frau die Rampe herab, eine Hand in der Sakkotasche; an ihren pedikürten Füßen steckten offene Sandalen, die Nägel waren in mattem Weiß lackiert.

Imee war vor den uniformierten Sicherheitskräften der Kontrollstation stehen geblieben. »Sie haben Ihre Chance verpasst, mich zu kriegen«, sagte sie zu Rianne und grinste.

Die Schwergepanzerten flankierten die Turbanfrau, und gemeinsam kamen sie auf das Häuschen zu.

»Miss Lagrande, Miss Imee«, grüßte sie und hinter ihren perfekten Lippen kamen makellose Zähne zum Vorschein. An ihren Fingern saßen Goldringe, Teile von Tätowierungen waren am Handrücken sichtbar. »Sie sorgen für Trubel. Die S&G Limited ist nicht sonderlich erbaut.« Sie neigte leicht den Kopf. »Mein Name ist Marduki. Ich bin die Zuständige des Konsortiums. Helfen Sie mir dabei, wie wir diese unschöne Situation zur Zufriedenheit aller lösen können.«

Rianne irritierte es, sich selbst in den verspiegelten Gläsern zu sehen. »Ich hatte während der Anfahrt versucht, Kontakt mit Ihrer Zentrale aufzunehmen«, erklärte sie. »Es –«

»Oh, ich weiß, wie wir das lösen«, sagte Imee und nahm behutsam ein schmales Blatt Papier aus der Hosentasche. »Mit einem Einreiseticket. Für Gomorra.«

Marduki winkte einen regulären Stationswächter mit einer knappen Geste zu sich, der salutierte, und ließ ihn den Beleg mit einem Prüfgerät scannen. »Das ist doch ein guter Anfang.«

»Miss Imee wird im Zusammenhang mit mehreren Morden in Australien gesucht«, sagte Rianne und verallgemeinerte den Sachverhalt, damit er gewichtiger klang. »Mister Bourreau und ich haben sie in Urusalim aufgespürt. Sie hat sich der Verhaftung widersetzt und eine abgerichtete Wolfsbestie auf den Inspector gehetzt, bevor sie die Flucht ergriff.«

»Das spielt alles keine Rolle«, warf Imee lapidar ein und steckte als Zeichen ihrer Friedfertigkeit die Hände in die Hosentaschen.

Mardukis Augen blieben hinter den reflektierenden Gläsern verborgen. »Wo ist der Inspector?«

»In Urusalim. Er verfolgt eine weitere Verdächtige.« Rianne bemerkte, dass Imee verwundert aufschaute. »Er hat mir diese Sache hier übertragen.«

»Ah.« Marduki nahm das Scan-Gerät von dem Uniformierten an sich. »Oh«, machte sie bedauernd, nachdem sie einen Blick darauf geworfen hatte.

»Was?«, schnarrte Imee ungehalten.

»Überbelegung, Miss Imee. Ihr Ticket muss ein Buchungsfehler sein.« Mardukis Gesicht wandte sich langsam zu ihr. »Wir erstatten Ihnen das Geld natürlich zurück. Es tut mir sehr leid.«

»Nein, ich *will* nach Gomorra«, beharrte Imee und zog die Hände ruckartig aus den Taschen. Einen Tick zu schnell für den Geschmack der Weißgepanzerten, die ihre Mündungen unmittelbar auf sie richteten. »Das ist doch Bullshit mit dem Buchungsfehler!«

Marduki blieb gelassen in ihrer Haltung, die pure Ablehnung ausdrückte.

»Ich brauche kein Zimmer. Lassen Sie mich einfach rein«, versuchte es Imee etwas freundlicher.

»Die Städte verfügen über eine gewisse Kapazitätsgrenze an Menschen. Es geht nicht.« Marduki reichte das Ticket an die junge Frau zurück. »Da Sie keine gültige Aufenthaltsreservierung und damit keine Berechtigung haben, muss ich Sie bitten, das Territorium von S&G Limited zu verlassen.« Sie deutete auf Rianne. »Sie werden bestimmt gern von der Inspectrice mitgenommen.«

Rianne wusste, dass sie den plötzlichen Sinneswandel alleine der Nennung von Bourreaus Namen zu verdanken hatte. *Er muss hier mächtig Eindruck hinterlassen haben.*

Imee machte einen Schritt nach vorne, was ein hörbares Entsichern und Surren aus den Waffen der Weißgepanzerten zur Folge hatte.

»Ich erbitte politisches Asyl«, sagte sie und warf das nutzlose Ticket in den Wüstenstaub. »Ich werde wegen meiner Religion verfolgt.«

»Das tut mir leid zu hören.« Mardukis Tonfall besagte das exakte Gegenteil. »Sodom und Gomorra gewähren keinerlei Asyl.« Sie deutete auf den silberfarbenen Audi, in dem Imee gekommen war. »Ich gebe Ihnen zwei Minuten, ins Auto zu steigen und sich von diesem Land zu entfernen. Sonst mache ich von meinen Sonderrechten Gebrauch.«

»Du wagst es, mir zu drohen?«, grollte Imee und senkte das Kinn, spreizte die Arme leicht und öffnete die Hände. »Weißt du, wem ich diene?«

Ein leises Knistern wie von rieselndem Sand erklang. Der Keimling eines zarten Pflänzchens stemmte sich aus einem Riss im Asphalt und dem Sand der Wüste.

Noch bevor er weiterwuchs, setzte Marduki den Absatz ihrer Sandale darauf. Es zischte, schwarzer Dampf umschmeichelte den offenen Riemchenschuh, Asche wirbelte auf.

»Ich denke, *du* weißt nicht, wer über die Städte befiehlt«, erwiderte sie leise, was bedrohlicher wirkte als das lauteste Brüllen und Toben. »Deine divinen Kräfte haben keinen Bestand gegen uns. Fordere uns nicht heraus.«

Rianne hielt die Luft vor Anspannung an. Sie hörte Imee leise Silben einer Sprache murmeln, die sie nicht verstand. Parallel zuckte und wuselte es im hellen Sand. Mehr Keimlinge versuchten, Wurzeln zu schlagen und Imee zur Hilfe zu kommen. Doch sobald sich ein schwacher Grashalm aus den Sandpfuhlen reckte, verging er zu schwarzer Asche.

»Ich habe dich gewarnt«, raunte Marduki. »Deine Vatermutter hat keine Macht an diesem Ort. Und du bist nichts weiter als sterbliches Fleisch mit harmlosen Gaben.« Auf einen Fingerzeig hin gab einer der Gepanzerten einen Schuss aus seinem Gewehr ab.

Dunkel dröhnte die Detonation der Treibladung. Die Kugel ging Imee durch den rechten Oberschenkel und ließ sie aufschreiend auf den Asphalt stürzen. Blut sickerte aus den Ein- und Austrittswunden.

»Wie auf der Herfahrt überall zu lesen stand, ist das Wirken von divinen Wundern an diesem Ort verboten. Sollten Sie nochmals versuchen, einen Fuß auf dieses Terrain zu setzen, greift die Jurisdiktion von S&G Limited.« Marduki gab einen Befehl in einer dunklen, unbekannten Sprache.

Ein Gepanzerter stapfte näher und nahm eine Kartusche vom Gürtel, sprühte eine schaumartige Substanz in die vordere Wunde, woraufhin Imee einen Schrei ausstieß und ohnmächtig zusammenbrach.

Marduki sah zu Rianne. »Die junge Dame gehört Ihnen, Miss Lagrande. Sie wird keine weiteren Schwierigkeiten machen. Der Durchschuss ist versorgt. Ich habe Ihren i8 aktivieren lassen. In welches Auto soll ich Imee tragen lassen?«

»Danke«, sagte Rianne, weil ihr nichts Geistreicheres einfiel. »In den Audi, bitte.« Der Autopilot des BMW würde den Wagen eigenständig zurück zur Vermietung steuern. Sie wollte die Polster nicht versauen.

Marduki gab die nächste Anweisung, und der Gepanzerte packte die Bewusstlose mit einer Hand im Nacken wie ein Kätzchen, schleifte sie zum e-tron und legte sie auf die Rückbank.

»Bestellen Sie Inspector Bourreau die besten Grüße von S&G Limited.«

Rianne beließ es bei einem Nicken, sagte: »Mache ich«, und wandte sich zum Gehen.

»Ist er zufällig auf der Jagd nach der flüchtigen Oona Milord?«, traf sie Mardukis Stimme in den Rücken.

»Kann sein«, erwiderte Rianne und drehte sich halb. »Warum?«

»*Falls* dem so wäre und der Inspector Gelegenheit hat, mit ihr zu sprechen, lassen Sie bitte ausrichten, dass ein weiterer Versuch von Miss Milord, heimlich nach Sodom oder Gomorra einzureisen, letal für sie enden wird.« Marduki sagte es mit der gleichbleibenden gefährlichen Ruhe wie alles Vorherige. »Was immer sie sucht, es befindet sich nicht bei uns.« Sie deutete mit einer Hand in Richtung des e-tron. »Gute Reise, Miss Lagrande.«

»Besten Dank.« Rianne ging los.

Der Einsatz war anders gelaufen, als sie gedacht hatte. Aber am Ende hatte sie Imee eingesammelt und einige zusätzliche Informationen bekommen. *Gar nicht schlecht. Das soll mir Bourreau erst mal nachmachen.*

***

Vorderer Orient, Urusalim (Ägyptische Provinz), Dezember 2019

Malleus näherte sich der letzten bekannten Position, an der die Kameras das Gesicht der gesuchten D. E.M.-Agentin erfasst hatten.

Natürlich befand sich der Ort mitten in der engen Altstadt, im dichtesten Gedränge aus Touristen, Einheimischen, Basarbesuchern und Feierabendfeiernden, von denen jeder entweder nach Hause, zum Einkaufen, in ein Teehaus, in ein Restaurant oder eine Bar wollte.

Durch diesen Wust schob und zwängte sich Malleus mit einer Dringlichkeit, die ihm wüste Flüche in verschiedenen Sprachen einbrachte. Über Ohrstecker hörte er den Polizeifunk mit, um auf dem Laufenden zu bleiben, was die urusalimschen Gesetzeshüter taten und welche Straßen sie abdeckten. Mini-Drohnen surrten gelegentlich über die Köpfe, auf ihrer Unterseite prangte das Logo der Polizei.

Hier war es. Malleus hielt vor einem kleinen Gewürzladen, in dem es auf den ersten Blick nichts Außergewöhnliches gab. *Weswegen war sie hier?*

Von der linken Seite näherte sich eine vier Mann starke Streife, die zielgerichtet auf das Geschäft zuschritt und die Leute rüde zur Seite schob.

Schnell trat Malleus ein, wich den Kunden im Innern aus und sah sich aufmerksam um. Hinter einem aufklaffenden Vorhang lag ein schmaler Durchgang, und sofort huschte er hinter den Stoff und zog ihn gerade, damit ihn die Polizisten nicht bemerkten.

Er fand sich in einem Vorratsraum wieder, in dem sich Säcke, Kisten und Großverpackungen mit Ware auf wacklig aussehenden Regalen aus Holz und Metall bis an die fünf Meter hohe Decke stapelten. Im Licht einer einsamen, funzeligen Birne saßen zwei erstaunte Gestalten in traditioneller Kleidung an einem Tisch und verbrachten bei Kaffee und Gebäck ihre Pause.

»Die Frau«, fragte Malleus auf Englisch. »Wohin ist sie?«

Einer der Männer deutete nach rechts oben, wo eine Luke aus dem Lager führte, während ihn der andere dafür mit Vorwürfen bedachte.

Hoffentlich ist das keine Falle. Hastig machte sich Malleus an den Aufstieg und zwängte sich durch die Klappe auf ein flaches Dach, wo Wäsche in langen Bahnen zum Trocknen hing. *Weit und breit keine Spur von Milord.*

»Falke zwei, hier Falkennest. Wir haben Milord gesehen. Ecke Ha Heduim und Shar'ar Ha«, hörte er die Meldung in seinem Ohr. »Einheit sofort auf den Weg bringen.«

»Hier Falke zwei, verstanden.«

Wo ist das? Malleus suchte die Adresse fieberhaft auf dem PDA und vermutete, dass er über die Dächer vor der urusalimschen Polizei dort sein konnte. *Los! Sonst erwischen sie sie.*

So schnell es ging, hetzte er über Terrassen, sprang über Balkone und hüpfte über Dächer, bis er die Ecke Ha Heduim und Shar'ar Ha erreicht hatte.

Und da stand Oona Milord, unter ihm in der Gasse.

Sie bekam den Schal nicht schnell genug vor ihr Gesicht gelegt, um seinen suchenden Blicken zu entgehen. Die weite Kleidung einer Einheimischen im neoägyptischen Stil machte sie in dem Gedränge beinahe unsichtbar, nur die festen Stiefel, die unter dem Saum herausschauten, verrieten sie. Schräg vor ihrer Brust baumelte ein einfacher, schmaler Rucksack an einem Riemen. Oona nahm eben an einem Tischchen in einer Shishabar Platz, in der Urusalime und Touristen gleichermaßen verkehrten.

Sie will sich mit jemandem treffen. Malleus sah sich nach einer Möglichkeit um, vom Dach hinunterzukommen, und entdeckte ein Baugerüst keine zwei Meter entfernt. *Warum sonst würde sie das Risiko einer Entdeckung auf sich nehmen?*

Kaum hatte er den ersten Schritt darauf zu gemacht, sah er einen Schatten auf dem Laufgang hinter einem Schuttfallrohr knien, der ein Gewehr im Anschlag hielt. Der Lauf zielte auf Milord.

Verflucht! Malleus flankte über die Brüstung auf die Lochblechplanke und zog den Apache Knuckle Duster. *Sie tappt geradewegs in eine Falle.*

Das Rumpeln und die Erschütterung des Aufpralls wurden von dem Attentäter bemerkt, der einen flachen Turban und einen Schal vor dem Mund trug, die Sonnenbrille verdeckte seine Züge komplett. Er schwenkte das Bullpub-Gewehr mit dem montierten Schalldämpfer ohne Zögern herum.

Malleus war auf dem engen Gang ein viel zu leichtes Ziel für einen Scharfschützen. Ansatzlos warf er sich nach rechts durch die geschlossene Scheibe in das Baustellenzimmer.

Hurtig rappelte er sich auf, zog mit der anderen Hand einen Cobray Deringer und rannte durch das Gebäude; dabei schaute er unentwegt durch die Fenster hinaus zum Gerüst.

Wo steckst du?

Unvermittelt tauchte der Attentäter vor ihm auf der Türschwelle auf und riss das Gewehr in die Höhe.

Malleus löste die Schrotsalven des Cobray in rascher Folge aus und hoffte, dass die schwirrenden Kugelschwärme den Vermummten stark genug verletzten, um ihn auszuschalten.

Leise knallend erklang der Schuss aus dem Scharfschützengewehr, die Kugel verfehlte Malleus' Kopf nur um Zentimeter. Das Surren des Geschosses erinnerte an ein wütendes Insekt.

Dafür traf Malleus' Munition den Gegner in die Schulter, was den Attentäter zum Aufschreien brachte; das großkalibrige Gewehr senkte sich. Gleich darauf drosch Malleus ihm mit dem Schlagring des Apache Knuckle Duster dorthin, wo er unter dem Schal das Kinn vermutete. Beim Aufprall des Metalls knackte es, als wäre ein Stück Kiefer gebrochen.

Der Angreifer fiel wie ein Sack zu Boden, seine Waffe mit langem Schalldämpfer landete klappernd neben ihm.

Na also. Malleus bückte sich und langte nach dem Schal, um das Gesicht des Mannes zu sehen. *Wen habe ich vor mir?*

»Falkennest, hier Falke zwei, wir sind gleich da«, meldete die Streife unvermittelt.

Die Demaskierung muss warten. Erst Milord.

Doch als er sich aufrichten wollte, traf ihn irgendwas Hartes am Hinterkopf, und Malleus wurde schwarz vor Augen.

* A Ω *

Shit, einen Tick zu spät. Aber Captain Khan hat dennoch alles im Griff, dank Spionage-PDA von Bourreau. Bin im entkernten Rohbau, bleibe im Nachbarzimmer und schaue durch die löchrige Zwischenwand.

Einen Killer hat er ausgeschaltet, aber den zweiten hat er nicht kommen sehen, der ihm von hinten eins in den Nacken gibt. Und ich hatte die APB nicht schnell genug gezückt. Puh, das war echt Glück. Wäre das ein Messer gewesen … Aber warum hat er Bourreau nicht umgebracht? Klar, ich werde mich deswegen nicht beschweren. Ist trotzdem komisch.

Jetzt telefoniert er. Interessant, interessant.

»Hier Elf Zwei. Spreche ich mit dem Professeur?« *Er lauscht kurz.* »Monsieur, wir sind in Urusalim, haben Charlie ausgeschaltet und wollten eben Milord snipen, aber …« *Er schaut auf den ohnmächtigen Bourreau, als könnte sein französischer Kumpel es auch sehen.* »Wir haben ein Problem. Er ist aufgetaucht. Der Inspecteur.«

Aha. Spannend. Mal vorsichtshalber die APB anlegen. Hinter der Mauer sieht mich der Typ nicht. Am Rufnamen sollten sie arbeiten. Die sehen nicht mal ansatzweise aus wie Elfen, hahaha! Wieso nicht Zero Eins und Zwei? Das klingt wenigstens cool. Aber elf?

»Keine Ahnung, woher er davon wusste«, *redet der andere ratlos weiter.* »Er hat Elf Eins ausgeschaltet, ich habe … was? Nein, er ist nicht tot. Ich weiß, dass Sie ihn noch brauchen, Professeur. Aber wie regeln wir das, damit er keinen Verdacht schöpft? Wenn er sich mit Milord …« *Er schweigt und hört zu.* »Mh«, *macht er mehrmals und läuft auf und ab.* »Mitnehmen und zwischenparken, verstanden. Seine Sachen an mich nehmen, geht klar. Auch die Culebras. Die Gelegenheit bietet sich an, da haben Sie recht.«

Na, da schau her! Wissen die etwa, was es mit den Glimmstängeln auf sich hat? Wer sind die, verfickte Fickscheiße?

»Ich nehme an, dass ihn dieser Prophet in die Stadt getrieben hat. Ärgerlich. Sehe ich wie Sie, Professeur.« *Er lauscht auf die Sirenen.* »Ich muss los, sonst schnappen mich die Bullen. Melde mich, sobald ich den Inspecteur untergestellt habe.« *Er legt auf.*

Mit einer Sache hat Elf Zwei recht: Die Bullen sind bald da.

Ich lege auf das Elfchen an und drücke dreimal ab: zwei Schuss in die Brust, einer in den Kopf. Feierabend. Fällt wie ein Baum und knallt auf den dreckigen Boden, ist schneller gestorben, als er seinen Tod begreifen konnte. So will ich auch mal abtreten. Muss schön sein.

Schnell aus meiner Deckung raus, den Toten absuchen und alles aus den Taschen in die Jacke von Elf Eins stopfen, damit Bourreau was zu finden hat. Die Leiche ab durch die Schuttrutsche in den Dreckcontainer, weg ist sie.

Da liegt eine Stützstrebe, super! Damit haue ich ein paarmal in die Decke, damit es aussieht, als wäre was runtergekommen. Staubt, rumpelt, Loch gemacht, sauber.

Die herabgeregneten Steinchen und Brocken drapiere ich um Bourreau und den Sniper, dem ich mit zwei, drei, hossa, Schlägen eines Backsteins den Schädel breche. Keine Zeit für Überlebende bei den Gegnern.

Sooo, die Bühne ist bereitet.

Passend stöhnt und ächzt der, dem ich folge. Kommt wieder zu sich.

Abgang des heimlichen Beschützers. Captain Khan verlässt die Szene, links raus und warten, was geschieht.

* Α Ω *

»Ich kenne nichts Ärmeres
Unter der Sonn' als euch, Götter!
Ihr nähret kümmerlich
Von Opfersteuern
Und Gebetshauch
Eure Majestät
Und darbtet, wären
Nicht Kinder und Bettler
Hoffnungsvolle Toren.«

aus: Prometheus (1774)
von Johann Wolfgang von Goethe (1749–1832),
deutscher Dichter und Naturforscher

KAPITEL XII

Vorderer Orient, Urusalim (Ägyptische Provinz), Dezember 2019

Als Malleus die Augen aufschlug, sah er als Erstes den Steinbrocken neben sich, umgeben von Mörtelresten und Geröll. Angestrengt drehte er den Kopf und sah zur Decke, von der ein ganzes Stück herausgebrochen und auf ihn gefallen war. *Das hätte anders enden können.* Behutsam stemmte er sich auf die Knie.

Der vermummte Scharfschütze lag noch immer auf dem Boden, nur dass ihm die Trümmer den Schädel zermalmt hatten. Die verbogene Sonnenbrille sah grotesk in dem blutigen Knochenmatsch aus.

Ich hatte wirklich Glück. Malleus schüttelte seine Benommenheit ab und nahm das Bullpub-Snipergewehr, ein chinesisches QBU-90 mit starkem Vergrößerungsglas und zuschaltbaren Besonderheiten, wie Thermalsicht und Ähnlichem.

Er zerrte die Leiche hinter sich her, kroch auf den Laufgitterweg hinter die Schuttrutsche und suchte durch das Fadenkreuz nach Oona Milord.

Sie saß zu seiner Erleichterung noch immer im Café und las Nachrichten auf ihrem Smartphone, sah ab und zu hoch. Eine Tasse Tee stand vor ihr, zwei Stücke flaches Gebäck lagen auf einem beistehenden Teller.

Auf wen wartet sie? Malleus rief bei der urusalimschen Polizei an, ohne seinen Blick von der Agentin zu nehmen. »Hier Inspector Bourreau von Interpol«, sprach er und gab seine Identifikationsnummer durch. »Ich bin an der Verdächtigen Oona Milord dran. Ich denke, sie will zum Flughafen. Beeilen Sie sich. Gehen Sie dort in Stellung und unternehmen Sie nichts ohne meine Anweisung.« Als die Bestätigung nach Sekunden erfolgte, legte er auf. *Gut. Das verschafft mir einige Minuten.*

Mit einer Hand tastete er den toten Scharfschützen nach Hinweisen auf dessen Identität oder Auftraggeber ab. Dabei sah er zwischen der Leiche und Oona hin und her, um nichts zu verpassen. Malleus fand einen Geldbeutel mit einer ID-Karte und weiteren Ausweisen sowie ein ungesichertes Smartphone. In der großen Umhängetasche lagen zwei weitere Magazine für das QBU-90 sowie eine chinesische Norinco P18, Halbautomatik.

Im Café blieb es ruhig, Oona wartete noch immer.

Schnell checkte Malleus die Liste der letzten Anrufe – und stutzte. Als Kürzel war *OM* eingetragen. *Sollte das …?*

Kurzerhand drückte er darauf. Es klingelte.

Oona Milord sah unvermittelt genauer auf ihr Display und hob das Gerät ans Ohr. »Wo bleiben Sie, Charlie?«, zischte sie.

Malleus betrachtete sie durch das Zielfernrohr. »Hallo, Miss Milord. Das ist eine Überraschung für uns beide.« Es fühlte sich nicht gut an, eine derart große Waffe vor sich zu haben. Es weckte schlechte Erinnerungen an den Grabenkrieg.

Die Agentin ließ sich nichts anmerken und griff nach der Teetasse. Dabei zitterte ihre Hand leicht, das Getränk schwappte bis an die Ränder. »Bourreau?«

»Sie sitzen im *Ali Babbo Café,* halten ein Glas Chai in der Hand und fragen sich, wie ich das wissen kann und wie ich an das Handy des Mannes komme, auf den Sie warten«, sprach er ruhig, aber schnell.

»Nur dass Charlie eine Frau ist. Charlene Ducroix, Expertin für Altertumsforschung.«

Malleus sah auf den toten Scharfschützen, der definitiv ein Mann war; der Name im Ausweis passte ebenso wenig zu Charlene Ducroix. »Verschiedene Überwachungskameras in Urusalim haben Sie erfasst und das Interpolfahndungsprotokoll ausgelöst. Ich bin los, um Sie vor der einheimischen Polizei zu treffen und zu besprechen, was es mit den Vorwürfen auf sich hat, die zu Ihrer Fahndung geführt haben«, fasste er zusammen. »Ich denke, Sie sind keine Mörderin.«

»Da sind Sie der Einzige«, erwiderte Milord verbittert. »Was bringt Sie nach Urusalim?«

»Ein Fall. Aber nicht Ihrer«, antwortete er. »Ich sitze nicht weit von Ihnen, beobachte Sie durch das Zielfernrohr eines QBU-90-Scharfschützengewehrs, das der Mann bei sich hatte, von dessen Telefon aus ich Sie kontaktiere. Ich denke, Sie sollten terminiert werden.«

Milord blieb bravourös gelassen – bis auf das Zittern, das stärker wurde. »Das hätte Charlie niemals getan.«

Malleus stutzte. Er hatte Ducroix' Telefon in der Hand. »Charlie ist vermutlich tot. Was wollten Sie von ihr?«

»Informationen.«

»Welche? Hängen sie mit den Vorwürfen gegen Sie zusammen?«

»Ja.« Milord trank vom Tee und stellte das Gefäß ab. »Man hat mir schon mehrere Fallen gestellt. Meine Informanten kamen dabei ums Leben. Wie nun auch Charlie.«

Malleus schwenkte einmal mit dem Fadenkreuz über die anderen Gäste, sah aber nichts Verdächtiges. »Ich höre zu.«

»Charlie wollte mir Bilder zeigen, die sie gemacht hat. Sehen Sie bitte auf dem Smartphone nach, ob sie darauf gespeichert sind.«

»Geben Sie mir bitte ein paar Anhaltspunkte, was hinter dem Ganzen steckt, Miss Milord.«

»Sie werden der Erste sein, den ich einweihen kann. Nein, muss. Wenn die Bilder nicht auf dem Smartphone sind, endet meine Recherche, und viele Menschen sind umsonst gestorben.« Milord sah sich im Laden um. »Beeilen Sie sich. Es ist hier nicht sonderlich sicher, fürchte ich.« Sie klang gehetzt. »Besser, ich gehe sofort und suche mir einen Ort zum Untertauchen.«

»Nein, bleiben Sie. So habe ich Ihr Umfeld im Blick und kann eingreifen, sollte es Ärger geben.« Malleus widerstrebte es, das Auge auch nur kurz vom Zielfernrohr zu nehmen, aber es ging nicht anders. Er öffnete die Bilderordner auf dem Smartphone. Zum Vorschein kamen Schnappschüsse aus der Stadt, mit eins, zwei, mehreren Personen, von der eine bestimmt Charlie war, Monumente, neopharaonische Bauten, die Pyramide.

»Nichts Besonderes«, sagte er. »Auf was muss ich achten?«

»Ist eine Aufnahme von einer Stele dabei?«

Schnell scrollte Malleus sich durch die Bilder. »Nein«, sagte er nachdenklich. »Welche Art Stele?«

»Das kann ich nicht sagen, weil ich es nicht weiß«, antwortete sie.

»Hat es etwas mit einem Calator zu tun?« Er sah wieder durch das Zielfernrohr. »Damit hatte ich neulich in Irland zu tun.«

»Ein Calator? Nein, nicht dass ich wüsste.« Milord machte auf einer Serviette Notizen. »Es geht um etwas Größeres. Etwas Finales, befürchte ich.«

»Dann der Prophet des Einen Gottes?«

Milord lachte einmal auf. »Ah, *deswegen* sind Sie in Urusalim. Hätte ich mir denken können.«

Unter Malleus' Daumen, der über das Display zuckte und die Ordner dahinfliegen ließ, erschien ein weiterer Ordner, der zum Öffnen ein Passwort verlangte. »Ich denke, ich habe was. Aber es ist geschützt. Das Verzeichnis nennt sich *Gul-ki-šár.* Sagt Ihnen das etwas?«

Milord richtete sich leicht auf. »Fantastisch! Schicken Sie es mir.«

Auch das ging nicht ohne die passende Freigabe. »Gesperrt.«

»Gut. Dann machen wir eine Übergabe aus. Das Smartphone bekomme ich schon geknackt. Der Begriff Gul-ki-šár ist der Name eines …«

In ihrer Umgebung tat sich was. Zwei der einheimischen Gäste, die gerade das Café von der anderen Seite betraten, steuerten zielstrebig auf Milords Rücken zu. Unter den Überwürfen zeichneten sich Beulen von Waffen ab. Gleichzeitig hielten zwei E-Bike-Fahrer vor dem Laden an und blieben in den Sätteln, die behelmten

Köpfe drehten sich suchend, bis sie auf die Agentin gerichtet blieben.

Malleus entsicherte das Scharfschützengewehr. Sein Unwohlsein, diese Waffe bedienen zu müssen, steigerte sich. *Verdammte Kriegserinnerungen.* Eine Alternative gab es jedoch nicht, wenn er das Leben der Agentin retten wollte.

»Miss Milord«, unterbrach er sie und schraubte den Schalldämpfer des QBU-90 ab, »ich habe vier Leute ausgemacht, die es auf Sie abgesehen haben. Zwei hinter Ihnen, zwei auf Bikes vor dem Café. Ich schalte die Angreifer hinter Ihnen aus. Sobald es knallt, rennen Sie los.«

»Ist gut.« Milords Haltung straffte sich sichtbar, sie hielt sich zur Flucht bereit. »Die Übergabe des Smartphones?«

Zeit zu antworten blieb Malleus nicht. Die beiden Männer hinter Milord langten unter ihre Gewänder und zückten schallgedämpfte Pistolen. *Ihr wolltet es so.* Malleus legte den Mittelpunkt des Fadenkreuzes auf den Oberschenkel des rechten Angreifers und drückte ab.

Der Knall dröhnte selbst hinter dem Lauf extrem laut, der Kolben federte kräftig zurück in die Schulter. Um sich selbst rotierend flog die leere Hülse aus dem Auswurf, die nächste Patrone glitt in die Kammer.

Das Bein des Bewaffneten knickte ein, das Projektil hatte den Knochen durchschlagen. Der Mann fiel schreiend um und hielt sich die spritzende Wunde, Blut tränkte den Stoff seiner Kleidung.

Der Schuss löste Panik im Café aus, die Menschen duckten sich oder rannten in alle Richtungen davon.

Malleus schwenkte wenige Zentimeter weiter und sah den zweiten Schützen, der seine Halbautomatik auf Milord richtete, die kopfüber zwischen Leuten und Mobiliar abtauchte.

Die zweite Kugel machte sich krachend auf den Weg und drang in die Schulter des Mörders ein, riss den Oberkörper leicht zur Seite und sandte den Mann in einer Blutwolke zu Boden.

Danach gab es zu viel Gewusel vor dem Zielfernrohr, um saubere Schüsse abgeben zu können. Die Flüchtenden versperrten Malleus die Sicht.

Wo ist sie? Er sah über den Lauf des QBU-90 nach unten ins Café. Die E-Biker waren verschwunden, und erste Polizeisirenen tönten durch die Straßen.

»Miss Milord?«, sagte er ins Telefon und legte das hastig abgewischte Gewehr neben die Leiche. Er verließ den Laufgang, eilte zurück in die verlassene Baustelle und suchte sich einen Treppe nach unten. »Hören Sie mich?«

»Behalten Sie die Aufzeichnungen«, vernahm er ihre Stimme schwach durch Geschrei, Sirenen und das Keuchen ihres hastigen Atems. »Ich melde mich bei Ihnen, Bourreau. Achten Sie auf die Bilder. Sie halten den Schlüssel für etwas Großes in der Hand.«

Klick.

Fluchend entfernte Malleus die SIM-Karte und die Batterie des Geräts, steckte die Einzelteile in die Tasche und tauchte in das Chaos auf der Straße ein. Dabei kontaktierte er die urusalimsche Polizei. »Hier Bourreau! Vergessen Sie den Flughafen! Ich verfolge die Verdächtige sowie mehrere Bewaffnete, die sich ein Feuergefecht im Café *Ali Babbo* geliefert haben. Einen Scharfschützen konnte ich ausschalten. Bitte um Unterstützung!«

Malleus entfernte sich vom Tatort und bog etliche Gassen weiter in einen ruhigen Hof ein, in dem ein Brunnen plätscherte und der eine sichere Verschnaufpause versprach. Malleus setzte sich und zündete sich eine Culebra an, rote Banderole, als Lohn für die Mühe. Paffend sichtete er die Geldbörse, die Ausweise und setzte die Batterie ins Smartphone ein, um die Schnappschüsse erneut zu betrachten. Der Rauch stieg auf und formte ansatzweise die Züge eines Frauengesichts.

Ich habe Oona Milords Leben gerettet, dachte er erleichtert. Für einen unerfreulichen Moment hatte sein Verstand in Betracht gezogen, dass der Sniper sie von dort hatte beschützen wollen, wie er es gerade getan hatte. Doch das Smartphone von Ducroix bewies das Gegenteil.

Das Krachen der Schüsse aus dem QBU-90 hallte in Malleus wider, aktivierte die Erinnerungen an die Übergangskriege. *Nein, bloß nicht!* Er paffte schneller und gegen die Bilder an, die aus seinem Unterbewusstsein aufsteigen wollten, um ihn zu quälen. Das Frauenantlitz löste sich auf.

Auf den Straßen erklangen weitere Sirenen, die urusalimsche Polizei befand sich auf dem Kriegspfad. Auf seinem PDA ging die Nachricht ein, dass er sich dringend beim Einsatzleiter melden solle, um ihm zu berichten.

Demnächst. Malleus ließ den Tabak wirken und entspannte sich. Er hatte Milord gesehen. Ihr Leben gerettet. Und entscheidende Informationen für sie gesichert. Behutsam wog er das Smartphone in der Hand. *Dich knacke ich später.*

Sein PDA meldete einen eingehenden Anruf von Lagrande, den er eilends annahm. »Alles gut und wohlauf bei Ihnen?«, erkundigte er sich.

»Alles bestens, Inspecteur. Ich habe Imee. Mit freundlichen Grüßen von Miss Marduki.« Knapp und präzise fasste Lagrande zusammen, was sich ereignet hatte. »Damit kommen wir dem Propheten und dem Rätsel näher.«

»Das denke ich auch. Sehr gut gemacht, Lagrande.«

»Und bei Ihnen? Das sind ganz schön viele Sirenen im Hintergrund.«

»Erzähle ich Ihnen später. Wir sehen uns –«

»Ich soll Ihnen unbedingt noch von Miss Marduki etwas für Oona Milord ausrichten, falls Sie sie bald sprechen«, hakte Lagrande ein, bevor er auflegen konnte. »Ein weiterer Versuch von Miss Milord, heimlich nach Sodom oder Gomorra einzureisen, werde tödlich enden. Was immer sie suche, es befände sich nicht in den beiden Städten.«

»Ich werde es ausrichten. Danke.« Malleus legte auf und betrachtete das fremde Smartphone.

Eine leise Stimme in seinem Hinterkopf sagte ihm, dass Joel jemand war, durch dessen rücksichtsloses Handeln viele Christen, Juden und Moslems ihre Leben verlieren würden. Doch Oona Milords Sache schien noch bedeutsamer zu sein, so wie sie darüber gesprochen hatte.

Eins nach dem anderen. Malleus steckte das Gerät ein und erhob sich.

***

Vorderer Orient, Urusalim (Ägyptische Provinz), Dezember 2019

Malleus saß am Krankenbett von Imee, die sich von der Schusswunde im Oberschenkel fast vollständig erholt hatte. Der eingesprühte Heilschaum hatte ganze Arbeit geleistet, ohne dass der behandelnde Arzt sagen konnte, um welche Art Substanz es sich überhaupt handelte.

Die junge Frau blickte die ganze Zeit aus dem Fenster, beachtete ihn kaum, beantwortete keine seiner Fragen oder richtete selbst das Wort an ihn.

»Sie werden verstehen, dass ich Sie nicht einfach gehen lassen werde«, sprach Malleus. »Nicht bevor ich mehr Informationen bekommen habe.«

»Von mir sicherlich nicht«, erwiderte Imee, ohne ihn anzuschauen.

»Brauchen wir vielleicht auch gar nicht, wenn wir die Fakten zusammenbringen, die wir haben«, schaltete sich Lagrande ein. Sie lehnte neben der Tür an der Wand und überflog auf ihrem Tablet die bisherigen Beweise, Fotos, Aufnahmen und Informationen. »Miss Marduki sagte, dass Sie und ›Ihre Vatermutter‹ keinerlei Macht auf dem Gebiet von S&G Limited hätten. Das bedeutet: Wer auch immer Sie erschaffen hat, stammt aus einem gänzlich anderen kulturellen Bereich als dem europäischen. Was wir uns wegen des Aswang schon dachten.«

Malleus rieb sich über das Fu-Manchu-Bärtchen und steckte sich die brennende Culebra mit grüner Banderole zwischen die Lippen. »Vatermutter?«, vergewisserte er sich.

»Das hat sie gesagt.« Lagrande zeigte auf den aufsteigenden Rauch der Zigarre. »Imees Keimlinge gingen unter ihren Sandalen in schwarzem Qualm auf. Kein divines Wunder auf dem Boden von S&G, hieß es.«

Malleus erinnerte sich nicht, den Begriff *Vatermutter* im Bericht gelesen zu haben. Marduki hatte ihn garantiert nicht zufällig benutzt. *Das ist ein Hinweis! Sie weiß, was Imee ist.*

»Sie sind das Kind einer Entität«, sagte er zu Imee. »Ihr Zellalter passt zu dem einer Vierjährigen, äußerlich hingegen sind Sie eine junge Frau. Ihre Vatermutter ließ Sie schneller heranwachsen, damit Sie ihren Willen erfüllen können. Wie Keimlinge, die zu Blumen und Ranken werden.«

Imee schaute weiterhin aus dem Fenster.

Malleus nahm paffend den PDA mit dem gerissenen Display zur Hand. Die Zigarre schmeckte anders als sonst. Am Gaumen entfaltete sich kein besonderes Aroma, und im Verstand erfolgte kein Kick. »Die Reiskörner an Ihrem Handgelenk. Fruchtbarkeitswunder. Ein Aswang als Begleiter«, fasste er zusammen. »Das deutet auf die Philippinen hin.«

Natürlich: Vatermutter!, schoss es ihm unvermittelt durch den Verstand. *Der Begriff ist ein Hinweis auf eine duale Entität!*

Nach ein paar Eingaben spuckte der Computer eine passende Gottheit aus.

Gemächlich hob Malleus den Blick. »Sie sind ein Kind von Lakampati. Habe ich recht?«

Imee zuckte zusammen, auf ihrem Gesicht zeigte sich Überrumpelung. Fest biss sie die Zähne zusammen.

Beim nächsten Paffen kratzte der Rauch der Culebra im Hals.

Verwundert nahm Malleus sie aus dem Mund und betrachtete die grüne Banderole. Demnach sollte sie minzig-frisch schmecken und sein Denken anregen. Seine Gedanken fühlten sich jedoch kein bisschen befeuert. Seine gute Stimmung resultierte einzig aus dem Umstand, dass sie der Gottheit auf die Schliche kamen, die Juden, Christen und Muslime mit Täuschungen und Gaukeleien für unredliche Zwecke einspannte.

Merkwürdig. Malleus rauchte weiter, ohne die erhoffte Wirkung zu spüren.

Und das machte ihn unterschwellig wütend, gereizt. Die Sucht meldete sich, klagte an und flutete seinen Körper mit den falschen Botenstoffen. Er spürte, wie sich sein Puls beschleunigte und er zu schwitzen begann. Schlagartig einsetzender Entzug, sein Reservoir war erschöpft.

Um sich abzulenken, las er etwas über Lakampati.

Die duale Gottheit besaß sowohl weibliche als auch männliche Geschlechtsorgane. Deshalb konnte sie sowohl zeugen als auch gebären, was es ihr leicht gemacht hatte, ihren Nachwuchs in die Welt zu bringen. Lakampati war in früheren Jahrhunderten die wichtigste Fruchtbarkeitsgottheit der Tagalogs gewesen, die den Großteil der philippinischen Bevölkerung ausgemacht hatten. Danach war es bergab gegangen. Zuerst waren der Hinduismus und der Buddhismus gekommen, später hatten Christentum und Islam die Inselgruppen erreicht. Vor der Rückkehr der alten Gottheiten waren die Philippinen zu achtzig Prozent katholisch gewesen, bedingt durch die spanische Kolonisation seit dem sechzehnten Jahrhundert. Ab dem Jahr 2012 waren die Menschen binnen kürzester Zeit zum Hinduismus zurückgekehrt. In dessen vielfältigem Pantheon war für jeden etwas dabei.

Wer brauchte da noch Lakampati? Sosehr er suchte, er fand keine Hinweise auf Tempel, Heiligtümer oder Ähnliches für die zweigeschlechtliche Entität. *Sie ist vergessen worden.*

Früher hatte man Lakampati Opfergaben auf die Felder gebracht und sie gebeten, vor Hungersnot zu schützen. Auch Fischer priesen sie, bevor sie aufs Meer fuhren. Die Spanier hingegen nannten sie »den zwittrigen Teufel, der seinen fleischlichen Appetit mit Männern und Frauen befriedigt«.

Das ist das Motiv! Malleus sah auf die Zahl. *Achtzig Prozent Katholiken. Jetzt spannt Lakampati diese Religion ein, die sie gänzlich aus den Köpfen der Tagalogs vertrieben hat.* Mit ihnen und den Moslems nahm Lakampati Rache – auch an den anderen Gottheiten, die ihm den Rang abgelaufen hatten. Der Plan war ambitioniert, kühn und schlau. *Aber ich habe ihn durchschaut.* Er sah auf die schweigende Imee. *Vermutlich.*

Malleus schwebte ein Treffen mit Lakampati vor, was mehr war als das, was Merx von ihm verlangt hatte. *Ich muss die Entität zur Vernunft bringen, bevor es komplett eskaliert.* An Lakampati kam er mit größter Wahrscheinlichkeit nur auf den Philippinen heran. *Mithilfe des Propheten.*

»Was ist an Joel Besonderes, dass er als Sprachrohr dient und nicht Sie?« Die Culebra schmeckte inzwischen widerlich, doch er brauchte die Zigarre zwischen seinen Lippen. Sonst fehlte etwas. »Ist er der Lieblingssohn? Oder vermag er keine Wunder zu wirken wie Sie? Wie viele seid ihr? Wo wird das nächste Mirakel stattfinden?«

Imee schloss demonstrativ die Augen.

Das brachte Malleus in ungewohnte Rage. In Rage, die heiß und eruptiv durch ihn schoss, ohne dass er sie aufhalten konnte. Er sprang vom Stuhl auf und schob sich vor die junge Frau. »Wo wird das nächste Wunder stattfinden?« Mit der Rechten packte er ihre Schulter und rüttelte daran. »Welcher Kontinent?«

Imee hob die Lider und stieß einen Klagelaut aus.

»Chef«, hörte er Lagrandes mahnende Stimme von der Tür.

Aber Malleus war nicht in der Lage, sich zu bremsen. Gereiztheit und Wut bestimmten über ihn. »Du wirst mir auf der Stelle sagen, wo ihr die Menschen als Nächstes an der Nase herumführt!«

»Gar nichts sage ich«, schleuderte Imee ihm entgegen und verzog das Gesicht vor Pein. »Du kannst mich nicht zwingen!« Die Adern an der Stirn und am Hals traten deutlich hervor, ihr Herz pochte schnell.

»Und *wie* ich das kann! Ich lasse nicht zu, dass ihr Tausende Menschen ins Unglück führt!« Er nahm die brennende Zigarre und hielt ihr die Glut vor das linke Auge. »Wirst du dich für deine Vatermutter blenden lassen? Für sie leiden? Für sie sterben?«, schrie er außer sich.

»Chef«, sagte Lagrande alarmiert, ihre Schritte näherten sich rasch. »Das reicht.«

Imee lachte verächtlich und spuckte Malleus an. »Guter Bulle, böser Bulle, ja? Das wird nichts. Du verfluchter Atheist! Du schlimmstes Übel von allen!«

Malleus spürte Lagrandes Hände an seiner Schulter und seinem Arm, die ihn wegziehen wollten. Doch seine Wut verlieh ihm übermenschliche Kraft. Nicht einen Millimeter bewegte er sich vom Bett weg, packte gar den schlanken Hals der jungen Frau und drückte langsam zu.

»Dann wirst du für Lakampati sterben«, grollte er. »Du bist nicht göttlich! Nur ein Klumpen zu schnell gewachsenes Fleisch!«

Imee röchelte und wand sich auf der Matratze, um ihm zu entkommen, aber gegen den Griff kam sie nicht an. Die Verachtung in ihrem Blick wich Todesangst.

Ebenso wenig schaffte es Lagrande, Malleus von seiner Gefangenen wegzuziehen. Ihre Rufe wurden zu einem Wortbrei in seinen Ohren, der keinen Sinn ergab. Voll und ganz fokussierte er sich auf die weit geöffneten Augen, bannte Imees Blick, die großen Pupillen und die roten Adern, die mehr und mehr im Weiß entstanden. Die Hitze in ihm nahm unaufhaltsam zu, rann durch seine Venen bis in die Hände.

Imee schrie lautlos auf. Malleus spürte ihre Kehle anschwellen, als sie versuchte zu kreischen und Luft zu bekommen.

»Wo wird das Wunder stattfinden?« Seine Sicht verschwamm,

sein Blutdruck und sein Puls gingen durch die Decke. Die Luft waberte, um seine Hand schimmerte es. »Wo finden wir deinen Bruder? Wo? WO?«

Ein Schwall eiskaltes Wasser traf Malleus' Gesicht.

Prustend und hustend ließ er von Imee ab und ließ die erloschene Zigarre fallen. *Scheiße.* Zitternd rieb er sich das Nass aus den Augen, die Tropfen glitten auf den Boden des Krankenzimmers. *Scheiße, was … was habe ich da angerichtet?*

Lagrande hielt eine Vase in der Hand, als wollte sie gleich damit zuschlagen. »Geht es wieder, Inspecteur?«, erkundigte sie sich vorsichtig.

Malleus vermochte nur zu nicken. Die Wut zog sich langsam zurück, wich einer Leere sowie dem drängenden Verlangen nach einer neuen Culebra.

»Vesona«, krächzte Imee angsterfüllt und zusammengekrümmt in ihrem Bett. »Vesona!« An ihrem Hals zeigten sich bereits dunkle Abdrücke, wo die Finger des Inspektors gelegen hatten.

Lagrande runzelte die Stirn. »Nach wem ruft sie?«

»Es ist keine Person oder Entität, sondern der Name des Ortes, wo das nächste Wunder stattfinden wird«, sagte Malleus. Rasch prüfte er dies mit seinem PDA. Vor 2012 kannte man das Dorf unter einer anderen Bezeichnung. »Lourdes.«

* A Ω *

Heute bin ich Linda, die freundliche Pflegerin.

Scheiße, wieder das Pipi-Problem. Ich schwöre, wenn die heute noch ihre Tage bekommt, reiße ich Loki den Kopf ab und stecke ihn Susanoo in den … Aaaah, da kommen Bourreau und Banlieue-Girl aus dem Zimmer von Imee, dem Nachwuchs von Lakampati, wenn ich das richtig von seinem PDA gezogen habe. Hahaha, »Nachwuchs« – das passt ja! Die flinke Reiferin. Ist sie dann in acht Jahren achtundzwanzig oder schon Mumie?

Neue Infos von ihm, dem ich folge: Es geht nach Lourdes, das sich jetzt Vesona nennt. So eine altehrwürdige Wallfahrtsstätte der Katholiken hat's dann doch schwer gehabt nach 2012.

Von mir aus. Aber wehe, ich werde da zu einer Ordensschwester in Tracht. Pinguin mit Regelblutung. Diese Götterluder, echt.

Dann mache ich mal früher als geplant Feierabend. »Liebes, mir ist nicht gut«, *sage ich zu einer Lernschwester.* »Kannst du mich austragen? Ich kotze sonst die ganze Bude zu. Muss irgendwas Fieses gegessen haben.«

Sie nickt – und schon pfeift der Alarm im Zimmer von Imee los. Was geht da drin vor sich? Ein Doktor stürmt mit zwei Pflegerinnen den Gang runter, die schieben das ganze Notfallgerödel an Maschinen vor sich her und preschen rein ins Zimmer.

Was hat sie denn?

Einen kurzen Blick riskieren, bevor ich den Flieger nach Vesona nehme.

What the heck? Sämtliche Adern im Leib der Kleinen sind dick und rot entzündet und angeschwollen, als würden sämtliche Venen explodieren wollen. Sogar in den Augen gibt es fast nichts Weißes mehr, und irgendeine rotbraune Suppe rinnt aus ihren Augen.

Du meine Scheiße. Das ist Lakampatis Strafe, weil sie versagt hat?

Der Arzt ist megahektisch, gibt Anweisungen, rammt Nadeln und Infusionen in die Kleine, als gäbe es für jeden Zugang tausend Euro. Und schon kommen weitere Ärzte angesprintet, und die haben Vollschutzanzüge an. Keuchend verlässt das erste Team das Zimmer, und … bah, was ist das für ein Gestank? Wie … faulendes Laub und verwesendes Fleisch. Widerlich! Das … das kommt von der Kleinen! Da, am Hals zersetzt sich die Haut, der Verfall frisst sich durch das Fleisch und färbt es schwarz.

Puh, nix wie weg von hier. Das ist nicht gut. Lakampati war mächtig sauer auf seine Tochter. Viel Glück im nächsten Leben, Kleines. Ich guck mal, ob ich in Vesona jemanden finde, der ein Gebet für dich raushaut.

Aber jetzt ist erst mal wieder Zeit für Captain Khan und seine tollkühne Crew!

Check, check, Kabinensprech. Shit, hätte ich mal besser geübt.

* Α Ω *

Celtica, Occitània, Vesona, Dezember 2019

Malleus sah sich in dem Örtchen um, das bis vor wenigen Jahren als die bedeutendste christliche Wallfahrtsstätte nach Rom gehandelt worden war. »Ziemlich viele Hotels. Immer noch«, befand er, während er sich einmal um die eigene Achse drehte.

»Sind Überbleibsel. Heute kommen die Scharen wegen der Quellgöttin Vesona«, sagte Lagrande und deutete auf die Hinweisschilder zum keltischen Quellheiligtum. »Und dem heilenden Wasser.«

Wieder hatten die Christen das Nachsehen. Malleus steckte sich eine Culebra in den Mund, ohne sie anzuzünden. Auf die Banderolenfarben achtete er schon gar nicht mehr. Die Zigarren wirkten ohnehin nicht, schmeckten nicht mal mehr. Entweder hatte er sich verändert – oder bei einem Teil der in Vierraden gefundenen Zigarren handelte es sich um Fälschungen.

Um sich vom sengenden Kopfschmerz abzulenken, gegen den Tabletten nicht halfen, tauchte er in die Historie des Ortes ein. Es war wichtig, die Hintergründe zu kennen, um zu verstehen, weswegen der Prophet diesen Ort ausgewählt hatte, um zu den Gläubigen zu sprechen.

Das Dorf verdankte seine Bekanntheit mehrmaligen Marienerscheinungen eines jungen Mädchens namens Bernadette Soubirous nahe der Grotte von Massabielle im Jahr 1858. Auf Geheiß der Heiligen Jungfrau war die Quelle in der Grotte freigelegt und eine Kirche errichtet worden, um Prozessionen dorthin zu veranstalten. Offiziell siebzig Wunderheilungen sollte es dank des Quellwassers gegeben haben, inoffiziell sprach man von Hunderten, und das Mädchen Bernadette war vom Papst später heiliggesprochen gesprochen worden.

Die katholische Kirche und das einstige Lourdes hatten das wirtschaftliche Potenzial dahinter ziemlich schnell erkannt. Letztlich hatte die Grotte sechs Millionen Pilger im Jahr angezogen, das Örtchen hatte die zweitgrößte Hotelkapazität, gleich nach Paris. Um die Grotte herum war ein heiliger Bezirk mit großen Kirchen, Kapellen und Plätzen entstanden. Die Pilgerströme wollten gelenkt und unterhalten werden.

Dann kam 2012, und die Gottheiten kehrten zurück.

Aus Lourdes wurde Vesona, gewidmet Vesunna, der Schutzpatronin des Wassers und der Quellen, die lange vor der Heiligen Jungfrau einen Tempel im Ort gehabt hatte, wie Ausgrabungen gezeigt hatten. Dieser Umstand war sicherlich absichtlich vom Vatikan damals wie heute verschwiegen worden. Niemals hätten sie freiwillig zugegeben, dass das Wunderwasser auf Vesunna und nicht die Jungfrau Maria zurückging. *Verklärung, Umdeutung, Adaption. Die Spezialität der Monotheisten.*

Aus der Marienstatue war ein Vesunnaabbild und aus der unterirdischen Basilika ein Hotel geworden; die Basiliken waren abgerissen und durch Tempel ersetzt, die Plätze verändert und umbenannt worden.

»Oh, da drüben gibt es Crêpes!« Lagrande steuerte erfreut den Stand an. »Süß oder herzhaft?«

»Herzhaft, bitte.« Malleus folgte ihr und zog die Krempe des Hutes tiefer. Wären sie nicht beruflich verpflichtet, hätte er sich einen Urlaub hier durchaus vorstellen können. Von Vesona aus brach man in die Pyrenäen auf oder zu Ausflügen über die Grenze nach Spanien.

Die Region war wegen ihrer einst strategisch bedeutsamen Lage schon im Besitz von Römern, Franken und Mauren gewesen. Die Franzosen hatten sich später mit den Engländern um den Flecken geschlagen, und auch während der Religionskriege im sechzehnten und siebzehnten Jahrhundert hatten sich die Besitzverhältnisse sehr rasch abgewechselt.

Lagrande kehrte mit den Crêpes zurück. »Wussten Sie, woher der Name Lourdes stammt?«, erkundigte sie sich, als habe sie am Stand die Antwort mitgekauft.

»Ja, wenn auch nur christlich verklärt«, antwortete er. »Ein Sarazenenfürst namens Mirat ist von Karl dem Großen aus der Festung vertrieben worden und hat sich danach bekehren lassen, indem er den Glauben und den Namen Lorus angenommen hat. Daraus hat sich dann Lourdes entwickelt.«

»Aber?« Lagrande biss von ihrem süßen Snack ab, aus dem Nugatcreme tropfte.

»Historisch konnte das nie belegt werden, weder die Belagerung noch der Rest.« Malleus genoss seinen Crêpe, der mit geräuchertem Rinderschinken, kräftigem Käse und einer millimeterdünnen Scheibe Gewürzgurke gewickelt war. Gesalzene Butter schmolz in der Wärme der Ummantelung. Der sensationelle Geschmack ließ ihn sogar den Entzug vergessen.

»Ob sich Joel traut, direkt an der Vesunna-Quelle zu predigen?« Lagrande kaute und hielt das Gesicht in die Wintersonne. »Ich weiß, er wird von der Göttin nicht gesehen. Aber es gibt eine Reihe von Priesterinnen und Priestern vor Ort, die ihn hochkant rauswerfen, sobald er etwas von dem Einen Gott faselt. Und dabei wäre Rauswurf die harmloseste Strafe für den Frevel.«

Malleus überlegte. »Um Lourdes seinen christlichen Nimbus zurückzugeben, müsste es tatsächlich am Quellheiligtum geschehen. Damit könnte er die Überlegenheit des Einen Gottes zeigen.«

»Leider habe ich im Internet nichts gefunden. Keine Hinweise in Foren auf eine bevorstehende Predigt«, sagte Lagrande. »Wir werden auch nichts finden, fürchte ich. Die Christen nutzen andere Kontaktwege.«

Wie damals. In römischen Zeiten der Verfolgung. Malleus ging langsam über den Platz in Richtung Grotte, über deren Felsen sich ein Tempel aus Holz befand, der in verschiedenen Blautönen bemalt worden war. Rechts daneben floss das Wasser aus Löchern in einer meterlangen Quellwand, an der man sich das frische Nass direkt in Flaschen und Becher abfüllen konnte. Man hatte zu Zeiten Lourdes' die Quelle umgeleitet, damit das heilende Wasser nicht nur an der kleinen Stelle abgeschöpft werden konnte. »Kommen Sie. Wir werfen wenigstens einen Blick darauf, bevor wir die Behörden informieren.«

»Amtshilfe?«

»Mehr ein freundliches Hallo, damit Gendarmerie und Police nationale vorbereitet sind, sollte es zu Unruhen und Aufständen im Ort kommen.« Er hielt es durchaus für möglich, dass die aufgestachelte Christenmenge ein Zeichen für ihren wahren Gott setzen wollte. *Vor Handykameras. Damit es die Welt erfährt, wie in Urusalim.*

Sie schlenderten, den Wegweisern folgend, durch den heiligen Bezirk von Vesona. Überall standen Statuen der Göttin Vesunna, die auch unter dem Beinamen Tutela Augusta bei den Römern bekannt gewesen war. Ihr zu Ehren fanden nun die Prozessionen, Riten und Opferungen im Ort statt. Ihre Anhängerschaft kam aus ganz Celtica, Germanien und Italien nach Vesona, um in den Heilbädern zu schwimmen und sich von verschiedenen Leiden zu kurieren. Vesunna hatte bereits Hunderte Wunder vollbracht, viel mehr als die Jungfrau Maria. Die Hotels wurden also weiterhin gebraucht.

Malleus entdeckte einen kleinen Grannos-Tempel. Der keltische Gott des Gesundens fand sich meistens dort, wo es Heilbäder gab. *Er und Vesunna verstehen sich garantiert gut.* Davor wartete ein halbes Dutzend Leute, um der Priesterschaft ihre Opfergaben zu überlassen.

Was Malleus nicht erspähte, war irgendein Hinweis auf getarnte Christen. Die alten Symbole, wie das Chi Ro, wurden nicht mehr genutzt. Zu bekannt. Noch hatte Malleus nicht herausgefunden, was stattdessen eingesetzt wurde. *Übereinanderliegende Reiskörner wohl eher nicht.*

Bevor sie auf den Platz vor der Grotte einschwenkten, wo sich die Vesunnastatue und die Quelle befanden, fuhr eine Blumenhändlerin mit einem Lastenfahrrad langsam an ihnen vorbei. Über die Ladefläche mit weißen Lilien war Klarsichtfolie gespannt, damit die empfindlichen Gewächse keinen Schaden von den kalten Temperaturen nahmen.

Lilien. Malleus sah der Händlerin grübelnd nach. »Lilien«, wiederholte er leise.

Lagrande drehte sich ebenfalls um. »Wollen Sie eine?« Sie wollte auf zwei Fingern nach der Frau pfeifen.

»Nein, nicht.« Ihm war der seitliche, große Aufkleber am Gefährt nicht entgangen. »Haben Sie das gesehen?«

»Sehr schöne weiße Lilien. Sehr royal, wenn man an die Bourbonen denkt.«

»An dem Fahrrad war ein Plakat angebracht. Irgendetwas mit *Vernehmt die Botschaft der Göttlichen* zusammen mit Ort und Zeit am heutigen Tag.« Malleus nahm den PDA heraus und prüfte, ob die Lilie mehr zu bedeuten hatte, abgesehen von ihrer Verwendung als Insignie der Bourbonen-Könige und als Freundschaftsblume.

Ich dachte es mir doch! Passenderweise stand die Lilie auch für die Gottesmutter Maria, die in einem Kirchenlied als »Lilie ohnegleichen« bezeichnet wurde. Maria galt als Blumenliebhaberin. Eine Legende besagte, dass nach ihrem Tod Lilien und fruchtbare Gewächse statt ihres Leichnams im Grab gefunden worden waren.

»Die Lilie symbolisiert die Reinheit und Unschuld, vor allem in ihrer weißen Form«, las Malleus vor. »Zudem ist sie ein Zeichen für den Auserwählten Gottes.«

»Jetzt wünschen Sie sich, ich hätte die Händlerin zurückgepfiffen, was?« Lagrande leckte sich Nugatspuren von den Fingern. »Aber nun ist sie zu weit weg.«

»Ich kann mir vorstellen, dass die Frau gar nichts darüber weiß. Sie fährt lediglich das Zeichen des Auserwählten durch die Stadt. Die Eingeweihten müssen nur lesen, wann und wo die Predigt des

Propheten stattfinden wird.« Er ärgerte sich über sein schlechtes Gedächtnis. Ohne seine Culebras schien sein Kopf nur halb so gut zu funktionieren. *Dagegen muss ich bald ein Mittel finden.* Aber bevor er Karak suchen konnte, stand der Prophet auf seiner Liste.

»Der Auserwählte Gottes. Das ist schon ziemlich angeberisch.« Lagrande wischte sich die Finger an der Serviette sauber und suchte im Internet nach Informationen. »Ich finde nichts zu unserem Freund Joel. Auch mit den neuen Informationen nicht.«

Malleus bewunderte die Unverfrorenheit der Christen. Der Trick mit den Lilien und dem Slogan war ideal, um die Kunde vor den Augen der Priesterschaft von Vesona zu verbreiten. *Alle Uneingeweihten denken, es ist eine Veranstaltung für ihre Göttin Vesunna.* Da es in der Stadt mehr als genug Heiligtümer gab, konnte niemand alles über sämtliche kleine und große Ritualfeiern wissen.

»Ich wette, das Einlassticket ist eine weiße Lilie.« Malleus kehrte um. Die Grotte würde nicht weglaufen. »Finden wir die Händlerin. Schalten Sie sich in die Überwachungskameras der Stadt, Lagrande. Lassen Sie die KI los, und suchen wir nach dem Lastenfahrrad.«

»Ach, auf einmal?«

»Wir brauchen nicht die Händlerin. Nur das Plakat mit Ort und Zeit. Sonst kommen wir zu spät zur Predigt.« Malleus spürte, wie der Kopfschmerz stärker als zuvor zurückkehrte. Das war kein gutes Zeichen. »Ich informiere die Police nationale, dass Vesona ein wenig Aufruhr bevorstehen könnte.«

Schweigend und tippend gingen sie nebeneinanderher.

Der Gedanke an den verschollenen Schneidermeister mit den besonderen Zigarren rief aber eine ganz andere Erinnerung in Malleus' Gedanken ab.

Eine, die nach Irland gehörte.

Aber natürlich! Ruckartig blieb er stehen. »Ich weiß es wieder!«

***

Endlich, nach langer Überlegung sprach Zeus: »Ich glaube ein Mittel gefunden zu haben, wie die Menschen erhalten bleiben können und doch ihrem Übermut Einhalt geschieht, indem sie schwächer geworden. Ich will nämlich jetzt jeden von ihnen in zwei Hälften zerschneiden (…)« Nachdem er das gesagt, schnitt er die Menschen entzwei, wie wenn man Beeren zerschneidet, um sie einzumachen, oder Eier, mit Pferdehaaren.

Aus: Das Gastmahl, in: Symposium
von Platon (428/427–348/347 v. Chr.),
griechischer Philosoph

KAPITEL XIII

Celtica, Occitània, Vesona, Dezember 2019

Malleus und Lagrande hatten sich unter falschen Namen im *Hotel LaFleury* nahe der Grotte einquartiert. Während sie sich gegen zehn Uhr im Nachbarzimmer zur Ruhe begeben hatte, saß er seit Stunden an Recherchen. Aber nicht wegen Lakampati, sondern wegen seiner Erinnerung an Black Alder Hall, die teilweise zurückgekehrt war. Parallel dazu versuchte der angeknackste PDA seit Stunden, die passwortgeschützte Datei auf Ducroix' Smartphone zu knacken.

Er sah auf die Uhr. *Gleich drei.* Die Zeit verging nach Mitternacht scheinbar langsamer, als zögerte der neue Tag das Zusammentreffen mit Joel hinaus. Seine Kaffeetasse war leer, daher setzte er den Wasserkocher in Betrieb, um sich einen neuen zu brühen. Gegen vier mussten sie los, um rechtzeitig für den Auftritt des Propheten an der Grotte zu sein.

Mithilfe der Sicherheitskameras waren das Lastenrad und die junge Frau schnell gefunden gewesen. Dabei hatte er die Botschaft an die Christen in der Stadt seitlich auf dem Vehikel lesen können. Übersetzt bedeutete sie so viel wie: vier Uhr dreißig, Erscheinungsgrotte.

Die Police nationale und die Vesunna-Priesterschaft des Heiligtums waren von Joels bevorstehendem Auftritt in Kenntnis gesetzt worden. Im Hintergrund wurden Vorbereitungen getroffen, jederzeit einschreiten zu können und Interpol zu Hilfe zu kommen.

Zu Malleus' Leidwesen hatte sich Oona Milord nicht bei ihm gemeldet. Sie behielt den Kopf unten, um nicht von Behörden oder ihren Verfolgern aufgespürt zu werden. Ihm kam es ganz gelegen. Noch konnte er nichts an neuem Wissen vorweisen. Gleichzeitig machte er sich Sorgen um die Agentin, für die sein Herz insgeheim schlug. Wie sehr, ließ sich auf diese Weise nicht herausfinden.

Großzügige vier Löffel schippte er in die kleine Tasse und schüttete heißes Wasser darauf. Der Instantespresso löste sich schäumend auf und gab seinen Duft frei. *Hoffentlich hält er mich wach.* Malleus sah auf die Culebras, die in zwei Gruppen auf dem Schreibtisch vor ihm lagen.

Rechts befanden sich die dreisten Fälschungen. Links lagen die guten, die er bereits am Geruch erkannte. Sie stammten allesamt aus seinem Etui.

Da Lagrande es niemals wagen würde, ihm einen solch bösen Streich zu spielen, musste jemand anderes dafür infrage kommen. Das wiederum konnten nur jene Kräfte sein, die ihn von Karak, dem Versuchstabakfeld in Vierraden und somit jeglichem Nachschub abgeschnitten hatten.

Da es sich zweifelsfrei um sein Etui handelte, wie die Kratzer bezeugten, waren lediglich die Zigarren getauscht worden.

Dieser Vorgang erforderte Zeit.

Und es hatte nur eine einzige Gelegenheit gegeben, bei dem der perfide Tausch hätte vorgenommen werden können: In Urusalim, als ihn der Steinbrocken ausgeknockt hatte.

Wieder nur ein halbes Dutzend. Malleus betrachtete die eiserne Reserve und spürte prompt Kopfschmerzen. Warum wollte man ihn von den Culebras fernhalten? Dass Entitäten etwas damit zu tun hatten, schien klar zu sein. *Wollen sie mir Böses oder Gutes?*

Irgendjemand legte es darauf an, sein Denken und Kombinieren unmöglich zu machen. Unabhängig von dem, was er mit Lakampati, den Sovereigns oder Oona Milords Angelegenheiten zu tun hatte. *Oder gerade deswegen?*

Malleus gab Zucker in den löslichen Espresso und schlürfte daran. *Erst Joel. Solange ich noch denken kann.* Mit einer Rasierklinge hatte er feine Markierungen an den verbliebenen Culebras angebracht, wie weit er sie pro Tag rauchen durfte.

Gänzlich ohne die Wirkung des besonderen Tabaks war hingegen die Erinnerung an den Namen und den Standort eines Calators zurückgekehrt. Insgesamt vier waren in Rathebys Unterlagen eingezeichnet gewesen, abgesehen vom Schwarzerlenbruch in Clifden bei Black Alder Hall. An einen konnte sich Malleus plötzlich entsinnen. *Xi'an. Und der Name der Person war Tamera Li.*

Bei einer ersten Abfrage in den Daten von Interpol und in den Weiten des Internets war der Name nicht zu finden gewesen. Mit dem Ort sah es besser aus.

Wobei damit die Schwierigkeiten erst begannen.

Malleus hatte Xi'an nach keiner allzu umfangreichen Suche ausgemacht. Er lag in Zentralchina, nahe der Ausstellung der weltberühmten Terrakotta-Armee mit Tausenden Figuren. *Ich ahne, was uns bevorsteht.* Irgendwo auf diesem quadratkilometergroßen Areal des Qin-Shi-Huang-Di-Mausoleums befand sich ein Calator, ein Masterbeacon in einer Statue, getarnt wie jener in Clifden, um keine Aufmerksamkeit zu erregen. Alleine die Terrakotta-Armee bot Tausende Möglichkeiten. Dazu kam der riesige Grabhügel des Kaisers Qin Shi Huang Di, der noch nicht einmal geöffnet worden war.

Das wird lange dauern. Aber es ist unser einziger Anhaltspunkt. Ohne den dringenden Fall rund um den falschen Propheten wäre er unverzüglich mit Lagrande losgereist. So beließ es Malleus bei einer Information an Lautrec, damit das Gelände besser überwacht wurde, um einen Raub durch die Sovereigns zu verhindern. Er konnte nur hoffen, dass sich die chinesische Regierung aufgeschlossen verhielt. Eine rechtliche Befugnis gab es dort für Interpol nicht.

Wie sie den versteckten Calator innerhalb des Ausgrabungsgebietes in einer der Gruben, im Ausstellungsraum des Museums oder im Grabhügel des Kaisers finden sollten, würde er vor Ort entscheiden. Am bekanntesten war die Hauptgrube, über der sich ein zweihundert Meter langes und siebzig Meter breites Dach aus Aluminium spannte. Im besten Fall befand sich der Masterbeacon darunter. Mit Besorgnis las Malleus, dass zwar ein Großteil der freigelegten Figuren am Fundort verblieben war, einige jedoch zur Untersuchung, zur Konservierung oder für Ausstellungen entnommen worden waren. Nur in Ausnahmefällen durften sie China verlassen. Daher bat Malleus Lautrec, eine Liste mit ausgeliehenen Terrakotta-Kriegern anzufertigen.

Nach einem weiteren Blick auf die Uhr machte er sich noch einen vierfachen Instantespresso, dazu bereitete er einen zweiten für Lagrande vor, die er gleich wecken würde.

Erlösend piepste sein PDA, verkündete den Sieg über die Verschlüsselung des Dateiordners namens *Gul-ki-šár*, den Charlene Ducroix vor ihrem Ableben angelegt hatte, um ihn Milord zu übergeben. *Das nenne ich gute Arbeit.*

Bei *Gul-ki-šár* handelte es sich um einen Herrscher im Süden Mesopotamiens, der um 1547 vor Christus gestorben war. Sein Name bedeutete nichts weniger als *Zerstörer des Weltalls.*

Malleus' Hochgefühl versiegte schon mit dem ersten Schluck des heißen Gebräus. Die Dateien im Ordner waren infolge des Hacking-Angriffs beschädigt worden. Etliche Stellen im Text und in den Fotos blieben verpixelt und waren unkenntlich. Im schlechtesten Fall handelte es sich um Reste der Kryptierung.

Verflucht. Malleus war zu frustriert, um weiterzumachen. *Zeit, Lagrande zu wecken.*

Er verließ sein Zimmer mit dem Espresso in der Hand und klopfte an die Tür zum Nebenzimmer.

Als die Französin ihm verschlafen mit verwuschelter blonder Mähne und in weitem Schlafshirt öffnete, drückte er ihr die Tasse in die Hand. »Guten Morgen. Anziehen, wach werden, rüberkommen. Wir gehen gleich los.«

»Ist gut«, murmelte sie und drückte die Tür wieder zu. »Merde, ist der stark«, hörte Malleus sie noch sagen.

Er bereitete sich auf den Einsatz vor, indem er seinen Cobray und den Apache prüfte, dabei ein letztes Gespräch mit dem Einsatzleiter der Police nationale führte und sich die neusten Aufnahmen der Überwachungskameras vor der Erscheinungsgrotte anzeigen ließ. Statt des zweiten Deringers verstaute er einen unterarmlangen Silberdolch unter dem Mantel. Er hatte je einen für sich und einen für Lagrande von der Vesunna-Priesterschaft geborgt. Um das Rückgrat des Aswang zu brechen, bedurfte es einer stabilen Klinge.

Auf den Überwachungsvideos war zu sehen, dass sich tatsächlich Leute auf dem Platz einfanden, die eine weiße Lilie als Erkennungszeichen mit sich führten.

Es klopfte an seiner Tür. »Ich bin da«, sagte Lagrande gedämpft durch das Holz.

Malleus warf sich den neuen Mantel über, der immer an irgendwelchen Stellen nicht so passte wie sein alter Militärmantel, setzte den schwarzen Hut auf und griff sich die beiden weißen Lilien.

Beim Öffnen der Tür reichte er eine davon seiner Ermittlungspartnerin. »Bitte.«

»Für mich? Das wäre doch nicht nötig gewesen«, raunte sie und tat, als schnuppere sie daran. »Sie sind ja doch ein Romantiker.«

Malleus beließ es bei einem vielsagenden Blick und ging los. »Wirkt der Espresso?«

»Ich musste auf Toilette deswegen. Keine Details«, gab sie zurück. »Aber ja, mein Verdauungstrakt und ich sind sehr wach.«

»Sehr gut. *Das* war die Hauptintention.«

Zusammen gingen sie schweigend durch das schlafende Vesona, in dem sich die Heilsuchenden noch in ihren Betten von den Anwendungen in den Bädern und Quellen ausruhten. Leichter Schneefall hatte eingesetzt, der die wenigen Geräusche der ruhenden Stadt noch weiter dämpfte.

Dieses Mal entkommt Joel nicht. Die Priesterschaft war eingeweiht, die Polizisten hatten im Verborgenen Stellung bezogen und wussten um den Schwachpunkt des Aswang, der womöglich in der Gegend herumstreunte. In seiner Gestalt als Wolf bewegte er sich schnell und unauffällig. Dass es sich dabei um einen Aswang handelte, hatte

Malleus verschwiegen und stattdessen etwas von einer divinen Bestienmischform angedeutet. Es genügte völlig, dass die Police nationale wusste, wie man die Kreatur aufhielt und tötete.

Malerisches Kerzenlicht durchdrang die Dunkelheit in Vesona nahe dem Flüsschen Gave du Pau. Es stammte von Hunderten Lichtern, die in überdachten Opfergabekarren zu Ehren der Göttin entzündet wurden. Die Kerzen brannten Tag und Nacht und sorgten durch die rieselnden Flocken für eine besondere Stimmung.

»Es sind schon einige da.« Lagrande hielt die weiße Lilie so, dass sie von Weitem gesehen werden konnte. In regelmäßigen Abständen rund um die Erscheinungsgrotte hatten sich Freiwillige positioniert, die Ausschau hielten, wer zum bevorstehenden Auftritt des Propheten erschien. »Denken Sie, die haben unsere Gesichter auf Steckbriefen verteilt?«

»Darauf lasse ich es ankommen.« *Wieso ist es so ruhig?* Malleus war nervöser als sonst, trotz der guten Vorbereitung. *Etwas ist bereits im Gange.* Er sah sich um und bemerkte den Unterschied zu ihrem Besuch am Tag, als sie über die Brücke gingen und sich auf die Grotte zubewegten. »Die Quellwände sind versiegt.«

Lagrande sah zur künstlich angelegten Wasserspendestätte, die vollkommen trocken war. Vereinzelt hatten sich fingerlange, klare Eiszapfen gebildet. »Vielleicht eine nächtliche Abschaltung?« Telefonisch hielt sie sekundenkurze Rücksprache mit der Priesterschaft. »Nein. Die Druiden waren es nicht. Und sie sind besorgt deswegen.«

Joel hält das nächste Wunder parat. Malleus bedeutete Lagrande, langsamer zu gehen und auf Abstand zu bleiben. »Wir behalten das Geschehen von hier aus im Blick.«

»Sollten wir nicht näher ran?«

»Entscheiden wir, sobald Joel aufgekreuzt ist.« Er musste über seinen unbeabsichtigten Wortwitz grinsen. *Aufkreuzen. Bei den Christen.*

Gut hundert Menschen jeglichen Alters versammelten sich an der Einbuchtung unter dem Felsen, eine weiße Lilie als Zeichen ihrer

Zugehörigkeit in den gefalteten Händen, und nahmen auf den Bänken Platz, die vor der Erscheinungsgrotte aufgestellt waren.

Malleus bemerkte einen kalbgroßen Schemen, der sich durch die Schatten in eine Ecke der winzigen, offenen Kaverne bewegte und mit der Dunkelheit verschmolz.

»Achtung! Der Aswang ist unterwegs«, sagte er zu Lagrande und gab seine Beobachtung über Ohrstecker an die Police nationale weiter. »Es wird gleich losgehen.«

Als in der Ferne der Gong einer Uhr halb fünf schlug, flammte in der Grotte hellweißes Licht auf. Eine Gestalt in wallenden, weißen Gewändern breitete stoffumhüllte Schwingen aus und schwebte senkrecht empor, stieß die Statue von Vesunna dramatisch aus der Nische, um dann auf der Stelle zu verharren; klirrend zerschellte das Abbild der Göttin am Boden.

Malleus hob den PDA und aktivierte die Zoom-Funktion. Haupt und Gesicht der Erscheinung wurden von einem Schleier verhüllt, dahinter erkannte er weibliche Züge. *Dieses Mal übernimmt der Aswang nicht die Rolle eines Engels, sondern mimt die Heilige Jungfrau.*

»Brüder und Schwestern! Juden, Muslime, Christen! Vereint unter dem Banner des Einen«, erklang Joels sonore, einnehmende Stimme kraftvoll über den Platz, bevor er nach einer Kunstpause aus dem Schatten der Grotte trat, eine weiße Lilie in der Hand. »Seht, dies ist die Seele der heiligen Maria, die von Gott gesandt wurde, um in wenigen Tagen als Frau zurückzukehren und Christus erneut zu gebären«, verkündete er. Die weiße Kleidung ließ den vollbärtigen jungen Mann mit den langen lockigen Haaren geradezu biblisch wirken. »Ihr seid auserkoren, um das Wunder dieses Morgens zu bezeugen. Die Macht der Götzin Vesunna ist für diese Stunde gebrochen und alsbald für immerdar!«

»Jetzt?«, knurrte Lagrande und küsste ihren Belenos-Anhänger.

»Noch nicht. Lassen wir erst das versprochene Wunder geschehen«, antwortete Malleus und funkte den Abwarten-Befehl an die

Police nationale. »Danach ruinieren wir es und zeigen, welcher düsterer Natur die Jungfrau in Wahrheit ist.« Langsam ging er los.

»Heilige Mutter, du bist uns erschienen, wie du damals Bernadette Soubirous erschienen bist.« Joel richtete seine Worte an den schwebenden Aswang. »Wahrlich, der Eine wird über die Erde herrschen. Und seine geknechtete, unterdrückte Anhängerschaft wird sich stolz erheben und gemeinsam das Joch des falschen Glaubens abstreifen.«

Unvermittelt bebte der Boden sacht unter Malleus' Sohlen. Die versammelten Menschen stießen Laute der Verwunderung und der Freude aus. Die vermeintliche schwebende Mutter Gottes hob theatralisch die Arme, und das Grollen verstärkte sich. Unter dem Felsen schoss ein armdicker Wasserstrahl aus der eigentlichen Quelle senkrecht in die Höhe und zerstörte die schützende Panzerglasabdeckung. Dann schwoll der Strom an und riss die Einfassung aus der Erde, schnitt sich zischend und spritzend wie ein Hochdruckstrahler aufrecht durch das Gestein und stanzte einen mannsdicken Tunnel hindurch.

Die Versammelten riefen und schrien vor Begeisterung, es wurde gefilmt, um das Wunder für die Nachwelt festzuhalten.

Geysirgleich drückte die Quelle unaufhörlich Wasser durch den gefrästen Schacht und sprengte die Fenster, das Dach, Teile der hölzernen Außenwände des Vesunna-Heiligtums darüber. Nach wenigen Sekunden brach der blau bemalte Tempel auseinander und stürzte in sich zusammen.

»Scheißbeeindruckend, bei Belenos!«, kommentierte Lagrande verblüfft. »Das kam überraschend.«

Malleus nickte. Er hatte mit weniger Zerstörung und mehr Symbolik gerechnet. *Hoffentlich ist niemand im Innern des Baus zu Schaden gekommen.* »Zeigen wir den Leuten, dass der Geist der falschen Maria bluten kann.« Es war für ihn keine Schwierigkeit, durch die euphorisierte Menge bis nach vorn an die Grotte zu gelangen. Niemand hielt ihn und Lagrande auf. Die Gläubigen waren nach der

Erscheinung zu aufgeregt und abgelenkt, um auf die Gesichter um sich herum zu achten.

»Zugriff!«, gab Malleus den Einsatzbefehl an die wartende Police nationale.

Joel wandte sich just an die Menge – erkannte Malleus und Lagrande. »Brüder und Schwestern! Seht! Unser größter Feind ist unter uns«, rief er und zeigte auf das Duo. Wasserperlen glitzerten in seinen Locken und im getrimmten Vollbart. »Sie wollen mich ergreifen und den wahren Glauben zum Schweigen bringen.«

Die Menschen wandten sich nach und nach zu ihnen um.

»Inspector Bourreau, Interpol«, rief er und hob den Ausweis. »Dieser Mann ist ein Mörder und Betrüger an Ihrem Glauben. Und dies« – er richtete seinen Cobray Deringer auf die Erscheinung – »ist gewiss nicht die Heilige Jungfrau.« Im entsetzten Aufschrei der Menge drückte er ab.

Lagrande hatte ihre SIG Halbautomatik gezogen und tat es ihm nach.

Die Erscheinung wurde vom Kugelhagel getroffen, und dieses Mal spritzte Blut aus den Einschusslöchern. Rote Flecken und Spritzer breiteten sich auf dem Gewand aus. Ohne eine kaschierende Rüstung ließen sich die Verletzungen nicht verbergen. Malleus fegte die Schleier mit Schrotladungen vom Kopf des fliegenden Ungeheuers. Darunter kam ein blutiges Frauengesicht zum Vorschein, in dem zahlreiche Löchlein klafften.

Provoziert öffnete die Aswang den Mund und ließ ihre lange, geschliffene Zungenspitze hervorschnellen. Das nadelspitze Ende zielte auf Malleus, während sie sich absenkte und die störende weite Kleidung herabriss.

Malleus lächelte grimmig. Seine Attacke hatte ihren Zweck erfüllt, die Maske war gefallen. Dem erschrockenen Aufkreischen nach hatten die Leute den Unterschied zwischen der heiligen Maria und dem dämonenhaften Wesen bemerkt.

»Lagrande, schnappen Sie sich den Propheten!«, befahl Malleus und ließ den Deringer fallen. Stattdessen zog er den unterarmlangen Silberdolch und vollführte damit eine kraftvolle Halbkreisbewegung.

Die Klinge schnitt sich durch die heranzuckende hakenbesetzte Zunge und kappte ein gutes Drittel davon. Schreiend zog die Aswang den Rest zurück, während ihr Blut in hohem Bogen aus der offenen Wunde spritzte, bis das verletzte Organ hinter ihre Lippen gelangte. Dann warf sie sich im Sturzflug gegen Malleus.

Versuch dein Glück. Konzentriert wich er der Attacke aus und schleuderte einen Stuhl in die Flugbahn der Kreatur. *Mich bekommst du nicht!*

Das Holz zerschellte. Die Aswang verhedderte sich in den Streben und konnte ihre Schwingen nicht mehr vollständig einsetzen.

Malleus zuckte herum und rammte den Dolch zwischen den Flügelansätzen in den Rücken der Gegnerin und hechtete mit seinem ganzen Gewicht auf sie. Fauchend und brüllend ging die Aswang nieder und versuchte, sich herumzurollen, um Malleus von ihrem Rücken abzuschütteln. Solange die Wirbel nicht gänzlich zerteilt waren, lebte die Kreatur und würde sich erholen, sobald das Silber aus Knochen und Fleisch glitt.

In ihrem Umsichschlagen, Flattern und stetem Kriechen ging es Meter um Meter auf den eiskalten Fluss Gave du Pau zu.

Mit ganzer Kraft klammerte sich Malleus an den Dolchgriff und warf sich mehrmals darauf, um die Klinge in ihrer ganzen Breite in das Rückgrat zu zwingen.

Unvermittelt zuckte die nadelspitze Zunge heran, die sich regeneriert hatte, und traf ihn oberhalb des Schlüsselbeins. Brennend bohrte sich das Ende in ihn, die Haken verfingen sich in der Haut und am Knochen. Er spürte das Saugen, mit dem die Aswang versuchte, ihn seiner Kraft zu berauben. Schwindel breitete sich in ihm aus, seine Finger verloren an Kraft.

Nein! Malleus stieß einen Schrei aus und drückte den Dolch mit dem Gewicht seines Oberkörpers abwärts durch den Rücken der Kreatur.

Spürbar knackte es, als das geschliffene Silber endlich die Wirbel voneinander trennte. Die Aswang stellte jeglichen Widerstand ein. Der Schwung ihres letzten Flatterns ließ sie über den asphaltierten Boden und die Uferumrandung gleiten.

Gerade rechtzeitig rollte sich Malleus von der Bestie herunter, bevor sie in den Gave du Pau stürzte und von den eisigen Fluten mitgerissen wurde. Die hakenbesetzte Zunge riss ein großes Stück Fleisch aus ihm.

Malleus blieb sekundenlang liegen, bevor er Kraft fand, sich auf die Seite zu rollen und ächzend in die Höhe zu stemmen. Der Schwindel legte sich, dafür brannte die Wunde wie die Hölle. *Das muss sich unbedingt ein Arzt ansehen.*

Unterdessen hatte die Police nationale die Gläubigen zusammengetrieben. Sie würden auf die Wache zur Befragung gebracht werden, auch wenn ihnen keine aktive Beteiligung an den Verbrechen des Propheten vorgeworfen wurde.

»Inspecteur, wir haben Joel«, vernahm er Lagrandes zufriedene Stimme in seinem Ohr. »Sind Sie in Ordnung?«

»Leichte Blessur. Wird schon.« Malleus steckte sich eine Culebra mit roter Banderole in den Mund. *Redlich verdient.* »Gut gemacht, Lagrande.«

»Die Heilige Mutter ging baden, habe ich das richtig gesehen?«

»Haben Sie.« Er richtete sich auf und tastete unter der Kleidung nach seiner Verletzung. Die Haken der Saugzunge hatten ein ausgefranstes Loch hinterlassen, aus dem warmes Blut lief. *Gut, dass der Mantel dunkel ist.* Damit sah man das Rot nicht ganz so sehr, nur die darauf niedergehenden Schneeflocken färbten sich verräterisch. Malleus wollte den Gläubigen gegenüber nicht geschwächt wirken.

Er sammelte seinen Deringer auf, ging auf den Pulk der Festgenommenen zu und stellte sich auf eine Bank, damit ihn alle sahen und hörten. »Guten Morgen, Messieurs dames«, sprach er laut. Der Qualm der Zigarre bildete ein pfeilähnliches Gebilde über seinem

Kopf. »Noch mal, mein Name ist Bourreau, ich bin von Interpol. Sie wurden Zeuge mehrerer Verbrechen, die nichts mit Ihrem Glauben zu tun haben. Monsieur Joel hat Sie als falscher Prophet und Betrüger hinters Licht geführt und Ihre Religiosität ausgenutzt. Wie Sie gesehen haben, war die vermeintliche Marienerscheinung nichts weiter als eine durch divine Artefakte erschaffene Bestie, abgerichtet von ihm persönlich.« Er zog an der Culebra gegen den Schmerz. »Ihnen, Messieurs dames, droht keinerlei Strafe. Sie sind selbst die Betrogenen. Ich bitte Sie, dass Sie nach dem Verhör auf Ihren verschiedenen Social-Media-Kanälen berichten, was Sie gesehen haben. Näheres erklärt Ihnen Capitaine Blanche von der Police nationale.« Malleus stieg von der Bank. *Das lief gut.*

Niemand hatte ihn niedergebrüllt oder beleidigt. Die Menschen waren zu betroffen von der Erkenntnis, getäuscht und um ihre Hoffnung gebracht worden zu sein. *Schäbigst ausgenutzt.* Sie taten Malleus beinahe leid.

Lagrande kam mit einem Sanitäter im Schlepptau, der sich die Verletzung ansah und den Kopf schüttelte. Das Loch unterhalb des Schlüsselbeins musste im Krankenhaus genäht werden. »Joel habe ich einsacken und ruhigstellen lassen«, erklärte sie während der Inaugenscheinnahme der Wunde. »Ein bisschen Taser, und er schlief gleich ein.«

»Wecken wir ihn. Bevor ich ins Krankenhaus fahre, muss ich ihm etwas zum Nachdenken geben.« Malleus erbat sich eine lokale Betäubung für die Wunde und ließ die Blutung mit Sprühverband und Kompressen stillen. *Das muss reichen.*

»Wie Sie wollen, Inspecteur.« Lagrande wartete, bis er seine Kleidung über den vielen Pflasterstreifen zurechtgerückt hatte, und führte ihn zu einem Einsatzwagen der Police nationale, die zwischenzeitlich mit großem Fuhrpark auf dem Platz vor der Erscheinungsgrotte eingetroffen war.

Die örtliche Priesterschaft stand an der tobenden Quelle, hielt sich im Regen aus Eis und Schnee an den Händen und betete eine gemeinsame Anrufung, damit Vesunna den Geysir zum Erliegen bringe. Noch rauschte das Wasser senkrecht durch den Felsen, mehr als vierzig, fünfzig Schritt in die Höhe, um hernach als Eiskristalle und Flöckchen auf sie niederzugehen.

Malleus wartete, bis Lagrande die Wagentür geöffnet und den schlummernden Propheten mit einer Ladung Schnee ins Gesicht aufgeweckt hatte.

»Sehen Sie?« Er stieg von der anderen Seite in den Streifenwagen und präsentierte dem zusammenzuckenden, blinzelnden Joel seine zerfetzte Kleidung sowie das Blut an seiner Hand. »Ein Andenken von der Aswang. Mehr ist nicht von ihr geblieben.«

»Sie werden uns nicht aufhalten. Die Saat des Glaubens ist gesät und keimt«, schleuderte ihm Joel entgegen und betastete die roten Stellen am Hals unter dem Bart, wo ihn der Taser getroffen hatte. Seine Hände steckten in schwarzen Plastikfesseln, die das Weiß seiner Kleidung betonten. »Die Menschen *wollen* glauben, dass der Eine zurückkehrt! Millionen haben bereits gewagt, offen zu ihrem alten Glauben zurückzukehren, dem sie zuvor abschwören mussten.«

»Die Videos von heute und die Erklärungen der Zeugen werden zunichtemachen, was Sie erreicht haben. Sie und Ihre Vatermutter Lakampati«, erwiderte Malleus. »Sie bringen Unschuldige in Gefahr, indem Sie ihnen Beistand einer Entität vorgaukeln, die niemals erscheinen wird.«

»Nehmen Sie das auf, um es auszustrahlen und gegen den Einen zu verwenden?« Joel sah sich im Polizeiwagen um und entdeckte die Kamera an der Decke. »Niemals sage ich, was Sie von mir hören wollen, Atheist!« Er rieb sich über die lockigen, dunklen Haare und streifte das Tauwasser herab. »Ich verrate den Einen nicht.«

Malleus genoss die Wirkung seiner echten Culebra, und am liebsten hätte er sie niemals mehr verlöschen lassen. Die Glut näherte sich bereits gefährlich der eingeritzten Markierung und hinterließ nichts als Asche. »Sparen Sie sich die Show. Ich nehme nichts auf, sondern bin gekommen, um Ihnen zu sagen, was geschehen wird.«

»Das weiß ich wohl: der Aufstand gegen die falschen Götzen, gegen die goldenen Kälber!« Joel lachte, seine schneeweißen Zähne leuchteten auf. »Überall –«

»Halt mal die Schnauze«, unterbrach ihn Lagrande und trat ihm gegen das Schienbein. »Pass lieber auf.«

Malleus nickte ihr dankend zu. »Da ich mit dem sezierten Aswang, Ihnen und Imee die Beweise habe, die ich brauche, kann ich das weltweite Pantheon der Entitäten darüber informieren, wer wirklich hinter dem Einen steckt.« Er deutete mit der Zigarrenglut auf Joel. »Ihre Vatermutter Lakampati, Sie und Ihre Geschwister. Christen, Juden und Muslime dürfen nicht unter Ihrem falschen Spiel leiden.«

»Aber –«

Lagrande trat ihm erneut gegen das Schienbein, und Joel schwieg nach einem Aufstöhnen.

»Sobald ich das getan habe, werden sich ein paar der mächtigsten Entitäten auf die Philippinen begeben und eine Treibjagd veranstalten. Man wird Lakampati den Revolutionsversuch nicht verzeihen. Eine niedrige Entität wie sie kann gegen einen Mars, einen Mextli, einen Segomo oder Zhenwu wenig aufbieten«, fuhr Malleus fort.

»Sie werden Vatermutter niemals aufspüren«, erwiderte Joel, hatte aber bereits gehörig an Zuversicht verloren, wie sein Gesichtsausdruck verdeutlichte. Er schien rapide zu altern und rieb sich über den gestutzten Vollbart. »Sie weiß sich zu verbergen, so wie uns die falschen Götter nicht sehen können.«

Malleus nahm die Rechte des Mannes, senkte die Culebra darüber. »*Das* wird von dem Grün der Philippinen bleiben.« Er klopfte warme Asche darauf ab. »Feuer wird die Inseln überziehen, das nichts übrig lässt. Weder von den Menschen noch von der Natur. Und was gegen die Flammen besteht, das schwemmt ein Tsunami hinfort. Stets werden die Entitäten dabei verkünden, dass Lakampati mit ihrem Verrat und ihrer Falschheit die Schuld daran trägt. Ihre letzten Anhänger werden die grausame Rache der überlebenden Menschen zu spüren bekommen.« Er brachte sein Gesicht nahe an das von Joel. »Ist es *das,* was Sie sich von der Zukunft wünschen? Ihren eigenen Tod und die Auslöschung von ganzen Inselgruppen? Wenn Lakampati sich nicht der Verantwortung für ihre Intrige stellen will, wird ihre Schöpfung untergehen.«

Joel sah betroffen auf die pulvrige graue Asche in seiner Hand.

»Der Plan geht nicht auf. Helfen Sie mir, dass sich Ihre Vatermutter dem Gericht der Entitäten stellt«, sprach Malleus eindringlich. »Retten Sie, was zu retten ist. Bewahren Sie die Philippinen vor dem Untergang. Kein Fruchtbarkeits- oder Wasserwunder vermag aufzuhalten, was kommt.« Er schob sich von der Rückbank des Polizeifahrzeugs ins Freie. »Wenn ich aus dem Krankenhaus zurück bin, reden wir, Joel. Ich besuche Sie im Gefängnis. Versuchen Sie erst gar nicht, irgendeine divine Kraft zu nutzen. Die Priesterschaft der Vesunna wartet nur darauf, etwas dagegen zu unternehmen. Das könnte sehr schmerzhaft für Sie werden.«

Lagrande schloss die Tür auf ihrer Seite, Malleus die andere. Es ging für den Propheten mit Blaulicht in Untersuchungshaft; vor ihm lagen Ermittlungen zum Tod der Anangu-Gruppe in der Höhle im Uluru und von Tina Wentworth.

»Das Schwerste kommt also noch«, sagte Lagrande. »Ein Atheist muss Götter gnädig stimmen.«

Malleus lachte leidend. »Das ist mit Abstand der härteste und seltsamste Fall, den ich je hatte.«

»Ich bringe Sie ins Krankenhaus.« Lagrande deutete auf ein titanisches Polizeifahrzeug, ein gepanzerter schwarzer Van des deutschen Herstellers Rheinmetall der Serie Survivor R. »Den werde ich beschlagnahmen. Wollte ich schon immer mal fahren.«

Malleus setzte zu einer Erwiderung an, als sein PDA den Eingang einer Nachricht meldete. »Merde«, raunte er, als er sie binnen Sekunden überflogen hatte.

Derweil überredete Lagrande den Polizisten, ihnen den Wagen wegen Gefahr für Leib und Leben zu überlassen, was er widerstrebend tat. »Was ist?« Sie öffnete Malleus die Beifahrertür und hetzte um den Survivor R herum, um sich in den Fahrersitz zu werfen.

Langsam setzte er sich und verzichtete auf den Anschnallgurt. Er hatte heute einen Aswang überlebt. Die Culebra hatte er weitergeraucht, wie er erschrocken bemerkte. Aber sie schmeckte sensationell. »Die Schwester des Propheten. Imee.«

»Abgehauen?« Lagrande startete den Motor und ließ ihn aufjaulen. Auf ihrem Gesicht bildete sich ein breites, vorfreudiges Grinsen.

»Verstorben.«

Sie sah Malleus verwundert an. »An was? Die Schusswunde? Die war doch eigentlich nicht mehr gefährlich.«

Malleus schüttelte den Kopf. »Multiples Organversagen. Bei der Obduktion hat sich herausgestellt, dass sämtliche Organe nekrotisch waren. Selbst das Herz.« Er suchte die Untersuchungsbilder heraus und hielt sie Lagrande hin. »So etwas schon mal gesehen?«

Angewidert verzog sie das Gesicht. »Wie von innen … kompostiert. Passend für die Tochter einer Fruchtbarkeitsgöttin.«

»So kann man es auch sehen.«

»Divine Aktivität? Als kleine Rache von einer Entität? Oder die Strafe der Vatermutter fürs Versagen?«

Davon stand nichts im Obduktionsbericht. »Der Gerichtsmediziner geht am ehesten von aggressiven Bakterien aus, die sich Imee irgendwo eingefangen hat. Genaueres sollen die Laborberichte bringen.« Malleus deutete auf den verschneiten Platz. »Fahren Sie. Ich merke, dass die Betäubung nachlässt.«

»Schon unterwegs.« Lagrande trat das Gaspedal durch, und der Koloss von Panzervan beschleunigte mit durchdrehenden Reifen. Der Motor orgelte tief, der Schub fühlte sich gut an. »Haben Sie bemerkt, dass die stärkste Zersetzung am Hals ist?«

Malleus antwortete nicht.

Selbstverständlich hatte er das bemerkt. Und er erinnerte sich noch ganz genau, dass er Imee in einem Anfall von heißer Wut an der Kehle gepackt und zugedrückt hatte.

Bakterien. Unauffällig sah er auf seine Hände, an denen sein eigenes getrocknetes Blut klebte.

* A Ω *

Na, toll. Festgenommen. Diese scheiß Bullen haben mich festgenommen, bevor ich bei ihm hatte sein können!

VERFLUCHTE SCHEISSE!

Wie konnte das passieren? Ich war als Normalo unterwegs und hatte mich so schön mit der Lilie unter die gläubigen Lemminge gemischt, als es plötzlich losging und die verfickten Drecksfranzosen von allen Seiten angespurtet kamen. Konnte nur zuschauen, wie er, dem ich folge, gerade so gegen diesen Philippino-Vampir gewonnen hat.

Das geht gar nicht!

Das läuft niemals wieder so! Jetzt muss ich zur Aussage zur Police nationale, fuck. Wer weiß, was Bourreau in der Zwischenzeit macht. Krankenhaus, schätze ich. Sind mit dem fetten SUV-Panzer abgerauscht.

Gut, na schön. Dann verklickere ich zuerst mal Loki und Susanoo, was Sache ist. Damit ist der Beweis erbracht, wer hinter dem Plan mit den Wundern steckt. Mal sehen, wie es danach weitergeht. Wie ich die beiden kenne, wispern sie das dem Pantheon auf verborgenen Wegen zu und lehnen sich zurück.

Oder behalten sie es für sich?

Hm. Wie erreiche ich die Kasperköppe eigentlich? Hatten wir ein Safewort ausgemacht oder so was? Werde mal schauen, ob sie sich durch ein kleines Ritual anlocken lassen.

Fuck, echt.

FUUUCK!

Ich reg mich schon wieder auf.

Nein, das nächste Mal läuft das alles anders. Unverantwortlich von mir. Wenn er nun gestorben wäre? Wenn er wegen MEINER Verfehlung gestorben wäre?

Das hätte ich mir niemals verziehen.

Ich brauche … keine Ahnung. Gadgets. Artefakte. So was wie ein Batman-Gürtel mit praktischen Sachen, wenn ich schon für sie unterwegs bin. Muss ich bei Loki und Susanoo mal ansprechen.

Boah, was könnte ich mich immer noch aufregen!

* Α Ω *

»Wer ein Menschenleben rettet,
dem wird es angerechnet,
als würde er die ganze Welt retten.«

Talmud, Traktat Sanhedrin 37a

KAPITEL XIV

Philippinen, Inselgruppe Visayas, Insel Samar, Dezember 2019

Die wunderschöne Natur, die am Boot vorbeizog, konnte Malleus weder beruhigen noch half sie gegen den erneut stärker werdenden Entzug. Die tägliche Dosis Culebra hatte er bereits verraucht. Es wurde sehr, sehr leer im Etui.

Malleus, Lagrande, Joel und zwei einheimische Parkranger fuhren auf dem Fluss Sohoton durch den Nationalpark, um zur natürlichen Felsenbrücke zu gelangen, die Jahr für Jahr gemeinsam mit den drei großen Höhlen und dem Panhulugan-Felskliff etliche Touristen auf die Insel Samar lockte. Joel, gekleidet in Weiß, hatte ihnen verraten, dass dort ein einsames Lakampati-Heiligtum lag. Offiziell war es ein Ort für die Geister der Natur. Auf diese Weise bekam die fast vergessene Entität ein bisschen Aufmerksamkeit, ohne dass die Touristen ahnten, wer sich Opfergaben bringen ließ.

Das Boot schnurrte auf dem ruhigen Fluss durch die tief eingeschnittenen Schluchten mit fast senkrecht abfallenden weißgrauen Kalksteinfelswänden, deren Oberfläche bewaldet war. Es roch nach Blättern, Blüten und klarem, sauberem Wasser.

Malleus hatte den philippinischen Behörden erklärt, man müsse archäologische Überprüfungen in den Höhlen und am Heiligtum vornehmen. Er hatte Joel als Experten und Doktor der divinen Artefaktarchäologie vorgestellt, den die anderen zu dessen Schutz begleiteten.

»Wir sind gleich da.« Ranger Bob, ein untersetzter Philippiner in grüner Tarnuniform und mit Tropenhut auf den kurzen schwarzen Haaren, stand am Bug und zeigte auf die riesige, natürliche weiße Steinbrücke, auf der sich ein grüner Wald aus verschiedensten tropischen Bäumen erhob. »Darunter ist das Heiligtum.«

Malleus nickte Joel zu. »Wir können gleich loslegen, *Doktor.*«

Der Prophet legte wortlos seinen Rucksack an, in dem er die Opfergaben für die Vatermutter mit sich führte, um sie bei der Anrufung zum Erscheinen zu bringen.

Lagrande schoss die ganze Zeit über mit ihrem Smartphone Fotos vom Sohoton, den weißen Felswänden und den dichten smaragdfarbenen Wäldern, die darauf und darüber wuchsen. Sie sah in ihrer Aufmachung wie die Schwester von Indiana Jones aus. »Manchmal vergisst man, wie schön die Welt sein kann«, sagte sie vor sich hin. »Das ist umwerfend!«

Ranger Leo befand sich am Heck und steuerte das Boot den flachen Kiesstrand hinauf, unmittelbar unter die natürliche Brücke, die aus der Nähe noch imposanter und eindrucksvoller wirkte.

»Sie warten beim Boot, bitte«, sagte Malleus zu den Rangern und verließ den Kahn mit einem eleganten Sprung über die Bordkante. »Die Nachforschungen des Doktors werden nicht lange dauern.«

Joel und Lagrande folgten ihm, gingen unter der Brücke hindurch zum Heiligtum. Die Kiessteinchen knirschten feucht unter den Sohlen des Trios. Touristen gab es an diesem Tag keine. Die philippinischen Behörden hatten den Zugang zum Glanzlicht des Nationalparks für die Dauer der Überprüfungen gesperrt, damit sie niemand störte.

»Ist das nicht umständlich, für eine Kontaktaufnahme an diesen Ort zu kommen?«, erkundigte sich Lagrande bei Joel.

»Ist es. Aber Vatermutter hat keine sonstigen Heiligtümer mehr.«

Malleus betrachtete den einsamen Schrein. Er war unauffällig, aber dafür reichlich mit Gaben bedeckt. Die Besucherinnen und Besucher hatten Blüten, verschiedene Speisen, Spirituosenflaschen, aber auch Reis, getrockneten Fisch und nicht zuletzt zahllose Räucherstäbchen, die inzwischen bis auf Stummel abgebrannt waren, zwischen den Kieseln hinterlassen. *Lakampati sammelt als Naturgeist reichlich Geschenke ein.*

»Also haben Sie und Ihre Geschwister diese Wunder gewirkt.«

»Ja. Wir bekamen von Vatermutter unsere besonderen Kräfte.« Joel hatte den Schrein erreicht und packte nacheinander teuren Duftreis, Räucherstäbchen und eine vergoldete Flasche mit Pflaumenwein aus. Sämtliche Gegenstände stammten aus der Heimatregion der Entität.

»Müssen wir auf etwas besonders achten? *Doktor?*« Lagrande richtete das Smartphone auf den jungen Propheten, um das Geschehen für die Beweissicherung aufzuzeichnen.

»Halten Sie sich einfach zurück, während ich den Kontakt zu Vatermutter herstelle.« Joel zündete die Stäbchen an, häufte den Reis auf eine Schale und gab einen Schluck Wein auf den Boden, trank danach selbst davon. »Warten Sie einige Schritte entfernt. Sie sehen schon, wenn sie erscheint.« Danach setzte er sich vor das Heiligtum und verfiel in einen leisen Singsang. Die Invokation hatte begonnen.

»Weiß er, dass seine Schwester tot ist, Inspecteur?«, raunte Lagrande.

Langsam schüttelte er den Kopf und schob den Hut in den Nacken. »Wir finden gleich heraus, wie verbunden Lakampati mit ihren Nachkommen ist.« Falls die Entität von Imees Tod wusste, hoffte er, dass ihr Zorn milde ausfiel, sodass er sie zur Aufgabe bewegen konnte. *Sonst wird es für die Bewohner der Philippinen verheerend.*

* Α Ω *

Hier ist wieder: Captain Khan!

Und ich fliege wie ein Irrer: Kurve rechts, Kurve links, Sturzflug und knapp über den Fluss, ohne dass sie mich sehen.

WEIL ICH EIN BESCHISSENER PAPAGEI BIN!!!

… oder wie immer man diese Sorte nennt. Irgendwas Buntes mit Flügeln.

Danke für nix, ihr Götter.

Erst habe ich euch gesteckt, was es mit Lakampati auf sich hat und wohin Bourreau heimlich fährt, um Verhandlungen zu führen, von denen ihr nix mitbekommen sollt – und was kriege ich dafür? Einen dürren Vogelarsch und ein Loch, aus dem alles fällt. Das ist unwürdig! Wie kann man ein Vogel sein wollen?

Aber ich flattere um Bourreau, Banlieue-Girl und den kleinen Propheten, ohne dass sie Verdacht schöpfen. Wenn sie mich ärgern, kacke ich ihnen auf den Kopf, das schwöre ich. Ich kann mir denken, warum sie mich in einen Vogel verwandelt haben: Damit ich nicht eingreifen kann. Irgendwas wird heute laufen, bei dem ich die Füße stillhalten soll. Nennt man das Füße, was ich da habe? Krallen? Klauen?

Jedenfalls wollen weder Loki noch Susanoo, dass ich mich einmische und auffliege. Höchstens auf den nächsten Ast und Augen und Ohren offen halte, um sie anschließend zu informieren.

Und wieder ein bisschen kurven und kreisen und mich mal hinter den ganzen Felsen umschauen. Keiner hier, keiner da und auch … Moment.

Moment!

Da sind doch … oh shit, das ist eine ganze Hindu-Gottheiten-Demo! Der Elefantenmann, die mit den vielen Armen und einem Säbel, irgendein blauer Typ … es sind wirklich zu viele.

Da gehe ich doch gleich mal näher ran und singe auch ganz leise, damit sie mich nicht bemerken. Oder mich für niedlich halten und mich in den nächstbesten Käfig stopfen.

Hey, das ist doch der Blondschopf aus Sydney. Merx! Oder besser gesagt Merkur, der kleine Verräter – was hat der bitte zwischen den Hindus zu suchen? Sehr seltsam. Ah, ich ahne etwas. Hat ihm Loki etwa zugeraunt, wo man Lakampati findet, und Merkur trabt als Götterbote los, um die Hindus in Alarmbereitschaft zu versetzen? Könnte passen. Damit wäre Merkur bei den Hindus beliebt und Loki wiederum bei Merkur.

»Keine Gnade«, *schnaubt der Elefantenmann.* »Die Vatermutter muss bestraft werden. Sie hätte die Welt ins Chaos gestürzt und die Sterblichen zu Aufständen aufgewiegelt. Gegen uns!«

»Ja, gegen uns alle«, *stimmt Merkur zu.* »Deswegen sagte ich euch, wo ihr Lakampati findet. Doch behaltet für euch, von wem ihr die Information habt.«

»Was wollt ihr für den Hinweis, Götterbote?« *Die Vielarmige betrachtet ihn aus lodernden Augen.*

Merkur deutet eine Verbeugung an. »Nichts. Sollte sich die Gelegenheit ergeben, möchten wir einfach nur die gleiche Großmut von euch. Mehr nicht.« *Dann lächelt er noch einmal in die Runde.* »Gute Jagd!« *Gleich darauf sprintet er los, rennt wie auf unsichtbaren Stufen in den Himmel und ist weg.*

»Glaubt ihm kein Wort«, *warnt der Blaue.* »Die Griechisch-Römischen werden einen Lohn verlangen.«

Jetzt lachen alle.

»Wer von uns darf Lakampati bestrafen?« *Der Elefantennasenmann hebt einen Kiesel auf.* »Ich nehme an, es tritt keiner freiwillig von dem Anrecht zurück?«

Die Braut mit den ganzen Armen lässt ihr Schwert einmal surrend durch die Luft gleiten. »Senden wir denjenigen von uns, der die Bestrafung am gerechtesten vollziehen kann.«

»Wer soll das sein?«, *will der Blaue wissen.*

Das will ich auch wissen. Spuck's aus, du verrückte Auf-dem-Rücken-eines-Babys-Tänzerin!

* Α Ω *

Malleus sah, wie sich durch Joels Ritual ein kleiner Wirbel im Reis bildete, der aufwärtsstrebte und sich dabei verbreiterte. Im Nu wurde daraus ein menschlicher Umriss, der nach wenigen Herzschlägen die Gestalt eines androgynen Menschen annahm, gekleidet in fließende, seidenhafte Gewänder, die den deutlich erkennbaren Schwangerschaftsbauch umschmeichelten. Das Gesicht konnte ebenso gut einem Mann wie einer Frau gehören. Die duale Entität blieb ihrer Zwitterhaftigkeit treu.

»Hier bin ich, mein Sohn«, sprach Lakampati mit sanfter Stimme. Die mit Ringen geschmückte Hand strich Joel durch die Haare, dann bückte sie sich und gab ihm einen Kuss auf die Stirn. »Ich hörte deine Sorge um mich. Und deine Furcht.« Ihre Augen richteten sich auf Malleus und Lagrande. »Sind *sie* der Grund?«

»Das sind sie, indirekt, göttliche Vatermutter.« Joel erhob sich und küsste ihre Hand. »Unser Plan, dir jene Anerkennung zurückzugeben, die dir gebührt, ist gescheitert.« In aller Kürze fasste er die Geschehnisse zusammen. »Ich habe Inspector Bourreau unterschätzt«, schloss er. »Er war es, der uns enttarnt hat, und nun möchte er mit dir reden, Göttliche.«

Lakampati bedeutete Malleus und Lagrande, zu ihr zu treten. »Ein Götterleugner, der eine Göttin durchschaute. Wie interessant«, sagte sie mit ebenso viel Anerkennung wie Wut in der Stimme. »Hast du meine Tochter ausgelöscht? Ich vermag Imee nicht mehr zu fühlen. Sie hat diese Welt verlassen, ohne ihre Seele retten zu können.«

Joels Kopf fuhr herum, er starrte Malleus an. »Was? Imee ist tot?«

Er brauchte eine Culebra, damit er konzentriert blieb. Es stand zu viel auf dem Spiel. Schnell nahm er die vorletzte mit grüner Banderole aus dem Silberetui, steckte sie an und inhalierte tief. *Gleich besser.* Der Rauch umschmeichelte ihn beruhigend.

»Die Obduktion steht noch aus. Der Arzt meint, es seien fleischfressende Bakterien gewesen, mit denen sie sich infiziert hat. Aber darum geht es nicht. Sondern um dich, Lakampati.« Malleus musste dafür sorgen, dass die Unterhaltung nicht in die falsche Richtung lief. »Ein Abgesandter des Weltpantheons kam vor einiger Zeit zu mir, um mich zu beauftragen, die Wahrheit herauszufinden. Die Entitäten lassen den Christen, Juden und Muslimen nicht durchgehen, zu was du sie angestachelt hast. Sollten sie keine Ruhe geben und weiterhin nach dem Einen Gott verlangen, werden sie leiden wie einst die Urchristen oder die Juden zu ihren schlimmsten Pogromzeiten.« Malleus suchte den Blick der Vatermutter. »Stell dich den

Göttern. Sie werden mich bald zwingen zu sagen, was ich herausgefunden habe.«

»Weil du denkst, dass sie sonst ihre Rache anstatt über mir über Unschuldige ausgießen. Über jene wenigen, die mir huldigen. Und über meine Kinder«, ergänzte Lakampati.

»Sie werden nicht eher ruhen, bis sie dich gefasst haben, und dabei die Philippinen verwüsten«, fuhr Malleus fort. »Du, Lakampati, bist die Göttin der Fruchtbarkeit. Du sorgst für Reis, für ertragreiche Erde, für einen guten Fang – aber nicht für Vernichtung und Leid!«

»Einst tat ich all das, ja. Nun bin ich so gut wie vergessen und muss mich in die Herzen schmuggeln.« Sie bedachte ihn mit einem warmen Blick. »Es ehrt dich, dass du an die Menschen meiner Heimat denkst, Malleus.«

»Nur um sie geht es mir. Entitäten sind mir gleich.« Malleus paffte langsam, der Qualm formte andeutungsweise Reis- und Getreidepflanzen. *Ich scheine sie zu erreichen.* »Solltest du darüber nachdenken, mich und meine Begleiterin zu attackieren, um das Geheimnis zu wahren, muss ich dich enttäuschen. Es wissen noch mehr von deinem Tun, und sie werden es verkünden, sollte uns etwas zustoßen.«

Lakampati sah über den kleinen Schrein und die Opfergaben unter der Felsenbrücke. »Mein Plan begann so gut. Dabei sind die Menschen und Götter jene, die sich bei *mir* entschuldigen müssten. Sie hätten *alle* leiden sollen! Erst die undankbaren Menschen, die den Glauben an mich verdrängt haben, und danach jene anmaßenden Gottheiten, die mir keinen Platz mehr in meiner eigenen Heimat ließen, als die neue Zeitrechnung begann.« Ihr Blick richtete sich wieder auf Malleus. Die Wut kehrte auf das androgyne Antlitz zurück. »Es mag sein, dass sie die Philippinen vernichten. Doch mich fassen sie nicht, wenn ich nicht will. Ich kann warten. Auf die nächste Gelegenheit.«

Malleus glaubte, sich verhört zu haben. »Du willst zur Göttin des Leids werden?«

»Ich? Nein. Ich bin die Göttin der Fruchtbarkeit und tue den

Sterblichen nichts. Die Zerstörung ist das Werk der anderen«, erwiderte sie samten und erbarmungslos zugleich. »Das werden die Menschen erkennen. Und *dann* suchen sie nach freundlichen Wesen, die ihr Flehen erhören. Barmherzige Wesen wie mich.« Lakampati bedeutete Joel, sich zu erheben und neben sie zu treten. »Du magst meinen Plan verhindert haben, Malleus. Doch die Rachsucht und die Geltungssucht der globalen Gottheiten werden mich emporsteigen lassen. Mich sichtbar werden lassen. Mich aus dem Vergessen befreien.«

»Zum Preis von Hunderttausenden Toten?«

»Dies ist nicht mein Werk.«

»Doch *deine* Verantwortung!«

»Nein. Die anderen Gottheiten könnten es dabei bewenden lassen, dass ich gezwungen bin unterzutauchen«, hielt sie dagegen. »Niemand zwingt sie, auf der Suche nach mir die Philippinen heimzusuchen. Je härter sie zuschlagen, umso mehr spielen sie mir in die Karten des Schicksals.« Sie legte eine Hand liebevoll auf ihren Schwangerschaftsbauch. »Mein Kind wird bald geboren. Nicht als neuer Jesus, wie die Dinge nun liegen. Aber ich werde ihm ein Königreich auf Erden bieten. Wenn nicht in diesen Tagen, dann in den Tagen danach.«

Malleus sah Joel an, dass er es nicht wagte, seine Stimme zu erheben. Der einstige Prophet schien die Sache anders zu sehen als seine Vatermutter. »Ich kam zu dir, um an deine Verantwortung zu appellieren, bevor ich mich an die Entitäten der Erde wende. Sie warten bereits auf meine Nachricht.«

»Deine Reise brachte dich immerhin an einen schönen Ort, Malleus. Es wird ihn wohl nicht mehr geben, wenn du mit den anderen gesprochen hast.« Lakampati strich sich über ihren prallrunden Bauch. »Hab keine Angst. Ich werde dir und deiner Begleiterin nichts tun. Kehrt zurück und berichtet den Göttern, was ihr gesehen und gehört habt. Danach werden wir sehen, wie schlau und besonnen sie sind.«

Unvermittelt erklang ein leises Schnuppern. Ein großer schwarzer Hund mit übergroßen Nasenlöchern und vier Augen, aus denen er furchterregende Blicke auf die Versammelten warf, kam langsam um den Felsenpfeiler der natürlichen Steinbrücke. Dann stieß er ein lautes Heulen aus, das von den Wänden und vom Wasser widerhallte.

In den langen Ruf und dessen Echo mischte sich ein zweiter, der von weiter oben erklang. Auf der natürlichen Brücke erschien ein weiterer schwarzer Hund und sah auf Menschen und Göttin aus vier Augen nieder, bevor er nochmals heulte.

»Was bedeutet das, Bourreau?«, raunte Lagrande.

Malleus ahnte Schlimmes. Diese Wesen gehörten nicht zu Lakampati, die vor dem Hund furchtsam zurückwich.

Ein leises Plätschern erklang vom Ufer des Sohoton, gefolgt von einem dunklen lauten Schnauben. Der riesige schwarze Kopf eines Wasserbüffels schob sich aus den Fluten, auf dessen Schädel eindrucksvolle Hörner saßen. Die Wassertropfen rannen von der Schnauze, dem Fell und den Hörnern, während er sich aus dem Fluss erhob.

Dadurch wurde sein Reiter sichtbar, der rote Gewänder trug und mit Geschmeide behängt war. Seine Haut schimmerte grün, auf dem Kopf saß eine mit Blattgold und Schmuck verzierte Hörnerkrone. Die Augen rollten in den Höhlen, unter der Nase prangte ein buschiger, schwarzer Schnurrbart. Am Sattel des Stieres hingen Schwert und Schild, in seiner Rechten trug er eine mächtige Keule, in der anderen Hand ein sacht glimmendes Seil. Majestätisch ritt er auf dem imposanten, geschmückten Tier aus dem Sohoton. Das Wasser verging von selbst auf ihm, sodass es schien, er wäre niemals nass gewesen. Die langen schwarzen Haare quollen unter der Krone hervor.

»Oh, merde«, entfuhr es Lagrande. »Ist das der, von dem ich denke, dass er es ist?«

Das ist Yama! Malleus sah zur entsetzten Lakampati, die nun beide Hände schützend um ihren Schwangerschaftsbauch gelegt hatte.

Als Joel sich vor sie stellen wollte, hielt sie ihn mit einem leisen Wort zurück. *Wie konnte er von dem Treffen wissen? Ich sagte Merkur und dem Pantheon nicht Bescheid.*

»Versuche nicht, meinen treuen Hunden oder mir zu entkommen, Lakampati«, sprach der Gott der Hindu-Unterwelt mit donnergleicher Stimme. »Meine Yamadutas sind auf der Hut und reagieren sogleich, solltest du versuchen, die Flucht zu ergreifen. Sie kennen nun deinen Geruch und finden dich überall.«

Malleus wich vor dem voranstapfenden, schnaubenden Wasserbüffel, der den Namen Mahishasura trug, einige Schritte zurück und zog Lagrande mit sich. Von dieser Sekunde an waren sie Zuschauer eines divinen Schauspiels, dessen Ausgang er nicht vorherzusagen wagte.

Die Hunde blieben auf ihren Plätzen neben der Säule sowie auf der Brücke und wachten aus acht Augen.

Ranger Bob und Ranger Leo warfen sich flach in den Kies und beteten leise um Gnade.

»Also war das Treffen doch eine Falle!«, schrie Joel Malleus an. »Du wolltest Vatermutter verraten!«

»Nein, ich wollte nur reden«, beteuerte er.

»Der Götterleugner spricht die Wahrheit. Die Kunde hiervon erreichte mich auf anderem Wege.« Yama blieb auf dem Wasserbüffel sitzen, die Keule aufrecht haltend. »Ich hörte alles mit an, Lakampati.«

»Was willst du von mir? Du bist der Richter der Toten, der die Seelen bestraft oder belohnt«, erwiderte die duale Gottheit furchtlos, doch sichtlich beeindruckt. »Sehe ich tot für dich aus?«

»Ich bin zugleich Dharmaraja, Herr der Rechtschaffenheit und Gerechtigkeit«, sprach er und rollte mit seinen großen Augen. »Um dich zu richten, brauche ich meinen Diener Chitragupta mit seinem Buch der Taten nicht.« Er reckte die Hand mit dem Seil, und eine Schlinge formte sich, die sich auf Lakampati zubewegte. »Du hast Schaden über die Erde und die Menschen gebracht. Hast dich nicht an die Grenzen gehalten, die dir gesetzt sind. Die Abmachungen der Gottheiten gebrochen. Wolltest die Erde für dich haben. Hast gegen alles verstoßen, was Göttinnen und Götter in mühsamen Unterredungen ausgehandelt haben«, zählte er auf. »Und hattest nicht einmal den Mut, in deinem Namen zu handeln. Dies ist schändlich.«

Malleus verfolgte gebannt, wie sich die Schlinge um Lakampatis Hals legte und sich langsam zuzog.

»Nein!« Joel sprang vorwärts und ergriff das glimmende Seil mit beiden Händen, um es zu zerreißen. Kaum berührten seine Finger das Tau, standen sie in Flammen und brannten innerhalb eines Lidschlags herab bis auf die Knochen, die verkohlt auf den Kies fielen. Zurück blieben schwarze Handstummel. Schreiend krümmte sich Joel am Boden.

Lakampati sah auf ihren schwer verletzten Sohn, konnte sich aber wegen des Seils nicht rühren. »Lass ihn nicht an meiner Stelle leiden.«

»Ich sagte ihm nicht, dass er das Seil anfassen soll. Das war seine Entscheidung«, erwiderte Yama ungerührt. »Es wurde ein Urteil über dich gefällt, Lakampati. Und entschieden.«

»Ihr dürft mich nicht ohne Weiteres töten. Ich bin eine Gottheit. Dieses Gesetz habt ihr selbst erlassen«, entgegnete sie. »Und ich trage unschuldiges Leben in mir.« Erneut streichelte sie ihren Schwangerschaftsbauch.

»Du wirst nicht getötet«, verkündete Yama. »Ich nehme dich mit mir.«

»Wohin?«

»Nach Naraka. Wo du Sühne leisten wirst, bis es genug ist.«

Ist das ein Ort? Malleus nahm unauffällig seinen PDA heraus. Die hinduistische Religion gehörte mit ihren vielen Unterströmungen und Verwandtschaften zu den kompliziertesten.

Naraka war ein Wort aus dem Sanskrit und bedeutete: Unterwelt, der Ort der Leiden und körperlichen Qualen, den die Christen vielleicht Hölle genannt hätten. Jedoch schien es nur der Wartesaal zu sein, eine Art Übergangsphase, bevor die Seelen wiedergeboren wurden. Nun sollte Lakampati ebenfalls nach Naraka gebracht werden. *Auf unbestimmte Zeit.*

»Deinem Kind wird nichts geschehen. Für es wird die Zeit in deinem Leib stillstehen, während du deine Strafe erhältst«, erklärte Yama. »Du wirst es gebären, sobald wir beschließen, dich auf die Erde zurückkehren zu lassen.« Er sah auf den wimmernden Joel, der zuckend und krampfend im Kies lag. »Deine lebenden Nachfahren werden ihre Kräfte verlieren, solange du verschwunden bist. Nichts wird auf der Welt geschehen, was die Menschen an dich denken lässt.« Der Totengott wendete den riesigen Wasserbüffel. »Begleite mich in deine Verbannung nach Naraka.«

Malleus steckte den PDA weg und verfolgte gebannt, wie Yama und Lakampati in die Fluten des Sohoton stiegen und verschwanden. Nur die Hufabdrücke des Stieres erinnerten an das Geschehen. Die vieräugigen Hunde verschwanden mit schnellen Sprüngen. Joel lag zusammengekauert zwischen den grauen und weißen Steinchen und regte sich nicht mehr.

»Damit hatte ich nicht gerechnet«, brach es aus Malleus heraus.

»Wer schon?« Lagrande ließ das Smartphone sinken. Sie hatte den Verlauf der Ereignisse aufgezeichnet. »Der Hindu-Totengott persönlich.«

»Im Namen aller Entitäten.« Die Gottheiten hatten sich gewiss beraten und Yama die Bestrafung überlassen, da es auf den Philippinen überwiegend hinduistische Anhängerschaft gab. »Als Hausherr, wenn man so möchte.« Malleus löschte die Zigarre und suchte eine mit roter Banderole aus dem fast leeren Etui. Seine Aufgabe war erfüllt, die Rückkehr des vermeintlichen Sohnes Gottes abgewendet. Der Papst, der Vatikan und etliche Christen, Juden und Muslime auf der ganzen Welt waren der Auslöschung entgangen. Die Anspannung fiel langsam von ihm ab.

»Wie viele Wunder fehlen noch?«

»Vier, glaube ich. Sie werden nicht mehr geschehen. Es wird aber eine Weile dauern, bis die Christen, Juden und Muslime sich beruhigt und die Enttäuschung verdaut haben.«

»Sofern sich kein anderer Gott bedient«, gab Lagrande zu bedenken. Sie ging zu Joel und prüfte seinen Herzschlag. »Ist es nicht verlockend, eine sich sehnende Anhängerschaft zu übernehmen und sie für sich arbeiten zu lassen?«

»Und wie Lakampati direkt in die Verbannung voller Leid und Schmerzen zu wandern?« Malleus inhalierte zur Feier des Tages den Rauch tief in seine Lunge. Unermessliches Glück flutete seinen Verstand und seinen Körper. »Dieses Risiko wird keine Entität eingehen. Der vierundzwanzigste Dezember wird ohne besondere Vorkommnisse verlaufen.« Er nickte zum Boot, vor dem sich die beiden Ranger aus dem nassen Kies erhoben und sie fassungslos anstarrten. Auch in Zeiten voller realer Gottheiten war das Erscheinen einer Entität ein erschütterndes, einschneidendes Ereignis. *Für normale Menschen.* »Fahren wir zurück und schnappen uns den nächsten Flieger nach Lutetia. Was macht Joel?«

Lagrande atmete lange aus. »Er ist tot. Wird der Schock gewesen sein.«

Mist. Die Verhaftung des Propheten und eine öffentlichkeitswirksame Aufdeckung der Scharlatanerie hätte viel Unruhe aus jüdischen, muslimischen und christlichen Gläubigen genommen. Jetzt musste Interpol die Ergebnisse der Ermittlungen präsentieren und lief Gefahr, damit eine Legende ins Leben zu rufen. Die Legende von Joel, dem Propheten des Herrn, der zum Märtyrer geworden war. Und damit einhergehend die Erzählung, dass der Eine Gott nach wie vor auf Erden wandelte. Wenn nicht in diesem Jahr, dann kehrte er eben im nächsten zurück. Oder im übernächsten. Sie hatten zwar die Aufzeichnungen, aber es gab kein Handyfilmchen, dessen Echtheit nicht angezweifelt wurde, wenn es der eigenen Vorstellungswelt widersprach.

»Nun gut. Dann nehmen wir seine Leiche mit.« Malleus bat die Ranger herbei, damit sie mitanpackten.

Dabei umflatterte die Gruppe ein neugieriger, aufgeweckter Vogel, der krächzende Laute ausstieß, als schimpfe er sie aus.

Bob und Leo eilten mit einer Plane näher, um den Toten darin einzuwickeln. Dass Bob unauffällig Joels verkohlte Fingerstücke aus dem Kies klaubte und einsteckte, nahm Malleus hin. Für den Ranger waren dies geweihte, heilige Gegenstände, die mit einem Gott in Berührung gekommen waren. *Soll er glücklich damit werden.*

Was für Malleus mehr zählte, war, dass zahllose Leben gerettet worden waren – auch wenn das Ganze einen faden Beigeschmack hatte. Die Entitäten hatten ihn benutzt, um gegen Lakampati vorzugehen, und das würden sie zurückbekommen. Mit mehr als seiner Nichtachtung.

Der zutrauliche Vogel setzte sich auf seine Schulter und legte den Kopf schief, sah ihn direkt an.

Wie seltsam. Für einen winzigen Moment glaubte Malleus, in den braun-grün gesprenkelten Augen jemanden wiederzuerkennen.

Doch das Gefühl wich so schnell, wie es gekommen war.

***

Celtica, Paris-Lutetia, Dezember 2019

Malleus klickte sich unruhig durch die beschädigten und teilverschlüsselten Daten aus dem Ordner Gul-ki-šár von Ducroix' Smartphone. Im linken Mundwinkel hing der kärgliche Rest der erloschenen Culebra, als wollte sie den Platz nicht mehr verlassen. Er hatte sich extra ein verlängerndes Mundstück besorgt, um die Zigarren bis zum letzten Stummel aufrauchen zu können, damit er die divine Wirkung restlos absorbierte. Weil er es musste. Brauchte. Wollte.

Dank einer Reparatursoftware waren einige weitere Prozent der Dateninhalte hergestellt und lesbar geworden, aber es brachte ihn auf der Suche nach dem Grund für die versuchte Tötung der D. E.M.-Agentin nicht weiter.

Anstelle von Informationen zu einer Stele, die Oona erwähnt hatte, las Malleus den Auszug aus einer alten Geschichte, welche die vermutlich ermordete Charlene Ducroix in historischen Aufzeichnungen gefunden hatte.

Sie handelte davon, dass sich die Menschheit unbändig vermehrt und mit ihrem Getöse die Götter gestört hatte. Der Gott Enlil erboste sich besonders darüber und entschied, den Unterweltgott Namtarú auszusenden, damit er einen Teil der Bewohner mit Frostfieber dahinraffte. Doch ein gewisser Enki warnte einen befreundeten, aufrichtigen Priester, genannt Atraḫasis, und gab ihm den wertvollen Rat, er solle nicht mehr die übrigen Götter anbeten, sondern einzig Namtarú. Dem eitlen Gott der Unterwelt gefiel dies derart, dass er keine Menschen mehr tötete.

Malleus hatte schnell herausgefunden, dass es sich dabei um die Inschrift der zweiten Tafel des Atraḫasis-Epos handelte, verfasst von einem unbekannten Dichter um 1800 vor Christus in Altbabylonisch. Es gab weitere babylonische Fragmente zu dem Epos, das als Vorläufer der Sintflut-Geschichte aus dem Alten Testament angesehen wurde.

Doch die Datierung passte nicht zu Gul-ki-šár, dem Zerstörer des Weltalls, der erst 1547 vor Christus gestorben war.

Wo ist der Zusammenhang? Malleus starrte feindselig auf den übersetzten Textauszug. Der Mangel an Culebras machte seine Anspannung nicht besser, zumal sein alter Erzfeind Namtarú in der Geschichte vorkam. *Hat es etwas mit mir zu tun?* Er erinnerte sich genau an die Bestien mit den grell leuchtenden, flackernd weißen Augen, die ihm der finstere Gott auf den Hals gehetzt hatte, einst in den Schützengräben während der Übergangskriege, danach in Gomorra und Kopenhagen. *Was habe ich ihm getan?* Dann musste er lachen. *Abgesehen davon, dass ich der einzige lebendige Atheist dieser verfluchten Welt bin.*

Malleus sah ein, dass er ohne Oona Milords Hinweise und Erkenntnisse in diesem Fall nicht weiterkam. Aber die Agentin auf der Flucht meldete sich nicht. Sie war nach dem versuchten Scharfschützenanschlag vollständig abgetaucht.

Das Schreibtischtelefon klingelte, die Zentrale wollte etwas von ihm.

Mürrisch nahm er ab. »Bourreau?«

»Monsieur, ich habe einen Anruf für Sie«, sprach der Mann aus der Zentrale.

»Wer?«

»Das Sekretariat des Vatikans, Kardinal Varese. Im Namen von Seiner Heiligkeit dem Papst. Erneut.«

Malleus nahm die Culebra aus dem Mundwinkel. »Das ist jetzt der wievielte Versuch?«

»Ich habe eine Strichliste angefangen und bin bei«, der Mann zählte kurz leise, »elf, Monsieur Inspecteur.«

»Wenn der Papst zum zwölften Mal anrufen lässt, setzen Sie ihn und Kardinal Varese auf die schwarze Liste. Wegen Belästigung«, ordnete Malleus genervt an.

»Monsieur, der Kardinal sagte mir, Seine Heiligkeit wolle sich für Ihren Einsatz persönlich bedanken und –«

»Er soll mir eine Kiste seines bestens Weins schicken, den er im Keller hat. Das genügt. Danke.« Malleus legte auf.

Auf den persönlichen Dank konnte er verzichten. Er hatte schlicht seinen Job gemacht. Dass sich der Papst allen Ernstes mit ›Seine Heiligkeit‹ vorstellen ließ, grenzte in diesen göttlichen Zeiten an einen schlechten Scherz. *Soll er mir doch seine Outremer auf den Hals hetzen und mich nach Rom schleifen lassen. Ich habe keine Lust auf eine Unterhaltung.*

»Lagrande«, rief er quer durch sein Büro über den Flur.

»Was?«, gab sie charmant zurück.

»Herkommen.«

»Bitte?«

»Bitte.«

Ein Stuhl quietschte, ihre Schritte näherten sich der Tür, dann erschien sie mit einem Becher Kaffee in der Hand. Sie trug die langen blondierten Haare unter einem schwarzen Lederbarett, dazu Jeans, weiße Turnschuhe und ein schwarz-weiß kariertes Flanellhemd. »Ihre Laune wird immer beschissener, Chef.« In ihren goldenen Ohrringen war Platz für einen ausgewachsenen Papagei.

»Ich weiß.« Malleus musste beim Anblick der Ringe an den zahmen Vogel denken, der sie auf der Insel Samar aus dem Dschungel bis zum Flughafen begleitet hatte, und pfriemelte den traurigen Zigarrenrest in das Mundstück. Dann steckte er ihn mit einem Span an und atmete tief den Rauch ein.

»Schon mal überlegt, es aufzudröseln und in eine Pfeife zu geben?«, schlug sie mitleidig vor.

»Habe ich. Ist aber zu viel Verlust und nicht der gleiche Geschmack.« Bei seiner Sucht ertappt und beobachtet zu werden, fühlte sich nicht gut an. Scham. Er fühlte Scham. »Deswegen habe ich Sie aber nicht gerufen.«

»Gebrüllt haben Sie. Wie ein Stier, der Hunger hat«, sagte sie freundlich. »Gut, dass Ihnen das *Bitte* noch einfiel.«

Malleus ließ sich die Maßregelung gefallen. Wenn jemand das durfte, dann sie. »Mir fehlt noch eine Genehmigung für die Einreise nach China«, sagte er. »Ihre ist bereits eingetroffen.« Er schob ihr die Dokumente zu, die von der Botschaft gekommen waren. »Die Suche nach dem Calator hat höchste Priorität. Was immer auch geschieht.«

Es war wie verhext mit Malleus' Gedächtnis. Manche Erinnerungen waren glasklar, auch wenn er sie nicht brauchte, andere blieben in einem nervigen Nebel. Ärgerlich war, dass sie weder über die Gruppe namens Sovereign noch etwas über Ernest Malloy fanden, über die Ratheby geschrieben hatte.

»Va bien, Inspecteur.« Lagrande nahm die Unterlagen an sich und blätterte sie durch. »An der Karak-Front ist leider alles ruhig. Ich komme nicht weiter. Weder durch die Untersuchungsberichte der zerstörten Filialen noch die Erkenntnisse unserer aztekischen Freunde bei der Heylig Rouch.« Sie atmete lange durch und schnupperte den kräuselnden Rauch der Culebra. »Wie viele Glimmstängel sind es noch?«

»So wenige, dass ich mich beeilen muss. Ich will nicht leerlaufen.« Malleus rieb sich einmal über den Fu-Manchu-Bart. *Wer weiß, was es mit mir anrichtet?* »Aber zuerst Xi'an in China und die Dame namens Tamera Li. Sovereign hat es auf den Calator abgesehen, und die Gruppe weiß, dass wir ihnen auf den Fersen sind. Dort steht bald etwas bevor.«

»Verstanden, Chef.« Lagrande steckte die Bescheinigungen und Erlaubnisse in ihre Gesäßtasche, kreuzte die Arme vor der Brust. »Ob diese Leute es auf einen bestimmten Masterbeacon abgesehen haben oder einfach nur so viele wie möglich sammeln?«

Diese Frage hatte sich Malleus auch schon gestellt. »Das kann uns hoffentlich Miss Li beantworten.« Er suchte in seinen Ausdrucken nach den Aufnahmen der zerstörten Statuen. »Da es sich bei den Calatoren um verschiedene Exemplare mit für uns unlesbaren Symbolen handelt, können wir lediglich spekulieren.«

»Oha? Unterschiedliche?«

»Ja. Die Reste, die man vom Masterbeacon in Clifden fand, unterschieden sich in den Details deutlich von dem, was ich in Tokio gesehen habe«, fasste er zusammen. »Die Handschriften und Macharten des Herstellers waren identisch, aber die astronomischen Zeichen stimmten nicht überein.«

Lagrande machte große Augen. »*Daran* können Sie sich erinnern?«

»Ja.«

»Aber nicht an die restlichen Standorte und Personen auf dem Zettel?« Sie kratzte sich am Hals. »Sie machen mir Sorgen, Inspecteur.«

Ich mir auch. Malleus blickte beim ertönenden Signalton hoffnungsvoll auf den Posteingang der Mailbox – und wurde einmal mehr enttäuscht. Nicht Oona Milord hatte ihm geschrieben, sondern der oberste Chef von Interpol. *Eine Belobigung. Als hätte ich das nötig.*

Lagrande schaltete den TV-Monitor an der Wand ein. »Beinahe hätten wir die Pressekonferenz verpasst. Wo es doch Ihr Verdienst ist.«

»*Unser* Verdienst, Lagrande«, berichtigte er sie und lächelte sie an. »Unser.«

Auf dem Nachrichtensender flimmerten die Statements und Ermittlungsergebnisse von Interpol. Aufgrund der Sensibilität der Informationen und des Falles hatte man einige Tage verstreichen lassen, um die Geschehnisse massentauglich aufzuarbeiten und Schutzmaßnahmen in sensiblen Bereichen, wie rund um den Vatikan, zu ergreifen. Nicht alles sollte an die Öffentlichkeit gelangen. Es galt, Aufruhr und Unruhen im Keim zu ersticken, ganz gleich, von wem sie ausgingen. Erste Informationen waren dennoch durchgesickert und verteilten sich bereits im Internet.

Gemeinsam verfolgten Malleus und Lagrande, wie die Mär vom verwirrten Einzelpropheten Joel verbreitet wurde, der mit einem mysteriösen Artefakt und einem entwendeten divinen Schwert in der Lage gewesen sei, sich Bestien zu erschaffen, die er als Engel und Maria ausgab, sowie die vermeintlichen Wunder des Einen Gottes zu wirken.

Dazu gab es zahlreiche Beweisstücke: das Schwert, kommentierte Filmaufnahmen, inszenierte wissenschaftliche Versuche mit dem Artefakt, Obduktionsberichte der Aswang und sogar von Joel. Die Verstümmelung der Hände passte ausgezeichnet in die Legende, er habe bei einem weiteren Versuch, mit den gestohlenen divinen Gegenständen ein Wunder zu wirken, den Tod gefunden.

»Und jetzt die Gegenprobe.« Lagrande schaltete sich im Sekundentakt durch weitere Nachrichtensender, suchte nach Berichten über Unruhen nach der Sondersendung.

Tatsächlich kam es in Urusalim, Mekka und Lourdes zu ersten

spontanen Protesten aufgebrachter Christen, Juden und Muslime, die für den Einen Gott auf die Straße gingen, laute Lieder sangen und Gebete sprachen. Auf Transparenten und Schildern prangten die Symbole der drei verwandten Religionen, und als gemeinsames Motto der Protestierenden hatte sich der Slogan *Er wird sich zeigen* etabliert. Die Gemeinden hatten sich im Vorfeld auf die angekündigte Sonderberichterstattung offenbar gut vorbereitet.

Eine Laufschrift unter den Bildern verkündete beruhigend, dass sich die religiösen Oberhäupter der Christen, Muslime und Juden hingegen erleichtert zeigten: Der Scharlatan Joel sei aufgehalten worden, bevor er ihren Glauben und Gott noch mehr in Verruf hatte bringen können.

»Ein sehr guter Move! Das nimmt den Gemeinden den Grund, sich weiterhin an den falschen Propheten zu klammern.« Lagrande pochte sich auf die Gesäßtasche, wo die Reiseunterlagen steckten. »China ruft. Ich geh mal packen.«

»Mh.« Malleus rauchte zufrieden und betrachtete die verspielten Verwirbelungen des Qualmes. Sein Name war in keiner Berichterstattung gefallen. *Gut.* Aufmerksamkeit war ihm zuwider und erschwerte ihm seinen Beruf. Er nahm an, dass erst nach dem 24. Dezember Ruhe in den Gemeinden einkehren würde. Mit dem Nichterscheinen von Jesus wäre der Gegenbeweis erbracht.

Lagrande verließ sein Büro und verschwand durch den Flur in ihrem Zimmer. »Waren Sie schon mal in China?«, rief sie aufgekratzt.

»Nein.«

»Oh, es wird dir gewiss gefallen«, sagte eine bekannte Stimme schräg hinter ihm. »Die Gottheiten dort sind dir bestimmt gewogen.«

Ich habe mich schon gefragt, wann jemand aufkreuzt. Malleus drehte seinen Stuhl in aller Ruhe zu dem unangemeldeten Besucher um.

Ihm gegenüber in der Ecke stand Mercurius in seiner blondschopfigen Gestalt des jugendlichen Merx, in der Hand einen riesigen Präsentkorb mit Schleifchen. Er war bei Freizeitkleidung und Polohemd mit hochgekrempelten Ärmeln geblieben. Um die Strassschwingen an seinen Turnschuhen glitzerte es verräterisch. Seine Gabe hatte ihn ins Gebäude gebracht.

»Ist der für mich?«

»Dich und die Tochter des Belenos«, ergänzte Merx und stellte das Geschenk auf den Tisch. »Wir haben Nektarspezialitäten aus einem Bergquell von Kreta, verschiedene Ambrosiagebäcke, Goldeselswurst aus der Schlachterei Apuleius, zwei Fläschchen Amrita und Soma sowie leckeren Met von den Nordischen. Außerdem für jeden von euch mehrere Barren Gold und eine Handvoll Edelsteine. Als Dank für eure Tat. Und deine Hilfe.«

»Der göttliche Lieferdienst.« Malleus roch die appetitlichen divinen Delikatessen, für die sich manche Menschen ein Körperteil abgeschnitten hätten. *Für das Gold erst recht.* »Sie haben mich reingelegt.«

»Was? Ich?« Merx lachte. »Niemals.«

»Soweit ich weiß, sind Sie auch der Schutzheilige der Diebe. Sie müssen nicht so tun, als besäßen Sie ein ausgeprägtes Ausmaß von Ehre.«

»Die Ehre der Diebe ist ein hohes Gut.« Der drahtige Merx lehnte sich gegen die Wand und musterte ihn neugierig. »Ich verstehe den Vorwurf nicht.«

Er weiß es ganz genau. »Abgemacht war, dass ich Lakampati ausfindig mache und sie zu Ihnen bringe. Oder sie selbst töte, wenn es nicht anders gegangen wäre. Aber als ich mit der Vatermutter geredet habe, erschien Yama plötzlich und nahm sie mit«, fasste Malleus zusammen.

»Gegen Yama ist sie machtlos.« Merx rieb Schmutz von seinen goldenen Flügelschuhen. »Aber ich verstehe, was du meinst, Sterblicher. Doch ich schwöre bei« – er sah sich um und legte eine Hand auf die Amphore mit Soma – »diesem Hindu-Ambrosia, dass ich es nicht war, der Kenntnis vom Treffen erlangt oder dich verfolgt hat.«

»Wer dann?«

»Keiner von uns. Du vergisst, dass wir Göttlichen weder Lakampati noch ihre Nachkommen sehen konnten. Woher hätten wir wissen sollen, wohin wir Yama entsenden?« Merx machte ein unschuldiges Gesicht. »Ist das nicht einerlei? Die Angelegenheit ist geregelt. Zu unser aller Zufriedenheit.« Er sah zum TV-Monitor an der Wand, auf dem nach wie vor die Pressekonferenz lief. »Das habt ihr sehr gut gelöst. Diese herrliche Lüge des Einzeltäters lässt den Frieden zurück auf die Erde kehren.«

»Und bringt die Menschen wieder dazu, allein euch zu gehorchen«, fügte Malleus ätzend hinzu.

»Sogar du«, schoss Merx nach. »*Du* bist das wahre Wunder an diesem Zwischenfall: der Atheist, der den Unsterblichen half, eine fast vergessene Entität zur Strecke zu bringen. Man sollte es verfilmen, damit die Leute es glauben. Oh, warte. Nein, lieber nicht.« Lachend spazierte er auf den Ausgang zu, wobei das Schimmern um die aufgedruckten Flügel zunahm. »Und nun diene der Menschheit, wie du es sonst tust. Stelle uns nach und überführe uns furchtbarer Straftaten.« Zwinkernd schob sich Merx aus dem Rahmen und winkte mit einer Hand zum Abschied in den Raum. »Wir sehen uns gewiss wieder.«

Dich auf alle Fälle, Gott der Diebe. Malleus sah auf den Fresskorb. Der Wert der divinen Gaben ginge auf dem freien Markt in die zweistelligen Millionen. Er erhob sich und sah zwischen Ambrosiagebäck, Nektar und Amphoren das Gold und die Edelsteine blinken. *Reichtum, der mir nichts bedeutet.* »Lagrande!«

»Was?«, gab sie im gleichen lieblichen Tonfall wie vorhin zurück.

Malleus musste grinsen. »Herkommen.«

»Bitte?«

»Bitte.« Er legte eine Hand auf den geflochtenen Rand des Korbs. »Sie haben ein Geschenk –«

Schräg neben Malleus zersprang das Fenster, und ein unterarmgroßer Gegenstand flog in sein Büro. In der nächsten Sekunde holte eine Detonation Malleus von den Füßen und schleuderte ihn quer durch das Zimmer.

Benommen blieb er in der Ecke zwischen Möbel- und Deckentrümmern liegen. Staub raubte ihm die Sicht und erschwerte das Atmen, in seinen Ohren pfiff und piepste es. Sämtliche Kraft war aus seinem Körper gewichen. Er schaffte es gerade noch, sich wie ein schwerfälliger Käfer vom Rücken auf den Bauch zu wälzen und auf allen vieren voran durch wallenden Rauch zu kriechen.

»Inspecteur!« Lagrande erschien neben ihm aus dem Dunst und half ihm auf die schwachen Beine. Ihre Stimme klang gedämpft und undeutlich. »Wir müssen raus!«

»Was … was ist passiert?«, keuchte er.

»Ein Anschlag. Irgendeine Christenscheiße«, gab sie hustend zurück und legte seinen Arm um ihren Nacken. »Der Dank für Interpols Leistung.«

Malleus fühlte seinen Kreislauf absacken. »Sie müssen nach Xi'an«, hauchte er. »Was immer mit mir ist, suchen Sie den Calator.«

»Aber –«

»Keine Widerrede«, sprach er mit brechender Stimme. »Das ist wichtiger.«

***

»Ein gütiges Wort und Verzeihung sind besser als ein Almosen, gefolgt von Anspruch.«

Koran, Sure 2, 263

KAPITEL XV

China, nahe der Stadt Xi'an, Qin-Shi-Huang-Di-Mausoleum, Dezember 2019

Rianne fand zwar spannend, was ihr erzählt und gezeigt wurde, aber die Unruhe tobte ungemindert in ihr. Der Calator konnte nicht weit weg sein. Doch das Areal der Grabanlage von Kaiser Qin Shi Huang Di zog sich über Quadratkilometer und war niemals vollständig bewacht, weder von Menschen noch mit Kameras, Sensoren und Drohnen. Außerdem sorgte sie sich um Bourreaus Wohl.

Nach dem Anschlag der fanatisch-religiösen Gruppe *JGA* auf das Interpol-Hauptquartier waren der Inspektor und fünfzehn Kollegen ins Sirona-Krankenhaus transportiert worden. Schnittwunden, Prellungen, eine Gehirnerschütterung – gravierendere Verletzungen hatte Bourreau zum Glück nicht abbekommen. Aber aufgrund seines allgemeinen nervösen Erschöpfungszustandes hatte ihn der Arzt nach Rücksprache mit Lautrec einige Tage zur Beobachtung dabehalten.

JGA stand für *Jahwe, Gott, Allah* in der Reihenfolge der historischen Religionsgründungen. Die neu gegründete Gruppe bekannte sich zu dem Anschlag. Sie hatte verlautbaren lassen, dass sie Rache an Interpol genommen hatten, weil die Polizei geholfen habe, den Propheten des Einen Gottes zu ermorden. Die weltweiten Behörden und gewiss auch die globalen Entitäten waren alarmiert. Rianne hoffte, dass sich die Gottheiten nicht zu Strafaktionen gegen bekennende Anhänger der drei Glaubensrichtungen hinreißen ließen, immerhin hatten deren Oberhäupter die Tat sogleich verdammt. Sie sei nicht im Sinne des Einen.

Wie sie Bourreau versprochen hatte, kümmerte sie sich in Xi'an nun alleine um das Calator-Problem. Unter dem Vorwand, es seien gefälschte divine Artefakte aus dem Kaisergrabmal aufgetaucht, hatte man ihr Zugang gewährt, wobei Professor Jucheng Fang eher einen Rundgang mit ihr veranstaltete. Der kleine, ältliche Chinese im beigefarbenen Anzug mit zahlreichen Parteiorden an seiner Outdoorjacke genoss es, sein umfangreiches Wissen über ihr auszuschütten.

»Das ist alles wahnsinnig spannend«, sagte sie, als er wieder auf den wartenden Geländewagen deutete, ein Beijing BJ80, um sie zum nächsten Glanzlicht zu kutschieren. »Haben Sie eine beschriftete Karte des Geländes für mich, damit ich mir alles in Ruhe ansehen kann?«

»Alleine?« Fang richtete beleidigt seine nagelneue Jacke. »Ich fürchte, das geht nicht, Miss Lagrande.«

Rianne zwang sich zu einem Lächeln. »Ich fürchte, ich müsste insistieren.« *Um nicht noch mehr Zeit zu verlieren.* Und das war reichlich geschehen: eine Stunde durchs Museum, danach eine Stunde zu den berühmten Ausgrabungen der Terrakotta-Armee, bis es mit dem Offroader kreuz und quer über die Anlage gegangen war, die um den Grabhügel des berühmten Kaisers Qin Shi Huang Di bis zu seinem Tod im Jahre 210 vor Christus angelegt worden war. Weil der Herrscher gedacht hatte, im Tod das Gleiche zu brauchen wie zu Lebzeiten, hatte er sich über dreißig Jahre lang extra dafür Paläste errichten und einen Hofstaat – Menschen und Tiere – mit in den Tod schicken lassen.

Eine ziemliche Verschwendung von Leben und Ressourcen. Ob die siebzehn Männer und Frauen in den Holzsärgen – versehen mit Gegenständen aus Gold, Silber, Jade und in aufwendige Seidenkleidung gesteckt – freiwillig gestorben waren, ließ sich nicht mehr sagen. Es wurde berichtet, dass Prinzen und Prinzessinnen zusammen mit treuen Ministern vom Hof gedrängt worden waren, bis sie darum gebeten hatten, ihrem Kaiser ins Jenseits folgen und in seiner Grabanlage liegen zu dürfen. Rianne fiel die Übereinstimmung des kaiserlichen Gehabes zu dem mancher Entitäten auf. *Wie gut, dass Belenos anders drauf ist.*

»Bitte, Professor.«

»Das ist schwierig, Miss Lagrande. Meine Regierung hat Interpol gestattet, sich zu informieren, aber …« Fang sah zu den zwei bewaffneten Begleitern, die ihnen auf Schritt und Tritt folgten. Sie trugen Tarnkleidung und waren als Polizeibeamte einer Sondereinheit vorgestellt worden, die für den Schutz des Grabmals sorgte.

Zudem gab es eine schlicht gekleidete Frau im grauen Kostüm und Gummistiefeln, die so tat, als wäre sie eine einfache Museumsangestellte. Der erkennbaren Angst in den Augen des Professors nach war sie eher eine hohe Funktionärin der Kommunistischen Partei. *Oder eine Polit-Kommissarin.*

Rianne entschied sich für einen Taktikwechsel. Sie musste handeln und konnte nicht warten, bis etwas Ähnliches geschah wie in Clifden oder Tokio. »Die von Interpol abgefangenen divinen Fälschungen basieren auf einer Statue, die in Xi'an stehen soll.« Sie nahm ihr Smartphone heraus und zeigte dem Professor Zeichnungen sowie Aufnahmen des zerstörten irischen Masterbeacons. »Achten Sie bitte auf die Muster im Stein. Fanden Sie hier etwas Derartiges?«

Schlagartig wechselte der Ausdruck auf Fangs Gesicht von Besorgtheit zu fachlicher Neugier, er schob die runde Brille auf dem Nasenrücken zurecht. »Sehr interessant, sehr interessant«, sprach er vor sich hin. »Das sind astronomische Zeichen, Miss Lagrande. Aber nicht chinesischen Ursprungs.« Er richtete den Blick auf sie. »Wie sollen sie in die Grabanlage gekommen sein? Haben Sie Anhaltspunkte?«

»In einer Terrakottafigur womöglich? Als Tarnung.«

Nun zogen sich Fangs Augenbrauen abwärts. »Mit oder ohne Wissen des Herrschers? Und wer sollte etwas Derartiges wagen? Haben Sie eine Ahnung, welchen Status Qin Shi Huang Di hatte?«

»Na ja. Er wird dicht an dem Ansehen der heutigen Entitäten gewesen sein.« Rianne vergrößerte die Abbildungen, um sie dem Professor nochmals hinzuhalten. *Du weißt doch etwas. Los, raus mit der Sprache.*

»Befindet sich so etwas oder ein Fragment mit solchen Zeichen und Linien unter den bislang ausgegrabenen Terrakottafiguren?«

Fang öffnete den Mund und schöpfte Luft für eine Antwort.

Die Frau in Gummistiefeln, die sich nicht vorgestellt hatte, hüstelte und nahm wie nebenbei ihre Schminkutensilien hervor.

Der Professor räusperte sich rasch und schüttelte langsam den Kopf, als wäre er ausgeschimpft worden. »Ist mir nicht bekannt, Miss Lagrande.«

Also doch! Rianne ärgerte sich, nicht gleich in die Offensive gegangen zu sein. Sie hakte sich bei ihm unter und ging einige Schritte vom Beijing BJ80 weg. »Das ist extrem wichtig«, sprach sie mit gesenkter Stimme. »Mir ist egal, was die Partei damit vorhat, aber ich weiß, dass es vernichtet werden muss oder es zumindest so sicher untergebracht sein sollte, dass niemand Zugriff darauf hat.«

Fang raffte erkennbar all seinen Mut zusammen. »Im Grabhügel des Kaisers. Wir begannen erst vor Kurzem mit dem Anlegen von Zugängen«, redete er schnell und schob die rutschende Brille auf der Nase höher.

»Wir könnten Ihnen einige französische Archäologie-Studierenden schicken. Dann ginge es schneller. Im Rahmen der Völkerverständigung.«

Fang lächelte höflich-herablassend, rieb über die Orden, die wie Fremdkörper an der Outdoorjacke klingelten. »Ihre Methoden der Archäologie sind zu primitiv für mich. Sie würden einen Bulldozer benutzen, um eine Porzellantasse zu finden.«

Rianne grinste. »Indiana Jones?«

Er lachte erleichtert. Die Spannung fiel von ihm ab, je weiter sie sich vom Wagen und aus dem Dunstkreis der Dame im Kostüm entfernten. »Sie sind eine Kennerin, Miss Lagrande.«

»Professor, wir sollten zurück! Es sieht nach Regen aus. Außerdem haben Sie in wenigen Minuten ein Online-Meeting«, mahnte die Gummistiefelfrau aus der Ferne. »Miss Lagrande kann ihre weiteren Fragen gerne schriftlich stellen.«

»Ich habe ihr versprochen, noch einen Blick in die Pyramide zu werfen. Schutzkleidung legen wir oben an«, entgegnete Fang und tätschelte Riannes Unterarm. »Sie hat keine Angst vor dem bisschen Quecksilber.«

Rianne grinste schief. *Quecksilber?* »Früher hatte man das als Legierung im Mund«, sagte sie scherzhaft.

»Damals pur im Grab. Und damit meine ich nicht die Ägypter und ihre verfluchte Mumie.« Der Professor führte sie zurück zum Beijing BJ80 und ließ sie vor der Entourage einsteigen, während er sich auf den Beifahrerplatz schwang. Die Fahrt die schmale Straße hinauf zur flachen Spitze des aufgeschütteten Hügels durch einen dichten Laubwald begann. »Im Werk des Historikers Sima Qian wird über die Grabhalle des ersten Kaisers gesagt, er habe den Gelben Fluss, den Jangtse und die Ozeane nachbilden lassen.«

»Mit Quecksilber?«, fragte Rianne. *Bei Belenos! Die Arbeiter müssen anschließend tot umgefallen sein.*

»So wurde es von Sima Qian geschrieben, ja. Auch wenn sein literarisches Werk gute hundert Jahre nach Beerdigung und Beisetzung des Kaisers entstanden ist«, erklärte Fang auf der holprigen Fahrt das schmale Sträßchen hinauf. »Ein Mechanismus soll das Quecksilber umherfließen lassen. Die Decke wurde von Himmelskonstellationen geziert, der Boden mit der Darstellung des Reiches. Die Lampen waren wohl mit Tran gefüllt, der besonders lange brennt.«

»Die Giftigkeit von Quecksilber hat die Leute damals offenbar weniger gestört?«, sagte Rianne.

»Dafür uns umso mehr! Bei unseren Untersuchungen via Sonar und Computertechnik stießen wir tatsächlich auf eine hohe Quecksilberkonzentration im Berg. Deswegen ist das Arbeiten in den Gängen, die wir Stück für Stück freilegen, nur mit geschlossenen Schutzanzügen möglich.«

Der Offroader hielt auf einer Plattform, von der aus ein Baustellenfahrstuhl in den dicht bewaldeten Hügel und die darunterliegende Pyramide führte. Mehrere Zelte und Container waren aufgebaut worden, in denen Teams die gesicherten Artefakte aus dem Grabmal untersuchten und noch vor Ort konservierten.

»Sauerstoff ist eine der größten Gefahren für die Funde. Deswegen sind die Gänge und Kammern, die wir bislang gefunden haben, hermetisch abgedichtet«, erklärte Fang beim Aussteigen und dem Gang zum Ausrüstungsdepot.

Rianne zog in einem der Zelte rasch den geschlossenen, weißen Schutzanzug über ihre Kleidung. Er hatte eine eigene Sauerstoffversorgung, und sie kam sich vor wie eine Astronautin. *Beweglicher als gedacht.*

»Dann los«, sagte sie, gespannt, was ihr der Professor zeigen wollte. Ihre Sachen ließ sie im Container, nur ihr Tablet nahm sie mit, um die Interpol-Daten sowie die Vergleichsbilder vom irischen Calator verfügbar zu haben und um Aufnahmen zu machen.

Zähneknirschend blieben die chinesische Aufpasserin und die zwei Sonderpolizisten auf der Plattform zurück, während Fang und die Französin mit einem rudimentären Baustellenlift abwärtsfuhren.

»Was ich Ihnen vorhin nicht sagen konnte«, begann Fang, kaum dass sie abtauchten, »ich habe ähnliche astronomische Zeichen natürlich schon gesehen.«

»Wo?«

»Nicht auf einer Statue. Aber in den Werken des Historikers Sima Qian, der auch Astrologe und Schriftsteller war. In einer Ergänzung zur Grabkammerbeschreibung hat ein junger Student eine Zeichnung gefunden.«

»Die waren ganz sicher ähnlich?«

Ruckend hielt der Lift an, die Scherengittertüren glitten auseinander.

»Ganz sicher. In der Himmelsdeckenkonstruktion, von der ich vorhin sprach, haben wir etwas gefunden, das mit Ihrer Skizze und den Fotos übereinstimmt.« Fang ging voraus. »Wir befinden uns nun in der zweiten Etage, wo wir eine Art … Wohnzimmer geöffnet haben. Wie ein Aufenthaltsraum für den Kaiser.«

Rianne folgte dem Archäologen. »Gab es auch eine Statue mit solchen Markierungen und Symbolen?«

»Nein. Aber wir haben einen Unterarm geborgen, der im Gegensatz zu den bisherigen Entdeckungen weder aus Terrakotta noch aus Bronze gemacht ist. Das Material besteht aus Stein, dessen Herkunft wir nicht zuordnen konnten. Stellen Sie ihn sich als Mischung vor, wie eine Legierung aus verschiedenem Gestein. Äußerst ungewöhnlich.« Fang erreichte eine Schleuse und gab zuerst einen Code auf dem Türschloss ein, danach hielt er seinen umgehängten Ausweis vor den Scanner. »Den Arm haben wir nicht bei der Terrakotta-Armee gefunden.« Zischend öffnete sich die Tür, und er ging voraus.

»Sondern im Grabraum.« Rianne durchquerte nachdenklich die Schleuse und begab sich mit dem Professor durch beleuchtete Gänge, das Licht war zum Schutz der Wandmalereien und Vergoldungen gedimmt und rötlich.

Vereinzelt arbeiteten Mitarbeiter in den gleichen geschlossenen Gefahrenstoffschutzanzügen mit Pinseln, Pinzetten, kleinen und großen Spateln an Stellen im Mauerwerk oder holten Artefakte aus Truhen und Schrankresten.

Dann öffnete sich ein riesiger Saal vor Rianne, auf dessen Boden verästelte Flüsse im Miniaturformat dargestellt waren. Das Quecksilber floss noch immer darin wie geschmolzenes Argentum durch das einstige Reich des Kaisers. An der Decke funkelten und glommen phosphoreszierende Sternenbilder. Rianne war froh, durch den Anzug vor den Quecksilberdämpfen geschützt zu sein.

Fang drehte den Lichtregler an der Eingangstür hoch, sodass sie mehr sahen.

»Das ist unfassbar!« Teils erkannte Rianne die Konstellationen, teils sagten ihr die Anordnungen nichts. »Wunderschön!«

»Ich stand schon so oft in diesem Saal, Miss Lagrande, aber auch mir ergeht es jedes Mal wie Ihnen.« Fang aktivierte eine Lampe auf seinem Handschuhrücken und leuchtete an das künstliche Firmament, das sich über ihnen spannte. »Dort, sehen Sie? Die Linien gleichen denen auf den Fotos, die Sie mir gezeigt haben.«

Rianne ging langsam bis unter die besagte Stelle und betrachtete sie, nahm ihr Tablet und verglich. *Bei Belenos. Es stimmt!*

Ansatzlos erlosch der Lichtschein.

»Immer die Technik, was?« Rianne drehte sich umständlich um. »Hätte man jetzt die Lampen mit dem Tran, dann …«

Aber Fang war verschwunden.

»Professor?« Sie schaltete nach etwas Probieren ihre eigene Handschuhlampe ein und leuchtete umher.

Der Archäologe war wie vom Erdboden verschluckt.

Merde. Rianne bewegte sich langsam an die Stelle, wo sich Fang zuletzt befunden hatte.

Seine Schuhe hatten frischen Abrieb auf den Steinplatten hinterlassen, weiße Plastikfasern des Schutzanzugs hingen dort an der Wand, wo sich ein Gang öffnete.

Jemand hatte ihn geschnappt und weggezerrt. Weder hatte Rianne ihre Pistole dabei noch war sie in dem Schutzanzug beweglich genug für eine Auseinandersetzung. Sie hob einen kantigen Stein vom Boden auf, den sie als Notfallwaffe einsetzen konnte, und folgte dem Korridor, zwischen dessen Bodenplatten sich immer wieder glänzendes Quecksilber zeigte. Es sprang und perlte wie Wasser auf einem heißen Herd. Der jahrtausendealte Mechanismus, der die Flüsse zum Fließen brachte, schien defekt zu sein und zu lecken.

»Was haben Sie hier unten verloren?«, wurde Rianne unvermittelt angesprochen. Der geschützte Kopf einer Studentin in schmutzig weißem Schutzanzug erschien aus einem Steinsarkophag. »Wer sind Sie? Ich kenne Sie nicht!« Die junge Chinesin erhob sich. Auf dem Rücken trug sie einen Rucksack, die rechte Hand verbarg sie. »Weisen Sie sich sofort aus!«

Rianne hörte eine Anspannung in der Stimme, die nicht von der Überraschung stammte. »Mein Name ist Lagrande. Ich bin von Interpol und mit Professor Fang hier unten.« Sie hob den Stein schlagbereit und näherte sich. »Was haben Sie in der Hand hinter dem Rücken, Miss?« Kurz warf sie einen Blick in den Sarkophag – und sah Fang mit eingeschlagenem Visier darin liegen. Sein Gesicht hatte sich verfärbt, die Zunge hing schwarz aus dem Mund, und das Zahnfleisch war grau wie Beton. Die hochkonzentrierten Quecksilberdämpfe hatten ihn innerhalb von Sekunden getötet.

Da sprang die Studentin nach vorne, in der Hand den steinernen Arm, von dem der Professor gesprochen hatte. »Du wirst Yalda nicht aufhalten!«

Ich habe Tamera Li gefunden. Rianne tauchte unter dem Hieb weg und rammte der Chinesin das Knie in die Körpermitte, sodass diese aufschnaufend zusammenklappte. Dabei umfasste sie die Füße der Ermittlerin und riss sie ruckartig weg. Hart ging die Französin zu Boden.

»Wenn Sovereign ihn nicht bergen kann, muss es gleich geschehen!« Li warf sich herum und spurtete weiter in den Gang. »In diesem Moment!«

Belenos, ich flehe dich an, lass meinen Anzug halten. Rianne kämpfte sich umständlich in die Höhe und nahm die Verfolgung auf. *Wer zum Hades ist Yalda?*

Der Korridor mündete in eine kleine Halle, in der etliche Kriegernachbildungen standen, gegossen aus Bronze, teils prächtig bemalt. Schützend umgaben sie weitere Statuen von aufwendig gewandeten Männern und Frauen, die vermutlich Beamte, Prinzen und Prinzessinnen darstellten.

Auf der Schwelle blieb Rianne stehen. Irgendwo in dem düsteren Wald aus Metallfiguren verbarg sich Tamera Li und lauerte.

Die Aufregung und der Sprint hatten sie schneller atmen lassen, das Plexiglasvisier beschlug von innen und beschränkte Riannes Sicht wie in dichtem Nebel. *Zut!* Sie tastete nach dem Lichtregler am Eingang und drehte ihn voll auf.

Gleich darauf steigerte sich das Leuchten der Lampen zu einem roten Gleißen, das Rianne zwang, die Augen zu schließen.

Klirrend platzten die rötlichen Birnen und LED-Dioden, das Summen von elektrischer Überspannung erklang. Schließlich wurde es dunkler.

Als Rianne die Lider langsam hob, sah sie inmitten des Waldes aus Statuen ein anhaltendes mattsilbernes Glimmen und hörte den beschwörenden Singsang der Gegnerin. *Jetzt sollte es schnell gehen, schätze ich.*

***

Celtica, Paris-Lutetia, Dezember 2019

Malleus starrte auf den TV-Bildschirm an der Wand gegenüber seinem Krankenbett. Alle zehn Sekunden schaltete er einen Kanal weiter, nahm ohnehin nicht richtig wahr, was gezeigt wurde. Seine Gedanken kreisten um die Geschehnisse der letzten Tage, wobei *JGA* die wenigsten Überlegungen zukamen.

Vor seiner Tür hatten zwei gepanzerte Sondereinheitspolizisten Stellung bezogen, um Malleus vor einem Anschlag im Sirona-Krankenhaus zu schützen. Da der Eingangsbereich von einem hauseigenen Sicherheitsdienst überwacht wurde, standen die Chancen für einen Attentäter schlecht. Andererseits hatte den religiösen Fanatikern auch niemand zugetraut, dass sie sich binnen kürzester Zeit einen Raketenwerfer und einen Mörser besorgten und damit die Interpol-Ermittler beschossen. Nur eine glückliche Fügung hatte verhindert, dass es Tote gab.

Lautrec hatte Malleus die Überreste des Präsentkorbs geschickt, damit er mithilfe der leckeren göttlichen Dinge, von Ambrosialikör bis Goldeselswurst, schneller auf die Beine kam. Sogar die Barren und Edelsteine hatten die Rettungskräfte ordnungsgemäß eingesammelt.

Ich sollte in Xi'an sein. Malleus schaltete weiter und sah zu zwei

Infusionsbeuteln, aus denen Aufbaupräparate über Schlauch und Nadel in ihn glitten. *Nicht in diesem Bett. Nicht in diesem Zustand.*

Natürlich traute er Lagrande zu, die Ermittlungen zu führen. Aber nicht dabei sein zu können, nicht mit eigenen Augen zu sehen und seiner Spürnase zu vertrauen, machte ihn beinahe wahnsinnig. Hinzu kam, dass in seinem Kopf unentwegt ein Zug kreischend anfuhr und ebenso laut quietschend bremste. Stampfen, Rumpeln, brennende Schmerzen, glühende Nadeln. Er hatte seit einem Tag keine Culebra mehr rauchen dürfen. Beim letzten heimlichen Versuch hatte der Rauchmelder angeschlagen, was in einem Krankenhaus naturgemäß auf wenig Verständnis stieß.

Lange halte ich das nicht mehr aus. Malleus las parallel auf seinem PDA, was sich sonst in der Welt tat, und hoffte, dass sich Oona Milord meldete. Damit er ihr von seinen wenigen Erkenntnissen berichten, damit er ihre Stimme hören, damit er sie bitten konnte, ihn vielleicht sogar zu besuchen. *Unsinn. Sie wird von Interpol gesucht. Die Kameras hätten ihr Gesicht sofort getrackt.*

Malleus zog die Schublade auf, in der die krummen Zigarren lagen und ihren lockenden Duft verströmten. Allein ihr Aroma war unwiderstehlich. Wie ein Raubtier seine Beute auf Kilometer witterte, wie ein Hai im Wasser die Spur aufnahm, so klar und eindeutig lockte ihn das Aroma der Culebras. Sehnsüchtig schaute er auf sie. Streckte die rechte Hand aus. Streichelte die dunkelpurpurfarbene Banderole. Nahm den orientalischen Gewürzduft von tausendundeiner Nacht auf.

Gerade, als Malleus nicht länger widerstand und die krumme Zigarre herausnehmen wollte, klopfte es zweimal. Die Tür schwang auf.

»Guten Tag, Inspecteur«, sagte der Arzt um die fünfzig freundlich, einen Tabletcomputer in der linken Hand. »Mein Name ist Professeur Emilian Cluezel, und ich bin seit heute aus dem Urlaub zurück. Pünktlich für unseren prominenten Patienten.« Er hielt am Fußende und scannte den aufgeklebten Barcode am Bettrahmen, um die Daten auf dem Display abzulesen. Seine kurzen, grauen Haare lagen streng nach hinten gekämmt, sodass sein freundliches Gesicht betont wurde. »Na, da ist jemand sehr gestresst.«

»Das liegt an der Umgebung, Professeur.« Malleus schob die Schublade unauffällig zu, damit der Arzt die Reserven nicht entdeckte. Cluezel ähnelte eher einem Golf- oder Tennistrainer, die Figur war erstaunlich sportlich. Unter dem halb offenen weißen Kittel trug er einen modernen gestreiften Anzug mit heller Krawatte. »Ich mag keine Krankenhäuser.«

Cluezel lächelte abwesend und verständnisvoll zugleich, sah auf die beinahe durchgelaufene grünliche Infusion. Vitamine, Aufbaupräparate, Stärkung für den Körper. »Ich habe noch keinen Patienten erlebt, der sich freut, endlich bei uns im Sirona zu landen, Inspecteur. Aber die gute Nachricht ist: Sie dürfen in zwei, drei Tagen raus. Die Gehirnerschütterung schauen wir uns gleich noch mal im CT an. Bleibt alles unauffällig, habe ich gegen eine frühere Entlassung nichts einzuwenden. Auf Ihre eigene Verantwortung, selbstverständlich.«

»Selbstverständlich.« Gedanklich buchte er bereits den Flieger nach Xi'an.

»Das dachte ich mir. Und um ehrlich zu sein: Ich sähe Sie auch lieber draußen auf der Straße als im Krankenhaus. Die Welt braucht Sie, Monsieur Bourreau.« Cluezel wechselte die Infusionsbeutel. Danach nahm er zwei aufgezogene Spritzen aus dem weißen Kittel, zog die Schutzkappen ab und drückte den Inhalt in den Zugang, damit er mit der Nährlösung in den Blutkreislauf gelangte. »So, das sollte gegen Ihre Entzugsschmerzen wirken.« Er sah auf seine teure goldene Uhr. »In etwa … zehn Minuten kommen Sie in unsere allsehende Maschine. Sie ist besser als jeder Gott, wenn Sie mich fragen. Aber verraten Sie mich nicht bei Sirona, falls sie durch die Gänge läuft.«

Malleus nickte. In seinen Schläfen ließ das Brennen nach, und aus den kreischenden Zugbremsen wurde ein beinahe angenehmes Surren von sich drehenden Rädern. Schläfrigkeit breitete sich in ihm aus. Arme und Beine wurden schwer und weich zugleich, als läge er in einer warmen Badewanne. »Ist das ein Beruhigungsmittel?«

»Ein schwaches Sedativum. Damit Sie sich im CT entspannen«, antwortete Cluezel freundlich. »Und damit Sie sich gleich nicht zu sehr aufregen.« Er ging an die Schublade und nahm die Culebras raus. »Diese Sucht muss bekämpft werden, Inspecteur.«

»Das war unfair«, sagte Malleus leise und spürte das wilde, wüste Aufbegehren tief in sich, das als schwaches Echo nach oben rollte.

»Es ist das Beste, was ich Ihnen angedeihen lassen kann. Für Sie. Für die Menschheit.« Cluezel stopfte die Zigarren achtlos in die Kitteltasche und zog den Besucherstuhl zu sich, nahm darauf Platz. »Sie müssen erwachen. Sich besinnen. Zu Sinnen kommen, Malleus Bourreau«, sprach er gänzlich ohne Hast. »Dazu lege ich Sie in einen Tiefschlaf, der in wenigen Minuten einsetzen wird. Das zweite Mittel wird eine harmlose Reaktion auslösen, welche die Ärzte für Anzeichen einer Hirnschädigung und beginnendes Organversagen halten werden. Man wird Sie in ein künstliches Koma versetzen. Und ich erscheine jeden Tag und sorge dafür, dass es Ihnen darin gut gehen wird.«

»Was?«, flüsterte Malleus eindösend. »Warum tun Sie das?« Sein matter Blick fiel auf die rechte Hand des Professors, an deren Mittelfinger ein weißmetallener Siegelring saß. Mit einem N oder Z, um das sich ein auflösender Kreis zog. Das Aufbegehren kam gegen die Substanzen in seinem Blut nicht an. Wachsweich, wachswarm lag er im Bett. »Sie haben Karak getötet!«

»Wir sind Nihil. Wir sind die Steigerung von Ihnen, Inspecteur«, verriet ihm Cluezel und strich ihm fürsorglich eine schwarze Strähne aus den Augen. »*Sie* leugnen die Existenz der Entitäten. GodsEnd will die Menschen gegen sie aufwiegeln. Doch *wir* wollen sie vernichten. Zu Nichts werden lassen, um die Menschen von ihnen zu befreien. Ihnen das selbstbestimmte Leben zurückgeben.«

»Was hat das mit mir zu tun?«, nuschelte er.

»Erwachen Sie, Malleus Bourreau. Erinnern Sie sich, *wer* Sie sind. *Was* Sie sind. Stehen Sie uns gegen jene bei, die Ihnen das Leben raubten, das Sie mit Ihrer Tochter und Ihrer Frau geführt haben«, flüsterte Cluezel. »Werden Sie wieder zum Götterkiller.«

»Nein«, wisperte Malleus entsetzt. *Woher weiß er das alles?*

»Sie haben sie schon bekämpft. Damals. In den Übergangskriegen. Mit Ihrem Freund Ove Schwan. Sie töteten einige Kleinere von ihnen«, sprach Cluezel weiter. »Wie Imee, die Bastardschwester des Propheten.«

»Bakterien«, widersprach Malleus. Er wusste längst, woran Imee gestorben war. In seinem Unterbewusstsein hatte er es von Anfang an gewusst. »Fleischfressende Bakterien.«

Cluezel lächelte. »Nein. *Das* waren *Sie*. Ihre alten Kräfte kehren zurück.« Geschmeidig erhob er sich. »Wir sind Nihil. Und wir machen Sie stärker, als Sie jemals gewesen sind. Ohne dieses betäubend-betörende divine Gift in Ihren Zigarren, mit denen die Entitäten Sie gezügelt haben, werden Sie klarsehen. Erkennen. Sich nach Rache sehnen.« Er küsste seinen Ring mit dem Emblem. »Wir werden an Ihrer Seite stehen.«

Malleus vermochte die Lider nicht mehr offen zu halten. »Nein, nicht. Ich will das nicht«, murmelte er.

»Welch grausamen Streich Ihnen die Götter gespielt haben. Ruhen Sie sich aus, Befreier der Menschheit«, vernahm er Cluezel wie aus weiter Ferne. »Nach dem künstlichen Koma werden Sie sich erheben wie ein Rachephönix aus der Asche seiner verbrannten Erinnerungen.«

Sosehr sich Malleus aufbäumen wollte, es gelang nicht.

Sein Verstand, sein Körper, seine Gedanken wurden zu flüssigem Wachs.

* A Ω *

»Guten Morgen, Schwester. Geht's gut?« *Ich humple an meinem Rollator den Gang runter. Aus dem Weg, ihr Schnecken und Schildkröten! Da kommt Omma Blitz und lässt euch stehen wie nix!* »Frischen Schlüppi an? Man weiß nie, wann man ihn zeigen muss, ne?«

Die Schwester lacht und winkt. »Na, Sie sind ja gut drauf, Madame Griset!«

»Immer, mein Schatz! Habe alle Pillen auf einmal genommen.« *Unter dem Lachen der Schwester quietsche ich weiter den Korridor entlang.* »Mach ich jetzt immer.«

Ja, danke, ihr Götter: Aufgewacht als Linea Griset, 86 Jahre, Nierenversagen, Tumor in der Blase und Diabetes, zwei Etagen über Bourreau. Aber: Ich kann mich frei im Sirona bewegen. Keiner hält eine alte Dame auf, die bald an Krebs stirbt.

Die echte Griset hab ich in der Zimmertoilette kaltgestellt. Hoffe, sie krepiert mir nicht. Wobei, macht ja eh keinen Unterschied, auf die paar Tage und so. Aber ich habe auch meinen Stolz.

Die APB habe ich immer bei mir, schön getarnt in meinem Anhängebeutelchen unter einem Berg voller Süßigkeiten, wo die Notfallsauerstoffflasche hin und her wackelt. Kann alles Leben retten.

Da vorne ist Bourreaus Zimmer. Die beiden Judge-Dredd-Bullen stehen wie Kriegerstatuen herum. Ich wette, sie halten sich bei dem ganzen jungen Gemüse für megacool.

Quietsch, quietsch, halt.

»Na, Jungens? Spannt ihr den jungen Dingern nach? Mit dem Visier sieht das ja keiner, was?«

Der Rechte grinst mich an und schiebt das getönte Panzerglas in die Höhe. »Madame Griset. Von Ihnen habe ich schon gehört.«

»Ach was?« *Gut, ich habe mir mit meinem losen Maul einen Namen gemacht, und das innerhalb von wenigen Stunden.* »Schau mir nicht auf meinen Popo, Junge. Schnapp dir lieber eine von den hübschen Schwestern.« *Ich zeige auf die Tür und frage verschwörerisch:* »Isser da drin?«

»Wer, Madame?«, *stellt er sich dumm.*

»Na, Bourreau«, *flüstere ich. Er zuckt mit den Achseln und grinst bejahend.* »Kann ich ihn mal sehen? Nur gucken, nicht anfassen.« *Im Beutel kramen, eine Tafel Schokolade rausziehen und damit fuchteln.* »Ist das die Währung, die bei dir hilft? Oder soll ich dir ein paar Pillen von einem Komatösen klauen?«

Dredd lacht los.

Die Tür schwingt auf. Ah, ein Arzt. Professor Cluezel steht auf seinem Namensschild. Wie trainiert sieht der denn aus, bitte schön? Soll mir keiner sagen, ein Arzt wäre überlastet. Das kostet Stunden in der Woche.

»Madame Griset«, *grüßt er mich lächelnd.* »Was haben Sie denn auf dieser Station verloren?«

»Na, wohl kaum meine Unschuld«, *erwidere ich, und die beiden Bullen lachen sich schief.* »Bewegung ist gut. Auch kurz vorm Tod, oder, Professeur? Fit in den Sarg.«

Jetzt muss auch Cluezel lachen und schließt die Tür zum Patientenzimmer. Kann aber vorher noch reinschauen, aha, sieht gut aus, er schläft. Nur ... hm ... die Werte auf dem Monitor sind aber verdammt niedrig. Puls und Blutdruck wie ein Bär im Winterschlaf. Soll das so sein? »Dann machen Sie mal weiter, Madame.« *Er pocht gegen den Rollator.* »Wir sollten Ihnen Blinker und Hupe montieren, damit Sie an uns allen vorbeiziehen.«

Ist das ... das ist doch der Ring mit dem N oder Z! Scheiße, ja! Der gehört zu den Verschwörern, die Karak haben verschwinden lassen. Das ist mal eine Überraschung. Außerdem tropft was in seinem Kittel. Den Abdrücken nach hat er Spritzen und ... Culebras eingesteckt. Der Medikamentenstricher hat Bourreau ausgeknockt und ihm die Zigarren geklaut!

»Ich komme noch ein paar Meter mit«, *sage ich und humpele neben Cluezel her. Quietsch, quietsch, quietsch.* »Ja, das Lager dieser Räder ist so trocken wie meine Mumu.«

Jetzt brechen die Dredds völlig zusammen. Ich sollte Comedienne werden. Nenne mein Programm »Auf die alten Tage – ohne Tage«, hähähä.

»Ich habe es eilig, Madame Griset.«

»Golf oder Tennis?« *Schön langsam bleiben. Ich fange ihn mit seiner eigenen Höflichkeit. Noch traut er sich nicht, mich stehen zu lassen.*

Cluezel grinst. »Waren Sie schon immer so lustig?«

»Haben Sie Schlafenden schon immer die Zigarren geklaut?«, *kontere ich freundlich und zwinkere.* »Das sehe ich doch.«

Er bleibt stehen und errötet. »Wie bitte?«

Mit dem knorrigen Finger, der wie der Zweig einer alten Eiche aussieht, poche ich ihm gegen die Kitteltasche. Es knistert. »Die Culebras. Sind Sie ein Fanboy?« *Oder … scheiße, wenn er auch zu Loki gehört? Wenn Z oder N für den Spaßvogelgott arbeitet? Was wird das?*

»Madame, ich helfe einem Patienten, von seiner sehr schweren, ausgeprägten Sucht loszukommen. Mir liegt das Wohl meiner Patienten am Herzen.«

Blödes Gesäusel. Ich versuche mal einen Schuss ins Blaue. »Haben Sie ihm deswegen was injiziert, was keiner merken soll, und die Spritzen mitgenommen, um Spuren zu verwischen?«

Hu, jetzt … schnappt er mich und schiebt mich, quietsch, quietsch, quietsch, in den Abstellraum mit dem Verbandsmaterialiennachschub. Da hab ich wohl ins Schwarze getroffen. Scheiße, was hat er mit Bourreau vor? Ihn umbringen? Ihn zu einem geistigen Trottel machen? Ich muss diese Infusionen sofort aufhalten!

»Madame, was soll das?«, *zischt Cluezel und schließt die Tür.* »Haben Sie mich beobachtet?«

»Was ist mit dem Ring?«, *erwidere ich.* »So einen hat man bei Karak gefunden.«

Hahaha, wie Cluezel glotzt. DAMIT hat er nun gar nicht gerechnet. »Wer sind Sie?«

»Nein, wer bist du? Was hast du vor?«, *sage ich drohend.*

»Bist du Sirona?«

Kollege, ernsthaft? Würde eine Heilgöttin lange mit dir reden, statt dich für den Dreck, den du abziehst, in Grund und Boden zu dreschen, dass dir die Scheiße nur so aus den Ohren spritzt? Ah, shit, hat er auch verstanden und packt mich an der Kehle und haut mich mehrmals mit dem Hinterkopf gegen das Regal. Das Beutelchen mit der APB ist zu weit weg, ich komm nicht dran!

»Woher weißt du davon?«, *zischt er mich an.* »Woher weißt du von Nihil?«

Ha-ha! JETZT weiß ich davon! Dass ihr dämlichen Bösewichte immer die gleichen Fehler macht. Das gibt einen Schlag mit dem Rollator in die Eier, mein Freund.

Bämm, das hat gesessen, er lässt mich los und hält sich den Sack.

Küss mein faltiges altes künstliches Kniegelenk, du scheiß Arzt – bämm, mitten auf die Nase!

Cluezel fällt nach hinten um, reißt das Regal mit den Handtüchern und Laken ein. Ich schwinge den Rollator gegen ihn, ramme ihn zwei, drei Mal auf ihn, aber er kriecht wie eine Schlange darunter weg und stolpert aus dem Abstellraum.

Ich wühle mit den knorrigen Fingern zwischen Schokoriegeln und der Sauerstoffflasche nach der APB. Jetzt hat sich ein scheiß Müsliriegel am Abzug verfangen, kacke!

»Was immer du weißt und bist – es ist zu spät«, *ruft Cluezel und rennt den Gang entlang.* »Er wird erwachen!«

Scheiße. Madame ist leider zu langsam für eine knackige Verfolgungsjagd. Ich habe eh Wichtigeres zu tun. Er, dem ich folge, ist in Gefahr.

Jetzt los, quietsch, quietsch, zu Bourreau und Alarm schlagen, damit sie sein Blut checken. Ich laufe mal lieber schneller.

Quietsch, quietsch.

Oh, Mann. Schneller! Los, Mumientumorkörper! Gib alles!

Quietsch, quietsch, quietsch, quietsch, quietsch, quietsch …

* A Ω *

»Weder Christ noch Heide erkennt
das Wesen Gottes, wie es in sich selbst ist.«

Aus: Summa theologica (1265–1273)
von Thomas von Aquin (1225–1274),
italienischer katholischer Theologe und Philosoph

KAPITEL XVI

China, nahe der Stadt Xi'an, Qin-Shi-Huang-Di-Mausoleum, Dezember 2019

Rianne machte einen Schritt nach vorn in die kleine, dunkle Halle mit den Kriegernachbildungen und Statuen der Beamten, Prinzen und Prinzessinnen, obwohl sie durch die dichten Feuchtigkeitsperlchen auf der Innenseite ihres Visiers mehr schlecht als recht sah.

In der Schwärze blitzte es unvermittelt an der Decke auf. Funken flogen, und gleich darauf erfolgte eine Detonation.

Was bei Belenos …? Die Druckwelle erfasste Rianne und wirbelte sie, umgeben von Dreck und Staubwolken, aus dem Raum. Steinchen prasselten gegen ihren Anzug, Schmutz legte sich auf das Kunststoffglas und raubte ihr endgültig den Durchblick.

Sie kam nach einigen Überschlägen zum Liegen und atmete so flach wie möglich, falls ihre Schutzhülle ein Loch erhalten hatte. *Kein seltsamer Geruch, tot bin ich auch nicht. Scheint gehalten zu haben.* Danach erhob sie sich und blieb hinter einer ertasteten Wand in Deckung, bis sie das Visier von außen halbwegs freigewischt hatte.

Die Lampen im Gang waren noch intakt und auf gelbliches Licht umgesprungen, bebten wie lebendig in den Halterungen. Eine nicht enden wollende Erschütterung rollte durch die Pyramide. Irgendwo heulten Sirenen, die Evakuierung wurde eingeleitet.

Was hat diese verdammte Li mit ihrem Singsang angerichtet? Rianne fühlte sich imstande, in die Halle mit den Statuen zurückzukehren, die störenden Wassertropfen auf der Glasinnenseite waren herabgelaufen. Erneut hob sie einen Stein als improvisierte Waffe auf.

Die Staubschleier vergingen allmählich, Durchzug drückte die Partikel aufwärts gegen die Decke, als befände sich dort ein Abzug.

Im Näherkommen erkannte Rianne ein knapp anderthalb Meter breites, hineingesprengtes Loch, das sich durch die zwei Ebenen darüber bis an die Oberfläche erstreckte.

Ersterbendes Tageslicht fiel herab und beleuchtete den Calator, der als einzige der vielen Statuen in der Halle nicht von der Explosion umgeworfen worden war. Die astronomischen Zeichen und Linien schimmerten schwach, als bereiteten sie sich darauf vor, intensiv zu erstrahlen und ihre Signale ins All zu senden.

Das Leuchtfeuer darf seine Arbeit nicht aufnehmen! Aufmerksam betrat Rianne den verwüsteten Raum.

Die Wucht der Druckwelle hatte die Wände zum Ruheraum eingerissen. Darin glommen die eingelassenen Zeichen an der Decke ebenso wie auf der steinernen Haut des Masterbeacons. Winzige Blitzverästelungen huschten zwischen Statue und Decke hin und her, als spendeten sie sich gegenseitig Kraft.

Aus dem Augenwinkel bemerkte Rianne eine schnelle Bewegung und sprang zurück.

Der Bronzespeer verfehlte sie um Haaresbreite und prallte von der Wand ab.

»Du wirst es nicht aufhalten! Gleich beginnt es!«, rief Li. Ihr Schutzanzug wies große Risse und Löcher auf, aus ihren verfärbten Augen und der Nase strömte das Blut, sie hustete erstickend und verfiel in Zittern. Trotzdem fand sie die Kraft, einen Speer herumzureißen, der sich zuvor in den Händen eines Standbildes befunden hatte.

Erneut wich Rianne aus und versetzte dem Schaft der Waffe einen Tritt, der Li zurückzwang, zum Straucheln und schließlich zum Stürzen brachte.

Die Gegnerin ließ den Speer los und landete rücklings in einer Mulde, die sich mit dem flüssigen Metall gefüllt hatte, und versank mit dem Oberkörper vollständig darin. Nach hektischem Zappeln mit den Armen, was Quecksilberspitzer weit im Raum verteilte, lag Li still.

Merde! Rianne kümmerte sich nicht um die Chinesin, sondern eilte zum Calator, um zu schauen, was sie gegen das Aussenden des Signals unternehmen konnte.

Der zuvor abgetrennte Arm saß an seinem Platz. Die grob aus Stein geschlagene Statue legte den breiten Kopf langsam in den Nacken, um die Augen durch das Loch in den Abendhimmel richten zu können.

Das wirst du sein lassen. Rianne schnappte sich einen Speer und setzte ihn unter den Fuß des Steinkolosses. Kraftvoll hebelte sie daran herum, bis sie spürte, wie der Calator sich vom Untergrund löste und zur Seite neigte. Doch zu Riannes Entsetzen machte das Steinwesen einen halben Ausfallschritt, um seinen Sturz zu verhindern und die Position unter dem Durchbruch beizubehalten.

Na schön. Sie ließ den Speer fallen und sah sich nach einem Streitkolben oder einem keulenähnlichen Gegenstand um. Bourreau hatte ihr erzählt, dass sich die Wesen zerschlagen ließen wie gewöhnlicher Fels. Schnell hob sie die zerbrochene Wagendeichsel einer zerstörten Prunkkutsche auf und nahm zwei, drei Schritte Anlauf, ehe sie die schwere Bronze in den Hals des Calators hämmerte.

Die scharfe Metallkante drang zentimetertief ein, aber der Kopf saß noch auf den Schultern.

Gleich nicht mehr! Im neuerlichen Ausholen wurde Rianne unvermittelt angesprungen und umgeworfen. Gemeinsam mit dem neuen Gegner ging sie zu Boden

»Sie haben den Plan ruiniert!« Ihr Angreifer entpuppte sich als junger Chinese in einem Schutzanzug, der sich zwischen ihren zupackenden Armen herauswand, auf ihren Bauch schwang und sie in einen schmerzhaften Haltegriff nahm; um seinen Oberkörper baumelte eine Umhängetasche. »Jahrelang haben wir daran gearbeitet, den Masterbeacon aus dem Grab zu holen. Und *dann* tauchen *Sie* auf!«

Rianne versuchte zunächst, sich zu befreien, aber der Chinese reagierte sogleich auf ihr Muskelzucken, indem er den Griff verstärkte.

»Was tut das Ding?«, keuchte sie.

»Sie werden Zeugin, wie ein Gott auf die Erde kommt, dem die übrigen Entitäten nicht gewachsen sind«, schwärmte er. »Eine neue Zeitrechnung wird beginnen.«

Sie drehte den Kopf, so gut es ging, und betrachtete den schimmernden, leuchtenden Calator. »Es passiert aber nichts.«

»Weil Tamera zu früh gesprengt hat, um Sie und die anderen zu töten. Die Nacht ist noch nicht hereingebrochen. Erst wenn die Sonne gänzlich versunken ist, kann der Masterbeacon seine ganze Macht aktivieren.« Der Chinese hielt sie unerbittlich fest. »Sie werden das erste Opfer an den neuen Gott, damit er nach seiner Reise gestärkt ist.«

Wo waren noch überall Sprengstoffpäckchen? Rianne dachte an die anhaltenden Erschütterungen. Anscheinend war das ganze Grabmal des Kaisers mit Sprengvorrichtungen versehen. »Wer sind Sie und Ihre Freunde? Von Sovereign?«

»Wir sind Erleuchtete, wahre Wissende und trachteten nach der Ankunft der Göttlichen, schon lange bevor diese vielen Entitäten erschienen sind. Diese Wesen haben kein Recht, die Erde zu regieren.«

»Aber warum so viele verschiedene Calatoren?«, stieß Rianne im Haltegriff aus. »Und was ist mit Yalda?«

Der Chinese lachte verächtlich. »Sie haben keine Ahnung, *was* Sie auf der Spur waren, habe ich recht?«

»Stimmt.«

»Wie schade. Dann sterben Sie privilegiert, aber dumm.«

»Was war mit dem irischen Calator in der Statue?«

»Der Keros-Masterbeacon. Ja. Bedauerlich, dass er von Ihrem Freund Bourreau vernichtet worden ist. Aber zum Glück war er der Falsche für unser Vorhaben. Mit Ondaros wird es besser funktionieren. Mir wäre Kalyra lieber gewesen, aber dank Ihres Auftauchens ging es nicht anders.«

Rianne verstand nichts. Ab-so-lut nichts. *Bourreau wird sich hoffentlich einen Reim darauf machen können.*

Doch zuerst musste sie dem Klammergriff entkommen. Sie kannte die Technik, die der Chinese anwandte. Als Banlieue-Kind hatte sie genug Schlägereien ausgetragen, und in ihren Selbstverteidigungs- und Kampfkursen lernte sie stetig dazu. Anstatt sich abzumühen, den Griff des Gegners zu sprengen, atmete Rianne blitzschnell die restliche Luft aus und machte ihren Oberkörper schmaler.

Der Chinese versäumte es, die Umklammerung nachzuziehen, und durch die entstehende Lücke bekam sie den rechten Arm frei. Ihre Faust ging in rascher Folge seitlich auf die Leber des Mannes, sodass er sich krümmte und sein Griff an Kraft verlor. *Erwischt!* Rianne riss ihm den Atemschlauch aus dem Filter.

Hektisch wollte er aufspringen, sein Arm ging nach hinten, um den Anschluss wiederherzustellen. Noch in der Aufwärtsbewegung bekam er ihren Ellbogen seitlich gegen den Hals und danach einen Kniekick in die Genitalien, der ihn mit einem Aufschrei bewusstlos zusammenbrechen ließ.

Schnell drückte Rianne den Schlauch zurück in die Halterung, damit er die Quecksilberluft nicht dauerhaft einatmete. *Gewonnen.* In seiner Umhängetasche fand sie zwei überschüssige, zum Einsatz vorbereitete Kapseln, die als Zünder für Sprengstoff dienten. *Ob das reicht, um den Calator zu sprengen?*

Die Methode schien ihr zu unsicher.

Rianne steckte die bleistiftdicken Explosivkörper stattdessen rasch dort in den Boden, wo das Quecksilber versickerte. Mit dem befestigten Sender und der Fernbedienung brachte sie die Röhrchen aus sicherer Entfernung zum Reagieren.

Leise und synchron erklangen die zwei Detonationen, noch mehr Risse entstanden in der Erde. Flüssiges Silber spritzte in die Höhe, und der schadhafte, angeschlagene Untergrund sackte zusammen mit dem Calator abwärts. Die neuerliche Druckwelle gab der kunstvoll gestalteten Decke den Rest, und sie folgte dem einbrechenden Boden in die Tiefe.

Bei Belenos! Das war nicht vorgesehen! Rianne machte einen gewaltigen Hechtsprung aus dem Zimmer.

Große Stücke der Pyramidenstockwerke rauschten staubend und rumpelnd abwärts in das stetig größer werdende Loch. Der Calator wurde vom Erdreich, von Balken und einem Forschungscontainer von der Oberfläche des Grabmals bedeckt.

Keuchend stemmte sich Rianne auf und sah in den Abgrund. *War es das?* Erst als sie nach einer Minute kein Leuchten im Schutt sah und ein Blick in den Nebenraum verriet, dass auch die beschädigten Sternenkonstellationen an der Decke erloschen waren, erlaubte sie sich ein Aufatmen. *Das sollte es gewesen sein.* Sie sah aufwärts zum klaffenden, meterbreiten Loch. Die Sterne zogen malerisch am dunklen Himmel auf. *Buchstäblich in letzter Sekunde.*

Rianne graute es vor der Rückkehr an die Oberfläche. Dort erwarteten sie die schlecht gelaunten chinesischen Behörden, ein mordlüsternes Archäologenteam und verflucht viele Fragen, auf die sie wenig Antworten geben konnte. Und wollte.

On y va. Rianne bewegte sich durch den halb eingestürzten Gang zurück. *Wie der chinesische Knast wohl von innen aussieht?*

***

Celtica, Paris-Lutetia, Dezember 2019

Malleus trieb in wachsweicher, warmer Schwärze. So musste sich die Reise in einem toten Universum anfühlen – abgesehen davon, dass er immer noch zu denken vermochte.

Stets hatte er die Existenz von Entitäten abgelehnt, sie als Ausgeburten von Halluzinogenen erklärt, als Außerirdische, als Komafantasie und allerlei anderes.

Aber jetzt liege ich im Koma. Heißt das, ich bin in einem doppelten Koma?

Gerne hätte er bei dem Gedanken gelacht, aber das ließ die wachsweiche, warme Schwärze nicht zu.

Er kam sich vor wie in dem Film *Inception,* in dem Menschen in die Träume anderer Menschen einbrachen, um an deren verschüttete Erinnerungen zu gelangen. Nur dass er in sein eigenes Unterbewusstsein gestoßen worden war.

Aber wie fand man heraus, ob man wachte oder träumte?

In dem Film hatten sich die Helden und Heldinnen kleiner Tricks bedient, um nicht den Verstand zu verlieren und sich für immer in einer Traumwelt zu verfangen.

Doch wie mache ich das?

Malleus sehnte sich nach einer Culebra. Aber die Umgebung gab dies nicht her. Die wachsweiche, warme Schwärze hüllte ihn wie eine Decke ein, wie ein liebevolles Moorbad.

DAS soll mein Ende sein?

Da ihn das Grübeln nicht voranbrachte, rief er sich die Worte des Arztes in Erinnerung. Emilian Cluezel. Der Nihilist und seine Freunde, die Malleus zum Götterkiller machen wollten, indem sie ihm einen Entzug verpassten. Zusammen mit Lagrandes Ermittlungsergebnissen rund um Karak, den Tabak und die divinen Inhaltsstoffe ergab dies einen furchtbaren Sinn.

Man hat mich jahrelang abhängig gemacht, im Traum gehalten und betäubt für die Wahrheit.

Malleus' Verlangen nach einer Culebra schwand dennoch nicht.

Oder gehe ich gerade einer noch größeren List und Lüge auf den Leim?

Ihm fehlte gänzlich das Zeitgefühl. Sein Dahintreiben konnte Sekunden, Stunden, Tage, Jahre andauern, ohne dass er es bemerkte.

Cluezel sagte, er wolle mich clean machen. So in etwa.

Mehrmals hatte Malleus in der Vergangenheit versucht, von den Zigarren wegzukommen, stets war es ihm gerade mal für wenige Stunden gelungen. Die damals konsultierten Ärztinnen und Ärzte hatten gesagt, das Verlangen schwäche sich spätestens nach einer

Woche ab, leichtere Symptome könnten bis zu einem Vierteljahr auftreten.

Wie es sich bei divinen Produkten verhielt, konnte er nicht abschätzen.

Womöglich wird es mich ein Jahr meiner Lebenszeit kosten.

Fragte sich, ob die Entitäten Cluezels Plan von der Erweckung nicht durchkreuzen würden. Früher oder später könnten sie herausfinden, was vor sich ging und was es mit Nihil auf sich hatte. Was würden die Gottheiten dann tun?

Mich entführen, denke ich. Und vollstopfen mit Culebras, damit ich der Sucht niemals entkomme und nicht dem Gedanken verfalle, ein Götterkiller zu sein.

Es war ihm unangenehm, sich seine eigenen Unzulänglichkeiten einzugestehen. In dieser Schwärze gab es nichts, um sich davon abzulenken.

Und wenn ich meinen eigenen Traum erschaffe?

Seine Erinnerungen setzten von selbst ein und gingen weit zurück. In jene Tage, als er eine geliebte Frau gehabt hatte. Eine geliebte Tochter. Eine sorglose Zukunft, umgeben von denen, die er mehr mochte als sein eigenes Leben.

Was für eine scheiß Idee, einen Traum auszulösen.

Malleus spürte, dass die Vergangenheit sich irgendwo in der warmen schwarzen Wachsweichheit formte und Gestalt annahm. Er hörte das Klacken, als wäre eine Maschine erwacht, die für ihn eine Bühne, eine Szene, eine Begebenheit zusammenzimmerte.

Doch welche Erinnerung, welcher Tag, welche Begebenheit es sein würde, das ahnte Malleus nicht.

Panik befiel ihn.

Es gab in den zurückliegenden Jahren zu viele Momente, die er nicht noch einmal sehen, durchleben und erleiden wollte.

Leises Kinderlachen erklang wie aus weiter Entfernung, begleitet vom Gesang einer Frau. Dazu mischte sich das Knarren eines Schaukelstuhls.

»Nicht kitzeln«, prustete das Mädchen und stieß ein übermütiges Kichern aus.

»Oh, jetzt habe ich dich«, sagte die Frauenstimme und gab sich Mühe, nach bösem Monster zu klingen. »Jetzt fresse ich dich!«

Ist das meine persönliche Hölle?

»Die kleinen süßen Öhrchen, uh, wie lecker«, rief die Frau, und das Mädchen bekam sich vor Lachen nicht mehr ein – bis sich der Tonfall änderte und bedrohlich wurde, sich absenkte, dunkel und wütend klang. »Ich fresse dich! Dich und deine ganze Familie!« Aus dem Kinderlachen wurde ein gellendes Schreien, in das sich ein Reißen und ein Splittern mischten. »Her mit dem Balg! Und auch das im Mutterleib! Es mundet süß und zart!«

Nein, nicht dieser Traum! Ein anderer Traum!

Malleus konnte nichts anderes tun, als im warmen Wachs zu treiben.

Dann glaubte er, einen hellen Punkt zu erkennen, der sich ihm näherte. Das Klopfen, Hämmern und Klicken schwoll an.

Nicht! Geh weg.

Die Augen schließen konnte er nicht, und so blieb er dem Geschehen hilflos ausgeliefert.

Aus dem münzgroßen hellen Fleck wurde ein Display, auf dem schemenhafte Figuren hektisch hin und her rannten. Aus dem Bildschirm wurde eine Leinwand voller schrecklicher, blutiger Bilder, die in Sekundenbruchteilen wechselten und nicht aufhören wollten, groß und größer zu werden, bis sich das Abschlachten wie ein Himmel über Malleus spannte. Das Kreischen des Mädchens und das dämonische Lachen schufen eine gigantische Hölle.

Ich will zurück ins Nichts! Schluss mit dem Albtraum. Schluss!

Die Pupille im rot geäderten Auge des Mädchens wurde zu einem hellblauen Spiegel, in dem Malleus sein verzerrtes Gesicht sah – bis die Pupille sich abrupt absenkte und ihn verschlang.

Unvermittelt fand er sich in absoluter Dunkelheit und Stille wieder. Wie zu Beginn.

Das will ich nie wieder sehen. Nie wieder!

Es fiel ihm nicht leicht, die Panik zurückzudrängen, die sich seiner Gedanken bemächtigt hatte.

Aber die Schwärze und die Ruhe blieben nicht lange. Quälende Bilder blitzten in Sekundenbruchteilen rings um ihn auf, mal groß, mal klein. Die Schreie der Sterbenden und Leidenden kreisten als Echo um Malleus, durchbrochen vom gelegentlichen Lachen des Unterweltgottes Namtarú oder dem Reißen von Fleisch und Bersten von Knochen.

Das muss so etwas wie die Hölle, der Tartarus, irgendein beschissener Ort sein, um mich wahnsinnig zu machen.

Ein zweites Licht erschien weit, weit über ihm, und es senkte sich rasch wie ein Komet. Ein Doppelschweif entstand hinter der Kugel, grüne und blaue Funken flogen durch die Dunkelheit und erhellten düstere Schemen, die um ihn lauerten und an uraltes Böses erinnerten.

Der Anblick erschuf noch mehr Angst in Malleus.

Da kommt ein zweiter Traum. Ich will ihn nicht! Nein! Hörst du? Geh weg! GEH WEG!

Doch der Komet raste unbarmherzig auf ihn nieder und blendete ihn mit seinem gleißenden Licht, das sein Denken auffraß. In dem reinen Schneeweiß ging ein heftiger Schlag durch Malleus. Blaue Blitze umtanzten ihn, es roch unvermittelt nach verbrannter Haut und Ozon.

Was ist das nun wieder?

Malleus blinzelte – und stutzte.

Ich … ich kann wieder zwinkern!

Vor seinen Augen kehrte das Patientenzimmer zurück, erst trüb und unscharf, beim nächsten Blinzeln deutlich und klar.

Zwei Pfleger und drei Ärzte standen um sein Bett herum, einer der Kittelträger hielt einen Defibrillator in der Hand. Von Malleus' nackter Brust kräuselte sanfter Rauch, der Geruch von verbranntem Haar stieg in seine Nase.

Im nächsten Moment kam der Schmerz.

Mit dem Schrei setzte sein Hörsinn wieder ein. Elektronische Geräte fiepten in verschiedenen Rhythmen und Tonlagen.

Ich bin aus dem Koma erwacht!

»Willkommen zurück, Inspector«, sagte der Arzt erleichtert und steckte die Elektroden in die vorgesehene Halterung des Defibrillators. »Sie haben uns auf Trab gehalten.«

»Welcher Tag?«, krächzte Malleus.

»Der siebzehnte Dezember.«

»Das Jahr?«

»2019. Siebzehn Uhr einundvierzig, wenn Sie es genau wissen wollen.« Der Arzt sah ihn freundlich an. »Machen Sie sich keine Sorgen. Die Verwirrung kommt vom Adrenalin und den Medikamenten, die wir Ihnen verabreicht haben.«

Malleus beruhigte sich. *Ich war nur eine halbe Stunde weg.*

Neugierig streckte eine alte Frau in OP-Hemd und Bademantel den grauen Schopf zur Tür herein. »Gut gemacht, Junge! Weiter so!«, feuerte sie ihn lachend an und humpelte weiter. »Und zieh dir einen frischen Schlüppi an.«

»Nicht jetzt, Madame Griset«, sagte eine Schwesternstimme auf dem Gang. »Kommen Sie.«

»Inspector, ich muss mich bei Ihnen entschuldigen«, sagte der Arzt. »Es ist mir unerklärlich, aber es gab eine Verwechslung bei den Medikamenten und den Infusionen. Jemand …«

Der PDA klingelte in der Tischschublade.

»Einen Moment«, bat Malleus schwach und zog das Gerät heraus. Die Nummer war unterdrückt. Das war in diesem Fall ein gutes Zeichen. »Bourreau?«, meldete er sich.

»Hier ist Oona Milord«, vernahm er die ersehnte Stimme der Agentin. »Können wir sprechen?«

»Moment.« Malleus sah in die Runde des medizinischen Personals, das es nicht fassen konnte, dass er unmittelbar nach seiner Wiederbelebung als Erstes telefonieren wollte. »Danke, Messieurs dames«, krächzte er. »Sie können gehen. Das Telefonat ist beruflich. Wir reden im Anschluss.«

Der Arzt zuckte mit den Achseln und verließ zusammen mit den anderen das Zimmer, schloss die Tür.

Für Sekunden kam Malleus der Gedanke, dass er sich im nächsten Traum befand. In einem perfiden Traum, der ihm etwas Schönes gewährte, um es danach zu vernichten und sein Leid zu steigern.

Ich lasse es darauf ankommen. »Miss Milord, ich höre.«

***

Celtica, Paris-Lutetia, Dezember 2019

Malleus stand vor dem schmiedeeisernen, schwarzen Pavillon neben dem östlichen der beiden altehrwürdigen neoklassizistischen Gebäude aus dem 18. Jahrhundert und wartete ungeduldig.

Zum dritten Mal steckte er sich den feuerzeuggroßen Inhalator in den Mund und gab einen Stoß des hoch dosierten Pseudonikotins ab, das er gierig einatmete und tief in seine Lungen sog. *Es ist nicht dasselbe.* Er vermisste die Culebras physisch und psychisch.

Vor seiner Entlassung auf eigenen Wunsch hatte er sich vom Oberarzt mit allem eindecken lassen, was er benötigte, um auf den Beinen zu bleiben: Mittel gegen Kopfschmerzen, gegen seine Entzugserscheinungen, gegen seine Blessuren, Spritzen, Pillen, Pflaster, Inhalatoren.

Denn er und Oona Milord hatten ein Treffen an einem der seltsamsten, gefährlichsten und spannendsten Orte der Stadt vereinbart: in den Katakomben unter Lutetia.

Der Vorschlag war von ihr gekommen. In einem teils noch unerforschten, vierhundert Kilometer umfassenden Gängegewirr mit Kammern, Räumen und Hallen ließe es sich blendend untertauchen und reden, ohne dass es jemand bemerkte.

Dazu sollte Malleus sich zunächst an den offiziellen Abstieg zum Museum begeben, am Place Denfert-Rochereau, wo sich die ehemaligen Zollhäuser befanden, in denen vor mehr als zweihundert Jahren Abgaben und Steuern von den Einreisenden nach Paris erhoben worden waren.

Also hatte Malleus sich in seine Sachen geworfen, Handschuhe und Hut angelegt, seine Waffen eingesteckt und auf den Weg gemacht. In seiner Tasche hatte er die Dateien von Charlene Ducroix' Smartphone auf einem separaten Datenträger; auf seinem PDA lagerten sie ebenfalls.

Wo bleibt sie?

Lagrande eilte über die Straße heran und gestikulierte bereits von Weitem ihre Entschuldigung. Sie trug einen dunkelmetallicfarbenen Jumpsuit und schwere Armeestiefel, darüber einen dicken Anorak in Schneetarn. »Verzeihung. Zu viel Verkehr am Flughafen.«

»Und doch fast eine Punktlandung.« Malleus reichte ihr die Hand. »Danke für alles, Lagrande. Dass Sie mich gerettet haben. Für Ihren Einsatz in Xi'an. Und dass Sie mich kurz nach Ihrer Ankunft schon wieder begleiten.«

»Jemand muss ja ein Auge auf Sie haben, Inspecteur.« Die Mittdreißigerin schlug ein und lächelte müde. »Zum Umziehen hat es nicht gereicht. Das ist mein bequemes Flugoutfit.« Malleus sah ihr die Strapazen der letzten Tage und Stunden im Gesicht an. Dagegen half auch die Schminke nicht. »Übrigens, raten Sie, wie der Freund von Tamera Li hieß, der in der Pyramide versucht hat, mich umzubringen und beim Einsturz ums Leben gekommen ist!« Als er den Mund öffnete, winkte sie ab. »Kommen Sie eh nicht drauf: Ernest Malloy.«

»Nein!«, entfuhr es Malleus überrascht.

»Ich habe auch gestaunt. Chinesischer Staatsbürger mit englischem Vater, der in Hongkong gelebt hat. Nach dessen Tod ist die Mutter zurück nach China gezogen, und Malloy führte seinen westlichen Namen zur Tarnung in Korrespondenzen. Kein Wunder, dass wir ihn nicht gefunden haben. Interpol hat keinen Zugriff auf die chinesischen Systeme.« Lagrande unterdrückte ein Gähnen. »Ich hoffe, es ist nicht zu dunkel da unten.«

»Warum? Haben Sie Angst?«

»Nein. Ich schlafe sonst ein.« Grinsend deutete sie auf den Pavillon, der als Kassenhäuschen diente. »So viel Kaffee, wie ich getrunken habe, müsste ich mitten in einem Herzinfarkt stecken.«

»Lieber nicht. Ich brauche Sie noch.« Malleus freute sich wirklich, sie zu sehen. »Wir treffen gleich Oona Milord«, fügte er hinzu.

Lagrande verlor die Freude aus dem müden Gesicht und schaute sich um.

»Sie wartet unten auf uns.«

»Aha. Na, Sie sehen mich gespannt.« Lagrande prüfte halb unter ihrem Anorak ihre SIG Halbautomatik. »Sie kennen die Geschichte der Katakomben?«

»Haben Sie als Kind darin gespielt?«

»Nein. Die Banlieues sind zu weit entfernt. Wir hatten andere Abgründe und dunkle Ecken, um uns zu verlaufen. Dazu bedurfte es keines uralten Friedhofs.« Sie sah sein fragendes Gesicht. »Ernsthaft? Sie waren noch nie unten?«

»Nein.«

»Wie lange leben Sie schon in Lutetia?«

»Nun ja. Ich hatte viel zu tun. Im Louvre war ich aber oft.«

»Bringt Ihnen nur nichts. Bon, fangen wir mit dem Namen an. Damit Sie gleich wissen, was Sache ist.« Lagrande deutete auf die Schrift über dem Pavillon. »Barrière d’enfer. Die Höllenschranke.«

»Christlich. Und damit out. Diese Hölle ist erloschen«, gab er mit einem Lächeln zurück.

»Früher hieß die ganze Straße Rue d’enfer. Die massiven Stahltore der Zollstation erinnerten manch einen an jene Portale, die zur Hölle führten. *Das* ist *eine* Erklärung«, erzählte sie im Tonfall einer Fremdenführerin, während sie eintraten und Malleus für sie beide das Ticket zahlte. »Manche glauben, die Straße sei ein Ort der Verbrechen gewesen und heiße deshalb so. Andere sehen hier eine Abwandlung der lateinischen Bezeichnung Via inferior.«

»Sie wissen aber gut Bescheid.«

»Da ich als Kind nicht herdurfte, holte ich das später exzessiv nach.« Lagrande ging voraus und die Stufen abwärts. »Kommen Sie mit mir in die Hölle«, sprach sie mit hohler Stimme. »Wie es sich für einen Atheisten gebührt. Na, eigentlich ist es eine Grabstätte.«

Malleus lachte. »Sind Sie nicht erst neulich aus einer entkommen, nachdem Sie sie zum Einsturz gebracht haben?«

»Hören Sie bloß auf, Inspecteur. Das werde ich niemals vergessen.« Lagrande schüttelte sich. »Aber der Calator ist zerstört. Das erscheint mir wichtiger als die Überbleibsel eines alten Despoten.«

»Na, na. Es war der erste Kaiser von China.«

»Und hat sich einen Calator ins Grab gestellt! Selbst schuld, dass es zusammengebrochen ist.«

Malleus grinste vor sich hin und gönnte sich einen weiteren Inhalatorstoß. Das hochkonzentrierte Pseudonikotin gaukelte den Synapsen vor, den begehrten Stoff erhalten zu haben, so wie Süßstoff den Zucker ersetzte. Dennoch war die Wirkung eine andere. »Ihr Bericht war sehr aufschlussreich. Sie haben das Beste aus der Situation gemacht.«

Immerhin konnte Malleus die Namen Tamera Li und Ernest Malloy von der Sovereign-Liste streichen. Zwei Feinde weniger, die im Wettlauf um einen weiteren Calator gefährlich werden konnten. Wenn er den Bericht richtig verstanden hatte, gab es verschiedene Masterbeacons mit den Bezeichnungen Keros, Ondaros und Kalyra. *Was sich hinter den Begriffen verbirgt, gilt es noch herauszufinden.*

Dafür, dass Lagrande ein Nationalheiligtum zu mehr als fünfzig Prozent vernichtet hatte, war ihre Ausreise erstaunlich reibungslos verlaufen. Malleus hatte ein Todesurteil befürchtet, ausländische Polizistin hin oder her. Aber jemand sehr Mächtiges hatte sich für Lagrande eingesetzt, sodass es keine Scherereien mit den Behörden gegeben hatte.

Überhaupt gar keine Scherereien.

Das ließ für Malleus einzig den Schluss zu, dass sich eine Entität eingeschaltet haben musste, die verstanden hatte, welchen Schaden der Calator hätte anrichten können, wäre sein Leuchtfeuer durch die Weiten des Universums bis zu dem unbekannten Gott vorgedrungen.

Beim Abstieg in die Katakomben wurde anhand der Schaubilder mit vielen Knochendarstellungen an der Wand klar, dass die Pariser diesen Ort einst als Lagerstätte für Gebeine genutzt hatten, um auf den Friedhöfen Platz für neue Leichen zu schaffen. Hervorgegangen waren die Gänge aus Steinbrüchen, aus denen zuvor die Quader gehauen worden waren, mit denen Paris erbaut wurde – bis die Stadt über den Stollen selbst errichtet werden musste.

Nur ein kleiner Teil der Katakomben, knappe zwei Kilometer, war über das Museum frei zugänglich. Der Rest blieb für die Öffentlichkeit gesperrt, weil die Stadtverwaltung die Gänge beispielsweise zum Verlegen von Versorgungsleitungen nutzte. Geschäfte und Einrichtungen hatten in den Hohlräumen ihre Lager angelegt, so auch die Banque de Celtica für ihren Goldvorrat und einige Brauereien für ihre Bierfässer.

Einhundertsechsunddreißig Stufen später begann die touristische Strecke, die Malleus und Lagrande zuerst zu einem alten Steinbruch führte, bevor es danach zu den Gebeinhäusern gehen sollte.

Malleus schaute sich nervös um. *Keine Spur von Oona.* Ein Blick auf das Display des PDA sagte ihm, dass es hier unten keinen Empfang gab. Die vereinbarte Uhrzeit für das Treffen war erreicht.

Lagrande war die Freude anzusehen, nach langer Abwesenheit wieder unter Lutetia sein zu können. »Ist das nicht fabelhaft? Und das ist gerade einmal weniger als ein Prozent der Gänge und Kammern, die es gibt.«

»Ich habe gelesen, dass sich darin die Subkultur trifft.«

»Oder gesuchte Leute sich verstecken«, gab sie stichelnd zurück. »Aber ja, das stimmt. Partys und Raves, Lesungen und Konzerte, Messen für Gottheiten, Drogenlabore, all das findet sich rings um uns herum. Auch erwischt es immer wieder mal Menschen, die sich verlaufen oder weil die Decke runterkommt.«

»Zu viel Bass«, vermutete Malleus trocken. Noch ein Stoß aus dem Inhalator. Um sich abzulenken, zwang er seine Gedanken zu dem Vorfall in China. »Haben Sie eigentlich herausfinden können, wer Ihnen bei den chinesischen Behörden den Rücken freigehalten hat?«

»Oh, là, là. Das wäre reine Spekulation.«

»Ich höre trotzdem.«

»Eine Entität. Yang Jian, der dreiäugige Jagdgott, der in Sydney aufgekreuzt ist. In der Wohnung der getöteten Tina Wentworth, zusammen mit den anderen drei Gottheiten. Ich vermute, es ist ein kleines Dankeschön für unseren Einsatz im Fall des Propheten und seiner Vatermutter gewesen.« Sie grinste. »Ich war auch sehr nett zu ihm in Sydney.«

Malleus überlegte. »Hat sich Yang Jian Ihnen gezeigt?«

»Nein, Inspecteur. Ich date keine Entitäten. Aber ich hab jemanden aus dem Büro des Parteibosses der Provinz kommen sehen, der ihm sehr ähnlich sah und einen ziemlich eindrucksvollen Jagdhund dabeihatte. Dafür, dass er leger gekleidet war und nicht einen Orden trug, haben sich die Leute sehr unterwürfig benommen.« Lagrande betrachtete die Felswände, an denen sich Spuren der eingesetzten Grabungswerkzeuge abzeichneten. »Übrigens, Yalda ist keine Person, wie ich zuerst geglaubt habe. Tamera Li meinte damit ein ganz bestimmtes Datum. Ist nur die Frage, was dann stattfinden soll. Und wo? Und warum?«

Was Yalda bedeutete, hatte Malleus sofort gewusst. Es handelte sich dabei um ein religiöses Fest aus dem persischen Raum mit Namen Schab-e Yaldā. Es wurde in der längsten, dunkelsten Nacht des Jahres begangen und meinte die Wintersonnenwende.

Korrekt übersetzt lautete die Bezeichnung »Nacht der Geburt«, zusammengesetzt aus dem persischen *šab* für »Nacht«, und dem aramäischen *yaldā* für »Geburt«.

Dieser Umstand beunruhigte Malleus extrem.

Übertragen auf die Aufgabe eines Masterbeacons sollte nach dem Willen von Sovereign in der Nacht der Wintersonnenwende ein unbekannter, neuer Gott aus den Tiefen des Universums auf die Erde gerufen werden. *Vielleicht mit dem Kalyra-Modell, von dem Li gesprochen hat?*

»Hey, Sie!«, erklang überraschend eine laute Frauenstimme, die von den Decken und Wänden zurückschallte. »Malleus Bourreau!«

Da ist sie. Endlich! Er wandte sich erwartungsvoll um und wunderte sich dabei, warum Oona ihn so laut und direkt ansprach.

Dann erkannte Malleus seinen Fehler. Vor ihm stand eine gemischte Besuchergruppe, aus der sich eine Dunkelhaarige nach vorne schob, die ihn böse anstarrte. *Scheiße.*

»Wer? Ich?«, fragte er und versuchte, die Situation zu retten. »Sie täuschen sich, Madame.«

Die Brünette machte einen Schritt auf ihn zu. »Nein, ich erkenne dich! Du hast geholfen, den Propheten zu töten! Du wirst der Strafe des Einen nicht entgehen.« Mit der Rechten winkte sie ihre Truppe zu sich. »Wir sind seine Werkzeuge. Mach dich bereit zur Sühne!«

***

»Das Heidentum hielt den am höchsten,
der die meisten Vorzüge, das Christentum den,
der die wenigsten Fehler hat.«

Aus: Studien zur Philosophie und Religion
von Franz Grillparzer (1791–1872),
österreichischer Schriftsteller

KAPITEL XVII

Celtica, Paris-Lutetia, Dezember 2019

Im Namen des Vaters, des Sohnes und … ach, mir doch egal. Ist ja nur zur Übung, damit ich nicht auffalle. Wie rum macht man das Kreuzzeichen bei dem Slogan? Fange ich unten an oder … sollte mir nachher ein Tutorial anschauen. How to Bekreuzigen. Sonst geht das schief wie mit dem Kabinensprech. Immer dieser Stress mit den wechselnden Körpern.

Da drüben sitzt Jean-Michel, gefesselt und verschnürt auf seiner Toilette, mit runtergelassener Hose. Kann er schön aufs Klo, während ich 24 Stunden mit seinem Äußeren durch die Gegend latsche.

Nur warum, habe ich noch nicht verstanden.

Die Zeit als Madame Griset war geil. Das hat so was von Spaß gemacht – bis auf den Umstand, dass ich diesem Cluezel nicht hinterhergekommen bin. Der Körper der alten Dame hat mich mehr eingeschränkt als gedacht. Da war ich als Schulmädchen besser dran. Reichte immerhin, um Alarm zu schlagen und ihn, dem ich folge, aus dem Koma zu holen, bevor die Auswirkungen der pharmazeutischen Breitseite so richtig bei ihm anschlagen konnten.

Also schön, bin ich ab jetzt Jean-Michel, der überall in seiner miesen Bude Heiligenbilder des Christentums aufgestellt hat. Gibt es einen Heiligen, den er vergessen hat? Oder muss man sie alle haben, damit sie wirken? Sehe schon die Werbung fürs Holy-Sticker-Album: Sammle sie alle und baue dir ein eigenes Team Jesus auf! Kicke die Götzen vom Platz – mit Glaube, Feuer und Schwert! *Könnte ein Erfolg werden.*

Mal umsehen, während Jean gerade strullert. Hat ein bisschen Angst, der Kleine, und denkt bestimmt, ich bin der leibhaftige Teufel.

Hahaha, irgendwo muss ich die 666 noch hinschreiben, bevor ich gehe.

Habe die PDA-Nachricht mitgelesen, dass er sich mit der Agentin treffen will. Dazu hat er Lagrande zur Rue d'enfer beordert. Wie schön. Wenn ich mich beeile, bin ich pünktlich dort.

Wo ist meine … ah, die APB. Sehr gut! Hat der kleine Sammelchrist auch Waffen versteckt?

Bettkasten, Schrank, Vorratsdosen … nichts. Nur zwei Schlagringe mit eingeritztem Kreuz, chchch, wie geil. Die Faust Gottes schlägt in die Fresse der Ungläubigen.

Dann verlasse ich mal den Ort des im Stich gelassenen Glaubens.

Aber vorher noch mal ins Bad und das Häufchen Elend betrachten, wie es auf seiner Keramikschüssel festgetaped ist. Seinen Mund habe ich auch mit Klebstreifen versiegelt, damit er nicht rumschreit oder Kirchenlieder singt.

Räuspern, Stimme senken, Showtime: »Du, Jean-Michel, bist der Auserwählte!« *Wie er die Augen aufreißt!* »Ich bin der Teufel, Jean-Michel! Und ich gehe nun hinaus und vollbringe die fürchterlichsten Taten in deiner Gestalt, auf dass du dafür büßen wirst.« *Hui, ich klinge echt gut. Liegt aber auch an der tollen tiefen Stimme des Typen.* »Und weißt du, warum ich das tun kann?«

Er schüttelte bebend den Kopf.

»Weil es deinen Gott nicht gibt!« *Böses Lachen, ungefähr zehn Sekunden, leiser werden, uuund nochmals fünf Sekunden nachlachen, behutsam das Klo verlassen. Hat Jean-Michel gerade vor Angst gefurzt? Na, gut, dass ich ihn in meiner unermesslichen Güte auf dem Scheißhaus deponiert habe.*

Raus aus der Bude, mit der Kante des Magazins die 666 in die Tür kratzen und runter vors Haus, wo der Roller des Typen steht. Schlüssel habe ich in der Tasche, sehr gut. Schon ewig her, dass ich mit so etwas gefahren bin.

Römmpömmpömm – aus dem Weg, Lutetia! Ich kann nicht bremsen.

Das Ding knattert lauter, als es schnell fahren kann, ich kurve durch den Verkehr, nehme Abkürzungen über Bordsteine und durch Fußgängerzonen, und schon habe ich innerhalb von einer Viertelstunde den offiziellen Eingang in die Katakomben erreicht. Noch locker zwanzig Minuten, bis Bourreau erscheinen will.

Da vorn steht ein Rudel junger Leute. Zwei, drei Gesichter kenne ich von den Fotos in Jean-Michels Wohnung. Den Roller stelle ich mal lieber richtig ab. Am Ende brauche ich den noch.

»Salut«, *grüße ich und gehe mal auf sie zu.* »Na, Brüder und Schwestern?«

Die Brünette schaut mich böse an. Muss die Oberschwester sein. »Lass das«, *fährt sie mich an.* »Wo hast du die Sachen?«

Die Sachen? »Nicht dabei. Hat mir einer unterwegs geklaut.«

»Was? Die Hostien und den Wein? Und wie sollen wir dann …« *Sie unterbricht sich selbst und greift sich an die Stirn, denkt nach.* »Gut, dann suchen wir den Eingang, tasten uns vorwärts und lesen eben nur die Messe. Der Herr wird es uns nachsehen.«

»Ja, Schwester, amen!«, *rufe ich und bekomme wieder den bösen Blick. Die ist bestimmt besessen und weiß es nicht.* »Der Herr soll dem Dieb die Eier abfaulen lassen. Scheiß auf Nächstenliebe.«

»Sei einfach leise«, *befiehlt mir die Oberschwester und setzt sich in Bewegung.* »Los.«

Wir steigen die Treppen in den Untergrund hinab. Schöne Location. Dann halten wir in einem der Räume.

»Sucht nach der Kerbe über dem grauen Riss«, *raunt sie in die Runde.* »Sie muss außerhalb der Überwachungskameras liegen.«

»Also formt sie ein Kreuz?«, *frage ich mal lieber nach. Die anderen lachen.*

»Ja, du …« *Die Oberschwester findet ihre gute Laune partout nicht mehr.* »Du Bild eines guten Christen«, *sagt sie, was sie nicht sagen wollte.* »Wenn wir die Aufgabe nicht bestehen, werden wir bei der Gemeinde nicht aufgenommen, vergesst das nicht! Beweisen wir, dass es uns ernst ist.«

»Amen!«, *rufe ich.*

Die Obergebetsschwester schüttelt nur den Kopf und geht nach rechts, die Gruppe verteilt sich. Hm. Na gut. Suche ich mal mit. Aber ich kann mir denken, warum ich Jean-Michel geworden bin. Gleich dürfte Bourreau … und da ist er schon!

Das brünette Alphatierchen hat ihn auch entdeckt. Und erkannt. Eine Hand halte ich mal in der Nähe der APB in meiner Tasche – und mich selbst mal im Hintergrund.

* Α Ω *

»Fühlen Sie sich fit genug für eine Schlägerei, Inspecteur?«, raunte Rianne ihrem Chef zu. »Ich bin dafür zu müde.«

»Nein, Schlägerei wäre nicht gut«, erwiderte er. »Ich bin ein bisschen malade.«

Sie langte unter die Jacke und zog ihre SIG SP2022, lud sie ostentativ durch und hielt die Mündung schräg vor sich. »Ihnen ist bekannt, dass wir Polizisten sind. Wer nicht vor seinen Schöpfer treten möchte, wie man bei Ihnen sagt, sollte sich zurückhalten«, sprach sie zur Gruppe. »Gehen Sie zurück und verlassen Sie das Museum. Andernfalls lasse ich Sie verhaften.«

»Verhaften? Wir haben nichts getan«, gab die brünette Anführerin zurück und sah auf die gezückte Halbautomatik. »Es steht Wort gegen Wort. Und wir sind mehr.« Sie gab ihrer Begleiterschar ein Zeichen, und sie passierten das Ermittlerduo in einem kleinen Bogen. Mehrmals wurde dabei verächtlich auf den Boden gespuckt. »Wünsche viel Vergnügen, Inspecteur. Wir sehen uns wieder. Die Wege des Herrn –«

»Sind längst einer Autobahn von anderen Gottheiten gewichen«, unterbrach Rianne. »Verpissen Sie sich, bevor ich die Ausweise sehen will und Sie einsammeln lasse.«

»Am richtigen Ort sind Sie beide schon.« Die Dunkelhaarige folgte ihren Leuten aufreizend langsam. »Eine Bestattungsstätte. Bleiben

Sie doch einfach und reihen Sie sich in die gute Nachbarschaft ein.« Schließlich verschwand sie um die Ecke.

»Das war gut. Danke.« Bourreau nahm gleich drei Stöße Pseudonikotin aus dem Inhalator. Er wirkte niedergeschlagen und enttäuscht darüber, dass sich Milord nicht blicken ließ. »Gehen wir weiter und schauen uns wenigstens das Museum an.«

»Sollte die Chi-Ro-Praktikerin nochmals aufkreuzen, bei Belenos, ich schwöre, ich schieße ihr in den Fuß! Das kann sie dann als Stigma anpreisen.« Rianne steckte die SIG zurück ins Gürtelholster. »Sie sind inzwischen zu prominent für die Arbeit. Spätestens seit der Sache mit dem Propheten. Auf der Fahndungsliste von fanatischen Christen, Juden und Muslimen stehen Sie ganz oben. Und die sind garantiert gut vernetzt.«

»Danke, dass Sie mir so viel Mut machen«, gab er zurück.

»Gern geschehen. Sie haben nicht mal einen Gott, an den Sie sich wenden können. Das haben Sie als Atheist jetzt davon.« Behutsam ging Rianne voraus und sondierte die Lage. Die Christengruppe blieb verschwunden. »Machen Sie sich keine Sorgen wegen Milord. Sie ist bestimmt nur aufgehalten worden.«

Als Bourreau sich nicht äußerte, sah sie langsam über die Schulter.

Der Inspektor war weg.

Nicht schon wieder! »Oh Belenos, bitte. Was soll das?«, murmelte sie genervt. Immer wenn sie sich umdrehte, verschwanden die Leute, mit denen sie unterwegs war. Erst Professor Fang in der chinesischen Pyramide, jetzt Bourreau in den lutetianischen Katakomben. *Oder ist das ein Ding zwischen mir und historischen Ruhestätten?* Die Reisemüdigkeit steigerte ihre Geduld nicht unbedingt, und der Kaffee hielt sie zwar wach, machte sie aber gereizt. *Miese Mischung.* »Inspecteur?« Sie zog erneut die Halbautomatik.

»Hier drüben«, flüsterte es aus einem dunkleren Bereich des Steinbruchs.

Abseits der ausgetretenen Laufwege, die sich durch Tausende Besuchersohlen am Steinboden abzeichneten, hatte sich ein schmaler Spalt in der Wand geöffnet. Darin zeigte sich schemenhaft Bourreaus Gesicht.

Schnell sah sich Rianne um und zwängte sich dann durch die schmale Lücke. In der Dunkelheit dahinter roch es nach einer Mischung aus dem Parfum des Inspektors und Meer, frischem Gras und herbsüßlichen Blüten. *Das muss Milord sein.* Zu ihrem Ärger roch es sehr gut.

Mit einem mahlenden Geräusch schloss sich der Spalt hinter ihr.

Eine Handylampe flammte auf. Der Strahl kam indirekt von unten, sodass Riannes, Bourreaus und das Gesicht der einstigen D.E.M.-Agentin beleuchtet wurden.

Milord war etwa in Riannes Alter und trug eine platinblonde Perücke in einem Pagenschnitt statt der schulterlangen schwarzen Haare mit der dunkelroten Strähne am linken Stirnansatz. Ihre Kleidung war unauffällig und wintertauglich, die Finger steckten in schwarzen Handschuhen. Der Anhänger in Weißgold, der über ihrer Jacke baumelte, zeigte das Götterpaar Aeracura und Dis Pater: Totengöttin und Herrscher der Unterwelt.

Merde. Sie sieht echt gut aus und ich wie ein übermüdeter Faltenhund. Rianne zwang sich zu einem Lächeln. »Das ist ja mal eine Überraschung. Wer hätte gedacht, dass Sie eine Cataphile sind?« Sie bemerkte Bourreaus fragenden Blick. »Jemand, der sich illegal in den Katakomben aufhält und sie erforscht.«

»Man muss einfallsreich sein, wenn man von der ganzen Welt gesucht wird«, gab Milord freundlich zurück. »*Wenn* man in den Untergrund geht, *dann* richtig, oder?« Sie wandte sich um und übernahm die Führung. »Kommen Sie. Ich bringe Sie in den Teil der Gänge, in dem wir sicher sind. Diesen Eingang nutzen auch andere.«

»Klar. Den kannte ich auch«, grummelte Rianne und hob ebenfalls ihr Smartphone, um mit der eingebauten Lampe den Weg zu beleuchten. Der schmale Gang war einst gemeißelt worden, die

Wände von vielen sich durchschiebenden Körpern glatt gerieben bis poliert. »Wie –«

»Schweigen Sie bitte unterwegs. Wir wollen nicht zu viel Aufmerksamkeit erregen«, sagte Milord. »Seit ein paar Tagen ist einiges los. Partys, Zeremonien, alles gleichzeitig.« Sie schwenkte nach rechts, der Gang blieb eng. »Sobald wir angekommen sind, reden wir. Und bitte nicht fragen, wohin wir gehen.«

Auch wenn es Rianne schwerfiel, hielt sie den Mund und bildete den Schluss des Trios; die SIG immer in Griffweite.

Es ging durch diverse Gänge, enge Kriechspalten, Bereiche mit muffiger Luft, Absätze hinauf und Klettersteige hinunter. Platzangst durfte man unter Tage keinesfalls haben, schon gar nicht, wenn es durch Ritzen ging, vor denen man die dicke Jacke ablegen und ausatmen musste, um sie zu passieren.

Meistens blieb es unterwegs ruhig. Gelegentlich erklang das gedämpfte Wummern eines Basses, dann ertönten Lachen, seltsame Musik oder unverständliche Gebete aus der Ferne.

Rianne machte auf dem Boden erstaunlich wenig Müll aus, dafür gab es hin und wieder Hinweise auf verlassene Unterkünfte und Übernachtungslager, sie sah zerfetzte Schlafsäcke mit Blutspritzern und sogar ein abgebranntes Drogenlabor.

Schließlich führte sie Milord zu einer horizontalen Spalte, etwa einen Meter über dem Gangboden, und schob sich mit Mühe hindurch.

Es kostete die müde Rianne viel Anstrengung, sich durch die Lücke zu schieben, um auf der anderen Seite in einen Raum zu gelangen, der in schwachem Kerzenschein lag. Die dunklen Wände zeigten zu ihrer Verwunderung detailreiche Kreidezeichnungen von Aeracura und Dis Pater. *Wieso ein heimliches Heiligtum?*

»Wir sind angekommen«, verkündete Milord erleichtert und deutete auf die verstreuten Sitzkissen auf dem sauberen Boden. Zwei prallvolle Rucksäcke standen umher, in denen vermutlich die Habseligkeiten der Agentin für eine schnelle Flucht steckten. »Nehmen Sie Platz. Die beiden Gottheiten wachen über uns.«

»Natürlich«, kommentierte Bourreau trocken. »Wie sie über Sie wachen, Miss Milord.«

»Warum dieser Untergrundtempel?« Rianne entdeckte eine feuerschalengroße Opfermulde, die frisch gereinigt aussah. Dennoch gab es an den Rändern alte Blutflecken, die auf eine regelmäßige Nutzung hinwiesen. »Weder Aeracura noch Dis Pater sind in Celtica verboten.«

Milord hatte sich gesetzt und nahm eine Thermoskanne, verteilte Becher und heißen Tee. Bei konstanten zehn Grad tat etwas Wärme ohne körperliche Anstrengung gut. »Dis verlangt nach schwarzen Tieren, um seine Gnade zu erhalten. Und manchmal, wenn kein adäquates schwarzes Tier zur Hand ist …«

»Opfern Sie schwarze Menschen?«, brach es aus Rianne heraus. Sofort ärgerte sie sich darüber.

»Nein. Sie haben merkwürdige Gedankengänge, Madame Lagrande.« Milord verzog das Gesicht und wandte sich an den Ermittler. »Ich habe Sie angeschrieben, weil ich Ihre Hilfe brauche, Inspecteur. Bei Ihnen bin ich mir sicher, dass Sie mich nicht verraten.«

»Selbstverständlich nicht. Ich dachte mir sofort, dass die Anschuldigungen gegen Sie und D. E.M. entweder ein Missverständnis sind oder einen völlig anderen Zweck verfolgen.« Er trank vom Tee und hatte fortan nur noch Augen für die Agentin.

Das war so klar. Rianne seufzte über ihren Tee, der nach Minze und Süße roch. »Sie wissen aber schon, dass Bourreau und ich ebenfalls Probleme haben? Ich bin nicht sicher, ob das gut für den Chef ist.«

»Probleme?« Milord zog die hellen Augenbrauen zusammen. »Verzeihung. Inspector. Sie erwähnten gar nichts.«

»Angedeutet hatte ich es. Der Calator«, erinnerte er sie und reichte ihr den Datenstick mit den Dokumenten und Bildern des geknackten Smartphones. »Als wir uns in Urusalim begegnet sind.«

»Oh, zu Calatoren kann ich Ihnen einiges erzählen.« Milords Gesicht nahm einen schuldhaften Ausdruck an, während sie den Stick in einen Laptop steckte, den sie aus dem kleineren Rucksack neben dem Sitzkissen zog. »Wie egoistisch von mir. Auch wenn meine Sache vermutlich größer sein wird als Ihr Calator. Dabei dachte ich immer, diese uralten Rufer wären das Schlimmste, was der Erde zustoßen könnte.«

Der Computer öffnete auf den Fingertipp der Agentin hin die gespeicherten Files. Bilder, Dokumente und Listen erschienen auf dem Display.

»Soll das heißen, Sie haben nicht mitbekommen, dass ich in Xi'an das Grab des ersten Kaisers von China vernichtet habe?« Rianne wunderte sich. »Es kam in allen Nachrichten.«

»Dass Sie das waren?« Milord grinste, ohne den Blick zu heben. Sie sah suchend auf den Monitor.

»Ein *Unfall*, heißt es offiziell.« Rianne runzelte die Stirn. »Ich habe den Calator unschädlich gemacht, als die astronomischen Zeichen in seiner Steinoberfläche bereits geleuchtet haben.« So einfach wollte sie Milord den Sieg nicht gönnen.

»Oh, sehr gut«, sprach die Agentin abwesend und sichtete ununterbrochen die erbeuteten Materialien. Auf ihrer Miene wechselten sich Freude, Erschrecken und Furcht mit Entschlossenheit ab. »Dann ist es ja erledigt.«

»Nein. Ich fürchte nicht«, schaltete sich Bourreau ein. »Aber da Ihre Sache gefährlicher zu sein scheint, fangen Sie bitte an, Miss Milord.«

Die Frau sah vom Display auf und lächelte, was er sogleich erwiderte. Sekundenlang. Schweigend.

Das ist ja nicht zum Aushalten. »Ihre Einrichtung Deus Ex Machina ist demnach hereingelegt worden«, sagte Rianne, bevor sich Bourreau und Milord noch weiter glücklich-verlegen anlächelten. »Warum?«

»Es begann damit, dass einer unserer Agenten zufällig an Informationen gelangte, von denen er dachte, sie drehten sich um einen verschütteten Calator«, berichtete Milord. »Diese Entdeckung bezahlte er bald darauf mit dem Leben, und seine Informationen wurden zu einem Großteil gestohlen. Übrig blieben lediglich kryptische Aufzeichnungen und Fragmente, die wir als Ausdrucke fanden. Dann meldete sich seine Quelle bei uns. In Todesfurcht.«

Rianne nippte am Tee. *Widerlich. Aromatisierter Grüntee mit Honig! Wer trinkt so was?* »Da bekamen Sie die Chance, sich das Wissen erneut zu beschaffen?«

»Die Quelle entpuppte sich als renommierter Hobbyarchäologe, der weitere Bekannte nannte, die heimlich an dem Projekt gearbeitet haben. Sie ahnten die Gefahr, die von ihren Nachforschungen ausging.« Sie nannte die Namen der Mordopfer, wegen derer sie gesucht und D.E.M. als fanatische Terrorgruppe eingestuft wurde.

»Worum ging es bei den Nachforschungen?« Malleus hing regelrecht an ihren Lippen, was Rianne die Augen verdrehen ließ.

»Die Erforschung der Ursprünge des Gilgamesch- und des Atrahasis-Epos. Die sumerischen und akkadischen Dichtungen sollten anhand neuster Ausgrabungsfunde überprüft und abgeglichen werden.«

Für Rianne klang es nach dem Stinklangweiligsten, was sie jemals gehört hatte, gleich nach Kochrezepten für simple Spaghetti aglio e olio und Beschreibungen zum Aufbau von Modelleisenbahnen. »Deswegen hat man Ihren Agenten umgebracht?«, fragte sie. »Wegen eines falschen Versmaßes?« *Werd nicht zynisch,* rief sie sich in Gedächtnis. Ihre schlechte Laune hatten die Opfer und der Fall nicht verdient.

»Zuerst habe ich mich um die Hintergründe der Mörder gekümmert. Das war vielleicht der entscheidende Fehler«, antwortete Milord. »Wir wussten: Das Zeichen der skrupellosen Killer ist ein N, umgeben von einem sich auflösenden Kreis. Aber während ich Nachforschungen über sie angestellt habe, schlug die Organisation zu und erledigte die Archäologenclique.«

Rianne sah sofort zu Bourreau, der ihr mit einer versteckten Geste zu verstehen gab, nichts zu sagen. Noch wollte er die Zusammenhänge nicht aufdecken. *Bei Belenos!*

»Sie nennen sich *Nihil* und sind, wie ihr Name verdeutlicht, bekennende Nihilisten, die Entitäten in Gänze ausrotten wollen«, erläuterte Milord.

»Und keine Freunde von sumerischer und akkadischer Dichtung«, merkte Rianne an.

»Im Gegenteil. Diese Nachforschungen waren der Grund für die Morde.« Die Agentin drehte den Bildschirm, damit alle etwas sahen. »Die Dateien, die Monsieur Bourreau gefunden hat, stammen aus dem Bestand von Charlene Ducroix, die Letzte der Hobbyarchäologen. Das sind die Originale, die sie ausgedruckt hatte.«

»Von denen Sie nur Fetzen gefunden haben«, ergänzte Bourreau.

Milord nickte. »Nihil lehnt Entitäten ab. Dafür suchen sie nach Wegen, die Gottheiten auszumerzen – mit allen Möglichkeiten. Sie bemühen Mythen und Sagen, um nach entsprechenden Artefakten zu fahnden; Waffen, Gegenständen, egal was.«

»Das unterscheidet sie von GodsEnd«, sagte Bourreau.

»Genau. Menschen wie Ihr Freund Ove Schwan –«

»Einstiger Freund. Seit … gewissen Vorfällen bin ich nicht mehr auf seiner Seite.«

Milord nickte verständnisvoll. »GodsEnd will den Menschen mit terroristischen Anschlägen die Augen öffnen, damit sie an der Allmacht und der Fürsorge der Entitäten zweifeln. Nihil geht die Abschaffung der Entitäten selbst an. Mit passendem Werkzeug.«

Und mit Menschen, die Götter zu töten vermögen. Rianne musste Bourreau plötzlich unentwegt anstarren. Er hatte in den Übergangskriegen geringere Entitäten vernichtet, was ihm unter anderem den Hass von Namtarú eingebracht hatte. *Deswegen hat Nihil ihm die divinen Zigarren weggenommen.* Die behandelten Culebras hatten Bourreaus Verstand vernebelt, ihn zu einem grantigen Atheisten gemacht statt zu einem Mann, der in den Kampf gegen die Entitäten zog und sie reihenweise erschlug. Jemand aus der Götterwelt hatte ein Interesse daran, Bourreau einen einfachen Ermittler bleiben zu lassen, der sein Vernichtungspotenzial nicht ausschöpfte.

Das führte Rianne zu der nach wie ungelösten Frage, wer hinter Karaks Laden und *Tobako Limited* in Tlachco steckte. *Woher wusste Nihil überhaupt von der Wirkung des Krauts?*

»Nihil schob mir und meinen Leuten die Morde mit fingierten Beweisen in die Schuhe und dichtete D. E.M. dazu noch eine Terrorlegende an, die uns weltweit auf die schwarzen Listen der Sicherheitsbehörden gebracht hat. Aus irgendeinem Grund sehen sie mich und die Organisation als Gefahr für ihre Pläne an«, fasste Milord zusammen. »Ich brauchte unbedingt die primären Informationen von Charlene Ducroix, mit der ich nach mehreren gescheiterten Versuchen ein Treffen verabreden konnte.«

»Und liefen in Urusalim genau in die Falle von Nihil.« Bourreau hatte seinen Tee ausgetrunken und erbat sich neuen.

»Ja.« Sie goss nach. »Ohne Ihr Erscheinen, Inspector, wäre ich tot. Und niemand wüsste von der Gefahr.«

»Der Gefahr der tödlichen Dichterei?«, fragte Rianne spitz. *Ich muss aufhören zu sticheln. Der Chef sieht aus, als schütte er mir den Tee gleich über.*

»Die Dichtkunst ist nicht das Entscheidende.« Milord klickte sich durch die Datensätze. »Sondern die Informationen, die in den neuen archäologischen Fundstücken der Epen stecken.« Milord erstarrte geradezu vor Konzentration, nur ihre Finger zuckten und drückten auf Touchpad und Tastatur.

Rianne sah auf dem Monitor, wie die Agentin markierte Stellen heraussuchte und untereinander anordnete, sodass sie eine Assoziationskette bildeten.

* ENLIL: HAUPTGOTT DES SUMERISCHEN & AKKADISCHEN PANTHEONS ALS OBERSTER GOTT VEREHRT

BEZEICHNUNGEN: »KÖNIG VON HIMMEL UND ERDE, KÖNIG DER LÄNDER, VATER DER GÖTTER«

GEMAHLIN = GÖTTIN NAMENS NINLIL

VATER U. A. VON NINURTA, NERGAL, NANNA

DURCH ME-TAFELN GEBOT ER ÜBER DAS SCHICKSAL, HERRSCHTE ÜBER MENSCHEN & GÖTTER

Rianne blieb an den angefügten Erklärsätzen aus dem Epos rund um Enlil und Ninlil hängen:

UND ENLIL ZEUGTE SO MIT SEINER GEMAHLIN DIE GÖTTER NERGAL, NIANZU UND ENBILULU. ZUSAMMEN MIT GILGAMESCH UND NAMTARÚ GEHÖREN SIE ZU DEN UNTERWELTSGÖTTERN.

O, Belenos! Ist Namtarú deswegen voller Hass auf Bourreau?

Schon schob Milord neue Informationen ins Sichtfeld.

* EN.LIL

SUMERISCH, WÖRTLICH ÜBERSETZT »HERR WIND«

ALTERNATIVE INTERPRETATION »HERR DER MENSCHEN« (EN.LILLU)

ELEMENT IST DER STURMWIND

HAUPTKULTORT & ZENTRUM D. SUM. RELIGION: TEMPELKOMPLEX E-KUR IN NIPPUR

HAUPTATTRIBUT: HÖRNERKRONE AUF EINEM THRON

HAUPTWAFFEN: NETZ, ZEPTER, SCHICKSALSTAFELN

»Was ist damit?« Rianne deutete auf das Wort *Schicksalstafeln*. »Die tauchten doch oben schon auf!«

»Ich weiß.« Milord atmete langsam ein. »Das hatte ich befürchtet.« Sie bewegte die Maus auf die Datei, die *ṭuppi šimāti* hieß. »Nihil sucht genau nach diesen Tafeln.«

»Weil man mit ihnen über das Schicksal, über Menschen und Götter herrscht.« Bourreau spielte mit seinem Inhalator, als überlegte er, ihn erneut einzusetzen. »Das wäre eine sehr mächtige Waffe in deren Händen.«

»Solche Werkzeuge besitzen Entitäten in vielen Religionsvorstellungen. Ein Schöpfergott, der Macht über die anderen ausübt, um seine Schöpfung zu kontrollieren«, erklärte Milord. »Durch die archäologischen Ausgrabungen wurden neue Details über den Verbleib der Tafeln offenbar.«

»Also soll es diese Dinger wirklich geben?« Rianne hatte ihre Zweifel. Natürlich hantierten die Gottheiten mit divinen oder extraterrestrischen Artefakten. *Doch Stücke von solcher Macht würde das Weltpantheon kaum erlauben.*

»Das denkt Nihil zumindest.« Milord klickte die Datei an. »Und hat sich auf die Suche danach gemacht.«

Vor ihnen öffnete sich ein Text, der mit vielen Fotos gespickt war, die als Beleg für die Ausführungen dienten.

Rianne tat sich schwer damit. »Die Tafeln wären doch schon längst von irgendeiner Entität abgeräumt worden.«

Bourreau sah zu Rianne. »Nicht unbedingt. Denken Sie an das stillschweigend getroffene Abkommen der Gottheiten, in ihren jeweiligen Bereichen auf den Kontinenten zu bleiben und niemandem seinen Einflussbereich streitig zu machen.«

»Weil Götterkriege mit enormen Verlusten einhergehen würden, ich weiß.« Rianne wartete ungeduldig darauf, dass sie mehr über die Schicksalstafeln lesen konnte. Milord scrollte ihr zu langsam. Außerdem fand sie, Bourreau hätte diese Informationen längst mit ihr teilen können.

***ṬUPPI ŠIMĀTI, DIE SCHICKSALSTAFELN**

SYMBOL DER HERRSCHAFT ÜBER DAS UNIVERSUM

MAMI FÜR ENLIL BESTIMMT BZW. VON TIAMAT FÜR KINGU

AUCH MARDUK (BABYLON) & AŠŠUR (ASSYRIEN) BESASSEN DIE SCHICKSALSTAFELN

VERLEIHEN DEM BESITZER MACHT ÜBER SÄMTLICHE GÖTTER & DIE FERTIGKEIT, DINGE IN IHREN URZUSTAND ZURÜCKZUVERSETZEN

SIND MIT SIEGEL DES SCHICKSALS VERSEHEN

In den Urzustand! Riannes Kopf rauchte. »Bedeutet das, die … Erde würde zurück in eine Kugel aus … Lava und Wasser verwandelt?«

»Ich nehme an, dass der Besitzer der Tafeln das steuern kann.« Milord vergrößerte den Text, den sie markiert hatte.

SIE SIND DIE BANDE DER ABSOLUTEN MACHT,
DIE VORHERRSCHAFT ÜBER HIMMEL UND UNTERWELT,
DIE VERBINDUNG ZWISCHEN DEM HIMMELSZELT DES ANU UND GANŞIR,
DEM ERSTEN TOR DER UNTERWELT
SOWIE DIE FESSEL DER MENGEN.

»Und wo sollen sie verborgen sein?«, warf Bourreau ungeduldig ein.

»*Das*« – Milord schaute zuerst ihn, dann die Ermittlerin an – »ist die große Frage, wegen der viele Menschen von Nihil getötet worden sind.«

Riannes Kopf qualmte geradezu. »Und was ist mit Yalda und der Wintersonnenwende? Gibt es dazu eine Verbindung?«

Α Ω

Das war überraschend. Ich hätte gedacht, dass die Oberschwester und ihre gemischten Apostel meinen Bourreau auseinandernehmen wollen. Lieber mal nachfragen: »Sagt mal, wollen wir den Typen einfach so entkommen lassen?«

Die fromme Brünetthilde schaut mich an, als wäre ich besoffen. »Natürlich nicht. Wir schnappen ihn uns auf der anderen Seite, wenn er rauskommt. Ohne die ganzen Kameras.« *Sie schickt einen der anderen zurück, damit er ihn, dem ich folge, und Banlieue-Girl heimlich beobachtet.* »Sollten die Bullen anrücken, sitzen wir im Keller in der Falle.«

Da kommt der Betbruder wieder angerannt. Was ist denn los? »Sie *sind weg*«, *keucht er aufgeregt.* »Aber ich habe das Kreuzzeichen gefunden, als ich sie gesucht habe!«

Die Brünette flucht und kehrt in den Felsenraum zurück. »Damit hat der Arsch einen Fehler begangen. Hinterher! Wir machen ihn in den Katakomben kalt.«

Aha, JETZT verstehe ich, warum ich der Jean-Michel bin.

Im Pulk rudeln wir zurück, und die Markierung ist schnell gefunden. Hoch die Tür! Zwei Fettis müssen draußen bleiben, weil sie nicht durchpassen. Wie gut, dass mein aktueller Körper so schlank ist. Durch das Nadelöhr, haha, die ganzen Kamele, und Bourreau hinterher. Aber keine Chance, ihn und Banlieue-Girl zu finden. Die haben garantiert eine Karte, während wir herumeiern wie die Trottel.

Brünetthilde bleibt stehen und zieht ihr Smartphone. Sie hat von irgendwoher Empfang. Wie macht sie das? »Das ist ein Notfall. Wir brauchen Unterstützung«, *sagt sie hastig.* »Wir sind Bourreau gefolgt. Er ist in –«

Kann ich nicht zulassen, sorry.

Die APB fliegt in meine Hand, zwei Kugeln gehen leise ploppend auf die Reise und durchschlagen die Hand, das Gerät und dann den Kopf der Betschwester. Ihr Blut spritzt gegen die Wand, und sie bricht zusammen. Die Einzelteile des Telefons verteilen sich auf dem Boden.

Der Rest der Gruppe rafft nicht sofort, was passiert ist, hahaha. Okay, dann noch etwas mehr dramatische Einlage. »Das hat mir der Herr gesagt!«, *kreische ich spuckend und eröffne das Feuer.*

»Jean-Michel!« *Irgendein Betapostel weicht vor mir zurück.* »Bist du irre?«

»Der Herr zwingt mich! Der Herr!«, *heule ich und schieße auf die Spacken, verteile die Projektile großzügig.* »Ihr seid verloren! Ihr handelt gegen seinen Willen!«

Das reicht, die sind angeschossen genug, um es vielleicht noch le-

bend aus den Katakomben zu schaffen. Na komm. Der bekommt noch eine durch die Hand, zack, und die da eine in den Fuß. Stigmastyle rules!

»Kehrt zurück an die Oberfläche«, *jaule ich und gehe langsam rückwärts.* »Lasst ab von eurem Treiben! Lasst ab! Sucht euch einen anderen Glauben.« *Und noch was hinterher:* »Das hat mir der Teufel gesagt! Muhahaha! Der Teufel!«

Wenn sie jetzt nicht verwirrt sind, dann weiß ich es auch nicht. Tja, Jean-Michel. Freu dich schon mal auf deinen Exorzismus.

Aber jetzt erst mal … fuck. Wo stecke ich denn hier? Hätte da nicht die Tür ins Museum sein sollen? Na toll. Verlaufen.

* Α Ω *

Malleus sah keinen Zusammenhang zwischen Yalda und den Schicksalstafeln. Beide Probleme waren für sich brandgefährlich. *Aber man weiß nie.*

»Yalda und Wintersonnenwende?« Oona Milord sah die Ermittlerin auffordernd an. »Können Sie das ausführen?«

»Das Wort wurde von einer Sovereign in Xi'an genannt«, erklärte Malleus. »Wenn sie das gleichnamige Fest Yalda gemeint hat, findet es am einundzwanzigsten Dezember statt. Wintersonnenwende. Passt das Datum irgendwie zu den Rufer-Statuen, Miss Milord? Sie wissen mehr darüber.«

Die Agentin klappte den Laptop zu und goss sich heißen Tee nach. »Beginnen wir beim Offensichtlichen: Es handelt sich um die längste Nacht. Somit ist die Dauer, bei der Sternenkonstellationen in der Dunkelheit zu sehen sind, an dem Datum am längsten.«

»Braucht ein Calator denn die Dunkelheit?«, fragte Lagrande nach.

»Soweit wir wissen, bevorzugen sie Nacht, um in Aktion zu treten. Möglicherweise, um sich an den Sternenbildern zu orientieren und auszurichten, wohin ihre Botschaft gesendet werden soll.«

In der längsten Nacht erhöht sich die Chance für einen Rufer. Malleus wackelte mit dem Inhalator in seiner Hand, um die Nervosität abzubauen. »Ist es stets die gleiche Entität, der sie ein Leuchtfeuer setzen wollen? Es sind verschiedene Bezeichnungen gefallen, die wir nicht zuordnen konnten. Keros, Ondaros und Kalyra.«

»Ich kenne diese Namen. Wir haben verschiedene Exemplare mit unterschiedlichen astronomischen Zeichen gefunden, aber ob sie verschiedene Gottheiten anrufen, wissen wir nicht. Eine Theorie besagt, dass es sich um Fertigungstypen aus verschiedenen Zeiten handelt.«

»Einen Moment! Könnte es sein, dass eine ungewöhnliche Planetenkonstellation in der Nacht vom einundzwanzigsten Dezember ansteht?«, warf Lagrande ein.

»Das müsste man klären.« Oona Milord nahm ihr Smartphone hervor.

»Sie haben hier unten Empfang?« Malleus staunte.

»Ist das lokale Netz.« Sie deutete zur Decke. »Ein Repeater leitet das Signal des Coffeeshops bis zu uns. Ich checke schnell, ob die Sternwarten etwas Besonderes in der Nacht ankündigen.«

Malleus zog seinen PDA und tat es ihr nach. Die Internetverbindung war stabil und schnell. Es gab einige Sonderbesichtigungen zur Wintersonnenwende. »Sagten Miss Li und Mister Malloy irgendetwas zum Ort, an dem Yalda stattfinden soll, Lagrande?«, fragte er beim Suchen.

»Nein, Inspecteur.«

»Gehen wir doch von der größten Katastrophe aus und nehmen einmal an, dass in der Yalda-Nacht ein neuer Gott auf die Erde kommen soll«, fasste Oona Milord zusammen. »Dazu wird Sovereign einen erbeuteten Calator entweder an jenen Ort bringen oder ihn dort vorfinden. Richtig?«

Malleus rieb sich über das Bärtchen. Die Aktivierung des Masterbeacons im Grabhügel war ein Schnellschuss gewesen, weil eine Enttarnung unmittelbar bevorgestanden hatte. »Ich denke, Sovereign versucht es mit dem Calator namens Kalyra.«

»Und: Sovereign benötigt wohl eine spezielle Sternenkonstellation. Aber wie finden wir den Ort, von dem aus sie loslegen wollen?«, fragte Lagrande genervt. »Er könnte überall auf der Nordhalbkugel sein. Den Ort herauszukriegen, ist so gut wie aussichtslos. Selbst mit allen Satelliten und Entitäten der Welt.«

Yalda ist ein Fest. Ein persisches. Malleus dachte fieberhaft nach. Kalter Schweiß stand ihm trotz der dämpfenden Medikamente auf der Stirn, und sein Puls pochte deutlich zu schnell in seiner Halsschlagader. *Liefern die persischen Bräuche uns vielleicht einen Hinweis?*

Schnell tauchte er wieder ins Internet ein.

Sein PDA stöberte viele wundervolle Traditionen auf, bei denen sich Freunde und Verwandte in den Häusern der Ältesten einfanden und die Nacht über gemeinsam feierten. Zu den traditionellen Speisen gehörten Gerichte mit Melonen und Granatäpfeln, mit roten Trauben und Backobst. Die Menschen saßen um einen Tisch zusammen, es wurde Poesie vorgelesen, verbunden mit Orakeldeutung und Weissagung. Zu Yalda gehörte auch der Brauch, ein großes Feuer zu entzünden, das gegen die Finsternis ankämpfte, um Licht und Hoffnung zu bringen. Symbolisch stand es für die Wiedergeburt der Sonne.

Irgendwann wiederholten sich die Informationen. Malleus scrollte durch die Suchergebnisse, bis er auf etwas Neues stieß.

IN DER ALTPERSISCHEN TRADITION STIEG DER HERRSCHER IN DER YALDA-NACHT VOM THRON HERAB UND BEGAB SICH IN DIE WÜSTE. UND ER SCHICKTE DIENER UND WÄCHTER, DAMIT SIE ZEIT MIT IHREN LIEBSTEN VERBRACHTEN, UND BEGAB SICH IN EIN DORF. DORT VERBRACHTE ER DIE NACHT MIT EINFACHEN BAUERN UND HÖRTE IHNEN ZU.

»Ich habe etwas!«, sagte er und las die Passage vor.

Die Freude darüber hielt sich bei den Frauen in Grenzen.

»Et voilà. Jetzt brauchen wir nur noch die Wüste. Und das Dorf«, grantelte Lagrande. »Nichts für ungut, Inspecteur, aber: Wie viele Wüsten hatte das altpersische Reich? Und wie viele Dörfer liegen darin? Das dürften Hunderte sein. Minimum.«

»Nein. Es gibt kaum Dörfer in der Wüste. Schon gar nicht mit solch einer langen Tradition, schätze ich.« Oona Milord gab sich Mühe, die Hoffnung nicht sterben zu lassen. »Nach denen müssen wir Ausschau halten.«

Und wenn es nur damals ein Dorf war? Es könnte gewachsen sein. Malleus spürte, dass er das Offenkundigste übersehen hatte, und verfluchte seine schlechte Konzentration. Leise fluchend tippte er auf dem PDA herum, dessen Riss sich anklagend wie eine unbehandelte Verletzung über das Glas zog.

Via einige Querverweise landete er bei einer weiteren Bezeichnung des Festes: *Schab-e Tschelleh,* was so viel bedeutete wie »Nacht der vierzig Tage«. Dies war der Vorläufer von Yalda. *Sieh an, sieh an.* Dabei handelte es sich um einen religiösen Brauch, mit dem man sich in der längsten, schwärzesten Nacht des Jahres gegen das Böse schützte. Gemäß zoroastrischer Tradition galten die Nachtstunden als Zeit der Dämonen und bösartiger Schergen des satanischen Ahrimans. Die dunklen Mächte agierten an der Wintersonnenwende ausgesprochen mächtig und rege. Daher lautete die Empfehlung an die Menschheit, gemeinschaftlichen Schutz mit Freunden und Verwandten zu suchen. *Aus diesem Brauch entwickelte sich das Familienfest Yalda, wie es heute noch besteht.*

Malleus sah ruckartig auf. *Das ist es! Es ist eine zoroastrische Tradition! Der Ort muss in der Nähe eines zoroastrischen Zentrums liegen!*

»Inspecteur? Alles in Ordnung?«, erkundigte sich Lagrande besorgt.

Milord legte fürsorglich eine Hand auf seinen Rücken. »Was haben Sie?«

Ohne eine Erklärung schickte Malleus eine neue Suchanfrage mit geänderten Parametern in die Weiten des Internets. Er erhielt alsbald eine Antwort, die zwischen den Wüsten Dascht-e Kawir und Dascht-e Lut lag. *Die Vorgaben aus den alten Überlieferungen stimmen.*

»Ich weiß, wohin wir müssen!«

***

»Es wird aber des Herrn Tag kommen wie ein Dieb in der Nacht, an welchem die Himmel zergehen werden mit großem Krachen; die Elemente aber werden vor Hitze schmelzen, und die Erde und die Werke, die darauf sind, werden verbrennen.«

Bibel, 2. Petrus 3, 10

KAPITEL XVIII

Persien, Provinzhauptstadt Yazd, 21. Dezember 2019

»*Das* soll das *kleine* Dorf in der Wüste sein, Chef?« Lagrande lachte vor sich hin, während sie neben Malleus durch die historischen Sträßchen ging, die teilweise überdacht waren wie in Urusalim und Schutz vor der Witterung boten.

Um sie herum reckten sich Gebäude aus Lehm- und Rohziegeln in den nachmittäglichen Himmel und schufen die Illusion, in einer vergangenen Zeit aus tausendundeiner Nacht gelandet zu sein. Aufragende Windtürme sorgten während der heißen Monate für Kühlung in den Gebäuden und wirkten wie Lufttauscher. Der außergewöhnlich gute Zustand hatte der persischen Stadt den Status eines Weltkulturerbes eingebracht, die wunderschönen, farbenfrohen Moscheen waren umgewidmet worden und beinahe gänzlich unangetastet geblieben. Außerhalb des antiken Zentrums erhoben sich die modernen Bauten von Yazd aus Stahl, Glas und Beton.

Lagrande ließ die Fingerspitzen über eine Lehmziegelwand gleiten. »In diesem *Dorf* leben mehr als sechshunderttausend Menschen.«

Malleus ließ sich nicht aus der Ruhe bringen. »Die Welt ist auch nur ein Dorf.« Eine Entscheidung hatte getroffen werden müssen, und seine Wahl war aus sehr plausiblen Gründen auf Yazd gefallen. Die mehr als fünftausend Jahre alte Stadt erfüllte alle Voraussetzungen, um der auserwählte Ort zu sein, von dem in der Quelle die Rede war. *Wenn Yalda in seiner tiefsten Bedeutung gefeiert wird, dann hier.* »Wir müssen herausfinden, ob es einen Ort innerhalb der Stadt gibt, der für Sovereign besonders infrage kommt.«

Oona Milord sah zum Himmel hinauf, der über den Dächern bereits seine Farbe veränderte. Die Lehmwände und -ziegel färbten sich röter, als glommen sie von innen. Die Sonne versank allmählich, die Dämmerung schlich sich heran. »Der Besuch eben beim Gouverneur war schlicht sinnlos«, sagte sie. »Wir hätten besser gleich ein Museum aufgesucht oder uns mit einem Volkskundler getroffen. Viel Zeit haben wir nicht mehr.«

»Und jetzt? Auf den höchsten Turm der Stadt und Ausschau halten?«, schlug Lagrande vor.

Selten sahen sie noch Passanten und Fahrzeuge, und wenn doch, bewegten sie sich mit größerer Eile. Überall wurde die Uhrzeit angezeigt und auf Fassaden projiziert, Sirenen ertönten im Stundencountdown.

Apokalyptisch. »Wir brauchen auch nicht viel Zeit, wenn wir die passenden Hinweise bekommen.« Malleus nahm einen letzten Lungenzug Pseudonikotin aus dem Inhalator und warf das leere Gerät in einen Abfalleimer. Der Großteil seines Handgepäcks bestand aus Medikamenten und Inhalatoren.

Die persische Regierung hatte ihm, Lagrande und Milord über den Botschafter in Lutetia zwar jede Hilfe bei dem Fall zugesagt, aber gleich darauf verwiesen, dass man in der längsten Nacht niemanden zwingen könne, einen Fuß vor die Tür zu setzen. Weder Polizeibeamte noch Armee noch Rettungskräfte.

Schon gar nicht in Yazd.

Als Malleus daraufhin nachfragte, was genau das bedeute, wurde ihm höflich mitgeteilt, dass man ihm das vor Ort erkläre.

Gegen Mittag waren sie mit dem gecharterten Jet auf dem Flughafen gelandet, wobei Malleus der Co-Pilot irgendwie bekannt vorkam. Offenbar rechnete niemand damit, dass Oona Milord sich ausgerechnet an der Seite eines Interpol-Teams bewegte. Niemand hielt sie beim Abflug am Sonderterminal auf oder stellte Fragen, der gefälschte Pass tat in Yazd seinen Dienst. Persien hatte keinerlei Auslieferungsabkommen mit Europa, insofern befand sich Milord hier eher in Sicherheit als dort.

Malleus rief sich die vergangenen, erfolglosen Stunden in Erinnerung.

Sie waren bei Gouverneur Ardaschir Rostami gewesen, der sie freundlich empfing, doch letztlich exakt das wiederholte, was bereits der persische Botschafter in Lutetia gesagt hatte: Niemand, kein Mensch mit Verstand, verließ am Schab-e Tschelleh die Gemeinschaft und seine Wohnung.

»Warum nicht?«, hatte Malleus daraufhin gefragt.

»Nun, wie gut kennen Sie sich mit unserer Religion aus?« Rostami, ein vollbärtiger Mann Ende sechzig und gekleidet in ein schlichtes weißes Gewand mit Stickereien, was seine Sonnenbräune hervorhob, zeigte sich geduldig und nachsichtig.

»Ich habe mich eingelesen, aber –«

»Yazd ist das Zentrum, der Mittelpunkt des Zoroastrismus. Einst gewesen und nun wieder. Sie wissen, dass an Schab-e Tschelleh das Böse in Gestalt von Ahriman die stärkste Kraft entwickelt?«

»Ja. Deswegen der Brauch.«

Rostami hatte ihn mitleidig angeschaut. »Es ist kein *Brauch,* Inspector. Es ist überlebenswichtig. Ahriman sendet von Sonnenuntergang bis zum -aufgang seine Dewe, seine Monster und Bestien. Das ist keine Geschichte, um kleine Kinder zu erschrecken. Wir hatten kurz nach der Rückkehr der Gottheiten Tausende Leichen in den Straßen liegen, weil sie die schützenden vier Wände verließen«, schilderte er. »Damals konnte man sich nicht vorstellen, dass aus Glaube Wirklichkeit wurde. Nur sehr dumme oder sehr verzweifelte Menschen halten sich inzwischen in der längsten Nacht im Freien auf. Die Lektion wurde blutig gelernt.« Und dann hatte Rostami noch mitleidiger geschaut.

Für Malleus rückte Ahriman damit in den Kreis der geringeren Entitäten, da sein unmittelbarer Einfluss auf Yazd und die Umgebung begrenzt blieb. *Schlecht für uns, weil wir uns draußen bewegen müssen.* Mit etwas Glück hingegen erwischte ein Dew die Sovereigns und erledigte die Sache. *Aber Sovereign weiß natürlich, was ihnen bevorsteht.*

Malleus suchte in den Taschen nach einem frischen Inhalator, nahm ihn heraus, schüttelte ihn und setzte ihn an die Lippen. Ein Sprühstoß, ein langes Einatmen, und es wurde besser. Für ein paar Sekunden.

»Ich habe nachgeschaut, was die Dewe sind, von denen Rostami gesprochen hat. Falls wir uns mit denen anlegen müssen«, sagte Lagrande, während sie durch das antike Yazd zu ihrem Hotel eilten. »Wir sollten auf schwankende Temperaturen oder Gestank achten. Damit kündigen sie sich an.«

»Gegenmittel?« Malleus zog seinen PDA aus der Manteltasche, um die genaue Zeit des Sonnenuntergangs nachzuschlagen. *Weniger als eine halbe Stunde! Verflucht!*

»Im Haus bleiben«, kommentierte Milord trocken. »Na, schön, es bringt nichts: Was vermögen diese Dewe?«

»Unterschiedliches.« Lagrande klang alles andere als glücklich. »Es sind vorwiegend Krankheits- und Traumdämonen, was uns vielleicht weniger schrecken wird. Andere wiederum beherrschen Zaubersprüche.« Sie hob eine Hand und wackelte mit den Fingern. »Und dann gibt es welche, die Lebewesen durch bloße Berührung töten oder in Statuen verwandeln.«

Malleus betrachtete die wie ausgestorbene Straße vor sich. Das Heulen der Dreißig-Minuten-Warnung setzte ein. *Wir haben nichts, um Sovereign aufzuhalten.* Die Erkenntnis schmerzte schlimmer als seine Entzugsleiden. *Dicht davor und doch gescheitert. Der Masterbeacon wird in Aktion treten.*

»Halbe Stunde«, verkündete Lagrande überflüssigerweise und hob ihr Smartphone. »Ich habe mir die Warnapp runtergeladen. Sie zeigt an, wo es Dewe-Sichtungen gab, damit man erst gar nicht auf die Idee kommt, auch nur ins Freie zu schauen. Als Schutz vor Versteinerung.«

Die letzten Türen und Fenster in der Straße vor ihnen wurden mit dicken Läden verschlossen, mehrfach vernahm Malleus das Klacken von dicken Bolzen und Riegeln.

So sah es überall in Yazd aus. Die Menschen begaben sich in den

Schutz ihrer Behausungen, wo das Licht hell schien, Verse vorgelesen wurden, die Zukunft befragt und gemeinsam gegessen wurde. Die pure Sicherheit.

Wir werden die Einzigen sein, die draußen herumlaufen. Ohne Plan und somit ein gefundenes Fressen für die Dewe. Natürlich verfügte das uralte Yazd über genügend Orte, die mythisch aufgeladen waren, angefangen bei den Windtürmen und dem Turm des Schweigens, der zur Bestattung genutzt wurde, bis hin zu den vielen zoroastrischen Feuertempeln und dem Schrein der ewigen Flamme, deren Lohe seit mehr als eintausendsechshundert Jahren durchgehend brannte. *Eignen sich diese Stätten, um einen Calator in Stellung zu bringen?* Malleus verwarf den Gedanken. *Dann doch auf den höchsten Turm, den wir finden können, und Ausschau halten, wie Lagrande vorgeschlagen hat.*

Sein PDA gab ein Brummen von sich. Er sah auf die eingegangene Nachricht. *Der Gouverneur?*

»Gutes oder Schlechtes?«, erkundigte sich Milord, in deren Stimme Niedergeschlagenheit mitschwang.

»Das wissen wir gleich.« Er öffnete die Mail und las sie vor.

MONSIEUR BOURREAU,

MIR FIEL NOCH EIN ORT EIN, DER VIELLEICHT FÜR SIE INTERESSANT SEIN KÖNNTE.
ES HANDELT SICH UM SARYAZD, EINE ALTE SASSANIDEN-FESTUNG, ETWA FÜNFZIG KILOMETER VON DER STADT ENTFERNT. ES IST KEINE RITTERFESTUNG, WIE SIE SIE AUS EUROPA KENNEN, ABER DAS ERKENNEN SIE.
SARYAZD WURDE ALS ÜBERDIMENSIONALER TRESOR VERWENDET, IN DEM DIE BEWOHNER WERTSACHEN WIE GOLD, JUWELEN, LEBENSMITTEL ODER GETREIDE SICHER AUFBEWAHRTEN, SOBALD EIN ANGRIFF AUF DIE STADT BEVORSTAND.
HEUTE IST SIE ÜBERWIEGEND VERFALLEN.

IMMERHIN GIBT ES DORT MEHR ALS 480 RÄUME, IN DENEN MAN SICH UNBEMERKT AUFHALTEN UND VERBERGEN KANN.
EINE LEGENDE BESAGT, DASS DIE BAUMEISTER DARUM GESTRITTEN HABEN, WO SARYAZD ZU ERRICHTEN SEI. DA FIEL EIN KOMET VOM HIMMEL UND LEGTE MIT SEINEM EINSCHLAG DIE EXAKTE STELLE FEST, GENAU ZWISCHEN ZWEI KARAWANSEREIEN. MIT DEM ZEICHEN DER GÖTTER ENDETE EIN LANGER STREIT UM DEN STANDORT DER FESTUNG.

IN DER HOFFNUNG, IHNEN GEHOLFEN ZU HABEN, UND MIT DEN BESTEN WÜNSCHEN FÜR DIE KOMMENDEN STUNDEN
ARDASCHIR ROSTAMI

P. S. SOLLTEN SIE UND IHRE FREUNDINNEN EINEM DEW BEGEGNEN – LAUFEN SIE!

Hoffnung flutete Malleus' Gemüt. *Das war kein Komet, sondern die Ankunft des Calators! Sovereign weiß, dass der Masterbeacon in der Festung ist.* »Mesdames, wir haben ein Ziel.«

»Packen wir unsere Ausrüstung und nichts wie los.« Milord sah Lagrande an. »Ach ja. Sagten Sie eigentlich schon, was man gegen diese Dewe tun kann?«

»Nein.«

»Und?«

»Das wollen Sie nicht hören, Madame.«

»Doch, will ich.«

Lagrande seufzte. »Angeblich bewahrt ein Dew seine Seele in einer Flasche, einem Tier oder einem Objekt auf.«

»Sodass diese Sache oder das Tier ausgelöscht werden muss, bevor der Dew getötet werden kann?«, fragte Malleus. *Diese Zeit werden wir nicht haben.*

»Woher kenne ich das nur?«, grübelte Oona Milord. »Gab es da nicht einen Roman um einen Zauberschüler?«

Horkruxe. Aber Hunderte davon. Malleus schob den Hut nach vorne. »Ab zum Wagen und nach Saryazd. Lassen wir uns einfach nicht erwischen. Weder von Sovereign noch von den Dewe.«

Die Truppe eilte los.

* Α Ω *

Hier bin ich wieder, das Sonnenscheinchen mit den weißesten Zähnen, die es jemals gab: Amun Khan, Co-Pilot!

Ich glaube, Bourreau hat mich erkannt.

Oder besser gesagt, er realisierte, dass er mit dem Co-Piloten der Herzen fliegt, den er schon kennt. Und dem er vertrauen kann. Nur diesen Airplane-Cabin-Sprech, den kriege ich einfach nicht hin. Außer: Check-check.

Nach der Landung bin ich sofort raus, habe mich an das Trio geklemmt und sie durch Yazd begleitet. Schöne Stadt, schönes Persien. Kommt auf die Liste der Urlaubsländer. So mit Schah und Freiheiten ist es doch easy living für die Menschen.

Die drei haben wohl einen Plan, wie es aussieht. Anfangs wirkten sie ziemlich niedergeschlagen, aber irgendwie muss dann einer von ihnen eine Epiphanie gehabt haben. Nur ohne Götter eben. Eine Phanie. Geistesblitz halt.

Es geht im Laufschritt zurück zum Wagen.

Ich lasse mich zurückfallen. In den leeren Straßen falle ich sonst sofort auf, in meiner schicken Uniform und mit meiner Mütze. Ich sehe echt aus wie ein verfickt geiler Superheld. Gibt es schon Comics über einen heldenhaften Co-Piloten? Es wird Zeit!

Sie steigen ein und fahren, es geht ziemlich flott vorwärts.

Dann mal los! Ich habe mir ein Motorrad organisiert. Stand herrenlos herum, das arme Ding. Ich musste mich darum kümmern. Und um die Waffen, die … na gut, sie waren nicht herrenlos. Aber nur meine APB kam mir ein bisschen wenig vor, nachdem ich von diesen Bestien gehört habe, die nach Sonnenuntergang durch die Ge-

gend streifen und alles fressen, was nicht bei drei in der eigenen Bude ist. Also musste eine Streife überredet werden, Captain Khan die Schrotflinte zu überlassen. Eine gute Daewoo USAS-12, dazu zwei Trommel- und Kurvenmagazine mit je zwanzig und zehn Schuss. Full Auto, Baby! Die hobelt so einen verkackten Dew zur Hälfte weg, das schwöre ich.

Da vorne fahren sie, und es geht raus aus dem historischen Stadtteil.

Dann ab auf die Maschine und hinterher. Seid unverzagt, Captain Khan ist mit euch!

Α Ω

Persien, vor der Provinzhauptstadt Yazd, nahe der Festung Saryazd, 21. Dezember 2019

Malleus steuerte den elektrischen Jeep Renegade nahezu lautlos durch die Nacht; lediglich die Reifen erzeugten ein mahlendes Abrollgeräusch auf der Wüstenpiste. Die Scheinwerfer hatte er nicht eingeschaltet, um für die Sovereigns so lange wie möglich unsichtbar zu bleiben.

Die Festung Saryazd rückte im diffusen Schein der Nachtsichtgeräte näher.

»Da! Ich habe Licht gesehen!« Lagrande, die mitten auf der Rückbank saß, beugte sich ruckartig zwischen Fahrer- und Beifahrersitz nach vorne, um aufgeregt nach rechts zu zeigen. »Auf dem Wachturm. Wir sind so was von richtig! Das müssen die Sovereigns sein.«

»Wer würde sich auch sonst freiwillig im Freien aufhalten?« Milord prüfte den Sitz des Hundert-Schuss-Trommelmagazins im HK G36. Rostami hatte sie mit allem versorgt, was sie gebrauchen konnten, einschließlich Nachtsichtgeräten, Schutzwesten, Pistolen und Gewehren mit Schalldämpfern.

Malleus versuchte, möglichst lange zwischen den Dünen zu bleiben, damit sie nicht von Sovereign-Wachen bemerkt wurden. Schließlich hielt er den Renegade an und griff sich das Nachtsichtgerät von der Rückbank. »Wir gehen die restliche Strecke zu Fuß. In der Stille hört man den Jeep.«

Lagrande legte ihm eine Hand auf die Schulter, bevor er die Tür öffnen konnte. »Haben Sie auf die Uhr gesehen, Inspector?«

»Habe ich.« Die halbe Stunde war bis auf zwei verbliebene Minuten abgelaufen. *In hundertzwanzig Sekunden bricht Yalda an.*

»Wir schaffen es zu Fuß niemals rechtzeitig bis ans Fort«, stimmte Milord zu.

»Uns bleibt keine andere Wahl. Sobald uns Sovereign bemerkt, nehmen sie uns unter Feuer. Damit hätten wir das Spiel verloren.« Malleus öffnete die Fahrertür. »Wer zu seiner Entität beten möchte, ich halte keine von Ihnen ab.« Dann schwang er sich ins Freie, nahm das schallgedämpfte G36 aus dem Seitenfach und schlich im Schutz der Dünen vorwärts. Mit einem verhassten Sturmgewehr hantieren zu müssen, bereitete ihm keine Freude, doch die Situation erforderte es.

Es war kalt und dunkel. Ein schwacher Restschein des Taggestirns verging hinter den Sandbergen, der eisige Wind fuhr ihm unter die Kleidung und die Schutzweste, brachte ihn zum Frösteln.

So leise wie möglich bewegten er, Lagrande und Milord sich über den steinig-sandigen Untergrund auf Saryazd zu, die aus Lehmsteinen erbaut und mit einem Graben umgeben worden war, sodass es nur zwei Eingänge ins Innere gab. Die Verteidigungswälle bestanden aus einer sechs Meter hohen Außen- und einer neun Meter hohen Innenmauer, dazu kamen drei Türme im Außen- sowie sechs Türme im Innenbereich, von denen man eine gute Rundumsicht hatte.

Auf der Karte, die sich Malleus aus dem Internet gezogen hatte, wurde ersichtlich, dass der Gouverneur mit beinahe fünfhundert Räumen recht behielt. Im Gegensatz zu europäischen Festungen bestand Saryazd hinter den Wällen aus vielen mehrstöckigen, kleinen Einzelgebäuden, die dicht an dicht standen. Entweder waren sie mit Durchlässen direkt miteinander verbunden, oder es gab zwischen ihnen enge Gässchen und Treppen, die lediglich Platz für eine Person ließen.

Für Angreifer war Saryazd ein Albtraum.

Selbst wenn man es über die Doppelmauern und vorbei an den insgesamt neun Türmen schaffte, musste man sich im Innern durch 480 Miniaturhäuschen vorkämpfen, die auch mit wenig Besatzung spielend leicht verteidigt werden konnten. Das hatte enorme Verluste aufseiten der Räuber und Plünderer bedeutet, die es einst auf die Schätze abgesehen hatten.

Ebenso unvorteilhaft war es, bei knapp bemessener Zeit irgendwo in diesem Gewirr einen Calator finden zu müssen, um ihn zu zerstören, bevor er einen Fremdgott auf die Erde rufen konnte.

Malleus sprang in den trockenen Graben in den Schatten eines Turms und hob den Kopf, um nach Wachen Ausschau zu halten. Dabei kam ihm ein Gedanke. »Der Masterbeacon muss im Freien stehen, um seine ganze Macht entfalten zu können, richtig?« Er zeigte zum aufragenden Bauwerk über sich. »Sie werden ihn auf einen von denen geschafft haben.«

Die Frauen nickten.

»Wir teilen uns auf und prüfen die Türme«, entschied Malleus. »Ich weiß, Aufteilen ist in solchen Situationen immer schlecht, aber es geht nicht anders. Uns läuft die Zeit davon.«

»Wir laufen eher den Dewe davon.« Lagrande lud entschlossen das G36 durch. »Das kriegen wir hin, Inspecteur.«

Milord nickte und tippte gegen das Bluetooth-Gerät in ihrem Ohr. »Damit bleiben wir in Verbindung.«

»Funkstille, bis einer den Calator geortet hat. Nicht, dass man uns hört. Uns allen viel Glück.« Malleus nickte in die Runde und machte sich an das Erklimmen der Außenmauer, was ihm dank der Verwitterung und den vielen vorstehenden Kanten der Lehmsteine nicht schwerfiel. Oben angekommen, wartete er sichernd, bis auch Milord und Lagrande auf die Mauer gelangt waren. Erst dann huschte er über die schmale Krone los, um den ersten Turm zu prüfen.

Das Nachtsichtgerät lieferte einwandfreie Bilder der Umgebung in verschiedenen Grünstufen, Wärmequellen schimmerten heller. Aber außer ein paar kleinen Tieren, die um die Mauern huschten, sah er nichts Lebendiges.

Malleus rief sich in Erinnerung, was Lagrande über die Dewe gesagt hatte: Abfallende Temperatur und Gestank kündigten ihr Kommen an. *Hoffentlich ist beides intensiv genug, dass ich es überhaupt merke.* Die Entzugserscheinungen bewegten sich am Rand des Erträglichen, die eingeworfenen Medikamente wirkten kaum mehr nach.

Doch es gab keine Alternative. *Die Welt braucht keinen weiteren Gott.* Malleus erreichte den Außenturm und setzte einen Fuß auf die Treppe.

Die Stufe knirschte sogleich warnend unter seinem Gewicht.

Verflucht! Langsam zog er den Fuß zurück. Das Gute war: Wenn der Lehmboden ihn nicht trug, dann auch niemand anderen. *Darin befindet sich der Masterbeacon schon mal nicht.* Er sah zum nahe gelegenen, höheren Innenturm. *Von dort kann ich Saryazd überblicken.*

Hastig kletterte zuerst hinab und mit schmerzenden Fingern und Beinen gleich wieder an der Außenwand des Innenturms hinauf, um sich nach kurzem Lauschen über die Zinnen zu ziehen. Wie erhofft bot sich ihm ein guter Überblick über die verfallende Festung. Unzählige kleine Gebäude breiteten sich vor Malleus aus, wie kastenförmige Lebewesen, von den Mauern eingepfercht und den Türmen gehütet.

Schaudernd erkannte er durch das Nachtsichtgerät mehrere dunkelgrüne Kälteflecken, die sich durch die Gässchen bewegten, für den Bruchteil einer Sekunde durch eine löchrige Wand oder ein eingestürztes Dach sichtbar wurden. *Die Dewe sind auf der Jagd.*

Auf dem großen Turm etwas weiter entfernt entdeckte er mehrere Wärmequellen. Hellgrün erschienen Schemen zwischen den Zinnen, die Menschen bewegten sich hin und her.

Malleus aktivierte seinen Bluetooth-Ohrstecker. »Ich habe mehrere Leute auf dem Turm nahe dem Haupteingang«, gab er flüsternd an Milord und Lagrande durch. »Kann das jemand bestätigen?«

»Ja, ich sehe sie auch«, antwortete die Französin. »Ich komme auf sieben, nein, acht Leute.«

Unvermittelt setzte ein silbriges Leuchten auf der Turmspitze ein.

»Oh, merde«, entfuhr es Lagrande. »So sah es in Xi'an auch aus! Kurz bevor der Calator seine Zeichen zum Leuchten gebracht hat.«

»Ich weiß. In Tokio hatte ich ein ähnliches Erlebnis.« Was Malleus noch mehr besorgte, war Oona Milords Schweigen. *Wo steckt sie?* »Sehen Sie einen anderen Zugang, außer von unten?«

»Von meiner Position, nein, Inspecteur. Ich nehme an, dass unten Wachen aufgestellt sind.«

Ihr Vorteil war, dass Sovereign nicht mit einem Angriff oder jemandem, der ihre Pläne durchkreuzen wollte, rechnete. »Treffen wir uns in fünf Minuten am Zugang«, sagte er aufgeregt. »Gehen Sie über die Dächer, Lagrande. Das ist sicherer.«

»Ich habe die Kältequellen auch bemerkt. Wir sind nicht mehr allein. Passen Sie auf sich auf. Wir brauchen Sie, Inspecteur.«

Malleus kletterte außen am Turm herab, bewegte sich über Mauerreste und gewölbte Dächer vorwärts. Dabei schaute er mehr nach unten als nach vorne. *Wo ist Oona, verdammt?*

»Malleus!«, erklang unvermittelt ihre panische Stimme in seinem Ohr. »Malleus, wo –« Abrupt brach die Verbindung mit ihrem unterdrückten Schrei und einem elektrischen Knacken ab.

»Inspecteur, haben Sie das auch –«, funkte Lagrande.

»Ja, habe ich. Gehen Sie weiter. Ich bin gleich da«, unterbrach er sie hastig und sah über das Meer aus Lehmsteinen, gewölbten Dächern und Mauerwerk. *Denke ich.*

Dann erkannte er etwa fünf Meter entfernt durch ein Loch eine am Boden liegende hellgrüne Wärmequelle, umringt von drei kälteren Schemen. *Die Dewe haben sie!* Malleus eilte in größter Sorge los, packte das G36 – und brach beim zweiten Schritt durch das marode Lehmdach.

Umgeben von Staub und Steinen ging es abwärts, erst ein, dann zwei Stockwerke, bis er auf einem weichen Geröllsandhaufen landete. *Glück im Unglück!* Das Sturmgewehr hielt er in einer Hand und machte es hustend schussbereit, erhob sich ächzend und hinkte mit schmerzendem Bein die schmale Treppe hinab.

Bis zu Oona waren es keine zwei Meter mehr.

Als Malleus um die Ecke bog, das G36 im Anschlag, sah er die Agentin umringt von animalisch-dämonischen, gehörnten Kreaturen, die ihr mit Hieben der langen Klauen arg zugesetzt hatten. Ohne die Schutzweste wären die Verletzungen tödlich gewesen. Die Dewe sahen aus wie eine Mischung aus Mensch, Primat und Ziegenbock, die Körper deformiert und muskulös. Lange, scharfe Zähne standen in den aufgerissenen Mäulern wie Messerklingen.

»Hey!«, rief Malleus, um sie von Oona abzulenken, und nahm das größte Scheusal ins Visier.

Die Dewe fuhren knurrend und zischend herum, die leuchtenden Augen richteten sich auf Malleus.

»Inspecteur, ich bin jetzt unten am Turm«, hörte er Lagrandes Stimme im Ohr. »Wir müssen uns beeilen! Das Leuchten auf der Plattform wird stärker!«

»Ist gut.« *Verfluchter Mist!* Seine Hoffnung, die Dämonen würden durch sein Auftauchen von Oona ablassen, erwies sich als Irrtum. Statt sich auf ihn zu stürzen, öffnete die kleinste Bestie ihre Kiefer und senkte den gehörnten Kopf, um ihre wehrlose Beute am Hals zu packen. Dabei sah der Dew unentwegt Malleus an und stieß ein vibrierendes Kichern aus.

Sie wissen, was sie mir bedeutet. Die Angst um Oona ließ ihn alles andere vergessen.

Eine heiße Welle schwappte in ihm hoch, gegen die es kein Halten gab.

* Α Ω *

Dass Bourreau so ein Kletteräffchen ist … aber Captain Khan ist supersportlich und hat dennoch weiche Hände! Ein Geschenk an die Ladys, Bisexuellen und Schwulen dieser Erde.

An diesen Körper könnte ich mich echt gewöhnen. Trotz der geklauten Schutzweste des Bullen, dem vollautomatischen Schrotgewehr und den Ersatzmagazinen sprinte ich wie eine Gazelle.

Mauer hoch, Mauer runter, laufen, ducken, dranbleiben.

Diese Dewe sind überall. Besser, ich weiche ihnen aus, die Schrotknarre macht garantiert einen höllischen Lärm, und dann würde Sovereign nach mir suchen, und Bourreau bekäme richtig Probleme.

Tja, dann Augen auf und wegbleiben von den Hornbestien. Erinnern mich an diese Alpengeister, nur wesentlich brachialer mit den Zähnen und Klauen. Was können diese Bestien noch? Egal, ich lasse sie einfach nicht nahe genug an mich rankommen.

Hätte mir noch ein Schwert organisieren sollen. Wieso hat die persische Polizei keinen Krummsäbel im Wagen? Echt enttäuschend. Oder das lange Schwert des Aswang! Das wäre es gewesen! Aber das liegt völlig unnütz in der Asservatenkammer! Hätte ich mir mal schnappen sollen. Bourreau hätte es auch gut brauchen können, wenn er schon seine schicke Tentakelpeitsche nicht nutzen kann.

Da vorne springt der, dem ich folge, über die Kuppeldächer.

Das Innere der Festung sieht aus wie ein Backblech voller Pfirsich-Hefe-Küchlein, unten eckig, oben rund. Könnte auch was zu essen vertragen, jetzt, wo ich daran denke.

… Wo ist er hin?

Fuck, einmal weggeschaut, und schon geht er mir durch die Lappen. Das darf doch nicht … Da vorne staubt es, ein Loch im Lehmpfirsichhäubchen! Er muss durchgekracht sein!

Schnell hin und die Knarre bereit machen.

Notfalls muss ich auf diese Dewe schießen, hilft nix. Wenn einer Bourreau erledigt, bin ich das und kein verfickter Dämonenbock.

* Α Ω *

Rianne hörte das schrille Kreischen und vorfreudige Schreien der Dewe aus den Sträßchen und Gebäuden von Saryazd. *Sie sind auf der Jagd nach uns.* Sie versuchte, Kontakt mit Bourreau aufzunehmen.

»Inspecteur?«

Doch er reagierte nicht.

Natürlich. Er versucht gerade garantiert, die Milord zu finden. Rianne schnaubte und trat die Tür zum Turm auf, das G36 im Anschlag. *Dann rette ich eben die Welt. Eine muss es ja machen.*

Der Vorraum war beinahe leer, abgesehen von einigen Transportkisten, welche die Sovereigns leer und offen zurückgelassen hatten. Rianne vermutete, dass sich darin Ausrüstungsgegenstände befunden hatten, die auf die Plattform gebracht worden waren.

Das Leuchten und Schimmern des Calators hatte zugenommen. Das Licht fiel von oben durch die Luke und die Spalten in den verwitterten Holzbohlen und erhellte das Innere des Turmes.

Merde! Das wird so was von eng. Rianne stürmte die Stufen hinauf, der Lauf schwenkte auf der Suche nach Zielen vergebens hin und her. Wachen gab es nicht. *Sehr gut! Die sind mit sich und dem Masterbeacon beschäftigt.*

Erst als sie die letzten Stiegen nahm und sich leise geduckt ins Freie schob, sah sie ihre Widersacher.

Acht Männer und Frauen verschiedenen Alters und unterschiedlicher Hautfarben standen entkleidet um das grob behauene Steinwesen. Sie hielten sich an den Händen und hatten die Köpfe in den Nacken gelegt, die weit geöffneten Augen und Münder dem klaren Sternhimmel über der Wüste zugewandt. Ihre Sachen und Waffen lagen am Rand der Plattform. Keiner von ihnen rührte sich, als Rianne auftauchte.

Sie sind in Trance. Langsam nahm sie den Finger vom Abzug. Von den entblößten Menschen ging keine Gefahr aus. Auch Dewe zeigten sich keine. *Es wird nicht lange dauern, bis die Bestien die Treppe gefunden haben. Leckere, leichte Beute für sie.*

Behutsam nahm Rianne ihr Smartphone heraus und startete eine Filmaufnahme. Dabei ging sie auf den Calator zu, auf dessen Felsenhaut die astronomischen Zeichen pulsierend glühten.

Er hatte die Arme ausgebreitet und zum Firmament gereckt, aus den Handflächen stachen erste zaghafte Lichtlanzen senkrecht hinauf und verloren sich nach mehreren Metern in der Nacht.

»Inspecteur?«, flüsterte Rianne erneut. »Ich bin jetzt beim Calator. Was soll ich tun?«

Keine Antwort.

Das Leuchten der Linien und Konstellationen im Stein steigerte sich und wurde durchdringender, bis Rianne geblendet die Lider zu Schlitzen verengen musste. Die Strahlen aus den Handflächen erhielten die Strahlkraft von Suchscheinwerfern, die Farbe änderte sich zu Silberweiß.

Bei Belenos, das ist genug! Rianne stellte das Smartphone aufrecht gegen die Turmbrüstung auf den Boden, damit es weiter aufzeichnete. *Für die Beweissicherung.* Dann legte sie das G36 an, zielte auf die Kehle des Calators. Sie hatte hundert Schuss im Trommelmagazin und noch zwei 30er-Magazine. Der Stein würde diesem Stahlhagel nicht standhalten.

Sie presste den Kolben fest gegen die Schulter und stemmte die Sohlen gegen den Untergrund, lehnte den Oberkörper leicht nach vorne, um den Rückstoß abzufangen. Der Zeigefinger glitt an den Abzug und zog durch.

Vor der Mündung blitzte es auf, das G36 ruckelte unter den schnell abgegebenen Garben.

Zielgenau sirrten Dutzende Projektile los, hielten auf den Hals des Calators zu – und wurden kurz vor ihm nach oben abgeleitet, glühten dabei auf und verdampften zu Nichts.

Gleichzeitig erklang ein dunkler, durchdringender Glockenton aus dem Rufer. Die vielen sonderbaren Zeichen und astronomischen Konstellationen an seiner Oberfläche entluden ihre ganze Scheinkraft gemeinsam mit dem gebündelten Strahl aus den Händen. Hitze strömte nach allen Seiten, die Luft knisterte und roch nach Ozon. Zusammen mit dem Ton jagte eine Druckwelle über die Plattform, die Rianne von den Füßen holte und bis an den Rand des Turmes fegte. Den Verschwörern hingegen geschah nichts, lediglich ihre Haare wehten in der unnatürlichen Böe. Die gleißend blendende Lichterscheinung hielt an. Die Luft erhitzte sich weiter, und ein elektrisches Summen setzte ein, dessen Frequenz beständig höher und lauter wurde. *Merde! Es lässt sich nicht aufhalten!*

»Inspecteur!«, schrie Rianne und wandte das Gesicht ab, um dem magnesiumbrandhellen, schneidenden Licht zu entkommen. Sie hatte das Gefühl, dass sich die Netzhaut sonst ablöste. »Ich brauche Sie dringend! Der Calator! Ich kann ihn nicht stoppen!«

Vergebens wartete sie auf seine Erwiderung.

So eine beschissene … Trotzig schwenkte Rianne das G36 in Richtung des Ziels und wartete mit abgewendeten Augen, dass das Leuchten endete und sie erneut feuern konnte. *Irgendwas muss ich tun.*

Grell wie ein kochender Wasserkessel und elektronisch verzerrt pfiff das davonjagende Gleißen in den Sternenhimmel – und erstarb.

Was bei Belenos …? Rianne blinzelte und wagte es, nach der Statue zu sehen.

Leise tickend wie heißes Metall stand der Rufer an seinem Platz, die Arme noch immer nach oben gereckt. Sämtliche Zeichen und Linien glühten hellrot in seiner Steinhaut. Die acht Männer und Frauen waren hingegen verschwunden. Verwirbelte, verstreute Asche und verbrannte Knochenreste bedeckten den Steinboden.

Ob das der Dank war, mit dem Sovereign gerechnet hatte? Rianne ging in die Hocke und zielte auf den Calator, warf einen suchenden Blick in den Himmel. *Hat sich was verändert?*

Die Sterne funkelten wundervoll und klar wie in all den Jahrtausenden zuvor. Leise säuselte der kalte Wüstenwind um die Kanten der Lehmsteinmauern und Ruinen. Nichts durchbrach die perfekte Stille in der vollenden Dunkelheit der längsten, schwärzesten Nacht.

Ist das gut oder schlecht?

»Inspecteur?« Rianne erhob sich langsam. »Ich glaube, die Herbeirufung lief schief. Das Licht ist –«

Abrupt stach ein dunkelroter Lichtstrahl aus dem Firmament und hüllte den Calator ein, der in der nächsten Sekunde unter der Einwirkung der gebündelten, düsteren Helligkeit in tausend Stücke zersprang.

Erschrocken stieß Rianne einen Schrei aus und hielt das G36 schützend vor ihr Gesicht. Scharfkantige Steinchen prasselten gegen Schaft und Magazin. *Was hat das zu bedeuten?* Vorsichtig senkte sie den improvisierten Schild.

Ein humanoides, drei Meter großes Wesen stand an der Stelle, wo sich der Rufer befunden hatte. Es war nackt und geschlechtslos, hatte vier Arme am Körper und auf dem dicken Hals drei längliche Schädel – wie ein mehrköpfiger Janus, der seine Umgebung vollständig überblickte. Je ein ballgroßes Facettenauge saß im oberen Drittel des Gesichtes, darunter schloss sich eine Mundöffnung mit knöchernen Lippen an, die wie die Schenkel einer geschlossenen Schere übereinanderlagen.

»Oh, merde«, raunte Rianne. *Ich brauche größere Waffen.*

* Α Ω *

Wie ein Eichhörnchen hüpfe ich über diese Kuppeldächer, einige kriegen beim Auftreffen sofort Risse, scheiße!

Da vorne ist Bourreau runter, also nichts wie hinterher, die Daewoo USAS-12 im Anschlag …

Was geht denn da Irres auf dem Turm ab? Fuck, das muss der Calator sein! Die Freaks von Sovereign haben ihn gestartet!

Die Dewe unter mir in den Sträßchen rasten förmlich aus. Das finden sie offensichtlich auch ungeil. Aber sie strömen nicht zum Turm, sondern … zu ihm, dem ich folge! Kacke!

Runter durchs das Einsturzloch, durch die Staubwolke, die Mün-

dung hoch und darauf warten, dass ich eins von den höllischen Böcklein vor die Flinte bekomme. Na los, kommt doch!

Ha! Hab Bourreau gefunden.

Er steht keine fünf Schritte von Milord entfernt, und die Bestien haben sie schon ein bisschen angeschlitzt, um sich Appetit zu holen. Die Kleine hat bestimmt gekämpft wie eine Löwin, bevor sie runterging.

Ist sie tot?

Nein, sie atmet noch. Bewusstlos.

Gebe ich meine Deckung halt auf und bilde mit Bourreau ein Tag Team. Aus dem Hintergrund mit einer automatischen Schrotflinte zu schießen ist nicht möglich und noch dazu scheißgefährlich für ihn. Am Ende hätte ich ihn noch auf dem Gewissen, weil die Kügelchen ihm ein Massenpiercing verpassen.

Wie stelle ich mich jetzt am besten vor?

»Hallo, ich bin Captain Khan, Ihr Co-Pilot. Nebenberuflich jage ich Dämonengrobzeugs. Na, Interesse an Beistand?«

Nee, das geht nicht.

»Hi, Mister Bourreau! Ich war gerade mit meinem Jet in der Gegend und habe Sie im Tiefflug aus dem Cockpit gesehen.«

Auch Quatsch.

»Was machen Sie denn hier? Ich? Ach, ich habe eine Wette verloren, dass ich in der Yalda-Nacht überleben muss. Als Training für die Zombieapokalypse.«

Fuck, es gibt keinen vernünftigen Grund, und die absurden Gründe machen es auch nicht besser. Shoot first, ask later. Ich gehe jetzt einfach zu ihm und schieße ein, zwei Böcklein weg. Dann hat er verstanden, dass ich auf seiner Seite bin. Ich gebe mich als Agent aus. So mache ich das. SAS oder so was.

Einen Dew-Kopf nehme ich auf alle Fälle als Trophäe mit. Wird sich ausgestopft an der Wand gut machen.

Was … was ist denn … leuchten Bourreaus Augen plötzlich? Oh, scheiße! Das ist wie auf dem verlassenen Rollfeld in Deutschland, als er die ganzen Götterbastarde fertiggemacht hat. Es geht los! Der Götterkiller ist zurück!

Springt einfach mitten zwischen die Bestien und schlägt ihnen die Dämonengrütze aus den hässlichen Schädeln, reißt ihnen die Hörner aus und sticht damit um sich, bevor sie überhaupt raffen, dass er kein normaler Mensch ist.

Aber was ist der dann?

Er, dem ich folge, ist kein Mensch. Und … genau das ist der Grund, warum mich Loki und Susanoo auf ihn angesetzt haben! Diese kleinen Pisser. Das war es mit unserer Zusammenarbeit, ihr Lachgötter.

Bourreau hat die Dewe innerhalb von Sekunden erlegt. Ich musste nichts tun. Konnte auch nichts tun. Der ist besser, wenn man ihn alleine machen lässt.

Jetzt schaut er mit seinen Indigoaugen zum Turm, wo die Lichtshow sich gesteigert hat, und rennt los. Klar, die kleine Agentin ist ja safe. Jetzt kann er die Welt vor dem Besuch aus dem All retten.

Hoffe ich.

* Α Ω *

Als hätte das Wesen Riannes Gedanken vernommen, öffneten sich zwei seiner Hände. Aus dem Nichts materialisierten sich eine Keule und eine Peitsche aus purem dunkelrotem Licht, während sich aus dem Rücken Schwingen schoben, die ebenfalls aus Energie zu bestehen schienen.

Die freien Hände hingegen packten zwei seiner Köpfe und rissen sie mit einem widerlich schmatzenden Geräusch aus dem Hals, schleuderten sie rechts und links auf die Plattform, wo sie sich hopsend und mit den Lippen klappernd drehten und schmutzig grün leuchtendes Blut verloren.

So, wie sich die Wunden im Hals schlossen, wuchsen unter den losen Schädeln wimmelnde, schleimige Fäden aus den Stümpfen, die sich kribbelnd zusammenschlossen und neue Körper für die Köpfe bildeten.

»Die Erde«, sprach das Hauptwesen mit einer seltsamen transparenten Stimme, und die Knochenlippen klickten und schabten. »Es dauerte. Aber nun ist Kalyra gekommen.« An dem Facettenauge und den Zügen war keinerlei Gefühl abzulesen. »Kalyra wird euch Menschen den Weg weisen. Ihr wart zu lange ohne wahre Führung.«

Kalyra! Also stehen die Calator-Namen für verschiedene Entitäten. Rianne wollte vor Entsetzen einen Schritt zurück machen und stieß gegen die Turmbrüstung.

Die beiden Köpfe erhielten einen Leib, der identisch mit dem ihres Originals war. Kaum standen die neuen Wesen aufrecht und entfalteten Flügel aus blutrotem Licht, rissen sie sich ebenfalls zwei ihrer drei Schädel aus und ließen sie fallen. Das Schauspiel begann von vorn.

Dieser … Gott vervielfältigt sich unentwegt! Gegen diese Entität hatte sie nicht den Hauch einer Chance.

»Bist du gekommen, um ihm zu huldigen?« Kalyra machte einen behäbigen Schritt auf sie zu. »Oder bietest du dich ihm als Speisung an?« Eine lange, dünne Zunge zuckte zwischen den Knochenlippen heraus. »Nein, es wäre Verschwendung. Du hast Mut. Er kann ihn riechen. Lass ihn sehen, ob er dich wandeln kann. Du wärst der Beginn seiner Armee.«

Schneller als Rianne ausweichen konnte, zuckten zwei nabelschnurartige Leitungen aus den freien Handinnenflächen voran und bohrten sich durch die Schutzweste in ihren Körper.

Ein glühender Schmerz fuhr in ihre Eingeweide, ihr Herz geriet ins Stolpern. Keuchend sackte sie rücklings gegen die Mauer, stützte sich mit den Ellbogen ab und starrte auf den fremden Gott. *Er will mich umformen?*

Ein Brennen breitete sich langsam an den Eintrittsstellen aus und machte das Atmen schwer. Flüssigkeit drang spürbar in ihre Innereien ein, gelangte in ihr Blut und wurde von ihrem wie wahnsinnig schlagenden Herz in jeden Winkel, in jede Zelle ihres Körpers getragen.

Das Luftholen wurde schwer, feucht, blubbernd, und Rianne bekam einen undefinierbaren Geschmack im Mund. *Belenos, ich werde nicht die Dienerin dieses Gottes.* Aufschreiend stemmte sie sich in die Höhe und versuchte, sich über die Brüstung in die Tiefe fallen zu lassen.

Aber die organischen Schnüre hielten sie und verhinderten ihren Tod, pumpten ein warmes Fluid in sie.

»Du bist sehr mutig«, wiederholte Kalyra, um den sich nun vier seiner Art erhoben. »Es war richtig, dich zu wandeln. Du bist nun mehr als ein sterblicher Mensch.« Die Verankerungen lösten sich aus Rianne und verschwanden in den Händen der Entität. »Nach einer Weile wirst du sehen, was er dir schenkte.«

»Ich wollte nichts geschenkt.« Rianne sackte zusammen und übergab sich. *Aber einen von euch nehme ich mit, bevor ich zu einer Marionette werde.* Sie zog das G36 zu sich, ließ sich neben ihr Erbrochenes fallen und drückte ab.

Klick!

Ausgerechnet jetzt! Entkräftet versuchte sie, den Verschluss des Sturmgewehres zurückzuziehen und durchzuladen, damit die fehlerhafte Patrone ausgeworfen wurde. Aber ihre schwachen Finger rutschten ab, ihre Sicht verschwamm. *Jetzt sehen diese Sterngötter ja noch mieser aus.*

»Ich werde dir niemals dienen!« Sie keuchte und ließ das G36 fallen, zog ihr Messer. »Eher schneide ich mir die Kehle auf.«

Doch sosehr es Rianne wollte, ihre Hand verweigerte den Schnitt durch Fleisch und Adern – bis sie verstand, dass die Klinge nicht durch ihre Haut gelangte. Die Wandlung hatte bereits eingesetzt. *Nein! Belenos, nein!* Entsetzt und entschlossen gleichermaßen drehte sie das Messer und rammte sich die Spitze mit aller Kraft, die sie noch in sich spürte, ins rechte Auge.

Das Metall traf auf den empfindlichen, weichen Glaskörper, und ein lautes klirrendes Geräusch erklang. Das Messer rutschte leise kratzend über ihr Auge und kam am Innenlid zum Stehen, ohne einen Kratzer hinterlassen zu haben.

»Sagte er es dir nicht?« Der drei Meter große Kalyra machte noch einen unbeholfenen Schritt auf den muskulösen Beinen nach vorn. »Es wird noch besser, wenn du deine zweite Dosis erhältst.«

Rianne ließ das Messer fallen und versuchte, die Entität anzuspucken, aber ihr fehlte es an genügend Speichel im trockenen Mund. *Belenos, vergib mir. Es wurde mir aufgezwungen. Ich …*

Da sprang Bourreau aus der Luke auf die Plattform, das Gesicht verzerrt vor Hass und Wut. Unbändiger Wut. Wäre die Kleidung nicht gewesen, Rianne hätte ihn nicht erkannt. Seine Augen leuchteten indigoblau und hell wie Xenonlampen.

Schwungvoll drückte er sich von der Brüstung ab, flog in einem Bogen auf Kalyra zu und schlug mit bloßer Faust auf ihn ein.

Seine Knöchel rissen die Hälfte des schillernden Facettenauges weg, der zweite brachiale Hieb ließ den ovalen Schädel regelrecht zerbersten. Während die Leiche des Gottes fiel, landete Bourreau und packte das Bein einer gewachsenen Entität, riss es krachend aus dem Hüftgelenk, um damit den zweiten Klon niederzuschmettern. Aus der riesigen Wunde spritzte das schmutzig grüne Blut, es stank widerlich.

Rianne war zu schwach, um sich zu bewegen und einzugreifen. Doch wie es aussah, hatte der Inspector ihre Hilfe nicht nötig. *Nicht einmal im Ansatz. Ove hatte recht. Er ist ein Götterkiller. Bis heute!*

Bourreau ließ die triefende Gliedmaße fallen und bückte sich rasch nach den verlorenen Energiewaffen des erschlagenen Kalyra, die sich langsam auf dem Turmboden auflösten. Kaum hatten sich seine Finger darum geschlossen, flammten sie auf, als zehrten sie von seiner Kraft.

Was bei Belenos geht hier vor sich?

Der pfeifende Peitschenriemen aus düsterem Licht traf den einbeinigen Widersacher und zerschnitt dessen Schädel, die surrende

Keule riss einen Brocken Fleisch aus der Seite des dritten, noch unverletzten Klons.

Ein Knistern erklang, und die Holzplattform bekam Dutzende feine Risse, bevor sich der Boden abrupt absenkte und samt Bourreau sowie den Kalyra-Klonen einstürzte. Er war dem steigenden Gewicht und der Beanspruchung des Kampfes nicht länger gewachsen.

Nur ein schmaler Randstreifen rings um die Brüstung, an der das Smartphone lehnte, blieb stehen. Und darauf saß Rianne und lachte ungläubig, während sie in die staubende Tiefe schaute.

***

»Tue weniger und erreiche mehr.«

Vedische Weisheit

KAPITEL XIX

Persien, vor der Provinzhauptstadt Yazd, Festung Saryazd, 21. Dezember 2019

Malleus roch Blut, bevor die Umgebung vor seinen Augen entstand wie in einer sich aufbauenden Computerspielgrafik. Umgeben von Trümmern, zerbrochenen Balken, Schutt und schmutzig grün blutenden Leichenteilen einer unbekannten Spezies mit Facettenaugen, fand er sich im Innern eines Lehmsteinturmes wieder.

Was geschehen war, vermochte er nicht zu sagen.

Das Letzte, woran er sich erinnerte, war, wie er Oona zu Hilfe geeilt war und die Dewe attackiert hatte. *Es ist wieder geschehen. Wie auf dem Flughafen im Hunsrück, als ich gegen die Götterkinder angetreten bin.* Auch damals hatte sich sein Verstand abgeschaltet und etwas Roheres, Brutales seinen Körper übernommen, um sich zur Wehr zu setzen.

»Inspecteur?«, schallte Lagrandes Stimme auf ihn herab.

»Lagrande?« Malleus sah hinauf bis zum eingestürzten Dach des Turmes, dessen Stockwerke so gut wie nicht mehr vorhanden waren. *Bin ich mit den Wesen nach unten gestürzt?* Er tastete sich nach Wunden und Brüchen ab, doch abgesehen von Blessuren, zerrissener Kleidung und einer völlig zerfetzten Schutzweste war alles in Ordnung. »Sind Sie da oben?«

»Ja. Geht es Ihnen gut?«, rief sie leidend zurück.

»Das wollte ich Sie gerade fragen.«

»Na ja, *Sie* haben sich mit Kalyra und seinen Klonen geschlagen. Nicht ich.«

Malleus sah über die Leichenstücke. *Und gewonnen, wie es aussieht. Ohne jegliche Erinnerung daran.*

»Ich denke, es ist geschafft«, rief er erleichtert hinauf. Mit dem

Einbruch der Etagen war auch die Treppe zerstört worden. »Sind Sie verletzt?«

»Ja. Ich musste die Entität lange genug ablenken und hinhalten«, drang ihre Antwort hohl herab. »Beim nächsten Mal brauchen wir einen anderen Plan. Das halte ich auf Dauer nicht aus, wissen Sie, Chef?«

Zu allem Elend musste Malleus grinsen. »Schlimm?«

»Bauchwunden. Laufen wird nicht drin sein. Ich muss ins Krankenhaus, fürchte ich.«

Malleus wollte etwas erwidern, als ihm auffiel, dass er Oona wieder aus den Augen verloren hatte. *Ich habe nicht den blassesten Schimmer, wo sie ist.*

»Halten Sie durch. Ich suche etwas, wie ich Sie nach unten und in den Jeep bekomme.« Einen Krankentransport oder einen Hubschrauber brauchte er aus Yazd nicht zu bestellen. Es war Yalda, und wie Rostami gesagt hatte: *Nur sehr dumme oder sehr verzweifelte Menschen halten sich in der längsten Nacht im Freien auf.* »Gehen Sie mir nicht drauf, Lagrande. Es gibt keine bessere Partnerin als Sie.«

Das Lachen der Frau misslang. »Versprechen kann ich nichts, Inspecteur.«

Unvermittelt näherten sich Schritte aus der Dunkelheit der Gebäude, Sohlen scharrten über Schutt.

»Malleus!« Oona bewegte sich seltsam steif auf ihn zu. Trotz Freude und Erleichterung wusste er sofort, dass etwas nicht mit ihr stimmte.

Hinter ihr wurde eine größere Silhouette sichtbar, welche die Agentin als Schild schräg vor sich hielt. »Guten Abend, Monsieur Bourreau.«

Die Stimme! Malleus erkannte sie sogleich. *Cluezel!*

»Es ist mir eine große Freude zu sehen, dass Sie erwacht sind.« Der sportliche Arzt, der ihn im Krankenhaus behandelt und ins Koma hatte schicken wollen, trat in den Schein der Gestirne. Mit der

Rechten hielt er einen großkalibrigen schwarzen Revolver an Oonas Hals, die Linke dirigierte die Geisel. Er trug Wüstentarnkleidung und einen Rucksack über der Schutzweste. »Ein herrliches Gemetzel, das sie mit dem Gott aus dem All angerichtet haben. Mit ihm und seinen … Doppelgängern oder wie immer man das nennt.« Cluezel lachte freudig, die dunkle Tarnschminke kaschierte seine Züge. Ein Schal um Hals und Kopf verdeckte die kurzen grauen Haare. »Das hat es wohl gebraucht, um Sie restlos verstehen zu lassen. All unsere Mühe, Sie zu erwecken, ist belohnt worden.«

Nihil war ihnen gefolgt, um zu sehen, wie Malleus sich entwickelte. *Ob ich zum Götterkiller tauge.* Umgeben von den Kadavern des Kalyra ließ sich diese Tatsache nicht leugnen.

»Es gibt keine Ausreden, kein Zögern mehr, Inspecteur.« Cluezel klang beschwingt. Die Mündung des großen Revolvers blieb an Oonas Hals. Sie war bleich und zitterte, die Verletzungen der Dewe bluteten schwach. »Übernehmen Sie Ihre Verantwortung und schließen Sie sich uns an. Kommen Sie zu Nihil. Wir reinigen die Welt von Gottheiten. Sie werden das Symbol des Aufstandes der Menschheit gegen ihre divinen Unterdrücker.«

Malleus trat langsam aus dem zerstörten Wachturm ins Freie und atmete die klare, kalte Wüstenluft ein. Der Kopfschmerz war vergangen, er litt keine Entzugserscheinungen mehr, als habe ihn das Gefecht gegen Kalyra gereinigt. »Lassen Sie Miss Milord gehen.«

»Ungern. Ich befürchte, dass sie mich angreifen wird, obwohl wir das gleiche Ziel verfolgen.« Cluezel blieb hinter ihr stehen.

»Ich habe nicht das Ziel, Entitäten auszulöschen.«

»Was denken Sie, was Sie sind, Monsieur Bourreau?«

»Ein Ermittler.«

»Ein Ermittler. Ein Atheist. Ein Sterblicher, der Gottheiten wie gemeine Verbrecher überführt. In einer Welt, die nichts anderes ist als eine Spielwiese für ein unerschöpfliches Pantheon«, erwiderte Cluezel. »Warum leben Sie noch, Inspecteur? Haben Sie sich diese Frage niemals gestellt?«

»Weil … ich den Göttern egal bin.«

»Oh, wären Sie ihnen tatsächlich gleich, würden Sie nicht mehr leben.« Cluezel legte den freien Arm von hinten um Oonas Taille. »Aber seit Erscheinen der Gottheiten stehen Sie jeden Morgen auf. Werden nicht hingerichtet. Soll dies die *Gnade* oder der *Spott* der Entitäten sein?«

Malleus musste gestehen: »Ich weiß es nicht.«

»Denken Sie nach! Wie kommt das Dilemma zustande? Weswegen sind Sie das erlaubte Paradoxon?«, bohrte Cluezel nach. »Wie konnten Sie überleben, während andere Menschen wegen geringer Vergehen von ihren eigenen Entitäten gestraft, hingerichtet und gefressen werden?«

»Ich weiß es nicht!«, stieß er fahrig aus. »Hören Sie auf damit!«

»Sie haben Abertausende Feinde, zählt man nur Götter und Göttinnen zusammen. Aber hier stehen Sie, Monsieur Bourreau. Umgeben von den blutigen Fetzen eines fremden Gottes, gegen den vielleicht keiner der uns bekannten Entitäten der Erde ein Mittel gefunden hätte«, setzte Cluezel unerbittlich nach. »Wie kann das sein?«

»Ich weiß es nicht!«, schrie Malleus ihm wütend entgegen. »Lassen Sie Oona frei! Sofort!«

Cluezel lachte leise. »Weil Sie selbst ein Gott sind, Malleus Bourreau.«

»Hören Sie auf!«, verlangte er.

»Sie sind der inkarnierte Gul-ki-šár, der Zerstörer des Universums! Sie sind eine Gottheit, erschaffen durch unsere Hoffnung und den Willen der Atheisten! Sie sind ein Gedanke, eine Macht, die ohne Zutun einer divinen Macht menschliche Gestalt annahm, um ein Gegengewicht zu sein. Die Götter eines jeden Kontinents fürchten Sie«, führte Cluezel beschwörend aus. »*Das* habe ich Ihnen zu verstehen geben wollen. Jemand muss den Menschen zurückgeben, was man ihnen genommen hat: Freiheit. Nihil braucht Sie als Anführer!«

In Malleus' Kopf rasten die Überlegungen, begleitet von aufflackernden, sich überlagernden Bildern aus den Übergangskriegen, dem Flughafen bei Frankfurt und dem Kampf in Saryazd.

Die wichtigsten Fragen aus Cluezels Mund, die er stets beiseitegeschoben hatte, überforderten ihn. Die Antworten, die er sich selbst darauf gegeben hatte, erwiesen sich am Ende als falsch: Weder lag er im Koma noch waren die Entitäten Aliens oder ein Experiment der Regierungen.

Ich bin ein Paradoxon. Ein Gott, erschaffen aus Hoffnung und freiem Willen. Er schluckte. *Das kann nicht sein. Das kann niemals sein.*

»Verschwinden Sie und lassen Sie Oona frei!«, brüllte er Cluezel wütend an. »Hauen Sie ab und gehen Sie zu Nihil und tun Sie, was Sie tun müssen. Das ist nicht meine Aufgabe!«

»Doch. Genau *das* ist es«, hielt Cluezel dagegen. »Ihr Verstand wurde von divinen Zigarren benebelt, eingelullt, unter Drogen gesetzt, damit Sie sich nicht an alles erinnern. Sich nie Ihrer Macht bewusst werden. Leugnen Sie die Fakten nicht, die Sie und Lagrande herausgefunden haben.«

Malleus schwieg.

»Und wenn ich nicht will?«, raunte er dann.

»Sie *werden* wollen. Sie *müssen!*«

»Nein«, erwiderte Malleus entschlossen. »Wer kann mich zwingen? Nihil?«

Cluezel schüttelte langsam den Kopf. »Sie haben es noch nicht begriffen. Aber ich habe geahnt, dass Sie sich gegen die eigene Vernunft und die unumstößliche Entscheidung sträuben.« Die Hand, deren Arm um Oonas Hüfte lag, gab ein dünnes Wachssiegel frei und ließ es fallen. »Daher greife ich zum letzten Mittel, damit die Welt ein besserer Ort für freie Menschen wird.« Mit dem Absatz des rechten Schuhs zertrat er das dünne Plättchen.

Ein dunkelgrünes Leuchten glomm unter seiner Sohle auf, und gleichfarbiger, stinkender Dunst stieg vom zerstörten Siegel auf. Damit einher ging ein schwaches Beben der Erde, das einige Ruinen einbrechen ließ.

»Was haben Sie getan?«, verlangte Malleus heiser zu wissen.

»Jemanden gerufen. Einen guten Feind von Ihnen. Er wartet schon lange auf die Gelegenheit, Sie zu töten.« Cluezel ging langsam rückwärts, weg von der Stelle, an welcher das Wachssiegel in viele Teile zerbrochen lag. »Verlieren Sie, Monsieur Bourreau, sterben Miss Milord, Miss Lagrande und ich mit Ihnen. Doch Nihil wird ohne mich weitermachen. Wir haben Reserven – und seit Neustem eine unwiderstehliche Ausrüstung.« Er bewegte sich mit Oona in einen Torbogen. »Sie hingegen wären ein Verlust. Stellen Sie sich der Wahrheit: Sie sind ein Theoklast!«

Grollend tat sich die Erde unter dem zerstörten Wachsplättchen auf.

Eine Gestalt schwebte aus der Tiefe empor, umweht von grässlichem Gestank und beißendem, eiterfarbenem Nebel.

Malleus wurde die Kehle eng. *Namtarú!*

* A Ω *

Dieser kleine Schweinepriester Cluezel!

Wo kam der her?

Ich habe mich so auf die satanischen Böcklein und den Gott out of space konzentriert, dass ich den Penner übersehen habe. Perfides kleines Professorenarschloch!

Wie gut, dass ich Captain Khan bin und nicht die alte Madame Griset. Mir läufst du nicht noch mal davon, kein quietsch, quietsch, sondern knack, wenn ich dir gleich so was von ins Gehänge treten werde.

Ob er alleine ist? Oder hat er noch Team Nihil mitgebracht? Ich sehe niemanden sonst.

Was macht er denn jetzt?

Oh, shit, er beschwört einen Gott … ist das Namtarú? Egal, Bour-

reau ist in Bestform und erwacht. Gegen den Totengott tauge ich sowieso nichts, also rette ich lieber die kleine Milord. Als Gefallen für ihn, dem ich folge.

Gässchen, Sträßchen, Treppen – wo ist denn Cluezel jetzt abgeblieben? Durch den Torbogen und … der will sich absetzen. Dämlicher Wichser, und die Frau lässt er auch nicht gehen.

Von links kommen ein paar Dewe, die er nicht sieht, zwei hetzen über die Dächer und werden gleich runterspringen. Die Böcklein sind nicht dämlich, haben offenbar Schiss vor Kalyras Überresten und Namtarú. Lieber eine einfache Beute als eine blutige Fresse, verstehe ich.

Aber nicht mit Captain Khan und seinem treuen Freund Daewoo USAS-12!

Der erste Dew wagt den Angriff, und Cluezel schießt ihm mit dem Revolver mitten in die Fratze. Die Kugel schlägt durch die Stirn, das Böcklein geht runter – schüttelt sich meckernd und kreischend und versucht, wie ein Besoffener auf die Beine zu kommen.

Ja, scheiß den Sand an! Die sind mit einfachen Kugeln nicht umzunieten. Nicht mal mit einem Kopftreffer.

Milord schreit ein bisschen. Cluezel wird hektisch, schießt noch ein, zwei Mal. Zerrt ein Funkgerät aus der Beintasche. »Wo seid ihr?«, *redet er hastig.*

»Zu weit weg, die Grenzen sind dicht, es lässt uns niemand einfliegen.«

Hahaha, die Kavallerie kommt nicht, was?

»Planänderung. Ich denke nicht, dass Bourreau sich uns anschließt, auch wenn er erwacht ist. Er ist ohnehin nur *ein* Baustein in unseren Plänen, wenn auch ein äußerst wichtiger«, *gibt Cluezel durch.* »Aber es hilft nichts: Freigabe für den Einsatz der Schicksalstafeln, sobald sie im Hauptquartier angekommen sind.«

»Sicher, Monsieur?«, *vergewissert sich der andere.* »Mit Bourreau wäre es …«

»Ja. Ich bin ganz sicher. Seine Reaktion war eindeutig. Er wird uns nicht unterstützen.« *Cluezel schießt dem nächsten Höllenböcklein zweimal in den Schädel, und wieder geht es nicht drauf. Man kann sie zwar bremsen, aber nicht umbringen. Scheiße, schlimmer als Zombies.*

»Wir stellen den Urzustand wieder her, wie wir es beschlossen haben. Bourreau ins Spiel zu bringen, war ein netter Gedanke, aber es bringt nichts. Es bringt der Welt nichts. Tun Sie es! Warten Sie nicht auf mich«, *befiehlt Cluezel.* »Wahrscheinlich packe ich es nicht bis auf die Insel der –«

Ist das zu fassen? In diesem Moment schießt der Trottel wieder! Scheiße, ich habe durch das sinnlose Geballer nicht verstanden, wo das Hauptquartier ist! Verfluchte Kacke, echt.

Zwei Dewe springen von oben durch das kaputte Dach und reißen Cluezel nieder. Schreiend fällt er in den Sand und zerrt Milord als Schild vor sich.

Nein, nein, nein, ich will wissen, welche Insel das ist! Weg mit euch!

Zeit für meinen Freund Daewoo USAS-12: entsichern, anlegen, hoch genug zielen, damit ich den Arschlocharzt und die Agentin nicht erwische. Abdrücken.

Bang, bang, bang, hui, bang, bang, bang! Das macht Laune! Bang, bang, bang, bang! Aber laut ist es.

Die Ziegen aus der Hölle verlieren Fell, Hornstücke, es spritzt auch ein bisschen … Blut oder was auch immer. Kreischend springen sie erst mal in Deckung. Scheinen ängstlicher geworden zu sein, seit sie durch Bourreau ein paar Kollegen verloren haben. Die denken bestimmt, ich bin er!

Ich helfe erst mal Milord auf die Beine. Scheiße, die ist durch. Sieht ziemlich traumatisiert aus. Was mache ich jetzt?

»Wer sind Sie?«, *keucht Cluezel und setzt sich auf, will den Revolver heben.*

»Captain Khan, Superheld.« *Zack, erst mal den Stiefel in seine Eier. Ächzend klappt er zusammen, verliert den Revolver.* »Aber nicht für dich.« *Ich greife durch den Schal in seine grauen Haare und halte ihm die heiße Mündung an den Hals.* »Wo ist das Nihil-Hauptquartier?«

»Was?«, *entfährt es ihm, und er verzieht vor Schmerzen das Gesicht.*

»Die Insel. Wo liegt sie?«

Mit einem lauten Kreischen springt ein Teufelsböcklein mit den Hörnern voran durch die Lehmmauerwand, ich weiche gerade noch aus. Hab ich mich erschrocken! Drecksvieh. Gleich mal bang – klick.

Wieso klick? Leer? Schon? Nee, da steckt eine Hülse im Auswurf. Immer wenn man Spaß hat.

Milord rutscht an der anderen Wand abwärts und kauert sich zusammen, hält die Hände schützend über den Kopf.

Ich lade durch und bang, bang, bange die Höllenziege ein bisschen mit Schrot. Sie fliegt nach hinten und brüllt vor Wut. Pech für dich!

Höre … höre ich da noch mehr von denen? Fuck, schnell nachladen. »Kommen Sie, Milord. Ich bringe Sie weg!« *Aber sie wehrt meine Hand ab und bleibt zusammengewickelt wie ein Baby sitzen. Traumatisiert, sag ich doch. Die ist wie festgewachsen.*

Cluezel hebt seinen Revolver und zielt auf mich. »Wer sind Sie?«

»Der Typ, der nichts tut, um dich zu retten.« *Gar nicht mal schlecht, der Spruch.*

Er drückt ab, die Trommel dreht sich, der Schlagbolzen hämmert, aber es passiert nichts.

»Sechs Schuss sind raus. Mitzählen, Professeur«, *kommentiere ich und deute nach oben.*

Als hätten sie auf mein Zeichen gewartet, werfen sich zwei Dewe aus dem Loch im Dach auf ihn und schlagen die Zähne in sein Fleisch, rupfen und beißen ganze Brocken heraus. Mahlzeit.

Okay, Milord will nicht, dass man sie anfasst. Dann locke ich diese Dämonengeißen eben von ihr weg. Geht nicht anders. Bourreau ist mir bestimmt dankbar, falls er es eines Tages erfährt.

Cluezel ist schon halb aufgefressen. Da sind selbst Piranhas neidisch!

Es schleichen weitere Dewe aus den Gängen und über das Dach, kommen witternd näher. Das Blut lockt sie wohl an.

Milord macht sich noch kleiner und verschmilzt regelrecht mit der Mulde in der Wand. Na schön. Versuchen wir es. Viel Glück, kleine Agentin. Ich hoffe, deine Götter stehen dir bei.

»Hey!« *Ich lade die USAS-12 nach, 20er-Trommelmagazin. Habba, habba, habba, bang, bang!*

Im Dauerfeuermodus gehe ich vorwärts und halte mitten in die Herde. Brüllend spritzt sie auseinander, zieht sich ein paar Meter von Cluezel zurück.

Ah, sein Nihil-Ring! Den nehme ich als Andenken mit. Glitscht ganz leicht mit dem Blut vom Finger.

»Was ist? Wollt ihr mich nicht fressen?« *Lachend renne ich auf die Dämonen zu und haue das ganze Magazin raus, scheuche sie vor mir her. Sie halten mich immer noch für Bourreau, hahaha.*

Hahahaha.

Haha.

Ha … shit. Jetzt nicht mehr!

Der Pulk spurtet auf mich zu, ich lade schnell nach und renne ebenfalls, aber in die andere Richtung, um sie weg von Milord zu locken.

Wäre doch ein geiler Cliffhanger in meiner eigenen Serie: Wird Captain Khan die Frau retten und mit dem Leben davonkommen? Und wo ist die Insel der skrupellosen Organisation Nihil? Kann er deren Plan vereiteln?

Schalten Sie nächste Woche wieder ein, wenn es heißt:

Captain Khan – Co-Pilot und Superheld!

* Α Ω *

Namtarú schwebte aus dem Loch im Sandboden, das sich unter ihm leise raschelnd schloss. Der sumerische Unterweltgott hatte die Form eines zwei Meter großen Mannes gewählt, dessen Leib mit eitrigen, fleckigen Bandagen umhüllt war, die in Fetzen herabhingen. Darüber lag ein verschmutzter, stinkender Umhang, dessen Kapuze das narbige, von Pusteln übersäte Gesicht teilweise verdeckte.

»Was meinen Dienern in den Schützengräben, in Gomorra und in Kopenhagen nicht gelang, vollende ich nun«, wisperte Namtarú. Giftiger Speichel sprühte über seine zerfransten, blutigen Lippen und traf auf die Erde, die sogleich mit ätzendem Dampf auf die Verletzung reagierte. »Ich bin das Schicksal, ich bin die Pest, ich bin der Herrscher des Landes ohne Wiederkehr! Du hast lange genug neben mir existiert!«

Malleus wich vor dem intensiven Gestank einen halben Schritt zurück, um sich nicht zu übergeben. Insgeheim hatte er gehofft, dass Ahriman erscheinen würde, um Namtarú zu verdeutlichen, wer in der Yalda-Nacht rund um die Stadt Yazd das Sagen hatte. *Anscheinend haben sie sich abgesprochen.*

Aber mit dem Auftauchen Namtarús ergab sich eine einmalige Gelegenheit. Anstatt den Kampf zu beginnen, stellte Malleus die Frage: »Was habe ich dir getan, dass du mich vernichten willst?«

»Du bist im Weg. Du hältst uns auf. Du bist ein Bremsklotz«, erwiderte Namtarú. »Ohne dich wird sich Herrlichkeit entfalten und gedeihen. Eines jeden und einer jeden von uns!«

Meint er damit sämtliche Entitäten der Erde? »Warum bist du der Einzige, der das offen tut?«

»Weil die anderen in Angst verharren. Weil sie denken, dein Tod wäre das Ende dieser Welt. Und damit endete auch ihr Dasein. Deswegen hielten sie mich schon mehrmals auf und griffen ein.« Namtarú lachte verächtlich. »Aber *ich* bin jener, der alle Schicksale entscheidet. Dies ist *mein* Titel. Nicht deiner!«

Malleus' Überlegungen überschlugen sich. *Das passt nicht zu dem, was Cluezel gesagt hat.* Wieso sollte der Tod eines Atheisten, eines Theoklasten das Ende der Welt herbeiführen?

»Du stehst auf dem Boden, auf dem Ahriman der Herr ist. Wenn er –«

»Ahriman fürchtet deinen Tod nicht und lässt mir freie Hand«, unterbrach ihn Namtarú. »Daher nutze ich die Gunst der längsten Nacht – und zerstöre dich!« Die bandagierten Hände zogen je drei lange scharfkantige Ketten unter dem Mantel hervor, an deren Enden Beilklingen saßen. Die Schneiden glänzten tückisch vom Gift, das an ihnen haftete. »*Ich* bin das Schicksal. Sonst niemand!«, rief er und ging in den Angriff über.

Auch wenn Malleus großen Respekt vor dem Gegner hatte, lähmte ihn der schreckliche Anblick nicht.

Ganz im Gegenteil.

Ich erinnere mich! Er fühlte sich plötzlich wie ein erfahrener Jäger, der die größte Bestie gestellt hatte, die er sich vorstellen konnte. *Ich erinnere mich wieder, wie ich den Kampf gegen Kalyra gewonnen habe!* Blitzschnell wich Malleus den heranfliegenden drei Beilklingen aus, die sich in die Trümmer der Turmdecke hackten, rollte sich über die Schulter ab und landete zwischen den Leichenresten des fremden Gottes.

»Was tust du? Willst du dich in den Kadavern vor mir verstecken?« Namtarú riss die Klingen an den Ketten aus dem Schutt und ließ sie einmal über seinem kapuzenverhüllten Kopf kreisen. »Das ist erbärmlich!«

Mit beiden Händen packte Malleus scheinbar ins Nichts zwischen Kalyras Kadaverstücken und konzentrierte sich auf ein bestimmtes Bild, das in seinem Kopf erschienen war. *Ich verstecke mich nicht vor dir.* Die Keule und die Peitsche aus purem dunkelrotem Licht materialisierten sich durch die Kraft seiner Gedanken in seinen Fingern. *Ich hole mir nur, was ich vorhin abgelegt habe.*

Als die ersten drei Beilklingen auf ihn herabstießen, drosch er sie mit der Keule zur Seite. Zischend zersprangen die Metallschneiden, die Energie hatte sie zerschlagen. Der zweiten Attacke wich er aus, drückte sich ab und schlug im Sprung mit der Peitsche zu.

Schrill pfeifend zuckte das gebündelte Licht voran und schlängelte sich um das rechte Bein des Unterweltgottes, der daraufhin dunkel und laut aufschrie. Seine riesigen Hände gaben die Ketten frei, und er versuchte, sich vom glimmenden Riemen zu befreien. Kaum kamen die bandagieren Finger damit in Kontakt, qualmte und knisterte es.

»Wie kannst du es wagen? Mach es weg!«, tobte Namtarú und hinkte rückwärts, zog Malleus durch das Trümmerfeld. Dann riss er große Lehmsteinbrocken aus einer Hausruine und schleuderte sie nach ihm. »Ich zermalme dich!«

Notgedrungen gab Malleus die Peitsche frei, die unverzüglich verblasste und sich auflöste, und rollte sich in Deckung. Zurück blieben eingebrannte, tiefe Wunden im schwärenden, bandagierten Bein des Unterweltgottes. *Aber ich habe noch die Keule.*

»Ich vergifte deine widerliche Seele, hörst du?« Namtarú fegte wie ein wilder Stier heran. »Du wirst an meinem Gift verrecken. *Ich* bin dein Schicksal!« Im Gehen formten sich in seinen Fingern neue Ketten mit noch größeren Beilklingen an den Enden. Surrend ließ er sie rotieren und ansatzlos nach vorne schießen.

Genau auf Malleus zu.

Ich muss meinen Hieb genau abpassen. Jetzt! Begleitet von einem lauten Mutschrei, vollführte er einen waagrechten, halbkreisförmigen Schlag. Die purpurfarbene Lichtkeule erwischte fünf der nahenden Klingen und ließ sie klirrend in Stücke zerspringen.

Die sechste hingegen traf.

Der Einschlag in seine Brust ließ Malleus zwei Schritte rückwärts machen, bevor er die Kette umfasste und sich das Beil aus dem Körper riss. Rippen und Brustkorb schmerzten grell, doch die Reste der Schutzweste hatten ihn vor einer tieferen Wunde bewahrt. *Das war verflucht knapp!*

»Du wirst vergehen!«, schrie Namtarú geifernd, ließ die nutzlosen Ketten fallen, um gleich darauf neue mit Klingen daran entstehen zu lassen.

Malleus wartete nicht. Er sprang und katapultierte sich drei, vier Meter hoch in die Luft. In einem großen Bogen flog er auf den Unterweltgott zu, riss die leuchtende Keule mit beiden Händen zum Schlag über den Kopf und stieß sie herab, als sein Flug sich senkte.

Namtarú schrie überrascht auf und kam nicht mehr dazu, mit den Ketten zuzuschlagen.

Das Keulenende versank in der Kapuze und dem teilbandagierten, von Pusteln übersäten Gesicht. Das Knacken und Bersten brannte sich in Malleus' Gedächtnis. Stinkender Eiter spritzte in die Höhe, giftiger Speichel schoss mit dem ersterbenden Röcheln über Namtarús Blutlippen.

Die Flüssigkeiten trafen Malleus' Gesicht und blendeten ihn, es schmerzte grauenhaft. Er verbot sich zu schreien, um nichts in den Mund zu bekommen. Blind prallte er gegen die breiten Schultern des stürzenden Gottes, fiel mit ihm zu Boden und überschlug sich mehrmals, um zu guter Letzt durch eine marode Hauswand zu brechen.

Obwohl Malleus kaum etwas sah, stemmte er sich auf die Füße und wühlte sich aus dem Schutt, um sich Namtarú erneut zu stellen. Die Keule aus violettem Licht suchte er vergebens. *Notfalls muss es mit bloßen Fäusten gehen.*

Der Leib des Unterweltgottes fiel in sich zusammen. Umhang, Bandagen, Fleisch, Haut und Knochen zersetzten sich in grünlichem Dampf, der aufstieg und sich nach einigen Metern in der kalten Wüstenluft verlor.

Ich … ich habe einen bedeutenden Gott getötet! Malleus' Beine knickten ein, die Fassungslosigkeit übermannte ihn.

Die Auflösung des Herrschers vom Land ohne Wiederkehr schritt voran, bis nichts mehr von ihm blieb. Einzig ein öliger, stinkender Fleck verblieb im Sand und malte die Umrisse des Gestürzten nach.

Zeit zum Durchschnaufen blieb Malleus nicht.

»Oona!«, rief er und torkelte auf den Torbogen zu, in dem Cluezel und seine Geisel verschwunden waren. »Wo bist du?« Er griff unter das Sakko und zog seine Halbautomatik. »Lassen Sie sie gehen! Ich komme mit Ihnen, Cluezel.«

Niemand antwortete ihm.

»Haben Sie gehört? Ich trete Nihil bei!«

Er kriegt, was er will. Wieso meldet er ich nicht? Siedend heiß kam Malleus in den Sinn, dass noch immer die längste Nacht herrschte. Yalda dauerte bis zum Morgengrauen und dem ersten Sonnenstrahl, der sich über den Horizont schob. Die Dewe befanden sich weiterhin in der Ruine von Saryazd auf der Jagd. *Nein! Nein, nur das nicht!*

»Oona?« Er rannte in das Gebäude, in das sich Cluezel vor der Ankunft des Unterweltgottes zurückgezogen hatte. Das Lämpchen des PDA leuchtete ihm den Weg, das Nachtsichtgerät hatte er längst verloren.

An eine Wand gekauert saß Oona, der Blick aus ihren braunen Augen war leer. Sie stand unter schwerem Schock. »Sind … sind sie weg?«, flüsterte sie ängstlich. Zu den alten Kratzern waren keine neuen hinzugekommen.

Cluezels verstümmelter Leichnam lag vor ihr im Sand. Zahlreiche lange Schnitte von Klauen überzogen seinen zerrissenen, entfleischten Körper. Das unweigerlich ausgetretene Blut hingegen fehlte. Es hatte den Dewe zusammen mit dem Fleisch des Mannes als Nahrung gedient.

»Ja, sind sie.« Malleus half ihr beim Aufstehen. Dabei sah er, dass einige von Cluezels Überbleibseln unter der Berührung eines Dew zu Stein geworden waren. »Dir kann keiner mehr etwas antun.« Der Siegelring mit dem N und dem sich auflösenden Kreis drum herum fehlte an der skelettierten Hand. Ahrimans Schergen hatten den Schmuck in ihrer grenzenlosen Gier offenbar mitgefressen. »Komm. Lagrande und du, ihr müsst unbedingt ins Krankenhaus.«

Schnell brachte er Oona in den Turmrest, dem sich die Dewe wegen Kalyras Kadaver nicht näherten. Dann sammelte Malleus die schwer verletzte Lagrande ein und seilte sie mit Sovereign-Ausrüstung ab. Er trug sie zum Jeep, während Oona seltsam steif neben ihm herging, eine Hand an seinem Arm.

Seine Befürchtungen, dass sich die Dewe im freien Gelände scharenweise auf sie stürzen würden, bewahrheiteten sich nicht. Das Heulen und Schreien der Dämonen war mit dem Ende von Namtarú verstummt. Der Tod des Unterweltgottes hatte sie eingeschüchtert und vertrieben.

Malleus bettete Lagrande auf die Rückbank, schnallte die teilnahmslos wirkende Oona auf dem Beifahrersitz an und klemmte sich hinters Steuer des Renegade.

In tiefster Nacht fuhren sie mit Höchstgeschwindigkeit zurück nach Yazd, durch die Straßen der menschenleeren Stadt und zum nächstgelegenen Krankenhaus.

Erst als man sich dort um die verletzten Frauen kümmerte und ihm sagte, es käme alles in Ordnung, brach Malleus im Warteraum zitternd zusammen.

***

Persien, Provinzhauptstadt Yazd, 22. Dezember 2019

Rianne fand, dass sie es schlechter hätte treffen können als im Achaimenes Hospital. Die Mosaikornamente in Blau und Grün an den Wänden wirkten beruhigend, es gab immergrüne Pflanzen vor den Fenstern.

Die Architektur orientierte sich an traditionellen orientalischen Formen, die den Eindruck eines Luxushotels statt eines Krankenhauses vermittelten. Sogar das Desinfektionsmittel roch angenehm nach Rose, Mandel und Honig.

Von ihrem Patientenbett aus beobachtete Rianne den Herzmonitor, verfolgte die Kurve, das Piepsen, den Takt akribisch genau. *Dann beginne ich.*

Sie konzentrierte sich und senkte den Puls auf 60.

50.

45.

40.

Als eine Warnlampe ansprang, ließ Rianne ihn steigen.

80.

150.

200.

Kaum dass der Alarm schrillte, fuhr sie ihr Herz auf gemäßigte 65 runter und gab mit einem raschen Knopfdruck auf die grüne Taste des Rufgeräts Entwarnung an das Pflegepersonal. Das Spiel hatte sie bereits zum dritten Mal gemacht, weil sie es nicht glauben wollte. *Es funktioniert. Das ist irre!*

Die Ärzte hatten es ebenso wenig glauben wollen, als sie nachts in der Notaufnahme vier Nadeln an ihrer Haut verbogen hatten. Erst nachdem Rianne sich verzweifelt gewünscht hatte, die Kanüle möge in die Ader gleiten und die Schmerzen enden, war es gelungen.

Seitdem wusste sie: Sie konnte ihren Körper steuern. Alles an und in ihm.

Was hat dieses Arschloch Kalyra mit mir gemacht? Rianne zog die Decke zur Seite und sah auf die Verbände, welche sich um ihren flachen Bauch zogen. Die Chirurgen hatten sie gut zusammengeflickt. Sie war dem Tod von der Schippe gesprungen.

Rianne hatte sich nach dem Erwachen aus der Narkose gewünscht, die Genesung möge sich beschleunigen, aber nicht zu schnell verlaufen, um keinen Verdacht zu erregen. Die vier verbogenen Nadeln galten derzeit als Materialfehler, nicht als Wunder.

Und? Sie schob die Mullkompressen leicht zur Seite.

Nur die selbstauflösenden Fäden erinnerten an die Eingriffe, nutzlos steckten sie in der verheilten Haut. Nichts an den perforierten Stellen erinnerte an die dicken Löcher, welche Kalyras Attacke hinterlassen hatte.

Rianne grinste. *Ich kann mir was Dekoratives an die Fäden binden. Als Schmuck.*

Es klopfte zaghaft.

Schnell strich sie die Kompressen glatt und warf die Deck darüber. »Ja, bitte?«

Bourreau steckte den Kopf herein, die schwarzen Haare waren leicht verstrubbelt. »Wie geht es Ihnen?«

»Ich übersetze das mal.« Rianne machte eine einladende Handbewegung. »Sie fragen, ob wir uns unterhalten können.«

»Ja. Auch.« Er trug einen geborgten Pyjama und einen Bademantel darüber, beides mit persisch-ornamentalem Muster, was ihm gar nicht schlecht stand. Er kam ins Zimmer und schloss die Tür. »Aber in erster Linie komme ich, um nach Ihnen zu schauen.«

»Waren Sie schon bei Miss Milord?« Rianne ärgerte sich in der gleichen Sekunde über ihre Worte. Eifersucht stand ihr nicht gut. »Ich meine, es hat sie auch ziemlich erwischt, oder?«

Bourreau zog einen Stuhl vom Tischchen neben ihr Bett und lächelte verständnisvoll. »Sie hatte einen schweren Schock, aber berappelt sich von dem, was immer sie in der Ruine erlebt hat, während ich mich mit Namtarú rumschlug.«

»Das hätte ich zu gern gesehen. Aber ich war leider damit beschäftigt, nicht mein ganzes Blut auf dem Turm zu verlieren.« Sie strich in Höhe der Verbände über die Decke. »Doch ich habe verfolgt, was Sie mit Kalyra gemacht haben. Da kann ich mir locker vorstellen, wie Sie den Unterweltsgott zerlegt haben, Inspecteur.«

»Nun ja«, druckste er herum. »*Das* interessiert mich auch.«

»Was denn?«

»Wie ich gegen Kalyra gekämpft habe. Alles will mir nicht mehr einfallen. Es sind nur Bruchstücke abgespeichert.« Bourreau tippte sich mit dem Zeigefinger gegen die Stirn. »Muss auch so etwas wie ein Schock gewesen sein.«

»Oh, kein Problem.« Rianne beugte sich zur Seite und nahm ihr zerschrammtes Smartphone aus der Schublade des Beistelltischchens, suchte die Aufnahme heraus und startete sie ab dem Zeitpunkt, als Bourreau durch die Luke auf den Turm sprang. »Hab's aufgezeichnet.«

»Sie haben *was?*«

»Eigentlich wollte ich nur dieses Wesen filmen, damit Sie sehen, was es ist, falls es mich vorher erwischt. Aber dann sind Sie doch aufgetaucht und … haben es zerlegt.« Rianne weidete sich an den schnell wechselnden Gesichtsausdrücken ihres Partners, während er die Aufnahme sichtete. »Eindrucksvoll, was? Für Ihr Alter sind Sie noch gut in Schuss.«

Etwas bleich drückte Bourreau am Ende des Filmchens auf dem Display herum und reichte das Gerät zurück. »Kein Wort darüber. Zu niemandem.«

Rianne sah sofort, was er getan hatte. *Bei Belenos!* »Sie haben es gelöscht?«

»Ja.«

»Fragen wäre schön gewesen. Damit ist der Beweis –«

»Wir beide brauchen keinen Beweis.« Bourreau seufzte und lehnte sich auf dem Stuhl zurück. »Ich bin verwirrt.«

Ach? Sie auch? Rianne überlegte seit ihrem Erwachen, ob sie ihm berichten sollte, was die Entität mit ihr getan hatte. Dass sie sie verwandelt hatte. Gewandelt. *In was auch immer.* »Weil Sie ein Götterkiller sind, wie es Nihil behauptet hat?«

Er nickte nachdenklich. »Haben Sie von dem Gespräch am Turm etwas mitbekommen?«

»Nein. Wie gesagt.« Nochmals klopfte sie über dem Laken gegen den Verband. »Beschäftigt.« Sie konnte sehen, dass er innerlich Anlauf nahm. »Was hat Cluezel noch gesagt?«

»Dass ich ein Antigott der Atheisten sei, erschaffen von deren Willen«, brach es aus Bourreau wie bei einer längst fälligen Beichte heraus. »Aber Namtarú hat völlig gegensätzliche, unverständliche Dinge über mich gesagt.«

»Die da wären?«

»Dass die anderen Götter Angst hätten und dass sie mich deswegen nicht töten würden.«

»Aus Angst? Verstehe ich nicht.«

»Aus Angst, mit meinem Tod würde die Erde vernichtet sein.«

»Oh, là, là, Inspecteur! Sie sind schon wichtig, aber dass bei Ihrem Ableben gleich die Welt untergeht …?«, sagte Rianne halb im Scherz. *Meine Welt würde untergehen.* »Ernsthaft: Was kann Namtarú damit gemeint haben?«

Bourreau stieß ein hilfloses Lachen aus. »Deswegen komme ich doch zu Ihnen. Sie sollen mir beim Nachdenken helfen.«

Nachdenken konnte Rianne. *Sogar viel mehr, als mir lieb ist.* »Fangen wir mit dem Einfachen an: Er ist der Gott der Unterwelt.«

»Und das Schicksal«, warf er ein. »Namtarú betonte, dass er das Schicksal sei.«

Rianne hatte den Eindruck, dass ihr mehr als die Hälfte der Unterhaltung zwischen Bourreau und Namtarú fehlte, um etwas Sinnvolles beizusteuern. »Dann … hat er Sie als Bedrohung seiner Macht angesehen?«

»Das kam mir auch in den Sinn.« Bourreau sah sich nachdenkend im Patientenzimmer um. »Sie haben so eine schöne Unterkunft wie ich. Daran könnten sich manche Krankenhäuser bei uns ein Vorbild nehmen.« Sein Blick aus den kontaktlinsenblauen Augen fiel auf die aufgezeichneten Werte des Herzmonitors, und sofort wurde er unruhig. »Lagrande! Sie haben –«

»Nicht so wichtig. Alles im Griff«, sagte Rianne beruhigend. »Muss ein falsches Medikament gewesen sein. Haben Sie gehört? Es gab in der Yalda-Nacht drei Tote. Nicht alle sind den Dewe entkommen wie wir«, sagte sie, um ihn abzulenken.

»Ja, habe ich gehört. Die Ärzte haben unsere Geschichte geglaubt. Wir sind in ihren Augen die dummen Touristen, die nicht auf die Warnungen hören wollten.« Bourreau musterte sie sorgenvoll. »Ist wirklich alles in Ordnung?«

»Ja, klar.« Rianne merkte, dass sie errötete und das schmeckte ihr so überhaupt nicht. *Verflucht.*

»Sie sehen ein bisschen …« Er suchte nach den richtigen Worten.

»Angeschlagen aus?«

»Zu frisch für jemanden, der eine solche Verletzung hat«, erwiderte er. »Geben Sie es zu.«

Rianne wurde heiß. *Er hat mich durchschaut.* »Was denn?«

»Sie haben irgendwo eine geheime Quelle aufgetan, um an die besseren Pillen zu kommen.« Bourreau fuhr sich über das Bärtchen, das von Stoppeln umgeben war. »Schauen Sie mich an! Ich wirke wie zehn Jahre gealtert.«

»So ist das mit Atheisten-Antigöttern. Sie sind ein wandelnder Widerspruch, Inspecteur. Das muss ja Falten verursachen«, frotzelte sie erleichtert.

Er atmete lange aus. »Ich will kein Götterkiller sein. Und schon gar kein Atheisten-Antigott. Nur ein Atheist, der seinen Beruf macht«, sagte Bourreau schleppend.

»Den haben Sie doch gut gemacht. Sie haben Kalyras Ankunft verhindert«, sagte sie in einem Tonfall, als würde sie ein braves Pferd loben. »Sehr gut gemacht.«

»Verarschen Sie mich nicht«, entgegnete er grinsend. »Gut, wir als Team haben es hinbekommen.« Er lehnte sich nach vorn und stützte die Ellbogen auf die Knie. Die Heiterkeit wich schon wieder von seinen Zügen. »Aber es bleiben so viele Ungereimtheiten.«

»Da gebe ich Ihnen recht. Sie zuerst.«

»Also, gut. Woher wusste Nihil von Namtarús Hass auf mich?«, begann Bourreau. »Und woher wusste Cluezel, wie man ihn herbeiruft? Woher hatte er das Siegel?«

Rianne nickte. »Die gleiche Quelle hat Nihil über Ihre Abhängigkeit vom divinen Tabak informiert, damit Cluezel und seine Freunde losziehen und Sie davon befreien.«

Bourreau ließ die Fingerspitzen schnell gegeneinandertrommeln. »Cui bono?«, murmelte er

»Bitte?«

»Das ist Latein: Wem nützt es?« Bourreau legte die Kuppen zusammen. »Wer profitiert davon, dass ich die Abhängigkeit überwinde und zum Götterkiller werde?«

»Na, die Entitäten wohl kaum. Wir bräuchten unbedingt Nihils Quelle.« Cluezel war von den Dewe aufgeschlitzt und verschlungen worden. Rianne strich die Decke glatt. Es kostete sie ein wenig Überwindung zu fragen: »Hat Miss Milord vielleicht etwas gehört, was uns weiterhilft?«

»Sie ist noch nicht in der Lage zu sprechen. Die Ärzte haben ihr ein leichtes Schlafmittel verabreicht. Immerhin habe ich inzwischen durch einen schnellen Erstbericht der Ereignisse erreicht, dass die Anschuldigungen gegen Oona fallen gelassen werden. Der Haftbefehl ist aufgehoben. Und Ireen Monaghan habe ich ebenfalls aus der Schutzhaft holen lassen. Weder gehört sie zu Sovereign noch ist sie länger in Gefahr.« Bourreau lehnte sich wieder nach hinten und tippelte nervös mit den geliehenen Hausschuhen auf und ab. »Es fühlt sich seltsam an.«

»Was?«

»Die vermeintlich größte Gefahr für die Erde gebannt zu haben und zu ahnen, dass etwas noch Gefährlicheres im Hintergrund lauert.«

»Die Schicksalstafeln«, sagte Rianne. »Nihil wird die Suche danach weiterbetreiben.«

»Ja. Da geht etwas vor sich.« Bourreau hielt es nicht länger auf dem Stuhl aus und lief im Zimmer auf und ab, strich die längeren schwarzen Haare nach hinten. »Cluezel nahm seinen eigenen Tod in Kauf. Er sagte, Nihil werde auch ohne ihn weitermachen. Sie hätten … Reserven und … ›seit Neustem eine unwiderstehliche Ausrüstung‹.«

»Also ist die Gruppe bereits im Besitz der Tafeln.« Rianne wurde von seiner Unruhe angesteckt. »Die Welt ist aber noch die alte. Wie es aussieht, hat Nihil noch nicht herausgefunden, wie man die Artefakte einsetzt.«

»Oder sie sind schon dabei.« Bourreau ging schnell zur Tür, die Schöße des Morgenmantels wehten. »Ich brauche dringend –«

»Eine Zigarre?« *Jetzt war ich schon wieder bissig, verdammt.*

»Einen Kaffee«, erwiderte er mit einem milden Lächeln. »Vom Rauchen scheine ich befreit worden zu sein. Soll ich Ihnen –«

Erneut klopfte es leise, und er öffnete. »Oh, Miss Milord!«, sagte er erfreut.

Die Begeisterung auf seinem Gesicht schmerzte Rianne, und ihre Vitalwerte gingen sogleich in die Höhe. *Nein, Herz. Schweig still.* Sofort sank der Puls auf die üblichen 65.

»Kommen Sie rein!«, bat sie sich überwindend. »Schön, dass Sie sich erholt haben.«

»Danke, Madame Lagrande. Sie hat es ja härter erwischt.« Milord ging an Bourreau vorbei. Ihr hatte man den gleichen Pyjama und Morgenmantel gegeben. Es schien die Standardkleidung im Achaimenes Hospital zu sein. Die langen schwarzen Haare hatte sie hochgesteckt, die rote Strähne hing ihr verwegen ins Gesicht. »Tut es sehr weh?«

Rianne winkte ab. »Geschenkt.« *Scheiße. Nebeneinander sehen die beiden wie das perfekte Pärchen aus.*

»Wir haben gerade über die Nacht gesprochen. Wegen Nihil«, sagte Bourreau. »Wir kamen zu dem Ergebnis, dass –«

»Die Schicksalstafeln«, nahm Milord vorweg und setzte sich langsam auf den Stuhl. Bourreau machte es sich nach Riannes auffordernder Geste am Fußende des Bettes bequem. »Die meisten Erinnerungen nach dem Überfall der Dewe auf mich sind … verwischt. Aber ich erinnere mich, dass Cluezel mit jemandem gesprochen hat. Über Funk. Manchmal kommt es mir vor, als wäre eine zweite Person dabei gewesen, aber ich irre mich bestimmt. Er sagte, Sie, Mister Bourreau, wären nur ein Baustein in deren Plänen. Und er befahl, die Schicksalstafeln einzusetzen.«

»Hat er gesagt, wo wir die Artefakte finden? Oder Nihil?« Bourreau legte einen Arm auf den Fußrahmen und lehnte sich an. »Das wäre sensationell!«

»Cluezel erwähnte einen … einen Ort. Glaube ich.« Milords Stimme wurde brüchig. »Plötzlich griff uns eine Horde Dewe an, und es wurde … unschön. Wie gesagt, mein Gedächtnis blendet das meiste aus. Leider auch die Erinnerung an die Unterhaltung.« Sie sah Rianne an. »Meinen riesigen Dank an Sie, Madame Lagrande! Sie haben es möglich gemacht, dass Kalyra aufgehalten werden konnte.«

»Ich?«, entfuhr es ihr auflachend. »Ich saß da oben und …« Rianne bemerkte den warnenden Blick von Bourreau. »Ich meine, sicher, ich saß da oben und habe mein Bestes gegeben. Aber ohne den Inspecteur wäre das nichts geworden.« Sie tippte grüßend an den Schirm einer imaginären Kappe in Richtung des Mannes. »Sonst wäre ich bei den Toten.«

Abrupt richtete sich Milord kerzengerade auf. »Was sagten Sie?«

»Ohne den Inspecteur –«

»Nein, danach.«

»Wäre ich sonst bei den Toten.«

Milord klatschte einmal in die Hände und strahlte. »*Das* hat Cluezel gesagt! Er meinte am Funk, er schaffe es vielleicht nicht mehr auf die Insel der Toten. Die Insel sei der Anfang des Neuen.«

»Dann will Nihil dort die Schicksalstafeln einsetzen!« Bourreau neigte sich zu Milord, als wollte er sie im Überschwang umarmen, hielt sich aber im letzten Moment zurück. »Das ist doch ein Anfang.«

Ja, schmachtet ihr euch mal an. Ich bin ab heute das pragmatische fünfte Rad am Wagen. Rianne suchte mit ihrem Smartphone im Netz nach den Begriffen *Insel der Toten* und *Toteninsel.*

»Das ergibt ungefähr eintausend Möglichkeiten weltweit«, sagte sie mit gedämpfter Zuversicht. »Hat Cluezel noch irgendwas gesagt, was es einschränkt?«

Die Agentin dachte nach. »Sollte das so gewesen sein, ist es mir entfallen.«

»Nicht grämen.« Bourreau berührte Milord an der Schulter. »Wir finden es heraus. Das nimmt nur mehr Zeit in Anspruch.«

»Die wir vielleicht nicht haben«, gab die Agentin zu bedenken. Sie ärgerte sich sichtlich über sich selbst. »Sobald sich Cluezel nicht mehr aus Yazd meldet, weiß Nihil, dass er tot ist. Das könnte den Ausschlag geben und eine Katastrophe auslösen, die schlimmer ist als ein neuerlicher Übergangskrieg.«

Die Übergangskriege! Rianne kam eine Idee. Nihil hatte eine lose Bruderorganisation im Geiste, mit der es womöglich Kontakt gegeben hatte. *Nachfragen kostet nichts.* Sie suchte in ihrem Nummernverzeichnis einen Namen, dessen Träger zur Persona non grata geworden war. *Da ist er.* Mit einem Fingertipp baute sich die Verbindung auf.

»Lagrande, wen rufen Sie an?«, erkundigte sich Bourreau, als ahnte er etwas.

»Hören Sie gleich, Chef.« Rianne musste eine Minute Geduld aufbringen, bis nach mehrmaligem Klicken und elektronischen Geräuschen abgenommen wurde. Sie vermutete eine Umleitung und einen gesicherten Server.

»Das hätte ich nicht gedacht«, sagte eine dunkle Stimme.

»Wer sagt Ihnen, dass ich es bin, Herr Schwan?«, erwiderte Rianne und musste grinsen.

»Vielleicht sehe ich Sie ja gerade, wie Sie im Bett liegen?«

»Das bezweifle ich.« Sie bedeutete dem gestikulierenden Inspektor, mit dem Gefuchtel aufzuhören. Er verlangte, dass sie auflegte.

»Nur weil das Achaimenes-Krankenhaus im persischen Yazd steht, heißt das nicht, dass ich keinen Zugriff habe«, konterte Schwan, der eine führende Rolle bei der Terrororganisation Gods-End innehatte. »Muss ich Sie wieder irgendwo aus Schwierigkeiten rausholen?«

»Das würden Sie tun?«

»Sie schon. Malleus nicht«, kam es eisig zurück. »Geht es Ihnen im Krankenhaus gut?«

»Ja, keine Sorge. Das Schlimmste ist für mich überstanden«, sagte Rianne. »Ich rufe Sie wegen einer wichtigen Auskunft an.«

»Hat Sie die Recherche ins Krankenhaus gebracht?«

»Kann man so sagen.« *Bitte, Belenos, lass ihn etwas wissen.* Sie küsste ihren Anhänger. »Was sagt Ihnen der Name Nihil?«

Das schallende Gelächter drang weit aus dem kleinen Lautsprecher ins Zimmer. Bourreau machte ein düsteres Gesicht und schüttelte vorwurfsvoll den Kopf.

»Nihil. Du meine Güte. Was haben die Spinner denn in Persien verloren?«, erkundigte sich Schwan.

Rianne hatte gehofft, dass GodsEnd und Nihil sich kannten. Letztlich überschnitten sich die Ziele der Gruppierungen. Sie sah zu Bourreau und versuchte, ihn mit einer Geste zu beschwichtigen, da er Anstalten machte, ihr das Telefon abzunehmen.

»Wir kamen uns in die Quere«, antwortete sie.

»Aha. Bei was?« Wieder kicherte er.

»Nicht so wichtig. Aber ich würde mich gerne bei denen für den Mordversuch an mir revanchieren. Haben Sie einen Tipp, wo ich Nihil finden kann?« Rianne gab Bourreau zu verstehen, dass sie gerne einen Kaffee hätte. Er bewegte sich nicht. »Und warum nennen Sie die Gruppe Spinner?«

Schwan hatte sich wieder gefangen. »Spinner deswegen, weil sie glauben, sie könnten es mit sämtlichen Entitäten aufnehmen. Dazu sammelt Nihil die merkwürdigsten Dinge, immer auf der Suche nach Artefakten mit tödlicher Wirkung für Gottheiten.« Erneut musste er auflachen. »Wie absurd! Das ist unmöglich zu schaffen. Nein, man muss den Menschen den Glauben an die –«

»Herr Schwan, bitte. Da predigen Sie zur Falschen. Ich bin Belenos treu«, unterbrach Rianne seinen drohenden GodsEnd-Monolog. »Aber schön zu hören, dass Sie Nihil nicht eng verbunden sind. Haben Sie einen Tipp für mich?«

»Sie sind den Spinnern bei einem Artefakt in die Quere gekommen, und die haben daraufhin versucht, Sie auszuschalten, richtig?«

»In etwa.«

Einige Sekunden hörte man nur Schwans Atemzüge. Er dachte

nach. »Na schön. Die Wichser haben uns auch schon Scherereien gemacht. Sie finanzieren sich über Artefakthandel und Drogenverkauf im großen Stil. Das wäre ein Ansatz für Sie.«

»Hat Nihil ein Hauptquartier?«

»Nein, nicht in dem Sinn. Aber sie haben vor einem Jahr mal ein ziemlich großes Labor betrieben, in dem sie ungestört ihre Drogen brauen konnten, weil sie die richtigen Leute bestochen haben«, erzählte er. »Wenn Sie *das* hochgehen lassen, haben Sie Ihre Revanche. Falls es das Labor noch geben sollte.«

Für Rianne klang es, als ließen sich bei einem solchen Einsatz einige Nihil-Mitglieder abgreifen und Informationen beschaffen, wo sich die gefährlichen Schicksalstafeln befanden.

»Einen Versuch ist es wert. Wo finde ich die Drogenküche? Irgendwo in einem Dschungel oder in einem Getto, nehme ich an?« Sie nahm sich Papier und Stift aus der Schublade, um sich Notizen zu machen.

Schwan lachte. »Logistik ist das Zauberwort bei diesem Geschäft.«

»Flughafen?«

»Nein.«

»Bahn?«

»Auch falsch. Es ist in der Nähe der Stadt Tanga, Ostafrika. Kisiwa cha Wafu.«

»Wie schreibt man das?«

»Heißt auch Kisiwa cha Toten. Toten Island. Oder Toteninsel. Ist alles dasselbe. Von dort werden die Drogen schnell auf ein Schiff verladen und in alle Welt verfrachtet.«

Die Insel der Toten. Rianne starrte auf das Wort: *Kisiwa cha Wafu. Wir haben es!* »Danke, Herr Schwan. Ich werde an Sie denken, wenn ich den Schnee hochjage.«

»Gerne, Madame Lagrande. Aber achten Sie drauf, dass die Hafen- und Polizeibehörden keinen Wind von Ihrem Besuch bekommen. Nihil hatte gute Kontakte. Gute Besserung wünsche ich.«

Klick.

Langsam legte sie das Smartphone zur Seite. »Bevor Sie mich ausschimpfen, Inspecteur, weil ich mit einem gesuchten Terroristen telefonierte und ihn um Hilfe gebeten habe« – sie reckte den Zettel triumphierend wie einen Pokal in die Höhe –, »ich hab das Inselding.«

***

»Nur Gott kann ohne Gefahr allmächtig sein.«

Alexis de Tocqueville (1805–1859),
französischer Historiker, Schriftsteller und Politiker

KAPITEL XX

Tansania, Hafenstadt Tanga, 23. Dezember 2019

Ahoi, Skipper Nguru Odhiambo ist an Deck und hart am Ruder!

Heute mal in Schwarz – warum nicht? Ich kann's tragen, hahaha. Dass es Leute gibt, die einen Aufriss um Hautfarben machen, echt erstaunlich.

Von der Brücke dieses Privatluxusdampfers habe ich einen guten Blick auf ihn, dem ich folge, und auf seine Crew. Die Ruhe vor dem Sturm auf der Insel der Toten.

Hm. Ich hab mir was überlegt, und das wird einigen Leuten nicht gefallen. So mal überhaupt gar nicht! Aber das ist mir vollkommen SCHEISS-E-GAL.

Ich bin genervt, ständig hinter den Ereignissen herzuhumpeln. Im Schatten zu kriechen. Ein billiges Werkzeug zu sein. Ein beliebiger Handlanger, weil er Schere-Stein-Papier-Mittelfinger mit den falschen Fressen gespielt hat.

Ich war der Glyphenmörder, der Kaiser der Serienkiller, Numero Uno und el Primo.

Hiermit verkünde ich innerlich und feierlich: Die Zeiten als Werkzeug zweier bösartiger Götterspacken sind vorbei.

Die Umstände werden geändert.

Nicht nur Malleus Bourreau ist erwacht.

* Α Ω *

Malleus saß mit dem Fernglas auf der Veranda des zweiten Decks der riesigen Jacht *Trishula,* ein elegantes Spaßschiff-Monster aus weiß gestrichenem Stahl, verspiegeltem Glas und schwarzen Karbonelementen, und beobachtete die Toteninsel aus dem Schatten heraus.

Auf dem Tischchen stand ein alkoholfreier Cocktail, mit Schirmchen. Malleus und seine Begleiterschar hielten die Illusion der schwerreichen Touristen aufrecht, die in der Marina von Tanga vor Anker gegangen waren. Das schwarz-weiße Hawaiihemd und die Shorts fühlten sich falsch und ungewohnt an, immerhin den Hut hatte er sich nicht nehmen lassen.

Kisiwa cha Wafu war weniger als einen Kilometer entfernt.

Ein Kilometer lang, zweihundertneunzig Meter breit. Überschaubar. Theoretisch.

Doch das grüne Dickicht war mit Blicken unmöglich zu durchdringen. Irgendwo auf den sechzehn Hektar des Eilands konnte die Basis von Nihil liegen, in der sie Drogen herstellten und von Tangas Handelshafen aus in alle Welt versandten.

Auf der Toteninsel befanden sich die Ruinen zweier Kirchen und einer Moschee. Mitte des 19. Jahrhunderts hatten für eine Weile Menschen dort gelebt, um 1900 war dort eine Quarantänestation errichtet worden. Ihren Namen hatte die Insel in der deutschen Kolonialzeit wegen der vielen darauf angelegten Gräber erhalten.

Nun war sie unbewohnt, und offiziell durfte sie nicht betreten werden. *Seuchengefahr wegen der Quarantänestation. Die perfekte Legende, um sich Besucher vom Leib zu halten.* Leise Schritte verrieten, dass Lagrande zu ihm getreten war. Das metallische Klirren sprach für das Abstellen einer Bierdose. Wäre es Milord gewesen, hätte er ihr Parfum längst gerochen.

»Schon was ausfindig gemacht?«, wollte sie wissen.

»Nein.« Malleus setzte das Fernglas nicht ab. »Das wäre ein bisschen zu einfach, oder?«

»So einfach wie unsere Anreise«, erwiderte Lagrande. Ein metallisches *Klonk* erklang, und sie trank lauter, als es hätte sein müssen. »Hab darauf mit mir selbst angestoßen.«

Nun musste Malleus grinsen. *Es war wirklich einfach gewesen.*

Interpol hatte mit der persischen Regierung auf kürzestem Weg eine Unterstützungsvereinbarung getroffen. Es war der Zentrale in

Lutetia unmöglich, in dieser knappen Zeit ein Team zusammenzustellen, das ihn, Lagrande und Milord auf der heiklen Mission begleitete. Der Schah hatte kurzerhand ein Sondereinsatzkommando abgestellt und sie gemeinsam in einer Maschine von Yazd nach Mombasa fliegen lassen. Dort hatte bereits die gecharterte *Trishula* auf sie gewartet, mit der sie in Höchstgeschwindigkeit nach Tanga gefahren waren. So hatte keine offizielle Behörde Wind von ihrer Aktion bekommen.

Den vielen großen und kleinen Jachten in der Marina nach zu urteilen, war die afrikanische Stadt ein beliebter Anlaufpunkt und Ankerhafen. Die *Trishula* fiel nicht auf, trotz ihrer Größe und der Gestaltung aus Stahl, Spiegelglas und Karbon. Im Bauch verstaut lag kistenweise militärische Ausrüstung für die zwanzig Männer und Frauen des persischen Spezialkommandos unter der Leitung von Leila Azimi. Sie alle schlenderten in legerer Kleidung, in Shorts und Bikinis über die Decks und hielten die Illusion einer reichen Partygesellschaft aufrecht.

»Sobald es Nacht wird, setzen wir über«, verkündete Malleus. »Nav Sarvan Azimi hat Luftbilder besorgt und stellt einen Angriffsplan auf.«

»Mit dem großen Besteck, wenn ich das in den Kisten unter Deck richtig gesehen habe«, kommentierte Lagrande und unterdrückte ein Rülpsen. »Pardon. Banlieue-Kind.«

Er senkte das Fernglas und sah sie mit einem strengen Lächeln an. Es wurde Zeit, etwas anzusprechen. »Wie haben Sie das gemacht?«

Lagrande hielt beim Ansetzen der Bierdose inne. Sie trug ein weit fallendes, weißes Kleid und eine Basecap auf den blonden Haaren, die Sonnenbrille verbarg ihre Augen. »Was genau?«

»Sie haben vorgestern Nacht zwei schwere Bauchwunden kassiert, mit inneren Verletzungen. Normale Menschen benötigen mindestens zwei Wochen, um danach ohne Hilfe auf Toilette gehen zu können.« Malleus deutete auf die Bierdose in ihrer Hand. »Sie hingegen sitzen auf einer Jacht und genießen das Leben, bevor Sie mit mir und einem Sonderkommando die Basis von bewaffneten, gefährlichen Menschen stürmen.«

»Gönnen Sie mir etwas davon nicht?«, gab sie spitz zurück und schob die Sonnenbrille nach vorne, damit sie ihn über den Rand anschauen konnte.

»Ich gönne Ihnen das Beste und Schönste der Welt, Lagrande.« Malleus stellte das Fernglas auf den Tisch und nahm sich den Cocktail. »Doch zuerst will ich wissen, was auf dem Turm geschehen ist, bevor ich aufgetaucht bin.«

»Na ja. Gekämpfe, Geschrei, wildes Fluchen, Verletzungen«, fasste sie lapidar zusammen. »Ich habe mir Mühe gegeben, nicht zu sterben.«

Malleus schlürfte und schwieg. *Das hält sie nicht lange aus.*

»Belenos hat mich geheilt«, sagte Lagrande und schob die Brille zurück. »Mein Gott stand mir bei. So einfach ist das.«

»Belenos. Soso.«

»Was soll denn das ›soso‹?« Sie nahm einen raschen Schluck aus der Dose.

»Weil das nicht Belenos' Gebiet war. Er hat in Yazd überhaupt nichts verloren und keine Macht.« Malleus positionierte sein Cocktailglas exakt an der Stelle, wo sich ein Abdruck auf dem Tisch zeigte. »Dass es ein Wunder ist, will ich Ihnen hingegen glauben.«

»Belenos ist eben mächtiger, als Sie denken, Sie verbohrter Atheist.«

»Kann es sein, dass Sie mir unbedingt etwas verschweigen wollen, Madame?« Malleus lächelte liebenswürdig. »Sie sind meine Partnerin –«

»Ermittlungspartnerin.«

»Und Sie sollten keine Geheimnisse vor mir haben.«

Lagrande trank vom Bier. »Ich erinnere mich nicht«, erwiderte sie. »Der Schock. Wie bei Miss Milord.«

»Dann ist es ja gut, dass ich mir die *ganze* Aufnahme vom Turm angesehen habe, bevor ich sie gelöscht habe.« Die Französin erbleichte. »Kalyra wollte Sie wandeln. Verändern. In seine Armee aufnehmen. Er hat Sie mit Schläuchen aus seinen Händen durchbohrt und –«

»Ja, gut, er injizierte mir etwas, von dem ich nicht wissen will, was es genau ist«, brauste sie auf. Ruckartig zog sie die Brille ab. »Ich wollte noch mit Ihnen darüber sprechen. Nach dem Einsatz.«

Malleus schob den schwarzen Hut in den Nacken. »Und es kam Ihnen nicht in den Sinn, dass mir Ihre Genesung seltsam vorkommen würde?«

»Belenos und seine Wunder«, konterte sie und setzte das Bier an, um zu bemerken, dass die Dose leer war.

Er lachte auf. »Das hätten Sie vielleicht jemand anderem weismachen können, aber nicht ausgerechnet mir, Lagrande.« Er musterte sie. »Fühlen Sie sich schlecht oder haben Sie Stimmungsschwankungen? Bemerken Sie Änderungen in Ihrem Denken, in Ihrer Haltung gegenüber mir oder den Menschen?«

»Sie glauben, dass Kalyra nicht nur meinen Körper beeinflusst hat, sondern auch meine Gedanken?« Langsam zerdrückte Lagrande die leere Dose zwischen ihren Fingern. »Dass er mich zu einer von seinesgleichen machen wollte?«

»Nein. Nicht ebenbürtig. Aber vergleichbar mit den Götterkindern, die sich überlegen fühlen und kein Mitleid haben, wenn die Entität sie ausschickt, um einen Auftrag zu erfüllen.« Malleus verfolgte fasziniert, wie das bunte Aluminium in ihrer Hand kleiner wurde, bis sie es zu einer erbsengroßen Kugel gepresst hatte, ohne dass die Haut dabei einen Kratzer oder einen Schnitt erhalten hatte. »Sie wollen mir nicht sagen, dass Sie *das* normal finden, Madame?«

»Nein«, flüsterte sie und sah erschrocken auf das Resultat. »Ich habe es nicht mal bemerkt.« Sie legte das Kügelchen auf den Tisch und schnippte es mit dem Zeigefinger davon. Geschossgleich sirrte es los und flog viele Meter durch die Luft, über die Bordwand der *Trishula* hinaus. »Ich kontrolliere mich.«

»Also spüren Sie Wut?«

»Nein, bei Belenos! Ich meine, ich kontrolliere alles in und an mir. Ich kann meinen Herzschlag hoch- und runterfahren, ich kann meine Haut hart wie Stahl sein lassen oder meine Körperkraft steigern. Und dann mit dem nächsten Lidschlag wieder normal sein«, erklärte Lagrande, und in ihrer Stimme klang leichte Angst. »Ich spüre, dass es erst der Anfang ist. Diese Wandlung ist noch nicht abgeschlossen.«

»Und Kalyra ist tot. Wir können ihn nicht fragen.« Malleus nickte ihr aufmunternd zu. »Zu anderen Zeiten wären Sie als Dämonin gejagt oder als Göttin verehrt ... Moment, diese zweite Option bliebe Ihnen, falls Sie sich mit D. E.M. und dem Pantheon anlegen wollen.« Er hob das bunte Schirmchen aus dem Cocktailglas und ließ es zwischen den Fingern kreisen, um es wie eine Zigarre zwischen die Lippen zu stecken.

»Das ist nicht witzig.«

»Nein, ist es nicht. Verzeihen Sie mir. Es macht mir Angst. Angst um Sie.« Malleus steckte das Schirmchen zurück und nahm ihre Hand. »Nach der Mission bringe ich Sie in ein Krankenhaus von Interpol mit den besten Spezialisten. Die werden Sie gründlichst untersuchen.«

Lagrande setzte die Brille über den Basecapschirm. »Was dann?«

»Finden wir heraus, wohin die Reise mit Ihnen geht. Noch kann ich nichts Negatives an Ihren Fähigkeiten entdecken.«

Erleichtert atmete sie auf. »Und deswegen wollte ich mit auf die Toteninsel. Ich bin bestimmt von Nutzen.«

Malleus strich über ihren Handrücken. »Das wären Sie so oder so, Lagrande.« Er lächelte sie an.

Sie strahlte zurück. »Bon, Inspecteur. Ich bin nun die perfekte Begleiterin für Sie. Was immer *Sie* sind.«

Er stutzte. »Was immer ich bin?«

»Na ja, entweder so eine Art Antigott der Atheisten oder doch ein größerer Gott, der sich wegen des divinen Tabaks nicht mehr an seine Herkunft erinnern kann«, zählte Lagrande auf, ohne seine Hand loszulassen. »Ich habe da verschiedene Theorien.«

»Entschuldigen Sie die Störung«, erklang Oona Milords Stimme parallel zu ihrem Klopfen gegen den Türrahmen. »Ich habe da was, das uns interessieren muss.«

Verflucht. Ich habe sie nicht kommen hören. Malleus ließ rasch Lagrandes Finger los und ergriff sein Glas. »Aber sicher. Setzen Sie sich. Was haben Sie?«

Milord nickte Lagrande flüchtig zu und setzte sich. In ihrem roten Badeanzug mit dem durchsichtigen weißen Überwurf wirkte sie wie eine Bilderbuch-Millionärin an Bord der *Trishula.* Die offenen dunklen Haare bildeten einen verführerischen Kontrast. »Ich habe unsere persischen Freunde gebeten, den Anruf von Madame Lagrande zu Ove Schwan zurückverfolgen zu lassen.«

»Sie haben *was?*«, regte sich die Französin auf.

»Er ist ein Terrorist. Wenn Sie oder Monsieur Bourreau ihn schnappen, sind Sie Helden«, entgegnete Milord ruhig. »Nur weil Ove Schwan Ihnen geholfen hat, macht das seine Taten nicht ungeschehen.«

Malleus stimmte ihr schweigend zu. Er wusste, dass GodsEnd keine Rücksicht auf Unschuldige nahm. Das hatte er im bolivianischen Tiwanaku lernen müssen; seither gab es von seiner Seite keinerlei Kontakt mehr zu Ove.

»Bon. Was hat Ihre Schnüffelei ergeben?«, gab Lagrande eisig zurück. »Von der Sie uns ruhig etwas hätten sagen können.«

»Die Verbindung führte über einige Umwege zu einem Handy nach Island. Der Nutzer wählte sich damit einige Stunden später regulär ins Funknetz ein. Danach taucht die Nummer nicht mehr auf.«

»Was soll uns daran beunruhigen?« Lagrande gab sich nicht einmal Mühe, ihren Ärger zu verbergen.

»Dass eine internationale Nummer angerufen wurde.« Oona deutete auf die Stadt. »In Tanga. Bei der Hafenbehörde.«

Malleus stieß einen Fluch aus. *Ove wusste, dass wir mit einem Boot kommen werden.* Er verspürte die Gier nach einer Culebra und wühlte den rettenden Inhalator mit dem Pseudonikotin heraus. Damit stellte sich die Frage: Würde sich GodsEnd einmischen? *Und wenn ja: Auf welcher Seite?*

***

Nach Mitternacht fuhren die drei Motorboote lautlos mit schallgedämpften Elektromotoren die kurze Strecke von der Marina hinüber zur Toteninsel. Lediglich die Bugwellen verursachten ein leichtes Plätschern, das im Innern der Insel durch den dichten Grünstreifen am Ufer nicht zu hören sein würde.

Malleus Bourreau, Marianne Lagrande und Oona Milord saßen in Militärkleidung im zweiten Boot und überließen das erste Anlanden den persischen Spezialkräften, die für solche Unternehmungen ausgebildet waren. Malleus' Anspannung war extrem hoch. Neben dem plötzlich eingesetzten Entzug bereitete ihm der Umstand Sorge, dass GodsEnd wie aus dem Nichts erscheinen und in das Geschehen eingreifen könnte.

Bis zum Einbruch der Dunkelheit war es im Hafen von Tanga und in der Marina ruhig geblieben. Auf der Toteninsel waren keinerlei Aktivitäten auszumachen gewesen.

Das Nachtsichtgerät und die Vergrößerungslinse erlaubten Malleus, genau zu verfolgen, wie die schwarz gekleideten Elitesoldatinnen und -soldaten mit dem ersten Boot auf den Kiesstrand fuhren, an Land sprangen und die Umgebung sicherten.

Am Ufer waren verwitterte Schilder mit dem Zeichen für Biogefährdung und mehrsprachigen *Betreten-verboten*-Hinweisen in den Boden gerammt worden. Die Wärmebilderkennung zeigte zwischen den Bäumen und Sträuchern entlang der Uferlinie keinerlei Gestalten.

»Alles sicher, Inspector«, hörte er Nav Sarvan Azimi über Funk sagen. »Nachrücken. Wir ziehen wie vereinbart vor zur Quarantänestation.«

»Bestätigt.« Malleus sprang Sekunden später mit den Leuten aus den anderen beiden Schlauchbooten auf die Insel, und sie folgten der Vorhut.

Der Plan sah vor, dass sie erst die verlassene Quarantänestation untersuchen würden, danach die Kirchen und am Ende die Moschee. Die alten Gebäude boten Nihil eine bestehende Infrastruktur für Drogenküchen und Lagerstätten.

Azimi hatte – von gelegentlichen Meldungen abgesehen – Funkverbot erteilt, es wurde auch innerhalb der Teams nicht gesprochen. So eilten Malleus, Lagrande und Milord still über die Toteninsel. Das Knirschen des Kieses wurde zu einem leichten Rascheln, nachdem sie die Uferböschung überwunden hatten und sich auf dem zugewucherten Pfad auf das Quarantänegebäude zubewegten.

Malleus sah die Aufklärungsteams, die sich geduckt an die Station heranbewegten und sie von verschiedenen Seiten sicherten, bis ein Soldat durch ein offen stehendes Fenster einstieg.

»Inspector, kommen Sie. Das müssen Sie gesehen haben«, lautete eine halbe Minute darauf Azimis Funkspruch.

»Was haben Sie gefunden?« Er eilte voran und gab seiner Begleitung ein Zeichen, ihm zu folgen.

»Jemanden, der mit Ihnen sprechen möchte und uns Arbeit abgenommen hat.« Azimi klang vollkommen verwundert.

»Also doch GodsEnd«, sagte Milord genervt. »In den Hades mit dem Terroristenpack! Sie werden die Schicksalstafeln haben und eine Amnestie für sich aushandeln wollen.«

»Von mir aus. Solange wir die Artefakte bekommen«, konterte Lagrande. »Wir sollten Schwan dankbar sein.«

Das kann unmöglich sein. Es sei denn, sie wären von der Küste aus getaucht, um ungesehen zu bleiben. Malleus erreichte die marode Veranda und wurde von den persischen Spezialkräften ins Innere gelassen.

Der Boden war getränkt mit Blut. Mehrere Leichen mit übelsten Schusswunden und klaffenden Schnittverletzungen lagen zwischen Werkbänken, Kanistern und Metallboxen. Gepackte Drogensäckchen stapelten sich hüfthoch, an den Wänden hingen handschriftliche Logistikaufstellungen und Versandpläne. Sie hatten eine Fertigungsstätte von Nihil gefunden, die vor ihrer Ankunft ausgemerzt worden war. *Sie ließen keine Gnade walten.*

»Wo ist Schwan?«, fragte Malleus über Funk.

»Ihr Name ist nicht Schwan«, erwiderte Azimi und erschien aus einer Nebentür, hielt sie offen. »Hier entlang, Inspector.«

Lagrande, Milord und Malleus folgten der Aufforderung und gelangten in einen Lagerraum, in dem weitere verstümmelte Leichen lagen.

Angeleuchtet von mehreren Taschenlampen kniete eine etwa sechzigjährige dunkelhäutige Frau auf den rissigen Dielen. Sie war dünn und ausgemergelt, nurmehr Haut und Knochen. Ihre abgewetzte Kleidung und die im Nacken zusammengebundenen Rastalocken starrten vor frischem und geronnenem Blut; vor ihr lagen ein altes AK-47, zwei schartige Macheten und zwei unterschiedliche halbautomatische Pistolen unbekannter Bauart.

»Die Waffen hat sie freiwillig abgelegt, als wir ankamen«, sagte Azimi. »Kennen Sie sie?«

»Nein«, antwortete er überrascht. »Ich habe diese Frau noch nie gesehen.« Er schaute zu Milord und Lagrande, doch auch sie schüttelten verwundert die Köpfe. »Wer sind Sie?«

»Ich bin eine Bewunderin. Nein, eigentlich ein *Bewunderer*«, sagte die alte Frau, der mehrere Zähne fehlten. In ihren Jugendzeiten musste sie hübsch gewesen sein, den Rest hatte ein sehr hartes Leben besorgt. Sie roch durchdringend nach Schweiß. »Einen größeren Fan als mich gibt es nicht.«

Malleus versuchte zu verstehen, was sich in der Quarantänestation ereignet hatte. »Haben Sie die ganzen Leute umgebracht?«

»Aber sicher! Die wollten dich töten, Inspector!« Die Frau öffnete langsam ihre rechte Faust. Darin kam ein Titan-Siegelring von Nihil zum Vorschein. »Kennst du den?« Malleus ließ sich den Schmuck von einem maskierten Spezialsoldaten reichen. »Hab ich Cluezel abgenommen.« Sie sah grinsend zu Oona Milord. »Als ich dich in Saryazd gerettet habe, du schnucklige D.E.M.-Agentin. Vor den Dewe. Während du wie ein Baby an der Wand gekauert hast. Bedank dich später.«

Genauestens begutachtete er den Ring und sah die Initialen *E.C.* auf der Innenseite unter der Siegelplatte eingraviert. *Emilian Cluezel. Was geht hier vor?*

»Inspector!« Lagrande bückte sich und hob eine der Pistolen auf, die einen dicken Schalldämpfer trug. »Ich werd verrückt. Das ist eine APB. Das gleiche Modell wie das des verrückten Killers, der Ihnen nachgestellt hat.« Sie lud einmal durch und fing die ausgeworfene Patrone, um sie im Licht zu prüfen. »Merde! Die Hülse ist voller Symbole.«

»Nennt sich Glyphen«, verbesserte die dunkelhäutige Alte. »Ja, genau! Ich bin's! Nur in anderer Gestalt.«

Lagrande lachte auf. »Niemals. Du warst ein dicker weißer Typ.«

Und ich habe ihn erschossen. Malleus bekam die Geschehnisse nicht zu einer schlüssigen Geschichte vereint. »Sind Sie eine Entität, die sich einen Spaß erlaubt?«

Die persische Sondereinsatztruppe schwärmte aus und sicherte die Quarantänestation weiträumiger. Die Funde von weiteren Toten häuften sich. Das Wort »Massaker« fiel häufiger über Funk.

»Nein, ich bin wiederbelebt worden. Damals. Von Loki und Susanoo!«, berichtete die Frau enthusiastisch. »Und sie haben eine Wette abgeschlossen und mich für deren Spielchen eingespannt. Aber dann, *dann* wurde mir klar, dass ich das nicht will.« Begeistert sah sie ihn an. »Ich weiß, ich bin ein Mörder. Ein Vielfacher. Und ich wollte dich auch einmal umbringen, aber … das ist vorbei. Als ich in Saryazd gesehen habe, was du vermagst, Inspector, was du wirklich bist, wurde es mir klar.« Sie kicherte in sich hinein. »Auf dem Rollfeld damals, das war schon bewundernswert, aber einen Fremdgott und seine Klone zu vernichten, boah, also, da fehlen mir die Worte.«

»Das ist irre«, murmelte Lagrande und starrte auf die blutbedeckte Frau. »Kann das sein, was sie sagt?«

»Ich verfolge euch alle schon die ganze Zeit. Meine Gestalt ändert sich jeden Tag«, erklärte die Gefangene. »Ich war Captain Khan, ich war Skipper Odhiambo, ich war die Stewardess im Flugzeug, als Merx aufgetaucht ist, und ich war in Sydney und habe die Entitäten gesehen, die in die Wohnung von Tina Wentworth gekommen sind und so getan haben, als wären sie Nachbarn.« Sie sah zwischen Malleus und Lagrande hin und her. »Deswegen habt ihr beide mich nicht bemerkt. Und manchmal mit mir gesprochen. Und ich hab dir wieder geholfen, Bourreau. Oh, in Lipsk war ich deine neue Nachbarin. Circe. Bring deiner alten Nachbarin mal bei Gelegenheit eine Schachtel Pralinen von mir vorbei. Bei ihr hatte ich die Leichen von ein paar Einbrechern abgelegt.« Die Dunkelhäutige grinste. »Und ich habe dich im Sirona-Krankenhaus aus dem Koma holen lassen, aber da ist mir Cluezel entwischt. Erinnerst du dich an die Oma, die dir zugewinkt hast, als du aufgewacht bist?«

Der Unterhosenratschlag! Malleus vermochte kaum zu glauben, was er hörte. »Loki und Susanoo haben eine Wette abgeschlossen?«, vergewisserte er sich.

»Sie meinten, sie holen mich zurück ins Leben und setzen die Götterdämmerung in Gang. Und ich soll dich beobachten und ausspionieren. Dann habe ich für sie deine Culebras und deinen PDA ausgetauscht. Sorry.« Die alte Frau lachte auf. »Zuerst habe ich den ganzen Aufwand nicht begriffen, aber als du dieses Monstrum aus dem All vernichtet hast, schon: *Du* bist der Götterkiller! *Du* bist die Götterdämmerung, von der Loki und Susanoo gesprochen haben! Die beiden Clowns wollen *dich* einsetzen, Inspector, um das Pantheon auszudünnen.«

Malleus durchlief es siedend heiß. *Das … das ergibt Sinn! Sie könnten Nihil die Infos über die Culebras gesteckt haben.* »Warum?«

Die dürre Dunkelhäutige zuckte mit den Achseln, getrocknetes Blut rieselte aus den Rastas. »Das musst du die Spacken selbst fragen. Ich bin nur ihr Opfer.« Sie schlug sich gegen die Stirn, Blutplättchen fielen von der Haut ab. »Das hätte ich beinahe vergessen.« Langsam griff sie unter ihr Kleid und zog zwei handgroße Tafeln aus purem Gold heraus, auf denen Symbole und Schriftzeichen zu sehen waren. »Ṭuppi šimāti.« Sie reichte die Artefakte an Malleus. »Mein Geschenk für dich. Als Wiedergutmachung für meine Fehler.«

»Die Schicksalstafeln.« Milord sah erleichtert auf die goldenen Artefakte, die im Schein der Lampen glänzten. »Sie sind geborgen.«

Malleus war vom Gewicht überrascht. *Nihil hatte sie wirklich in Besitz gehabt.* »Woher haben Sie die?«

»Diese Typen waren in der einen Kirche gerade mit den Vorbereitungen beschäftigt, um sie anzuwenden. Das konnte ich nicht zulassen«, erzählte die Alte freimütig. »Wer weiß, was sie damit angerichtet hätten? Hab mich eingelesen. Das hätte übel ausgehen können für die Welt. Ich will jedenfalls keine Amöbe sein und in der Ursuppe schwimmen.«

So richtig wusste Malleus immer noch nicht, was er davon halten oder was er sagen sollte. »Also, Frau –«

»Nee, ich bin eigentlich ein Mann. Wer weiß, was ich morgen sein werde? Vielleicht ein Fahrrad?« Sie lachte meckernd. »Du meine Güte. Ich hoffe, das hört bald auf mit der Gestaltenwechslerei. Nur nicht, wenn ich grad … ein Goldfisch bin. Das wär kacke.«

»Das wäre es«, warf Lagrande ein.

»Du kannst mit den Tafeln wirklich zu Gul-ki-šár werden, Inspector«, warf die Dunkelhäutige ein. »Oder wohldosiert die ganzen Gottheiten ein für alle Mal vernichten. Ist das nicht das, was du immer wolltest? Als Atheist? Ich habe mir so viel Mühe gegeben, sie dir zu beschaffen.« Sie klatschte auffordernd in die Hände. »Los! Probier sie aus! Weg mit dem Gottgesocks!«

»Inspector, nicht«, sagte Azimi und entsicherte warnend ihre USAS-12. »Das ist nicht Ihre alleinige Entscheidung.«

»Ui, geile Wumme! Die hatte ich auch. In Saryazd. Pass auf, wohin du damit zielst, stolze Perserkatze. Die macht fette Löcher«, sagte die Dunkelhäutige. »Aber wenn er doch Gul-ki-šár ist? Er hat so viel vergessen! Vielleicht haben die Götter deswegen Angst vor ihm? Dann *ist* es seine Aufgabe! Seine Pflicht!«

»Legen Sie die Tafeln auf den Boden, Inspector«, sprach Azimi ruhig, aber bestimmt. »Jetzt!«

»Falls du es vergessen hast, Inspector: Die Schicksalstafeln verleihen dem Besitzer Macht über alle Götter«, plapperte die Alte weiter. »Alle Dinge können in ihren Urzustand zurückversetzt werden. Stell es dir vor: die Welt in ihrem Zustand vor dem Erscheinen der Entitäten! Ohne diese Schmarotzer!«

»Das ist meine letzte Aufforderung, Inspector.« Azimi hob langsam das vollautomatische Schrotgewehr. »Sie haben kein Recht auf eine solche Macht.«

»Wer dann?« Malleus schaute Azimi in die Augen. »Wer darf die Macht eines Gottes oder einer Göttin haben? Wollen *Sie* das bestimmen?« Die Worte der Alten waren verlockend. *Die Fesseln könnten gesprengt werden, die Entitäten ausgelöscht.* »Alles Göttliche in jeglicher Form sollte verschwinden.«

»Chef, nicht! Sollten Sie selbst einer von ihnen sein, vergehen Sie mit ihnen«, sagte Lagrande besorgt. »Und … ich vielleicht auch!«

Oona Milord blickte sie irritiert an, schwieg jedoch.

Das wäre die letzte und größte Konsequenz. Die Menschen wären frei und ich nicht länger Spielball von jemandem. Für jemanden, dachte er. *Doch habe ich wirklich das Recht und die Pflicht, diese Tafeln einzusetzen?*

Malleus wusste nicht einmal, wer er war.

Was er war.

Eine Antwort vermochten ihm ausgerechnet jene Entitäten zu geben, die ihn jahrelang manipuliert hatten. Loki zum Beispiel oder Susanoo, die ihn für ihre fragwürdigen Spielchen einspannten.

Ist dies wirklich ein guter Moment, das Leben zu beenden und in Unwissenheit zu vergehen? Malleus drehte die Schicksalstafeln in seinen Händen, goldene Reflexionen zuckten über die angespannten Gesichter der Umstehenden. *Und was wird danach aus den übermächtigen Artefakten?* Jeder Mensch hätte ungehindert Zugriff darauf und könnte sie einsetzen. *Zum Guten oder zum Schlechten.* Diese Überlegung gefiel ihm kein bisschen.

»Ich zähle jetzt rückwärts, Inspector.« Azimi richtete die große Mündung auf Malleus.

Leute wie die Nav Sarvan könnten die Entitäten mithilfe der Tafeln sofort zurückbringen. Nichts hätte sich geändert. *Außer dass ich fehle. Noch mal werden sie mich nicht am Leben lassen.*

»Drei.«

Es wäre am Ende nichts gewonnen. Gar nichts. Malleus lächelte plötzlich. »Ich habe eine bessere Idee.« Er konzentrierte sich und versuchte eine Verbindung zu den Tafeln herzustellen. Die Schriftzeichen im Edelmetall leuchteten sogleich maisgelb auf, als hätten sie auf seinen Impuls gewartet.

»Nicht!« Azimi löste das automatische Schrotgewehr aus.

Lagrande sprang mit ausgebreiteten Armen unerschrocken ins Schussfeld der tödlichen Waffe. Die Kugeln prallten an ihrer stahlharten Haut ab, Querschläger trafen etliche aus der Truppe, die aufschrien und teils zu Boden gingen.

Derweil wandelten sich die beiden übermächtigen Schicksalstafeln unter Malleus' Wirken zu Dutzenden kleinen Goldkörnchen, die aus seinen Fingern rannen und auf den Holzboden prasselten wie sattgelbes, funkelndes Getreide. Der Ursprungszustand der Artefakte war wiederhergestellt.

Wie es scheint, hatte Nihil die richten Tafeln gefunden. Erleichtert sah er in die Runde und wischte sich die Finger ab. Letzte Goldkörnchen und gelber Edelmetallstaub landeten auf den Dielen. »Diese Entscheidung ist auch in Ihrem Sinne, Nav Sarvan?«

Azimi hatte eine Schramme an der Stirn, unterhalb des Helmrands, aus der Blut sickerte. »Das ist sie, Inspector. Verzeihen Sie, ich hatte keine Ahnung, was Sie beabsichtigen.«

»Geschenkt.« *Ich auch nicht.* Malleus' erster Gedanke und Impuls war ein anderer gewesen, als er die Macht der Schicksalstafeln in seinen Fingern gespürt hatte. »Es kam, wie es sollte.«

Lagrande fiel ihm um den Hals. »Danke«, hauchte sie. »Ich wollte nicht sterben.« Er erwiderte die Umarmung, die sie sogleich löste und verlegen einen Schritt zurück machte.

Oona Milord nutzte die Chance und tat es ihr nach. Malleus genoss ihre Nähe und Wärme.

»Das war weise«, flüsterte sie ihm zu.

»Wir werden nie erfahren, ob alles andere weiser gewesen wäre«, gab er zurück. Behutsam schob er sie von sich. »Nav Sarvan, wir sollten die Spuren sichern, alles in Brand stecken und verschwinden. Falls GodsEnd doch noch auftaucht.«

»Verstanden.« Azimi gab ihrer Truppe Anweisungen via Funk auf Persisch.

Die dunkelhäutige alte Frau hatte sich erhoben und machte Anstalten, Malleus ebenso zu umarmen. Der Schweißgeruch rollte auf ihn zu. »Du bist ein heldenhafter Gott!«

»Moment«, bremste er sie mit ausgestrecktem Arm. »Wir beide haben einiges zu besprechen.«

»Geht klar. Aber vorher nicht mal einen kleinen Kuss für eine arme, alte Crackhure?« Enttäuschung spiegelte sich in den braungrün gesprenkelten Augen des Glyphenmörders wider. »Es ist nach Mitternacht – und damit Weihnachten! Brauchst du erst einen scheiß Mistelzweig?«

Lagrande lachte schallend los.

* Α Ω *

Dänemark, Snaptun (östlich von Horsens in Jütland), 30. Dezember 2019

Was für ein scheiß Ort: Snaptun, für Loki-Freunde ist das wie Disney World, nur noch kommerzieller! Genau richtig, um meine Kündigung an den Spaßvogelgott in seinen Tempel zu werfen. Und das meine ich genau so.

Snaptun. Klingt, als wollte man einen Thunfisch mit den Händen fangen: Schnapp den Thun.

Hätte schön sein können. Bisschen alte Baustruktur erkenne ich noch. War mal ein verschnarchter kleiner dänischer Seglerort für Jachtdümplerinnen und Segelreffer, die ihre Angelrouten dippen und sich ihre Butterboxen füllen wollten, während sie Möwen füttern.

Dann kam 2012. Und Loki.

Ist jetzt zum Rummelplatz verkommen. Überall schlimme Fahrgeschäfte, man gurkt in Lokis Kopf durch eine nordische Geisterbahn namens Hel, in einem Humpen durch eine lahme Kinderbahn und so weiter. Touris können ihr Geld an Verkaufsbuden mit Nepp und Nippes verschwenden, bei denen es nichts anderes als Loki-Stuff und Loki-Shit gibt. Oder sich die Wampe mit Fast Food vollhauen. Jeder zweite Begriff an den Buden, auf Speisekarten und auf Artikeln ist »Lokis« Irgendwas.

Was für ein Ego-Wichser!

Wie die Verkaufssklaven in den Buden schauen. Die leiden unter den dämlichen Namen der Produkte. Aber es gibt Kohle. Viel Kohle. Wetten, dass es alles der Tempel einstreicht?

Umgestaltung: jetzt. Was nehme ich: Filzstift oder Spraydose? Erst mal den Filzer. Im Rucksack habe ich noch andere Sachen zur Abgabe der Kündigung. Bauschaumdosen, einen Vorschlaghammer mit gekürztem Stiel, Rohrbomben, Ersatzmagazine für die APB. Für jeden festlichen Anlass vorbereitet.

Dann schreibe ich mal »Lokis kleine Eier« und »Lokis Miniwürstchen – jetzt noch kleiner und schrumpeliger« auf die Außenkarte der überteuerten Frittenbude. Hahaha, ich kritzle noch »Lokis Arschleckmuschel« und »Lokis Pissbier, superabgestanden & naturtrüb« dazu. Mahlzeit! Ob ich bleibe, um zu schauen, wer es bestellt?

Nein, ich gebe erst meine Kündigung ab. Auf zum Tempel. Aus dem Weg, Platz für Captain Khan, Co-Pilot und Superheld!

Snaptun tut mir echt leid. Der Ort kann nix dafür, dass man in den Fünfzigern in der Nähe den Snaptunstein gefunden hat. Die Replik steht auch in den Läden, in groß und klein, aus Speckstein wie das Original oder aus Schokolade. Für die Mädels das Model Alvsten, Elfenstein, und die Typen den Essestenen, weil es männlicher klingt. Marketing kann Loki, die alte Spaßflöte.

Hergestellt wurde der Stein um tausend nach Christus, sagen die Archäologen, und dass das Ding aus Schweden kommt. Oder Norwegen. Skandinavien halt, meine Fresse. Alles ein Gesocks.

Schwer gelacht, als ich gelesen habe, zu was der Snaptunstein eingesetzt worden ist: um die Düse eines Blasebalgs zu schützen. Hahaha, heiße Luft und Loki! Da hatte jemand Humor, als er das Ding geschnitzt hat.

Na, im Tempel schaue ich mir das Stück genauer an.

Ah, da drüben ist der abgetrennte FSK-18-Bereich von Loki's World.

Nein, kein Sex. Da können lebensmüde, bekloppte oder sich selbst überschätzende Touris rein, um sich in verschiedenen Disziplinen zu messen, wie in der Fernsehshow Loki's Lost.

Das Harmloseste ist noch das Wettsaufen mit Hochprozentigem. Dann kommt schon Jonglage mit Messerklingen – und alles wird auf Loki's Pay-TV live übertragen und ausgeschlachtet … hahaha, ausgeschlachtet! Wie passend.

Bedenkt man, dass Loki vor seinem Auftauchen ein Arschloch und nicht mal ein Gott war; für jemanden, den keiner leiden konnte, ist seine Imagekampagne 2012 echt gut gelaufen. Vielleicht liegt's auch an den Superheldenfilmen, in denen er fies, aber sympathisch rüberkommt, dank des charismatischen Schauspielers. Aber unterm Strich bleibt: Er und Susanoo sind dämliche Wichser. Spaß auf Kosten anderer ist immer der billigste. Wissen selbst die schlechten Comedians.

Man muss den Menschen die Augen öffnen. Durch eine Kündigung mit Schwung.

So, der Tempel. Gibt verschiedene Eintrittstickets: Standard, Gold, Platin, Super Fast Lane. Beginnt bei … was? Fünfzig Euro für stundenlanges Anstehen, um dann im Pulk gesegnet zu werden? Und die Super Fast Lane mit Blitzzugang zum Stein und einem Opfertisch … 10000 Euronen. Nicht schlecht. Der Mindestwert der Opfergaben muss noch mal 10000 betragen. Aber natürlich gibt es für alles einen Markt, auch für überteuerte Entitäten.

Wie gut, dass ich das Geldversteck von Nihil auf der Toteninsel geplündert habe. Zehn, elf Millionen Drogengeld, mit denen ich machen kann, was ich will.

War 'ne schöne Unterhaltung mit dem, dem ich gefolgt bin. Alles konnten wir nicht klären, doch es war ein guter Anfang. Der Rest ergibt sich bald. Aber Bourreau braucht mich nicht mehr. Er hat mich nie gebraucht. Und ich hab ernsthaft daran gedacht, ihn umzubringen? Wie verblendet ich war! Wie unwissend!

Um etwas Neues zu beginnen, muss das Alte abgeschlossen werden.

Deswegen: Kündigung.

Wenn ich die überlebe, umso besser. Auf zur Super Fast Lane.

»Guten Tag und Lokis Segen«, *hält mich ein Priester in einer Klamotte auf, die verdächtig abgekupfert aussieht. Wie das Loki-Kostüm in einem Avengers-Film! Der ist sich echt für nichts zu schade. Aber verklag mal einen Gott auf Copyright, wenn du nicht Bourreau bist. Das traut sich nicht mal Disney.* »Was möchtest du deinem Gott opfern, Sterblicher?« *Er schaut auf meinen Rucksack.*

Locker greife ich rein und nehme mehrere Geldbündel heraus, drü-

cke sie dem perplexen Türmännchen in die Hand. »Das sind fünfzigtausend. Zehn für den Eintritt, fünfunddreißig für den Altar. Der Rest ist Trinkgeld, mein Großer. Aber keine Hel-Huren im FSK-18-Bereich schänden.« *Hähähä, Mund zu.*

»Aber sicher!« *Beflissen geht er voraus, und ich gehe an den ganzen Anstehlemmingen der anderen Spuren vorbei ins Innere des Loki-Heiligtums.*

Nett hier. Erinnert ein bisschen an einen umgedrehten Kahn in groß, mit schicker Spantendecke, von der vielarmige Leuchter pendeln. Überall hängen angestrahlte Bilder und riesige Flaggen mit Lokis Visage in verschiedenen Posen. Ja, doch: kleiner Ego-Wichser.

»Im Preis inbegriffen ist die Besichtigung des Snaptunsteins«, *sagt der Priester und versucht, die 50000 Euro irgendwie in den Taschen zu verstauen, ohne die Hälfte zu verlieren.* »Du darfst ihn nicht berühren, aber davor knien und ihn anbeten, Sterblicher.«

»Geht klar.« *Da ist der Speckstein, hübsch illuminiert von den Feuerschalen ringsherum.*

Hahaha, der Künstler muss ein blindes Gör gewesen sein! Ernsthaft, man braucht schon viel Vorstellungskraft, um Loki in der Schnitzerei zu erkennen. Bloß ein maskenhaft in den Stein gekerbter Kopf eines Mannes mit lockigen Haaren und buschigen Augenbrauen.

Hab gelesen, dass die Linien um den Mund die Besonderheit des Snaptunsteins ausmachen. Stehen für Fäden oder Narben. Lustige Geschichte: Man hat Loki mal den Mund zugenäht, weil er eine Wette verloren hat. Gegen irgendeinen Zwerg. Weil er aber die Fresse nicht halten konnte, platzte die Naht und verpasste ihm schicke Narben.

Komisch: Dass Loki eine Wette verloren hat, wird gerne verschwiegen.

An der Linie stehen bleiben, hinknien, Rucksack abstellen und öffnen. »Stimmt das, dass man früher Kinder nicht nach Loki benannt hat?«

»Wann soll das gewesen sein, Sterblicher?« *Noch ist der Priester freundlich. Aber das ändere ich gleich.*

»Na, vor mehr als tausend Jahren. Die Asen fanden zwar alle toll, aber Loki – puh.« *Ich zeige auf den Stein.* »Ich meine, das Ding war gemacht für einen Blasebalg. Jetzt steht es in einem Tempel. Das ist doch superironisch.«

Das Gesicht des Typen wird langsam misstrauisch. Er prüft ein paar Scheine, denkt wahrscheinlich, es ist Falschgeld. »Das ist pure Propaganda.«

»Aber es gab keinen Loki-Kult, keine Tempel, keine Ortsnamen, keinen beschissenen Bezug zu ihm«, *rede ich weiter und krame im Rucksack. Wo ist denn … ah, hier.* »Er war ja nicht mal als Gott anerkannt. Kannst du ihn mal rufen? Ich muss ihm was sagen.«

»Wie kannst du so von meinem Herrn sprechen?«, *regt sich der Priester auf.* »Er erscheint doch nicht, weil ihn einer von Milliarden gewöhnlichen Sterblichen sprechen will.«

»Echt?« *Ich werfe ihm locker nochmals zwei Geldbündel hin. Dieses Mal welche mit Blut dran.* »Für dich persönlich. Trinkgeld. Und jetzt?«

Hahaha, er überlegt und schaut auf die Scheine. Ja, Glaube hadert mit Kohle. Das Dilemma der Menschheit.

»Ich muss dich bitten zu gehen, Sterblicher«, *sagt er und glotzt immer noch auf das Geld.* »Du benimmst dich ungebührlich gegenüber Loki.«

»Ungebührlich?« *Ich packe den prächtigen Captain-Khan-Penis mit einer Hand aus und pinkle in die Feuerschale; die andere greift in den Rucksack. Es zischt und stinkt, der weiße Rauch steigt aus den Kohlen auf.* »*Das* ist ungebührlich.«

»Du Frevler!« *Der Priester will mich wütend greifen, aber ich halte den gekürzten Stiel des Vorschlaghammers gepackt und zimmere ihm das stumpfe Ende gegen die rechte Kniescheibe, die sich mit einem gepflegten Knacken nach hinten verabschiedet. Er kippt um, schräg neben den Urinstrahl, der ungebrochen in die Feuerschale plätschert.*

»Habe ich mir von Thor geliehen. Ist sein Ersatz-Mjölnir.« *Und zack, noch einen Hammerkuss gegen die Stirn, ein bisschen sanfter, damit er nicht verreckt. Und Ruhe. Ah, das tat gut. Abschütteln, einpacken.* »Hey, Loki!«, *rufe ich und erhebe mich, den Vorschlaghammer mit Kurzgriff locker am langen Arm.* »Bist du da? Ich würde gern kündigen.«

Natürlich taucht er nicht auf. Nur ein paar Priester strecken die Köpfe in den Saal und verlieren die Fassung. Na, dann passt mal auf, Freunde. Gleich macht ihr euch in die Roben.

»Loki, Gott der Verarsche«, *rufe ich und recke den Hammer. Sehe ich nicht ein bisschen aus wie ein persischer Thor? Oder ein indischer? Nein, ich werde nicht singen und tanzen.* »Vernimm meine Kündigung. Mach deinen Scheiß alleine. Hiermit bin ich raus!«

Den Stiel des Hammers mit beiden Händen greifen, einmal schwingen, hoch über den Kopf wuchten und – rumms!

Der Snaptunstein zerspringt staubend in lauter Specksteinchen. Können ja daraus wieder einen schnitzen, wenn sie unbedingt einen brauchen. Wäre dann aber mehr das Modell Alvsten als Essestenen.

In der Ecke wabert plötzlich die Luft, und da kommt er angestürmt, der Nicht-Spaßversteher. Sieht wütend aus, der Gute. Was hat er denn da an? Schwarzer Businessanzug mit rosafarbenem Hemd? Hahaha, er kommt direkt aus einer Vorstandssitzung. Wie unnordisch!

»Du?«, *brüllt er mich an.* »Was tust du in meinem Heiligtum und …« *Der Blick richtet sich auf den zerschlagenen Snaptunstein.* »Nein! Nein, das hast du nicht getan!«, *schreit er außer sich.*

Ich hebe den Hammer und puste über das daran haftende Specksteinmehl. »Doch. Kündigung angekommen?«

»Warte, ich unterschreibe sie dir!« *Loki stürmt heran und nimmt einen Zierspeer von der Wand.* »Damit. In deine Haut!«

Hm. War wohl doch keine gute Idee, auf diese Weise aus der Abmachung auszusteigen. Aber ich hatte meinen Spaß. Zum Abgang recke ich noch mal den Hammer, als wäre ich der Donnergott persönlich. Nimm dich in Acht vor Captain Khan! Bei der Macht von Grayskull!

* Α Ω *

Mit einem Lächeln trat Malleus hinter der Tempelsäule hervor und zeigte sich dem Schelmengott. *Nun bin ich an der Reihe.* Es hatte ihn nur etwas Drogengeld und eine gute Verkleidung gekostet, um ins Heiligtum vorgelassen zu werden. Die Druiden hatten nicht geahnt, wem sie Zutritt erlaubten. »Ich dachte, ich komme mal vorbei und stehe dir bei. Gegen dieses Wesen, das du und Susanoo erschaffen habt, um mir meine Aufgabe zu erschweren.« Er nahm den falschen Vollbart und die Sonnenbrille ab. »Und jetzt ist es euch über den Kopf gewachsen, wie es scheint?«

Loki wirbelte herum, die Krawatte rutschte unter dem schwarzen Sakko heraus. »Ich wusste, dass ich deine Präsenz erkannt habe.« Er stellte den Speer auf den Boden, öffnete Schlips und den oberen Knopf. »Aber dieser … Sterbliche lenkte mich zu sehr ab.«

»Captain Khan«, sagte der Mann in der Pilotenuniform und salutierte grinsend. »Co-Pilot und Held. Stets zu Diensten.«

»*Das* war seine Aufgabe.« Malleus sah auf den zerschlagenen Snaptunstein. »Meinen Glückwunsch.« Er deutete spöttischen Applaus an. »Wenn ich mir diesen Loki-Park so anschaue, hast du es weit gebracht.«

Die Augen des Schelmengottes verengten sich. »Was willst du?«

»Eine Auskunft.«

»Oder?«

»Gibst du sie mir nicht, muss ich sie selbst herausfinden, indem ich meine Kräfte erforsche.« Malleus pochte gegen die tragende Säule des Tempels neben ihm. »In deinem Park fange ich an. Dann reise ich nach Nippon und schaue mich nach Susanoo-Schreinen um. Und dann komme ich wieder zurück und –«

»Gut, gut. Kein Grund, Drohungen auszustoßen.« Loki gab den lächelnden Gebrauchtwagenverkäufer und richtete den Sitz der Krawatte. »Bleiben wir doch Sportsmänner. Wie wäre es mit einer Wette?«

»Um dein Leben?« Malleus betrachtete seine rechte Hand, während er sie öffnete und schloss. »Noch habe ich nicht verstanden, zu was ich alles imstande bin. Aber es macht Entitäten zu schaffen. Und ich vermag, auch die Größten von euch zu töten. Erst vor Kurzem dachte Namtarú, er könne mich besiegen.«

»Nam-wer? Nie gehört«, behauptete Loki. Mit einer raschen Geste sandte er die hereinströmenden Druiden und Wachen aus der Halle, damit sie ungestört blieben. »Klingt nach etwas, das man auf einer thailändischen Speisekarte bestellen kann.«

»Du hast Maria Olmos die Beschwörungsformel untergejubelt, damit mich Namtarús Diener in Kopenhagen angreifen. Du hast ihm die Erlaubnis gegeben, dies auf dänischem Boden zu tun, obwohl es nicht sein Gebiet war«, erinnerte Malleus genüsslich. »Captain Khan erzählte mir davon. Er hat gehört, wie du und Susanoo sich darüber unterhalten haben.«

»Ah, *das!*«

»Genau. *Ah, das.* Und danach hast du Nihil auf mich aufmerksam gemacht, damit sie mir den divinen Tabak wegnehmen, Karak umbringen und kein Verdacht auf dich fällt. Habe ich recht? Waren der Divinitätsdetektor und der Titanring auch von dir?« Malleus schritt auf Loki zu. »Hattest du gehofft, ich würde mich mit Nihil verbünden?« Noch bevor der Gott ausweichen konnte, packte er ihn am Revers. »Warum wolltest du, dass ich gegen Entitäten in den Krieg ziehe? Wo liegt dabei dein Vorteil?«

»Ich? Das musst du falsch verstanden haben«, entgegnete Loki.

Dass ihn der Herr der Täuschung nicht attackierte, verstand Malleus als Bestätigung. *Er fürchtet sich vor mir.* »Niemals war mein Verstand klarer als in diesem Augenblick. Die Dumpfheit, der Rausch, das angenehm Abgestumpfte der Culebras hat sich verloren«, erwiderte Malleus. Behutsam setzte er jene Kräfte ein, mit denen er versehentlich Imee umgebracht hatte. Sofort wand sich Loki und versuchte, der gefährlichen Energie zu entkommen, doch er vermochte den Griff nicht zu brechen. »Da ich noch lebe, obwohl ich einen Gott bedrohe, muss ich selbst ein Gott sein. Spürst du meine zersetzende Kraft?«

»Ja! Ja doch!«, wimmerte Loki. »Hör auf damit!«

»Nach deinen Antworten.«

»Also schön, also gut! Aber halte dich zurück!« Er seufzte, als Malleus von ihm abließ. »Du hast recht. Susanoo und ich sind nicht besonders beliebt bei unseren Brüdern und Schwestern. Und obendrein verkannt, will ich hinzufügen. Wir hätten viel mehr Aufmerksamkeit verdient! Gerade von den Menschen! Auf allen Kontinenten.«

»Was habe ich damit zu schaffen?«

»Nun, es sprach sich herum, dass du in der Lage bist, Entitäten zu vernichten. Also dachten wir uns, wir … setzen dich ein, um das Pantheon … zu lichten«, druckste Loki und wirbelte den Speer wie ein Tambourmajor. »Ein klitzekleines bisschen Götterdämmerung. Wohldosiert.« Er lachte falsch. »Das kennt man doch aus dem Tierreich: Wenn es zu viele gibt, muss man den Bestand ausdünnen. Damit es … gesund bleibt und die Nahrung nicht knapp wird.«

Malleus hob die Augenbrauen. »Du hast mich einsetzen wollen, damit du und Susanoo mehr Möglichkeiten bekommt.«

»Sozusagen. Aber verrate es nicht weiter, sonst werden die anderen sauer. Ist ja nichts passiert.« Lokis Grinsen war umwerfend und zugleich tückisch. Er stellte den Speer auf dem Boden ab »Ich bin auch bereit, dir für dein Schweigen –«

»Warum Nihil?«

»Na, weil die Trottel perfekt sind! Ich habe ihnen Informationen über den Tabak zugespielt und ein bisschen was über dich, ihnen den Divinitätsdetektor gebastelt und schicke Ringe geschenkt. Damit sie es mit kleineren Entitäten und deren Kreaturen aufnehmen können.« Er versuchte, den schiefen Schlips gerade über die Knopfleiste des Hemds zu legen. »Sagen wir, ich habe die Informationen zu dir ein wenig angepasst. Damit du attraktiv für Nihil bist.«

»Was hat es mit dem Tabak von *Tobako Limited* auf sich?«

»Er schmeckt gut.«

»Seine Wirkung!«

»Ach so. *Das.* Ja, damit verhält es sich so«, setzte Loki umständlich an. »Einige von uns denken, du bist der Schöpfergott der Erde und hast uns verjagt, weil wir zu viel Macht über die Menschen bekommen haben. Du wolltest mehr Aufmerksamkeit von deinen Kreaturen. Und da fiel *jemandem* – «

»Dir«, übersetzte Malleus.

»*Jemandem* die List ein, man könnte dich deiner Erinnerung berauben und sie manipulieren. Mit verändertem Tabak. Die Zigarren haben deinen Verstand vernebelt und deine Kräfte unterdrückt«, schilderte Loki. »Das gab uns die Gelegenheit, zurückzukehren. Aber dein Verstand hat sich unterschwellig gegen die Wirkung gewehrt, und so wurdest du zum Atheisten, der Jagd auf Entitäten macht. Aufgrund deines Wesens bist du immun gegen die meisten unserer Kräfte. Zugleich können wir dich nicht vernichten, ohne zu riskieren, dass die Erde ebenso zugrunde geht.« Er räusperte sich. »Oh, ja, erwähnen sollte ich noch: Wir haben dich durch den behandelten Tabak glauben lassen, dass du eine Familie hattest. Der Schmerz über den Verlust sollte dich leiden lassen und dich menschlicher machen, damit du erst gar nicht auf andere Gedanken kommst.«

»Ich … ich hatte nie eine Frau und eine Tochter?« Malleus war fassungslos.

»Nein. Oder kennst du ihre Namen? Ihre Gesichter? Ihre Gräber?« Loki versuchte ein Lächeln. »Sieh es positiv: Jetzt kannst du ruhiger schlafen. Keine falschen Geister der Vergangenheit, die dich heimsuchen.« Er lachte nervös. »In Black Alder Hall, das könnte ich gewesen sein, der dich glauben ließ, du sähest ihre Gespenster. Nichts für ungut.«

Ich hatte nie eine Familie! Deshalb hatte er ihre Gesichter in seinen Albträumen nur verwischt gesehen. Sie hatten ihn mit falschen Erinnerungen leiden lassen. Gequält. Gefoltert. *Damit sie ihre Macht behalten.* Es kostete ihn extrem viel Beherrschung, weder Loki auf der Stelle zu töten noch den Tempel in Schutt und Asche zu legen.

Malleus mahnte sich zur Ruhe. *Ich bin besser als sie. Ich will besser sein.*

»Namtarú gehörte zu jenen, die sich nicht vor meinem Tod fürchten«, sagte er.

»Es gibt zu dir verschiedene Theorien. Jene, die dich töten wollen, nun ja, folgen der These des Weltuntergangs nicht«, führte Loki aus. »Andere haben mehr Angst davor, dass du erwachst und dich besinnst und uns aus Rache alle umbringen wirst.«

Malleus lächelte grimmig. »Du hast Namtarú über Cluezel auf mich gehetzt.«

»Ach, ich dachte mir schon, dass du mit ihm fertigwirst.«

»Dann bin ich … der Schöpfergott? Dein Ernst?«

»Wer weiß? Mir sind die Theorien gleich.« Loki zuckte mit den Achseln. »Jedenfalls vermagst du uns zu töten. Das ist unschön, aber nützlich, dachte ich bei mir.«

»Und du wolltest sämtliche Entitäten von mir auslöschen lassen. Bis auf dich und Susanoo.« Malleus schwankte zwischen Bewunderung für die Durchtriebenheit und Abscheu vor der Skrupellosigkeit.

»Doch nicht alle!«, entrüstete sich Loki. »Ein Drittel wäre sicher übrig geblieben. Damit kommt die beschränkte Menschheit eindeutig besser klar. Monotheismus ist langweilig und sehr egoistisch. Aber zu viel Auswahl ist auch nicht gut. Schau dir die Hindus an! Wie soll der schlichte Mensch den Überblick behalten? Das nützt doch niemandem.«

»Und wie hättet ihr mich aufhalten wollen, wenn ich bei einem Drittel angelangt wäre?«

Wie ein Homeshopping-Verkäufer vollführte Loki einige Handbewegungen und deutete die gezackte Form einer Zigarre an. »Culebra. Die hätte dich wieder eingelullt und zu dem kleinen, nervigen Atheisteninspektor werden lassen, den man tolerieren kann. Man lässt dir ab und zu einen Knochen, aber das Fleisch gehört uns. Die Toten für dich, die Lebenden für uns.«

»Und du und Susanoo, ihr hättet endlich Tempel auf allen Kontinenten gehabt.«

»So ist es. Natürlich in angepasster Form. Damit ich auch in Südamerika oder Afrika als örtliche Gottheit akzeptiert werde. Pray local.« Loki zwinkerte. »So, nun weißt du alles. Nochmals: Nichts für ungut.« Er machte beiläufig mit dem Speer in der Hand einen Schritt zurück, um aus Malleus' Reichweite zu gelangen. »Wie gesagt, das bleibt unter uns.«

Das ist gut durchdacht. Bis auf eines ... »Die Schicksalstafeln beunruhigten dich überhaupt nicht?«

Loki machte ein fragendes Gesicht und hängte den Speer zurück in die Halterung, richtete sich die Kleidung. »Von denen höre ich zum ersten Mal.«

»Nicht so wichtig.« Malleus deutete auf Khan. »Gib ihm seine alte Gestalt wieder und nimm den Fluch von ihm.«

»Ts«, machte Loki beleidigt. »Das ist doch kein *Fluch*. Es ist eine Gabe.«

»Eine Scheiße ist das!«, rief Khan aufgebracht. »Ich war schon alles. Sogar eine Frau, die ihre Tage hat! Weißt du, wie weh das tut? Ehrlich, es reicht mir! Diese Kacke steht mir bis oben.«

»Aber er schuldet mir sein Leben. Ohne mich wäre er tot. Erschossen von« – der Schelmengott sah sich übertrieben suchend im Tempel um, bis sich sein Blick auf Malleus richtete – »*dir!* Genau! Du hast ihn kaltblütig erschossen.«

»War schon verdient«, warf Khan ein. »Ich war ein ziemliches Arschloch.«

Loki lachte laut los. »Oh, ihr Götter! Malleus Bourreau, du hast den lang gesuchten Glyphenmörder geläutert und zu einem besseren Menschen gemacht. Oder wirst du ihn nochmals erschießen?«

»Muss er nicht«, mischte sich Khan wieder ein. »Sobald ich meinen alten Körper wiederhabe, stelle ich mich. Es reicht auch mal irgendwann. Meine Aufgabe ist erfüllt.«

»Ich überlege es mir«, gab Loki zurück. »Ich meine, du hast meinen heiligen Stein …«

Malleus blickte dem Schelmengott fest in die Augen. »Sollte ich eines Tages noch einmal von dir oder Susanoo in irgendeiner Form belästigt werden, sorge ich dafür, dass das Weltpantheon erfährt, was ihr beide vorhattet«, sprach er mit dunkler Stimme.

»Drohst du mir, Sterb… Nein, mein Fehler. Du bist kein Sterblicher.« Loki seufzte ergeben. »Na schön. Ich schwöre, dass ich nichts Derartiges mehr tun werde.«

»Keine Wetten und Sonstiges«, soufflierte Khan.

»Nichts davon«, beteuerte Loki. »Oder mich soll Thors Blitz treffen.«

Malleus hob eine Hand, und die Fingerkuppen färbten sich für Sekunden schwarz. Dunkle Gespinste stiegen auf und verwoben sich, wie es einst der Rauch der Zigarren getan hatte. »*Ich* werde dich sonst treffen.«

»Wie wäre es mit einem Geschenk an dich?«, fragte Loki grinsend. »Es müssen auch keine Culebras sein?«

Malleus wandte sich wortlos um und ging.

***

EPILOG

Celtica, Paris-Lutetia, 31. Dezember 2019

Es war die richtige Entscheidung, die Einladung des Inspecteurs anzunehmen, sagte sich Rianne wieder und wieder. Silvester mit ihm gemeinsam bei einem großen Ball im Élysée-Palast zu feiern, war der passende und gerechte Abschluss für dieses denkwürdige Jahr.

Sie hatte sich in ein schickes weißes Kleid geworfen, ihre hellen Haare hochgesteckt und die blaugrünen Augen dezent mit Kajal und Lidschatten betont.

Neben ihr ging Bourreau im Smoking, was ungewohnt war, ihm aber ausgezeichnet stand.

Rianne hatte sich bei ihm eingehakt, die hohen Schuhe machten ihr zu schaffen, während sie über den roten Teppich den Gang zum Ballsaal entlangschritten.

»Schade, dass Madame Milord nicht konnte«, sagte sie dahin.

Bourreau lachte laut auf. »Sie hätten sich eben hören sollen! Mehr Genugtuung kann man gar nicht in einen Satz packen.«

»Wo sie doch so viel mit dem Neuaufbau von D. E.M. zu tun hat.« Rianne blinzelte liebreizend übertrieben. »Ihr täte ein bisschen Ablenkung bestimmt auch gut.«

»Es wird eine andere Gelegenheit geben, bei der Sie ihr die Augen auskratzen können.« Bourreau führte sie in den großen, festlich geschmückten Saal mit den zahllosen funkelnden Lüstern an der Decke und geleitete sie an den Tisch, den sie mit acht anderen Leuten teilten.

Eine Big Band spielte leise Tanzmusik, erste Paare drehten sich auf dem Parkett zu einem Wiener Walzer. Livrierte schwirrten um die Gäste, brachten Getränke und kleine Snacks.

Es war *das* gesellschaftliche Ereignis von Lutetia. Rianne kannte die meisten Gesichter, die ihnen freundlich zulächelten, von den Titelseiten der Zeitungen und Klatschblätter, aus den Wirtschafts- und Politiknachrichten. Ein bisschen fehl am Platz kam sie sich zwar vor, und doch genoss sie es.

Bourreau schob ihr den Stuhl zurecht und nahm neben ihr Platz. »Fühlen Sie sich wirklich gut?«

»Besser geht's nicht.« Rianne hatte eine Woche im Krankenhaus mit Untersuchungen verbracht, die kaum Auffälligkeiten zutage gefördert hatten. Die Veränderungen verliefen ohne erkennbare Symptome. »Ich kann jetzt übrigens die Temperatur meiner Handflächen hochfahren, sodass mein Kaffee stundenlang warm bleibt. Ist das praktisch, oder was?«

»Sehr praktisch.«

»Ich übe noch das Umgekehrte. Für kalte Getränke.«

»Sie sind jetzt schon die perfekte Partnerin.«

»Ermittlungspartnerin.« *Und dabei wird es bleiben,* hatte Rianne entschieden, auch wenn sich ihre divinen Kräfte vielleicht bald ebenbürtig sein mochten. *Ein Gott und eine Göttin, die Verbrechen von Entitäten aufklären.* Das klang für sie verdammt gut. »Wer soll es sonst tun? Vor mir … ich meine, vor *uns* fürchtet sich das Pantheon wenigstens.« Bourreau gab seine Bestellung bei einer Kellnerin auf.

»Haben Sie Neuigkeiten vom Glyphenmörder? Hat er sich der Polizei gestellt, wie er versprochen hat?« Rianne machte allein die Vorstellung, jeden Morgen in einem anderen Körper aufzuwachen, nervös. *Und es macht paranoid.* Sie sah der Kellnerin hinterher. *Es kann jeder um uns herum sein.*

»Bislang kam keine Meldung rein. Den Abschluss dieses außergewöhnlichen Serienkillerfalles würden die Kollegen groß verkünden.« Malleus nahm sein Smartphone heraus, das neuste Modell. Den PDA hatte er aufgegeben. »Nein, nichts. Ich denke auch nicht, dass Loki den Fluch von Captain Khan nehmen wird. Dazu ist er zu nachtragend. Möge der Mann wirklich geläutert sein, sonst haben wir unseren ersten neuen Fall.« Dann grinste er. »Loki hat mir übrigens wirklich Zigarren zukommen lassen. Kubanische.«

»Bei Belenos! Sie haben sie doch hoffentlich nicht probiert?«

»Nein. Aber ich überlege, ob ich auf Pfeife umsteige.«

Rianne runzelte die Stirn »Nicht Ihr Ernst!«

»Nein. Ich fühle mich sehr gut. Ohne Nebel um den Verstand und den rauchig-pelzigen Geschmack im Mund. Es ist schade, dass Karak von Nihil getötet wurde. Er war der beste Schneider, den man sich vorstellen kann.« Versonnen betrachtete er die festlich gekleideten Menschen um sie herum.

Rianne versuchte, seine Gedanken zu erraten. »Überlegen Sie gerade, was Sie mit den Schicksalstafeln hätten tun können?«

»So in etwa. Zum Beispiel meinen Schneider zurückholen.« Bourreau sah sie ernst an. »Was wäre die Welt ohne Götter: besser oder schlechter?«

»Einigen wir uns auf: anders.« Champagner wurde an ihren Tisch gebracht. Beide nahmen sich ein Glas. »Stoßen wir darauf an, dass es uns beide gibt. Das Duo, vor dem sich die verbrecherischen Entitäten in Acht nehmen müssen.«

»Mehr denn je, Madame!«

Klirrend stießen die Gläser gegeneinander.

So bleibt offen, welcher Gott er ist. Rianne selbst hielt ihn für den Demiurg der Erde, den Schöpfer und Beschützer, der seine Rolle gefunden hatte. *Einstweilen.* Und sie glaubte zu wissen, weswegen er sich nicht an die Spitze der Gottheiten setzte: Um das Gleichgewicht zu wahren und Kriege untereinander zu vermeiden. Als Wahrer der Ordnung und potenzieller Vernichter jeglicher Entität konnte er die Menschen, die mit ihren Religionen mehrheitlich zufrieden waren, vor deren Willkür schützen. Die Göttinnen und Götter fürchteten seine Gabe und waren machtlos gegen ihn. *Er ist ihr Herrscher, ohne es auszusprechen. Sehr weise.*

»Wissen Sie was, Inspecteur? Ich habe eine Idee.« Er nickte Rianne auffordernd zu. »Sobald uns das globale Pantheon nervt und die

Menschen zu sehr quält, hole ich mir das Seraphschwert aus der Asservatenkammer, und wir schmeißen das Göttergesocks raus. Mit Loki fangen wir an.«

»Einverstanden. Und dann?«

Rianne deutete an ihrem weißen Kleid hinab. »Nur noch Sie und ich.«

Lächelnd hielt Bourreau ihr die offene Hand hin.

Und sie schlug ein.

ENDE

NACHWORT

Was habe ich dieses Szenario geliebt, als ich die ersten Entwürfe vor vielen Jahren zu Papier gebracht habe! Und wie sehr freute ich mich auf den Abschlussband, um die letzten Dinge zu erklären und ein wenig Licht in die Rätsel rund um Malleus zu bringen. Manche Geheimnisse hingegen werden gewahrt, damit ein bisschen Mystik im Spiel bleibt. Ich bitte um Nachsicht.

Mit Rianne hat Malleus jetzt eine ebenbürtige Partnerin an seiner Seite, um sich gegen verbrecherische Entitäten zu stellen. Götter und Göttinnen, auf der Erde oder im All, nehmt euch in Acht!

Die Menschen in AERA sind ja überwiegend ganz glücklich mit ihrem Zustand, der sie mit realen Entitäten konfrontiert. Für wen das nichts ist, dem empfehle ich eine Mitgliedschaft bei Nihil oder GodsEnd.

Was die Christen, Juden und Moslems angeht, nun ja, ihnen bleibt der Glaube, wie all die Jahrhunderte zuvor. Es geht bekanntlich nichts über Traditionen.

Ob und wann sich an den Gegebenheiten etwas ändert, man weiß es nicht. Denn damit ist das Kapitel AERA für mich abgeschlossen.

… und wie stets schreibe ich: *vorerst.* Never say never.

Deutlich zeigten mir die Recherchen einmal mehr, dass nicht nur lesen, sondern auch schreiben bildet. Auch wenn ich es vom ersten Band noch hätte wissen müssen, staunte ich erneut über die Vielzahl von Entitäten, die es auf der Erde gab, gibt, wie auch immer, die keine bedeutende Rolle mehr spielen. Aktuell.

Es machte enormes Vergnügen, einige davon aus dem Verborgenen zu holen und sie abzustauben, um sie zu präsentieren. Vielleicht war etwas für einige aus der Leserschaft dabei? In diesem Fall wünsche ich fröhliches Anbeten!

Mein Dank geht an die treue Leserschaft, die lange auf das nächste Abenteuer von Malleus gewartet hat, an den Knaur Verlag und an Lektorin Hanka Leo, die einmal mehr Entitäten verbessern durfte. Und wer besitzt schon derartige Superkräfte?

Auf zur nächsten Recherche und zum nächsten Werk.

Und immer daran denken: Die Götter müssen verrückt sein – da sie es mit den Menschen aushalten.

Markus Heitz,
im Sommer 2021